»Irgendwo ins grüne Meer
Hat ein Gott mit leichtem Pinsel
Lächelnd, wie von ungefähr,
Einen Punkt getupft: die Insel.«

James Krüss

»Wer so etwas noch nicht gesehen hat,
datiert ein neues Leben.«

Georg Christoph Lichtenberg

Biolog. Station
Versuchsgarten
Pastorei
Kasi
Spielplatz
Sapskuhlen-
weg
Kasinostr.
Pfanne
Ufer-Schutz-Mauer
Spitz Horn
BAUTEN DER REICHS-MARINE-VERWALTUNG
Windstr.
Norderstr.
Marinestr.
Kasernenstr.
Nikolaikirche
Blockhorn
Kirchenstr.
Sonnen-
untergangsweg
Emsma
Landstr.
Berliner
Eiderstr.
Augus
Weserstr.
Mittel
Billbeg
Leuchtturm
Trafalgarstr.
von-Aschen-St
Mörmers
Süd
Kommandantur
Alter Leuchtturm
Baakhorn
Bullbake
Erdbeben-
station
Hoyshorn
Moderberg
Bullhorn
Ingels Kark
0
50
100
150 Meter
Der Mönch
Süd

ANNA JESSEN

Die Insel der Wünsche

Gezeiten des Glücks

GOLDMANN
Lesen erleben

Anna Jessen

Die Insel der Wünsche – Gezeiten des Glücks

Roman

GOLDMANN

Sollte diese Publikation Links auf Webseiten Dritter enthalten,
so übernehmen wir für deren Inhalte keine Haftung,
da wir uns diese nicht zu eigen machen, sondern lediglich
auf deren Stand zum Zeitpunkt der Erstveröffentlichung verweisen.

Dieses Buch ist auch als E-Book erhältlich.

MIX
Papier aus verantwortungsvollen Quellen
FSC® C083411
FSC www.fsc.org

Penguin Random House Verlagsgruppe FSC® N001967

1. Auflage
Originalausgabe Juni 2021

Dieses Werk wurde vermittelt durch die
Montasser Medienagentur, München.
Gestaltung Umschlag/Innenseiten: www.buerosued.de
Umschlagmotiv: © www.arcangel.com/Ildiko Neer, www.buerosued.de
Karte: © Peter Palm, Berlin
Redaktion: Christiane Mühlfeld
BH · Herstellung: ik
Satz: KompetenzCenter Mönchengladbach
Druck und Bindung: CPI books GmbH, Leck
Printed in the Czech Republic
ISBN: 978-3-442-20604-9
www.goldmann-verlag.de

Besuchen Sie den Goldmann Verlag im Netz:

N
W
O
S
Jip é Miir
Lindaustr.
Rote Burg
NORDSTRAND
Melkersweg
Aufzug
Mathies-Terrasse
Bremer Str.
Kaiserstr.
Post
Mellinstr.
Aquarium
J.A. Siemens-Terrasse
Albertstr.
Schifferstr.
Kurhaus
Walhorn
Theater
SÜDSTRAND
Am Strande
Badehaus
Landungsbrücke
Mole
Oberland
Unterland
Helgoland
Düne
Südhafen
0 200 400 600 800 1000 Meter

1.

Glanz und Elend

Helgoland, 1899

Erstes Kapitel

Es war eine raue Nacht. Tine konnte deutlich fühlen, dass sich ein Sturm ankündigte. Doch noch war der Himmel klar, und die Sterne glitzerten über der See. Rings um die Insel lagen Schiffe und Boote in einigem Abstand, um das neue Jahr – und das neue Jahrhundert! – mit ihren Leuchtfeuern zu begrüßen. Es würde nicht mehr lange dauern, aber Tine würde nicht hier warten. Sie würde zurückgehen in die Pastorei, um mit Pfarrer Thevessen und seiner Frau den Jahreswechsel zu begehen.

Eben hatte sie noch ein paar Blumen auf das Grab ihres verstorbenen Mannes gelegt, Veilchen von der Fensterbank ihres Zimmers, denn im Moment wuchs ja nichts im Freien. Sie hatte an Henry gedacht und an die kurze, wunderschöne Zeit mit ihm. An seine blitzenden Augen, seinen Optimismus, seine sanfte Stimme, alles, was sie so an ihm geliebt hatte – und an seinen viel zu frühen und sinnlosen Tod. Von dieser Klippe hatte er sich gestürzt, nachdem sein Lebenswerk zerbrochen war und er befürchtet hatte, seine junge Familie mit dem bevorstehenden Konkurs in den Abgrund zu reißen. Dabei war es sein Tod gewesen, der Tine und ihr Kind in den Abgrund gerissen hatte. Und die Thevessens waren es – einmal mehr – gewesen, die die junge Frau gerettet hatten. Niemals würde Tine die Schuld begleichen können, in der sie dem Pastorenpaar gegenüberstand.

Erste Feuer wurden draußen entzündet. Die Boote hatten Holzhaufen auf kleinen Flößen zu Wasser gelassen. Nun entzündeten sie diese schwimmenden Fackeln nach und nach. Ein Feuerring würde Helgoland umgeben, wie damals, als die Insel an das Deutsche Reich gefallen war. Tine war zu der Zeit noch sehr neu gewesen auf Helgoland – und eine junge, schwer verliebte Ehefrau. Nun war sie immer noch keine dreißig Jahre alt, aber sie fühlte sich, als wäre sie schon seit Ewigkeiten Insulanerin und vor allem: als wäre ihr Leben im Großen und Ganzen vorbei. Denn auch wenn es immer wieder Angebote gegeben hatte, mehr oder weniger offene – sich wieder zu verlieben war ihr nicht geglückt. Zu groß war der Schmerz über Henrys Verlust gewesen, zu tief saßen die Sorgen um ihre Zukunft – und um die ihrer Tochter. Denn Jette war ihr Ein und Alles. Ihretwegen hatte Tine einen Weg zurück ins Leben gesucht, nachdem sie die erste Zeit der Trauer überstanden hatte. Wäre Jette nicht gewesen, Tine wäre ihrem Mann gefolgt. Dank Jette hatte sie ihre Verzweiflung jedoch überwunden und sich schließlich an die Reste dessen geklammert, was ihr noch Kraft gab. Und diese Kraft gab sie weiter an ihre Tochter, die zu einem fröhlichen Wesen herangewachsen war. Blondgelockt wie Tine als Kind, mit strahlendem Lachen und großen, blitzenden Augen. Eine Schönheit würde sie einst werden. »Ich werde gut aufpassen müssen, Henry«, erklärte Tine lächelnd. Sie war fest davon überzeugt, dass er in jeder Sekunde bei ihr war und jedes ihrer Worte hörte. »Sie wird umworben sein wie ein Rosenbusch von den Frühlingsbienen.« Hoffentlich würde auch Jette einen Mann finden wie einst Tine – und hoffentlich würde ihr Glück dann länger währen als das ihrer Eltern, denen keine zwei Jahre beschieden gewesen waren.

Immer mehr Feuer entflammten am unsichtbaren Horizont. Zwischen den im Mondlicht glitzernden Wellenkämmen loderten goldene Signale. Bald würde es so weit sein. Um Mitternacht würde der Pastor die Kirchenglocken von St. Nicolai läuten, und in den Häusern würden stille und laute Gebete gesprochen werden, auf dass das neue Jahr ein gutes würde: eines, in dem die Insel vor schweren Unwettern verschont blieb, in dem die Gäste zahlreich und die Erträge prächtig wären, ein Jahr voller reichhaltiger Fischgründe und wenig Not. Not gab es immer. In den letzten Jahren vor allem bei den alteingesessenen Familien, die noch ihrem traditionellen Handwerk nachgingen. Doch mit Bootsbau und Netzknüpferei war wenig Geld zu verdienen, während die Kosten auf der Insel immer weiter anstiegen! Die Kurgäste brachten nicht nur viel Geld nach Helgoland, sie bewirkten im Gegenzug auch, dass alles immer teurer wurde. Besonders für die Einheimischen. Immer öfter klopfte jemand an die Tür der Pastorei und bat um eine milde Gabe, um Hilfe in der Not, weil das Geld ausgegangen war und die Familie Hunger litt.

Mit Gottes Segen würde das neue Jahrhundert ein gutes werden, für die Insel und für die Menschen. Vielleicht sogar für Tine. Unbedingt aber sollte es ein glückliches für Jette werden, das war alles, was sich Tine Heesters in dieser Nacht auf den Klippen von Helgoland wünschte, während die Feuer beinah schon die ganze Insel umringten.

***

Frau Thevessen hatte Kerzen in die Fenster gestellt, wo sie warmes Licht verbreiteten. Das Haus war noch weihnachtlich geschmückt, sogar einen Adventskranz gab es, auf dem noch die kurzen Stummel der beinahe ganz heruntergebrannten Kerzen staken. Der Duft von Bratäpfeln erfüllte die Küche, und in der Stube nebenan hatte der Pastor ein Tablett mit gefüllten Gläsern platziert: Zum Jahreswechsel hatte er einen seiner kostbarsten Sherrys geöffnet, ein Geschenk, das ihm einst der von den Helgoländern so verehrte Gouverneur Barkly gemacht hatte. »So, liebe Tine«, sagte Frau Thevessen und wischte sich die Hände an der Schürze trocken, ehe sie sie abnahm und an den Haken hinter der Küchentür hängte, »nun geht also dieses Jahr und dieses alte Jahrhundert zu Ende. Es hat uns allerlei gebracht. Gutes. Und weniger Gutes, fürchte ich.«

Tine nickte. Sie wusste nicht, worauf sie vor allem zurückblickte. Auf die schönsten Stunden ihres Lebens mit Henry und Jette? Oder auf die dunkelsten, als sie sich plötzlich ganz verloren in der Welt gefühlt hatte? Die Pastorengattin wusste um ihre Stimmung und drückte ihr die Hand. »Nun lass uns in die gute Stube gehen, es ist bald so weit.«

»Ja, gerne.« Sie traten ein, und der Pastor nickte ihnen zu. »Du bist sicher, dass du Jette nicht wecken willst?«

»Ganz sicher, Herr Pastor«, erwiderte Tine. Silvesternächte hatten stets etwas Melancholisches an sich. Man blickte zurück und trauerte still. Selbst in den zwei glücklichen Jahren mit Henry hatte Tine zum Jahreswechsel die Tränen nicht zurückhalten können, hatte sich an all jene erinnert, die sie zurückgelassen hatte, an alle, die den Jahreswechsel nicht miterleben durften. Ja selbst an die schönen Stunden hatte sie gedacht, die nun seltsamerweise endgültig vorüber zu sein schienen. Jette sollte das neue Jahrhundert morgen früh im hellen Licht des Tages begrüßen.

»Dann lasst uns gemeinsam noch ein Gebet sprechen«, erklärte der Pastor und griff nach den Händen der beiden Frauen. So standen sie zu dritt in der Stube des Pfarrhauses und stimmten gemeinsam ein Vaterunser an, dieses älteste Gebet der Christenheit, über das Tine jedes Mal, wenn sie es sprach, aufs Neue nachdenken musste. Es kam so einfach, so selbstverständlich über die Lippen. Und doch: … *wie auch wir vergeben unsern Schuldigern.* Tat sie das? Vergab sie all jenen, die in ihrer Schuld standen? Gab es überhaupt jemanden? … *denn Dein ist das Reich und die Kraft und die Herrlichkeit.* Ja, das war wohl wahr. Denn alles war ja des Herrn. Sein Reich war allumfassend, es war überall. Und als hätte Pastor Thevessen ihre Gedanken gelesen, sprach er es aus: »Das Reich Gottes ist überall«, sagte er leise, kaum dass man seine Stimme hören konnte. »Es ist im Diesseits und im Jenseits. Und wir sind seine Kinder, jede und jeder von uns. Er liebt uns wie ein Vater, er leitet uns und hilft uns, wo immer wir seiner Hilfe bedürfen. Dafür danken wir Dir, Herr.

Du hast, Herr, Deine Töchter und Söhne vielfach geprüft, auch dafür danken wir Dir, selbst wenn es oft schwere Stunden waren, die Du uns auferlegt hast. Unserer Schwester Tine Heesters hast Du den geliebten Mann genommen – aber Du hast ihr ein gesundes Kind geschenkt, das ihr täglich Freude bereitet. Hab Dank, o Herr.«

»Hab Dank, o Herr«, murmelten Tine und Frau Thevessen.

»Meinem Weib hast Du eigene Kinder verwehrt. Dafür hast Du sie mit einem leidlich zulänglichen Mann versehen, der sich bemühen will, ihr jeden Tag ein gutes und frommes Leben zu sichern. Auch dafür sei Dir Dank, o Herr.«

»Dank, o Herr.«

»Mir selbst führst Du täglich vor Augen, wie unzulänglich ich bin. Aber zugleich gibst Du mir jeden Tag aufs Neue die Möglichkeit, mich aus tiefstem Herzen unter Dein Werk zu stellen und es zu preisen. Hab Dank, o Herr.«

Tine blickte verstohlen zur Pastorengattin hin und entdeckte, dass diese ihr zuzwinkerte. Die beiden Frauen hatten Mühe, ein Grinsen zu unterdrücken, als der Pfarrer kurz zögerte, es dann dabei beließ und mit einem »Wir bitten Dich, uns in eine Zeit von Liebe und Gottesfurcht zu führen. Wir bitten um Deinen Segen für die Zeit, die vor uns liegt. Amen.«

»Amen.«

Der Pastor ließ die Hände der beiden Frauen los und nickte. »Nun, dann wollen wir die Fenster öffnen und das neue Jahr begrüßen.« Er blickte zur Uhr. »Höchste Zeit, die Glocken zu läuten!« Rasch griff er nach seinem Mantel und lief hinüber zu St. Nicolai, während Tine und Frau Thevessen die Fenster öffneten und kalte Nachtluft ins Zimmer ließen. Auch auf der Düne drüben brannten nun etliche Feuer, die man von hier aus sehen konnte. »Sollen wir nach oben gehen?«, fragte die Pastorengattin.

Tine schüttelte den Kopf. »Ich finde es gut hier«, sagte sie. »Es ist ein Ort der Geborgenheit. Der Dankbarkeit. Für mich.«

»Das hast du schön gesagt, Tine. Für mich auch.« Und so blieben die beiden Frauen in der Stube und lauschten auf den Schlag der Glocken, die nun zu hören waren. Laut klangen sie über die Insel, der Pastor gab sich alle Mühe. »Es macht ihm Spaß«, lachte Frau Thevessen. »Man hört es.«

»Ja, das hört man.« Tine wandte sich um. »Ich sehe nur kurz nach Jette.«

»Tu das.«

Das Zimmer, das Tine mit ihrer Tochter teilte, lag im Obergeschoss. Die Tür war nur angelehnt. Als Tine sie öffnete, fiel ein schwacher Lichtstrahl aus dem Flur hinein und streifte Jettes Gesicht. Wie ein Engel, dachte die dankbare Mutter. Wie Henry, war ihr nächster Gedanke. Denn in der Tat, das Mädchen wurde seinem Vater mit jedem Tag ein wenig ähnlicher. Sie hatte nicht nur sein blondes Haar und sein schelmisches Lachen geerbt, sondern auch sein Temperament. Und jedes

Mal, wenn Tine sie heimlich beobachtete, musste sie an Henry denken, diesen wundervollen Mann, der so schrecklich dumm gewesen war, sich selbst das Leben zu nehmen.

Von draußen, aus den Gassen und von den Wiesen hörte man jetzt laute Rufe und Jubel, mit dem das neue Jahrhundert begrüßt wurde, während das Glockengeläut langsam wieder verklang. Es waren so viele Helgoländer draußen wie an den schönsten Sonnentagen nicht. Manch einer trug eine Fackel mit sich, einige schwenkten Fahnen, bevorzugt die mit den Helgoländer Farben Grün, Rot und Weiß. Einige hatten sogar Bengalische Feuer bei sich, wie man sie in Hamburg kaufen konnte.

Als Tine wieder nach unten in die Stube kam, standen der Pastor und seine Frau zusammen am Fenster und blickten hinaus. Er hatte einen Arm um ihre Schultern gelegt, und Tine spürte, dass sie nicht ganz ohne Neid sein konnte über die vielen gemeinsamen Jahre, die diesen beiden Menschen nun schon miteinander vergönnt waren. Da war es leicht, dem lieben Gott zu danken.

Ohne sich umzudrehen, winkte der Pastor Tine herbei. Offenbar hatte er ein feines Gespür dafür, was hinter seinem Rücken geschah. Und im nächsten Moment stand die junge Frau zwischen den beiden – von beiden liebevoll umarmt. »Ich möchte noch ergänzen«, sagte der Pastor, »dass wir dem Herrn auch aus tiefstem Herzen danken, dass er diese junge Frau zu uns geführt hat, die unser Leben bereichert und das der ganzen Insel.«

»Amen«, stimmte seine Frau zu und drückte Tines Arm.

Und ein weiteres Mal musste Tine Heesters den Jahreswechsel unter Tränen begehen, auch wenn es in diesem Fall Tränen der Rührung und des Dankes waren. Doch dieser Jahreswechsel würde viele Veränderungen mit sich bringen. Veränderungen, die sie zugleich ängstigten und ermutigten. Lang genug war sie dem Pastorenpaar zur Last gefallen. Im neuen Jahr würde sie endlich wieder auf eigenen Beinen stehen. Komme da, was wolle. Sie würde ihr Leben wieder eigenständig leben.

***

Als Tine wenig später in die Kammer hinaufstieg, war es im Haus schon still geworden, und auch in den Gassen war Ruhe eingekehrt. Noch einmal blickte sie hinaus auf die Feuer, dann schlüpfte sie in ihr Nachthemd, noch leicht benommen von dem Sherry, mit dem sie angestoßen hatten. Tine wusste, dass der Pastor den Zeiten nachtrauerte, in denen die Insel dem britischen Empire angehört hatte. Die Krone der Queen Victoria gegen die von Kaiser Wilhelm einzutauschen, das war nicht nach seinem Geschmack gewesen. Einer bestimmten Nation hatten sich die Helgoländer ohnehin nie zugehörig gefühlt. Helgoland sah sich als eigene Nation, auch wenn man es nie zu einem autonomen Staatswesen hatte bringen können. Wie auch: Alle Welt riss sich um diesen blühenden Felsen in der Nordsee. Die Dänen hatten ihn unterworfen und die Engländer – und schließlich die Deutschen. Ob das nun von Dauer sein würde, war wohl die Frage.

Jette schlummerte friedlich und hatte von dem Trubel der Silvesternacht nicht das Geringste mitbekommen. Auch wenn sie schon ziemlich hoch aufgeschossen war, so war sie mit ihren knapp zehn Jahren doch noch ganz und gar Kind. Ein fröhliches, neugieriges Mädchen, das die Welt aus großen Augen bestaunte und die Herzen im Sturm eroberte. Mit Jette an ihrer Seite wurde jedes Unternehmen zu einem Erfolg, dessen konnte sich Tine so gut wie immer sicher sein. Jette war dabei gewesen, als Schlüter sie beauftragt hatte, seine beiden Hotels mit Blumenschmuck auszustatten. Durch Jette hatten Fritzi und Simon zusammengefunden, weil sie die Tante während eines Spaziergangs auf Simon aufmerksam gemacht hatte, der gerade eines von Fritzis Lieblingsliedern pfiff. Und als Fritzi mit ihrem glockenhellen Sopran in die Melodie eingestimmt hatte, war es um den Schiffszimmermann wohl geschehen. Immer wieder war es Jette, die dem Schicksal eine ganz eigene Wendung zu geben schien. Dankbar beugte Tine sich über ihre Tochter und küsste sie sanft auf die Wange. Dann legte sie sich nieder und kuschelte sich fest in das weiche Bett, das sie bei Thevessens gefunden hatte. Es verging kaum eine Nacht, in der sie nicht daran dachte, wie sie selbst als Kind auf einfachen Strohsäcken geschlafen hatte. Oft nur mit einer dünnen Decke, selbst in den kältesten Winternächten. Es waren schwere Zeiten gewesen im Gängeviertel, wo sie mit neun Geschwistern aufgewachsen war. Oft hatten sie am Morgen noch nicht gewusst, wovon sie das Abendbrot kaufen sollten, und oft waren sie am Ende hungrig auf ihr armseliges Lager gesunken. Als Blumenmädchen hatte sich Tine damals verdingt, am Hafen, wo die großen Dampfer einliefen. Manchmal sogar war es ihr gelungen, genügend Geld mit nach Hause zu bringen, sodass die Familie für einen Tag ein Auskommen hatte. Dann wieder war ihr das Schicksal weniger gnädig gewesen, und sie hatte ihre selbstgepflückten und selbstgebundenen Sträußchen nicht an den Mann gebracht, oder man hatte sie verjagt. Tränenreiche Zeiten waren das gewesen. Aber sie waren lange vorbei. Auch die Familie lebte inzwischen in alle Winde zerstreut: die Eltern tot, die großen Schwestern in Hamburg und in Stade verheiratet, die jüngeren Geschwister irgendwo, Tine wusste nicht, wo. Nur sie und Fritzi, die Nächstgeborene, waren nach Helgoland gekommen und hatten dort ihren Frieden und ein Leben in Sicherheit gefunden.

Im Schein der kleinen Lampe, die sie mit hinaufgenommen hatte, nahm Tine den Brief aus der Schublade ihrer Kommode, den ihr Jolante geschrieben hatte, die Zweitälteste der Geschwister. Jolante hatte einige Zeit auf der Insel gelebt, bei Tine und ihrem Mann – und wenn man es genau bedachte, war sie der Auslöser für Tines Unglück gewesen. Doch Tine wollte es nicht mehr genau bedenken. Einige Zeit lang hatte sie ihrer Schwester den Teufel an den Hals gewünscht. Bald aber hatte sie erkannt, dass sie damit vor allem ihre eigene Seele schwärzte. Nein, sie wollte nicht verbittern, wollte nicht im Zorn leben, schon gar nicht wollte sie ihre Schwester hassen, die letztlich nicht mehr als nach ihrem Glück gesucht hatte – wenn auch mit wenig anständigen Mitteln und am Ende ohne das nötige Quäntchen Glück.

Schwesterherz!
Du wirst Dich wundern, dass ich Dir schreibe. Vielleicht liest Du ja meine Zeilen gar nicht, das könnte ich schon verstehn. Es ist viel Zeit vergangen, und ich hoffe, Dein Leben ist wieder in Ordnung gekommen. Ich weiß nicht, wo Du bist, aber vielleicht erreicht Dich mein Schreiben auf Helgoland noch. Hiermit berichte ich Dir von meiner Vermälung mit Herrn Arthur Konzen, Kaufmann zu Wedel. Mein Arthur macht in Schiffsausrüstung und ist ein feiner Herr. Nun bin ich also doch noch eine feine Dame geworden, ist das nicht lustig? Wenn Du einmal nach Wedel kommst, besuche uns doch. Die Adresse findest Du auf dem Kuver. Ich würde mich freuen. Du kannst auch Fritzi mitbringen.
Grüße, Lola

Lola hatte sie sich genannt und die ganze Insel verrückt gemacht. Das hieß: Zuerst hatte sie nur die Männer verrückt gemacht. Aber damit letztlich natürlich auch die Frauen. Im Grunde war all das gewiss nichts anderes gewesen als der verzweifelte Versuch, endlich ihren Eintritt in ein glückliches Leben zu finden. Und nun war es ihr offenbar gelungen. Tine freute sich für ihre Schwester. Sie wusste, dass Jolante manches getan hatte, worauf keine Frau stolz gewesen wäre. Aber wer so geboren wurde wie die Tiedkens' und unter solchen Umständen aufwuchs, der machte sich um die Moral weniger Sorgen als um das blanke Überleben.

Mit einem Gefühl von Sanftmut faltete Tine den Brief zusammen und steckte ihn zurück in den Umschlag. Dann löschte sie die kleine Petroleumlampe, die neben ihrem Bett stand, und schloss die Augen, um in dieses neue, geheimnisvolle, aufregende Jahrhundert hinüberzuschlummern, das erst wenige Minuten alt war und von dem niemand wusste, was es bringen würde: das zwanzigste seit Christi Geburt.

Und während sie die Müdigkeit von sich Besitz ergreifen fühlte, erinnerte sie sich an all die schönen Dinge, die das alte Jahrhundert ihr beschert hatte: an das Leben auf der Insel, an die Zeit mit Henry, an das glanzvolle Hotel Imperial, das sie gemeinsam aufgebaut hatten und das immer noch das größte und schönste Haus von ganz Helgoland war, an die Güte der Thevessens und die Entscheidung, Fritzi mit hierherzubringen.

Obwohl das Glück sie dann im Stich gelassen hatte und trotz der Trauer, die sie stetig empfand, war sie dankbar für all das Gute, das ihr widerfahren war. Abermals hatte sie Zuflucht in der Pastorei gefunden, hatte Frau Thevessen unterstützt und Aufgaben in der Kirche übernommen und sich um den Garten gekümmert, in dem sie mittlerweile prächtige Blumen züchtete, mit denen sie Frau Fricke vom örtlichen Blumenladen belieferte. Blumen hatten ihr einst den Weg aus einem ärmlichen Leben in Hamburg eröffnet. Sie würden immer ihr Trost und ihre Inspiration sein, auch in der neuen Epoche, die in dieser Nacht anbrach.

***

Mit zwanzig Salutschüssen begrüßte die Kaiserliche Marine das neue Jahrhundert. Auf dem Oberland hatten die Truppen Aufstellung genommen. Der Wind trug die Befehle über die Insel, Flaggen wurden gehisst, Gewehre präsentiert. Auch wenn Seine Majestät nicht anwesend war – die Parade, die zu seinen Ehren auf dem freien Feld hinter der Südkaserne abgehalten wurde, hätte ihm Freude gemacht. Schneidige Kadetten, Matrosen und Offiziere trugen ihre Galauniformen zur Schau, der Wind fuhr durch die Fahnen und riss den Qualm von den Kanonenrohren. Der oberste Befehlshaber der Helgoländer Truppen schritt die Reihen der rotwangigen Soldaten ab, die, allesamt das Kinn vorgereckt, mit blitzenden Knöpfen Schulter an Schulter standen. Alle Mann waren sie angetreten, ein jeder sich darüber im Klaren, dass er die militärische Macht des Deutschen Reichs repräsentierte, und dabei war es jedem einzelnen anzusehen, wie tief ihn dieses Bewusstsein berührte.

In gebührendem Abstand hatten sich zahlreiche Helgoländer eingefunden, um die Parade zu verfolgen. Ein so großes und vor allem ein so herausgeputztes Aufgebot an Uniformierten gab es auf der Insel nicht alle Tage zu bestaunen, wenngleich die Marine den Felsen immer mehr in Beschlag nahm.

Auch Tine stand am Zaun bei der Kaserne und betrachtete die Männer, sah zu, wie sie sich rührten und dann wieder strammstanden, wie sie in ganzen Reihen vortraten, sich linksum wandten und dann gen Norden hin abmarschierten. Natürlich war es sinnlos. Sie arbeiteten sich hier auf der Insel an Übungen ab, die nichts brachten und zu nichts nutze waren. Sagte zumindest Pastor Thevessen. Und Tine war geneigt, ihm dabei recht zu geben. Inzwischen waren Tausende Soldaten auf Helgoland stationiert, wie viele genau, wusste niemand. Sie trieben den Ausbau der Hafenanlagen voran, von denen die Fischer so wenig haben sollten wie die Passagierschiffe. Sie trieben Stollen in den Felsen, die weder den Insulanern Zuflucht noch sonst einem Menschen je Obhut bieten würden. Was genau sie da taten, blieb den Halundern selbst ein Geheimnis. Sie wurden nicht gefragt – und sie sollten gefälligst auch nicht fragen. Der Bootsbauer Reimers hatte sich tatsächlich drei Tage Karzer eingehandelt, weil er den Sinn der kaiserlichen Bauwerke in Frage gestellt hatte, verhängt vom Inselkommandanten, und zwar ohne richterliche Anhörung. Seither murrte man nur noch hinter vorgehaltener Hand.

An diesem Tag aber nahm Tine deutlich wahr, dass die Insulaner, die sich selbst im Sonntagsstaat präsentierten, die schmucken Marinesoldaten bewunderten, dass sie den Glanz und den Pomp genossen, und sei es nur, um der Tristesse des tiefen Winters zu trotzen. Die Stimmung ringsum war heiter und von Optimismus geprägt. Schlüter vom Hotel Perle und vor allem vom ehemaligen Hotel Heesters, das jetzt seinen Namen trug, spazierte vorüber und hob seinen Hut. »Ein gutes neues Jahr, Frau Heesters!«

»Das wünsche ich Ihnen auch, Herr Schlüter.«

»Besten Dank! Sie kommen zur Messe?«

»Gewiss, Herr Schlüter. Ich hoffe, Sie werden ebenfalls da sein?«

»An einem solchen Tag, wer würde da nicht kommen?«

Mit stolz erhobenem Kinn lief er weiter, den Soldaten hinterher, die sich inzwischen alle aufgemacht hatten, Richtung Lange Anna zu marschieren. Das hieß in diesen Tagen: zu den neuen Geschützlafetten, die an der Nordspitze errichtet wurden. Der Inselkommandant hatte den Pastor gefragt, ob er eine Feldmesse für die Soldaten lesen würde, und Thevessen hatte erwidert: »Eine Messe für die Soldaten lese ich mit dem allergrößten Vergnügen, mein Herr! Das tue ich im Übrigen jeden Sonntag. Denn die Herren Offiziere sind ebenso eingeladen wie die Herren Kadetten und die Herren Fischer und Netzflicker. Nur auf dem Acker würde ich sie ungern lesen. Dafür haben wir ja die Kirche auf unserer schönen Insel. Versäumen Sie nicht, mit Ihren Männern vorbeizukommen!«

Es kamen Soldaten, wenn auch nur wenige. Nach dem Ende der Parade hatten die meisten von ihnen für den Rest des Neujahrstages Ausgang. Wobei sie eher den geistigen Getränken zusprachen, als den geistlichen Ermahnungen zu lauschen.

Für die Wirte war das freilich ein Gewinn. Aber nicht nur Tine fürchtete, dass die Insel in der Nordsee über kurz oder lang ihren Zauber verlieren könnte, wenn sie so sehr von den Militärs vereinnahmt wurde. Also wandte sie sich ab und spazierte in die entgegengesetzte Richtung: zum Falm hin und dann über die Treppe zum Unterland und dort an den Südstrand, wo der neue Prachtsteg sich aus dem Wasser erhob und einlud, bis an seine Spitze zu gehen und sich den Wind um die Nase wehen zu lassen.

***

Der Weg zum Südhafen führte vorbei an jenem stolzen Haus, das Hein Heesters vor mehr als acht Jahren hatte errichten lassen, das »Hotel Imperial Helgoland«, ein glanzvolles Anwesen, das auch heute noch das erste Haus am Platz war und seinen Gästen die vorzüglichsten Annehmlichkeiten bot, die man sonst nur in Paris oder London fand. Henry Heesters hatte die Insel als die Krone der Nordsee betrachtet – das »Imperial« sollte das Juwel in dieser Krone sein. Und es war ihm gelungen, wenn auch nur für wenige Wochen, bis ihn die Banken buchstäblich in den Abgrund getrieben hatten.

Wann immer Tine am »Imperial« vorbeikam, sah sie Henry vor sich, wie er stolz auf der großen Treppe stand, den Daumen in die Westentasche gehängt, und mit strahlendem Lächeln in die Welt sah. Dann lächelte sie zurück, auch wenn er nur in ihrer Phantasie dort oben stand, und sie schickte ihm heimlich einen Kuss. So tat sie es auch heute, und just in diesem Augenblick trat der neue Besitzer aus dem Haus. »Moin, Frau Heesters!«, rief Henning Pfeifer und nickte ihr freundlich zu.

»Moin, Herr Pfeifer!«, rief Tine zurück. »Und ein gutes neues Jahr!«

»Ihnen auch, Frau Heesters, Ihnen auch!«

Im nächsten Moment war er weg. Es war offensichtlich, dass Pfeifer das schlechte Gewissen plagte, sobald er Tine begegnete. Immerhin galt er als Hauptprofiteur ihres Unglücks, hatte er doch das »Imperial« weit unter den Kosten erworben, die für den Bau notwendig gewesen waren. Aber Pfeifer war kein Unmensch. Er hatte Tines Not erkannt und ihr ein kleines, aber sicheres Auskommen gewährt: Das ganze Jahr über kümmerte sich Tine um den Blumenschmuck des »Imperial«. In den Spätherbst- und Wintermonaten war das weniger einträglich, aber mit etwas Geschick doch zumindest ganz passabel. In den Frühlings- und Sommermonaten konnte Tine die Arbeit kaum bewältigen. Denn Pfeifer hatte das Prinzip von Henry

Heesters übernommen, auf jedem Zimmer stets frische Blumen zu präsentieren, in den Salons und Speisesälen ohnehin, vor allem aber in der Halle und am Empfang, wo täglich ein neues Gebinde aufs Prächtigste arrangiert werden musste. An manchen Tagen gelang es Tine kaum, die nötigen Blumen herbeizuzaubern. Schließlich verfügte sie nicht über die Möglichkeiten, die Frau Fricke hatte, die einzige Blumenhändlerin der Insel. Und wenn sie in Frickes Blumenladen einkaufte, dann zahlte sie am Ende mehr, als sie ihrerseits vom »Imperial« für den Blumenschmuck bekam. So hatte es sich ergeben, dass aus dem seit jeher schon üppig blühenden Pfarrgarten in den letzten Jahren ein paradiesischer Ort mit den schönsten und edelsten Gewächsen geworden war, den Tine mit Hilfe ihrer Schwester und inzwischen auch ihrer Tochter behutsam bestellte.

Tine wollte sich bereits abwenden und ihrer Wege gehen, als sich im ersten Obergeschoss ein Fenster öffnete und ein Mann sich nach draußen beugte, um einen der Läden zu untersuchen. »Alfred?«, sagte Tine. Der Mann blickte auf und erkannte sie. »Tine! Ein frohes neues Jahr wünsche ich dir!« Doch im nächsten Moment huschte ein Schatten über sein Gesicht. »Ich …«

»Du arbeitest jetzt hier?«, fragte sie und trat näher, denn es schickte sich nicht, sich laut zuzurufen.

»Ja, Tine. Herr Pfeifer war so freundlich …« Betreten wich er ihrem Blick aus. Gewiss, Tine selbst hatte ja Arbeit hier gefunden. Aber es war doch etwas anderes, wenn ausgerechnet Alfred, mit dem sie eine so lange Freundschaft auf dieser Insel verband, im »Imperial« arbeitete. Jedenfalls konnte er das durchaus so sehen.

»Ich freue mich für dich!«, sagte Tine deshalb nachdrücklich. Weshalb auch sollte er ein schlechtes Gewissen haben, nun hier in Stellung zu sein. Das »Imperial« war die beste Adresse der Insel – und Alfred war einer der fähigsten Hausdiener, die Tine kennengelernt hatte. Die Pension Wagner, in der sie einst gemeinsam gearbeitet hatten, stand seit langem leer und würde wohl bald abgerissen werden. Und dass ausgerechnet Alfred dauerhaft Hilfsarbeiten beim Bootsbauer Reimers verrichten würde, nachdem er mit Frau Wagners Tod vor beinahe zwei Jahren seine Stelle verloren hatte, das wäre nicht recht gewesen.

»Danke, Tine. Ich weiß nicht ...« Er räusperte sich. »Wegen deinem Mann und allem ...«

»Ach, Alfred! Ich meine es ehrlich: Du bist ein guter Mann, du verdienst eine gute Stellung. Was bist du nun hier? Erster Hausdiener?«

»Na ja, nun übertreib mal nicht, Tine. Ich bin Hausdiener.« Er lächelte und fuhr sich durch den dichten Haarschopf. »Immerhin darf ich Herrn Imhof vertreten, wenn er seinen freien Tag hat.«

Herrn Imhof. Henry hatte eingeführt, dass der Erste Hausdiener des »Imperial« nicht wie alle anderen Bediensteten mit Vornamen angesprochen wurde, sondern wie die Hausdame mit seinem Familiennamen. Erst jetzt fiel Tine auf, dass sie Alfreds Nachnamen gar nicht kannte oder sich zumindest nicht erinnern konnte. »Falls er sich mal entschließt, woanders zu arbeiten, wirst du dann wohl Herr Alfred werden«, sagte sie lachend.

»Ja. Also: Herr Prünn.«

»Herr Prünn. Schöner Name.«

Nun war es Alfred, der lachte. »Lass gut sein, Tinchen. Man soll das neue Jahr nicht gleich mit Schwindeleien beginnen.«

Tinchen, so hatte er sie manchmal genannt, als sie noch

ganz neu im Haus Wagner war – und häufig verzweifelt ob ihrer Unzulänglichkeit und Unerfahrenheit. Wäre Alfred nicht gewesen, sie hätte sich womöglich nicht auf der Insel halten können. »Nun«, sagte Tine. »Erstens würde ich niemals wagen, dich anzuschwindeln. Und zweitens weiß ich jetzt, dass für unser gutes altes Haus bestens gesorgt ist. Jetzt kann die neue Saison kommen.«

»Das kann sie, Tine. Das kann sie.« Alfred nickte gen Westen hin. »Wird aber noch ein büschen dauern. Erst einmal muss sich der Winter austoben.«

Tine folgte seinem Blick. Am Horizont waren schwere Regenwolken heraufgezogen. Der Wind hatte zugenommen und fuhr schneidend in ihren Mantel. Sie schlang die Arme um sich. »Ich muss dann mal«, sagte sie und deutete auf ihre Tasche. »Ich wollte Frau Liebrecht einen Kuchen vorbeibringen.«

»Tu das, Tine. Die alte Dame wird sich freuen. Grüß sie von mir.«

»Gerne.« Sie winkte noch einmal, dann setzte sie ihren Neujahrsspaziergang fort, ohne zu bemerken, wie Henning Pfeifer sie aus einiger Entfernung neugierig beobachtete.

***

Wie immer saß Frau Liebrecht, die alte Hebamme der Insel, ohne Licht in ihrer düsteren kleinen Kate. Wenigstens brannte im Herd ein kleines Feuer, sodass es in der Küche nicht völlig kalt war. »Guten Morgen, Frau Liebrecht!«, grüßte Tine und duckte sich durch die niedrige Eingangstür.

»Ach, Tine«, seufzte die alte Dame statt einer Begrüßung. »Kommst am Neujahrstag bei mir vorbei, was bist du für ein guter Mensch.«

»Nu, Frau Liebrecht, wo sollte ich denn hin, wenn nicht

hierher?«, erwiderte Tine gerührt und wie immer ein bisschen erschrocken, weil es mehr als deutlich war, dass die alte Hebamme so gut wie nichts mehr sah. Immerhin, in ihrem Häuschen kannte sie sich so gut aus, dass sie sich zurechtfand. »Setz dich zu mir. Darf ich dir etwas anbieten? Vielleicht einen Tee? Ist vielleicht schon kalt, aber das macht ja nichts, oder?«

Tine blickte zur Anrichte hin, auf der die Kanne stand. Vermutlich noch vom Vortag. Alles wirkte etwas verwahrlost. Aber wie sollte auch eine alleinstehende alte Frau, der das Augenlicht abhandengekommen war, Ordnung halten und putzen und alles proper und adrett richten? Das war eben einfach nicht möglich. Und es war auch nicht nötig, fand Tine. Auch so sah man, dass ein guter Geist in diesem Hause herrschte. »Lassen Sie mal«, entgegnete sie. »Ich hab uns etwas mitgebracht.« Uns. Natürlich. Denn auch wenn die Sachen für die Hebamme waren, so wusste Tine doch längst, wie wertvoll es für die alte Dame war, dass jemand sich zu ihr setzte und ihr ein wenig Gesellschaft leistete. Eigentlich war das sogar wichtiger als die Gaben selbst, die sie dabeihatte: »Einen kleinen Kuchen, den ich für Sie gebacken habe«, erklärte sie. »Und ...« Sie machte eine bedeutsame Kunstpause. »... und ein Fläschchen von Frau Thevessens berühmtem Sanddornschnaps, und zwar mit den allerbesten Neujahrswünschen aus der Pastorei.«

»Ach, Kindchen«, seufzte die alte Frau. »Was seid ihr doch für gute Menschen! Tausend Dank. Ich kann mich ja leider gar nicht erkenntlich zeigen.« Sie lachte leise. »Zumindest nicht, solange du nicht nochmal schwanger wirst.« Ein wehmütiger Zug umspielte ihre Lippen. Und ganz leise, sodass sie fast nicht zu hören war, fügte sie hinzu: »Überleg es dir, Mädchen. Das Leben ist doch noch nicht vorbei.«

Tine überhörte die letzten Worte. Stattdessen stand sie auf

und holte zwei Gläser aus dem Schrank. Sie war so oft hier und der alten Frau schon so oft zur Hand gegangen, dass sie sich in der kleinen Kate auskannte wie in ihrem eigenen Zuhause. »Es ist zwar noch ein bisschen früh«, sagte sie, als sie zwei Fingerbreit von dem Schnaps einschenkte. »Aber wir müssen ja noch auf das neue Jahr anstoßen, nicht wahr?« Sie schob der Hebamme ein Gläschen hin.

»Recht hast du, Tine. Das müssen wir. Und auf das neue Jahrhundert gleich dazu.« Die alte Dame hob ihr Glas und erklärte: »Auf eine glückliche Zukunft, Tine. Für dich und für alle Helgoländer – vor allem für die, die noch kommen werden.«

»Ja, vor allem für die«, erwiderte Tine und stieß mit ihr an. Es würden nicht wenige sein. Und die meisten würden – zumindest in der nächsten Zeit – mit Hilfe der alten Hebamme und mit Tines Hilfe zur Welt gebracht werden. Denn seit längerem war Tine zur Gehilfin der alten Frau geworden. Dutzende Kinder waren inzwischen mit Tines Hilfe entbunden worden. Aber jedes Mal stellte Tine aufs Neue fest, dass man wohl alles nach den Regeln lernen und wissen konnte, die Erfahrung aber durch nichts zu ersetzen war. Und diese Erfahrung hatte nun einmal Frau Liebrecht, die über fünfzig Jahre dem größten Teil der Insulaner auf die Welt geholfen hatte. So kam es, dass Frau Liebrecht, obwohl alt und gebrechlich, zu den angesehensten Persönlichkeiten der Insel zählte, und dass viele, die ihr begegneten, sie mit einer tiefen Verbeugung begrüßten und stets den Hut vor ihr zogen. Nur dass die alte Dame, wenn sie nicht zu einer Untersuchung oder Geburt gerufen wurde, kaum noch aus dem Hause ging. Zu schwer fiel ihr das Gehen, zu unangenehm war ihr, dass sie ihr Gegenüber meist nicht mehr erkannte.

»Bei den Westgards wird es jetzt bald so weit sein«, durchbrach Tine die Stille nach einer kleinen Weile.

»Ja, das dürfte jeden Tag so weit sein. Macht mir ein bisschen Sorgen, weil sie so zierlich ist.«

»Aber sie ist noch so jung«, erwiderte Tine. »Da ist sie stark, oder?«

»Das kann man nur hoffen. Gerade mal achtzehn, das Mädchen. Sie hätten schon noch etwas warten können.«

»Wer will schon warten in dem Alter«, sagte Tine und dachte zurück. Sie selbst war erst neunzehn Jahre alt gewesen, als Jette auf die Welt gekommen war.

»Ich wollte, Anne Rüger käme endlich nieder«, murmelte Frau Liebrecht. »Sie ist seit drei Tagen überfällig.«

Tine nickte. »Ich hatte ja erwartet, dass die Wehen in der Silvesternacht einsetzen.«

»Ja, das hätte gepasst. Gerade die komplizierten Geburten suchen sich immer die Unzeit aus.«

Kompliziert, das war zu befürchten. Denn Anne Rüger hatte den größten Bauch, den Tine je gesehen hatte. Die beiden Frauen waren sich sicher, dass es Zwillinge werden würden, zumal auch die Herztöne dafür sprachen. »Aber Frau Rüger macht uns keine Sorgen, oder?«, fragte Tine.

»Nein«, beruhigte die alte Hebamme sie. »Frau Rüger ist kräftig und gesund. Die würde ihre Kinder wahrscheinlich auch alleine bestens zur Welt bringen.«

»Gebe Gott, dass es so ist.«

Ohne lange zu fragen, räumte Tine ein wenig bei der alten Dame auf, machte frischen Tee, richtete ihr einen Teller mit Kuchen und fegte rasch den Küchenboden, ehe sie sich wieder auf den Weg machte. Dankbar drückte ihr Frau Liebrecht die Hände, als sie in der Tür standen, den Gruß musste sie hinunterschlucken, weil ihr Tränen in den Augen standen. Tine nickte. »Danke, Frau Liebrecht.« Sie versuchte, so leichthin wie möglich zu klingen. »Wir sind morgen um zehn Uhr bei Rügers, wollen wir zusammen hingehen?«

Die alte Dame nickte. Dann wandte sich Tine um und machte sich wieder auf den Weg.

Inzwischen war aus der steifen Brise ein stürmischer Wind geworden, der Tine heftig entgegenschlug, als sie sich auf den Weg zum Laden von Frau Fricke machte. Die Blumenhändlerin war in den Wintermonaten nicht auf der Insel. In der Zeit versorgte Tines Schwester Fritzi den Laden, auch wenn es nicht viel zu tun gab. Denn »Blumen Fricke« war von Ende Oktober bis Anfang März geschlossen. Also galt es nur, die Topfpflanzen, die Frau Fricke im alten Jahr nicht hatte verkaufen können, ins neue Jahr zu retten, die Post durchzusehen, hier und da eine Nachricht nach Hamburg zu schicken, wo sich die Blumenhändlerin in der Zeit aufhielt, und das Haus halbwegs in Schuss zu halten. Aufgaben, auf die sich Fritzi bestens verstand. Denn aus dem etwas zurückgebliebenen Mädchen von einst war eine selbständige Frau geworden, die sich im Alltag gut zurechtfand, von jedermann mit Respekt behandelt wurde – und die sogar ihr Liebesglück gefunden hatte!

»Moin, Tine!«, rief Fritzi erfreut, als sie ihre Schwester erblickte. »Komm herein!«

»Gerne. Moin, Fritzi. Wie geht es dir?« Die jungen Frauen umarmten sich, und Tine hatte den Eindruck, dass Fritzis Bauch seit letztem Mal endlich etwas größer geworden war. Denn bisher war die Schwester trotz der fünf Monate, die die Schwangerschaft nun schon währte, gertenschlank geblieben, sodass sie sich schon Sorgen gemacht hatte.

»Danke, Tine, es ging mir noch nie besser!« Sie legte die

Hände auf die Wölbung. »Ich kann es jetzt auch endlich spüren.«

»Wie schön, Fritzi. Darf ich?« Tine fasste den Bauch ihrer Schwester an, und in der Tat schien sich das Kind zu bewegen. Sie lächelte. »Ich freue mich so für dich.«

»Ich mich auch, Tine.« Dennoch verriet die Miene der jüngeren Schwester, dass etwas sie belastete. »Was ist?«, wollte Tine wissen.

»Das Kind ... es wird kommen, wenn ...«

»Wenn?«

»Wenn Frau Fricke zurück ist.«

»Na, das ist doch wunderbar, oder? Dann musst du nicht mehr für alles alleine sorgen.«

»Ja«, bestätigte Fritzi. »Aber es ist auch die Zeit, in der wir mehr Arbeit haben. Viel mehr!«

In der Tat bedeutete die Rückkehr der Blumenhändlerin in ihren Laden auf Helgoland, dass die Saison wieder begann und alles vorbereitet werden musste für die ersten Besucher, die wenig später auf der Insel anlanden würden. Stets kam Frau Fricke mit einer Vielzahl von Kisten zurück, deren Lagerung im Frachtraum des Dampfers sie höchstpersönlich überwachte, damit nur ja keine der zarten Pflanzen Schaden nahm, um später dann das Löschen der Ladung aus dem Schiffsbauch ebenso akribisch zu verfolgen. Alles wurde danach eiligst zum Laden gebracht, dort ausgepackt, hergerichtet, zugeschnitten, gegossen, um- oder eingetopft ... Die Arbeit, die Frau Fricke jedes Mal mitbrachte, hätte eine ganze Kompanie beschäftigt. Aber tatsächlich musste sie von zwei Frauen erledigt werden: ihr selbst und Fritzi, die alles für die Rückkehr der Blumenhändlerin vorzubereiten hatte. Schwere Arbeit also kam im März auf Tines Schwester zu – zu einer Zeit, in der sie hochschwanger sein und der Niederkunft entgegenfiebern würde. »Ich werde dir fleißig helfen, Fritzi«, erklärte Tine. »Mach dir keine Sorgen. Wenn wir das zu dritt machen, wird es nicht mehr so viel sein. Und auch nicht mehr so schwer.« Sie selbst würde die kräftezehrendsten Arbeiten erledigen, um ihre Schwester zu entlasten. Alles Weitere würde sich finden und fügen.

»Du bist die Beste, Tine«, sagte Fritzi und küsste ihre Schwester auf die Wange. Dann wandte sie sich um. »Magst du einen Tee mit mir trinken?«

»Danke, Fritzi, ich hatte schon Tee bei Frau Liebrecht. Ich wollte nur nach dir sehen. Aber nun muss ich mich beeilen. Es sieht aus, als würde jeden Moment ein Sturm losbrechen.«

Erschrocken sah Fritzi nach draußen. »Ja, wirklich, Tine!«, rief sie. »Das sieht nicht gut aus. Und ich wollte noch rasch hinauf zu St. Nicolai und ein Gebet sprechen. Für …« Sie griff sich an den Bauch.

»Ich weiß nicht, ob das so eine gute Idee ist, Fritzi.«

»Hm.« Die Schwester schien auch zu zögern, was Tine beruhigte.

»Bleibst du noch bei mir?«

»Ich habe viel zu viel zu tun, Fritzi. Aber ich komme dich morgen wieder besuchen, ja? Grüß mir Simon.«

»Das will ich gerne tun.«

***

Als Tine auf halbem Wege zwischen dem Blumenladen und dem Fahrstuhl zum Oberland war, krachte der erste Blitz herab. Im nächsten Augenblick goss es wie aus Eimern. Die Wellen peitschten an den Südstrand, dass die Gischt hoch aufspritzte, die Wolken hatten den Himmel so verdüstert, dass es dunkel war wie in tiefster Nacht. »O Gott!«, rief Tine und drückte sich entsetzt an den Schaukasten der Gemeinde an der Promenade, der von einem Dächlein geziert war. Aber das brachte natürlich nichts. Die Urgewalten, die sich über Tine entluden, schienen davon nur noch mehr herausgefordert. Graupelkörner prasselten auf sie herab, der Wind entriss ihr den Hut, der im nächsten Augenblick im Wasser landete und von den brechenden Wellen verschluckt wurde.

Mit dem Mut der Verzweiflung rannte Tine über die Promenade und hastete die Treppen des nächstgelegenen Hauses hinauf: des ehemaligen Hotel Heesters.

Der Hausdiener Theo musste sie beobachtet haben, denn in dem Moment, in dem sie oben ankam, riss er von innen die Tür auf und reichte ihr den Arm. »Schnell, Frau Heesters, kommen Sie herein!«

»Danke, Theo«, keuchte Tine. »Was für ein Unwetter!«

»Es hat sich aber angekündigt«, erwiderte der Mann, der längst in den besten Jahren genannt werden durfte, und hob mahnend die Augenbrauen.

»Ich weiß, Theo, ich weiß. Aber ich hatte nicht damit gerechnet, dass es so schnell geht.«

»Auf der Insel kann das Wetter in Minuten umschlagen, Frau Heesters. Sie sind nun lange genug hier, Sie sollten es langsam wissen.«

»Sie haben recht, Theo. Ich habe einfach nicht aufgepasst.« Tine sah sich um. »Wie geht es Ihnen?«

Plötzlich schien die Stirn des Hausdieners umwölkt. »Wie man es nimmt, Frau Heesters. Wie man es nimmt.«

»Na, Sie sehen doch blendend aus, Theo! Die neue Saison steht vor der Tür, das Jahr ist ganz frisch …«, versuchte Tine ihn aus seiner offenbar melancholischen Stimmung zu reißen.

»Gewiss«, stimmte der Hausdiener zu. »So ist das«, um dann

leise anzufügen: »Für mich wird es die letzte Saison sein und das letzte neue Jahr.«

»Wollen Sie denn aufhören, Theo?«

»Ich nicht, Frau Heesters. Aber ich spür's. Der da oben …« Er deutete zum Himmel. »Der da oben wird schon dafür sorgen.«

»Sagen Sie das nicht, Theo, Sie sind doch ein Mann in den besten Jahren!«

Der alte Hausdiener blickte wehmütig durch die Tür nach draußen. Ja, für andere mochte das wohl gelten, aber es war mehr als deutlich erkennbar, dass er für sich selbst nicht dieser Ansicht war. »Was immer das heißt, Frau Heesters«, murmelte er. »Was immer das heißt.« Er lächelte ihr zu und nahm wieder sein Werkzeug auf, mit dem er im Haus unterwegs gewesen war, bevor Tine es betreten hatte. »Ich suche Ihnen mal was zum Überziehen.« Während Theo im hinteren Teil des Gebäudes verschwand, öffnete sich die Tür zum Kontor, und Georg Schlüter, der Jüngere, trat heraus. »Sieh da, welche schöne Überraschung!«, grüßte er Tine.

Obwohl der Hotelerbe immer ein freundliches Wort für sie übrig hatte, war ihr seine Gegenwart unangenehm, zumal er die Eigenart hatte, immer gerade da aufzutauchen, wo Tine ihn nicht erwartete. In seinem Hotel nun war das freilich etwas anderes. »Ich wurde vom Unwetter überrascht, Herr Schlüter«, erklärte sie. »Bin gleich wieder weg.«

»Ach, ich habe gerade nichts zu tun, leisten Sie mir doch etwas Gesellschaft. Auf einen Grog vielleicht?«

Tine schüttelte den Kopf. »Sonst gerne. Aber heute habe ich leider gar keine Zeit.«

»Tatsächlich? Sie werden doch gewiss nicht gleich wieder hinaus in den Weltuntergang flüchten?«

In dem Augenblick trat Theo hinzu und reichte Tine einen Südwester. »Der hier sollte passen«, sagte er unter dem unwilligen Blick seines Dienstherrn. »Sie wollen doch unseren Gast nicht in die Sintflut hinausschicken, Theo!«, empörte sich Schlüter künstlich. Doch Tine nahm den Überzieher und machte nur einen kleinen Knicks. »Das passt perfekt für mich, vielen Dank! Ich bringe ihn morgen wieder.« Mit einem letzten Blick streifte sie den Schweißfilm, der sich auf Schlüters Stirn und Oberlippe gebildet hatte, und die roten Flecken, die sich auf seinen Wangen zeigten, dann schlüpfte sie in den Südwester hinein und zur Tür hinaus.

***

Zweites Kapitel

So war Tine halbwegs geschützt wieder zurückgekommen ins Pfarrhaus. Doch der Sturm jagte über die Insel, als wollte er sie ins Meer reißen. Immer wieder war Tine ganz bang, wenn sie ein solches Unwetter auf Helgoland erlebte. Es war etwas völlig anderes, ob man die Urgewalten der Natur in Hamburg erlebte, wo auf jedem Schritt ein mächtiges Bauwerk Schutz bot, oder hier: mitten in der rauen See, wo man von deren entfesselten Kräften ganz und gar umgeben war. »Gottchen, Tine!«, rief Frau Thevessen, als sie endlich im Flur stand, tropfnass und durchgefroren. »Was hab ich mir Sorgen gemacht!«

»Tut mir leid, Frau Thevessen«, erwiderte Tine zitternd. »Ich bin überrascht worden. Und ich wollte nicht... Na ja. Jetzt bin ich ja hier.«

»Gott sei Dank!«, sagte der Pastor, der ebenfalls hinzugetreten war. »Das war ein Ausflug zur falschen Zeit.«

»Ein Neujahrsspaziergang«, korrigierte Tine.

»Allerdings«, lachte der Pastor. »Einer, den du nicht vergessen wirst.«

»Da haben Sie allerdings recht, Pastor Thevessen.«

»Na, dann ist mal Zeit, dass ich meinen Neujahrsspaziergang rasch erledige.«

»Du, Detlev?«, fragte seine Frau fassungslos.

»Keine Sorge, Liebes, ich muss nur rasch die Kirche aufsperren. Ich bin gleich wieder da. Magst du mir den Südwester ausleihen, Tine? Der ist sowieso schon klitschnass.«

»Geben Sie mir einfach den Schlüssel, Herr Pastor«, entgegnete Tine und streckte die Hand aus. »Ich bin auch klitschnass. Da muss nicht noch einer mehr nass werden.«

Der Pastor zögerte kurz, erkannte dann aber, dass Tine recht hatte, und gab ihr den Schlüssel. »Du kommst aber sofort wieder?«

»Darauf können Sie sich verlassen, Herr Pastor!«, lachte Tine. »Ich freue mich schon darauf, mir eine Tasse Tee zu machen.«

»Um den kümmere ich mich inzwischen«, warf die Pastorengattin ein. Im nächsten Moment war Tine wieder durch die Tür und lief die Casino- und die Kirchenstraße hinab zu St. Nicolai. Gegen die dunklen Wolken wirkte der Bau noch imposanter als sonst. Von den Kasernen abgesehen, war die Kirche der größte Bau des Oberlands, und der Turm erhob sich eindrucksvoll in einsame Höhen wie ein Bruder des Leuchtturms. Bei Sturm war die Kirche nie verschlossen, um jederzeit all jenen Zuflucht zu gewähren, die in ihren Mauern Schutz suchten. Sie hätte längst geöffnet sein sollen, gerade an diesem besonderen Tag.

Schon von ferne sah Tine einen Schatten am Fuß des Portals. Und als sie näher kam, war ihr, als kauerte dort ein Mensch, der sich unter den mächtigen Bögen des Kirchtors vor den Elementen zu schützen suchte. Aber erst als sie schon ganz nah war, erkannte Tine, wer da auf den steinernen Stufen lag. »Fritzi!«, rief sie entsetzt. »Fritzi!« Sie stürzte auf die Schwester zu und packte sie an den Schultern. »Was ist mit dir?«

Die kleine Schwester blickte mit tränenvollen Augen zu ihr auf und ächzte. »Mein Kind … Tine! Bitte!« Sie schluchzte. »Mein Kind!«

Da entdeckte Tine den dunklen Fleck, der sich unter Fritzi

gebildet hatte. Das Fruchtwasser war abgegangen, vielleicht auch Blut, man konnte es im Dämmer des Sturmlichts nicht erkennen. »Komm«, keuchte Tine und hakte ihre Schwester unter. »Wir müssen rüber in die Pastorei.« Wenn das Kind jetzt kam, dann würde es nicht überleben. Wahrscheinlich war es bereits im Mutterleib gestorben. Fritzi hatte eine Fehlgeburt erlitten. Im fünften Monat, dachte Tine. Wie furchtbar.

Wenig später schleppten sich die beiden Frauen über die Schwelle des Pfarrhauses. Die Pastorengattin schlug die Hände vor den Mund, als sie die beiden sah. »Um Himmels willen!«, rief sie. »Was ist geschehen?«

»Ich fürchte, meine Schwester hatte eine Fehlgeburt«, erklärte Tine und hielt Fritzi ganz fest. Sie spürte, wie sich ihr Körper bei diesen Worten versteifte. Natürlich. Auch wenn es der kleinen Schwester selbst bewusst gewesen sein musste: Es so zu hören war noch einmal etwas ganz anderes. »Ach, Kindchen, ach, Kindchen!«, rief Frau Thevessen und nahm Tine die Schwester aus dem Arm, drückte sie fest und brachte sie dann hinüber in die Stube. »Nun leg dich hierhin«, sagte sie und richtete rasch ein Kissen für den Kopf auf dem Kanapee. »Ich bring dir gleich …« Sie blickte zu Tine hin. »Was soll ich denn jetzt tun?«, fragte sie auf einmal ratlos. »Kann sie etwas trinken? Oder brauchen wir … Ich weiß ja nicht …«

»Ein paar frische Tücher wären gut, Frau Thevessen«, erklärte Tine. »Das Fruchtwasser ist abgegangen, aber es wird noch etwas nachkommen. Sie hat Blut verloren. Aber vor allem müssen wir das Kind jetzt holen.«

»Das Kind holen?«, erwiderte die Pastorengattin erschrocken.

»Es kann nicht drinbleiben.«

»Nein, natürlich nicht. Du hast ganz recht, Tine. Wir machen es so, wie du sagst.«

***

Wenig später saßen Tine und Frau Thevessen an Fritzis Lager und hielten ihr die Hände. Gemeinsam sprachen sie ein Gebet und versuchten, die Untröstliche zu trösten. In der großen Waschschüssel unter einem Leinentuch lag der Körper des Kindes, winzig und zerbrechlich. Natürlich war es bereits tot gewesen, als Tine es unter größten Anstrengungen ihrerseits und vor allem Fritzis aus deren Leib gepresst hatte. Es war nicht die erste Totgeburt, die sie erlebt hatte – aber nie war ihr das Schicksal der Mutter so nah gegangen. Zum einen natürlich, weil es ihre eigene Schwester war, die das so sehnlich erwartete Kind verloren hatte. Zum anderen, weil die Schwangerschaft schon so weit fortgeschritten war. Dass eine werdende Mutter die Frucht in den ersten Wochen verlor, das kam ja durchaus häufig vor. Meist wurden die Hebammen – wenn überhaupt – nur gerufen, um anschließend »nach dem Rechten zu sehen«. Aber zu so fortgeschrittener Zeit, das gab es nicht so häufig.

Leise und respektvoll trat der Pastor näher. »Der Herr hat's gegeben, der Herr hat's genommen«, murmelte er, sich wohl bewusst, dass er damit keinerlei Trost spenden konnte.

»Herr Pastor«, flüsterte Fritzi. »Das Kind …«

»Es war ein Mädchen«, sagte Tine leise.

»Meine Tochter …«

»Ja?«

»Sie ist … ist nicht …«

Der Pastor nickte. »Ich weiß, Fritzi, sie ist nicht getauft.«

»Aber dann wird sie nicht … ins Himmelreich eingehen!«, schluchzte Fritzi mit einem Mal so laut, dass es Tine mitten ins Herz traf.

Doch der Pastor schüttelte den Kopf. »Das wird sie, Fritzi.

Die Ungeborenen sind Gottes Kinder und bedürfen keiner Taufe, um in sein Reich einzugehen.«

»Wirklich, Herr Pastor?«

»Wahrhaftig, Fritzi. So ist es und nicht anders. Dein Kind, deine Tochter, ist schon jetzt im Himmelreich und blickt auf uns herab und dankt dem Herrn für unsere Liebe.«

»Unsere Liebe? Aber sie hat doch gar nicht …«

»Doch, Fritzi. Wir trauern und zeigen ihr so, dass wir sie geliebt haben, selbst wenn sie noch nicht zur Welt gekommen war. Außerdem …« Er atmete tief durch, Tine konnte erkennen, wie sehr auch ihm die Situation naheging. »Außerdem: Du hast dieses Kind auf seinem letzten Weg auf Erden in deinem Leib zum Herrn getragen! Wie viel näher kann man Gott kommen?«

»So habe ich es gar nicht bedacht«, sagte Fritzi, während Frau Thevessen heimlich ein Taschentuch aus ihrem Ärmel zupfte und sich die Nase putzte. »Wahrlich«, sprach der Pastor. »Die Wege des Herrn sind unergründlich.«

Ja, dachte Tine, das sind sie, immer wieder. Aber manchmal wünschte sie, diese Wege wären leichter für die Menschen, die sie zu gehen hatten.

***

Fritzi hatte darauf bestanden, das Kind zu sehen, es einmal im Arm zu halten. Nur widerstrebend hatte sich Tine überwunden, es aus der Waschschüssel zu heben und ihr auf den Bauch zu legen, das winzige Köpfchen am Busen der Schwester. Eine Weile hatten sie so leise weinend beieinandergesessen: nur Fritzi, Tine und das Kind, dessen kleiner Leib sich bei jedem Atemzug und jedem Schluchzen der Mutter hob und senkte. Dann, irgendwann, schien Fritzi ihren Frieden mit dem Geschehenen gemacht zu haben. »Nimm sie«, sagte sie leise zu Tine. »Ich möchte, dass du sie begräbst.«

Tine nickte. »Ja«, flüsterte sie. »Ich bitte Pastor Thevessen um eine Grabstelle auf dem …«

Doch Fritzi schüttelte den Kopf. »Sie soll unterm Flieder liegen.« Unter den Fliedersträuchern im Pfarrgarten. Auch Tine schluchzte. Natürlich: der Ort, den Fritzi auf der Welt am meisten liebte. Stundenlang konnte sie an schönen Tagen dort auf dem Bänkchen sitzen. »Thevessens sind bestimmt damit einverstanden«, sagte Tine und hob den Körper des kleinen Menschleins sacht von Fritzis Bauch. »Ich kümmere mich darum.«

»Danke, Tine. Ich bin so froh, dass ich dich habe.«

»Ach, Fritzi, ich wünschte, ich hätte dir helfen können«, versuchte Tine ihre eigene Not zu erklären. »Immer wieder bringen wir Kinder zur Welt. Und dann ausgerechnet bei dir …« Fritzi lächelte matt. »Vielleicht bekomme ich ja eines Tages eines, das du zur Welt bringen kannst.«

»Das wünsche ich dir, Fritzi«, sagte Tine. Und ganz leise fügte sie hinzu: »Und mir. Mir wünsche ich es auch.«

Dann wickelte sie das Leinentuch, mit dem der kleine Leichnam bedeckt gewesen war, um das Kind und trug es hinaus. Sie fragte nicht. Sie wusste, dass das Pastorenpaar nichts dagegen haben würde. So ging sie in den Garten, legte den winzigen Körper neben das kleine Gewächshaus, wo er geschützt war, und hob mit dem Spaten ein Grab aus. Sie spürte nicht den Wind und nicht den Regen, achtete nicht auf ihre eisigen Hände, nicht auf die triefende Nase und das nasse Haar. Sie grub nur, arbeitete sich ab an den Widrigkeiten dieses schrecklichen Tages und stand zuletzt vor einem Loch, wie man es brauchte, um einen Rosenstrauch zu pflanzen. »Der

Herr hat's gegeben, der Herr hat's genommen«, murmelte nun auch sie mit schwerem Herzen. Dann legte sie den winzigen Kinderkörper hinein und kniete sich nieder, um noch ein Vaterunser zu sprechen, ehe sie mit bloßen Händen die Erde, die sie ausgehoben hatte, wieder zurückschob und das kleine Wesen damit bedeckte. Als sie dieses einsame Begräbnis vollbracht hatte, fand sie nicht mehr die Kraft, aufzustehen und ins Haus zu gehen. Stattdessen blieb sie auf ihren Knien unter dem Fliederstrauch und weinte, bis sie bemerkte, dass die Musik, die sie in ihrem Kopf hörte, keine Einbildung war, sondern dass tatsächlich jemand sang:

Guten Abend, gute Nacht,
Mit Rosen bedacht.
Mit Näglein besteckt,
Schlüpf unter die Deck'.

Mit zitternder Stimme begann sie mitzusingen:

Morgen früh, wenn Gott will,
Wirst du wieder geweckt.
Morgen früh, wenn Gott will,
Wirst du wieder geweckt.

Dann erst konnte sie aufstehen und sich wieder dem Haus zuwenden, wo am geöffneten Fenster Fritzi stand, ihre Schwester mit der wunderschönen Stimme, dieser liebe und geliebte Mensch, Fritzi, die ihr erstes Kind verloren und nun die Kraft aufgebracht hatte, ein Totenlied zu singen, das der Sturmwind über die Insel trug, irgendwohin, wo vielleicht die Seele des Kindleins es hören mochte.

***

Zwei Tage lang hielt das Unwetter die kleine Insel in der Nordsee in seinen mächtigen Klauen, schüttelte sie durch, entriss ihr manch loses Gewerk, zerstörte Gerüste auf der Hafenbaustelle, trug einen beträchtlichen Teil des Dünenstrands ins Meer und ließ die Einwohner an die alten Sagen aus früheren Jahrhunderten denken, in denen stolze Orte in den Fluten der Nordsee versunken waren.

Fritzi verbrachte die meiste Zeit in Tines und Jettes Kammer, schlafend, betend, trauernd. Sie sollte jetzt nicht allein sein, darin waren sich alle einig. Und Simon war ja nicht da, weil er zwischen den Jahren nach Cuxhaven übergesetzt hatte, um auf einer Werft auszuhelfen, und dann wegen des Sturms nicht hatte zurückkommen können. »Vielleicht kommt das Postschiff morgen«, sagte der Pastor beim gemeinsamen Vespermahl. »Die See hat sich beruhigt, und es sieht nicht nach weiteren Unwettern aus.«

»Vielleicht«, murmelte Fritzi leise.

Tine griff nach ihrer Hand. »Er hätte nichts tun können, Fritzi, das weißt du.«

»Er hätte da sein können. Bei mir. Und bei unserem Kind.« Sie sog tief die Luft ein. »Er hätte Abschied nehmen können.«

»Das kann er immer noch, Fritzi«, erklärte der Pastor. »Ich werde mit ihm gemeinsam am Grab eures Kindes beten.«

Fritzi nickte tapfer. Dann nippte sie an ihrem Tee. Sie hatte die vergangenen Tage kaum etwas zu sich genommen, Tine hatte sie nötigen müssen, wenigstens den ein oder anderen Bissen zu essen. Wenn das so weiterging, würde die Schwester noch ernsthaft krank werden. Es war wirklich höchste Zeit, dass Simon wieder zurückkehrte.

Von draußen ertönte der Türklopfer. Er wurde so heftig geschlagen, dass die ganze kleine Gesellschaft um den Tisch zusammenzuckte. »Da hat es jemand eilig«, sagte der Pastor und hob die Hand. »Ich gehe schon.«

Augenblicke später stand er wieder in der Tür. »Tine, schnell! Bei Rügers ist es so weit!«

Endlich! Tine spürte, wie ihr Herz ganz aufgeregt schlug. Endlich würde die arme Lenchen Rüger von ihrem gewaltigen Bauch erlöst werden und ihr Kind bekommen. »Ich bin schon unterwegs«, rief sie und warf sich im Laufen den Mantel über. Die Tasche für solche Zwecke stand stets gepackt neben der Tür auf einem kleinen Schränkchen. »Jette, lauf zu Frau Liebrecht und hilf ihr, zu Rügers zu kommen. Beeilt euch!« Sie griff sich die Tasche, schlüpfte in ihre Schuhe und rannte hinter Adalbert Rüger her zu dessen Haus, das zum Glück nicht weit entfernt lag. »In welchen Abständen kommen die Wehen?«, fragte sie im Laufen.

»Ich … ich weiß es nicht«, keuchte der Mann, der sonst immer so aufgeräumt wirkte, so »souverän«, wie es der Pastor nannte. »Sie kommen … schnell hintereinander?«

»Gut«, entgegnete Tine. »Wir werden ja sehen. Liegt sie?«

»Ja. Sie ist im Schlafzimmer. Wir haben ihr ein frisches Bett gemacht.« Wir. Das hieß wohl: Er und seine Mutter, die bei Rügers wohnte.

Schon bogen sie in den Mittelweg ein, im nächsten Moment lief Tine die Treppe hoch ins Dachgeschoss, wo Rügers ihre Schlafkammer hatten. Sie hatte die Frau schon von unten stöhnen gehört. Die Schwiegermutter stand daneben und klagte: »O Gott, o Gott! Es wird doch alles gut gehen?«

Tine schlug die Bettdecke zurück und warf einen Blick unter das Nachthemd der Gebärenden. Das Fruchtwasser war zwar abgegangen, aber noch war nichts zu sehen. »Haben Sie Schnaps, Herr Rüger?«

»Schnaps?«

»Ja, schnell! Am besten Klaren!«

Sekunden später hielt ihr der werdende Vater zitternd eine Flasche Gin hin. Der Geruch stach Tine in die Nase. »Danke.« Sie streckte ihm die Hände entgegen. »Nun schütten Sie mir schon etwas darüber!«

Der verwirrte Mann tat wie ihm geheißen, und Tine rieb sich die Hände mit Schnaps ein. »Haben wir saubere Tücher?«

»Ich habe welche vorbereitet«, ließ sich seine Mutter im Hintergrund vernehmen. Sie reichte Tine ein weißes Leinentuch. Die rieb sich die Hände trocken und wies den Mann hinaus: »Ich habe meine Tochter nach Frau Liebrecht geschickt. Sehen Sie zu, wie Sie den beiden helfen können, damit sie möglichst schnell hier sind.«

»Natürlich.« Der Mann wirkte geradezu froh, dass er den Ort des Geschehens wieder verlassen konnte. Selbst seine Frau schien aufzuatmen. Eine Geburt war nun einmal nichts, wo man einen Mann dabeihaben wollte. »Danke«, hörte Tine die Frau flüstern. Dann kam die nächste Wehe, und Lenchen Rüger stöhnte auf, krümmte sich zusammen und warf den Kopf zur Seite.

»Du musst ruhig und tief atmen, Lenchen«, erklärte Tine. Sie hatte sich angewöhnt, die Frauen beim Vornamen zu nennen, wenn sie bei der Geburt half. Das war eines von Frau Liebrechts Geheimnissen: Im Moment der Niederkunft sollte sich jede Frau ganz zu Hause fühlen, geborgen, unter Freundinnen. Selbst die Freifrau zu Bredekamp, die im letzten Jahr auf der Insel entbunden worden war, hatte sie Hetty genannt, als wäre die Hebamme eine alte Freundin von ihr, als stünden sie auf vertrautem Fuß miteinander. Wenn alles vorüber war, würde aus Lenchen wieder Frau Rüger werden.

Tine tastete den Bauch ab, der ganz hart war. Es war ihr unmöglich zu sagen, ob eines der Kinder schon in der richtigen Position war, um sich nach draußen zu schieben. Eine Zwillingsgeburt hatte Tine noch nie begleitet. Sie spürte ihr Herz bis zum Hals schlagen. Hoffentlich kam Jette bald mit der Hebamme! Alleine würde sie das hier nicht bewältigen.

Doch es dauerte. Behutsam versuchte Tine, den Geburtskanal mit einer Fettsalbe zu weiten, die sie von Frau Liebrecht für ihre Tasche bekommen hatte. Doch der Muttermund war immer noch fest geschlossen. So viel wusste Tine, dass es nach dem Abgang des Fruchtwassers nicht allzu lange dauern sollte, bis das Kind zur Welt kam.

Immer kürzer dauerten die Abstände zwischen den Wehen. Lenchen Rüger stöhnte, schrie, litt. Und Tine litt mit ihr. Wieder und wieder übte sie mit der Frau die richtige Atmung. Dann wies sie sie an zu pressen, obwohl ihr angesichts des fest verschlossenen Muttermunds bang war, dass das womöglich der falsche Rat wäre. Hätte die Frau schon früher Kinder geboren, so wäre ihr weniger ungut zumute gewesen. Aber die erste Geburt – und dann noch mit Zwillingen …

Endlich traf Jette mit Adalbert Rüger und Frau Liebrecht ein, die sich vom werdenden Vater die steile Treppe hinauf zur Schlafkammer helfen ließ. »So, Kindchen«, sagte die alte Hebamme mit ihrer unvergleichlich beruhigenden Stimme. »Nun bringen wir die Kleinen mal zur Welt und sehen zu, dass du es wieder gemütlicher hast, was?« Sie griff nach der Hand der Frau und warf einen besorgten Blick auf Tine. Auch ihr war es schon aufgefallen, wie eisig ihre Finger waren, während ihr Gesicht gleichzeitig von Schweiß überströmt war.

Auch wenn die alte Frau kaum noch etwas sah, waren ihre Sinne aufs Äußerste geschärft. Sie tastete die werdende Mutter ab, redete beständig auf sie ein, wies Tine an, schickte nach Bier und nötigte Lenchen Rüger, einen halben Becher davon zu trinken und schließlich noch den Rest, schaffte es, dass der Muttermund sich endlich weitete und das erste Köpfchen zu sehen war, drückte zuerst behutsam, dann kräftig auf den Bauch, ließ Tine sich ganz darauf konzentrieren, die vor Schmerzen schreiende Frau festzuhalten und zu trösten. Trotzdem gellten ihre Schreie weiter durch die Nacht. Seit die Wehen eingesetzt hatten, mussten Stunden vergangen sein, jedenfalls kam es Tine so vor. Viele Stunden. Natürlich dauerte manche Geburt ewig, doch diese Geburt erschien Tine von Anfang an schrecklich. Nie zuvor hatte sie eine Frau solche Schmerzenslaute von sich geben hören, nie zuvor eine sich so winden sehen. Zweimal sank Lenchen Rüger besinnungslos auf das durchgeschwitzte Kissen, zweimal wurde sie von den Schmerzen wieder hochgerissen. Längst waren auch Tine und sogar Frau Liebrecht nassgeschwitzt, da kam endlich das erste Kindchen heraus, ja zuletzt schien es geradezu dankbar in die Hände der alten Hebamme zu gleiten. Ein Schnitt, ein Klaps, ein Schrei, ein Aufatmen bei den beiden Helferinnen. Frau Liebrecht wickelte das Kind rasch in ein sauberes Tuch und reichte es der Schwiegermutter, die händeringend in einem Winkel des Zimmers gestanden hatte und seit Stunden nur noch betete. »Packen Sie es warm ein«, wies die alte Hebamme die Frau an. »Machen Sie schnell, wir brauchen noch ein bisschen hier.« Dann wandte sie sich wieder der jungen Mutter zu, die in diesem Moment ein weiteres Mal das Bewusstsein verlor.

Das zweite Kind kam so leicht zur Welt, dass Lenchen Rüger kaum aufwachte, als es geschah. Schnell ging es. »Die beiden haben sich gegenseitig blockiert«, erklärte Frau Liebrecht kopfschüttelnd. Sie wischte sich mit dem Handrücken das weiße Haar aus der Stirn und entband auch das zweite Kind. »Zwei Mädchen«, stellte sie fest.

»Zwei Mädchen?«, flüsterte Lenchen Rüger, die in diesem Augenblick wieder zu Bewusstsein kam. Sie war so blass wie ein Leichentuch, dunkle Schatten lagen unter ihren Augen.

»Zwei Mädchen, ja. Ich gratuliere. Sie hatten es nicht leicht.«

»Aber jetzt ist es vorbei«, sagte Tine aufmunternd und drückte die Schulter der Frau. Als sie wieder zu der alten Hebamme hinblickte, gefror ihr Lächeln. So sorgenvoll sah Frau Liebrecht nicht oft aus, nicht einmal, wenn sie von ihrem eigenen Ende sprach, was sie in letzter Zeit so oft tat.

»Tine, geh und schick nach dem Arzt. Ich kümmere mich um die Nachgeburt.«

»Dem Arzt?«

»Sie hat viel Blut verloren«, sagte die Hebamme leise. Und noch leiser fügte sie hinzu: »Und es kommt immer noch viel Blut.« Kaum hörbar: »Zu viel.«

Tine war schon im Begriff, aufzustehen und zu Doktor Bell zu eilen, da spürte sie, wie Lenchen Rüger sie am Arm packte, so kräftig, wie sie es ihr nach den Strapazen der zurückliegenden Stunden nicht zugetraut hätte. »Paula und Erika«, flüsterte sie heiser.

»Bitte?«

»Paula und Erika. So sollen sie heißen.«

»Natürlich. Das besprechen wir dann gemeinsam mit Pastor Thevessen, Frau Rüger.«

»Bitte.« Die Augen der Frau blickten so tief in sie hinein, dass Tine ein Schauder über den Rücken lief. »Nur für den Fall ...«

»Alles wird gut, Frau Rüger«, beeilte sich Tine, ihr zu versichern.

»Paula und Erika«, sagte da Frau Liebrecht hinter ihr mit heiligem Ernst in der Stimme. »So werden sie heißen, Lenchen. Das verspreche ich Ihnen. Was auch geschehen mag.«

* * *

Auf der Treppe stand Adalbert Rüger. »Sind die Kinder da?« Tine nickte. Da griff er nach ihren Händen und küsste sie. »Danke!«, sagte er. »Ich bin Ihnen so dankbar.«

»Ja«, stammelte Tine. »Gern.« Sie blickte sich um. »Die Kinder?«

»Die sind bei meiner Mutter.« Er deutete nach unten. »Und meine Frau?«

»Es geht ihr nicht gut, Herr Rüger. Sie müssen bitte …« Doch der Mann hörte gar nicht mehr weiter zu, sondern rannte die letzten drei Stufen hoch und stieß die Tür zur Schlafkammer auf.

Als Tine einen Augenblick später eintrat, stand er mit vom Schrecken zerfurchter Miene am Bett seiner Frau, die inzwischen erneut ohnmächtig geworden war. Die Laken unter ihrem Leib waren von Blut getränkt. Das sieht nicht gut aus, dachte Tine. Was sollte der Mann mit zwei Neugeborenen tun, wenn ihm nun die Frau starb? Herr, rief Tine innerlich, das kannst du nicht wollen! »Herr Rüger?« Sie griff den Mann am Arm, der so fassungslos war, dass er kaum zu reagieren imstande war. »Herr Rüger! Wir brauchen Sie jetzt!« Das schien ihn aus seiner Schreckstarre zu reißen. »Mich?«

»Laufen Sie! Doktor Bell soll kommen. So schnell wie möglich. Sagen Sie ihm, es ist ein Notfall. Ihre Frau verblutet sonst.«

»Verblutet?« Sein Atem ging so schnell, dass Tine Sorge hatte, er könne jeden Augenblick ohnmächtig werden. Sie packte ihn an beiden Armen und schüttelte ihn. »Sie können Ihre Frau retten. Aber nur, wenn Sie jetzt stark sind, Herr Rüger! Hören Sie?«

»Stark. Ja.« Er holte tief Luft. Straffte sich. Biss die Zähne zusammen. Dann nickte er. »Gut.« Er warf noch einmal einen Blick auf seine Frau, und Tine sah, wie sehr er um sie bangte. Aber jetzt war es nicht mehr der blanke Schrecken, der in seinen Augen stand, sondern etwas sehr viel Stärkeres: unendliche Dankbarkeit und Liebe.

Dann war er weg, und Tine wandte sich wieder Frau Thevessen zu, die versuchte, die Blutung mit Binden zu stoppen. »Ist der Damm gerissen?«, fragte die alte Frau, deren Augenlicht solche Feststellungen nicht mehr erlaubte, jedenfalls nicht im Dämmerlicht der Paraffinlampen. »Nein«, erwiderte Tine leise. »Äußerlich ist sie unverletzt.«

»Ich hatte gehofft ...«

Natürlich, ein Dammriss wäre unangenehm, aber weit weniger gefährlich gewesen. Innere Blutungen waren viel schwerer zu stoppen. Tine konnte nur hoffen, dass der Arzt schnell kam. Doktor Bell war vielleicht kein sonderlich freundlicher Mann, aber sicher ein guter Mediziner. Leider stand es nicht zum Besten um das Verhältnis der Hebammen zu ihm. Denn wie überall im Reich, so hatte sich auch der Arzt auf Helgoland bei der Geburtshilfe zum Fachmann erklärt, dem die örtliche Hebamme nur zuzuarbeiten habe. Eine Frau, die wie Frau Liebrecht schon Hunderten Erdenbürgern ans Licht der Welt geholfen hatte, passte nicht in das Weltbild der modernen Mediziner, die sich zu Herren über Leben und Tod erklärt hatten.

»Tine?«

»Frau Liebrecht?«

»Schau nach den Kindern.«

Hastig lief Tine wieder nach unten und fand die Säuglinge auf dem Küchentisch liegen, in warme Decken gewickelt. Doch die Großmutter Rüger war nicht bei ihnen. Tine entdeckte die Frau in einem Winkel auf dem Flur, wo sie vor einem Kreuz kniete und mit bebenden Lippen betete. »Frau Rüger, bitte, die Kinder!«, mahnte Tine die Großmutter. »Sie sollten jetzt bei den Kindern sein.«

Doch die alte Frau schien sie gar nicht zu hören. Stattdessen standen ihr die Schrecken der vergangenen Nacht ins Gesicht geschrieben.

»Ich kümmere mich um sie«, sagte da plötzlich eine Stimme von der Tür her.

»Fritzi? Was machst du hier?«

»Ich wollte sehen, ob ich helfen kann.«

O Gott, dachte Tine. »Du, Fritzi? Aber geht es dir denn gut genug? Du hast doch selbst gerade erst …« Tine biss sich auf die Zunge. Wie sollte sie es ausdrücken? Ein Kind zur Welt gebracht? Das hatte Fritzi nicht. Sie hatte ein Kind verloren. War das nicht das Schrecklichste überhaupt? Und nun wollte sie sich um die Neugeborenen einer anderen Frau kümmern?

»So kann ich wenigstens ein bisschen träumen«, flüsterte Fritzi. »Dass es meine wären.«

Tine nickte. Was sollte sie sagen? Konnte ein Mensch nachfühlen, wie eine Frau empfand, die ihr Kind verloren hatte? Ihr Kind, auf das sie sich so sehr gefreut hatte? Wer dergleichen nicht selbst erlebt hatte, würde das nie können. »Ja, Fritzi«, sagte Tine leise. »Das verstehe ich. Dann lass ich dich jetzt bei den Kindern und helfe oben weiter.«

* * *

Es dauerte einige Zeit, bis Doktor Bell eintraf. Adalbert Rüger hatte ihn vom Frühstückstisch weggeholt. Als er eintrat, nickte er der Hebamme und ihrer Gehilfin knapp zu, dann griff er nach dem Puls der Frau im Bett und sog scharf die Luft ein. »Die Geburt war schwer, Frau Rüger ist mit Zwillingen niedergekommen«, begann Frau Liebrecht zu berichten. »Nachdem der Muttermund …«

»Ich mache mir selbst ein Bild, Frau Liebrecht«, fiel er ihr ins Wort. »Darf ich fragen, weshalb Sie versucht haben, die Frau ohne Arzt zu entbinden?«

»Was heißt hier *versucht*«, erwiderte die alte Hebamme. »Wir *haben* Zwillinge entbunden. Leider hat die Mutter viel Blut verloren. Und die Nachgeburt …«

»Sie hätten mich gleich holen müssen!«, belehrte Doktor Bell die Frau. »Verlassen Sie jetzt bitte den Raum.« Er wandte sich an Tine. »Und Sie auch.«

»Aber ich …«

»Wenn ich bitten darf!« Er blickte zu dem händeringend an der Tür stehenden Ehemann hin. »Und Sie bleiben zur Verfügung.«

Adalbert Rüger nickte.

»Vor der Tür.«

»Sehr wohl, Herr Doktor.«

Als sie draußen waren, bemerkte Tine, wie sehr die zurückliegende Nacht an den Kräften der alten Hebamme gezehrt hatte. Zitternd stieg Frau Liebrecht, sich bei Tine unterhakend, die steile Treppe hinab und ließ sich dann in der Stube auf die Bank sinken. »Ein Glas Wasser, Tine«, hauchte sie.

»Ja, Frau Liebrecht. Natürlich.« Tine brachte der alten Frau etwas zu trinken und sah nach Fritzi, die sich mit den beiden Säuglingen in die winzige Kammer der Großmutter zurückgezogen hatte, die hinter der Treppe lag. »Kommst du zurecht?«

Mit großen Augen blickte ihre Schwester auf. »Ja«, sagte sie. »Und du?«

Tine nickte. Was sollte sie sagen? Die Dinge kamen, wie sie kamen, letztlich war sie machtlos. Ja, sogar Frau Liebrecht war machtlos. Jetzt gab es nichts mehr für sie zu tun, als abzuwarten und zu hoffen und zu beten. Tine setzte sich neben die Hebamme und ergab sich für einen kurzen Augenblick ihrer Erschöpfung. Wann war sie hierhergekommen? Zur Vesperzeit. Es mochte halb sechs Uhr am Vorabend gewesen sein. Inzwischen war es … Sie blickte zur Pendeluhr über der Kommode. Inzwischen war es nah an neun Uhr des nächsten Tages. Wie lange Frau Rüger gelitten hatte! Und nun … »Sie wird sterben«, flüsterte Frau Liebrecht.

»Sagen Sie das nicht«, erwiderte Tine. »Jetzt ist doch der Doktor da. Er wird bestimmt …«

»Sie wird sterben, Tine. Und sie weiß es.«

In dem Moment kam mit schweren Schritten der Vater der Zwillinge die Treppe herunter. »Herr Rüger?«, fragte Tine. »Können wir etwas tun?«

»Er hat mich …« Das blanke Entsetzen lag in seinem Blick. »Er hat mich … nach dem Pastor geschickt.«

Tine sprang auf. »Ich gehe«, sagte sie. »Bleiben Sie hier. Ich hole ihn. Bitte.« Der Mann nickte nur und stand ratlos und hilflos in seinem kleinen Haus, in dem nichts mehr war wie vor wenigen Stunden noch. Wo vor kurzem noch Vorfreude und Zuversicht geherrscht hatten, lag nun ein Schatten über allen Worten und Taten, wie er dunkler nicht sein konnte: Das

Unheil schien sich das Zuhause der jungen Familie Rüger ausgesucht zu haben, um an ihm ein Exempel zu statuieren. Tine trat auf den Mann zu. »Sie müssen jetzt stark sein, Herr Rüger«, sagte sie. »Vielleicht wird alles gut.«

Doch er schluchzte nur auf. Worte fand er nicht.

Hastig griff Tine nach ihrem Mantel und rannte los. Ihr war schlecht vor Sorge um Frau Rüger. Warum?, fragte sie sich immer und immer wieder. Warum? Sie hatten doch alles getan, was man nur tun konnte! »Warum, Herr?«, schrie sie in den Tag hinaus, der hell und prächtig über der Insel aufgezogen war, als wäre alles in bester Ordnung. »Was hat diese Frau getan, dass du sie so strafst? Was haben diese Kinder getan, dass du sie ohne Mutter aufwachsen lässt? Warum?«

Sie fand den Pastor in der Kirche. »Herr Thevessen, schnell! Sie müssen bitte zu Frau Rüger kommen.«

»Was ist passiert, Tine? Ich habe mir schon Sorgen gemacht.«

»Zwillinge.«

»Sie leben?«

»Ja. Aber der Mutter geht es schlecht. Doktor Bell lässt nach Ihnen schicken.«

»Verstehe. Das tut mir leid, Tine. Nun, so will ich eilen. Danke, dass du gekommen bist. Geh ins Haus und ruh dich aus. Das war eine lange Nacht für dich.«

»Ich will zuerst noch ein Gebet sprechen für Frau Rüger. Und die Kinder.«

»Das ist ein kluger Entschluss, Tine. Tu das.«

Damit wandte er sich ab und ging rasch davon. Schon an der Kirchenpforte, hielt er inne und drehte sich noch einmal um. »In der Kapelle ist jemand, den du sicher sehen möchtest.«

Es war Annemarie Westgard, die Tine dort fand, die junge Frau, deren Niederkunft sie ebenfalls all die Tage erwartet hatten. »Annemarie?«, fragte Tine und blickte sie ungläubig an. Sie sah sofort, was geschehen war. »Das Kind?«

Die junge Frau nickte mit leuchtenden Augen. »Ja, Frau Heesters. Es ist gekommen. In der Nacht. Es ging so schnell, dass ich Angst hatte, meinen Mann fortzuschicken. Und es ging ganz leicht! Ein paar Minuten, und er war da.«

»Er?«

»Es ist ein Junge. Wir werden ihn Erich nennen.«

»Mein Gott!« Tine sank auf die Knie. »Mein Gott!« Würde sie jemals verstehen, warum die Welt so war, wie sie war? Das Glück und das Unglück der Menschen lagen so nah beieinander, und niemand konnte dem Schicksal ins Rad greifen, um das eine zu befördern oder das andere zu verhindern.

***

Drittes Kapitel

Der gleißende Sonnenschein dieses Januartags wirkte wie Hohn auf die Trauergemeinde. Ein großer Teil der Helgoländer hatte sich zum Begräbnis von Lenchen Rüger eingefunden, der Frau, die vor zwei Tagen noch voll Zuversicht und in froher Erwartung der Niederkunft in die Zukunft geblickt hatte und die nun ihrem Gatten von der Seite gerissen worden war. Gegen Mittag hatte sie den letzten Atemzug getan, ein schwaches Seufzen, während unten in der Kate der Rügers die beiden Neugeborenen mit ihren dünnen Stimmchen nach Milch geschrien hatten.

»Grausam«, raunte Frau Liebrecht wieder und wieder. »Es ist einfach grausam.«

Tine, die neben ihr am offenen Grab stand, nickte. »Ich werde es nie verstehen, wie Gott so etwas zulassen kann.«

»Niemand kann Gott verstehen«, bestätigte die alte Frau, die sich bei ihr untergehakt hatte, um auf dem buckeligen Friedhof nicht zu straucheln. »Das habe ich schon lange aufgegeben.«

Ja, dachte Tine. Das konnte sie gut verstehen. Als Hebamme musste man so oft an Gott zweifeln, dass es ein Wunder war, wenn man nicht früher oder später an ihm verzweifelte. Tote Kinder, tote Mütter, zerstörte Familien … Und doch fand der Pastor wie immer auch hier die richtigen Worte, als er seine Rede über die Verstorbene hielt: »Warum, so fragen sich viele, wurde Lenchen Rüger aus unserer Mitte gerissen? Warum durfte sie nicht bei uns bleiben? Aber ich sage euch, liebe Brüder und Schwestern, sie ist unter uns. Solange wir ihrer in Liebe gedenken, ist sie in unserer Mitte. Sie ist ein Teil unseres Lebens und wird es bleiben, solange wir sie in unseren Herzen bewahren. Es ist an euch, liebe Brüder und Schwestern, sie nicht zu einer blassen Vergangenheit werden zu lassen. Behaltet sie fest in euren Herzen, so ist sie da. Für euch und für die Familie, die in dieser schweren Zeit unser aller Hilfe und Unterstützung braucht. Ihr helft Lenchen Rüger, indem ihr ihrer Familie helft. Indem ihr die Kinder in eurer Mitte willkommen heißt. Indem ihr den jungen Witwer unterstützt. Denn das ist, was Lenchen Rüger sich von euch gewünscht hätte. Hört auf ihren Wunsch, so hört ihr ihre Stimme! Und da sie jetzt bei Gott ist, so seid ihr auch Gott ganz nah, indem ihr an sie denkt und gute Werke an ihr verrichtet!«

Es wurde viel geweint unter den Trauernden. Lenchen Rüger war eine beliebte Frau gewesen. Niemand, den man als ganz besonders bezeichnet hätte. Wie freundschaftlich ihr aber der größte Teil der Insulaner gesinnt gewesen war, das wurde den meisten erst auf dem Begräbnis der jungen Frau bewusst. Der Witwer war schon nach wenigen Augenblicken am Grab auf die Knie gesunken und dort, die Hände vors Gesicht geschlagen, geblieben. Ab und zu entrang sich seiner Kehle ein Schluchzen, sein Körper bebte. Er war betrunken, aber nicht betrunken genug, um den Schmerz auszuhalten. Einmal sah es beinahe so aus, als fiele er vornüber ins Grab. Ein beherzter Griff des Kramers Stöver, in dessen Laden die Verstorbene gearbeitet hatte, hielt ihn gerade noch zurück.

Pastor Thevessen machte es kurz, sprach einen letzten Segen, warf die erste Handvoll Erde hinab und reichte die Schaufel dann an Jobst Bertram weiter, der am nächsten bei ihm stand. Mit traurigen Augen, trotz der so ermunternden Worte, die er eben noch gesprochen hatte, trat er einen Schritt zurück und betrachtete seine Gemeinde, bis sein Blick an Tine hängen blieb. Er sandte ihr ein wehmütiges Lächeln, und Tine erwiderte es.

Einer nach dem anderen warf Erde hinab in das Grab und bekundete dem teilnahmslosen Witwer sein Beileid. Etwas abseits standen Helmholz und Pock, zwei Hafenarbeiter, die sich ein kleines Zubrot als Totengräber verdienten und später noch dem Leichenschmaus beiwohnen würden. Das heißt: beigewohnt hätten, wenn es denn einen gegeben hätte. Doch Adalbert Rüger hatte sich außerstande gesehen, dazu zu laden. Die Kate wäre ohnehin viel zu klein gewesen, die »Fischerhütte« oder der »Seeadler« zwar halbwegs ausreichend. Aber er hatte es nicht geschafft, sich überhaupt darum zu kümmern. Seine Mutter ebenso wenig. Seit der Nacht, in der die Zwillinge geboren worden und Lenchen Rüger verstorben war, hatte sie kein Wort mehr gesprochen, kein Auge mehr zugetan und keinen Bissen mehr zu sich genommen. Es schien, als wollte sie der Schwiegertochter so schnell wie möglich nachfolgen, egal wie sehr Frau Thevessen auch versuchte, ihr gut zuzureden.

»Du kommst noch mit zu uns, mein Sohn«, sprach der Pastor den Witwer an, als endlich der Letzte aus der Trauergemeinde seinen Gruß erbracht hatte und den anderen vom Kirchhof nachgefolgt war. »In dieser Stunde sollst du nicht alleine sein.« Und als Adalbert Rüger nicht reagierte, sank auch der Pastor auf die Knie und blieb eine Weile reglos neben ihm, bis er mit leiser Stimme einen Psalm aufsagte, den einen Psalm, den fast jeder kannte, auch der trauernde Ehemann: *Der Herr ist mein Hirte.*

Als die letzten Worte gesprochen waren, schien Adalbert Rüger vollends zusammenzubrechen. Pastor Thevessen griff nach seiner Hand und hielt sie fest. »Komm, mein Sohn. Wir gehen jetzt. Die guten Männer müssen ihre Arbeit tun.« Er nickte Helmholz und Pock zu, die nach ihren Schaufeln griffen, und stand auf. Zögerlich erhob sich auch Rüger und ließ sich vom Pastor zur Kirchstraße hin und zum Pfarrhaus führen.

Tine war vorgegangen, um eine kleine Stärkung zu bereiten, denn Frau Thevessen wachte bei der Mutter des Witwers, die in der Nacht begonnen hatte, wirres Zeug zu sprechen. Als die beiden Männer eintraten, hatte sich Adalbert Rüger einigermaßen gefasst und murmelte ein paar undeutliche Dankesworte. Der Pastor hatte Tine aufgetragen, Kaffee zu kochen. Auch wenn man verstehen konnte, dass sich der Mann mit Bier und Schnaps über seinen Verlust hinwegzutrösten versuchte, sollte er diesen bedeutsamen Tag nicht halb besinnungslos begehen.

Auch für den Pastor war es ein außergewöhnlicher Tag. Denn es kam nicht allzu oft vor, dass er am selben Tag eine Taufe und ein Begräbnis vollziehen musste. Früh am Morgen hatte er das heilige Sakrament dem Jungen gespendet, der in der nämlichen Nacht zur Welt gekommen war: dem Sohn der jungen Frau Westgard, die so leicht mit ihrem Kind niedergekommen war. Es war eine fröhliche, leichtherzige Zeremonie gewesen, die in vollkommenem Gegensatz zu Lenchen Rügers Beisetzung stand. Zu Westgards Taufe waren nicht allzu viele Insulaner gekommen. In der Wohnung des jungen Paares nah beim Nordstrand wurde anschließend Tee und Kuchen gereicht, und der Pastor hatte sich gerne einladen lassen, auch wenn er nicht viel Zeit hatte, weil das Begräbnis vorzubereiten war.

Nun also saßen sie in bedrückter Stimmung in der Pastorei

und gedachten noch einmal der Verstorbenen, sprachen ein kurzes Tischgebet und aßen dann schweigsam von der Brotzeit, die Tine bereitet hatte. »Was werden Sie jetzt mit den beiden Kindern machen, Rüger?«, fragte der Pastor nach einiger Zeit mit sanfter Stimme. Die Sorge war ihm gleichwohl anzuhören. Denn auch wenn sich mit Annemarie Westgard eine Amme für die Säuglinge gefunden hatte, war es nicht damit getan, den Neugeborenen Milch zu geben. Und die junge Frau war schließlich selbst noch kaum im Leben angekommen. Von einem Tag auf den anderen für drei Kinder zu sorgen, das konnte niemand von ihr erwarten, auch wenn die Westgards das bisschen Geld, das ihnen Rüger für die Ammentätigkeit versprochen hatte, gut gebrauchen konnten. Gerade jetzt, da Heinz Westgard noch nicht wieder auf Hummerfang gehen konnte.

»Ich weiß es nicht, Pastor«, murmelte Rüger, den Kopf schwer von Schnaps und Sorgen. »Geben Sie mir einen Rat.«

Der Pastor seufzte. »Das würde ich gern, Rüger. Aber der Herr hat mich nur fromm gemacht, nicht weise.«

»Doch, Herr Pastor, das hat er. Ich hab's oft genug gehört in Ihren Predigten. Sie sind ein kluger Mann. Viel klüger als ich.« Seine Stimme brach. »Und ich kann nicht einmal mehr denken. Ich …« Ein Weinkrampf schüttelte den starken, großen Mann. Jetzt saß er als ein Häuflein Elend vor Pastor Thevessen und schluchzte seinen ganzen Kummer, seine ganze Angst und seine ganze Enttäuschung hinaus. Der Pastor nahm seine Hand und drückte sie fest. Er würde so lange nicht loslassen, bis sich Rüger wieder gefasst hatte. Denn das war es, was er vor allem zu tun hatte: da zu sein. Nicht wegzulaufen. Niemanden allein zu lassen. Rüger nickte, während noch immer Tränen über seine Wangen liefen. »Danke«, flüsterte er. »Danke. Sie sind vor allem ein guter Mann. Ja, das sind Sie, Herr Pastor. Ein guter Mann.«

»Sie sind ebenfalls ein guter Mann, Rüger«, erwiderte der Pastor, der nicht bemerkt hatte, dass seine Frau hinter ihn getreten war. »Und Sie werden das alles durchstehen. Sie werden sehen! Morgen ist ein neuer Tag. Und übermorgen auch. Und so geht es alle Tage, dass ein neuer Tag kommt. Die Sonne geht auf, der Wind weht über Helgoland, die Stunden vergehen, und es folgt eine neue Nacht und ein neuer Tag und immer so weiter. Und irgendwann wachen Sie auf und merken, dass der Schmerz weg ist, Rüger. Dass Sie darüber hinweggekommen sind. Mit Gottes Hilfe. Und weil Sie stark sind, verstehen Sie?«

Rüger nickte. »Ich weiß«, sagte er. »Ich weiß. So geht es allen. Ich bin ja nicht der Erste, dem die Frau gestorben ist. Aber bis dahin, Herr Pastor … Es sind ja auch noch Zwillinge! Was mache ich bloß mit den Kindern?«

»Wenn ich einen Vorschlag machen darf«, warf die Gattin des Pastors ein, die sich nun auf die andere Seite des verzweifelten Mannes setzte, während Tine noch Kaffee nachschenkte. »Eine Mitschwester unserer Gemeinde hat gerade erst ihr Ungeborenes verloren …«

Rüger und der Pastor blickten auf. »Du meinst Fritzi?«, fragte Pfarrer Thevessen.

»Ja«, bestätigte seine Frau. »Fritzi. Sie ist untröstlich. So wie Herr Rüger um seine Frau trauert, trauert Fritzi um ihr Kind.«

»Aber es war doch noch gar nicht …«

»Und? Es war ein Kind, Detlev!« Sie verdrehte die Augen. »Ihr Männer seid doch alle gleich. Nicht mal du als Pastor machst dir einen Begriff davon, wie nah man seinem Kind ist, selbst wenn es nur ein winziges Würmchen im Bauch ist.« Sie hielt inne. Wusste, dass ihr Mann genau wie sie in diesem

Moment an die Kinderschar dachte, mit der sie nie gesegnet worden waren, obwohl sie sie sich so sehr gewünscht hatten.

»Hm, ja«, murmelte der Pastor. »Vielleicht hast du recht. Rüger! Wären Sie einverstanden, wenn wir sie fragen?«

Der Mann zögerte, wischte sich mit den großen, groben Händen die Tränen aus den Augen und holte tief Luft. »Aber es sind doch meine Kinder, Pastor.«

»Und das werden sie auch bleiben, Rüger, das werden sie auch bleiben. Aber eine Mutter brauchen sie trotzdem. Und wenn es auf der anderen Seite eine Mutter gibt, die sich ein Kind wünscht ...«

»Zwei Kinder, Herr Pastor.«

»Nun, umso besser, nicht wahr?«

***

Konnte man ein Kind durch ein anderes ersetzen? Eine Mutter durch eine andere? Niemand wusste darauf eine Antwort. Was aber alle wussten, war, dass es eine Chance war, das größte Leid und die größte Not zu lindern. Tine hatte den Plan unter vier Augen mit Fritzi besprochen, nachdem Rüger zögernd zugestimmt hatte. Sie war mit ihr auf dem Oberland spazieren gegangen, hinüber zu den Nordklippen, wo die Militärs ihre neuen Geschützlafetten errichteten. Wenn man etwas abseits davon blieb, konnte man das Mauerwerk halbwegs übersehen und hatte einen großartigen Blick hinaus auf die weite See. Tine liebte diese Stelle. Der Wind, der meist aus West-Nordwest kam, wehte hier scharf heran und vertrieb die Melancholie und manchmal sogar die Trauer. Die beiden Schwestern hatten sich an den Händen gefasst und blickten auf die raue und majestätische Nordsee. »So groß«, sagte Fritzi, immer wieder staunend, wie alles gekommen war.

»Ja«, nickte Tine. »Riesig. Und wir sind so klein.« Sie wandte sich ihrer Schwester zu. »Aber manchmal können wir auch Großes tun, Fritzi.«

»Wir?«

»Ja. Auch du.«

»Ich weiß nicht.«

»Aber ich weiß, Fritzi.« Und so hatte sie ihr von der Idee des Pastors berichtet und zugleich in Fritzis Augen geforscht, was sie davon hielt. Zuerst schien die jüngere Schwester jedoch erschrocken. »Hast du Angst davor?«, fragte Tine.

»Nein. Ich weiß nur nicht, ob das rechtens ist.«

»Rechtens?«

»Ich bin doch nicht die Mutter der Kinder«, erklärte Fritzi.

»Aber die Mutter lebt ja nicht mehr, Fritzi. Die Kinder haben keine Mutter.«

»Aber der Herr ... Ob er das gutheißen würde?«

»Ist es nicht die Idee des Pastors?«

»Doch. Ja. Du hast es gesagt.«

»Eben, Fritzi. Deshalb bin ich sicher, der Herr fände das gut. Der Herr findet es doch gut, wenn seine Schäfchen sich umeinander kümmern, oder?«

»Ich denke schon, Tine.«

»Eben. Die Frage ist, Fritzi: Fändest du es gut? Würdest du es einmal probieren?«

»Ich müsste Simon fragen«, sagte die Schwester nach kurzem Zögern. »Er wäre doch dann ... also er wäre doch irgendwie der Vater.«

»Es werden zwar immer die Kinder von Adalbert Rüger sein. Aber ja, auch Simon wäre wie ein Vater für sie«, stimmte Tine zu. »Und das wollte er doch auch werden, oder?«

Fritzi musste lächeln. »Das stimmt. Das wollte er werden.«

So kehrten die beiden Schwestern wieder zur Pastorei zurück, wo Fritzi sich verabschiedete, um hinunter zum Unterland zu gehen, wo sie mit ihrem Simon in der kleinen Wohnung über dem Blumenladen wohnte, während Tine in den Pfarrgarten eintrat und den Pastor am Grab unter dem Fliederstrauch fand. Es war beinahe schon dunkel geworden. Immer noch wehte ein scharfer Wind, der neuen Schneeregen ankündigte. Tine trat neben den Pastor. Sie entdeckte tiefe Sorgenfalten auf seiner Stirn. Seine Zuversicht schien mit einem Mal geschwunden. Selten hatte Tine ihn so vergrämt, so kummervoll gesehen. »Pastor Thevessen?«

»Tine! Ist es nicht etwas spät für einen Spaziergang?«

»Ich habe mit Fritzi gesprochen. Sie will es sich überlegen.«

»Gut.«

»Aber Sie könnten nach diesem Tag wohl ein wenig Erholung brauchen, Herr Pastor«, schlug Tine vor.

»Ich habe sie hier gesucht, mein Kind.«

Eine Weile standen sie schweigend beieinander. Dann fasste Tine sich ein Herz. »Kann ich etwas für Sie tun, Herr Pastor?«

»Für mich? Nein, mein Kind, danke dir. Ich brauche keine Hilfe. Ich sehe nur mit Sorge, was uns geschieht.«

»Was uns geschieht?«

»Der Insel. Den Menschen hier.«

»Ich verstehe nicht.« Gewiss, es waren schwere Zeiten. Für Fritzi, für den armen Rüger, für all jene, die in diesen Wochen und Monaten kein Auskommen hatten und nicht wussten, was die Zukunft bringen würde. Aber dennoch … »Es geht uns doch gut?«, fragte Tine. »Helgoland, meine ich.«

»Tja, das kommt vielleicht darauf an, wen man fragt«, erwiderte der Pastor. »Aber sieh dich um: Es ist nicht gut, wie die Insel sich verändert hat.« Er sagte nicht *seit sie deutsch geworden ist*, aber sie wussten beide, dass er das meinte. »All die Kasernen. Die Kommandantur. Die Lazarette, die Munitionsmagazine.«

Tine nickte. »Die Stollen«, flüsterte sie.

»Ja, die Stollen.« Denn die Militärs, von denen es inzwischen auf der Insel Tausende gab, hatten irgendwann begonnen, lange Tunnel in den Fels zu schlagen, tiefer und tiefer. Inzwischen mussten es Meilen von unterirdischen Gängen sein, niemand wusste das genau – zumindest niemand von den Insulanern. Die Militärs natürlich wussten es. Sie hatten die Insel nach und nach in Besitz genommen, ganz so, als wäre alles, was hier über Jahrhunderte entstanden war, natürliches Eigentum der kaiserlichen Truppen, ja, als hätte es keinen anderen Daseinszweck, als militärisch-strategisch für das Deutsche Kaiserreich weit draußen in der Nordsee zu liegen und auf Einsatzbefehle zu warten. Ein Bollwerk des Todes.

»Aber wir haben auch einen elektrischen Fahrstuhl bekommen«, erklärte Tine, um den Pastor etwas aufzumuntern. Sie wusste, wie gern er diese Möglichkeit in Anspruch nahm, ins Unterland zu kommen und zurück, ohne dass er seine schmerzenden Knie bemühen musste. »Und ein neues Kurhaus. Ein Hallenbad!«

»Ja«, lachte der Pastor bitter. »Ein Bad. Das ist allerdings wirklich wichtig auf einer Insel.« Er seufzte. »Nein, Tine. Ich fürchte, wir sind auf einem schlechten Weg. Das alles wird nicht gut enden.«

»Enden, Herr Pastor? Weshalb sollte es denn enden?«

»Du hast recht, Tine. Die Welt wird wahrscheinlich nicht untergehen. Hoffentlich. Aber all diese Zeichen …«

»Zeichen?«

»Die toten Kinder, die toten Mütter, der Sturm … Mir ist

nicht wohl dabei zu sehen, wie dieses Jahrhundert für unsere kleine Insel beginnt. Ich kann nur hoffen, dass der Herr uns nicht allzu schwere Prüfungen auferlegt.« Er legte Tine den Arm um die Schultern und schritt mit ihr ein paar Meter hin zum Maulbeerbaum am Zaun, von dem aus man durch eine Lücke in den Häusern hinüberblicken konnte zur Düne. Auch wenn man in der Dunkelheit der Nacht nichts erkennen konnte, wusste Tine, dass er dorthin blickte, als er sagte: »Es ist erst ein paar Generationen her, dass Helgoland eine einzige Insel war, nicht zwei wie heute, wusstest du das?«

Tine hatte das schon einmal gehört. Es musste eine Verbindung gegeben haben zwischen der Hauptinsel und der Düne, die wie ein grasbewachsener Sandhaufen nur einen Steinwurf entfernt im Osten lag. »Dort drüben«, sagte der Pastor, »hat sich einst das Witte-Kliff erhoben, ein Fels, so stolz wie unserer hier, nur dass er eben weiß war. Und dazwischen erstreckte sich der Woal, über den man jederzeit von einem zum anderen Felsen gehen konnte. Riffe gab es mehrere, die weit ins Meer ragten, Tine! Helgoland war damals vielleicht vier- oder fünfmal so groß wie heute, vielleicht sogar noch größer. Und auch damals haben sie Geschützstellungen gebaut und Festungen.«

»Die Deutschen?«

»Die Dänen. Jeder denkt ja scheinbar irgendwann, dass diese Insel ihm gehört. Nur dass sie den Einwohnern gehören könnte, das denkt keiner.«

»Aber letztlich gehört sie uns doch«, sagte Tine leise. »Also, das heißt den Einheimischen.« Denn sie selbst stammte ja nicht von hier, sondern wie so viele der Neubürger aus Hamburg.

»Ja. Vielleicht. Ich weiß es nicht.«

»Und was ist damals geschehen?«

»Die Stürme, Tine. Sie haben die Insel entzweigeschlagen und das Witte-Kliff im Meer versenkt. Es muss eine ungeheuerliche Gewalt gewesen sein, die sich damals über Helgoland entladen hat, ein Gottesgericht. Und jedes Mal, wenn der Sturm kommt, muss ich daran denken, dass uns das Gleiche bevorstehen könnte.«

»Dass unsere Insel versenkt werden könnte?«

»Ja, Tine. Dass die Gewalten sie mit sich reißen und uns alle in die See werfen. Als Strafe dafür, was wir dieser Insel antun.«

Fröstelnd zog Tine den Mantel enger um sich und versuchte, sich vorzustellen, wie damals Hunderte von Menschen im Meer ertrunken waren. Zwischen hier oben und dort unten, wo heute die Düne lag, war blühendes Land gewesen. Und jetzt war dort nur noch Meer. Ein schmaler Streifen, die Binnenreede mit ihren Untiefen, an denen immer wieder einmal ein unerfahrener oder unvorsichtiger Skipper kenterte.

»Menetekel«, flüsterte der Pastor und wandte sich ab, um zum Haus zurückzugehen. »Menetekel.«

Menetekel, dachte Tine. Die toten Kinder und Frauen, der Sturm, die tragischen Ereignisse der jüngsten Zeit. Und sie hatte vom Aufzug und vom Schwimmbad gesprochen. Sie schämte sich, wartete etwas, ehe sie dem Pastor ins Haus folgte und sich in ihr Zimmer zurückzog. Ja, sie schämte sich, weil sie voller Optimismus in dieses neue Jahrhundert gegangen war, nun aber erkannte, dass es unter düsteren Vorzeichen begann. Sehr düsteren. »Bitte, lieber Gott«, flüsterte sie, als sie in ihrem Bett lag. »Gib, dass wir eine Zeit des Friedens und der Nächstenliebe erleben. Und lass diese Insel blühen. Sie hat es so verdient.« Ja, dachte sie, sie hat es verdient, diese Insel, die ihr Heimat und Zuflucht geworden war, die ihrem Leben eine

Zukunft gegeben hatte und die ihr die glücklichsten Stunden ihres Leben beschert hatte – auch wenn diese Stunden des Glücks schon Jahre zurücklagen und allzu kurz gewesen waren.

***

Es kamen schwere Tage über die Bewohner der kleinen Insel in der Nordsee, und es kamen leichte. Der Januar ging mit eisigem Nebel, der Februar überraschte mit Milde, in den ersten Tagen des März sah es aus, als müsse man die bevorstehende Saison vergessen: Ein paar stürmische Tage hatten den Nordstrand der Düne ebenso fortgerissen wie die Dächer mehrerer Fischerkaten. Die Arbeiten an der neuen Landungsbrücke hatten eingestellt, der Schiffsverkehr unterbrochen werden müssen, kaum dass er wieder aufgenommen worden war.

Und dann änderte sich das Wetter, und ein prächtiges Hoch breitete sich aus. Pünktlich zum Frühlingsbeginn, der den Anfang der Saison markierte, strahlte die Insel wie ein Juwel in der tiefblauen Nordsee, die nahezu spiegelglatt dalag.

Herausgeputzte Insulanerinnen empfingen die ersten Gäste am Südstrand, um sie in die Pensionen und Gästehäuser zu locken, wie es seit vielen Jahren Brauch auf der Insel war. Die Fährleute in ihren Börtebooten riefen einander Zoten im Dialekt zu und erklärten bedeutsam, dass es wichtige nautische Anweisungen seien. Am Südstrand und auf dem Steg standen die Hausdiener der feineren Häuser mit Leiterwagen, um das Gepäck der Herrschaften entgegenzunehmen und zu den Hotels zu transportieren. Die Kinder der Tagelöhner hatten sich die besten Flecken gesucht, um ihren selbst geklaubten Helgoländer Feuerstein anzubieten, nur zwei Pfennige das Stück, und wenn man handelte, gar nur einen. Tine beobachtete die Kinder oft, weil sie sie an ihre eigene Kindheit am Hamburger Hafen erinnerten, wo sie mit ihren Blumensträußchen auf Kundschaft gehofft hatte.

Auch Otto, Hedis Zehnjähriger, hatte sein Taschentuch am Ende des Stegs ausgebreitet und neben roten und weißen Steinen, in deren Mitte sich ein tiefschwarzer, glänzender Kern verbarg, einige prächtige Muscheln gelegt. »Na, Ottochen«, fragte Tine ihren Patensohn. »Hast du denn schon was verkauft?« Mit großen Augen griff Otto in seinen Hosensack und holte ein paar Münzen heraus, die er Tine stolz hinhielt. »Ich sehe schon«, erklärte Tine und wuschelte seinen weißblonden Haarschopf. »Aus dir wird mal ein großer Geschäftsmann.«

Doch Otto schüttelte den Kopf. »Ich werde kein Geschäftsmann.«

»Sondern Bootsbauer wie Knut Reimers, richtig?«, riet Tine. Doch der Junge schüttelte abermals den Kopf. »Ich werde Ingenieur.«

»Ingenieur?«, lachte Tine, verblüfft über diese Idee. »Weißt du denn überhaupt, was das ist?«

»Das weiß ich sehr wohl, Tante Tine«, erklärte der Junge mit heiligem Ernst. »Ich sehe es jeden Tag drüben am Hafen.« Er nickte nach Osten hin. Am Kriegshafen, dachte Tine, natürlich, dort konnte er jeden Tag die Errungenschaften der modernen Technik beobachten. Es war ja auch beeindruckend, wie dort immer mehr Großbauten in immer kürzerer Zeit entstanden, um dann noch mehr und noch größeren Kriegsschiffen eine Heimstatt zu bieten. »Ja, Otto, das verstehe ich. Und es beeindruckt dich?«

»Vor allem der neue Panzerkreuzer!«, erklärte der Junge. »Ich habe sogar ein Modell davon gebaut, Tante Tine. Im Schuppen. Du kannst es gerne sehen!«

Tine nickte. »Das will ich tun, Otto. Ich komme morgen mal bei euch vorbei, dann zeigst du es mir.«

In dem Moment trat ein Kurgast auf Ottos Taschentuch zu und betrachtete die ausgestellten Stücke. »Steine?«, fragte der Mann mit strengem Blick. »Du verkaufst Steine?«

»Und Muscheln, gnädiger Herr!«, beeilte sich Otto zu erwidern und hielt dem Mann das größte und prächtigste Exemplar hin. Doch der stieß es ihm mit dem Gehstock aus der Hand, sodass es über den Steg kullerte und ins Wasser fiel. »Ungeheuerlich!«, schimpfte er. »Verkauft für Geld, was doch ohnehin einem jeden von uns gehört.« Damit wandte er sich ab und stolzierte davon, um einen Laufburschen anzuweisen, sein Gepäck vom Boot zu holen, mit dem er angelandet war.

Erschrocken blickte Tine auf Otto und rechnete schon damit, dass er in Tränen ausbrechen würde. Doch der Junge zuckte nur die Achseln und zwinkerte ihr zu. »Soll er sich doch selber welche suchen, der feine Herr«, sagte er und kramte rasch eine neue Prachtmuschel aus seinem Beutel, um sie an die Stelle der alten zu legen.

Otto war ein schlauer Junge geworden, und Tine war stolz auf ihn. Sie besuchte ihn oft, auch weil sie mit Anna, der Frau des Bootsbauers Reimers, längst eine enge Freundschaft verband. Aber sie machte sich auch Sorgen. Wie alle Jungen in Ottos Alter schwärmte er für die Marine, bekam glänzende Augen, wenn ein paar Matrosen in ihren Paradeuniformen vorbeimarschierten, wusste alles über die neuesten Geschützlafetten, über sogenannte U-Boote, von denen jetzt überall die Rede war, konnte jedes Kriegsschiff schon von ferne genau identifizieren … So viel Krieg hatte der Kleine schon im Kopf, das machte Tine Angst. Kinder sollten andere Interessen haben, fand sie. Und auch wenn Reimers ihre Skepsis teilte, was den militärischen Ausbau der Insel betraf, stellte er doch fest: »So sind Jungs nun einmal, und unserer hier ist eben auch so.« Vielleicht hatte er ja recht.

Und dann entdeckte Tine Frau Fricke, die Inhaberin des Blumenladens, derentwegen sie eigentlich gekommen war. Sie stieg von einem Börteboot, das nur sie und ihre Kisten übergesetzt hatte. Mit zackigen Befehlen wies sie den Fährmann und seinen Gehilfen an, wie sie die Pflanzentröge und Samensäcke anzupacken und auszuladen hatten. Denn nicht der kleineste Spritzer Salzwasser durfte ja darauf kommen, am allerwenigsten auf die Saaten! Tine eilte hin, um den dreien zur Hand zu gehen. »Frau Fricke!«

»Ah, Frau Heesters, gut, dass Sie da sind! Diese beiden Holzköpfe hier ruinieren mir die Arbeit von Monaten!« Sie wischte die Hand eines der beiden Männer beiseite und griff selbst beherzt zu. »Fassen Sie mal mit an, Frau Heesters, Sie wissen wenigstens, was zu tun ist.«

Einige Zeit später hatten sie die kostbare Ladung gelöscht, während Otto gelaufen war und Fritzi geholt hatte, die nun ihrerseits den mitgebrachten Leiterwagen auflud. Am Ende saßen die drei Frauen schweißüberströmt auf einer Kurbank und betrachteten ihr Werk. »Sind in Hamburg noch Blumen übrig?«, fragte Tine keck.

»Sie denken doch nicht, dass ich alles nehme, was mir unterkommt«, erwiderte Frau Fricke. »Ich habe nur die schönsten mitgenommen.« Sie zwinkerte Tine zu. »Den Rest können Sie behalten.«

Tine nickte. »Für Helgoland nur das Beste.«

»Na ja«, hielt die Blumenhändlerin dagegen. »Am Ende kaufen sie es ja doch wieder. Als Kurgäste. Bei uns.«

»Genauso wird es wohl sein«, gab Tine zu.

***

Fritzi hatte den kleinen Blumenladen auf Vordermann gebracht. Alles blitzte, kein Stäubchen lag auf den Regalen, in denen schon bald die unterschiedlichsten Stöcke präsentiert werden würden. Der Boden war spiegelblank. Die Blumenhändlerin nickte anerkennend. »Es sieht aus wie frisch errichtet«, sagte sie anerkennend. »Ich muss schon sagen …«

»Danke, Frau Fricke«, erwiderte Fritzi.

Dennoch schien etwas die Blumenhändlerin zu bedrücken. »Aber du selbst … Du bist schmal, Fritzi.«

»Sie haben mich zuletzt, na ja… schwanger gesehen.«

»Geht es dir denn gut?« Fritzi hatte ihrer Patronin nach Hamburg einen Brief geschrieben, mit Tines und Frau Thevessens Hilfe, um sie auf die neue Situation vorzubereiten. Sie hatte ihr geschrieben, dass sie ihr Kind verloren, aber die Verantwortung für zwei andere Kinder übernommen hatte. Die Antwort der Blumenhändlerin war kurz gewesen. Nach einigen dürren Worten des Bedauerns hatte sie geschlossen mit: *Wir werden sehen.*

Und nun stand sie also da, betrachtete die Arbeit ihrer Mitarbeiterin, der sie in den Wintermonaten keinen Lohn gezahlt hatte, die aber für die Pflege des Hauses mietfrei hatte wohnen dürfen, und musterte Fritzi sorgsam. »Du weißt, dass ich dich schätze, Fritzi«, sagte sie. Das Herz der jungen Frau schlug bis zum Hals. Tine wollte schon eingreifen, weil ihr Böses schwante. Doch Frau Fricke fuhr fort: »Für mich kommt es darauf an, dass du deine Aufgaben gewissenhaft erledigen kannst. Bisher war der Laden leer. Trotzdem siehst du abgezehrt aus. Ich mache mir Sorgen, dass du die Arbeit, die erst anfallen wird, wenn unser Betrieb wieder läuft, nicht bewältigen wirst.«

»Ich, aber …«

Nun sprang Tine ihrer Schwester doch bei: »Frau Fricke, Fritzi hat ein Kind verloren. Im fünften Monat. Das ist ein schwerer Schlag. Und es bringt auch den Körper einer Frau aus dem Gleichgewicht. Noch ist Fritzi nicht die Alte. Aber je normaler ihr Alltag wird, umso mehr wird sie wieder sein können, wie sie vor dem … Ereignis war.«

»Und die Kinder, für die sie sorgt?«

Tine holte tief Luft. »Es wäre natürlich am besten, wenn sie die Kleinen bei sich hätte …«

»Hier im Laden? Das geht auf gar keinen Fall. Erstens kann ich es nicht brauchen, dass meine Kunden durch Kindergeschrei gestört werden. Und zweitens ist es auch viel zu gefährlich«, fügte sie hinzu, vielleicht, weil ihr bewusst wurde, wie herzlos sie geklungen hatte.

»Gut«, erklärte Tine. »Dann können sie ja tagsüber bei mir in der Pastorei sein.«

»Ach. Und das können Sie so einfach beschließen? Ohne den Pastor oder wenigstens seine Frau zu fragen?«

»Nein, Frau Fricke«, erwiderte Tine. »Das kann ich nicht. Aber ich kenne die beiden genau, und ich weiß, dass sie zusagen werden, wenn ich sie frage.«

Einen Moment schwieg die Blumenhändlerin, dann nickte sie. »Gut. Dann schlage ich vor, Sie fragen, und wir entscheiden dann, wie die Sache weitergeht.« Sie blickte zu Fritzi hin. »*Ob* sie weitergeht.«

***

Thevessens stimmten zu, ja die Pastorengattin ging geradezu auf in der Fürsorge um die Zwillinge, die mit jedem Tag ein wenig rundlicher und wacher wurden. Auch Tine kümmerte sich sehr um die beiden Kinder, bis Fritzi sie am Abend zu sich holte, um dann bis zum Morgen wieder für sie da zu sein.

Die alte Frau Rüger wurde nicht mehr die, die sie einmal gewesen war, aber sie fand immerhin so weit zurück aus ihrer Lethargie, dass sie keiner Pflege mehr bedurfte. Adalbert Rüger hatte sich Arbeit auf dem Liniendampfer von Bremerhaven gesucht und verband jeden Landgang mit einem Besuch in der Pastorei, um seine Töchter zu sehen, ein paar Tränen zu vergießen und ein Gebet am Grab seiner verstorbenen Frau zu sprechen.

So gingen die Monate dahin, der Frühling verflog, und der Sommer kam. Und einmal mehr erlebte Helgoland einen Besucheransturm sondergleichen. Einige Berichte in der Hamburger Presse über den außergewöhnlichen Gewinn eines Geschäftsmannes im Casino trugen dazu bei. Auf einer Fotografie war er zwischen zwei eleganten jungen Damen zu sehen, mit Zylinder auf dem Kopf und Zigarre im Mundwinkel. Das hatte offenbar eine Vielzahl Hamburger Geschäftsmänner animiert, der Insel einen Besuch abzustatten. Und die Herren waren es gewöhnt, in den besten Häusern zu nächtigen, mit den schönsten Frauen auszugehen und sich das alles etwas kosten zu lassen. An manchen Abenden platzte das Casino, obwohl es ja erst vor wenigen Jahren neu errichtet worden war, geradezu aus allen Nähten. Viele Einheimische hatten es sich zur abendlichen Vergnügung gemacht, dort vorbeizuschlendern und die prächtigen Roben der Damen zu bewundern, die glänzend gebürsteten Fracks und Chapeau-claques der Gentlemen und der Musik zu lauschen, die aus den geöffneten Fenstern tönte. Das Casino war eine wahre Goldquelle für die Gemeinde. Vielleicht drückte man auch deshalb seitens der Verwaltung mehr als ein Auge zu, was die Damenbegleitung betraf. Denn auch das gehörte zu den Entwicklungen der kleinen Insel: Viele der attraktiveren jungen Insulanerinnen trugen neuerdings feinstes Tuch und Schmuck, Frauen, die eigentlich aus eher ärmlichen Verhältnissen stammten, nun aber an den Armen stolzer Galane wandelten, von denen die meisten wohl in Hamburg, Bremen oder anderswo grundsolide verheiratet waren.

Auch Tine ließ sich das Vergnügen, das muntere Treiben am Casino und an den Tanzhallen, bei ihren abendlichen Wanderungen über die Insel zumindest im Vorüberspazieren, nicht entgehen, zumal die Amüsierbetriebe ausgerechnet neben der Pastorei errichtet worden und nur vom weitläufigen Pfarrgarten abgetrennt waren. Seit ihre große Schwester Jolante mit sehr ähnlichen Ambitionen ihre Abenteuer auf der Insel erlebt hatte, kannte sie den schmalen Grat zwischen Vergnügen und Tragik sehr gut. Sie hatte die dramatischen Folgen solchen Lebenswandels ja hinlänglich miterlebt. Doch als sie einmal sehr spät noch von den Nordklippen zurückkam und nur ganz beiläufig den Blick über die Treppe des Casinos schweifen ließ, hielt sie erschrocken inne. Die junge Frau dort …

Auch sie hatte Tine entdeckt und rasch den Blick gesenkt. Ihr Damastkleid schimmerte im Licht der Fackeln, die draußen vor dem prächtigen Bau aufgesteckt waren. Auf dem Kopf trug sie ein kleines Blütenarrangement im Haarkranz. Ihre Hand hatte sie bei einem Herrn untergehakt, der Tine gänzlich unbekannt und mindestens doppelt so alt war wie die junge Frau. »Hedi«, sagte Tine leise, als sie beinahe neben ihr stand.

Die ehemalige Kollegin als Zimmermädchen im Haus Wagner lächelte ihr flüchtig zu und wandte sich ab. Bestürzt ließ Tine es gut sein und schritt hastig davon, während die junge Frau ein nervöses Lachen hören ließ, das offenbar einer

Bemerkung ihres Begleiters galt. Als Tine sich noch einmal umblickte, waren die beiden Richtung Falm verschwunden, wo es zu den Hotels ging, vermutlich auch zu seinem.

* * *

»Seit das Haus Wagner zugemacht hat, hat sie keine feste Stellung mehr bekommen«, seufzte Frau Liebrecht. »Wer kann es ihr verdenken?«

»Aber überall werden doch Zimmermädchen und andere Mitarbeiter gesucht!«, entgegnete Tine, die sich noch immer nicht beruhigt hatte.

»Im letzten Jahr war die Nachfrage nicht sehr hoch«, gab die alte Hebamme zu bedenken.

»Ja. Aber in diesem Jahr sehr wohl!«

»Vielleicht haben andere einfach früher davon erfahren als du.«

»Bitte?«

»Nun, wenn Hedi schon im letzten Jahr, weil sie eben keine Stelle gefunden hat, sich mit dem einen oder anderen Kurgast eingelassen hat …«

»Ja, aber …«

»Wer hätte sie eingestellt? Weißt du nicht am besten, wie ein Skandal ein Haus ruinieren kann?«

In der Tat, das wusste Tine nur zu gut. Letztlich waren alle Träume, die sie und Henry mit dem »Hotel Imperial Helgoland« verbunden hatten, daran gescheitert, dass Tines Schwester Jolante sich bei ihren Affären mit den »feinen Herren« auf der Insel hatte erwischen lassen. Wenn Hedi es sich eingehandelt hatte, eine Frau von zweifelhaftem Ruf zu sein, dann hatte sie auf dem Stellenmarkt dieser kleinen Insel nicht mehr die geringsten Aussichten. Und als unverheiratete Frau, die sogar ein Kind hatte, war es nicht weit bis zum schlechten Leumund einer liederlichen Dirne. Selbst wenn sie nicht … »Sie glauben doch nicht, dass Hedi …«, sagte Tine erschrocken. Denn das konnte sie sich beim besten Willen nicht vorstellen.

Die alte Dame atmete tief durch. »Was ich glaube, ist zwar wirklich unwichtig in dem Zusammenhang, liebe Tine. Aber wenn es dich beruhigt: Ich denke zumindest, dass nicht jede Frau, die einen der Kurgäste zu seinen abendlichen Vergnügungen begleitet, anschließend zwangsläufig in seinem Bett landet.« Sie lächelte müde. »Sonst hätten wir noch weitaus mehr zu tun. Vor allem mit ledigen Müttern.«

Ja, das stimmte. Und es beruhigte Tine ein wenig. Dennoch fand sie es beschämend, dass Hedi sich offenbar entschlossen hatte, sich von den feinen Herren aushalten zu lassen, die ihre Zeit auf der Insel nicht ohne charmante weibliche Begleitung verbringen wollten. Und charmant sein, das konnte Hedi allemal! Auch sah sie gut aus, wenn sie sich ein wenig herrichtete. Offenbar hatte sie in der Hinsicht auch noch einiges dazugelernt. Denn selbst Tine hatte sie ja vorhin erst auf den zweiten Blick erkannt, so vollendet elegant war sie herausgeputzt gewesen. Wozu natürlich auch das entsprechende Kleingeld nötig war …

»Hoffen wir das Beste, Tine«, sagte Frau Liebrecht. »Ich bitte dich nur, verurteile sie nicht.«

»Ich und sie verurteilen?«, rief Tine. »Frau Liebrecht, Sie wissen nicht, wo und wie ich aufgewachsen bin.«

»Ein wenig hast du mir ja erzählt.«

»Das, was ich Ihnen nicht erzählt habe, würde ich auch lieber vergessen, das dürfen Sie mir glauben.«

Ja, das glaubte die alte Hebamme ihrer Gehilfin nur zu gerne. Denn es schien nun einmal ein Gesetz des Schicksals zu sein, dass das Unglück gerne bei den besten Menschen einschlug und die Ärmsten oft am härtesten traf. »Ich weiß, Tine«, sagte die alte Frau leise. »Wo der Bauch leer ist, da ist die Moral ein schönes Märchen.«

Tine nickte. »Ja«, flüsterte sie. »So ist es leider.« Aber sie würde mit Hedi sprechen. Vielleicht gab es ja einen Ausweg. Vielleicht konnte sie etwas für die Freundin tun. Zumindest wollte sie es versuchen. Denn beschämt hatte sie auf dem Weg zum Häuschen der Hebamme erkannt, dass sie schon viel zu lange nicht mehr mit Hedi gesprochen hatte, ja nicht einmal wusste, wo sie seit der Schließung des Hauses Wagner wohnte.

* * *

Das Haus der Familie Reimers lag unweit des Südstrands Richtung Hafen, wo Knut Reimers auch seine Werkstatt hatte, in der er vor allem Börteboote zimmerte, also jene kleinen Schaluppen, mit denen die Reisenden der großen Schiffe auf die Insel übergesetzt wurden. Es war ein altes und angesehenes Handwerk, in dem es der gute Mann zu einiger Meisterschaft gebracht hatte, was ihn zu einem respektierten Helgoländer gemacht hatte, auch wenn es kein einträgliches Gewerbe war. Freilich hatte Reimers das Handwerk und die kleine Werft von seinen Vorvätern geerbt, die schon seit Jahrhunderten auf der Insel lebten. Bei alledem war Knut Reimers auch noch ein überaus fröhlicher und stets zu Scherzen aufgelegter Zeitgenosse, der sich jedes Mal freute, wenn Tine den kleinen Otto besuchen kam, den Hedi dort vor Jahren zur Pflege gegeben hatte, um selbst ihrer Arbeit als Zimmermädchen nachgehen zu können. »Sieh da!«, rief der Bootsbauer und nahm seine Pfeife aus dem Mund. »Die Frau Sonnenschein Heesters!«

»Moin, Herr Reimers«, entgegnete Tine. »Als Sonnenschein brauchen Sie mich heute wohl nicht.« Sie deutete in den strahlend blauen Himmel.

»Je nu, wo se recht haben, hamse recht. Is trotzdem schön, dass se immer jute Laune bringen tun.«

Tine nickte, aber es war schwerlich zu übersehen, dass sie gerade das heute nicht tat. »Meine Frau ist hinterm Haus, kümmert sich um die Hühner. Und wennse den kleen Otto suchen, der sitzt wahrscheinlich wieder in der Küche und zeichnet. Is seine neueste Marotte: Er entwirft jetzt Kriegsmaschinen für den Herrn Kaiser.« Reimers zwinkerte Tine zu. Sie wussten voneinander, dass keiner von ihnen ein Kaisertreuer war. So gut wie alle angestammten Helgoländer hielten den Hohenzollern für einen ziemlich lächerlichen Popanz. Aber außer dem ein oder anderen Witz beizeiten hielt man sich mit Äußerungen zurück. Denn auf der Insel hatte man gelernt, den Herrschenden ihren Willen zu lassen. Irgendwann würden wieder andere kommen, und mit denen machte man es dann genauso. Hauptsache, sie ließen einen in Ruhe den eigenen Geschäften nachgehen. »Dann guck ich mal zu Otto«, erklärte Tine und winkte dem Mann, dessen Haupthaar langsam licht wurde, der aber dennoch voller Kraft zu sein schien.

Tatsächlich saß der Junge in der Küche, den Federkiel in der Hand und vor sich ein Blatt Papier. »Tante Tine!«, rief er. »Schau, was ich gezeichnet habe!« Stolz hielt er sein Werk hoch.

»Aha?«, sagte Tine ratlos. »Und was soll das sein?«

»Das ist eine Doppelkanone!«, empörte sich Otto. »Sieht man das denn nicht?«

»Doch, doch! Jetzt, da du es sagst.« Sie sah gut aus, die Zeichnung. Wenn man davon absah, dass das, was sie darstellte,

Tine nicht besonders gut gefiel. »Und die willst du irgendwann bauen?«

»Ich? Nein.« Otto winkte ab. »Die Pläne sind für die Oberste Heeresleitung.«

»Ach.«

»Ja! Ich werde sie nach Berlin schicken! Vielleicht legt man sie dem Kriegsminister vor. Der kann die Kanone dann beauftragen. Weißt du, sie bauen die großen Kanonen bei Krupp in Essen.«

»Essen, soso«, murmelte Tine, die weder wusste, wo das genau lag, noch wer eigentlich »Krupp« sein sollte.

»Und ich werde berühmt, weil ich sie konstruiert habe.«

»Konstruiert!« Tine war amüsiert über den Wortschatz, den Otto schon hatte. Nun gut, auch Knut Reimers konstruierte natürlich seine Boote. Obwohl: Traditionelles Handwerk baute wohl nach alten Plänen und konstruierte nicht wirklich. Freilich ließ sich nicht ausschließen, dass auch ein Knut Reimers ein heimlicher Konstrukteur war, ein Ingenieur, wie es Otto neulich gesagt hatte. Ja, wahrscheinlich sogar. Denn der Bootsbauer liebte seinen Beruf, und es galt als ausgemacht, dass auf den gesamten Friesischen Inseln sich keiner besser auf dieses Handwerk verstand als er. »Und was ist das hier?«, fragte Tine, die auf der Bank neben Otto eine seltsames Gebilde stehen sah.

»Das ist ein U-Boot!«, rief Otto begeistert aus. »Das ist eine ganz neue Erfindung!« Er hob es hoch und hielt es Tine hin. Erstaunt betrachtete sie, wie sorgfältig sich der Junge überlegt hatte, wie so ein U-Boot aussehen musste. Erstaunt war sie aber auch, dass er es aus allerlei Metallteilen zusammengebaut hatte. »Wo hast du denn diese ganzen Sachen her?«, fragte sie und meinte, für einen Moment ein Flackern im Blick ihres

Patenkindes zu erkennen. »So was benutzt doch Onkel Knut gar nicht, oder?«

»Ach«, sagte Otto scheinbar leichthin. »Das hab ich gefunden.«

»Gefunden? Und wo?«, forschte Tine weiter.

»Beim Hafen. Also dort, wo man halt hindarf«, nuschelte Otto und schob das U-Boot beiseite, als wäre ihm die Freude daran vergangen. Tine aber hatte aufgehorcht. Der Junge hatte kein Geld, und selbst wenn er welches gehabt hätte, so hätte es diese Materialien doch für ein Kind auf der Insel gar nirgends zu kaufen gegeben. Dass er sie *gefunden* hatte, schien ihr seltsam. Doch ehe sie der Sache auf den Grund gehen konnte, kam Anna Reimers aus dem kleinen Garten hinter dem Haus herein. »Tine!«, rief die Frau des Bootsbauers. »Moin!«

»Moin, moin, Anna.«

»Du kommst zu Otto?«

»Eigentlich komme ich zu dir, Anna.« Sie beugte sich zu ihrem Patensohn hin. »Otto, bist du so lieb und lässt uns mal für eine Weile allein?«

»Geht es um mich?«, wollte der Junge wissen und setzte eine skeptische Miene auf.

»Nein, überhaupt nicht, Otto. Wir haben Frauensachen zu besprechen.« Tine zwinkerte Anna Reimers heimlich zu. Sie gluckste in sich hinein, als sie den Jungen sagen hörte: »Frauensachen, auweh! Ich bin schon weg.« Und tatsächlich war er im nächsten Augenblick Richtung Werkstatt verschwunden. »Ein schlaues Kerlchen«, stellte Anna Reimers fest.

»Ja, das ist er. Und das haben wir nicht zuletzt euch zu verdanken.«

»Ach«, sagte die Frau des Bootsbauers. »Ich weiß nicht, ob unsereins darauf großen Einfluss hat. Am Ende kann man sich so viel Mühe geben, wie man will, und es werden rechte Tunichtgute draus. Und andere werden verzogen und landen gar noch im Rathaus.«

»Ja«, lachte Tine. »Oder im Reichstag.«

»Oder da.« Anna Reimers trat an den Herd. »Einen Tee, Tine?«

»Gerne.«

Wenig später saßen die beiden Frauen beisammen, und Tine rückte mit ihrer Sorge um Hedi heraus, deren Kind schließlich im Haushalt der Familie Reimers aufwuchs. Eine Weile war es still, ehe die Hausherrin gedankenverloren nickte. »Ja«, sagte sie. »Das letzte Jahr war sehr schwierig für Hedi. Sie hatte Pech. Zuerst hatte sie sich im Imperial beworben, wo man sie aber nicht brauchen konnte, zumindest angeblich. Und dann hatte sie eine Stelle in der Pension Plöger. Nur dass die schon vor der Mitte der Saison zugesperrt wurde. Angeblich wegen Ungezieferbefall.«

Tine konnte sich erinnern. Es war ein ziemlicher Skandal gewesen auf der Insel. Manche vermuteten allerdings, dass es eher um fragwürdige Machenschaften des Inhabers ging, dessen Verbindung zu zwielichtigen Kreisen wenig später herausgekommen war. Offenbar hatte man in der Inselverwaltung den Schaden, der aus einer Schließung wegen »Ungezieferbefalls« auf die Gemeinde abstrahlte, als geringer erachtet als den möglichen Schaden wegen krimineller Machenschaften.

»Und dann hat sie nichts mehr gefunden«, fuhr die Frau des Bootsbauers fort. »Die Ersparnisse waren schnell aufgebraucht. Und du weißt ja, wie schwierig die zweite Hälfte der Saison im letzten Jahr war.«

Auch das wusste Tine. Das Wetter war schon ab Juli nicht mehr richtig schön gewesen, sodass viele Gäste ausgeblieben waren. »Verstehe«, murmelte sie. »Warum hat sie denn nichts gesagt?«

»Stolz?«, schlug Anna Reimers vor. »Oder vielleicht auch nur Scham?«

»Vielleicht«, seufzte Tine. »Ich muss jedenfalls mit ihr sprechen.«

»Willst du ihr etwa verbieten …«

Tine schüttelte den Kopf. »Erstens wüsste ich nicht, weshalb ich ihr etwas verbieten dürfte. Hedi ist schließlich erwachsen, sie ist sogar älter als ich. Und zweitens … Zweitens bin ich es, die ein schlechtes Gewissen hat.«

»Du? Aber warum das denn?«

»Ich hätte ihr vielleicht helfen können.«

»Aber du wusstest ja gar nichts von ihrer Lage!«

»Umso schlimmer. Ich hätte es erkennen müssen. Ich hätte mich für Hedi interessieren müssen. Das ist es doch, wozu Freundinnen da sind, oder nicht?«

Die Frau des Bootsbauers blickte Tine über den Rand ihrer Tasse hinweg an und seufzte. »Da hast du sicher recht, Tine. In einer idealen Welt wäre das so. Aber hier kämpft doch jeder ums Überleben und ums Weiterkommen.«

»Nein, Anna«, widersprach Tine. »Tut mir leid. Wenn wir dahin kommen, dass jeder sich selbst der Nächste ist, dann sind wir letztlich alle ziemlich schnell ziemlich einsam.«

»Du klingst schon wie der Herr Pastor«, rief Anna Reimers, und die beiden Frauen lachten miteinander und zwinkerten sich zu. Doch dann wurde die Frau des Bootsbauers ernst. »Hedi wohnt jetzt am Hafen.«

***

Große Teile des Hafens waren seit einiger Zeit zum militärischen Sperrgebiet erklärt worden und auch für Insulaner verboten, sofern sie nicht einen Passierschein hatten, etwa weil sie Waren oder Lebensmittel lieferten oder zu den Arbeitern gehörten, die seit Jahren am Ausbau des neuen Militärhafens mitwirkten. Inzwischen erstreckten sich die Anlagen weit ins Meer hinein, ein ganz neuer Bereich von Land war durch Aufschüttungen erschaffen worden. Wenn es so weiterging, würde die Insel bald doppelt so groß sein, wie sie ursprünglich gewesen war.

Die Unterkünfte der Arbeiter waren außerhalb des Sperrgebiets. Sie lagen auf einer Brache, die überhäuft war mit Arbeitsgerät: Dampfkränen, Seilwinden, Walzen, Stahlträgern, Schottersteinen … Auf dem Kai, der zum zivilen Teil des Hafens hin reichte, standen mehrere Personen und betrachteten die Arbeiten. »Famos!«, rief ein Herr mit Schnauzer und nickte Tine anerkennend zu, als hätte sie auch nur irgendetwas mit den Bauten zu tun. »Was für ein Anblick, was?«

»Wenn Sie meinen …«, erwiderte Tine, während sie sich umsah, wo sie hinmusste.

»Nun sagen Sie nicht, dass das nicht ein erhebender Anblick wäre.«

»Erhebend?« Tine musterte den Mann vielleicht etwas offen. Aber dass die Arbeiten am Hafen irgendetwas »Erhebendes« an sich hätten haben können, darauf war sie noch nicht gekommen.

»Tausende Tonnen Stahl!«, rief der Mann, nun nicht mehr ganz so strahlend, sondern jetzt mit eher strenger Miene. »Abertausende Tonnen Zement! Alles von den Schiffen Seiner Majestät auf diese Insel gebracht und von braven deutschen Arbeitern zu einem uneinnehmbaren Bollwerk aufgerichtet. »Wenn das keine Leistung ist!« Wieder blitzten seine Augen geradezu triumphierend.

»Der Kaiser hat nicht viel dran getan«, stellte Tine fest und ärgerte sich ein wenig, dass sie sich tatsächlich auf ein Gespräch mit dem Mann eingelassen hatte, der erkennbar Kurgast auf der Insel war und wie so viele Besucher, ja wie eigentlich alle Männer, die sich die Arbeiten am Hafen ansahen, zu den führenden Experten des Reichs zählte. Von denen musste es Millionen geben.

»Na, das ist doch wohl die Höhe!«, empörte sich der Mann. »Hüten Sie sich davor, nicht wegen Majestätsbeleidigung belangt zu werden, Fräulein!«

»Frau«, korrigierte Tine. »Frau Heesters. Oder Witwe Heesters, wenn Ihnen das lieber ist.«

»Nun …« Diese Information brachte ihn offenbar aus dem Konzept, und seine Bartspitzen zwirbelnd schien er nach den passenden Worten zu suchen. »Jedenfalls müssen Sie zugeben, dass ihr Helgoländer das ohne den Kaiser nicht zustande gebracht habt, gnädige Frau.«

»Da haben Sie allerdings recht, gnädiger Herr«, erwiderte Tine. »Ich bestreite höchstens, dass wir Helgoländer an so etwas überhaupt Interesse gehabt haben.« Damit wandte sie sich ab und ging zu einer der Arbeitsbaracken.

***

Hatten die Unterkünfte aus einiger Entfernung noch ausgesehen wie gewöhnliche Arbeitsbaracken, den Hummerbuden der Fischer nicht unähnlich, erwiesen sie sich bei näherer Betrachtung als elende Notquartiere. Die Arbeitsarmee des Kaisers hauste unter erbärmlichen Bedingungen. Zaghaft fragte Tine sich durch, klopfte an eines der Holzhäuser und dann ans nächste. »Hedi?«, fragte einer der Männer, die ihr öffneten. Er rief nach hinten: »Eine Hedi hier?«

»Ja, ich!«, rief ein Scherzbold aus dem Halbdunkel des Gruppenraums. Tine spähte dem Mann an der Tür über die Schulter und musste an das Gängeviertel denken, in dessen hintersten Hinterhöfen es oft ebenso düster gewesen war. Auch hier gab es kaum Fenster, und die Schlafkojen der Männer drängten sich eng aneinander. »Sie ist eine Freundin von mir«, erklärte Tine dem Arbeiter, der ihr geöffnet hatte. Ein anderer drängte sich an ihm vorbei nach draußen, Tine trat zur Seite und hielt den Atem an, weil ein Schwall abgestandener Luft mit ihm herauskam. »Is wohl nich hier«, meinte der Türsteher.

»Jawohl. Dann danke.«

»Jederzeit wieder.« Der Mann grinste und entblößte einige Zahnlücken. Tine kannte solche Gebisse von Seefahrern. Und von ihrer Arbeit beim Bader in Hamburg. Zu dem waren solche Gestalten gekommen. Sie nickte, rang sich ein Lächeln ab und wandte sich zum Gehen, als eine Frau nach draußen huschte. »Du suchst Hedi?«, fragte sie Tine, während sie ihre Röcke zurechtzog.

»Kennst du sie?«

»Sie wohnt in der nächsten Baracke.« Die Frau, die unschwer als Straßendirne erkennbar war, nickte zu einem anderen morschen Schuppen hin. »Komm, ich bring dich hin.«

Etwas befangen lief Tine neben der Frau her, deren Schuhe und Strümpfe Löcher hatten und deren rot geschminkter Mund verschmiert war. »Was ist?«, fragte die Hure, die Tines Blicke bemerkt hatte. »Stimmt etwas nicht?«

»Doch, doch«, versicherte Tine voller Nachdruck. »Es ist nur …«

»Ja? Ist es dir unangenehm, neben mir herzugehen?«

»Nein«, sagte Tine aufrichtig. »Ich denke nur: Das muss eine schrecklich schwere Arbeit sein hier.«

»Meine?« Die Frau lachte. Hätte sie nicht so erschöpft und armselig ausgesehen, man hätte sie schön nennen können. »Kein Vergleich mit dem, was die Kerle hier leisten müssen. Meistens jedenfalls.« Ihre Miene verdüsterte sich, und Tine war froh, nicht zu wissen, woran die Frau in diesem Moment dachte. »Und dann schlafen sie auch noch zu viert in einer Koje …«

»Zu viert?« Selbst in ihrer engen Wohnung im Gängeviertel hatten sie höchstens zu dritt beieinander geschlafen. Und sie waren Kinder gewesen. Vier erwachsene Männer auf einem Nachtlager, das musste fürchterlich sein. »Na ja«, lachte die Hure. »Manchmal zu fünft. Aber dann wird es richtig eng.«

»Fünf Männer?«

»Nein. Vier Männer. Aber manchmal eben mit einer Frau.«

Tine fragte nicht weiter. Sie waren auch angekommen an der nächsten Baracke. Augenblicke später stand sie vor der alten Freundin aus gemeinsamen Zimmermädchenzeiten, während die Frau, die sie hergebracht hatte, in Verhandlungen mit zwei Arbeitern getreten war. »Hier bist du«, stellte Tine mit mühsam unterdrücktem Schrecken fest.

»Hier bin ich«, bestätigte das ehemalige Zimmermädchen.

»Und du …«

»Ich besorge ihnen hier den Haushalt. Kochen, Waschen, Putzen. Das Nötigste. Mehr ist nicht zu schaffen.«

»Und dein Galan von gestern Abend?«

»Der hat mich nach Hause gebracht und ist dann in sein Hotel gegangen«, sagte Hedi. »Dachtest du, ich wäre mit ihm gegangen?«

»Nein!«, wehrte Tine ab. »Das dachte ich nicht.«

»Tja«, erwiderte Hedi. »Ich hab schon daran gedacht.« Und auf Tines schockierte Miene hin: »Weißt du, es fühlt sich ganz unwirklich an, wenn man sich herausputzt und ins Casino geht und diese Männer beobachtet, die an einem Abend mehr verspielen, als unsereins im ganzen Jahr verdient … Na ja, ich ja nicht mehr. Aber trotzdem! Dann laden sie einen auf Champagner ein und spendieren Kaviar, und du denkst, so könnte das immer weitergehen. Ja, er hat sicher eine Frau zu Hause in Hamburg. Aber hier auf der Insel, da hat er doch keine. Und wenn du nur nett genug bist zu ihm, wer weiß …« Sie hielt inne, lächelte wehmütig. »Da können einem schon seltsame Gedanken kommen, an so einem Abend.«

»Er hat dich hierhergebracht?«, staunte Tine.

»Hierher? Wo denkst du hin!« Hedi lachte. »Ich habe mich ins …« Sie zögerte. »Also, ich habe mich ins Imperial bringen lassen.«

»Aber du wohnst doch gar nicht im Imperial.«

»Du weißt das, Tine, und ich weiß das. Aber der Herr Commerzialrat Rötger weiß das nicht.«

»Du hast ihm vorgeschwindelt, dass du im Imperial logierst?«

Hedi schüttelte den Kopf. »Tine, du bist wirklich eine Seele von Mensch. Denkst du, ich erzähle ihm, dass ich in den Arbeiterbaracken am Kriegshafen die Dreckwäsche von armen Schluckern mache, weil ich gegen die noch ärmer bin?«

»Und das Kleid? Ich meine, das muss doch ein Vermögen gekostet haben!«

»Allerdings«, bestätigte Hedi. »Ich zahle es immer noch ab. Zum Glück war man bei Ehrlichs so freundlich, mir einen Kredit zu geben.«

»Verstehe«, sagte Tine und griff nach der zweiten Schürze, die neben Hedi an einem Nagel an der Wand hing. »Was machst du?«, fragte die Freundin.

»Na, was wohl? Ich sehe zu, dass du hier etwas schneller fertig wirst! Wir müssen mal gemeinsam zu Thevessens.«

»Und was wollen wir da?« Hedi schien einigermaßen überrumpelt.

»Uns Gedanken machen über deine Zukunft. Denn so …«, Tine warf einen Blick in den düsteren Raum, in dem jetzt nur wenige Männer waren, später aber alles voll sein würde, »… so kann es ja wohl nicht weitergehen.« Sie bemerkte die Blicke der Arbeiter, die an einem Tisch saßen und zu ihnen rübersahen. »Lassen Sie dich denn in Ruhe? Ich meine, du weißt schon …«, flüsterte Tine.

»Sagen wir, die meisten. Meistens.«

»Und die anderen?«

»Mit denen habe ich umzugehen gelernt. Im Grunde sind sie ja nicht viel anders als die Commerzialräte, Kaufmänner oder Von-und-Zus.« Eine Erfahrung, die auch Tine hinlänglich gemacht hatte. »Außerdem wissen sie, dass ich Ärger mit den Dirnen bekäme, wenn ich in ihr Revier eindringen würde. Das können sie respektieren. Schließlich hat jeder hier seinen Platz.«

»Und deiner ist …«

»Meiner ist ganz unten auf der Leiter, Tine«, erklärte Hedi ernst. »Unter mir kommen nur noch die Huren. Und die haben ihre eigene Ehre.«

Ja, so war das wohl in diesen Kreisen. Und keiner kam hier raus. Denn niemand setzte sich für diese Menschen ein. Nicht für die, die jeden Tag ihr Leben riskierten, um dem Kaiser seinen Kriegshafen ins Meer zu setzen, und die sich dabei Bergen von Stahl und Erz und auch noch den Naturgewalten ausgesetzt sahen. Nicht ihren Vormännern, die auf der einen Seite die Peitsche schwangen, während sie auf der anderen unter der Knute der Militärs standen. Und schon gar nicht den paar Frauen, die ihren Leib dafür gaben, die Schmerzen der anderen geschundenen Leiber zu lindern. »Heute Abend bei Thevessens«, sagte Tine. »Kommst du?«

»Wenn du meinst ...«

Und so war es abgemacht.

* * *

Viertes Kapitel

Wie jedes Jahr, seit Jette in die Schule gekommen war, ließ es sich Tine nicht nehmen, ihre Tochter am letzten Tag vor den großen Sommerferien am Schulhaus abzuholen. Und auch wenn sie wusste, dass Jette ein braves und fleißiges Mädchen war, spürte sie doch jedes Mal aufs Neue ihr Herz ein klein wenig bang klopfen, wenn sie an das Zeugnis dachte, das der Klassenlehrer in diesem Augenblick an die Kinder ausgab. Sie selbst war nie auf eine Schule gegangen. Was sie gelernt hatte, war ihr vom Bader Meister Herzfeld im Gängeviertel beigebracht worden, von Thevessens – oder sie hatte es sich selbst mehr schlecht als recht und vor allem mühsam erarbeitet. Dass ihre Tochter einst in eine ordentliche Schule gehen, eine saubere und passende Schuluniform tragen und Dinge wie Biologie oder Volkskunde lernen würde, daran hätte sie nicht im Traum gedacht damals, als sie selbst noch ohne Hoffnung auf ein gutes Leben in Hamburg gehaust hatte.

Und dann schlug die Uhr von St. Nicolai, und aus den geöffneten Fenstern des Schulhauses erklang der Jubel von hundert Kindern, die wussten, dass nun die schönste Zeit des Jahres für sie begann. Tine musste lächeln. Und sie lächelte noch, als die Pforte aufging und die Jungen und Mädchen herausgestolpert kamen, ihre Schultaschen in der Hand und ein Lachen auf den Lippen. Erst als der Rektor der Schule, Herr Friedrichs, mit ernster Miene auf Tine zukam, wurde auch sie ernst. »Guten Tag, Frau Heesters«, grüßte er förmlich.

Tine knickste und grüßte zurück. »Guten Tag, Herr Rektor.«

»Kann ich Sie kurz sprechen?«

»Sicher«, sagte Tine mit trockenem Mund. »Ist denn alles in Ordnung?«

»Gewiss, Frau Heesters. Es ist alles in bester Ordnung. Gehen wir in meine Dienststube.«

Tine nickte und folgte ihm in den ersten Stock des Schulgebäudes. Der Amtsraum des Rektors war eine kleine Kammer mit großem Fenster, durch die er direkt auf die Kirche und den Gottesacker blickte. Beklommen fragte sie ihn, nachdem sie auf seine Einladung hin Platz genommen hatte: »Was ist denn passiert, Herr Rektor?«

Der Schulleiter wiegte den Kopf und erklärte: »Also Sorgen machen müssen Sie sich keine, Frau Heesters. Denn eigentlich ist es ja eine sehr schöne Situation, um die es sich handelt.«

Wirklich beruhigt war Tine nach diesen Worten nicht. So ähnlich sprach sie mit Frauen, die erschrocken festgestellt hatten, dass sie schwanger waren. Aber in der Hinsicht musste sie sich zum Glück keine Sorgen machen, Jette war ja gerade erst elf geworden. »Aha?«, sagte sie deshalb und versuchte, ihre Hände still zu halten. Irgendwann würde er ja mit der Sprache herausrücken. Und das tat er dann auch: »Es ist so, Frau Heesters. Ihre Tochter ist eine gute Schülerin.« Er nickte, wie um sich selbst zuzustimmen. »Eine sehr gute sogar.«

»Nun, das beruhigt mich, Herr Rektor.«

»Die Sache ist die …«

»Ja?«

»Ich würde sie ungern bei uns behalten.«

»Was?« Tine fuhr auf. »Sie wollen sie von der Schule verweisen? Was ist denn um Himmels willen passiert? Ich kann es doch bestimmt irgendwie wiedergutmachen!« Tine spürte, wie ihre Wangen glühten. Ihr war so heiß, dass sie sich am liebsten die Kleider vom Leib gerissen hätte. Konnte man hier nicht einfach ein Fenster öffnen? Sie sah sich um, hielt sich an der Stuhllehne fest – und kippte doch ganz unvermittelt vom Stuhl, weil ihr plötzlich schwarz vor Augen geworden war.

»Frau Heesters, um Gottes willen!«, hörte sie den Rektor rufen. Als sie die Augen wieder öffnete, hatte die Schulsekretärin ihr eine Hand unter den Kopf geschoben und hielt ihr ein Fläschchen mit ätherischen Ölen unter die Nase. »Frau Heesters?«, hörte sie die erschrockene Stimme des Rektors. »Frau Heesters?«, echote die Schulsekretärin, die sie besorgt aus großen Augen ansah. »Ist alles in Ordnung mit Ihnen?«

Tine musste mehrmals tief durchatmen, bis sie sich wieder gefasst hatte. »Entschuldigen Sie«, stammelte sie und richtete sich auf. »Es tut mir leid.«

»Mir tut es leid, Frau Heesters«, entschuldigte sich Rektor Friedrichs. »Ich hätte anders anfangen sollen. Sie haben mich offenbar völlig missverstanden.«

Tine schüttelte den Kopf, worauf ihr schwindlig wurde. Sie hielt kurz inne und widersprach dann: »Nein, das habe ich schon verstanden, Herr Friedrichs, dass Sie meine Tochter der Schule verweisen wollen.«

»Mitnichten, Frau Heesters!«, rief der Rektor und faltete die Hände vor den Mund. »Ganz und gar nicht!«

»Aber Sie haben doch selbst gesagt, Sie wollen sie nicht hierbehalten.«

»Aber doch nicht, weil Henriette nicht gut genug wäre für uns.«

Langsam setzte sich Tine auf und schaffte es schließlich, wieder auf die Beine zu kommen. »Weshalb denn dann, bitte schön?«

»Weil wir nicht gut genug sind für sie«, erklärte der Rektor.

»Bitte setzen Sie sich doch wieder und lassen Sie mich erklären.«

Mit brummendem Schädel setzte sich Tine erneut und schwor sich, die Ruhe zu bewahren, was immer er ihr erzählen mochte.

»Sehen Sie, Ihre Tochter ist ein sehr kluges Mädchen«, führte der Rektor aus. »Sie könnte es weit bringen.«

»Ich weiß«, entgegnete Tine, beinahe etwas trotzig.

»Aber nicht, wenn sie weiterhin hier zur Schule geht.« Als Tine nichts erwiderte, fuhr er fort: »Wir sind hier nur eine einfache Volksschule. Hier werden einfache Leute ausgebildet. Wer bei uns fleißig lernt, kann ein guter Kaufmann werden, vielleicht ein Offizier auf einem Handelsschiff, ein guter Handwerker oder vielleicht auch Wirtschafterin in einem größeren Gästehaus.«

»Aber das ist doch was«, warf Tine ein. Denn in der Tat war es eine solche Karriere, die sie sich für ihr Kind erhofft hatte.

»Ihre Tochter könnte es weiter bringen«, erklärte der Schulleiter.

»Weiter?«

»Wenn sie aufs Gymnasium ginge, stünden ihr ganz andere Möglichkeiten offen, Frau Heesters.«

»Aufs Gymnasium«, flüsterte Tine. An eine solche Möglichkeit hatte sie nie gedacht. »Aber es gibt doch gar kein Gymnasium bei uns.«

»Das ist der Punkt«, sagte Rektor Friedrichs. »Sie müsste nach Stade.«

»Nach Stade? Aber wie soll sie das denn … von hier aus …« Doch während sie es aussprach, wusste Tine, was der Rektor meinte: Henriette würde aufs Festland ziehen müssen. »Überlegen Sie es sich«, sagte er mit milder Stimme, wohl wissend, was er der Mutter da vorschlug. »Und dann lassen Sie uns in den kommenden Tagen einmal darüber sprechen.«

»Aber würde Henriette das denn überhaupt wollen?«

»Das herauszufinden ist Ihre Aufgabe, Frau Heesters. Meine Aufgabe war es, Sie auf die Möglichkeit hinzuweisen. Das für einen solchen Übertritt nötige Zeugnis würde ich Ihrer Tochter mit dem größten Vergnügen ausstellen.«

***

Nach Stunden unendlicher Arbeit, um die beiden Hotels, das Imperial und das Schlüter, mit dem nötigen Blumenschmuck zu versorgen, kehrte Tine müde und erschöpft wieder in die Pastorei zurück. Sie fand den Hausherrn bei der Lektüre des *Helgoländer Tagblatts*. Frau Thevessen hatte sich nicht wohlgefühlt und sich schon zurückgezogen. Also brachte Tine dem Pastor noch einen Pott Tee mit Rum und setzte sich zu ihm. »Darf ich Sie etwas fragen, Herr Pastor?«

»Jederzeit, mein Kind. Ich sehe ja, dass dir etwas auf der Seele brennt.«

Also schilderte sie ihm die Lage. »Auch ich denke, dass du zuerst mit Henriette sprechen musst«, gab der Pastor zu bedenken, als Tine ihm am Abend von den Überlegungen des Schulrektors berichtet hatte. »Schließlich geht es um ihr Leben.«

»Aber was, wenn sie gar nicht will?«

»Dann solltest du sie nicht zwingen.«

»Und wenn sie will? Was dann?«

»Dann wird sie wohl nach Stade gehen«, schloss der Pastor, als wäre es die natürlichste Sache von der Welt.

»Aber das könnten wir uns gar nicht leisten!« Leise fügte sie hinzu: »Ich habe Angst, dass sie es will.«

Begütigend legte der Pastor seine Hand auf ihre. »Das kann

ich gut verstehen, Tine. Aber du weißt doch: Der Herr wird es richten.«

Tine hätte sich gewünscht, so viel Gottvertrauen zu haben. Aber manche Dinge waren so schwierig, so groß, so unüberschaubar, dass sie einfach nicht wusste, wie sie mit ihnen umgehen sollte. Als sie in ihre Kammer hinaufkam, war Henriettes Bett leer. Auch nach einigen Minuten war das Mädchen nicht aufgetaucht. Verwundert ging Tine sie suchen und fand sie schließlich im Garten unter dem alten Maulbeerbaum, wo Frau Thevessen ein kleines Bänkchen aufgestellt hatte. »Hier bist du!«

Henriette antwortete nicht, sondern senkte nur den Blick.

»Was ist mit dir?« Tine setzte sich neben sie und merkte, dass die Tochter ein winziges Stück wegrutschte. »Alles in Ordnung?« Sie griff nach Henriettes Hand, die sie aber wegzog. »Henriette?«

»Du hast dich gar nicht über meine Zensuren gefreut«, sagte das Mädchen mit einer Stimme voll Kränkung und Enttäuschung.

»O doch, Jette, das habe ich!«, rief Tine aus und legte den Arm um ihr Kind. »Entschuldige, wenn du denken musstest, ich würde mich nicht dafür interessieren!« Sie senkte die Stimme. »Die Wahrheit ist: Ich habe mir Sorgen gemacht.«

»Sorgen? Aber es ist doch ein gutes Zeugnis«, erklärte Henriette bockig. »Keine von meinen Freundinnen hat ein besseres. Aus der ganzen Klasse niemand. Ich weiß es genau.«

»Ich weiß es auch, Jette.«

»Du? Wer hat es dir denn gesagt?«

»Der Rektor, Jette.«

»Herr Friedrichs?«

Tine nickte bedeutungsvoll. »Er hat mich extra in sein Dienstzimmer kommen lassen.«

»Um dir das zu sagen?«

»Das – und noch etwas anderes …«

Henriette schwieg und lauschte, was ihre Mutter nun zu verkünden hätte. Es war kein Geheimnis, dass man nur zum Rektor gerufen wurde, wenn es Ärger gab. Schüler, die etwas ausgefressen hatten, wurden zu Herrn Friedrichs zitiert. Jemand, der eine unangenehme Aufgabe erfüllen sollte, vielleicht auch. Aber sonst … »Nun?«

Tine seufzte. »Er hat mir gesagt, ich sollte dich auf eine andere Schule schicken, ein Gymnasium.«

»Ein Gymnasium?«, erwiderte Tine wie ihre Mutter wenige Stunden zuvor. »Aber wir haben doch gar keines hier.«

Tine musste lachen. »Das habe ich ihm auch gesagt.« Aber dann wurde sie ernst: »Deshalb hat er vorgeschlagen, dass ich dich nach Stade schicke.«

»Nach Stade«, wiederholte Henriette und überlegte, was das bedeuten mochte. »Aber wie soll das denn gehen?«, fragte sie dann. »Bis ich morgens dort bin, wäre der Unterricht doch schon aus. Und käme ich zurück, wäre es schon Nacht«

»Ja«, bestätigte Tine. »So ist das.«

»Dann geht das doch gar nicht.«

»Nein, Jette. Nicht, wenn du jeden Tag hin- und herfahren müsstest.«

Das Mädchen schüttelte den Kopf. »Es würde auch nicht gehen, wenn ich nur jeden zweiten Tag fahren würde. Ich käme ja trotzdem zu spät hin. Und viel zu spät wieder hierher zurück.«

»Gehen wir ein bisschen spazieren?«

Henriette nickte, und so führte Tine ihre Tochter an der Hand durch den prächtigen alten Pfarrgarten, wo es außer dem Maulbeerbaum und den Fliederbüschen herrliche Rosensträucher gab, ein großes Beet mit Phlox, Hortensien, Jasmin und sogar noch ein paar späte Erdbeeren. Während das Mädchen die süßen Früchte aß, versuchte Tine ihr die Überlegung des Schulleiters nahezubringen: »Herr Friedrichs meint, du könntest vielleicht eines Tages eine besondere Arbeit machen, etwas ganz Besonderes lernen, verstehst du?«

»Was für eine Arbeit meint er denn?«

»Ich weiß nicht. Vielleicht Sekretärin? Oder Hausdame in einem feinen Hotel?«

»Ich möchte aber keine Hausdame werden. Die bekommen nie einen Mann ab. Und ich möchte Kinder. Ganz viele! Vor allem Mädchen.«

Tine lachte. »Die wirst du sicher bekommen, Jette. In unserer Familie sind die Mädchen immer in der Überzahl.« Verstohlen blickte sie zu dem kleinen Grab unterm Fliederbusch und musste tief Luft holen. »Aber vielleicht gibt es eine andere besondere Arbeit, die du einmal tun möchtest und die du nicht lernen kannst, wenn du nur auf die Volksschule hier gehst.«

»Aber was ist denn an der Volksschule hier schlecht?«, wollte Henriette wissen.

»Nichts, mein Kind. Es ist nur eine einfache Schule für die einfachen Berufe, verstehst du?«

»Ich möchte Ärztin werden«, sagte Henriette auf einmal. Sie sagte es so leise, dass Tine sie zuerst gar nicht verstand. »Was möchtest du werden, Jette?«

»Ärztin.«

»Ärztin!«

»Ja. Und Hebamme in einem. Dann muss ich mich nicht mit so einem Menschen herumplagen wie Doktor Bell, der euch nur schikaniert, und am Ende sterben ihm dann die Frauen.«

»Ja«, erwiderte Tine leise. »Das tun sie. Schrecklich.«

»Eben. Und deshalb werde ich Ärztin, und dann arbeiten wir zusammen, du und ich, und bringen die Kinder auf Helgoland zur Welt und müssen uns von keinem Doktor was sagen lassen. Denn dann bin ich ja selbst Doktor.«

Erstaunt schüttelte Tine ganz langsam den Kopf. »Ich weiß nicht, was ich sagen soll, Kind. Ärztin. Ob das geht? Ich habe keine Ahnung. Aber ich bin beeindruckt, was in deinem Kopf alles vor sich geht.«

Und so beschlossen Tine Heesters und ihre Tochter Henriette, am nächsten Tag noch einmal zum Schulleiter zu gehen und ihn zu fragen, wie es gelingen könnte, dass das Mädchen auf dem Gymnasium zu Stade als Schülerin aufgenommen würde.

***

II.

Aufbruch und Abschied

Helgoland, 1900

Erstes Kapitel

Der Sommer war so prächtig und voller Blumen auf den Helgoländer Inseln, dass Tine endlich keine Sorgen mehr hatte, sowohl das Hotel Imperial als auch das Hotel Schlüter aufs Schönste zu dekorieren. Hatten im Frühling schon der Flieder und die Tulpen, die Narzissen, Vergissmeinnicht und Schlüsselblumen im Pfarrgarten über alle Maßen geblüht, prangten im Sommer die Rosen, die Fritzi früher so wundervoll gepflegt hatte, die Hortensien, die Dahlien und Malven, Stauden-Phlox und Sonnenhut. Dazu kamen allerlei blühende Gräser von der Düne sowie die schönsten Farne und natürlich Tines geliebte Hundsröschen, die an manchen verborgeneren Stellen der Insel wucherten.

Während der Ferien begleitete Henriette sie täglich in die Blumengründe und schnitt und pflückte mit ihr, band die Sträußchen, wie einst Fritzi es mit Tine getan hatte, als sie noch in die Rieselwiesen vor Hamburg gewandert waren, die Elbe entlang mit ihren Körben. Körben, wie sie Tine auch jetzt wieder nutzte, nur dass sie jetzt sicher sein konnte, ihre Ware zu verkaufen.

In den Hotels wurde sie stets erwartet und mit freundlichen Worten begrüßt. Im »Imperial« hielt ihr jetzt regelmäßig Alfred die Tür auf oder, wenn er nicht da war, Emil, den Tine einst als dessen guten Freund kennengelernt hatte, ein inzwischen nicht mehr ganz so junger, aber immer noch gewitzter und redegewandter Mann. Er war Gepäckmeister im »Imperial« und als solcher zuständig dafür, dass die Koffer und

Taschen der Gäste zur rechten Zeit auf der Landungsbrücke, vom Südstrand oder direkt vom Schiff abgeholt, ins Hotel verbracht und dort auf die Zimmer transportiert wurden. Was einfach klang, war für ein großes Haus wie das »Imperial« in den Monaten der Hochsaison eine außerordentliche Leistung, denn es ging an manchen Tagen buchstäblich um Hunderte Gepäckstücke, die von Dutzenden Schiffen geholt oder dorthin gebracht werden mussten, die auf über sechzig Zimmer und Suiten zu verteilen waren, die stets rechtzeitig geholt werden mussten und am besten dennoch jederzeit vor Ort sein sollten. Deshalb befehligte Emil auch drei feste Hotelboys und bei Bedarf noch eine Handvoll Jungs von der Insel, die sich auf diese Weise ein paar Pfennige dazuverdienen konnten.

»Auf mein Zimmer bitte die Moosröschen«, scherzte Emil, als er Tine mit galanter Verbeugung die Tür öffnete, als wäre sie eine Fürstin mit ihrem Tross. »Gewiss«, scherzte Tine zurück. »Ich gebe meiner Zofe Bescheid, dass sie sie hochbringt und auch gleich noch Ihren Frack aufbügelt, gnädiger Herr.« Sie zwinkerten einander zu. »Ist Alfred unterwegs heute?«

»Er hat sich den Fuß verstaucht.«

»Oh. Das tut mir leid. Aber nichts Schlimmes, hoffe ich?«

Emil zuckte die Achseln. »Ich hoffe es auch.«

»Richte ihm gute Besserung von mir aus.«

»Gerne. Er wird sich freuen.«

Im nächsten Augenblick widmete sich Emil neu ankommenden Gästen, während Tine ihrer Tochter winkte, ihr nach hinten zu folgen.

In den Wirtschaftsräumen gab es einen Schrank mit Vasen, in die sie die neuen Blumen verteilte, während Henriette Wasser eingoss. Dann verteilten sie sich und sammelten die alten Vasen ein, um sie gegen neue auszutauschen, überall dort, wo ein Zimmer gerade leer war. Wo sich die Herrschaften vor Ort befanden, notierte Tine die Zimmernummer auf einen kleinen Zettel und legte ihn unter die betreffende Vase, die dann im Hauswirtschaftsraum deponiert blieb, bis die Zimmermädchen den Austausch vornehmen konnten.

Zum Schluss spülte Tine noch die alten Vasen aus, während Jette die welken Blumen nach draußen brachte. Neuerdings brachte das Mädchen ihr Lieder bei, die Tine noch nicht kannte, ganz so, wie sie es früher immer umgekehrt gemacht hatte. Sie lernten jetzt in der Schule manches, was Tine ganz bezaubernd fand – vielleicht auch, weil Jette es mit ihrer schönen und unschuldigen Stimme so wundervoll vortrug. Während sie gemeinsam zum Hotel Schlüter weitergingen, lauschte sie:

Ich weiß nicht, was soll es bedeuten,
Dass ich so traurig bin.
Ein Märchen aus uralten Zeiten,
Das kommt mir nicht aus dem Sinn.

So sang Henriette und schwenkte den Korb mit den Blumen für das Schlüter, dass sich mancher junge Mann nach ihr umdrehte, als wäre sie schon ein Fräulein, dem man womöglich den Hof machen könnte. Ja, Jette würde die Männerherzen schon bald höherschlagen lassen, dachte Tine. Und sorgenvoll überlegte sie, ob das ein Grund dafür war, sie aufs Gymnasium nach Stade zu schicken, oder wohl eher ein Grund dagegen.

Die Luft ist kühl und es dunkelt
Und ruhig fließt der Rhein;
Der Gipfel des Berges funkelt
Im Abendsonnenschein.

Die schönste Jungfrau sitzet
Dort oben wunderbar
Ihr gold'nes Geschmeide blitzet,
Sie kämmt ihr gold'nes Haar.

Als sie beim Schlüter ankamen, obwohl es nur eine kurze Strecke war, da musste sich die stolze Mutter des Mädchens die feuchten Augen wischen. »Ist alles gut, Mama?«, fragte Henriette.

»Alles ist fein, Jette«, erwiderte Tine tapfer. »Mir ist nur was ins Auge geflogen.«

Mit wissendem Blick erwartete der Hausdiener Theo sie am vorderen Eingang. »Ja«, sagte er. »Wenn ich dieses Liedchen höre, noch dazu mit so einer schönen Stimme vorgetragen, da fliegt mir auch gerne was ins Auge.«

***

Am Abend war Hedi in der Pastorei zu Besuch. Sie hatte sich lange geziert, hatte sich geschämt, Tines Einladung anzunehmen. Doch schließlich hatte sie ihr zugesagt vorbeizukommen, als sie einander beim Kramer begegnet waren. Ein wenig hatte Tine befürchtet, sie könne in ihrem prächtigen Abendkleid erscheinen, um anschließend ins Casino nebenan oder in eine der glanzvollen Tanzhallen zu gehen, die auch nicht weit entfernt lagen. Doch erstens wäre das auch Hedi peinlich gewesen, und zweitens funktionierte das so nicht. Eine feine Dame, selbst wenn es nur eine vorgebliche war, ließ sich abholen – und dann natürlich nicht von der Pastorei, sondern von einer entsprechend klangvollen Adresse. Hedi hatte sich das mit dem Imperial schon ganz gut überlegt, und Tine fragte sich, wer von den Mitarbeitern dort wohl von Hedis »Projekt«

wusste, während das ehemalige Zimmermädchen dem Pastorenpaar ihr zerrüttetes Leben schilderte

»Das Problem ist«, erklärte Tine, »dass Hedi keine Stelle mehr findet, weil … nun weil …«

»Weil jeder nur den Dorn im Auge des anderen sieht, aber nicht den Balken im eigenen«, sagte der Pastor. »Es mag ja sein, dass Hedi sich die eine oder andere Verfehlung vorwerfen lassen muss …« Er musterte das ehemalige Zimmermädchen streng. Doch dann hob er die Hände in einer hilflosen Geste. »Aber wer müsste das nicht! Keiner ist schließlich ohne Fehl und Tadel.«

»Da mögen Sie wohl recht haben, Herr Pastor«, entgegnete Hedi. »Aber leider bringt mir das trotzdem keine Stellung, mit der ich mein Leben bestreiten könnte. Und das von Otto«, fügte sie leise hinzu.

Der Pastor seufzte. »Ich weiß. Dazu kommt, dass jeder dich kennt. Ein gutes Zeugnis würde dir deshalb auch nicht weiterhelfen.«

»Ein gutes Zeugnis?«, lachte Hedi. »Wer würde mir denn ein gutes Zeugnis geben?«

»Nun, das könnten wir schon tun«, erklärte Frau Thevessen, die offenbar genau wusste, was ihrem Mann im Kopf herumging.

»Sie?«

»Du könntest bei uns als Haushälterin arbeiten einige Zeit.«

»Bis Gras darüber gewachsen ist!«, rief Tine, die den Gedanken großartig fand.

Doch Hedi schüttelte den Kopf. »Das ist wirklich sehr liebenswürdig von Ihnen, Herr Pastor. Und Frau Thevessen. Aber in einer so kleinen Gemeinde wächst kein Gras darüber. Irgendwer wird sich immer erinnern.«

»Ich finde, einen Versuch wäre es wert«, warf Tine ein.

»Überleg es dir einfach, Hedi«, sagte der Pastor mit einem Lächeln. »Im Moment könnten wir Hilfe gut gebrauchen. Fritzi ist weg, Tine ist mit ihren Blumen so beschäftigt, dass sie kaum hier ist. Und meine Frau hat nicht mehr die Kraft, die sie früher hatte, um alles alleine zu machen.« Er warf seiner Gattin einen zärtlichen Blick zu. »Sie hätte es verdient, mal etwas weniger Arbeit zu haben.«

»Wenn Jette tatsächlich nach Stade geht, dann wäre das zweite Bett in meiner Kammer auch wieder frei«, dachte Tine laut. »Du könntest dann zu mir ziehen wie in alten Zeiten.«

Hedi lächelte voller Erinnerungen. »Damals bist allerdings du zu mir gezogen.«

»Das stimmt.« Tine lachte. »Und du hast die Blumen auf den Kompost geworfen, die ich dir gebracht hatte.«

»Erinnere mich bitte nicht daran«, sagte Hedi leise. »Ich habe einfach zu viele Fehler gemacht. Große und kleine.«

»Jedenfalls«, stellte die Gattin des Pastors fest, »ist es doch besser, hier den Haushalt zu führen als unten am Hafen, wo du für eine ganze Kompanie von ungehobelten Kerlen arbeiten musst.«

»Das ist wohl wahr, Frau Thevessen«, gab Hedi zu.

»Und so ist es gar nicht besonders wichtig, ob dir ein Zeugnis von uns hilft oder nicht. Die Arbeit selbst hilft dir doch. Also vorausgesetzt, wir können sie uns leisten …«

»Oh, da machen Sie sich bitte keine Sorgen, Frau Thevessen«, murmelte Hedi. »Ich traue mich kaum zu sagen, was ich dort verdiene.«

»Das musst du auch nicht«, erklärte der Pastor. »Wir machen dir einfach einen Vorschlag, was du hier verdienen kannst. Dann musst du hoffentlich auch nicht mehr eine feine Dame spielen, die du nicht bist.« Er schmunzelte, als er hinzufügte: »Und schon gar nicht eine halb feine, die du erst recht nicht bist.«

***

Wenige Tage später, Hedi hatte bereits bei Thevessens als Haushälterin ihren Dienst angetreten und vorläufig Quartier in der Gästekammer unter dem Dach genommen, da bekam Tine Nachricht, sie möge sich in der Kommandantur vorstellen. »Können Sie sich das erklären?«, fragte sie die Pastorengattin.

Frau Thevessen schüttelte den Kopf. »Ich weiß nur, dass mein Mann vor ein paar Tagen mit dem Kommandanten gesprochen hat. Aber worum es dabei ging …« Sie hob die Hände.

Rasch schlüpfte Tine in ihre Helgoländer Tracht, die sie sonst nur an Sonntagen und Feiertagen trug, band sich ein Kopftuch um und machte sich auf zur Kommandantur, die nicht weit entfernt auf dem Oberland lag.

Erstaunt nahm sie zur Kenntnis, dass man als ganz gewöhnlicher Mensch zum Inselkommandanten gar nicht mehr vorgelassen wurde. Sie erinnerte sich noch gut, wie ihr Mann einst beim britischen Gouverneur der Insel ein und aus gegangen war. Gewiss, man hatte sich auch damals ankündigen müssen. Aber jetzt war es der reinste Spießrutenlauf: Zuerst musste sie sich am großen eisernen Tor erklären und wäre schon beinahe nicht weitergekommen, weil sie sich nicht ausweisen konnte. Dann versperrten ihr zwei Soldaten mit aufgepflanzten Bajonetten auf ihren gekreuzten Gewehren den Zutritt zum Amtsgebäude. Sie musste sogar den Inhalt ihrer Handtasche zeigen. Dass sie außer einem Taschentuch, einem Näpfchen Sanddorncreme für die Hände und einem kleinen Büchlein, in dem sie zurzeit las, auch noch eine Blumenschere mit sich führte, machte sie augenblicklich hoch verdächtig. Die Schere bei sich zu behalten wurde ihr verweigert, der Zutritt wurde ihr nach einigem Zögern immerhin gewährt.

Es war ein großes Gebäude, sicher größer als das Schulhaus, und dabei überaus düster. Man hatte auch hier gebaut. Hinter dem ehemaligen Gouverneurssitz war eine Erweiterung entstanden, zu beiden Seiten gab es Anbauten, sodass aus der einst eleganten Villa ein protziger Bunker geworden war, zumindest im Inneren. Wenig Tageslicht fiel herein, und Tine war bei dem Gedanken, dass sie hierherbefohlen worden war, unbehaglich zumute.

Endlich stand sie vor den Amtsräumen des Kommandanten. Auch hier stand eine Leibwache: zwei Männer, lang wie Bäume, von denen sie keiner anblickte. Als sie jedoch die Hand erhob, um an die Tür zu klopfen, zuckten die beiden zusammen und griffen an die Säbel. Auch Tine zuckte zusammen und trat einen Schritt zurück. »Ich möchte … ich muss zum Kommandanten«, erklärte sie. »Auf Wunsch …« Sie verbesserte sich, weil sie sich vorstellte, dass die Soldaten das besser verstehen würden: »Auf Befehl des Herrn Kommandanten.«

»Auf Befehl des Herrn Kommandanten, soso«, knurrte einer. »Und Sie sind?«

»Tine Heesters. Also: Christine Heesters, wohnhaft in der Pastorei.«

Der Mann blickte seinen Kameraden an, der nickte, die beiden rückten eine Winzigkeit von der Tür weg, und Tine klopfte nun doch, um nach einem »Ja!«, das von drinnen ertönte, einzutreten.

Wenn sie erwartet hatte, dass eine eindrucksvolle Gestalt sie begrüßen würde, wurde sie enttäuscht: Am mächtigen Schreibtisch saß ein eher kleiner, untersetzter grauer Mann in grauem Anzug, der einen Federkiel in der Hand hielt und einen Zwicker auf der Nase hatte. »Sie sind?«

»Christine Heesters, Herr Kommandant.«

»Setzen Sie sich.«

»Danke.« Tine setzte sich ganz vorne auf die Kante des Stuhls, der dem Schreibtisch gegenüberstand.

»Sie wissen, warum ich Sie hergebeten habe?«

»Ich habe keine Ahnung, Herr Kommandant«, erklärte Tine wahrheitsgemäß und versuchte, ganz ruhig zu atmen. Ihr Herz klopfte wie verrückt, obwohl sie sich doch nichts hatte zuschulden kommen lassen. Oder? Sie hatte Hedi geholfen, die womöglich schon das eine oder andere angestellt hatte. Aber das konnte ja nicht ihr zur Last gelegt werden – hoffentlich. Sie hatte kürzlich einer ledigen Mutter zu ihrem Kind verholfen, gemeinsam mit Frau Liebrecht. Aber man konnte die Frau ja nicht allein ihr Kind bekommen lassen. Sie hatte auf der Insel und auf der Düne drüben reichlich Blumen gepflückt. Reichlich! Ob das am Ende verboten war? Legte man ihr Diebstahl zur Last?

»Es geht um Ihre Tochter, Frau Heesters.«

Henriette! Um Gottes willen! »Was hat sie denn angestellt«, fragte Tine erschrocken.

»Anstellt?« Überrascht blickte der Kommandant auf. »Hat sie etwas angestellt?« Er musterte Tine mit stechendem Blick. Wenn er seine Soldaten so musterte, war es klar, warum er der Kommandant war. »Ich … ich weiß nicht«, entgegnete Tine unsicher.

»Nun. Falls ja, dann hat das hier gar keinen Sinn.«

»Entschuldigen Sie, wenn ich so töricht frage, Herr Kommandant«, wagte Tine sich nun doch vor. »Was hat keinen

Sinn? Ich weiß ja leider gar nicht, weshalb ich hierherkommen sollte.«

»Heißt das, ich muss mich mit der Sache gar nicht mehr befassen?«

»Mit Verlaub, Herr Kommandant: mit welcher Sache?«

»Mit dem Schulgeld für Ihre Tochter.«

»Schulgeld? Für Henriette? Ich wusste nicht, dass Sie deshalb … also … Vielleicht können Sie mich aufklären, Herr Kommandant.«

Der Mann lehnte sich zurück, verschränkte die Hände vor dem Bauch und lächelte genüsslich: »Da Sie schon eine Tochter haben, sollte das nicht mehr nötig sein, was? Aber ich kann Ihnen sagen, dass Sie einen sehr überzeugenden Fürsprecher haben.« Er griff nach einer Zigarre, die schon angeschmaucht, aber wieder erloschen im Aschenbecher lag, entzündete sie an einer der Kerzen, die links und rechts auf seinem Schreibtisch standen, als wäre es ein Altar, und fuhr fort: »Pastor Thevessen war nicht nur voll des Lobes über Ihre Tochter, er hat auch in den höchsten Tönen von Ihnen geschwärmt. Offenbar halten Sie die Insel ganz allein am Laufen, was?«

Tine wagte nicht, etwas einzuwerfen. Damit hatte sie nicht gerechnet. »Nun«, fuhr er fort, nachdem er ein paar kleine Züge von seiner Zigarre genommen und dem aufsteigenden Rauch nachdenklich hinterhergesehen hatte. »Der Pastor schlägt vor, dass die Gemeinde die Kosten für die höhere Schule Ihrer Tochter übernimmt, *weil sie der Gemeinde sehr von Nutzen sein kann.* So hat er es gesagt. Deshalb ist meine Frage: Wird sie das können? Oder ist das Fräulein Tochter vielleicht bloß darauf aus, mit guten Manieren und geschliffener Sprache nach oben zu heiraten? Es kommen ja immer wieder alleinstehende und gut situierte Herren auf die Insel, die sich auf dem Heiratsmarkt umsehen. Denn wenn es *so* wäre …« Er beugte sich nach vorn, jetzt wieder ganz Adler, »dann wäre sie der Gemeinde ganz und gar nicht von Nutzen, wenn Sie verstehen, was ich meine.«

Tine atmete tief durch und versuchte sich zu sammeln. »Herr Kommandant«, erklärte sie. »Henriette ist erst elf Jahre alt. Sie denkt an alles andere als an eine Heirat, egal ob nach oben oder unten, ob mit einem Einheimischen oder einem Auswärtigen. Sie ist ein braves, gottesfürchtiges und fleißiges Mädchen. Der Rektor ihrer Schule hat den Vorschlag gemacht, dass sie eine höhere Schule besuchen soll.«

»Das ist ein gutes Zeichen«, warf der Kommandant ein.

»Außerdem dürfen Sie mir glauben, dass ich lange mit mir gerungen habe, ob ich es ihr überhaupt erlauben will. Ich liebe meine Tochter sehr, sie ist mein Ein und Alles. Sie wegzuschicken wird für mich sehr schwer werden. Aber ich will ihrer Zukunft auch nicht im Weg stehen. Wie oft wird einem Mädchen schon ein solcher Vorschlag gemacht, wie oft setzt sich schon ein Schulleiter für ein Mädchen ein.« Es sollte eine Feststellung sein, keine Frage. Aber der Kommandant antwortete trotzdem: »Nie«, sagte er. »Garantiert nie. Weshalb auch? Mädchen zu fördern ist doch letztlich reine Verschwendung.«

»Wieso sollte es?«, widersprach Tine, erstaunt über ihren eigenen Mut. Aber die Selbstverständlichkeit, mit der der Mann das Leben und den Wert einer Frau hier abtat, widerstrebten ihr zutiefst. »Meine Tochter jedenfalls hat absolut vor, zum Nutzen der Gemeinde zu lernen. Sie will Ärztin werden.« Nun war es raus. Und der Kommandant schwieg. Er schwieg und blickte sie an wie … ja, wie? Einen Moment lang zuckten seine Mundwinkel, dann brach er in schallendes Gelächter aus. »Ärztin?«, rief er. »Sie meinen, Medizin? Sie will Medizin studieren, ja? An einer Universität wahrscheinlich. Und dann was? Als Ärztin arbeiten?« Wieder lachte er, sodass er sich die Tränen aus den Augenwinkeln wischen musste, ehe er sich beruhigte, die Zigarre wieder weglegte und dann sehr gesammelt erklärte: »Frau Heesters, ich werde nicht dafür aufkommen, dass Ihre Tochter Ärztin wird, das kann ich Ihnen klipp und klar sagen. Aber ich will Ihnen noch etwas sagen: Wir sind dabei, diese Insel zu einer gewaltigen Seefestung auszubauen. Vieles von dem, was wir bereits geschaffen haben, sehen Sie nicht. Aber glauben Sie mir, unter dem Felsen gibt es noch ein zweites Helgoland. Und dieses zweite Helgoland ist eine hochmoderne Kriegsmaschine. Mit Mannschaftsunterkünften für Hunderte von Männern, mit Offizierscasino Munitionsdepots, Feldküchen, elektrischer Beleuchtung, eigenen Turbinen – und …«, er hob den Finger, als wollte er sagen: Jetzt kommt das Tüpfelchen auf dem i, »… und einem eigenen Lazarett.« Eine kleine Pause bekräftigte die Bedeutung seiner Worte, auch wenn Tine sie nicht erkennen konnte. »Und deshalb bin ich bereit, das Schulgeld für Ihre Tochter zu bewilligen, Frau Heesters. Aber nicht, damit sie Ärztin wird, sondern weil wir tüchtige Krankenschwestern brauchen. Bestens ausgebildete Pflegerinnen, die helfen, unsere Männer wehrfähig zu erhalten und den Ärzten zur Hand zu gehen. Das ist der Weg, den Ihre Tochter einschlagen wird. Ich möchte, dass wir Frauen vor Ort haben, die zur Verfügung stehen, wenn sie gebraucht werden. Wenn Ihre Tochter diesen Weg nimmt, dann können Sie das Schulgeld behalten. Wenn nicht, erwarte ich Rückzahlung in voller Höhe.«

***

Noch ganz benommen von den Worten des Kommandanten,

lief Tine über die weite Fläche des Oberlands bis hinüber zur Langen Anna, um einen klaren Kopf zu bekommen. Was er angeboten hatte, war großzügig und gefährlich zugleich. Natürlich war Krankenschwester ein hoch ehrbarer Beruf, einer, der dem der Ärztin sogar einigermaßen nahekam. Aber ob Henriette sich darauf einlassen wollte? Und selbst wenn: Wollte Tine das? War es nicht brandgefährlich, ausgerechnet in einem Feldlazarett zu arbeiten, auch wenn es ein unterirdisches sein mochte? Die Rede des Kommandanten hatte so sehr nach Krieg geklungen, dass Tine ganz bang war. War es wirklich das, was die Admiralität, was die Heeresleitung, was der Kaiser für Helgoland und das ganze Reich vorgesehen hatte: im Krieg zu stehen und die Waffen sprechen zu lassen?

Weit draußen auf dem Meer blitzte ein einsames weißes Segel. Tine dachte an ihren verstorbenen Mann. Auch Henry hatte ein Segelboot gehabt. Er war ein begabter Segler gewesen. Wie schön diese Zeit gewesen war, als sie gemeinsam auf dem Boot … wie unbeschwert. Und wie weit zurück sie zu liegen schien. Dennoch: Wenn Tine jetzt zurückdachte, erschien es ihr plötzlich, als wäre die Zeit seit Henrys Tod bis hierhin vor allem eine Art Wartezeit gewesen, ein langes Warten, dass das Leben sich fortsetzte. Gewiss, sie hatte ihre Tochter großgezogen, hatte gearbeitet, hatte getrauert, gehofft, sich geängstigt, sie hatte sich von Frau Liebrecht alles zeigen lassen, was es zum Handwerk einer Hebamme brauchte, obwohl sie natürlich wusste, dass Erfahrung sich nur durch Erfahrung erlernen ließ. Sie hatte im Pfarrhaushalt geholfen, hatte Blumen gezüchtet und Arbeit in den beiden Hotels gefunden. Und doch schien es, als wäre ein Platz in ihrem Leben leer geblieben, ein Platz, den es brauchte, um dieses Leben ein Leben zu nennen. Henrys Platz. Aber Henry würde nie wiederkehren. Und es schien auch nicht, als könnte jemals ein anderer seinen Platz wieder einnehmen.

»Frau Heesters!«, rief jemand hinter ihr. Als sie sich umwandte, stand Georg Schlüter junior da, als hätte er sie schon eine ganze Weile beobachtet.

»Moin, Herr Schlüter! Was machen Sie hier draußen?« Tine nickte dem Sohn des Hoteliers zu, der neben dem »Haus Perle« im Oberland auch das »Hotel Heesters« gekauft hatte und damit zu den bedeutenden Hoteliers der Insel gehörte.

»Wenn ich ehrlich bin, bin ich Ihnen ein wenig hinterhergelaufen.«

»Mir? Warum das denn, um Himmels willen?«, lachte Tine. Doch sie wusste, dass Schlüter junior ein Auge auf sie geworfen hatte. Immer wieder begegneten sie sich »zufällig«. Dass man sich auf einer so kleinen Insel ständig über den Weg lief, war nichts Besonderes. Dass es immer dann geschah, wenn sonst gerade niemand in der Nähe war, dagegen schon. Allerdings war Tine dieses Interesse eher unangenehm, denn nicht nur war Georg Schlüter ein etwas zu glatter, etwas zu gut frisierter und leider auch deutlich zu beleibter Zeitgenosse, vor allem war er auch noch verheiratet. Dass er einer anderen Frau hinterherstieg, während seine zu Hause im Rollstuhl saß, war in jedem Falle unverzeihlich.

»Ich habe mich gefragt, was Sie hier draußen machen«, erklärte der Mann und fuhr sich übers runde Kinn. »So allein …«

»Allein sein, Herr Schlüter. Das war meine Absicht. Ich wollte einfach ein wenig allein über die Wiesen spazieren und meinen Gedanken nachhängen.«

Der rundliche Mann trat näher, fast ein wenig zu nah, und raunte: »Was das wohl für Gedanken sind? Da wäre ich schon neugierig.«

Gierig, dachte Tine. Vor allem ist er gierig. Es war mehr als deutlich an seinem Blick zu erkennen, der so unstet war, weil er ihn zu gerne nach unten hätte wandern lassen. Nun, er hatte ja vermutlich lange genug hinter ihr gestanden, um seinen Blick an ihrem Körper zu weiden. »Das«, sagte Tine, »... ist das Besondere an einsamen Gedanken. Dass man sie mit niemandem teilen will.«

Offenbar fehlten ihm kurz die Worte, denn er nickte nur und räusperte sich. »Nun, ähm ...«, versuchte er es anders, »was ich Sie schon immer einmal fragen wollte, Frau Heesters: Sie tanzen doch gerne, wenn ich mich recht erinnere.«

Tine schenkte ihm ein unverbindliches Lächeln.

»Nun?«

»Bitte? Wollten Sie mich nicht etwas fragen? Ich habe keine Frage gehört.«

Eine winzige Wolke des Unwillens zog über Schlüters Stirn. Dann nickte er abermals und stimmte zu: »Da haben Sie recht, Frau Heesters. Die Frage ist, ob Sie nicht einmal Lust hätten, zum Tanzabend zu gehen. Ich meine: mit mir.«

»Ach! Gibt es denn einen besonderen Anlass?«

»Es gibt immer einen Anlass, Frau Heesters!«, stellte Schlüter bestimmt fest. »Den Sommer, das Leben, ...« Er zögerte kurz. »Die Liebe ...«

»Ja, die Liebe«, bestätigte Tine. »Richtig. Die gibt es ja auch noch.« Und mit ehrlichem Bedauern fügte sie hinzu: »Ich verstehe, dass Ihre Gattin nicht mit Ihnen zum Tanzabend gehen kann, Herr Schlüter. Aber sehen Sie, manchmal ist die Liebe dann doch auch ein Grund, nicht tanzen zu gehen, nicht wahr?«

»Wie meinen?«

»Nun, aus Liebe zu Ihrer Frau können Sie unmöglich mit

mir zum Tanzabend ausgehen«, stellte Tine fest. »So freundlich ich Ihr Angebot finde, einer alleinstehenden Frau einmal eine nette Unterhaltung zu bieten. Das weiß ich wirklich sehr zu schätzen, Herr Schlüter.« Sie nickte ihm zu und ließ ihn dann so unvermittelt stehen, dass Schlüter keine Gelegenheit fand, noch ein Wort zu erwidern.

***

Zweites Kapitel

Es war ein schwerer Gang – für beide! Tine hatte die halbe Nacht nicht geschlafen, und sie hatte immer wieder gehört, wie Jette geseufzt hatte. Zuletzt war es ihr vorgekommen, als hätte ihre Tochter sich in den Schlaf geweint. Vielleicht hatte sie das auch selbst getan. Jedenfalls schien ihre ganze Seele zu schmerzen, als sie endlich vom zarten Licht der Morgensonne geweckt wurde. Es war so früh, dass nicht einmal der Pastor, der sonst immer als Erster seine Kammer verließ, auf den Beinen war. Draußen kreischten ein paar Möwen. Als Tine ans Fenster trat, lagen lange Schatten auf dem Pfarrgarten. So wie auf ihr. Schatten, die die kommenden Jahre warfen, Jahre, die sie einsam verbringen würde. Ohne Jette. Denn ihre Tochter würde gehen, für lange Zeit. Und nie wieder würde es so sein wie bisher. In Zukunft würde Tine nur für wenige Wochen im Jahr mit ihr zusammen, die meiste Zeit aber aus der Ferne ein Teil vom Leben ihres Kindes sein.

»Ich werde dir ganz oft schreiben, Mama«, hörte sie plötzlich Jettes Stimme hinter sich.

»Du bist auch schon wach?«

»Ich habe nicht gut geschlafen, Mama.«

»Ich auch nicht, Schatz. Komm, wir gehen frühstücken. Zumindest haben wir dann noch ein wenig Zeit, bis das Schiff geht.«

So tranken sie dann gemeinsam Tee und aßen von Frau Thevessens Sandkuchen. Tine packte ihrer Tochter ein paar hartgekochte Eier ein und steckte ihr ein Portemonnaie mit dem Geld zu, das sie in den letzten Wochen gespart hatte. Es war nicht viel, würde Jette aber zur Not immerhin etwas weiterhelfen.

Dass Thevessens ausgerechnet an diesem Morgen spät dran waren und sich nicht mehr von dem Mädchen verabschiedeten, schmerzte Tine ein wenig, aber sie sagte nichts, weil sie Jette nicht kränken wollte. Für das Kind war es ein ungleich größerer Schritt als für sie. Tine verlor nur den liebsten Menschen, den sie hatte, Jette verlor ihre ganze Welt und musste lernen, in einer neuen zu leben. Stade war keine Stadt wie Hamburg. Es ging dort eher ruhig zu, die Gefahren, denen ein junger Mensch ausgesetzt war, waren geringer. Und doch war der Ort am Elbufer kein Vergleich zum beschaulichen Helgoland, wo man in Windeseile wieder nach Hause zurückkehren konnte, egal wo man sich auch befand, und innerhalb kurzer Zeit einfach jeden Menschen kannte.

Ein letztes Mal gingen sie gemeinsam hinüber auf den Kirchhof, um das Grab von Jettes Vater zu besuchen. Und dann hieß es Abschied nehmen. Schweigsam marschierte Tine mit ihrer Tochter hinunter zum Unterland. Sie trug ihr die neue robuste Reisetasche, in der Jettes Habseligkeiten waren, für die alle ein wenig gegeben hatten, das Pastorenpaar ebenso wie Fritzi und ihr Mann und Frau Liebrecht, ja sogar die Blumenhändlerin: Schulmaterialien, Leibwäsche, warme Kleidung und Schuhe für den bevorstehenden Herbst und den Winter. Ob Jette an Weihnachten überhaupt auf die Insel kommen konnte, war ungewiss. Wenn das Wetter nicht zufällig sehr mild war, gab es keinen Schiffsverkehr vom Festland. »Komm«, sagte Tine. »Wir klopfen noch einmal bei Fritzi an.« Noch war genügend Zeit, um zumindest der Schwester Lebewohl zu sagen.

Der Blumenladen war tatsächlich schon geöffnet, und Frau Fricke stand in der Tür und winkte ihnen entgegen. »Moin, Frau Fricke!«, grüßte Tine. »Ist meine Schwester da?«

»Nein, die ist leider schon weg«, erklärte die Blumenhändlerin.

»Simon auch nicht?«

»Tut mir leid. Viel zu tun heute.«

»Verstehe.« Verzagt drehte sich Tine zu ihrer Tochter um, die nun auch ein wenig blass geworden war. Nun, so musste es eben ohne Abschied gehen. Vor vielen Jahren war Tine ganz allein auf diese Insel gekommen, heute würde Jette ganz alleine gehen. Tine nahm das Mädchen fest an die Hand und schritt aus in Richtung Steg. Zwei Börteboote schaukelten in den sanften Morgenwellen. Sie stiegen die Treppen hinab, um auf eines davon zu gelangen. »Wenn das mal nicht Tine Heesters ist!«, rief Paul Stöver, der Sohn der Kramer vom Unterland, wo Tine gelegentlich einkaufte.

»Moin, Paul!«, erwiderte Tine. »Wir müssen bitte auf das Schiff nach Stade.«

»Hab schon gehört.« Paul Stöver riss sich die Mütze vom Kopf und verbeugte sich. »Das junge Fräulein verlässt uns und geht auf eine höhere Schule.«

Jette blickte beschämt zu Boden. »Ich geh nicht gerne weg«, erklärte sie leise. Erstaunt hob Stöver die Augenbrauen und setzte seine Mütze wieder auf. »Nicht? Ich würde gerne gehen. Aber dafür hab ich leider nicht genug unter der Mütze.« Er zwinkerte Jette aufmunternd zu. »Soll ein hübsches Städtchen sein, Stade«, erklärte er. »Wenn ich mal hinkomme, schaue ich vorbei und sag Hallo. Falls sie mich in so eine höhere Schule überhaupt reinlassen.«

Jette musste kichern, und Tine schenkte Paul Stöver ein

dankbares Lächeln. Seinetwegen war es nun doch nicht mehr ganz so ernst und traurig. »Erst einmal müssen wir sicher da rüberkommen!« Tine deutete auf das Schiff.

»Wär nicht besonders schlau, Frau Heesters. Das ist das Schiff nach Amsterdam.« Stöver lachte breit. »*Das* da geht nach Stade.« Er streckte beide Hände in Richtung eines Dampfers, der etwas abseits lag, als würde er eine Zirkusnummer präsentieren. »Das würde ich nehmen.«

»Gut«, sagte Tine. »Dann nehmen wir das, oder?« Sie blickte zu Jette, die ein bisschen schräg grinste und dann nickte. »Ja, Mama.«

Tine versuchte tapfer, nicht zu weinen, während sie zusah, wie Stöver ihrer Tochter die Hand hinhielt und sie auf das Boot holte. Er zwinkerte der Mutter zu, reichte dann auch ihr eine Hand und stieß, als die beiden sicher auf der Planke saßen, mit dem Ruder ab. In dem Moment erklang vom Steg über ihnen ein vielstimmiger Chor:

Nun ade, du mein lieb Heimatland,
lieb Heimatland, ade.
Es geht nun fort zum fremden Strand,
lieb Heimatland, ade.
Und so sing ich denn mit frohem Mut,
wie man singet wenn,
wenn man wandern tut,
lieb Heimatland, ade!

Tine brauchte sich nicht umzusehen. Sie wusste, wer dort stand und sang, sie kannte ihrer aller Stimmen. Es waren – über allen andern Stimmen – die von Fritzi und ihrem Mann Simon. Auch die Thevessens hatten mit eingestimmt und mit ihnen wiederum Hedi und Alfred. Alle hatten sich heimlich verabredet, um Jette einen besonderen Abschied zu bescheren – und es war ihnen gelungen. Am meisten berührte es Tine, dass sie auch die gebrechliche alte Stimme von Frau Liebrecht heraushören konnte. Dankbar wandte sie sich um und blickte hinauf zum Steg, an dem sie jetzt auf Paul Stövers Börteboot vorbeischaukelten. Da standen sie und winkten. Ganz am Rand aber stand völlig unvermutet der Rektor der Helgoländer Volksschule. Ihn hätte Tine als Letzten erwartet. Als er ihren Blick auffing, nickte er ihr aufmunternd zu. Er wusste nur zu genau, wie es in Tine aussah.

Wie du lachst mit deines Himmels Blau,
lieb Heimatland, ade.
Wie du grüßest mich mit Feld und Au',
lieb Heimatland, ade.
Gott weiß, zu dir steht stets mein Sinn,
doch jetzt zur Ferne zieht's mich hin:
Lieb Heimatland, ade!

* * *

Für Jette war es das zweite Mal, dass sie auf einem großen Schiff fahren durfte. Das erste Mal war ein Besuch in Hamburg gewesen, als Tine mit ihr zum Begräbnis ihrer Großmutter in die Hansestadt gereist war. Alma Tiedkens, Tines Mutter, war mit etwas über vierzig Jahren verstorben, ohne dass irgendjemand genau hätte sagen können, woran. Es war ihr schon länger nicht wohl gewesen, sie hatte sich wochenlang kaum noch aus dem Haus bewegt und zuletzt mehrere Tage hoch gefiebert. Dann war sie irgendwann nicht mehr aufgewacht.

Diesmal war es anders: Auch wenn Tine abermals mit schwerem Herzen reiste, versuchte sie doch, die Überfahrt für Jette zu einem schönen Erlebnis zu machen. Frau Thevessen hatte ihnen die Mehlpees von gestern eingepackt, einen Rosinenkuchen, von dem sie den feuchten Boden abgeschnitten hatte, denn die Mehlpees wurde nach altem Helgoländer Rezept in einer Serviette auf Weißkohl gegart, was ihr einen besonders würzigen Geschmack gab. Jette liebte Mehlpees, vor allem natürlich wegen der Rosinen. In einer großen Flasche hatte Tine außerdem selbstgemachte Himbeerlimonade dabei. So saßen sie bei schönstem Wetter in einem windstillen Winkel an Deck und beobachteten, wie Helgoland langsam im morgendlichen Dunst am Horizont versank, und hielten dann Ausschau nach Vogelsand, der großen Sandbank vor der Elbmündung. Immer noch war die See so faszinierend wie beängstigend für Tine, die in ihrer Zeit auf Helgoland einige Havarien gesehen hatte. Das Meer blieb unberechenbar. Zu wissen, dass es hier tief genug war, um auch die größten Schiffe ganz zu verschlingen, bereitete ihr Unbehagen, selbst auf einem so großen Dampfer wie dem nach Cuxhaven, Glückstadt und Hamburg. Umso dankbarer war sie, dass immer wieder andere Schiffe und Boote auftauchten, die ihren Weg kreuzten oder einige Zeit neben ihnen herfuhren. Einmal kam ihnen eine Flottille von Kriegsschiffen entgegen, deren qualmende Schlote schwarze Fahnen in den Himmel zeichneten. »Meinst du, sie fahren zu uns?«, fragte Jette.

Tine nickte. »Gut möglich. Es kommen ja immer mehr, seit der Kriegshafen so groß geworden ist.«

Eine Weile blickten sie dem Zug hinterher, der sich majestätisch an Backbord in der Ferne verlor – und verpassten Vogelsand an der Steuerbordseite! Doch dann kam schon sehr bald Cuxhaven, wo sie einige Zeit hatten, um das Treiben am Hafen zu beobachten: Passagiere verließen und bestiegen das Schiff, Ladung wurde gelöscht und an Bord gebracht, der Zollmeister registrierte jedes Teil, und am Pier saß ein Blumenmädchen, wie Tine einst eines gewesen war. Sie machte kein gutes Geschäft und tat Tine von Herzen leid. Was wohl aus ihr selbst geworden wäre, wenn sie nicht nach Helgoland gezogen wäre? Sie dachte an ihren Jugendfreund Peer, der ihr manches Mal geholfen hatte, ihre Körbe zu tragen, und der ihr letztlich die Möglichkeit zur Überfahrt nach Helgoland verschafft hatte. Was wohl aus ihm geworden war? Er war ganz ohne Familie aufgewachsen, hatte sich als Hilfsarbeiter am Hafen und auf Schiffen durchgeschlagen. Immer hatte er davon geträumt, zur See zu fahren. Vielleicht war er Matrose geworden, vielleicht war er längst Kapitän! Tine musste lächeln bei dem Gedanken. Kapitän wurde keiner, der nicht zur Schule gegangen war und der nicht die Nautik gelernt hatte, jedenfalls nicht in Hamburg. Aber Jette würde jetzt auf eine ordentliche Schule gehen! Sie würde alle Möglichkeiten haben, die man als junge Frau haben konnte, wenn sie mit ihrer Schulzeit fertig war. Stolz betrachtete Tine ihre Tochter, die die Geschehnisse im Hafen genau beobachtete und wie ihre Augen dabei leuchteten.

Es folgte ein sehr kurzer Aufenthalt in Glücksstadt und dann kam auch schon Stade. Tine war nie dort gewesen. Umso neugieriger war sie auf diese kleine Hansestadt, denn im Vergleich zu Hamburg war es ja nur ein Marktflecken – sagten jedenfalls die Hamburger.

Doch das stimmte nicht wirklich. Der Hafen mochte klein sein, viel kleiner als die neuen Hafenanlagen von Helgoland. Doch die Stadt, die sich dahinter erhob, war stolz. Würdevoll erhoben sich die Backsteinbauten in langen Reihen. Es herrschte geschäftiges Treiben in den Gassen. Ein wenig schien Tine dieses Städtchen wie die kleinere, ordentlichere Ausgabe ihrer Heimatstadt. War in Hamburg alles übergroß und einschüchternd, so war es hier stolz und aufgeräumt. Man sah kaum Bettler auf den Straßen, am Hafen keine Dirnen, vor den Gasthäusern keine Betrunkenen. Alles wirkte gediegener, als Tine es von Hamburg kannte, wenngleich Stade dennoch viel größer und prächtiger war als Helgoland. Das beruhigte Tine, während sie mit ihrer Tochter durch die Stadt wanderte und sich durchfragte. »Das Mädchen-Lyceum? Nie gehört«, beschied ihr die erste Frau, die ihr in schwarzer Tracht mit einem Wäschekorb begegnete.

»Wie heißt das? Lize… Ja, das gibt es wohl. Aber wo das is …«, erwiderte ein alter Mann, der vielleicht Fischer war.

Bei einem feinen Herrn im Frack schließlich hatten sie Glück. »Das Gymnasium, gewiss.« Der Mann, der die Ausstrahlung eines Bankiers oder Kontoristen hatte, musterte die Frau und das Mädchen eingehend, ehe er ihnen den Weg beschrieb. Offenbar hatten sie ordentlich genug auf ihn gewirkt, um die Gunst seiner Hilfe in Anspruch nehmen zu dürfen.

Auch das Mädchen-Lyceum von Stade war ein stolzer Backsteinbau und so groß, dass Tines Herz heftig zu klopfen begann, als sie endlich davorstanden. Hier nun sollte Jette die nächsten Jahre verbringen? Man hätte die halbe Helgoländer Bevölkerung in diesen Mauern unterbringen können. Ein einzelnes Mädchen – würde es sich nicht schrecklich verloren fühlen hier? Jette indes schien weniger beeindruckt als neugierig: »Gehen wir hinein, Mama?«

Und das taten sie.

***

Zurück auf Helgoland verbrachte Tine die folgenden Tage mit Arbeiten. Unermüdlich schnitt sie Blumen, arrangierte sie, flocht Bänder hinein, dekorierte sie mit Gräsern und Blättern, band sie und verstaute sie in ihren Körben, die sie wie in alten Zeiten am Elbufer ganz allein trug, nur dass sie kein junges Mädchen mehr war, sondern eine erwachsene Frau. Zum ersten Mal spürte sie, dass diese Arbeit schwer war – schwerer, als sie aussah. Ihre Hände bluteten, aber ihr Herz blutete noch viel mehr. Immer wieder ertappte sie sich dabei, wie sie sich eine Träne aus dem Augenwinkel wischte, wie sie sinnlos ins Leere starrte, statt weiter- und immer weiterzumachen. um den Schmerz zu verdrängen. Das »Hotel Imperial Helgoland« sah nach ihrem Besuch aus wie in Blumen gebadet. Das Hotel Schlüter war seit Tines Auszug nicht mehr so elegant geschmückt gewesen. »Sie haben sich heute selbst übertroffen, Frau Heesters«, lobte Georg Schlüter senior und schenkte ihr ein anerkennendes Lächeln. Tine nickte und machte sich davon, ohne ein Wort zu sagen. Sie hatte Angst, dass sie in Tränen ausbrechen würde, wenn sie nur den Mund aufmachte.

So ging ein Tag dahin, und ein Abend kam. Und mit dem Abend die Melancholie. Weil sie wusste, dass ihr nicht zu helfen war, flüchtete sich Tine immer wieder in die Kirche, statt in die Pastorei zurückzukehren. Sie wollte für sich sein, wollte für Jette beten – und dafür, dass das Kind gesund zurückkäme. *Kehrwieder*, dachte sie. So hieß ein ganz bestimmter Punkt am Hamburger Hafen, den sie von ihrem Platz an den Piers aus immer gesehen und über dessen Namen sie so oft nachgedacht hatte. Damals hatte sie nur an die Seemänner gedacht, die jeden Tag und oft für lange Zeit mit ihren Schiffen ausgelaufen waren. Aber es waren ja nicht nur die Matrosen, die wohlbehalten wiederkehren sollten, sondern auch all die anderen Menschen, die hinaus aufs Meer fuhren. So wie Jette heute. Die Überfahrt nach Stade war freilich harmlos und kurz gewesen. Wie es ihrer Tochter allerdings dort ergehen würde, darüber sorgte sich Tine durchaus.

Jette hatte ein Schreiben des Inselkommandanten vorgelegt und ein Schreiben des Pastors. Sie war vom Rektor des Stader Gymnasiums befragt und ihre Zeugnisse waren begutachtet worden. Zwischendurch hatte er immer wieder auch Fragen an Tine gerichtet, sich versichert, dass das Kind kein uneheliches, sondern die Mutter tatsächlich Witwe war. Brieflich hatte Tine alles mit dem Stader Gymnasium vorab geklärt gehabt. Dennoch hatte sie während des Aufnahmegesprächs befürchtet, man könnte ihr Mädchen ablehnen, könnte ihnen die Tür weisen. Wer waren sie schon: eine Mutter, die sich mehr schlecht als recht durchschlug, und ein Kind, das die Dorfschule einer kleinen Insel ordentlich absolviert hatte. Und Jette war doch noch so jung! Sie musste sich nun allein in einer fremden Stadt zurechtfinden. Auch wenn sie die Nächte in einem Schlafsaal mit vielen anderen Mädchen verbrachte, wie viel einsamer musste sie sich fühlen, als Tine es in ihrer Kammer bei Thevessens tat.

Die Nächte waren in der Tat am schwersten. Zum ersten Mal in ihrem Leben war Tine in ihrer Schlafkammer allein, ein Gefühl, das sie nicht kannte. Denn immer hatte es jemanden gegeben, mit dem sie die Nächte geteilt hatte: als Kind mit den Geschwistern, später mit einem von den Zimmermädchen, dann mit ihrem Mann und seit seinem Tod mit Jette. Allein im Dunkeln fühlte sie sich mit einem Mal verloren. Wenn Schnurrchen auftauchte, der Kater, der sich seit einiger Zeit entschlossen hatte, die Pastorei gelegentlich zu besuchen und den Jette sehr liebgewonnen hatte, war es, als wäre ein Teil ihrer Tochter zu Hause. Manches Mal kam ihr nun in den Sinn, ob sie es nicht doch noch einmal mit einem Mann versuchen sollte. Ob sie sich wohl noch einmal verlieben könnte? Aber in wen? Alfred? Sie musste lächeln. Nein, Alfred hatte kein Interesse an ihr. Nicht in dem Sinne. Sonst hätte er mehr als genügend Gelegenheiten gehabt, ihr ein Signal zu geben. Georg Schlüter ließ keine solche Gelegenheit aus. Er signalisierte unablässig, dass er an ihr interessiert war. Aber Schlüter war nicht nur verheiratet, vielmehr war Schlüter einer jener Männer gewesen, die sich mit ihrer Schwester Jolante, eingelassen und damit den Skandal verursacht hatten, der Tines Welt zerstört hatte.

Adalbert Rüger war Witwer. Aber Rüger war deutlich jünger als sie. Und wenn Tine an ihn dachte, sah sie unmittelbar seine arme Frau vor sich, die im Kindbett aus dem Leben gerissen worden war. Nein, Adalbert Rüger war kein Kandidat. Je länger Tine darüber nachdachte, je mehr Nächte sie darüber grübelte, ob es einen Mann auf der Insel gab, der in Betracht gekommen wäre, umso weniger wahrscheinlich schien es ihr, dass es noch einmal eine Ehe für sie geben würde.

Und dann kam Hedi. Zwei Wochen nach Jettes Abreise stand die alte Freundin vor der Tür. Sie hatte ihre Arbeit im Hafen zum Monatsende zu Ende gebracht und trat nun ihre neue Stelle als Haushälterin bei Thevessens an – und damit auch ihre Zimmergenossenschaft mit Tine. »Wie in alten Zeiten«, sagte sie, als sie ihre Tasche abstellte und sich auf das Bett setzte, in dem bis vor kurzem Jette geschlafen hatte.

»Wie in alten Zeiten«, bestätigte Tine. »Nur dass damals ich zu dir in die Kammer gezogen bin und nun du zu mir.«

»Ja. Ach, ich habe dir etwas mitgebracht!« Hedi legte ein Tuch neben sich, in das sie etwas gefaltet hatte, und breitete es aus. Dann hob sie ein sorgsam gebundenes Sträußchen Blumen heraus. »Danke«, sagte sie und lächelte. »Für alles. Danke, Tine.«

»Moosröschen!«, rief Tine. Solche hatte sie Hedi einst geschenkt, um ihre Freundschaft zu erringen, als diese ihre Zimmergenossin im Haus Wagner gewesen war. Und Hedi hatte die Blumen schnellstens weggeworfen.

»Solche hattest du damals für mich.«

»Und nun hast du genau solche für mich«, erwiderte Tine.

»Ja. Aber ich bin nicht mehr dieselbe wie damals.«

»Das stimmt«, sagte Tine leise. »Du bist eine andere geworden.« Sie stand auf und nahm Hedis Hände in ihre. »Ein guter Mensch bist du geworden, Hedi.«

Die aber schüttelte den Kopf. »Das sicher nicht, Tine. Aber eine gute Freundin möchte ich sein.«

»Das bist du. Schon seit langer Zeit.«

***

Mit Hedis Neubeginn in der Pastorei war verbunden, dass Tine sich ganz auf ihre Arbeit im Garten und mit den Hotels beschäftigen konnte, weil sie Frau Thevessen nicht mehr zur Hand gehen musste. An manchen Tagen half ihr die Freundin sogar.

Die milde Sonne des Frühherbstes tauchte die Insel in ein besonders zauberhaftes Licht. Oft waren es nicht mehr prächtige Blütenbüschel, mit denen Tine die Zimmer im »Imperial« und im »Heesters« schmückte, sondern hübsche Gestecke mit Beeren, Hagebutten oder Schlehen. Im Gartenschuppen der Pastorei hatte Tine das ganze Jahr über neben den Fischen, die dort zu jeder Zeit trockneten, auch Zweige der unterschiedlichsten Büsche aufgehängt, die sie nun nach und nach in ihre kleinen und größeren Kunstwerke einflocht, sodass es nie an einem besonders reizvollen Farbtupfer fehlte.

Gelegentlich begegnete ihr Frau Fricke, die örtliche Blumenhändlerin, die es nie versäumte, Tine zu bitten, ihr einen Blick auf die Ware zu gewähren. Und sie zeigte sich stets beeindruckt. »Es liegt bei Ihnen in der Familie, Frau Heesters«, sagte sie, als Tine ihr wieder einmal am Strand begegnet war. »Ihre Schwester versteht sich unglaublich auf Rosen. Aber Sie scheinen ja alles zu beherrschen.«

Tine zuckte die Achseln. »Mit den Wildblumen kenne ich mich vermutlich ganz gut aus«, gab sie zu. »Mit denen bin ich ja aufgewachsen. Und Fritzi eben auch zum Teil.«

Die Blumenhändlerin nickte wissend. »Sie wären eine ausgezeichnete Blumenhändlerin geworden.«

»Beinahe wäre ich einmal eine geworden«, erzählte Tine. »Das ist lange her. Ich hatte ein Angebot, in einem wunderschönen Blumenladen am Jungfernstieg zu arbeiten.«

»Am Jungfernstieg!«, rief Frau Fricke ehrlich erstaunt, denn auch auf Helgoland wusste man, dass das eine der ersten Adressen im stolzen Hamburg war. »Was ist geschehen, dass Sie sie offenbar nicht angenommen haben?«

»Ach«, sagte Tine mit einem wehmütigen Lächeln. »Mir ist das Pech dazwischengekommen. Ich bin krank geworden, und dann ging es nicht mehr. Wie das manchmal so ist im Leben.«

»Ja«, bestätigte Frau Fricke. »Das Pech kommt immer zur Unzeit. Das kenne ich zu gut.«

Ein alter Insulaner zog seinen Kahn an Land und grüßte die beiden Frauen. »Fisch gefällig? Ich habe mehr gefangen, als ich brauche. Schönen Dorsch hätte ich.«

Frau Fricke winkte ab. »Bin versorgt, danke, Herr Ohlstedt.«

Tine indes trat näher und warf einen Blick auf den Fang. »Ich hab leider kein Geld bei mir, Herr Ohlstedt«, sagte sie bedauernd. »Ich könnte Sie nur mit Blumen bezahlen.«

»Blumen? Na, dann zeigen Sie mir mal Ihren Fang, Frau Heesters«, erwiderte der alte Mann lachend. Tine stimmte ein und schlug das Tuch von ihrem Korb zurück. »Oh, die sind aber reichlich hübsch hergemacht. Wenn ich man jemanden hätte, um sie zu verschenken, was?« Er zwinkerte ihr zu. »Diese da mit dem gelben Band …« Er deutete auf ein Büschel getrockneter Kornblumen, die Tine mit etwas gelb eingefärbtem Flachs zusammengebunden hatte. »Die würden mir schon gefallen.«

»Gerne«, sagte Tine und reichte sie ihm.

Er nickte zufrieden, sah sich etwas verlegen um, zog dann sein Halstuch aus dem Kragen und wickelte einen Dorsch darin ein. »Das Tuch brauch ich aber wieder«, stellte er grinsend fest, als er Tine den Fang reichte.

Überrascht nahm Tine den Fisch entgegen und lachte. »Ich bring es Ihnen morgen gewaschen vorbei.«

»Wunderbar, so machen wir das«, stimmte Ohlstedt zu. Tine hatte sich schon abgewandt, da rief er: »Frau Heesters!«

»Ja?«

»Die hier wollte ich Ihnen noch geben.« Mit einer kleinen Verbeugung reichte er ihr das Kornblumensträußchen. »Hab ja niemanden, dem ich es schenken könnte.«

Gerührt nahm Tine das Sträußchen wieder zurück und schenkte ihm ein Lächeln. »Die sind lange haltbar, wissen Sie? Ich stell sie an einen hübschen Platz und denke an Sie, wenn ich sie sehe.«

»Na, wenn das man keine guten Aussichten sind!«, rief der

alte Seemann. »Denkt auf meine alten Tage noch eine hübsche junge Frau an mich! Wer hätt so was gedacht!« Er zwinkerte noch einmal und rief dann über die Promenade: »Farsk Fesk iip Market!« – Frischer Fisch auf dem Markt, wie es die alten Männer machten, wenn sie beim Angeln mehr mitgebracht hatten, als sie brauchten.

Lachend ging Tine ihrer Wege. Den Fisch hängte sie in seinem Tuch außen an den Korb, damit die Blumen nicht den Geruch annahmen. Sie musste kichern, als sie dachte, wie seltsam es den Hotelgästen anmuten mochte, wenn es im Zimmer ganz unerklärlicherweise nach Fisch roch.

* * *

Hedi entpuppte sich als vorzügliche Köchin, was wohl vor allem daran lag, dass sie in den letzten Jahren vor der Schließung der Pension Wagner Frau Paulsen häufig in der Küche zur Hand gegangen war. Sie bereitete den Dorsch mit frischen Kräutern aus dem Pfarrgarten zu, briet Kartoffeln und etwas Wurzelgemüse dazu in der Pfanne an und ermunterte den Pastor, eine Flasche von seinem Weißen zu öffnen, der sonst eigentlich nur für besondere Anlässe vorgesehen war. »Manchmal muss man es sich auch gut gehen lassen«, befand sie, und sie erntete damit keinen Widerspruch. Vor allem, als sie erwähnte, dass es Tine sei, für die man sich dieser Tage etwas mehr Mühe geben müsse. »Sie vermisst ihr Kind, und ich weiß es selbst, wie schwer das ist, obwohl ich meines jeden Tag besuchen kann.«

So nahm die kleine Gemeinde in der Pastorei ihr Abendbrot fast ein wenig feierlich und auf jeden Fall schweigsamer als sonst ein und dachte an Jette, die in diesem Moment im fernen Stade vielleicht auch gerade ihr Nachtmahl bekam, ehe Pastor

Thevessen verkündete: »Dank fer Dollung. Moorn mear.« Dank für diesen Tag, morgen mehr. Er hob sein Glas, und alle wussten, dass er es für Jette tat. So taten es auch die andern und dachten an das Mädchen, während sie einen Schluck von dem feinen Riesling tranken und in sich hineinlauschten.

Was Hedi gesagt hatte, beschäftigte Tine den ganzen restlichen Abend und bis weit in die Nacht hinein. Während ihre Zimmergenossin schon leise schnarchte, musste Tine immer wieder an ihre Worte denken: *Sie vermisst ihr Kind. Ich weiß selbst, wie schwer das ist.* Ja, gewiss, Hedi konnte Otto jeden Tag bei Reimers' besuchen. Aber die Regelung, dass der Junge bei der Bootsbauerfamilie lebte, stammte aus einer Zeit, in der Hedi kein Kind bei sich haben konnte. Als Zimmermädchen in einer Pension war das unmöglich. Sie hatte nur arbeiten können, wenn sie das Kind zu Pflegeeltern gab. Als dann das Haus Wagner geschlossen wurde, hatte Hedi sich mit Gelegenheitsarbeiten über Wasser gehalten und war an den Hafen gezogen, wo sie ebenfalls kein Kind bei sich haben konnte. Aber jetzt ... Jetzt arbeitete sie hier in der Pastorei als Haushälterin. Sie hatte endlich ein geregeltes Leben. Und im Pfarrhaus hatten sie schon einmal ein Kind gehabt, das hier aufgewachsen war: Jette. Gab es einen Grund, weshalb Otto nicht endlich zu seiner Mutter ziehen sollte, nun, da die Not für Hedi ein Ende hatte? Einen Grund außer Tine, die die Kammer mit ihrer alten Freundin teilte?

Als der Morgen graute, hatte Tine eine Entscheidung getroffen. Es war Zeit, dass sie ihr Leben veränderte, so wie sie es sich in der Silvesternacht vorgenommen hatte.

***

Der Herbst war an schönen Tagen eine der liebsten Zeiten für

Tine. Noch war das Wetter mild, noch gab es Blüten und Beeren, die sich zu hübschen Gebinden verarbeiten ließen. Die Sonne brannte nicht mehr heiß herab, sondern warf ein besonders freundliches Licht auf die Wiesen des Oberlands und ließ die roten Klippen besonders intensiv leuchten. Manchmal blieb Tine lange bei den Lummenfelsen stehen und beobachtete die Vögel. Es war nicht mehr so romantisch hier oben wie früher, seit die Militärs überall Bunker und Geschütze errichten ließen. Aber noch fanden sich reizvolle Orte, an denen man den Alltag vergessen und die wilde Natur genießen konnte.

An einem Tag im Oktober, als die See still und blau dalag, entschloss sich Tine, noch einmal auf die Düne rüberzufahren. Es war nicht mehr viel los, es waren keine Badegäste mehr auf der Insel, weshalb auch das elegante Strandcafé geschlossen hatte, in dem Tine früher mit Henry eingekehrt war, und das seither zu ihren Sehnsuchtsorten zählte.

Als sie an die Landungsbrücke kam, wo ein letzter Fährmann mit seinem Boot auf Passagiere über die Binnenreede wartete, war sie die Einzige, die seine Dienste in Anspruch zu nehmen gedachte. »Moin, Herr Stöver!«

»Moin, Moin, Frau Heesters! Paul genügt völlig.«

Tine lachte. »Na gut, Paul. Keine Gäste mehr?«

Paul Stöver schüttelte den Kopf. »Nee, das hat sich nu langsam erledigt. Ab nächster Woche werd ich mein Boot einrüsten. Dann gibt es keinen Fährverkehr mehr auf die Düne. Sind ja keine Gäste mehr da, Frau Heesters.«

»Tine, bitte«, berichtigte sie. »Wenn ich schon Paul sagen soll.« Dann sprang sie mit einem wagemutigen Schritt auf seine Nussschale, ohne die ihr dargebotene Hand zu nehmen. Allerdings schaukelte das Boot dadurch so heftig, dass sie beinahe über Bord gegangen wäre. Zum Glück fasste Stöver sie beherzt um die Taille und hielt sie mit beiden Händen fest. »Nicht so stürmisch, Tine Heesters«, lachte er. »Das Wasser ist schon ziemlich kalt.«

»Das glaube ich«, stimmte Tine ebenfalls lachend zu, deren Herz heftig pochte. »Und nass ist es vermutlich auch.«

»Könnte sein, ja«, erwiderte der Fährmann und zwinkerte ihr aus seinen hellblauen Augen zu. Ein wenig erinnerte er Tine an Henry. Auch er hatte diesen Blick gehabt, diesen Schalk in den Augen. »Ich setze mich mal lieber hin.« Sie platzierte den Korb, den sie bei sich hatte, auf die Bank und sich daneben.

»Und ich rudere mal lieber los.«

Einen Moment später glitten sie zügig über die Binnenreede auf die Düne zu. Tine wandte den Blick, um die Insel zu sehen. Ihr Helgoland. Mächtig und wunderschön erhob sich der Fels aus dem Meer. Noch leuchteten die Klippen auf der Ostseite feuerrot in der Sonne, denn es war früh am Tag. »Wann fahren Sie denn immer in die andere Richtung, Paul?«

Der Bootsmann zuckte die Achseln. »Wann wäre es denn genehm? Ich kann natürlich warten …«

»O nein, das besser nicht. Ich möchte mir ein bisschen Zeit nehmen auf der Düne. Ich hoffe, schöne Blumen zu finden, vielleicht auch ein paar Exemplare, die ich ausgraben und mit nach drüben nehmen kann.«

»Hm. Dann komme ich besser am Nachmittag wieder?«

Tine lachte. »Nein, so lange kann ich leider nicht dortbleiben. Ich muss meine Ware ja frisch zu den Hotels bringen.«

»Am Mittag also?«

»Sehr gerne.«

Als sie am Strand der Düne angekommen waren, nahm Tine dann doch die Hand des Fährmanns und ließ sich hinüberhelfen, um trockenen Fußes an Land zu kommen. »Danke!«, rief sie. »War eine schöne Überfahrt.«

Paul Stöver zog seine Mütze vom Kopf und verbeugte sich theatralisch. »Jederzeit wieder, liebe Tine. War mir ein Vergnügen.« Lachend stieß er sein Boot mit dem Ruder ab und setzte die Mütze wieder auf. »Bis nachher!«

»Bis nachher!«

***

Die Düne war ein Wunder der Natur. Aus unerklärlichen Gründen gab es diese Sandbank, die eigentlich jeder Sturm mit Leichtigkeit hätte fortreißen müssen, immer noch. Flach und sandig wölbte sie sich nur wenige Meter aus dem Meer, bewachsen von Gestrüpp und Gräsern. Bäume gab es kaum, dafür dornige Sträucher und eine Vielzahl an Strandgut, das jede Nacht angeschwemmt wurde und von findigen Insulanern nach Tauglichkeit durchforstet wurde. In der Saison achteten mehrere Strandpfleger darauf, dass die Ufer sauber und einladend waren. Außerhalb der Monate, in denen Gäste die Inseln besuchten, war es vor allem eine Beschäftigung alter Seemänner und wagemutiger Jungs, hier herüberzukommen und wertvolle Gegenstände zu bergen. Tatsächlich war es keine Seltenheit, dass ganze Ladungen havarierter Schiffe angeschwemmt wurden. Tauchten größere Mengen an Schiffsladung an den Stränden der Düne auf, kam es schon vor, dass sich ganze Mannschaften zusammenfanden, um das kostbare Gut zu bergen. Auf einer Insel, die wie Helgoland so weit draußen lag, dass man vieles, was man brauchte, teuer vom Festland hertransportieren musste, war ein solches Ereignis eine freudige Angelegenheit. Über die Opfer, die bei einer Havarie zu beklagen waren, dachte man dabei kaum nach. Das gehörte schließlich zum Alltag der Seefahrt. Jede Familie hatte im Laufe der Zeit solche Opfer zu beklagen.

Schon nach wenigen Schritten sah Tine die ersten Seehunde am Strand liegen. Große Exemplare, die ihre mächtigen Leiber in die Sonne gelegt hatten und sich nur gelegentlich zur Seite rollten, um sich überall den wärmenden Strahlen auszusetzen. So faszinierend diese Tiere auch waren, man blieb ihnen besser fern. Seehunde mochten den Menschen gegenüber zunächst friedfertig sein, aber sie ließen sich nicht gerne stören. Und dann waren sie schneller und gefährlicher, als sie aussahen!

Da Tine aber ohnehin keinen Strandspaziergang vorgehabt hatte, bog sie rasch auf einen der Trampelpfade ein, die in die Mitte der Düne führten und wo auch die Pflanzen wuchsen, die Tine interessierten. Schon bald begann sich ihr Korb zu füllen. Vor allem in der Nähe der Zisterne, die die Insulaner auf der Düne gegraben hatten, um sich leichter mit Trinkwasser versorgen zu können, wuchs vieles, was sich für Tines Zwecke eignete. Immer wieder grub sie mit einer Schaufel, die sie im Korb mitgebracht hatte, ein Sträuchlein aus, um es später im Pfarrgarten einzupflanzen.

Von Zeit zu Zeit hielt sie inne und blickte hinüber zur Hauptinsel. Wunderschön lag Helgoland im Meer. Ob wohl jemand vom Iip è Miir herüberblickte, von dem Ausblick am Falm, an dem sich vor allem nachmittags gerne die älteren Männer mit ihren Fernrohren trafen, um die See zu beobachten, die Schiffe und das Treiben auf dem Unterland? Tine winkte fröhlich, vielleicht sah sie ja jemand. Dann machte sie sich wieder an die Arbeit.

So einsam hatte sie die Düne noch nie erlebt. Es schien beinahe, als wäre sie der einzige Mensch hier an diesem Tag, was natürlich nicht stimmte, weil es einige Gebäude auf der Sandbank gab, in denen sicherlich gearbeitet wurde. Aber hier inmitten der Natur hatte außer Tine niemand etwas zu suchen an einem solchen Tag.

Und dann geschah das Unglück. Eigentlich hatte Tine sich schon wieder auf den Weg zurück zum Anleger machen wollen. Doch dann hatte sie ein besonders schönes Exemplar von Meersenf entdeckt, das unterhalb einer Böschung wuchs. Sie beugte sich hinab, kam ins Rutschen und verlor plötzlich das Gleichgewicht. Auch wenn sie im Sand weich fiel, sie spürte einen stechenden Schmerz im Fußgelenk.

Einen Augenblick lang blieb sie reglos liegen und versuchte, den Schmerz zu kontrollieren. Sie atmete tief durch, untersuchte den Knöchel, ohne dabei irgendwelche Erkenntnisse zu gewinnen. Welche auch, sie hatte doch keine Ahnung, wie man einen Bruch oder was auch immer erkannte. Sie versuchte zu rekonstruieren, wie der Unfall vonstattengegangen war. Sie hatte den Halt verloren und war zur Seite gerutscht, dann über ihren Fuß gefallen und dabei … Aber was sagte das schon? Tine seufzte. Meister Herzfeld, der Bader aus dem Gängeviertel, bei dem sie gearbeitet hatte, hätte Rat gewusst. Doktor Bell vermutlich auch, selbst wenn Tine ihm nicht allzu viel zutraute. Aber allein konnte sie nicht gut einschätzen, ob sie sich nun schlimm verletzt hatte oder nicht.

Vorsichtig versuchte sie aufzustehen. Doch sie kippte sofort wieder weg und landete im Sand. »Hilfe!«, rief sie unwillkürlich. Und noch einmal: »Hilfe!« Dann wurde ihr bewusst, wie allein sie war, hier mitten auf der Düne, wo man sie hinter der Sandböschung nicht einmal mit dem Fernglas vom Falm aus entdecken konnte. Auf ihrer ganzen Wanderung über die Sandbank hatte sie keine Menschenseele getroffen! »Hallo? Hilfe! Hilfe!« Auf einmal erfasste Tine die nackte Angst. Sie konnte unmöglich hierbleiben und warten. Worauf denn? Dass jemand vorbeikam? Es würde niemand kommen.

Sie war allein.

Vielleicht brauchte der Fuß nur ein wenig Ruhe, vielleicht würde es in ein paar Minuten wieder gehen. Tine blickte in den Himmel, versuchte abzuschätzen, wie spät es war. Auf jeden Fall war die Mittagsstunde schon erreicht. Womöglich war Paul Stöver schon am Landeplatz. Womöglich war er sogar schon wieder gefahren, als Tine nicht aufgetaucht war. Mit einem Mal wurde ihr ganz elend zumute. Immerhin wusste Stöver, dass sie auf der kleinen Nebeninsel war. Mit etwas Glück würde er es irgendjemandem gegenüber erwähnen, sodass sich jemand die Mühe machte, nach ihr zu suchen. Aber vielleicht auch nicht. Es waren schließlich immer wieder Fischer hier drüben und Strandgutsammler, die sie mit ihren Booten ebenfalls hätten mit auf die Hauptinsel zurücknehmen können.

Mühsam krabbelte Tine auf Händen und Knien die Böschung ein Stück hinauf. Den Korb konnte sie auf diese Weise nicht mitnehmen. Aber der Korb war jetzt ihre geringste Sorge. Sie war fast oben angelangt, als der Sand wieder ins Rutschen geriet und sie am Ende sogar noch weiter unten landete, als sie beim letzten Mal zum Liegen gekommen war. Das war der Moment, in dem Tine zu weinen begann. Wegen der Schmerzen, wegen ihrer Dummheit – und weil sie plötzlich die Einsamkeit spürte. So heftig und demütigend wie selten.

In Wirklichkeit strahlte die Sonne jetzt so heiter, dass Tine am liebsten gelacht hätte über jene Ironie des Schicksals. Eine Weile blieb sie wieder liegen und dachte nach. Außer den Seehunden gab es auf dieser kleinen Insel keine Tiere, die einem Menschen hätten gefährlich werden können. Und die Seehunde ließen einen in Ruhe, wenn man sie ebenfalls in Ruhe ließ. Abgesehen davon blieben sie stets in der unmittelbaren Nähe des Wassers. Aber die Frage war ja vor allem, wie Tine ihrerseits wegkommen konnte. Den Hügel wieder hinaufzuklettern wagte sie nicht. Wenn es dumm kam, würde sie sich den Fuß noch stärker verletzen. Und wenn sie das restliche Stückchen abwärtsrutschte? Der Trichter, den der Sand hier bildete, schien zu einer Seite hin womöglich einen Ausgang zu haben. Allerdings musste sie dazu durch ein ziemlich dichtes Gestrüpp, was auf allen vieren ziemlich unmöglich sein würde. Tine schloss die Augen und versuchte, ruhig zu bleiben. Verzweifeln half nicht weiter. Sie überlegte, ob der Korb in irgendeiner Weise nützlich sein konnte, wenn sie ihn leerte, aber sie fand keine Lösung.

»Haben Sie die Zeit vergessen?«, hörte sie plötzlich eine Stimme ganz nah über sich.

»Paul!« Tine konnte ihr Glück kaum fassen.

»Ich warte schon seit einer Stunde auf Sie«, stellte er mit einer Mischung aus Vorwurf und Belustigung fest. »Geben Sie es zu, Sie haben ein Nickerchen gemacht. Ist ja auch ausgesprochen gemütlich, sich so in den warmen Sand zu legen und sich die Sonne auf den Pelz scheinen zu lassen, gut geschützt vor dem Wind …« Während er so mit gespielter Strenge seine Gedanken zum Besten gab, ließ er sich neben Tine rutschen und plumpste dann direkt neben sie in den Dünensand.

»Was bin ich froh, dass Sie gekommen sind, Paul«, sagte Tine. »Es … es tut mir leid, dass ich nicht aufgetaucht bin. Ich … ich habe mich verletzt.« Sie griff nach ihrem Knöchel.

»Oh!«, rief Paul Stöver. »Dann bitte ich um Entschuldigung für meine unpassenden Verdächtigungen.« Er beugte sich vor und begutachtete den Fuß. »Darf ich?« Vorsichtig griff er danach und tastete den Knöchel ab. Tine zuckte ein wenig zusammen, doch sie lächelte tapfer. Nur daran, dass sie die Luft anhielt, erkannte der junge Mann, dass es doch ernster war. »Tja«, murmelte er. »Ich bin natürlich kein Arzt. Aber wenn Sie mich fragen, dann sollte man den Fuß gut verpacken. Entweder ist was gebrochen, oder es ist was gerissen. Mit beidem darf man nicht spaßen.«

Tine staunte: »Worauf sich so ein Bootsmann alles versteht!«

»Ich war drei Jahre bei der Marine«, erklärte Stöver. »Sanitätsdienst. Da bekommt man das eine oder andere mit.« Er zog seine Jacke aus und wickelte sie um Tines Bein, verknotete die Ärmel so miteinander, dass ein guter Schutz entstand, und nickte dann zufrieden über sein Werk.

»Ich fürchte, ich werde trotzdem nicht bis zum Boot laufen können«, gab Tine zu bedenken.

»Das hoffe ich doch!«, grinste Paul Stöver. »So ein schöner Tag. Und mit dem Fuß können Sie sowieso nichts Besonderes mehr anstellen heute. Der sollte sich möglichst ausruhen.« Er ließ sich in den Sand zurücksinken und verschränkte die Hände hinter dem Kopf. »Am besten fangen wir gleich damit an.«

»Aber …«

Unvermittelt richtete sich der junge Mann wieder auf und blickte ihr in die Augen. »Kein Aber. Bitte. Es ist so ein schöner Tag. Es ist so eine schöne …«

»So eine schöne …?«, fragte Tine.

»Gelegenheit«, flüsterte Stöver und legte seine Fingerspitzen auf ihre Lippen. Als er sie wegnahm, war sein Gesicht ganz nah über ihrem. »Darf ich?«

Tine nickte scheu. Sie wusste selbst kaum, weshalb. Aber in diesem Augenblick hatte sie solche Sehnsucht nach Zärtlichkeit, dass Paul Stöver wie ein Geschenk des Himmels war. Und er sah ja auch gut aus mit seinen strohblonden Haaren und diesen blauen Augen, mit seinem frechen Grinsen und den starken Armen, die er jetzt um sie legte, während sich seine Lippen auf ihre senkten.

***

Drittes Kapitel

Es waren nur ein paar Schritte zur Inselpost. Dennoch war es ein schwerer Gang für Tine, die seit ein paar Wochen bei Frau Liebrecht untergekommen war, damit Hedi endlich Otto zu sich nehmen konnte. Natürlich war es die richtige Entscheidung gewesen. Die richtige Entscheidung für Hedi, vor allem aber für Tines Patenkind Otto. Er gehörte zu seiner Mutter, und endlich hatten es die Umstände ermöglicht, dass sie ihn zu sich nahm. Tine war erleichtert, auch darüber, dass sie nicht mehr den Thevessens zur Last fiel. Denn auch wenn sie im Pfarrhaushalt tüchtig geholfen hatte, so fühlte sie sich doch stets in übergroßer Schuld dem Pastor und seiner Frau gegenüber, die Tine seit ihrer Ankunft auf der Insel vor inzwischen zwölf Jahren unter ihre Fittiche genommen und so manches Unheil von ihr ferngehalten hatten. Nun sollten sie ihre guten Werke an Hedi verrichten, die es noch weniger glücklich getroffen hatte als Tine. Dass die alte Frau Liebrecht gerade jetzt ihr Augenlicht nahezu vollständig verloren hatte, war ein mehr als deutlicher Wink des Schicksals gewesen, zu ihr zu ziehen und gleich etliche Fliegen mit einer Klappe zu schlagen: Tine hatte ein neues Zuhause, Frau Liebrecht hatte jemanden, der sich um sie kümmerte, und die beiden Frauen konnten sich leichter gemeinsam um die Schwangeren und Gebärenden der Insel bemühen. Außerdem lernte Tine mit jedem Besuch, den eine der werdenden Mütter in der kleinen Kate von Frau Liebrecht absolvierte, Neues. Denn auch wenn sie der alten Hebamme seit etlichen Jahren zur Hand ging, so wusste sie doch, dass ihr noch vieles an Erfahrung fehlte, um sie selbst zu einer echten Hebamme zu machen.

Das niedrige Häuschen am Nordstrand lag im Windschatten einiger größerer Häuser, unter anderem des »Hotel Imperial«. Schon manches Mal hatten Spekulanten und Kaufmänner angeklopft, um sich zu erkundigen, ob es nicht zum Verkauf stünde. So wertvoll der Grund war, auf dem die Kate stand, so einfach, ja ärmlich war der Bau, in dem die alte Frau Liebrecht einst selbst zur Welt gekommen und aufgewachsen war und ihr langes Leben verbracht hatte.

Nun also trug Tine ein Päckchen zur Post, das sie für Jette geschnürt hatte, darin ein selbstgestrickter warmer Schal, ein Paar Fäustlinge, etwas Schokolade, die sie in Stövers Kramerladen gekauft hatte, einen Roman, den sie für Jette gekauft und dann begeistert selbst gelesen hatte: »Heidis Lehr- und Wanderjahre«. Wie sehr hatte sie sich selbst darin erkannt und wie sehr würde Jette sich darin wiederfinden! Zwei Mädchen, die in der Fremde lebten, fern von ihrer Familie … Heiße Tränen hatte Tine beim Lesen vergossen. Am Ende hatte sie auf die erste Seite des Buches geschrieben: *Für Dich, Henriette, meine über alles geliebte Tochter, zum Weihnachtsfeste a. D. 1900, damit Du nie vergisst, dass es immer jemanden gibt, der auf Dich warten wird. Deine Mama.*

Sie war so in Gedanken versunken, dass sie gar nicht bemerkte, dass sie schon dran war, als sie am Postschalter stand. »Moin, Frau Heesters!«, grüßte Detlev Ehrlich jovial. »Ist das für mich, oder wollen Sie es auch verschicken?«

»Moin, Herr Ehrlich«, erwiderte Tine. »Nehmen Sie es mir nicht übel, ich muss es leider wegschicken.«

»Je nu«, sagte der Postbeamte. »Mein Schicksal, was?« Er nahm das Päckchen und nannte den Preis. Während Tine ihm das Geld auf die Theke zählte, fragte er: »Geht es dem Töchterchen denn gut in Stade?«

»Das hoffe ich, Herr Ehrlich«, erklärte Tine. »Ich habe länger nichts von ihr gehört.«

»Da kann ich Ihnen vielleicht helfen!«, erwiderte der Postbeamte und zwinkerte hinter seinen Brillengläsern. Er beugte sich nach hinten, wo in einer Wand voller Fächer Briefe lagerten, und reichte Tine einen davon. »Na also! Wusste ich doch, dass was für Sie gekommen ist.«

»Für mich?« Freudig erregt nahm Tine den Brief entgegen und erkannte mit einem Blick, dass es ein Schreiben von Jette war. Glücklich für einen winzigen Augenblick, sogleich aber von heftiger Sorge erfasst, riss sie den Umschlag auf.

Liebe Mutter!
Hoffentlich geht es Dir gut. Hier bereiten wir das Weihnachtsfest vor, Lotti, Katharina und ich. Alle anderen konnten nach Hause fahren. Es wird sehr still werden in der Schule. Aber wir haben von Rektor Schmelling ein Liederbuch bekommen und fleißig geübt. So geben wir uns selbst ein Konzert. Und Herr Augent, der Hausmeister, und Frau Radtke werden zuhören.
Frau Radtke hat übrigens erzählt, dass sie Dich kennt und dass sie auch Papa gekannt hat. Ich neide ihr ein bisschen, dass sie Papa gekannt hat. Ich hätte ihn auch gern gekannt. Nun kann ich leider nicht nach Helgoland kommen. Dabei hatte ich mich schon so auf Dich gefreut und auf Fritzi und die Zwillinge. Und auf Schnurrchen!

Tine musste lächeln. Schnurrchen, der Kater. Jette wusste noch gar nicht, dass es keine Rückkehr in das Pfarrhaus geben würde. Tine hatte ihr bisher nicht mitgeteilt, dass sie zu Frau Liebrecht gezogen war. Nun, es blieb genügend Zeit, es sie wissen zu lassen. Denn die nächsten Ferien, in denen Jette kommen konnte, waren erst an Ostern. Eine lange Zeit, dachte Tine. Eine sehr lange Zeit. Aber auch die würde vergehen. Und dann würde Jette einen Platz in ihrer Kammer in dem kleinen Haus beim Nordstrand vorfinden. Kein Vergleich zur Pastorei, diesem schönen, stolzen und vergleichsweise großen Haus. Tine konnte ihre Tochter geradezu vor sich sehen, wie sie eine enttäuschte Miene zur Schau trug oder tapfer lächelte – aber so tapfer, dass alle Welt sehen konnte, dass sie sich das Lächeln schwer abgerungen hatte. Nein, die dunkle Kate von Frau Liebrecht konnte mit dem lichten und fröhlichen Pfarrhaus der Thevessens nicht mithalten. Und doch war sie ein lieber und guter Zufluchtsort für Tine geworden und würde es auch für Jette sein. Vielleicht wäre eine kleine Katze gut …

Bekomme ich auch Post von Dir, liebe Mama? Lotti hat eine große Schachtel bekommen! Wir sind schon alle ganz neugierig, was darin ist. Aber sie darf sie natürlich erst nach der Christmette öffnen.
Viele herzliche Grüße. Es küsst Dich Deine
Jette

An der Stelle musste Tine ein paar Tränen vergießen. Wie schön ihre Tochter schrieb! Wie klug und ordentlich – und dabei doch ganz kindlich! Natürlich wünschte sie sich Geschenke, so wie alle Kinder. Natürlich hoffte sie, dass man zur Weihnacht an sie dachte, dass sie nicht vergessen wurde, nur weil sie fern von zu Hause war. Denn das war doch die größte Sorge, die man in der Fremde haben konnte: plötzlich ganz allein zu sein.

Nein, Jette, dachte sie. Du wirst niemals alleine sein.

»Ist denn alles in Ordnung, Frau Heesters?«, fragte Detlev Ehrlich hinter seiner Theke und stand auf, um ihr eventuell zu Hilfe kommen zu können. Doch Tine hob die Hand. »Alles in bester Ordnung, Herr Ehrlich. Es ist nur … ein Brief von meiner Tochter. Sie fehlt mir sehr.«

»Das kann ich gut verstehen«, entgegnete Ehrlich. »Geht vielen Frauen auf der Insel so, dass sie ihre Kinder vermissen. Auch wenn's natürlich meist die Jungens sind.«

Ja, so war das auf den Friesischen Inseln: Viele junge Männer, oft noch Knaben, heuerten auf einem Schiff an und fuhren zur See, weil das nun einmal so war, wenn man an der See geboren worden war. Und dann vergingen oft Monate, manchmal sogar Jahre, bis man sich wiedersah. Tine atmete tief durch: Da ging es ihr immerhin besser. Ihre Tochter war wohlbehütet in einer Schule im nahen Stade. Tine hätte sich freuen sollen. Und doch war ihr schwer ums Herz, dass sie ihr Kind nicht wenigstens an den Weihnachtstagen bei sich haben konnte. Es war schon ein Glück, dass zumindest ab und zu ein Postschiff die Überfahrt wagte. Aber selbst wenn die See gestern und vielleicht heute ruhig genug war, um Helgoland anzulaufen, niemand wusste, ob nicht schon in zwei oder drei Tagen der Schiffsverkehr zwischen dem Festland und dem kleinen Felsen in der Nordsee wieder für Wochen oder sogar Monate eingestellt wurde.

***

Als sie zurück in das Häuschen beim Nordstrand kam, wartete dort Fritzi auf sie, die plaudernd mit Frau Liebrecht am Küchentisch saß und Tee trank. Tine hatte kaum den Kopf zur Tür hereingesteckt, da roch sie es: »Melisse-Lavendel?« Entgeistert blickte sie Fritzi an. »Wirklich?«

Ihre Schwester zuckte die Achseln. Dann nickte sie. Und dann breitete sie die Arme aus, weil Tine ihr um den Hals fiel. »Im wievielten Monat, Fritzi?«

»Im dritten«, erklärte die Schwester. Und tatsächlich: Jetzt, da Tine sie genauer betrachtete, schienen ihr die Wangen ihrer Schwester voller geworden zu sein und zugleich waren da leichte Ringe unter den Augen. Deshalb der Tee aus Melisse und Lavendel: Er beruhigte, entspannte, half vielen Schwangeren gerade in der ersten Zeit über den Zustand der Anspannung und Schlaflosigkeit hinweg.

»Weiß Simon es schon?«

Fritzi schüttelte den Kopf. »Ich wollte erst selbst sicher sein«, erklärte sie. Doch Tine erkannte sofort, dass da noch etwas war. Etwas, das das Herz ihrer Schwester belastete. »Und was noch?«, fragte sie.

»Was noch?«

»Was für einen Grund hattest du noch, es ihm noch nicht zu verraten?«

»Aber Tine«, warf die alte Frau Liebrecht ein. »Es ist doch üblich, dass die Frauen ihr kleines Geheimnis nicht beim ersten Verdacht mit ihren Männern teilen.« Sie lächelte und tätschelte Fritzis Hand.

»Das mag schon sein, liebe Frau Liebrecht«, erwiderte Tine. »Aber meine Schwester ist nicht wie andere Frauen. Sie ist …« Wie ein offenes Buch, wollte sie sagen. Sie trägt alles auf der Zunge und kennt keinen Argwohn. »Anders«, sagte sie stattdessen. Und die alte Frau verstand.

»Ich hab ein bisschen Angst«, erklärte Fritzi.

»Angst? Aber viele Frauen verlieren ein Kind und erleben beim nächsten Mal eine ganz normale Schwangerschaft! Du musst keine Angst haben.«

»Das ist es nicht …«

»Du meinst, es ist nicht, weil du beim letzten Mal eine Fehlgeburt hattest?«

Fritzi schüttelte den Kopf. »Es ist wegen der Zwillinge.«

Ratlos ließ Tine endlich ihre Schwester los und setzte sich zu den beiden an den Tisch. »Das verstehe ich nicht. Was haben denn die Zwillinge damit zu tun?«

»Ich hab sie so liebgewonnen.«

»Und?«

»Und jetzt habe ich Angst, dass ich sie nicht behalten darf.«

»Aber weshalb solltest du denn die Zwillinge nicht … Du meinst, Adalbert Rüder würde dir die Kinder wieder wegnehmen, wenn du erst einmal eigene hast?«

»Nein, Tine. Aber vielleicht wird es Simon zu viel. Dann wären es doch auf einmal drei Kinder! Das ist viel Arbeit. Und … und …« Dann brach sie in Tränen aus.

»Du glaubst, Simon würde erwarten, dass du die Zwillinge wieder weggibst? Aber wo sollten sie denn hin?« Die Kinder waren inzwischen beinahe ein Jahr alt. Bald würden sie laufen, die ersten Worte reden, Fritzi hatte schon recht. Es war eine Herausforderung, zwei so kleine Racker aufzuziehen, wenn man gleichzeitig noch ein Neugeborenes hatte. Aber würde er wirklich von ihrer Schwester erwarten, dass sie … »Weißt du, was, Fritzi?«, schlug Tine vor. »Ich spreche mit ihm.«

»Mit Simon?«

»Ja! Lass mich nur machen.«

»Aber ich möchte es ihm selber sagen.«

»Dass du guter Hoffnung bist?«

Fritzi nickte.

»Keine Sorge. Das sag ihm nur selber. Ich werde über andere Dinge mit ihm sprechen. Sorg du nur dafür, dass dein Mann heute um sechs Uhr zu Hause ist. Und sei vor allem selbst nicht da.«

***

Tine kannte Simon gut genug, um zu wissen, dass Fritzis Sorgen sich vertreiben lassen würden. Denn Simon war ein guter Mann, aber er hatte eine Schwäche: Er war ein wenig eitel.

Als Tine um sechs Uhr an der Tür des Blumenladens klopfte, war sie zunächst überrascht, dass niemand ihr öffnete. Auch beim zweiten und dritten Versuch blieb es ruhig. Sie war schon im Begriff, wieder zu gehen, als sie plötzlich lautes Kinderweinen hinter sich hörte. Als sie sich umwandte, bog Simon mit den Zwillingen um die Ecke. Auf jedem Arm trug er einen der Zwillinge. Und obwohl eines der Kinder sich mächtig beschwerte, lachte er fröhlich, als gäbe es nichts Schöneres als jammernde Kinder. Dass er es ihr so leichtmachen würde, darauf hätte sie nicht zu hoffen gewagt. »Tine! Was führt dich zu uns?«

»Ich wollte meine Schwester besuchen«, erklärte Tine und hielt ein kleines Päckchen hoch. »Ein wenig Lavendeltee bringen.«

»Das ist aber nett«, sagte Simon und reichte Tine eines der Kinder, um eine Hand frei zu haben für die Tür. Als er aufgesperrt hatte, nahm er ihr das Mädchen wieder ab und bedeutete ihr einzutreten. »Tritt ein! Leider wird Fritzi noch einige Zeit brauchen. Sie wollte noch zur Chorprobe.«

»Oh. Das hatte ich ganz vergessen. Wie schade. Na, dann will ich nicht stören, Simon.«

»Aber du störst kein bisschen«, versicherte er schnell. »Im Gegenteil! Es ist immer schön, dich zu sehen. Setz dich. Soll ich uns einen Grog machen? Ich müsste nur rasch die Windeln wechseln.«

Tine staunte. »Du wechselst Windeln?«

»Na, du hörst ja selbst, wie unzufrieden die Mamsell hier ist.« Er lachte wieder und deutete auf das Mädchen, das er mit seinem Geschwisterchen in einem großen Korb abgelegt hatte, wo nun beide Kinder sich aufzurappeln versuchten.

»Dann teilen wir uns doch die Arbeit«, schlug Tine vor. »Ich wechsle die Windeln, und du machst den Grog? Oder umgekehrt.«

»Umgekehrt«, sagte Simon. »Ich hab da mein System.«

Tine lachte. »Du bist mir ja eine Marke! Wer hätte das gedacht?«

Wenig später saßen sie beim Grog, der nach Simons Geschmack wohl zu leicht geraten war, und betrachteten die beiden Kinder, die auf einer großen Wolldecke herumkrabbelten. »Wer hätte was gedacht?«, fragte er und trank einen Schluck.

»Wer hätte gedacht, dass du so im Handumdrehen ein perfekter Vater wirst.«

»Na ja«, erwiderte Simon. »Vater ist vielleicht ein bisschen übertrieben. Es sind ja schließlich nicht meine.« Leise fügte er hinzu: »Leider.« Dann lachte er erneut. »Aber als Ersatzpapa bin ich wohl ganz passabel. Jedenfalls lassen das die Scherze vermuten, die ich mir ständig anhören muss.«

»Das kann ich mir denken«, erwiderte Tine. »Dass die weniger begabten Väter sich lustig machen.« So war es nun einmal auf dieser Welt: Kinder waren Frauensache. Kümmerte sich ein Mann zu sehr um seinen Nachwuchs, machte er sich bei seinesgleichen zum Gespött. Wie viel stärker mochte es Simon in seiner Rolle als Ziehvater so ergehen!

»Vielleicht wird es ja doch auch mit eigenen Kindern etwas«, schlug Tine vor, um das Feld zu bereiten.

»Aber sicher, Tine. Alles in Arbeit.«

Etwas beschämt senkte Tine den Blick. »Also, Simon …« Dann räusperte sie sich. »Würdest du denn die Zwillinge nicht vermissen?«

»Vermissen? Wieso sollte ich?«

»Nun, dann wären es ja gleich drei Kinder. Mindestens!«

»Umso schöner, oder nicht?«, erklärte Simon. Eine Weile blickte er lächelnd auf die beiden Kleinen, dann richtete er den Blick auf Tine und fragte: »Habt ihr denn den Termin schon ausgerechnet?«

»Den Termin? Du weißt davon?«

Simon lachte. »Jetzt weiß ich es jedenfalls. Ihr Frauen seid wirklich lustig«, sagte er. »Nur weil man ein Mann ist, heißt das doch nicht, dass man nichts kann, nichts versteht und nichts weiß! Also – außer dem Geburtstermin natürlich. Den wüsste ich schon gerne.«

Es stellte sich heraus, dass Simon die Zwillinge wie eigene Kinder liebgewonnen hatte. Ganz offensichtlich waren sie auch für ihn zum Trost über das verlorene Kind geworden. Ein weiteres Kind im Haus zu haben erschien ihm vor allem als zusätzliche Bereicherung, ja, als eine Vergrößerung seines Glücks – und das von Fritzi. Doch bald schon sollte sich zeigen, dass die Natur des Glücks zerbrechlich ist.

***

Beschwingt machte Tine sich auf den Nachhauseweg. Im Vorbeigehen entschloss sie sich, bei Stövers im Kramerladen noch Paraffin für die Lampen in Frau Liebrechts Kate zu besorgen und vielleicht noch eine kleine Aufmerksamkeit zu Weihnachten für die alte Frau. Durch die verglaste Tür sah sie, dass das Geschäft leer war. Stövers hatten sich jetzt elektrisches Licht legen lassen, weshalb es einladend und warm in dem Kramerladen aussah. Sie trat ein und lauschte auf das fröhliche Schellen der Klingel über ihrem Kopf. Dann sah sie sich um, während sie darauf wartete, dass Heidemarie Stöver von hinten kam oder ihr Mann. Stattdessen hörte sie plötzlich einen erfreuten Ausruf hinter sich: »Tine! Wie schön!«

Sie drehte sich um und blickte in die Augen des jungen Paul Stöver, mit dem sie im Herbst ihre kleine Liebelei gehabt hatte, ehe die Umstände und vor allem ihre Verzagtheit die Sache beendet hatten. »Paul! Moin!«

»Kommst du zu mir?« Sein Grinsen war auch heute umwerfend. Tine atmete tief durch. »Ich muss ein paar Dinge besorgen.«

»Also höhere Gewalt«, stellte Stöver junior fest.

»Höhere Gewalt?«

»Schließlich musste ich mit dir sprechen. Und nun stehst du vor mir.« Er griff nach einer Räucherwurst, die von einem Regal hinter der Theke hing. »Wie wäre es mit einer kleinen Köstlichkeit für den Heiligen Abend?«

Tine schüttelte den Kopf. »Da brauche ich gar nicht nach dem Preis zu fragen.« Dennoch hängte Paul Stöver die Wurst nicht wieder weg, sondern legte sie vor sich auf die Arbeitsplatte. »Worüber wolltest du denn mit mir sprechen?«, fragte Tine neugierig.

»Ich wollte wissen, ob du eine weiße oder eine schwarze Fliege bevorzugst.«

Irritiert zuckte Tine mit den Achseln. »Ich denke, dass alle Fliegen schwarz sind. Und ich bevorzuge keine.«

»Dann nehme ich die weiße.«

»Die weiße? Wozu?«

»Zum Frack natürlich!«, sagte Stöver und lachte.

»Aha! Und was machst du mit dem Frack?«

»Mich schick, Tine Heesters. Für dich.«

»Für mich?« Tine lachte. »Für mich musst du dich nicht schick machen, Paul Stöver. Obwohl ich es schon lustig fände, dich hier im Frack im Laden stehen zu sehen.«

»Im Laden sicher nicht, Tine. Da genügt die Schürze. Den Frack packe ich nur zu besonderen Anlässen aus.«

»So? Und was für ein Anlass soll das dann sein – *für mich*?«

»Der Weihnachtsball natürlich, Tine«, erklärte Stöver mit der größten Selbstverständlichkeit. »Morgen Abend. Im Casino.«

Tine lachte. »Im Casino! Ich!« Sie winkte ab. »Soll das eine Einladung sein?«

»Das ist eine Einladung!« Paul Stöver nahm ein paar Eier aus einem Korb und legte sie zu der Wurst. Dazu ein kleines Päckchen Kaffeebohnen Marke Brasil. Er streckte die Hand aus. »Gibst du mir deinen Korb?«

Tine reichte ihm den Korb über die Theke. »Das kann ich aber gar nicht kaufen«, erklärte sie. »Ich nehme nur Paraffin, Kampfersalbe und ein Pfund Mehl bitte.«

Paul Stöver packte die genannten Waren in den Korb, legte die Eier, die Wurst und den Kaffee dazu und reichte Tine den Korb zurück. »Die anderen Sachen sind ein kleines Weihnachtsgeschenk von Stövers«, sagte er mit seinem frechen Grinsen.

»Du willst mich bestechen!«, erwiderte Tine und funkelte ihn halb scherzhaft, halb ernst an. »Was soll ich denn auf dem Weihnachtsball!«

Der Weihnachtsball der Offiziere hatte sich in den letzten Jahren zu einer ebenso eleganten wie begehrten Veranstaltung entwickelt. Er fand stets – als glanzvoller Abschluss eines Jahres – im Casino neben der Pastorei statt. Die höheren Marineangehörigen trugen dabei ihre Galauniformen zur Schau oder erschienen im Frack, an dem ihre Orden prangten. Für die unverheirateten Helgoländerinnen war der Ball eine willkommene Gelegenheit, sich zu präsentieren, zumal ja auf der Insel keine Kurgäste mehr logierten. Manche Ehe zwischen einer Insulanerin und einem auf Helgoland Stationierten war aus einem Rendezvous zum Weihnachtsball der Offiziere entstanden. »Außerdem würden sie uns gar nicht reinlassen, Paul«, stellte Tine fest. »Gewöhnliche Halunder haben da ohne Einladung eines Offiziers nichts zu suchen.«

»Dann ist es ja gut, dass ich dich eingeladen habe, Tine Heesters.« Er salutierte theatralisch. »Gestatten, Unteroffizier der Reserve Paul Stöver bittet gehorsamst, seine hiermit offiziell als Angehöriger der Kaiserlichen Kriegsmarine ausgesprochene Einladung zum Weihnachtsball neunzehnhundert im Casino zu Helgoland anzunehmen!«

»Unteroffizier Paul Stöver? Das wusste ich gar nicht.«

»Drei Jahre bei der Marine, Tine. Da kannten wir uns nur nicht wirklich.« Und leise fügte er hinzu: »Also *du* kanntest *mich* nicht.«

»Ich bin beeindruckt, Paul, ehrlich. Aber ich glaube nicht, dass ich das kann. Ich kann auch gar nicht tanzen. Und Frau Liebrecht braucht mich und …«

»Ich werde morgen Abend um sieben bei dir anklopfen«, sagte Paul. »Im Frack und mit weißer Fliege. Dann kannst du ja überlegen, ob du mit mir kommst oder lieber mein Herz brichst.«

***

Frau Liebrecht hatte sich hingelegt. In ihrer schwarzen Tracht lag sie auf dem abgedeckten Bett in ihrer Kammer und hatte die Augen geschlossen. Tine klopfte behutsam an die offene Tür. Doch die alte Frau reagierte nicht. Als sie näher trat, erkannte Tine, dass sie ziemlich schnell und flach atmete. Vorsichtig legte sie ihr eine Hand auf die Stirn. Vielleicht hatte Frau Liebrecht ein wenig Temperatur. Ihre Mundwinkel zuckten. Dann schlug sie die Augen etwas auf und tastete nach ihrer Brille, die neben ihr lag. »Tine. Da bist du ja.«

»Frau Liebrecht, was ist mit Ihnen?«, fragte Tine besorgt.

»Ich bin nur ein bisschen erschöpft, Kind. Es geht gleich wieder.«

»Soll ich Sie zudecken?«

Die alte Frau schüttelte den Kopf. »Lass mich nur ein wenig ausruhen, dann komme ich nach drüben, und wir trinken einen Tee.«

»Kamille vielleicht?«, schlug Tine vor. »Oder Melisse?«

»Einen starken schwarzen«, widersprach Frau Liebrecht. »Mit viel Zucker. Das wäre mir jetzt lieber.«

»Gerne.« Tine räumte die Einkäufe ein, beschämt von Paul Stövers Großzügigkeit. Für die Wurst und den Kaffee hätte sie eine Woche lang jeden Pfennig sparen müssen. Ein Schuft war er, dieser Paul Stöver. Bis jetzt war es bei einigen wenigen zögerlichen Zärtlichkeiten geblieben. Und so musste das auch bleiben. Denn der Sohn der Inselkramer war um einige Jahre jünger als Tine. Und er gehörte zu den alteingesessenen Familien Helgolands, während sie eine Neubürgerin war, arm und sich auch noch als alleinerziehende Mutter durchschlug – auch wenn Jette nun für längere Zeit nicht bei ihr sein würde.

Sie bereitete Tee vor und stellte einen Teller mit Zimtgebäck auf den Tisch: Plätzchen, die sie zur Weihnacht nach einem Rezept von Frau Thevessen gebacken hatte. Wenig später erschien Frau Liebrecht in der Küche, gebrechlicher denn je. Mühsam setzte sie sich auf die Bank unter dem kleinen Fenster zur Südseite hin und lächelte, als sie die Plätzchen sah. »Ich kann leider nichts essen, Tine. Aber ich danke dir.« Sie griff mit ihrer zitternden Hand nach Tines. »Für alles«, sagte sie. »Ich danke dir für alles. Der Herr wird es dir einst vergelten.«

Ein Kloß saß Tine plötzlich im Hals. Als sie in Frau Liebrechts kleine Augen blickte, musste sie sich sehr zusammennehmen, um nicht zu weinen. »Ich muss Ihnen danken«, sagte sie mir rauer Stimme. »Sie haben mich doch hier aufgenommen. Und Sie haben mir so viel beigebracht, Frau Liebrecht. Ich weiß nicht, wie ich das jemals gutmachen kann.«

»Gutmachen«, murmelte die alte Frau wie zu sich selbst. Dann blickte sie Tine wieder an und erklärte: »Das Gutmachen ist eine besondere Gabe von dir, Tine. Was du tust, machst du gut. Die Welt wäre ein viel besserer Ort, wenn das für alle Menschen so gälte.« Ein Husten unterbrach ihre Rede. Mit zitternder Hand griff Frau Liebrecht nach ihrem Tee und nahm einen Schluck. »So ist er gut«, lobte sie und nickte. »Weißt du noch? Vor einem Jahr haben wir mehrere Kinder erwartet. Diese Weihnacht und dieses Neujahr wird es keine Geburten auf der Insel geben. Wir dürfen uns also auf ein paar ruhige Tage freuen.«

Tine nickte. »Ja«, stimmte sie zu. »Ich würde mir gerne Zeit nehmen, um ein wenig zu lernen. Es gibt noch so viel, was ich nicht weiß.«

Frau Liebrecht seufzte. »Das ist wahr, Tine. Man weiß nie genug. Auch ich lerne jeden Tag noch etwas dazu.«

So saßen die beiden Frauen im flackernden Schein der Paraffinlampe in dem kleinen Häuschen beim Nordstrand und hingen ihren Gedanken nach, bis die alte Dame wieder hinüberging in ihre Kammer und Tine nach einem Roman von Tolstoi griff, den sie kürzlich zu lesen begonnen hatte: *Anna Karenina*. Immer wieder staunte sie, wie sehr sie die Geschichte dieser Frau fesselte, die in ihrer Ehe unglücklich war. So viele Frauen waren in ihrer Ehe unglücklich, auch hier auf Helgoland. Manchmal fragte sich Tine, ob sie wohl heute noch genauso glücklich wäre wie damals in der ersten Zeit mit Henry. Das Leben war so aufregend gewesen, die Liebe so unbeschwert. Und selbst als dunkle Wolken über ihnen aufgezogen waren, so hätte sie doch niemals daran gezweifelt, dass ihre Partnerschaft mit Henry immer glücklich sein würde. Aber hatten sich das nicht alle Frauen irgendwann gedacht – und dann war es für so viele zu einer Last geworden, Ehefrau und Mutter zu sein. War es der Alltag, der die Knospen der Liebe wegriss? War es die Erkenntnis, dass es nie einfacher würde, meist aber schwerer – mit jedem Kind, mit jedem Jahr, mit jeder Krankheit, jedem Schicksalsschlag, den das Leben nun einmal unweigerlich mit sich brachte? Vielleicht war es am Ende gar nicht so schlimm, dass sie alleine war. Das schützte sie davor, irgendwann feststellen zu müssen, dass die Farben der Liebe verblasst, dass die Stürme der Leidenschaft verweht waren. Und doch: An so vielen Abenden, in so vielen Nächten, wenn sie alleine war, wünschte sie sich jemanden, der sie in die Arme nahm, der ihr übers Haar streichelte, mit dem sie sich in den romantischen Gefilden der Lust verlieren und den Alltag vergessen konnte. Denn nichts war doch schöner, als sich gegenseitig Zärtlichkeit zu schenken und Sicherheit und Geborgenheit.

Sie musste an Paul Stöver denken und an die Zärtlichkeiten, die sie mit ihm ausgetauscht hatte. Sie mochte ihn. Paul war ein gutaussehender junger Mann, er war forsch, aber nicht gewöhnlich, er war witzig, aber nie unanständig … Eigentlich ein guter Mann für eine Partnerschaft, zumal er auch von zupackender Art war und zu wissen schien, was er wollte. Allein, er war zu jung. Vier oder gar fünf Jahre jünger als Tine! Es war also völlig ausgeschlossen, dass sie etwas Ernsthaftes mit ihm anfing – ganz abgesehen davon, dass sie auch niemals erwartet hätte, dass er Interessen ernsthafter Natur zeigte. Paul war ein unverheirateter junger Mann, der das Abenteuer suchte. Ein paar aufregende Momente mit der Witwe Heesters, ein kleines Techtelmechtel mit einer anderen Frau, die nicht ganz abgeneigt war … aber am Ende würde er eine Tochter der Insel heiraten, die noch Jungfrau war, die jünger war als er und die womöglich sogar noch so etwas war wie eine »gute Partie«. Die Tochter des Zollmeisters vielleicht, Schlüters Jüngste wäre ebenfalls eine Möglichkeit gewesen oder Agnes Bertram von der Tuchhandlung. Aber sicher nicht Tine Heesters, geborene Tiedkens, Mutter einer unmündigen Tochter und um einiges älter als er. Nein, so realistisch war sie, dass sie wusste, das würde nicht geschehen.

* * *

Als Tine am nächsten Tag ein Klopfen an der Tür hörte und öffnete, war dort niemand zu sehen, aber am Boden stand ein kleines Schächtelchen, darin in einem Bett aus cremefarbenem Seidenpapier ein winziges Sträußlein Veilchen und eine kleine Karte: *Für heute Abend. Sieben Uhr. Ich freue mich. Paul.*

Er meinte es wirklich ernst mit seiner Einladung. Rasch nahm Tine das Päckchen nach drinnen, stellte die Blumen in ein kleines Glas und überlegte, was sie nur anziehen sollte zu einem Ball. Gewiss, sie hatte noch ein paar hübsche Kleider aus ihrer Zeit mit Henry – aber ob ihr die nach all den Jahren noch passen würden?

Den restlichen Tag verbrachte sie damit, sich anzuziehen, auszuziehen, umzuziehen und alle möglichen Kombinationen zu probieren. Denn es stellte sich schnell heraus, dass die Kleider, die noch passten, inzwischen sehr aus der Mode gekommen waren. Und die, die vielleicht noch à la mode gewesen wären, waren entweder um die Taille etwas zu eng geworden oder von Motten zerfressen. Ob sie Hedi fragen sollte, ihr das Ballkleid zu leihen, das diese für ihre zweifelhafte Karriere als Gesellschafterin reicher Kurgäste angeschafft hatte? Allerdings war Hedi etwas kleiner als sie. Am Ende wäre das Kleid zu kurz – und außerdem war es ein Sommerballkleid. Nein, sie musste … Sie musste nähen! Die Nähte an den Seiten öffnen und den Stoff ein wenig herauslassen, das war die beste Lösung. Und das tat sie dann auch. Die längere Zeit des Tages saß sie am Fenster und arbeitete an ihrem Kleid, das sie einst zur Eröffnung des »Imperial« getragen hatte. Es war ihr schönstes und zugleich eines, das zeitlos elegant und sogar in dieser Jahreszeit passend war: tiefes Blau mit cremefarbenen Borten und einer entzückenden Schleife, die hinter dem Rücken gebunden, zuerst aber dringend geplättet werden musste.

Frau Liebrecht verließ ihre Kammer kaum. Sie fühlte sich nicht wohl, hatte aber offenbar keine erhöhte Temperatur mehr, was Tine beruhigte. Zum Mittag machte Tine eine Suppe aus Wurzelgemüse mit Graupen. Manchmal schnitt sie auch ein wenig vom getrockneten Dorsch hinein, den die Hebamme wie etliche andere Lebensmittel in einem Fass in dem Hohlraum unter der Diele aufbewahrte. Doch an diesem Tag schien ihr die Gemüsesuppe, weil sie leicht und mild war, die bessere Wahl. Sie brachte der alten Dame einen Teller in die Kammer, fand sie aber schlafend vor und störte sie lieber nicht.

Als sie eine Stunde später wiederkam, war die Suppe kalt, und Frau Liebrecht lag immer noch auf ihrem gemachten Bett, die Augen geschlossen, wenngleich sie leise vor sich hin murmelte, ohne von Tine Notiz zu nehmen. An der Tür hielt Tine inne und lauschte für einen winzigen Moment. Ein Gebet, erkannte sie. Eines auf Halunder. Sie konnte die Worte nicht verstehen, wusste aber, dass es ein Gebet war, denn sie hatte es manchen Einheimischen in der Kirche sprechen hören. Leise schloss sie die Tür wieder und arbeitete weiter an ihrem Kleid.

Vielleicht wäre es sinnvoll, Doktor Bell zu rufen, damit er einmal nach Frau Liebrecht sähe. Die beiden verstanden sich nicht allzu gut. Aber Tine machte sich Sorgen um die alte Dame. So hinfällig hatte sie sie noch nicht erlebt, so kraftlos war sie nicht einmal gewesen, wenn sie in der Vergangenheit, was durchaus schon vorgekommen war, einmal krank gewesen war. Dabei sah sie jetzt gar nicht krank aus. Nur erschöpft. Wie aufgebraucht. Mit Schaudern schob Tine diesen Gedanken beiseite und versuchte, das Tageslicht für ihre Näharbeit noch zu nutzen, denn bald würde es dämmern.

Etwas später fand sie die Hebamme wach und über eine Bibel gebeugt, den Teller immerhin zur Hälfte leergegessen und die Kammer der alten Frau von zwei Kerzen ein wenig erhellt. Das beruhigte sie etwas. Dennoch beschloss sie, Pauls Einladung abzulehnen. Es würde ihn enttäuschen. Aber vielleicht fand er ja noch eine andere Begleitung. Besser, sie sagte es ihm deshalb gleich. »Ich muss noch einmal weg, Frau Liebrecht.«

Die Hebamme nickte. »Du warst sehr geschäftig den Tag über«, sagte sie mit müder Stimme und freundlichem Lächeln. »Was hast du denn Schönes vor heute?«

»Oh, nichts. Ich muss nur jemandem etwas mitteilen.«

»Wirklich? Mir schien, du hättest noch Größeres vor heute.« Obwohl sie sich den ganzen Tag nicht aus ihrer Kammer herausbewegt und sogar einige Zeit geschlafen hatte, hatte die alte Dame doch offenbar einiges von Tines Geschäftigkeit mitbekommen. »Ich wollte … ich dachte …«

Die Hebamme erwiderte nichts, sondern blickte nur neugierig zu Tine hin. Ob sie sie überhaupt sah?

»Ich hatte eine Einladung«, erklärte Tine. »Aber ich habe mich dagegen entschieden.«

Ein Nicken. Schweigen. Tine wollte schon wieder gehen, da sagte die alte Dame: »Und was hat dich zu dem Entschluss gebracht?«

»Ach«, entgegnete Tine, »Verschiedenes.«

»Soso, Verschiedenes. Weißt du, ich finde es nicht falsch, wenn du etwas unternimmst, Tine.« Selten kam es vor, dass Frau Liebrecht sie nicht »Kind« nannte, wie sie es nahezu mit allen jungen Frauen tat. »Was wäre das denn für eine Einladung gewesen?«

»Ach«, sagte Tine noch einmal. »Nichts Passendes für mich, Frau Liebrecht.«

»Weil?«

»Weil … weil ich da nicht hingehöre.«

Doch die alte Dame ließ nicht locker. »Wo gehörst du nicht hin, Tine?«

»Auf einen Ball.«

»Verstehe.« Wieder nickte die alte Dame. Dann griff sie tastend nach ihrem Nachtkästchen und zog die Schublade auf. Es dauerte eine kleine Weile, ehe sie gefunden hatte, wonach sie suchte. »Hier«, sagte sie. »Nimm das. Ich schenke es dir. Ich möchte, dass du es heute Abend trägst.« Sie reichte Tine ein kleines Döschen aus Blech und Emaille. Zögernd nahm Tine es aus ihrer Hand und öffnete es behutsam. »Aber … aber das kann ich nicht annehmen, Frau Liebrecht.« Tine wusste, was es war, auch wenn sie es noch nie gesehen hatte. Aber sie wusste, dass es in Frau Liebrechts Leben einmal einen Mann gegeben hatte, einen Verlobten. Weshalb auch immer die Ehe nie zustande gekommen war, auch die alte Dame war einst verliebt gewesen und hatte auf ein Leben zu zweit gehofft. Es musste das Verlobungsgeschenk gewesen sein, das nun in ihrer Hand lag, zart und zierlich: eine silberne Brosche mit kleinen Perlen und einem Granat in der Mitte, eine hübsche florale Arbeit, die eine Phantasieblume darstellte, von glänzendem Rankenwerk umgeben. »Das ist viel zu wertvoll!«

»Es ist viel zu wertvoll, um in einer Schublade zu liegen und vergessen zu werden«, erwiderte die Hebamme. »Nimm es, ich gebe es dir von Herzen gerne. Und ich brauche es selber ja nicht mehr.« Sie sagte es ohne Bitterkeit, sondern mit diesem liebevollen, friedlichen Lächeln, das sie in letzter Zeit immer öfter zeigte.

»Ich brauche es auch nicht, Frau Liebrecht«, flüsterte Tine gerührt. »So etwas Schönes … Aber wozu sollte ich es denn benutzen? Nein, das wäre wirklich Verschwendung.«

»Papperlapapp«, sagte die alte Dame überraschend brüsk. »Du nimmst die Brosche, und du gehst heute Abend zu dem Ball. Es wird Zeit, dass du mal wegkommst von hier und ein wenig Ablenkung hast. Für eine hübsche junge Frau gehört es sich nicht, dauernd nur bei einer alten Schachtel in ihrem finsteren alten Haus herumzusitzen und zu warten. Das Leben geschieht jetzt, Tine Heesters. Wer sich daran nicht erinnert, der ist ein undankbarer Mensch. Der Herrgott hat dir ein Leben geschenkt. Leb es!« Sie atmete ein wenig schneller, die Rede hatte sie angestrengt. »Und jetzt geh und lass mich ein wenig ausruhen, Tine. Tu, was ich dir gesagt habe. Bitte.«

Es war so lieb gemeint von Frau Liebrecht, dass Tine Tränen in die Augen traten, als sie die Tür zur Kammer wieder hinter sich schloss. Nein, sie würde ganz sicher nicht gehen.

***

Um kurz vor sechs Uhr klopfte es an der Tür. Als Tine öffnete, stand Otto vor der Tür, Hedis Junge. »Ahoi, Tante Tine!«, grüßte er. »Das hier soll ich dir bringen.« Er reichte ihr einen Umschlag.

»Was ist das?«

»Ein Brief.«

»Das sehe ich. Aber von wem?«

»Das darf ich nicht sagen.«

»Hm. Dann danke ich dir. Möchtest du eine Tasse Tee mit Milch?«

»Keine Zeit, Tante Tine. Ich muss wieder weg!« Und schon war er verschwunden. Verwundert ging Tine wieder hinein und öffnete den Umschlag. Darin fand sie einen Zettel, auf dem nur die Worte standen: *Unteroffizier d. R. Paul Stöver gibt sich die Ehre.*

Grinsend steckte Tine den Zettel wieder weg. Sie lauschte und stellte fest, dass Frau Liebrecht in ihrer Kammer herumging. Offenbar war sie wieder etwas zu Kräften gekommen. *Das Leben geschieht jetzt, Tine Heesters,* dachte sie. *Wer sich daran nicht erinnert, der ist ein undankbarer Mensch.* Vielleicht war es ja wirklich so. Vielleicht sollte sie doch … Und Paul schien ja wirklich eine Menge daran zu liegen. Sie betrachtete das kleine Sträußchen Veilchen, das am Fensterbrett stand. Draußen war es inzwischen dunkel geworden. Die Uhr auf dem Küchenschrank zeigte inzwischen sechs Uhr. Noch eine Stunde. Wenn sie das Abendbrot für Frau Liebrecht vorbereitete, wenn sie den Ofen noch einmal schürte und sich beeilte, dann konnte sie fertig sein, bis Stöver junior eintraf.

Sie hatte noch Reste für eine Feskpoon übrig, die typische Fischpfanne der Helgoländer, in die neben dem getrockneten

Fisch noch Kartoffeln kamen und – jedenfalls in Tines Variante – einige Gartenkräuter, die sie im Herbst ebenfalls getrocknet hatte. So duftete die kleine Kate schon bald nach einem herzhaften und köstlichen Mahl, als Tine schließlich in ihre winzige Kammer lief und das passend genähte Kleid anzog. Die Schleife! Sie hatte vergessen, sie zu plätten! Nun hing das schöne Schmuckstück schlaff und zerknittert über ihrem Po. So konnte sie es unmöglich tragen. Hastig zog sie das Kleid wieder aus und lief in die Küche, um ein wenig Kohle aus dem Herd zu holen, die sie in das Plätteisen füllte. Zum Glück dauerte es nicht lange, bis es heiß war. Sie begann gerade die Schleife vorsichtig zu bügeln, als es erneut an der Tür klopfte. Wäre nicht alles so durcheinandergeraten, wäre sie selbst in dem Moment nicht so durcheinander gewesen, sie wäre im Leben nicht auf die Idee gekommen, die Tür zu öffnen, ohne wieder in das Kleid oder vielmehr: in *irgendein* Kleid zu schlüpfen. So aber riss sie die Tür auf und wurde im selben Augenblick gewahr, dass sie nur ein Unterkleid trug.

»Damit werden wir auf jeden Fall Aufsehen erregen!«, stellte Paul Stöver statt einer Begrüßung fest.

Erschrocken starrte Tine an sich herab und knallte dann die Tür vor seiner Nase wieder zu. »O Gott«, keuchte sie. »O Gott!« Unschlüssig, was sie nun tun sollte, stand sie vor der geschlossenen Tür, vor der auf der anderen Seite vermutlich immer noch Paul Stöver stand. »Paul?«

»Höchstpersönlich«, drang seine Stimme leise durch das Holz.

»Es … es tut mir leid.«

»Also wenn ich ehrlich bin …«, fing Paul Stöver auf der anderen Seite an.

»Du sollst aber nicht ehrlich sein!«, fiel Tine ihm ins Wort.

»Gut. Dann tut es mir auch leid«, sagte der Kramerssohn, und Tine konnte ihn geradezu grinsen sehen. Dieses unbefangene, freche, genüssliche Grinsen, das sie so gut von ihm kannte.

»Ich bin gleich wieder da. Wie spät ist es?«

»Punkt sieben.«

»Punkt sieben? Das ist nicht dein Ernst, oder?« Schockiert lief Tine wieder hinüber in die Stube, nur um festzustellen, dass er sich ausnahmsweise einmal keinen Scherz erlaubt hatte. Mit einigen flinken Bewegungen plättete sie die Schleife, dann streifte sie sich das Kleid über, band es hinten zu und hastete wieder zur Tür. Ob er wohl die ganze Zeit über so dreist gegrinst hatte? Paul Stöver lehnte am Türstock und blickte auf Tine, als könnte er sich nichts Köstlicheres vorstellen als ihre Blamage im Unterkleid. »So ist es aber auch sehr hübsch«, stellte er frecherweise auch noch fest, als wollte er sich an ihrer Scham ergötzen.

»Du bist schrecklich, Paul Stöver«, erklärte Tine empört, musste dann aber selbst lachen. »Komm bitte herein, ich brauche noch ein paar Minuten.«

»Warum überrascht mich das nicht, liebe Tine?« So, wie er es sagte, war es keine Frage. Tine hätte große Lust gehabt, ihm eine Ohrfeige zu geben für seine Frechheiten. Aber den Abend mit einer Ohrfeige zu beginnen, das schien ihr dann doch nicht die richtige Methode. »Setz dich in die Stube. Ich muss nur noch … ich werde … ach, setz dich einfach hinein.« Sie wies auf die Tür zur Stube, ohne zu wissen, ob der junge Mann überhaupt schon einmal hier gewesen war. Schließlich kamen hauptsächlich Frauen hierher, die nur selten ihre Männer mitbrachten. Aber alleinstehende Männer, für die gab es eigentlich keinen Grund, die Hebamme der Insel aufzusuchen.

Paul Stöver setzte sich an Tines Platz auf der Bank, während sie noch einmal in ihre Kammer lief, die Brosche ansteckte, sich wenigstens so weit frisierte, dass sie nicht mehr aussah wie eine Frau, die eben noch mit Töpfen, Pfannen und Plätteisen beschäftigt war, also: wie sie selbst, sondern wie jemand, der beabsichtigt, einen schönen Abend in schöner Umgebung zu genießen.

Dass sie vergessen hatte, noch ein wenig Rot auf die Wangen aufzutragen, machte überhaupt nichts. Die ganze Aufregung hatte ihre Wangen von alleine rot gefärbt. »Wollen wir gehen?«, fragte sie. »Oder willst du hier Wurzeln schlagen?«

Nun war es Paul Stöver, der lachte. »Für eine Frau, die im Unterkleid durch die Gegend läuft, bist du reichlich forsch, Tine Heesters.« Er griff nach seinem Hut, den er auf den Tisch gelegt hatte, und hielt ihr den Arm hin.

»Moment noch«, sagte Tine. »Es ist besser, ich sage Frau Liebrecht noch eben Bescheid, dass ich jetzt weg bin.«

Paul nickte. »Tu das.«

»Wunderbar«, stellte die alte Frau fest, als sie Tine in ihrem Kleid mit der Brosche sah. Vermutlich »sah« sie sie allerdings nur mit den Händen, denn sie ließ ihre zitternden Fingerspitzen über Tines Schultern und Ärmel gleiten und tippte dann vorsichtig auch auf ihre Brust, wo die Brosche das Kleid oben zusammenhielt, wie es dem Brauch entsprach. »Du gehst auf den Ball?«

Tine nickte. »Mit Paul Stöver.«

»Er ist ein guter Junge. Genießt den Abend.«

»Ich habe das Abendbrot für Sie gemacht, Frau Liebrecht.«

»Das habe ich schon gerochen. Vielen Dank, Tine. Also ist für mich gut gesorgt, und du kannst dich ganz auf den Ball konzentrieren.«

»Danke, Frau Liebrecht.«

»Ich danke dir! Viel Freude!« Mit diesen Worten schob sie Tine nach draußen und schloss die Tür zu ihrer Kammer.

»Können wir?«, fragte Paul Stöver, nun doch etwas ungeduldig, und reichte ihr die Veilchen, die er von der Fensterbank genommen hatte.

»Natürlich«, sagte Tine und lächelte ihm zu.

***

Schon von weitem strahlte das Casino in goldenem Glanz. Alle Fenster waren erleuchtet, das Portal war mit weihnachtlichen Zweigen umkränzt, am Entree standen zwei livrierte Diener, die sich die Eintrittskarten zeigen ließen und den Gästen dann die Garderobe wiesen und ihnen einen schönen Abend wünschten. Tines Herz schlug schnell, als sie an Paul Stövers Arm durch die Tür zum großen Saal trat und im Licht der Lüster stehen blieb. Rings um sie standen Paare und einzelne Offiziere, die meisten der Herren in Galauniform, die Damen durchwegs in Mode aus Hamburg, Bremen oder London, das war unschwer zu erkennen, da es nichts Vergleichbares auf der Insel gab, nicht einmal bei Ehrlichs, die ja noch um einiges eleganter waren als Jessens. »Ich habe gleich gesagt, dass ich nicht hierhergehöre«, flüsterte Tine.

»Im Gegenteil! Du bist der glanzvolle Höhepunkt dieses Abends!«, widersprach Paul und blickte dabei irritierend ernst zu ihr.

»Die anderen Frauen sind alle viel vornehmer.«

»Welche anderen Frauen?«, wollte er wissen, dann schritt er, Tine mit sich ziehend, auf einen der Tische zu, die im Kreis am Rand standen. »Wir müssten an Tisch sieben sein«, sagte er. Und tatsächlich fanden sich dort Tischkärtchen, auf denen *Unteroffizier d. R. Stöver* und *Unteroffizier d. R. Stöver/Beglei-*

tung standen. »Du hast dir eine Hintertür offen gehalten, falls ich absage«, lachte Tine und schüttelte den Kopf über den Schelm, dessen Einladung sie angenommen hatte.

»Keineswegs. Sieh dich um.« Paul deutete auf die anderen Plätze. Und in der Tat: Wenn an einem Platz *Lieutenant Schneider* stand, stand auf dem Kärtchen rechts daneben *Lieutenant Schneider/Begleitung*. Tine ließ es gut sein. Für ihre Unterstellung würde sie sich trotzdem nicht entschuldigen. »Möchtest du dich setzen?«

»Lass uns erst einmal ein wenig herumflanieren«, sagte Paul. »Ich bin nicht allzu oft hier. Und ich bin neugierig.«

Unvermittelt fühlte sich Tine wie in *Anna Karenina*, wo sich schöne Menschen an schönen Orten begegneten und alle Pracht der Welt das Unglück doch nicht von ihnen fernhalten konnte. »Du kannst mir ja von einigen der Herrschaften erzählen, wer sie sind«, schlug sie vor.

»Oder noch viel besser«, rief Paul aus, »ich stelle dich ihnen vor!« Und ehe noch Tine dagegen protestieren konnte, wandte er sich einem überaus würdigen, schon etwas älteren Herrn zu, nahm Tines Hand von seinem Arm und salutierte in aller Form. »Sanitätsunteroffizier Stöver meldet sich gehorsamst! Guten Abend, Herr Kapitän.«

Der so Angesprochene erwiderte den militärischen Gruß lässig, indem er die Hand nur ein wenig hob und dann den Blick zu Stövers Begleiterin schweifen ließ. »Und wozu meldet sich der Herr Sanitätsunteroffizier? Zum Dienst oder zur Belustigung, Stöver?«

»Mit Verlaub, zur Belustigung, Herr Kapitän.«

»Dann sei ihm das mal erlaubt.« Er blickte wieder zu Paul Stöver hin. »Aber nur, wenn er mir seine überaus reizvolle Begleitung vorstellt.«

»Gewiss, Herr Kapitän. Wenn Sie erlauben: Frau Tine Heesters.«

Die Augenbraue des Kapitäns ging etwas in die Höhe, und er musterte Tine beinahe unangenehm. »*Frau* Heesters?«

»Die Witwe des Hoteliers Heesters, der sich seinerzeit sehr um den Übergang unserer schönen Insel in das Deutsche Kaiserreich verdient gemacht hat.« Nun wanderte auch die zweite Braue hoch. »Oh, verstehe. Witwe Heesters. Nun, Stöver, dann freue ich mich für Sie, dass Sie eine ebenso charmante wie elegante Begleitung gefunden haben.«

»Danke, Herr Kapitän«, erwiderte Paul und salutierte abermals. Dann führte er Tine weiter durch den Saal.

»Was war denn jetzt los?«, wollte Tine wissen. »Dachte er etwa, du wärst mit einer verheirateten Frau hier?«

»Ich ... ich habe nicht nachgedacht«, erklärte Paul Stöver, peinlich berührt. »Das wird mir nicht wieder passieren.«

Und es passierte ihm auch nicht wieder. Im Gegenteil: Von da an führte der junge Mann sie so weltgewandt durch den Abend, als wäre er nicht ein Sanitätsunteroffizier, sondern mindestens ein Großadmiral. Bei Tisch umsorgte er Tine, als ginge es darum, ihr jeden Wunsch von den Augen abzulesen. Er scheuchte die Kellner, dass Tine beinahe ein wenig Mitleid mit ihnen hatte. Er scherzte mit den umsitzenden Herrschaften, als wäre er nicht der Rangniedrigste am Tisch, sondern der Gastgeber – alles jedoch in so vornehmer Weise, dass Tine staunte. Ein junger Mann, jünger als sie, aufgewachsen auf einer Insel weitab vom Festland, Matrose, Kramer – wer erwartete da einen Gentleman? Fehlte noch, dass er anfing, englisch und französisch zu plaudern. Was er allerdings nicht tat, obwohl ihm tatsächlich ein Offizier der Königlich Britischen Marine, allerdings im Ruhestand, begegnete. Sir Wilbur Frinton, ein Mann aus dem Stab des letzten britischen Inselgouverneurs, Sir Arthur Barkly, den die Liebe auf der Insel gehalten hatte, während alle anderen auf die Inseln des Vereinigten Königreichs zurückgekehrt waren. Seither verdingte sich Sir Wilbur als rechte Hand des Reeders Hennerkes, was ihm zwar wenig Ansehen, aber gute Einkünfte bescherte. »Haben Sie denn auch schon von dem vorzüglichen Pommery probiert, den uns die Admiralität heute Abend spendiert hat?«, fragte Sir Wilbur und zwinkerte Tine zu.

»Pommery?«

»Der Champagner«, erklärte Paul und ergänzte, an den Kontoristen des Reeders gewandt: »Von spendiert kann nicht die Rede sein.«

»Da haben Sie recht, Stöver!«, lachte Sir Wilbur. »Bei den Preisen für die Karten.«

»Die Karten waren so teuer?«, flüsterte Tine, als Sir Wilbur außer Hörweite war. »Wirklich?«

Paul Stöver blieb stehen und blickte ihr tief in die Augen. »Das war es mehr als wert, Tine. Es ist der schönste Abend, seit ... seit ...«

»Seit?«

»Der schönste Abend meines ganzen Lebens«, flüsterte er und drückte ihre Hand so fest, als wollte er sie nie wieder loslassen. In dem Moment setzte die Musik ein. Ein kleines Ensemble des Inselorchesters der Marine hatte einiges an beliebter Tanzmusik einstudiert. Im Nu war die Tanzfläche von adretten Offizieren und eleganten Damen bevölkert. »Wollen wir?«, fragte Paul.

»Ich bin nicht sehr gut im Tanzen«, entschuldige sich Tine vorsorglich. »Und schon sehr lange nicht mehr auf dem Tanzboden gewesen.«

»Dann wird es ja Zeit!« Da war es wieder, sein gewinnendes Lächeln. Er verbeugte sich leicht und führte Tine dann zu den Klängen eines nicht allzu schnellen Walzers auf das Parkett.

Es dauerte nicht lange, bis Tine sich wieder an diese wundervollen Bewegungen, an das Sich-in-der-Musik-verlieren gewöhnt hatte. Mehrere Stücke hintereinander blieben sie auf der Tanzfläche, bis sie schließlich sagte: »Paul, lass uns eine Pause machen.«

»Was immer du möchtest, Tine«, erwiderte der junge Mann und führte sie zum Tisch, wo er sogleich nach einem der Kellner winkte. »Zwei Gläser Champagner, bitte!«

»Paul, Champagner!«, flüsterte Tine. »Das muss doch nicht sein. Ich weiß nicht einmal, wie man ihn trinkt.«

»Tja«, sagte Paul Stöver grinsend. »Es soll Leute geben, die ihn aus einem Damenschuh trinken.« Er räusperte sich. »Sagt man. Aber ich vermute, sie bringen ihn uns in einem Glas.« Was auch geschah, und zwar schon in der nächsten Minute. Paul ließ es sich nicht nehmen, feierlich anzustoßen. Dann blickte er Tine an und beobachtete ihre Reaktion. Falls er erwartet hatte, dass Tine sich verschluckte oder vor Entzücken kicherte, so wurde er enttäuscht. Vielmehr schloss Tine die Augen und schien geradezu in sich hineinzuhorchen, als sie dem Geschmack und dem Gefühl nachsann, das sich in ihrem Mund ausgebreitet hatte. Was Paul Stöver nicht wusste, war, dass Tine zum ersten und auch zum letzten Mal Champagner mit ihrem verstorbenen Mann getrunken hatte. Henry Heesters war Luxus gewöhnt gewesen, und er hatte Tine in die Welt des Luxus eingeführt. Tine wusste sehr wohl, wie man Champagner trank, ja sie konnte sogar guten von weniger gutem Champagner unterscheiden. Immerhin: Es war ein vorzüglicher Champagner, den es auf dem Offiziersball zu Helgoland in diesem Jahr gab. »Danke«, sagte sie leise. Dann öffnete sie wieder die Augen und versuchte, nicht mehr an früher zu denken, sondern an jetzt. *Der Herrgott hat dir ein Leben geschenkt. Leb es!*, dachte sie. Das waren Frau Liebrechts Worte. Und ja, die alte Dame hatte recht: Man musste sein Leben leben.

Auf einmal schienen sich alle zur Tür hinzuwenden. Ein spätes Paar war eingetroffen: ein streng dreinblickender, mit etlichen Orden dekorierter Offizier mit Monokel – und eine sagenhaft schöne Frau, die mit ihrem Kleid geradezu zu schweben schien. Man musste sie nicht vorstellen, jeder kannte sie auf der Insel, selbst wenn er sie noch nie gesehen hatte. Denn die Geliebte des Inselkommandanten galt als die schönste Frau von Helgoland. Offensichtlich zu Recht. Tine konnte sich nicht erinnern, schon einmal eine Frau gesehen zu haben, die sich mit solch natürlicher Noblesse bewegte. Die Bewunderung der umstehenden Männer, ja sogar die der Frauen, nahm besagte Constanze von Witten hin, als wäre sie eine Selbstverständlichkeit. Aber das war sie ja auch für sie. »Soll ich euch bekannt machen?«, fragte Paul.

»Du kennst sie?«

»Sie? Nein. Ich kenne ihn.«

»Ihn kenne ich auch.« Tine erinnerte sich zu gut an jenen Tag im Sommer, als ihr der Inselkommandant Unterstützung für Jettes Ausbildung zugesagt hatte, wenn denn das Kind am Ende Krankenschwester würde. Nun, man würde sehen. Wie ein solcher Mann zu einer solchen Frau kam … Andererseits: Bis jetzt hatte man von Frau von Witten nur den Auftritt gesehen, was sie sonst an Qualitäten besaß, wusste vermutlich außer dem Kommandanten selbst keiner der Anwesenden. »Wollen wir noch mal tanzen?«, fragte Paul.

»Gerne. Aber vorher trinken wir den Champagner aus. Es wäre schade, wenn er warm würde.«

»Das wäre es in der Tat!« Paul Stöver hob sein Glas und blickte Tine tief in die Augen. »Auf diesen wunderschönen Abend, Tine Heesters. Darauf, dass er nie vorübergehen möge. Darauf, dass du ihn mit mir verbringst. Und darauf, dass er unvergesslich werden möge.«

Mit einer Geste der Rührung erwiderte Tine: »Meine Güte, Paul! Das sind aber große Worte. Ich trinke darauf, dass du mich überredet hast und dass du es nicht bereuen mögest.« Mit einem Augenzwinkern stieß sie ihr Glas an seines. Er aber sagte mit heiligem Ernst: »Mögen deine Worte Wirklichkeit werden, Tine.«

Wenige Augenblicke später waren sie auf der Tanzfläche, in deren Mitte nun ein Kreis frei geblieben war, auf dem der Inselkommandant mit seiner Geliebten tanzte. Es war ein etwas umständliches Stück, das dem Mann, der beinah einen halben Kopf kleiner war als seine Begleiterin, durchaus ungelegen schien. Paul indes führte Tine einfühlsam über das Parkett, und sie hatten das prominente Paar bereits zum zweiten Mal umtanzt, als das Orchester plötzlich abbrach und der Conférencier mitteilte: »Meine Herren! Nun ist es Zeit für eine kleine Regeländerung.« Er ließ den Blick durch den Saal schweifen und rief: »Damenwahl!«

Ein Raunen ging durch die Reihen. Das war das Neueste: dass die Damen die Herren ihrer Wahl auffordern sollten, mit ihnen zu tanzen. Einige empörte Laute gab es wohl in diesem Kreis, der sich Tradition und Sitte verpflichtet fühlte wie wohl nur wenige auf dieser Insel. Dennoch überwog das Amüsement, und die Damen ließen sich nicht lange bitten, die Herren aufzufordern. Verlegen sahen sich Tine und Paul an, wohl wissend, dass es nicht den Regeln entsprach, wenn sie nun weiter miteinander tanzen würden. »Eine Pause?«, schlug Paul vor. Tine nickte, als Constanze von Witten zu ihnen trat. »Darf ich Sie um diesen Tanz bitten, Herr Unteroffizier?«

Überrascht blickte Paul sie an. »Ich, also …«, verlegen brach er ab.

»Du musst natürlich annehmen, Paul«, sagte Tine lächelnd. »Alles andere wäre sehr unhöflich.«

Er fasste sich und nickte Constanze von Witten zu. »Madame …«, sagte er und streckte die Hand aus, in die die Geliebte des Inselkommandanten die ihre legte, um sich auf die Tanzfläche führen zu lassen.

»Paul heißen Sie also«, hörte Tine sie mit samtener Stimme antworten. »Ein schöner Name. Und wie weiter?«

Nachdenklich kehrte Tine zum Tisch zurück und setzte sich. Als der Kellner vorbeikam, bestellte sie noch ein Glas Champagner und sah den Tanzenden zu. Man zerriss sich auf der Insel das Maul über Constanze von Witten. Die Männer starrten ihr nach, während die Frauen auf ihren Anblick neidisch und eifersüchtig reagierten und sie doch zugleich bewunderten. Und auch sie, Tine, fühlte in diesem Moment ein kleines, aber heißes Gefühl der Eifersucht. Sie war sich nur nicht darüber im Klaren, ob es eine Eifersucht war, weil diese Frau ihr Paul entführt hatte, oder ob es eine Eifersucht auf die Selbstverständlichkeit war, mit der diese Frau ein Leben führte, das jenseits aller Tradition und Sitte stand.

* * *

Die Nacht war sternenklar und eisig. Als Tine und Paul aus dem Casino traten, schien die Insel von weihnachtlichem Zauber umhüllt zu sein. Es war so still, als hielte die Welt den Atem an, die Häuser lagen im Dunkeln, während der Leuchtturm Runde für Runde sein Werk vollbrachte. Paul bemerkte, wie Tine fröstelte, und legte ihr den Arm um die Schultern. »Komm«, sagte er leise. »Lass uns noch ein paar Schritte gehen, ehe ich dich nach Hause bringe.« Tine nickte tapfer. Eigentlich war ihr zu kalt. Aber sie wollte die Magie des Abends nicht zerstören. Also folgte sie ihm, während hinter ihnen die Kapelle leise das neueste Erfolgsstück »After the Ball« spielte, in Richtung Nordkliff. Es roch nach Schnee. Pauls Umarmung fühlte sich wie etwas an, auf das Tine lange Zeit gewartet hatte, viel zu lange Zeit. Etwas, das sie genoss und zugleich ängstigte. »Immer noch kalt?«, fragte er, der ihr Zittern spürte.

Tine schüttelte den Kopf. »Alles gut«, sagte sie leise. »Aber lass uns jetzt umkehren. Ich spüre den Champagner. Und all die anderen Sachen, die wir getrunken haben.«

Paul lachte. »Ja, mir geht es genauso.«

»Aber es war wunderschön, Paul, und ich bin dir sehr dankbar.«

»Es war wunderschön, Tine«, stimmte er zu. »Deinetwegen. Ich habe dir zu danken.« Scheu, so als hätte er es noch nie zuvor getan, küsste er sie. Und sie konnte sein Herz an ihrer Brust fühlen.

Einen Augenblick standen sie noch über der Klippe und blickten hinüber zur Düne, wo sie sich im frühen Herbst nähergekommen waren. Ein einsames Licht leuchtete ihnen von dort. »Schön«, flüsterte Tine. Paul nickte. Dann führte er sie nach Hause, an St. Nicolai vorbei und die Kirchenstraße hinunter bis zum Falm, wo sie die Treppe ins Unterland hinabstiegen. Zum kleinen Häuschen von Frau Liebrecht waren es nur noch ein paar Schritte, da zog Paul Stöver Tine in seine

Arme und umschlang sie so fest, als wollte er sie nie wieder hergeben. »Paul«, flüsterte sie. »Was machst du?«

»Ich versuche, Mut zu fassen.«

»Mut?«

»Mut, Tine Heesters. Denn ich mag zwar eine Auszeichnung für Tapferkeit erhalten haben, aber in den wichtigsten Augenblicken des Lebens nützen alle Orden und Ränge nichts. Da ist ein Mann nur ein einsamer Mensch.«

Tine löste sich und blickte ihm in die Augen. »Was ist mit dir, Paul?«

»Ich … ich möchte … nein, ich muss …«

»Du musst was, Paul?«

»Ich muss es tun.«

»Es tun?«

»Dir die Frage stellen.«

Da wusste Tine, dass all die leichtsinnige Unbeschwertheit dieser Freundschaft mit Paul Stöver vorbei war. Denn natürlich wusste sie, welche Frage er zu stellen sich vorgenommen hatte. Und sie fürchtete diese Frage. *Auf diesen wunderschönen Abend, Tine Heesters,* hatte Paul gesagt. *Darauf, dass er nie vorübergehen möge. Darauf, dass du ihn mit mir verbringst. Und darauf, dass er unvergesslich werden möge.*

Er holte tief Luft, schloss die Augen. Plötzlich war er ganz ernst. »Tine, du bist die Frau, mit der ich mein Leben verbringen möchte«, erklärte er. »Ich habe es gewusst, als du in mein Boot gestiegen bist. Und ich habe es so deutlich gespürt, dass es beinahe wehgetan hat, als du mich geküsst hast, drüben auf der Düne …«

»*Du* hast *mich* geküsst, Paul Stöver«, verbesserte Tine in dem Versuch, scherzhaft zu klingen. Doch Paul hob die Hand. »Ich habe es seither in jedem Augenblick gewusst. Mir ist klar, dass ich keine besonders gute Partie bin, Tine. Ich werde wahrscheinlich in meinem Leben niemals mehr als der Inselkramer sein. Aber ich würde der beste Ehemann der Welt sein und der beste Vater, den man sich vorstellen kann, Tine, das schwöre ich. Deshalb …« Er musste schlucken, öffnete die Augen wieder und blickte sie jetzt ganz fest an. »Deshalb möchte ich dich bitten, meine Frau zu werden.«

Eine Weile schwiegen sie beide. Tine versuchte, nicht zu weinen, sie versuchte, tapfer stehen zu bleiben, auch wenn ihre Beine zu versagen schienen. Sie versuchte, klar zu denken, doch in ihrem Kopf ging alles durcheinander. Sie wusste, dieser junge Mann war ein ganz Besonderer. Sie wusste, sie genoss die Zeit mit ihm. Sie wusste, er würde alles für sie tun. Aber sie wusste auch, dass sie ihn nicht heiraten konnte. Denn sosehr sie seine Aufmerksamkeiten und seine Bewunderung genoss, so sehr sie sich in seiner Gegenwart wohlfühlte und so wundervoll es war, Zärtlichkeiten mit ihm auszutauschen, so unvermittelt wurde ihr in diesem Moment bewusst, dass sie ihn mochte – aber eben nicht liebte. Nicht genug, um ihn für den Rest ihrer beider Leben glücklich machen zu können. »Eine Ehe ist eine ernste Sache«, flüsterte sie.

»Ich weiß, Tine«, flüsterte er zurück. »Ich möchte, dass aus unserem Spiel etwas Ernstes wird. Ernst und trotzdem fröhlich und schön.«

»Das verstehe ich, Paul.«

»Also darf ich hoffen, dass du ja sagst?« Plötzlich schien der Schrecken einer Absage vor ihm zu stehen, so schockiert sah er aus. »Hoffen darf ich doch, Tine? Du musst nicht gleich antworten. Ich will nur … ich will nur hoffen.«

Es wäre der Moment gewesen, ihm die Wahrheit zu sagen. Ihn wegzuschicken und seine Träume zu zerstören. Doch Tine brachte es nicht über sich. Sie sah diesen liebenswerten jungen Mann vor sich, der in seinem Frack elegant und frech zugleich aussah, dessen Wangen von der eisigen Nachtluft und vom Alkohol gerötet waren, der sie mit großen, liebenden und verzweifelten Augen ansah. Und sie sagte, was sie im selben Augenblick bereute: »Es gibt immer Hoffnung, Paul.«

* * *

Viertes Kapitel

Der Heiligabend präsentierte sich mit Schnee und eisiger Kälte. Auf der Kirchenstraße rutschten die Kinder über eine Eisbahn, die sich über Nacht gebildet hatte. Es herrschte eine unbeschwerte Stimmung auf Helgoland, auch wenn die meisten Insulaner ihre Häuser kaum verließen. Am Morgen wurden noch einige schnelle Einkäufe erledigt, am Mittag wurden die letzten Stuben geschmückt, die Dämmerung brach schon früh herein, und überall lag Vorfreude in der Luft.

In Frau Liebrechts Kate allerdings war die Stimmung gedämpft. Tine machte sich Sorgen. Die alte Hebamme war kaum aus ihrer Kammer aufgetaucht. Sie war blass und abgezehrt. Die Brille hatte sie schon tagelang nicht mehr aufgesetzt. Wozu auch, sie sah ja ohnehin nichts mehr. Wenn sie sich durchs Haus bewegte, dann tastete sie sich mit ihren zitternden Händen an Wänden und Möbeln entlang.

Tine hatte ihr zu Weihnachten ein Paar warme Hausschuhe gekauft, denn die alten, die sie trug, hatten längst Löcher. Gefütterte Pantoffeln, das war etwas Nützliches, das Frau Liebrecht bestens brauchen konnte. Eine teure Anschaffung für Tine, die in dieser Zeit auf jeden Pfennig sehr achten musste, denn außerhalb der Saison gab es von einigen Näharbeiten für die größeren Pensionen und Hotels keine Arbeit, für die sie bezahlt wurde. Wenn sie der Hebamme bei den Geburten half, bekam sie natürlich einen Anteil am Lohn. Aber in diesen Wochen schienen sich die Frauen der Insel verschworen zu haben, keine Kinder zur Welt bringen zu wollen.

Das Abendbrot war ein ganz besonderes. Tine hatte Hummer besorgt, den Stövers seit dem letzten Fang im November aufs Eis in ihrem Keller gelegt hatten. Dazu gab es eine Flasche Riesling aus dem Haushalt des Pastors, die Frau Thevessen am Morgen persönlich mit guten Wünschen vorbeigebracht hatte. Dennoch war es ein schweigsames Gericht, bei dem die beiden Frauen zusammensaßen. Als Tine die Teller abgewaschen und weggeräumt hatte, bat Frau Liebrecht: »Sing mir doch ein paar schöne Lieder vor, bitte. Das wäre mir eine Freude.«

»Na ja, ich bin nicht Fritzi«, erklärte Tine.

»Auch du hast eine schöne Stimme«, stellte die alte Frau fest. »Kannst du das Lied von der Stillen Nacht?«

»Natürlich«, sagte Tine. Und sie sang es für die Hebamme, die stumm in Erinnerung an frühere Weihnachtsfeste einige Tränen vergoss. »Adeste fideles« stimmte Tine an und noch ein, zwei weitere besondere Lieder. Schließlich nickte die alte Dame und bedankte sich bei ihr. »Die Glocken rufen zur Mette.«

Tatsächlich hatten die Glocken von St. Nicolai leise zu läuten begonnen. Tine öffnete ein Fenster, damit Frau Liebrecht den Klang besser hören konnte. Die Hebamme würde dieses Jahr nicht zur Christmette mitkommen. Blind und mit wackeligen Beinen traute sie sich das nicht mehr zu. Daran änderte auch nichts, dass der Pastor persönlich Hilfe angeboten hatte, als er am Vorabend bei ihr geklopft hatte, um sich nach ihrem Befinden zu erkundigen. »Lauf, Tine«, sagte die alte Frau bestimmt. »Es ist Zeit. Ich lausche noch ein bisschen auf die Glocken, dann gehe ich zu Bett.«

»Sind Sie sicher, dass ich nicht bleiben soll, Frau Liebrecht?«

»Ganz sicher.«

Also warf Tine sich den Mantel über und eilte hinauf ins

Oberland, um die heilige Mette zu besuchen, den Worten des Pastors und der magischen Stimme ihrer kleineren Schwester zu lauschen, die wie stets über allen anderen Stimmen des Chors schwebte. Nicht weit von ihr entfernt entdeckte sie Paul Stöver, den sie die letzten drei Tage seit dem Ball nicht gesehen hatte. Als sie einmal im Kramerladen zum Einkaufen war, hatte sie absichtlich eine Zeit ausgesucht, von der sie annahm, dass er nicht da sein würde. Denn sie wusste nicht, wie sie sich ihm gegenüber verhalten sollte, ja fast hatte sie ein wenig Angst, mit ihm zusammenzutreffen. Hätte sie ihn nicht so gern gemocht, alles wäre viel einfacher gewesen. So aber wusste sie nicht, was sie ihm sagen sollte. Doch, sie wusste es. Sie wusste nur nicht, *wie* sie es ihm sagen sollte. Und das war noch schlimmer.

Und so kam es, dass Tine nach der Mette nur ganz kurz nach vorne lief und Fritzi umarmte, Simon umarmte, der ebenfalls ganz nah beim Chor war, dem Pastor und seiner Frau ein gesegnetes Weihnachtsfest wünschte und dann so schnell wie möglich durch die Seitentür hinausschlüpfte und nach Hause lief.

Schon aus der Entfernung sah sie, dass etwas nicht stimmte. Frau Liebrechts altes Häuschen sah seltsam aus. Als sie näher kam, wurde ihr klar, dass es an diesem schwarzen Loch lag, das eigentlich das Fenster war. Doch dieses Fenster stand weit offen, trotz der eisigen Kälte. Und drinnen war es stockdunkel. Hastig sperrte Tine auf und trat ein. Drinnen war es kaum wärmer als draußen. Ein Schauder jagte ihr über den Rücken. Sie tastete sich durch den Flur zur Stubentür, trat ein und fand die alte Frau auf der Bank am Tisch liegend vor. Das Fenster darüber war immer noch geöffnet, so wie sie es aufgemacht hatte, um das Glockenläuten hereinzulassen. Doch auch die Kälte war hereingekommen. »Frau Liebrecht?« Tine kniete sich neben die alte Dame, die leise seufzte. »Frau Liebrecht?«

»Kindchen, ist die Mette schon zu Ende?«

»Sie dürfen hier nicht in der Kälte liegen! Kommen Sie! Ich bringe Sie in Ihre Kammer.«

»Aber es ist doch gar nicht kalt, Kindchen.«

Und tatsächlich: Die alte Frau glühte.

***

Tine hatte die Tür zu Frau Liebrechts Kammer nicht geschlossen. Sie war auch nicht ins Bett gegangen, sondern hatte den Ofen in der Stube wieder geschürt, nachdem sie das Fenster geschlossen und mit einer zusammengerollten Decke gegen Zugluft abgedichtet hatte. Dann war sie dort auf dem Bänkchen irgendwann in einen leichten Dämmerschlaf gesunken, aus dem sie immer wieder unvermittelt hochgeschreckt war, wenn die Hebamme in ihrem Bett stöhnte oder Unverständliches murmelte. Warum nur war sie aus dem Haus gegangen, ohne Frau Liebrecht sicher und warm zu wissen? Sie hätte ahnen können, dass es kein guter Gedanke war, sie am geöffneten Fenster sitzen zu lassen. Aber sie hatte es nicht geahnt, war mit den Gedanken woanders gewesen. Bei der Mette, der Weihnacht, bei Fritzi – und bei Paul, den sie natürlich sehen würde in der Kirche.

Bittere Vorwürfe machte sich Tine, zumal Frau Liebrecht am nächsten Morgen von Fieberschüben, Schüttelfrost und Hustenanfällen geplagt wurde. Wieder und wieder umwickelte Tine die Waden der alten Frau mit feuchten Tüchern, um die Hitze abzuleiten, flößte ihr behutsam etwas kalte Suppe ein, trug den vollen Nachttopf weg und brachte einen leeren. Bald wich sie nicht mehr von ihrem Bett, bereit, alles zu unternehmen, was es nur brauchte, um der Hebamme Erleichterung zu verschaffen. Mehrmals half sie ihr aus dem durchgeschwitzten

Nachthemd, jedes Mal schockiert, wie abgemagert die alte Frau inzwischen war, streifte ihr ein neues Hemd über und wusch das benutzte rasch in der Küche, um es über dem Herd zum Trocknen aufzuhängen. Es war ein mühsamer Tag, aber Tine empfand das als absolut gerecht. Denn wäre sie aufmerksamer gewesen, die alte Frau wäre nicht in diese schreckliche Lage gekommen.

Als am Abend das Fieber immer noch nicht gesunken war, hielt Tine es nicht mehr aus. »Ich muss kurz weg, Frau Liebrecht«, sagte sie. »Bitte bleiben Sie liegen, versprechen Sie mir das?«

Die alte Frau nickte gottergeben, obwohl Tine sich nicht einmal sicher war, ob sie überhaupt verstanden hatte, was sie gesagt hatte. So schnell wie möglich lief sie zum Oberland hinauf und in die Augustastraße, wo Doktor Bell sein Wohnhaus und seine Praxis hatte. »Bitte, Herr Doktor«, erklärte sie, kaum Luft bekommend, »wir brauchen Sie unten.«

»Eine Geburt? Wieso weiß ich denn nichts davon, Herrgott nochmal!«, polterte der Arzt.

»Keine Geburt«, keuchte Tine. »Es geht um Frau Liebrecht. Sie ist krank.«

»Ich komme gleich«, beschied der Arzt und drängte Tine aus der Tür. Wie froh sie war, dass es einen Arzt gab, jetzt, da er wirklich nötig war, auch wenn sie lieber nicht daran dachte, wie es Anne Rüger ergangen war. Aber letztlich war das wohl auch nicht die Schuld von Doktor Bell gewesen. Vielleicht hätte er die Frau retten können, wenn man ihn früher geholt hätte. Hastig rannte Tine den Weg zurück, auf den eisigen Gassen, um nur, so schnell es ging, wieder bei der alten Hebamme zu sein.

Als der Arzt kam, hatte sie beinahe eine halbe Stunde gewartet. Sie blickte zur Uhr. Nach elf am Abend, am ersten Weihnachtstag. Natürlich war das nicht die Art von Aufgabe, die ein Arzt schätzte: an einem der heiligsten Tage des Jahres aus dem Kreis seiner Familie gerissen zu werden, um ans Krankenbett einer störrischen Alten zu eilen. Tine konnte es ihm nicht verdenken, dass er sich nicht mehr beeilt hatte. »Und?«, fragte sie ihn, als er aus Frau Liebrechts Kammer kam.

»Eine akute Pneumonie«, stellte er nüchtern fest.

»Pneumonie?«

»Lungenentzündung.«

»Das klingt nicht gut.«

»Wie lange geht das schon so?«

»Sie ist seit längerem kränklich.«

»Frau Heesters!«, fuhr der Arzt Tine an. »Das ist hier keine Angelegenheit, bei der es um Unpässlichkeiten geht!« Er warf sein Stethoskop in die Tasche und blitzte sie an. »Manchmal wäre es hilfreich, wenn man den Arzt nicht erst ruft, wenn es schon zu spät ist.«

»Zu spät?«, flüsterte Tine erschrocken. »Zu spät wofür?«

»Für medizinische Maßnahmen, Frau Heesters.« Er setzte seinen Hut auf. »Ich wünsche noch einen schönen Weihnachtsabend.«

»Aber … aber was soll ich denn jetzt tun?«

»Wenn Sie mich so fragen: beten.« Er nickte und war im nächsten Augenblick durch die Tür. Tine aber stand schockiert und verloren im Flur der kleinen Kate, während hinter ihr die alte Frau in ihrem Bett leise vor sich hin stöhnte und dann von einem Hustenanfall geschüttelt wurde.

***

Annegret Liebrecht tat ihren letzten Atemzug am letzten Tag des Jahres gegen fünf Uhr morgens. Gegen drei Uhr hatte sie nach Tines Hand gefasst und erschrocken die Augen aufgerissen. Dann hatte sich eine eigentümliche Milde auf ihrem Gesicht ausgebreitet. Der Husten schien nachgelassen zu haben, und in Tine war ein zarter Hoffnungsschimmer aufgezogen. Gerade als sie sich für einen Moment ihrer Müdigkeit hingeben wollte und im Begriff war, auf dem Stuhl neben Frau Liebrechts Bett einzunicken, hörte sie die Stimme der alten Frau: »Den Pastor.«

»Bitte?«

»Den Pastor. Hol ihn, bitte.«

Da hatte Tine gewusst, dass es zu Ende ging. Sie hatte nicht widersprochen, hatte keine beruhigenden Worte gesucht, weil sie wusste, dass die alte Hebamme auch in den schwärzesten Stunden stets den Trost in der Wahrheit gesucht hatte und nicht in einer schönen Lüge. »Ich beeile mich«, sagte sie. Und sie beeilte sich, rannte hinauf ins Oberland, klingelte Pastor Thevessen aus dem Schlaf, hetzte wieder zurück an Frau Liebrechts Bett, um sein Eintreffen dort zu erwarten und der alten Frau beizustehen. Und dann hielt sie ihre Hand, während sich der Pastor auf das Bett setzte und gemeinsam mit den beiden Frauen betete. Sie hatten kaum das »Amen« gesprochen, da griff Frau Liebrecht nach dem Ärmel des Pastors. »Das Haus«, flüsterte sie mühsam. »Ich möchte, dass Tine es bekommt.«

»Dafür braucht es ein Testament, Frau Liebrecht«, entgegnete Pastor Thevessen. »Haben Sie denn eines gemacht?«

Die alte Frau nickte. »Es liegt in meinem …« Unter größter Not holte sie Luft. »Nachtkästchen.«

»Dann ist es gut«, sagte der Pastor. »Sie haben Ihr Feld bestellt, jetzt können Sie nach Hause gehen.«

»Ja«, seufzte die alte Hebamme. »Nach Hause gehen. Das … das will ich tun. Danke für alles.«

»Wir müssen Ihnen danken, Frau Liebrecht«, sagte der Pastor mit leiser Stimme, und tat dann etwas, was Tine noch nie gesehen hatte: Er beugte sich zu ihr herab und küsste sie sanft auf die Stirn. Da wurde ihr bewusst, dass Frau Liebrecht auch ihn zur Welt gebracht hatte, als sie noch eine ganz junge Frau und gerade erst Hebamme gewesen war.

Und nun half er ihr aus der Welt.

Pastor Thevessen blieb, bis Frau Liebrecht ihren letzten Gang vollbracht hatte. Dann stand er auf, umarmte Tine, strich ihr übers Haar und verließ dann schweigend die kleine Kate.

Allein saß Tine neben dem Leichnam der Frau, der sie so viel zu verdanken hatte. So vieles hatte sie von ihr gelernt, ihr verdankte sie, dass sie eine Aufgabe und ein neues Obdach auf der Insel gefunden hatte. Und nun war sie durch die Großzügigkeit dieser besonderen Frau zur Besitzerin eines Häuschens auf Helgoland geworden. Eines sehr kleinen, alten, einfachen Häuschens, gewiss, aber dennoch: Mit diesem Grund und Boden war Tine Heesters endgültig eine Einheimische geworden.

Lange saß sie neben dem schmalen, zerbrechlichen Körper der Verstorbenen, abwechselnd übermannt von Trauer und Müdigkeit, bis irgendwann jemand an der Tür klopfte. Mit schmerzendem Rücken und schweren Beinen stand sie auf und öffnete. Es war Paul Stöver, der draußen stand. »Ich habe es eben gehört«, sagte er nur. Dann trat er ein, begleitete Tine wie selbstverständlich in Frau Liebrechts Kammer und setzte sich zur Totenwache mit ihr hin. Und Tine spürte einmal mehr, wie tröstlich es war, einen Menschen bei sich zu wissen, der Freud und Leid teilte. Vor allem Leid. Denn das trug man so viel schwerer alleine.

***

III.

Wege des Schicksals

Helgoland, 1907

Erstes Kapitel

Tine hatte sich gerade zu Bett gelegt, als es an ihrer Haustür klopfte. Sie kannte diese Art des Klopfens. Es war kräftig, hektisch, drängend: So klopften die Männer, wenn sie die Hebamme zu ihren Frauen holten, weil das Kind sich ankündigte. Sie hatten es immer eilig, obwohl meist noch viel Zeit verging, bis die Geburt wirklich vor sich ging.

»Ich komme, Paul!«, rief Tine, denn sie wusste, dass es nur Paul Stöver sein konnte, dessen junge Frau Hannah mit ihrem ersten Kind in den Wehen lag. Vermutlich war die Fruchtblase geplatzt, und nun waren alle voller Sorge und Hektik, zumal es im Hause Stöver auch keine zukünftige Großmutter gab: Heidemarie Stöver, Pauls Mutter, war vor einem Jahr verstorben, kurz nachdem der Sohn geheiratet hatte. Man hatte damals gesagt, sie habe diese Hochzeit noch erleben wollen, ehe sie sich dem Herrgott ergab. Zwei Männer also und eine Frau, die zum ersten Mal in den Wehen lag, das bedeutete immer, dass man als Hebamme gleich mehrere Patienten zu betreuen hatte. Oft waren die zukünftigen Väter schwieriger zu handhaben als die werdenden Mütter.

Augenblicke später öffnete Tine die Tür und stand in der Tat dem Mann gegenüber, mit dem sie einige Zeit etwas erlebt hatte, was man eine Romanze nannte. Er sah erschöpft aus. Der Schalk in seinen Augen war einem tiefen Ernst gewichen. »Tine! Was bin ich froh, dass du da bist …«

»Was dachtest du denn?«, erwiderte sie, während sie ihren Mantel von der Garderobe nahm. Es war ein kalter Februarabend, der Wind zog schneidend durchs Unterland. Aber auf dem Oberland würde er noch viel heftiger wehen. Zum Glück mussten sie dort nicht hin, denn Stövers wohnten über ihrem Laden, zu dem sie nur hundert Meter die Gasse entlanglaufen mussten.

Blass war die junge Frau, ein beinahe ätherisches Wesen. Dass Paul sich für sie entschieden hatte, darüber hatte Tine sich durchaus gewundert. Obwohl man nicht bestreiten konnte, dass sie hübsch war: das etwas rundliche Gesicht wurde von einem fröhlichen roten Haarschopf umrahmt, der jetzt allerdings fast schwarz wirkte, weil er vom Schweiß völlig durchnässt war. Und auf dem porzellanartigen Gesicht trug Katja Stöver ab dem Frühjahr stets Sommersprossen, als hätte man sie ihr mit einem Pinsel übers Gesicht gespritzt. Sie war kaum älter als zwanzig Jahre, während Paul inzwischen die dreißig überschritten hatte. Als Tine eintrat, fuhr ihr gerade der Schmerz durch den Leib und rang ihr ein heftiges Stöhnen ab, sodass der Schwiegervater, der neben ihr saß, die Hände vors Gesicht schlug.

»So«, sagte Tine in ihrem beruhigendsten Tonfall und stellte ihre Tasche neben der jungen Frau auf den Tisch. »Nun wollen wir mal sehen, wie weit es mit dem Kindchen ist. Ob uns die Herren wohl für einen Moment alleine lassen könnten?« Sie wandte sich Paul und seinem Vater zu, die nur dankbar schienen, den Raum verlassen zu dürfen. Dann setzte sich Tine zu der Frau, legte ihr eine Hand auf die Stirn und fühlte mit der anderen den Puls. »Es ist wichtig, dass du dich ein wenig beruhigst, Katja«, sagte sie, gerade so, als wäre sie ihre Mutter oder ihre große Schwester. Sie nahm ein Fläschchen mit Baldrianessenz aus ihrer Tasche und flößte Katja Stöver etwas davon ein. »Das riecht zwar scheußlich, wirkt aber wunderbar entspannend«, erklärte sie. »Warte es nur ab.« Dann schlug sie die Decke zurück, rieb sich die Hände mit Alkohol ein und tastete dann ganz behutsam den Bauch der jungen Frau ab. »Gut«, stellte sie fest. »Es hat sich schon ein wenig gedreht.«

»Gedreht?«

»Es muss sich drehen«, erklärte sie. »Sonst wird die Geburt sehr schwer. Nur wenn das Köpfchen nach unten zeigt, kann das Kind leicht herauskommen.«

Alles, was Frau Liebrecht ihr beigebracht hatte, wusste Tine längst mit größter Ruhe anzuwenden – und manches auch, was sie sich selbst aus klugen Büchern angelesen hatte, seit sie alleine als Hebamme auf der Insel arbeitete. »Du weißt, dass es eigentlich Vorschrift ist, auch einen Arzt hinzuzuziehen?«

Hannah Stöver nickte.

»Aber das möchtest du nicht?«

Sie schüttelte den Kopf. Viele Frauen schickten nicht nach dem Arzt, wenn sie niederkamen. Die einen nicht, weil sie es sich nicht leisten konnten, die anderen nicht, weil sie fanden, dass ein Mann bei einer Geburt nichts zu suchen habe. Tine war es gewöhnt, und selbst Doktor Bell schien sich damit abgefunden zu haben, dass er zwar das Recht und die Pflicht hatte, Geburten zu begleiten, oft aber eben nicht die Möglichkeit. Niemand konnte ja einer Frau verbieten, ihr Kind alleine zur Welt zu bringen. Und dass eine Hebamme vor Ort war, das erfuhr man eben ganz einfach oft nicht.

Als die Wehen wiederkamen, übte Tine mit Hannah Stöver das richtige Atmen. Es war eigentlich erstaunlich, wie schwer es vielen Frauen fiel, die nötige Ruhe zu finden. Andererseits: Tine hatte selbst ein Kind zur Welt gebracht und wusste, wie groß der Unterschied zwischen dem Wissen und dem Tun war. In der Theorie war es einfach, sich ganz und gar zu entspannen, um dem Kind den Weg so leicht wie möglich zu machen, in der Praxis war es eine unglaubliche und oft eben auch eine unmögliche Herausforderung.

Es dauerte mehr als fünf Stunden, bis das Köpfchen endlich im Freien war. Sacht drückte Tine auf den Oberbauch, um es noch ein wenig weiter zu bewegen, während sie es mit der anderen Hand empfing. Ja, empfing. Denn eine Geburt bedeutete immer auch einen Empfang auf dieser Welt. Und dieser Empfang, davon war Tine zutiefst überzeugt, sollte ein liebevoller sein. Einer, der nicht nur vom Schreien und Stöhnen der Gebärenden und von den Befehlen einer resoluten Hebamme oder eines strengen Arztes begleitet wurde, sondern von zarten Händen und guten Worten. Eigentlich, so hatte sie es sich schon manches Mal überlegt, müsste sie ihre Schwester mit zu den Geburten nehmen, damit Fritzi die Neugeborenen mit ihrem zauberhaften Gesang auf Erden begrüßte. Aber das wäre vermutlich auf Skepsis gestoßen, zumal in vielen Familien das Kinderkriegen ja durchaus eine beinahe alltägliche Sache war: Man bekam mehr Kinder, als man ernähren konnte. Auf Helgoland war das nicht so verbreitet wie in den Armenvierteln von Hamburg, wo Tine aufgewachsen war. Aber es war eben doch auch nicht unüblich.

Erschöpft, aber glücklich nahm Hannah Stöver ihr winziges Kind in die Arme. Tine hatte die Nabelschnur mit dem Messer durchtrennt, das ihr einst Meister Herzfeld im Gängeviertel geschenkt hatte. Es war ihr Talisman. Wenn sie dieses Messer benutzte, so bildete sie es sich jedenfalls ein, dann würde alles gut werden. Und tatsächlich war ihr zumindest noch kein Säugling bei der Geburt gestorben, wenn sie es verwendet hatte! »Es ist ein Junge, Katja. Ich gratuliere!«

»Danke«, flüsterte die weinende Mutter.

»Hast du schon einen Namen?«

»Paul«, sagte sie und drückte ihre Wange an seine zarte Stirn. »Wie sein Vater.«

»Das ist ein schöner Name«, erwiderte Tine. »Und eine schöne Tradition.« Auch Paul Stövers Vater hieß ja Paul. Der erstgeborene Sohn trug den Vornamen des Vaters, so hielt man das seit jeher. »Und Michel«, ergänzte die junge Frau. »Wie mein Vater selig.«

»Ich wünsche ihm ein langes und glückliches Leben«, sagte Tine. »Und jetzt sage ich den Männern Bescheid.«

Sie trat nach draußen, müde, erschöpft und zugleich dankbar, dass alles gut gegangen war. Sie würde sich noch um die Nachgeburt kümmern müssen. Das konnte etwas dauern. Aber nun war es Zeit, Paul von seinem Sohn zu berichten. Sie fand ihn am Fenster der Stube stehen und in die Nacht hinausstarren. »Ein Junge, Paul. Gratuliere. Er ist gesund und ganz besonders hübsch.«

Mit einer seltsamen Mischung aus Freude und einem anderen Ausdruck, den Tine nicht so recht zu deuten wusste, drehte er sich zu ihr um und nickte. »Danke, Tine. Tausend Dank.« Ein Schritt, und er war bei ihr, nahm ihre Hände in seine und führte sie an die Lippen. Tine sah sich um. Doch der alte Stöver war nicht im Raum. »Er hat sich hingelegt«, flüsterte Paul. »Er ist alt.« Tine wollte ihre Hände zurückziehen, doch er ließ sie nicht los, sondern küsste sie wieder und wieder. »Paul, bitte!«, flüsterte Tine. »Du bist gerade Vater geworden! Deine Frau liegt nebenan mit deinem Kind am Busen.«

»Ich weiß, Tine«, erwiderte er, beinahe schluchzend. »Damit ist alles entschieden.«

»Entschieden? Was ist entschieden, Paul?«

»Alles. Ein Kind, das bedeutet, dass es kein Zurück mehr

gibt.« Er ertrank geradezu in ihrem Blick, während er ihre Hand nahm und sie auf seine Wange legte. »Nun werde ich auf ewig ihr Mann sein und sie mein Weib.«

»Aber das ist es doch, was du ihr am Altar versprochen hast, Paul!« Empört befreite Tine sich aus seinen Händen.

»Ich weiß, Tine. Ich weiß. Und doch ...«

»Geh jetzt zu ihr. Und zu deinem Sohn.«

Er nickte. Dann straffte er sich und trat an die Tür zu Katja Stövers Kindbett. »Und doch, Tine«, flüsterte er noch einmal.

»Und doch was, Paul?« Aber sie wusste es ja, was er sagen wollte, und sie hatte Angst davor, es zu hören. Denn mit seinen Worten verletzte er zwei Frauen, seine Ehefrau und sie: »Und doch werde ich immer nur dich lieben, Tine Heesters. Bis ans Ende meiner Tage.«

»Ich bin nicht deine Frau, Paul.«

»Nein, Tine, das bist du nicht.« Und so leise, dass sie es nur ahnen konnte, fügte er hinzu: »Aber du bist die Frau meines Lebens.«

***

Wenn sie nach einer Geburt nach Hause kam, fühlte Tine oft eine seltsame Mischung aus Zufriedenheit und Leere in sich. Einerseits war sie froh, an einem so wundervollen, ja geradezu heiligen Akt mitgewirkt zu haben, andererseits schlug ihr die Einsamkeit wie ein kalter Hauch entgegen, wenn sie die Tür zu dem kleinen Häuschen öffnete, das ihr Frau Liebrecht vererbt hatte. Dann setzte sie sich meist in die Küche und machte sich einen Kaffee, den sie mit etwas Milch und viel Zucker trank und der sie tröstete. Manchmal leistete ihr Schnurrchen Gesellschaft, der inzwischen herausgefunden hatte, wo Tine nun wohnte und dass es bei ihr immer ein Schälchen Milch für ihn gab. Doch die meiste Zeit fühlte Tine sich einsam in dem alten Häuschen. Immerhin: Diesen Sommer würde endlich Jette aus Stade nach Hause zurückkehren. Dann wäre alles wieder anders. Bis dahin gab es viel zu tun. Die Saison begann im nächsten Monat, sobald es wieder regelmäßigen Schiffsverkehr zwischen der Insel und dem Festland gab. Dann würde sie jede Menge Arbeit haben, die beiden Hotels, wie all die Jahre schon, mit schönen Blumen auszustatten. Sie freute sich darauf. Nicht nur, weil dann die Zeit, in der sie nahezu jeden Pfennig umdrehen musste, bevor sie ihn ausgab, vorüber war, sondern vor allem, weil die Arbeit mit den Pflanzen nach wie vor das Schönste war, womit man sich beschäftigen konnte. Sie war wie ein Jungbrunnen für Tine. Wenn sie Blumen pflückte, Sträußchen band, Gestecke anfertigte, wenn sie Sträucher pflegte oder Zwiebeln in die zahllosen Töpfe setzte, die sie inzwischen nicht mehr nur im Gartenhaus der Pastorei, sondern auch in dem Schuppen hinter ihrem eigenen Häuschen hatte, war sie beinahe wieder das fünfzehnjährige Mädchen, das einst die Rieselwiesen am Elbstrand durchstreifte und mit seinen Körben nach Hamburg lief. Zumal die Körbe, die sie hier benutzte, jenen von damals so ähnlich waren, als hätte sie sie aus ihrer Heimatstadt mit hierhergebracht.

Müde und erschöpft beobachtete Tine durch das Fenster ihrer kleinen Kate den Sonnenaufgang hinter der Düne. Es war ein windstiller Tag, weshalb einige der Fischer hinausfuhren in der Hoffnung, ihre Lagerbestände etwas aufzubessern. Gerade war sie dabei, den nötigen inneren Frieden zu finden, als sie plötzlich spürte, wie es ihr in den Nacken tropfte. Erschrocken blickte sie auf: Die Decke über ihr war von einem großen, dunklen Fleck gezeichnet. Und in der Mitte dieses Flecks hing bereits der nächste Tropfen. Tine rückte zur Seite und beobachtete bestürzt, wie eine winzige Wasserkugel auf der Sitzbank zerplatzte. Gestern hatte es geregnet, erinnerte sie sich. Offenbar hatte das Wasser eine Weile gebraucht, nun aber die Zimmerdecke durchdrungen – und darüber musste es das Dach durchdrungen haben. Das Dach! Vor einigen Tagen war noch einmal ein schwerer Sturm über die Insel gerollt, hoffentlich der letzte in diesem Winter, ganz sicher aber der heftigste. Die Schutzmauern auf der Westseite der Insel hatten beträchtliche Schäden davongetragen. Aber immerhin waren die Bewohner selbst weitgehend verschont geblieben, anders als auf Juist, wo die Sturmflut die halbe Insel verwüstet hatte. Und nun stellte sich heraus, dass es eben doch Schäden gab.

Es war der Moment, in dem sich alle Verzweiflung, alle Traurigkeit, alle Einsamkeit Bahn brach und Tine sich von Tränen übermannen ließ. Sie hatte so viele Jahre gekämpft, Entbehrungen ertragen, sich durchgebissen, war wieder und wieder einfach weitergelaufen und immer weiter, ohne sich umzusehen, ohne zu zweifeln – aber natürlich auch ohne Wahl. Denn sie hatte ja immer kämpfen müssen. Ob als Kind in einer bitterarmen Familie oder als Mädchen am Hamburger Hafen, ob als einsame junge Frau auf Helgoland, als Zimmermädchen oder wenig später schon als Witwe mit Kind und ohne einen Pfennig. Das Leben hatte Tine keine Geschenke gemacht, aber sie hatte es immer offen angenommen und stets das Beste aus den Umständen gemacht, selbst wenn diese Umstände so schwierig waren, wie man es sich nicht hätte ausmalen können.

Und dann fällt ein einziger Tropfen Wasser von der Decke und … Sie musste lachen, so absurd erschien ihr diese Situation plötzlich. Ein einzelner Tropfen fiel herab, und sie brach in Tränen aus und wusste nicht mehr, was tun. »*Ein* Regentropfen«, lachte sie zugleich, während sie sich die Tränen aus den Augen wischte. »*Ein* Tropfen!« Schließlich legte sie sich auf die nackte Bank und vergrub das Gesicht in den Händen, um sich ganz der Verzweiflung hinzugeben. Ein Haus zu haben, das wäre ein Traum gewesen früher. Aber jetzt, allein und ohne Geld, war es eine Last. Eine Last, die sie nicht schultern konnte.

Nach einiger Zeit nahm der Gedanke in ihr Form an, Reimers zu fragen, ob er das Dach zumindest notdürftig flicken konnte. Er war zwar kein Dachdecker, aber als Bootsbauer wäre das sicherlich eine leichte Aufgabe für ihn. Reimers waren gute Freunde, er würde nicht zögern, Tine zu helfen. Vielleicht konnte sie auch Thevessens bitten, ihr einen kleinen Geldbetrag zu leihen, damit sie das Fenster ersetzen konnte, das im Herbst aus der ehemaligen Kammer von Frau Liebrecht gebrochen und seitdem nur noch notdürftig mit einem Brett vernagelt war. Das würde ihr ein klein wenig Zeit erkaufen. Doch letztlich war das Haus heruntergekommen und musste an allen Ecken und Enden ausgebessert werden.

Was sie brauchte, war ein regelmäßiges Einkommen, am besten eines, das auch über die Wintermonate trug, und zwar besser als die Arbeit einer Hebamme. Denn die war schlecht bezahlt und abhängig davon, ob viele oder wenige Kinder zur Welt kamen, ob der Arzt gerufen wurde oder ob die Frau ihr Kind gar ohne Hilfe auf die Welt bringen wollte. Vielleicht sollte sie sich doch noch einmal eine Stelle als Zimmermädchen suchen. Sie war erfahren, sie konnte zupacken, sie war harte Arbeit gewöhnt – und sie kannte sich mit Hotels besser aus als die meisten Frauen, die mit dieser Tätigkeit begannen. Den Gedanken, ausgerechnet im ehemaligen Hotel Heesters anzufangen, verwarf sie gleich wieder. Das Haus Perle kam schon gar nicht in Betracht, dort hätte sie ständig mit Schlüter junior zu tun gehabt. Das Imperial … Wie sollte sie dorthin gehen, ohne immerzu an Henry zu denken? Henry, den sie so sehr geliebt und der sie so allein gelassen hatte. Ach, das Imperial … Zumindest könnte sie mit Alfred sprechen, der ja dort arbeitete. Alfred war inzwischen zum ersten Hausdiener befördert worden. Wenn es einen Menschen auf der Insel gab, dem sie ein gutes Urteil und guten Rat in der Frage zutraute, dann war es Alfred. Ja, ihn würde sie aufsuchen, heute noch.

Das waren ihre Gedanken, als sie endlich in einen Schlaf der Erschöpfung sank, ohne auf die Tropfen zu achten, die weiter von der Decke fielen und leise neben ihr auf der Holzbank zerplatzten.

* * *

Nicht nur war Alfred im Kreise der Bediensteten des Imperial hochangesehen, er verfügte nun auch über eine eigene Kammer, in der er für sich alleine lebte und die geräumiger war als Tines Stube und Küche! »Hübsch hast du es hier!«, stellte sie anerkennend fest, als er ihr einen Stuhl anbot. Ein sehr kleines Tischchen mit einer eleganten Lampe darauf stand an der kleinen Dachluke, durch die ein heller Sonnenstrahl mitten auf sein Bett fiel, das er mit einer schweren Tagesdecke abgedeckt hatte. »Danke«, erwiderte er. »Sagen wir so: Es entspricht den Möglichkeiten.«

Tine lachte. »Du warst noch nie um eine raffinierte Formulierung verlegen.«

Alfred zuckte die Achseln. »Nimmst du Tee? Leider ist er kalt.«

»Gerne«, sagte Tine und sah ihm zu, wie er zwei Tassen aus einem Kästchen an der Wand holte und sie auf den Tisch stellte, wie er aus der Kanne, die unter der Lampe auf dem Tisch stand, erst ihr und dann sich selbst einschenkte. »Danke.«

»Gerne.«

»Wie lange lebst du eigentlich schon hier?«, fragte Tine.

»Diesen Monat sind es einundzwanzig Jahre.«

»Eine lange Zeit.«

»Allerdings. Und es hat sich mächtig was getan in dieser Zeit«, stellte Alfred fest.

Tine lächelte. »Das stimmt. Wenn ich daran zurückdenke, als ich hierherkam. Damals fand ich das alles sehr elegant und glanzvoll. Dabei hätte ich mir gar nicht vorstellen können, wie es mal werden würde!«

Alfreds Lächeln war wehmütig. »Ja, das ging uns wohl allen so, damals. Ich wünschte, die Insel wäre geblieben, wie sie war.«

»Aber sie hat sich doch enorm entwickelt!«, warf Tine ein.

»Findest du? Ja, vielleicht. Sicher. Du hast recht. Aber eben nicht unbedingt zum Besseren. Inzwischen gibt es so viele Tagesreisende, dass man schon gar nicht mehr von einem Kurbad sprechen kann. Sie flanieren über unsere neue Promenade, setzen sich in die Pavillons, bringen Lärm und Gedränge, aber wenig Geld. Viele unserer Stammgäste bleiben nicht mehr so lange wie früher, weil man mit diesen Ausflüglern kaum noch Erholung findet. Dazu kommen die Militärs! Ich weiß nicht, wie viele es sind, aber wenn ich es mit den Kurgästen vergleiche, dann wird sich die Menge wohl die Waage halten. Es müssen jedenfalls über zweitausend sein, die unsere Kaiserliche Hoheit inzwischen hier stationiert hat. Wozu?, frage ich dich. Haben wir hier Marine gebraucht? Bisher nicht. Waffen und Soldaten bringen nichts Gutes, Tine, du wirst sehen. Und dann wird alles immer teurer. Heute kann sich doch eine einheimische

Familie kaum noch das Häuschen leisten, in dem sie lebt. Deshalb verkaufen immer mehr. Das Ergebnis ist, dass noch ein neues Gästehaus entsteht und noch eines und dass noch mehr Gäste auf die Insel kommen.« Offenbar hatte sich all das in Alfred aufgestaut, und er war froh, es endlich jemandem sagen zu können. Jemandem, der verstehen würde, wie ihm zumute war. »Und dann noch diese unzumutbaren Zollbestimmungen. Warum muss es ausgerechnet Brandwein und Tabak und all den Flitter bei uns billiger geben als in den Hansestädten, warum? So kommen keine kultivierten Gäste auf die Insel, sondern die anderen.« Er sprach es bitter aus: »Die, die man lieber nicht will.« Er seufzte: »Es wird nicht besser, Tine.« Mit einem Kopfschütteln wischte er seine trüben Gedanken beiseite. »Aber deshalb bist du nicht zu mir gekommen. Also?« Er lehnte sich mit neugieriger Miene zurück und wartete, dass Tine ihm ihr Anliegen vortrug.

»Also, es ist so, Alfred«, begann sie. »Wie du dir vielleicht denken kannst, ist der Beruf der Hebamme nicht besonders gut bezahlt. Im Grunde geben die Leute, was sie entbehren können. Und das ist bei den meisten nicht viel. Ich kann nicht gut zu den Frauen gehen, die kein Geld haben …« Sie sah ihn fragend an, und er nickte verstehend. »Deshalb muss ich die Hotels mit Blumen ausstatten«, fuhr sie also fort. »Aber natürlich ist auch das keine gut bezahlte Arbeit.« Sie lächelte verlegen.

»Und deshalb hast du überlegt, hier anzufangen«, folgerte Alfred.

»Woher weißt du das?«

»So schwer war das nun nicht zu erraten«, erklärte Alfred und nahm einen Schluck Tee. »Aber als was? Als Zimmermädchen? Das kommt wohl nicht in Frage.«

»Aber ich kann das doch gut!«, fiel ihm Tine ins Wort.

»Gut? Ich würde sagen: Keine kann es besser!«

»Aber was spricht denn dann dagegen?«

»Du als Zimmermädchen? Das ist ja, als wenn man den Papst als Messdiener einsetzt.« Alfred schüttelte den Kopf und lächelte Tine mitleidig an. »Auf so eine Idee kannst auch nur du kommen, Tine Heesters.«

Tine senkte den Kopf. »Du machst dich über mich lustig, Alfred.«

»Überhaupt nicht!«, beeilte er sich zu erwidern. »Im Gegenteil! Ich habe nie eine fleißigere, klügere und eifrigere Frau kennengelernt als dich, Tine. Du bemühst dich immer, und du kannst fast alles besser als alle anderen, und das nach kürzester Zeit. Glaub mir, ich habe dich ja lange genug beobachtet, und ich weiß auch, wie die anderen arbeiten. Du bist eine ganz besondere Frau, Tine.« Leise fügte er hinzu: »Und eine ganz besonders liebenswerte Frau bist du auch. Unter anderen Umständen hätte ich …«

»Hättest du was, Alfred?«

»Ach, nichts.« Er schüttelte den Kopf. »Glaub mir, es wäre eine Verschwendung, dich Zimmermädchen sein zu lassen. Du hast eine bessere Stellung verdient, und du kannst in einer verantwortungsvolleren Position weit mehr leisten. Und weit mehr verdienen.«

Tine seufzte. »Darum geht es mir gar nicht, Alfred. Ich möchte nur … ich brauche nur … Sicherheit. Einen regelmäßigen Lohn.« Mit kläglicher Stimmte erklärte sie: »Das Häuschen … die Kosten wachsen mir über den Kopf. Im Sommer geht es ja gut, wenn die Hotels ausgebucht sind und ich kaum hinterherkomme mit Blumenschmuck. Aber im Winter, nur mit den Einnahmen aus der Geburtshilfe, da weiß ich einfach nicht, wie ich über die Runden kommen soll. Das zerrt an mir, kannst du das verstehen? Ich bin allein … und wenn man allein ist …«

Alfred beugte sich vor und legte seine große, warme Hand auf die ihre. »Sehr gut verstehe ich das, Tine, sehr gut. gut. Ich versuche nur, das ganze Bild zu sehen. Und zu diesem Bild gehört, dass du mehr leisten kannst, als Zimmer zu putzen und Betten zu machen. Wieso sollte ein Hotel darauf verzichten? Du könntest als Hausdame arbeiten, zum Beispiel.«

»Als Hausdame?« Darüber hatte Tine noch nicht nachgedacht. »Aber ich wüsste nicht … ich meine, es hat doch jedes Hotel seine Hausdame.«

»Im Moment schon«, stimmte Alfred zu. »Aber das wird sich bald ändern.«

»Tatsächlich? Wo wird denn eine Stelle frei?« Sollte es tatsächlich so einfach sein?

»Nun, bei uns, liebe Tine.« Alfreds Lächeln war nun ein genüssliches geworden. Seine Augen blitzten.

»Bei euch ist doch Frau Steinke«, überlegte Tine laut. »Sie ist viel zu jung, um schon aufzuhören.«

Alfred lachte leise. »Sie wird sich nicht zur Ruhe setzen, nehme ich an.«

»So?« Alfreds Rede erschien Tine zunehmend rätselhafter.

»Aber sie ist nicht zu jung, sich eine Haube umzubinden.«

»Sie … heiratet?«

Alfred legte den Zeigefinger auf die Lippen. »Kein Wort zu niemandem. Aber ja, sie kommt unter die Haube.«

»Ach, das ist ja schön. Und dann … aber dann …«

»Eben«, stellte Alfred fest und hob die Hände. »Als verheiratete Frau kann sie diese Stellung nicht annehmen.«

»Warum eigentlich nicht?« Denn das war ja wirklich eine im

Grunde doch sehr seltsame Regelung, dass selbst eine Hausdame nicht Ehefrau sein durfte. Alfred zuckte die Achseln. »Das kann ich dir nicht beantworten, Tine. Es ist nun einmal so der Brauch.«

Ja, dachte Tine. Bräuche gab es viele. Aber so mancher war darunter, der nicht sehr sinnvoll erschien. Sie musste an ihre eigene Tochter denken, die so gerne Ärztin geworden wäre. Ein schöner Traum. Längst hatte Tine herausgefunden, dass ein Medizinstudium für Frauen weder in Hamburg noch in Bremen oder Lübeck möglich war. Selbst wenn sie also einen Weg gefunden hätten, das Schulgeld, das die Kommandantur vorgestreckt hatte, zurückzuzahlen, wäre es hoffnungslos gewesen. Was Frauen durften und was nicht, das bestimmten auf dieser Welt Männer. In der Hinsicht hatte Tine es durch das große Unglück ihres Lebens besser als alle anderen Frauen: Als Witwe konnte sie für sich selbst sprechen, entscheiden und besaß ihr eigenes Geld und Gut. Verheiratete Frauen mussten mit dem wirtschaften, was ihnen ihre Männer überließen, durften nur die Arbeit tun, die ihnen ihre Männer erlaubten – und für alles und jedes zur Verfügung stehen mussten sie ihnen auch, ob sie das nun wollten oder nicht. Tine selbst hatte in der kurzen Zeit ihrer Ehe das Glück gehabt, dass Henry sie diese Abhängigkeit und die damit verbundene Unmündigkeit nie hatte spüren lassen. Aber wie sehr viele Frauen darunter litten, nur die Haushälterin und Geliebte ihrer Ehemänner zu sein, das hatte sie im Lauf der Zeit erkannt, in der sie in die Haushalte der Helgoländer Familien kam und Schwangerschaften und Geburten begleitete. »Mutig«, sagte sie deshalb leise und betrachtete den Dampf, der sich über ihrem Tee kräuselte.

»Mutig?«

»Diese schöne Stellung aufzugeben und Ehefrau zu werden.«

»Findest du?« Alfred war ehrlich erstaunt. »Ich dachte, es gäbe für eine Frau nichts Schöneres.«

»Nichts Schöneres, als sich unter die Herrschaft eines Mannes zu begeben?«

»Nun, immerhin ist es ja der Ehemann«, stellte Alfred fest. »Ich denke, ich würde mich seiner Herrschaft gerne unterordnen.«

»Seiner Herrschaft?«

»Also, der des Ehepartners.« Er räusperte sich und stand auf. »Noch einen Tee?«

Tine hatte nicht ein Mal an ihrer Tasse genippt. Sie schüttelte den Kopf. »Nein, danke, Alfred.« Auch sie stand auf. »Und weißt du auch, wann Frau Steinke …?«

»Sie wird es Pfeifer wohl nächste Woche mitteilen. Die Hochzeit soll im Mai stattfinden.«

»Im Mai«, seufzte Tine. Wie so viele Hochzeiten. »Nun, dann sollte ich mich vielleicht Ende nächster Woche bewerben? Oder Anfang übernächster?«

»Ja«, stimmte Alfred zu. »Das wäre sicher der richtige Plan.«

* * *

Hausdame in einem großen Hotel zu sein, das war eine verantwortungsvolle und würdige Aufgabe. Tine hatte eine solche Frau zum ersten Mal kennengelernt, als sie im Hotel Heesters als Zimmermädchen angefangen hatte – nein, eigentlich schon vorher: als sie nach der Ankunft auf Helgoland völlig verschmutzt und elend auf der Schwelle zum Hotel angelangt war, um sich um eine Stelle zu bewerben. Frau Radtke hatte sie damals brüsk zurückgewiesen. Lange hatte dieser erste schlechte Eindruck, den Tine auf die Hausdame des Heesters gemacht hatte, zwischen ihnen gestanden. Frau Radtke war eine Person voller Pflichtgefühl gewesen. Arbeitsam und selbstlos, loyal ihrem Patron gegenüber, stets uneingeschränkt um die Gäste bemüht und voller Nachsicht gegenüber ihren Eigenheiten und den absonderlichsten Wünschen und Bedürfnissen. Ganz anders als gegenüber den Mitarbeitern des Hotels. Wer ihr unterstellt war – und das waren alle außer den Hoteldienern und dem Chefkoch –, wurde mit harter Hand geführt und mit aller Strenge behandelt. So hart es auch für Tine gewesen war, unter Frau Radtke zu arbeiten, sie hatte viel von ihr gelernt. Zuletzt waren die beiden Frauen Freundinnen geworden.

Doch längst hatte die ehemalige Hausdame die Insel verlassen und war aufs Festland gezogen. Ausgerechnet in Jettes Internat hatte Tine sie wiederentdeckt: als Erzieherin der Schülerinnen. Hätte ihr das in ihren jungen Jahren schlaflose Nächte bereitet, so ließ es sie jetzt beruhigter schlafen. Denn sie wusste, dass Jette in Stade jemanden hatte, der auf sie aufpasste und dem das Wohl ihrer Tochter am Herzen lag. Tine würde ihr schreiben. Würde sie fragen, ob sie einen Rat wusste. Denn trotz all ihrer eigenen Erfahrung mit Hotels und Pensionen wusste Tine, dass sie in der kurzen Zeit, in der sie in den Gästehäusern gearbeitet hatte, bei weitem nicht alles gelernt hatte.

All diese Überlegungen wurden weggewischt mit den Neuigkeiten, die Fritzi für Tine hatte. Die Schwester hatte sie in Frau Liebrechts alter Kate erwartet. »Da bist du ja!«

»Fritzi! Was führt dich zu mir?«

»Es gibt Neuigkeiten«, eröffnete Fritzi ihrer Schwester. Sie hielt einen Zettel in der Hand, den Tine unschwer als Telegramm erkannte. »O Gott! Was ist passiert? Ist jemand gestorben?« Unvermittelt musste sie an ihre Geschwister denken, die zwar alle jung genug waren, um noch viele Jahre vor sich zu haben – deren Leben aber dennoch in vielerlei Gefahr war, weil das Leben in Armut immer ein gefährliches ist.

»Nein. Es ist nichts Schlimmes«, erwiderte Fritzi schnell, um dann jedoch hinzuzufügen: »Also, eigentlich. Aber irgendwie … doch.« Sie reichte Tine das Blatt.

Werde – Geschäft – aufgeben – Stopp – Pacht – zu – hoch – Stopp – Kehre – nicht – zurück – Stopp – Bitte – Haus – bis – Ende – Monat – räumen – Stopp – Gute – Wünsche – Fricke – Stopp

»Frau Fricke gibt den Blumenladen auf?« Fassungslos blickte Tine ihre kleinere Schwester an, deren Augen plötzlich in Tränen schwammen.

»Wir müssen raus aus dem Haus, Tine.« Sie schluckte. »Aber wohin?«

Der Blumenladen war alles, was Fritzi außer ihrer Familie hatte. Er war Arbeit und Unterkunft zugleich gewesen, im Winter hatten Fritzi und Simon das Häuschen sogar ganz für sich allein gehabt. Aber auch Tine hatte in den letzten Jahren einen Teil ihres Auskommens gehabt, weil es Frau Frickes Laden gab: Sie hatte die Blumenhändlerin mit selbst gezogenen Veilchen und Flieder beliefert, mit ausgesuchten Gräsern von der Düne oder mit Goldlack aus dem Pfarrgarten. Sollte das alles nun vorbei sein? Ein marodes Haus, ein unstetes Einkommen als Hebamme, die immerzu im Krieg mit dem Inselarzt war – und jetzt auch noch der Wegfall der Einkünfte aus ihren Lieferungen an den einzigen Blumenladen der Insel? »Ach, Fritzi«, sagte sie. Der Hals war ihr wie zugeschnürt. »Das tut mir so leid.«

Fritzi nickte nur. Sie konnte nichts sagen. Alles Glück schien mit einem Mal dahin, alle Hoffnung verloren. Tine griff nach der Hand ihrer Schwester und versuchte stark zu sein. »Zuerst einmal kommt ihr zu mir«, erklärte sie. Denn das war ja selbstverständlich. »Ich habe mehr Platz, als ich brauche.«

»Tine«, sagte Fritzi. »Wir sind doch schon fünf. Sollen wir zu sechst in diesem kleinen Häuschen leben?«

Plötzlich war Tine von einer Art heiligem Ernst erfasst. »Denk doch nur, Fritzi«, sagte sie. »In Hamburg wären wir glücklich gewesen, wenn wir ein solches Häuschen gehabt hätten. Und da waren wir zwölf.« Denn in den Schock über die Ereignisse, die ihr Leben aus der Bahn zu werfen schienen, hatte sich unvermittelt eine Erkenntnis gemischt: Man darf nicht undankbar sein. Nichts von alledem, was ihnen auf dieser Insel an Gutem widerfahren war, hätte sich Tine oder hätte sich ihre Schwester erträumen können, damals, als sie noch zwei Mädchen am Elbstrand waren, barfuß selbst in Regen und Kälte und immerzu auf der Suche nach jemandem, der ihnen zwei oder drei Pfennige für ihre selbstgepflückten Blumen gab. So arm waren sie gewesen, dass sie an vielen Tagen hungrig zu Bett hatten gehen müssen, an manchen Tagen kaum eine einzige Mahlzeit bekamen, von der sie wenigstens für kurze Zeit satt wurden, dass sie sich ängstigten, wenn sie kein Geld mit nach Hause brachten, weil sie sonst den Zorn des Vaters fürchten mussten. So bitter war das Leben gewesen, dass sie sich nicht selten in den Schlaf geweint hatten – oder mit düstersten Gedanken der Mutter lauschten, wie sie sich in den Schlaf weinte. Nein, Hamburg, das war eine Zeit gewesen, gegen die jede Enttäuschung, jede Niederlage dieses Lebens geradezu unbedeutend schien. Man vergaß das Schlechte, gewöhnte sich daran, dass das Leben leicht war und sicher. Aber das war es nicht. Leichter als damals, ja. Aber leicht? Und sicher?

»Du hast recht, Tine« sagte Fritzi. »Aber wir werden uns etwas suchen. Wir können nicht immer hier wohnen. Das ist dein Haus.«

»Es ist unser Haus, Fritzi«, erklärte Tine. »Ab jetzt ist es unser Haus. Meines, eures und das eurer Kinder. Aller, die ihr habt – und aller, die ihr noch bekommen werdet.«

Da nahm Fritzi Tines Hand hoch und küsste sie. »Wenn ich dich nicht hätte …«

***

Fritzis Familie im Dachgeschoss der kleinen Kate unterzubringen hieß zuallererst, das Dach zu reparieren. Wie sich allerdings schnell herausstellte, war Simon ein begabter Handwerker. Und dass er als Junge neben Reinkes gewohnt hatte, erwies sich als großes Glück. Denn damals war er dem Schiffszimmermann oft zur Hand gegangen, um sich einen Apfel von Reinkes Baum oder ein Rosinenbrötchen zu verdienen. Das Dach war schneller dicht, als Tine es sich in ihren kühnsten Träumen vorgestellt hätte. Und nicht nur das: Simon dämmte es, sodass es nachts nicht mehr eisig kalt war dort oben und an sonnigen Tagen nicht mehr glühend heiß. Mit Fritzis Hilfe, die – ganz wie einst die Schlafsäcke der Familie Tiedkens in Hamburg – dicke Heubündel herbeischaffte und zu festen Packen band, polsterte er die Dachschrägen aus. Die Leiter nach oben besserte er ebenfalls aus, sodass es nicht mehr jedes Mal ein gefährliches Unterfangen war, dort hinaufzusteigen. »Was schön wäre, wäre ein Teppich«, meinte Fritzi, als sie feststellte, dass die Planken des Dachbodens teils fingerdicke Lücken aufwiesen, durch die man in die Stube hinabblicken konnte und in Frau Liebrechts ehemalige Kammer, in die nun Tine umzog.

»Wir könnten eine Bastmatte flechten«, schlug Tine vor, was

ihre jüngere Schwester sogleich zum Anlass nahm, sich um die Materialien zu kümmern.

Was Simon nicht selbst zu zimmern vermochte, dafür schien er stets jemanden zu kennen, der sich auf die betreffende Sache verstand. Wie immer er es geschafft hatte, den Glaser Reichardt dazu zu bringen, das Fenster nach hinten raus auszubessern, Tine war ihm unendlich dankbar. Und eines Tages, als sie von der Pastorei zurückkam, wo sie die erste Lieferung von kleinen Stöckchen an die Hotels vorbereitet hatte, standen zwei Leitern an ihr kleines Häuschen gelehnt, und auf den Leitern standen Simon und Frieder Werkmann vom Zollamt und strichen die Fassade in strahlend weißer Farbe neu. »Aha! Die gute Frau Heesters wird doch nicht noch einmal ein neues Hotel gründen?«, rief der alte Hotelier Schlüter, der zufällig gerade des Weges kam, ehe Tine selbst noch einen Ton hatte sagen können.

»Ein Grandhotel!«, rief Simon lachend von seiner Leiter herab.

»Na, da werden wir wohl rasch die Preise senken müssen, damit Sie uns nicht die Gäste wegschnappen, Frau Heesters!«, lachte Schlüter und lupfte seinen Hut, um seiner Wege zu gehen.

»Na ja«, sagte Simon mit schiefem Grinsen. »So unrecht hat er gar nicht. Bei dem Haufen Leuten, die du aufnimmst …«

Auch wenn die Farbe nicht ganz ausreichte und deshalb nur die Vorderseite des Hauses neu gestrichen wurde, sah es mit einem Mal geradezu schmuck aus. Zum ersten Mal empfand Tine so etwas wie Stolz darauf, die Eigentümerin dieses kleinen Anwesens zu sein. Wenn man nun die Fensterrahmen noch hübsch strich und die Läden, vielleicht in Blau oder Grün, dann … Tine musste an Jette denken. Diesen Sommer würde ihre Tochter aus Stade zurückkehren. Sie kannte Frau Liebrechts Haus bisher nur als schäbige dunkle, alte Hütte, wo es zog und feucht und ungemütlich war, ganz anders als die Pastorei, wo sie ihre Kindheit verbracht und sich mit Tine eine Kammer geteilt hatte. Wie würde Jette staunen, wenn sie dieses hübsche Häuschen sah! Erschrocken schlug Tine die Hand vor den Mund: Aber dann würden sie nicht zu sechst, sondern zu siebt in dieser winzigen Kate hausen müssen! »Was ist mit dir, Tine?«, fragte Fritzi, die ihre Schwester gut kannte und den Schrecken gleich bemerkt hatte. Sie war gerade dabei, einen großen Korb Wäsche nach draußen zu bringen, um die Sachen hinter dem Haus zu waschen und zum Trocknen auf die Leine zu hängen.

»Nichts, Fritzi. Ich musste nur gerade an Jette denken. Wenn sie kommt, wird es eng.«

Fritzi lachte unbekümmert. »Aber du weißt doch, dass es nichts macht, wenn man sich mag.«

»Da hast du recht, Fritzi.«

»Hilfst du mir mit dem Wasser?«

»Gerne.«

Es war nicht weit bis zum Brunnenplatz. Aber drei Eimer Wasser brauchte man allemal für die Menge an Wäsche, die Fritzi mehrmals die Woche waschen musste. Und die großen hölzernen Bottiche vom Brunnenplatz bis hinters Häuschen zu schleppen ging ins Kreuz, wie überhaupt alle Arbeit der Frauen auf der Insel mühsam und schwer war. Fuhren auch die Männer raus, um Dorsch und Kabeljau oder Hummer zu jagen, so waren es doch die Frauen, die sich der Fische annahmen und die Fässer pflegten, in denen sie den Baksoalt, gesalzenen Dorsch, für den Winter einlegten. Sie waren es, die die kleinen Gärten und Äcker versorgten, Kartoffeln ernteten und sich um

Haus und Kinder kümmerten, oftmals die längste Zeit des Jahres allein. Denn viele Männer fuhren ja zur See, und mancher arbeitete auf dem Festland und war nur selten zu Hause.

Nachdem Fritzi den Wäschekorb hinters Haus gestellt hatte, nahm sich jede der Schwestern einen Eimer, denn Tine hatte ja nur zwei, und sie spazierten hinüber zu Iip'e Swaat – be de Pump, wie die Halunder sagten, dem Brunnenplatz, an dem sich der ganze Ort bei gutem Wetter beinahe täglich einfand. Denn nur dort gab es eine Brackwasserader, aus der man Süßwasser pumpen konnte. Schon von ferne hörten Tine und Fritzi, wie die Frauen am Brunnen sich lebhaft unterhielten: »Abgeräumt wird es!«

»Das glaub ich nicht. Is doch so ein hübsches Häuschen.«

»Hübsch oder nich. Es bringt kein Geld.«

»Richtig. Zu klein. Sagt auch mein Joachim.«

»Dein Joachim sagt viel, wenn der Tag lang ist. Das Häuschen steht doch noch keine fünfzig Jahr.«

»Eben.«

»Dann seht euch doch mal an, wie lange die großen Häuser hier stehen. Die meisten sind in den letzten zwanzig Jahren gebaut worden.«

»Ja. Die *großen* Häuser.«

»Und so ein großes wird da sicher auch hingebaut.«

»Wohin?«, fragte Tine neugierig, als sie am Brunnen angelangt waren.

»Na, bei Frickes Haus.«

»Beim Blumenladen?«

»Is doch jetzt leer.«

»Wie? Sie wollen den Blumenladen abreißen?«

»Das Haus, Frau Heesters, das Haus. Den Laden gibt es doch schon gar nicht mehr.«

Ja. Tine nickte. Den Laden gab es nicht mehr. Aber das Haus stand noch da. Noch. »Das ist aber schrecklich«, flüsterte Fritzi. »Warum? Und wer?«

»Der neue Eigentümer«, erklärte Frau Freese, die Gattin des Milchmanns. »Aus Hamburg.«

»Was sonst«, warf Frau Olsen aus der Kirchenstraße ein. »Kommen doch alle von dort und kaufen unsere Insel weg, die Pfeffersäcke.«

»Weil man auf Helgoland gutes Geld machen kann, Kindchen«, wandte sich Frau Hansen, die Schneiderin, an Fritzi. »Deshalb. Wenn irgendwo ein Haus frei wird, kaufen sie's auf, reißen es ab und bauen noch ein Hotel hin.«

Frau Frisch von der Schreibwarenhandlung nickte bekräftigend. »Oder eine Tanzhalle oder ein Bor…« Sie hielt inne. »Was auch immer.«

»Und wann? Wann soll es abgerissen werden?«, fragte Tine erschüttert.

»Es heißt, die Arbeiter sind schon bestellt. Wenn die Linie wieder fährt, soll es losgehen.«

Die Linie. Das würde nicht mehr lange dauern. Die Saison stand unmittelbar bevor. Das Wetter war schon seit Tagen ruhig, immer öfter gingen Schiffe vor Helgoland vor Anker, drüben am militärischen Gelände hatten die Arbeiten längst wieder begonnen. Den ganzen Tag über hörte man von dort jetzt die Dampframmen und die riesigen Sägen, die Kräne, wenn sie Geröll ins Meer schütteten, die Hämmer, die riesigen Bagger, mit denen Fahrrinnen freigeschaufelt wurden, und immer wieder auch die Alarmsirenen, wenn sich die Männer bei Gefahr schützen sollten.

»Ein Bordell werden sie hier nicht bauen«, sagte Tine leise. »Nicht an einem solchen Ort.«

Frau Küppers von der Inselwäscherei lachte abfällig. »Wer würde da auch reingehen! Auf dem Präsentierteller!«

»Dein Joachim vielleicht?«, erwiderte Frau Olsen bissig.

»Also, das ist doch …«

»Hoffentlich wird es etwas Schönes«, sagte Fritzi und nickte in die Runde. »Vielleicht eine Musikalienhandlung. Oder ein …«

»Ein Laden, in dem man kleine Kätzchen kaufen kann?«, schlug Frau Olsen mit hintersinnigem Lächeln vor.

»Ja!«, rief Fritzi mit leuchtenden Augen.

»Fritzi, wir müssen weiter«, mahnte Tine, die sich seit jeher selbst gekränkt fühlte, wenn sich jemand über ihre Schwester lustig machte. Längst war Fritzi nicht mehr das einfältige Mädchen, das sie einst gewesen war. Sie war Ehefrau und Mutter, zog vier Kinder groß und versorgte ihren Haushalt so gut wie jede dieser Frauen, die hinter Fritzis Rücken ihre giftigen Bemerkungen machten. »Trotzdem ist es schade, dass das Haus abgerissen wird«, sagte sie betrübt, als sie das Wasser geschöpft hatten und wieder zu ihrer kleinen Kate zurückgingen.

»Ja«, stimmte Tine zu. »Sehr schade. Das Häuschen war wie ein Strauch von Buschwindröschen.«

»O ja, Tine«, bestätigte Fritzi, und zu Tines Verblüffung vollendete sie den Gedanken: »Die schönste englische Rose kann ihn nicht ersetzen.«

***

Rechtzeitig zum Beginn der Saison wurde die neue Landungsbrücke am Südstrand fertig. Einhundertfünfzig Meter erstreckte sie sich ins Meer. Am Vorabend der Ankunft des ersten Passagierdampfers aus Cuxhaven hatten der Bürgermeister, die

Honoratioren und der Festungskommandant höchstpersönlich das Bauwerk eingeweiht. Auch Pastor Thevessen war gebeten worden, ein paar Worte zu sagen. Doch wer darauf gehofft hatte, von ihm etwas Erhebendes zu vernehmen, wurde enttäuscht. Tine stand hinter ihm, als er seine Rede hielt, weshalb sie sein Gesicht nicht sehen konnte. Aber sie konnte die Gesichter der Würdenträger beobachten, auf denen sich Missmut, Ärger und mitunter geradezu Zorn, auf jeden Fall aber Unverständnis ausdrückte, als der Pastor sagte: »Ein großes Bauwerk wird allheute geweiht auf diesem heiligen Felsen. Ein Bauwerk, mit dem die Menschen dem Meer Land abtrotzen, wie sie einst dem Himmel Land abgetrotzt haben. Damals sagten sie: Auf, wir formen Lehmziegel und brennen sie zu Backsteinen. So dienten ihnen gebrannte Ziegel als Steine und Erdpech als Mörtel. Dann sagten sie: Auf, bauen wir uns eine Stadt und einen Turm mit einer Spitze bis zum Himmel.

Heute also weihen wir diesen Bau, dessen Spitze bis ins Meer ragt. Und wir erinnern uns, was einst dem Volk der Babylonier geschah, als Gott ihr Werk sah. ER nämlich stieg herab, um sich das Menschenwerk anzusehen, und sprach: Seht nur, ein Volk sind sie, und eine Sprache haben sie. Und das ist erst der Anfang ihres Tuns. Jetzt wird ihnen nichts mehr unerreichbar sein, was sie sich vornehmen. Auf, steigen wir hinab und verwirren wir ihre Sprache, sodass keiner mehr die Sprache der anderen versteht.

Wie alle Jahre erwarten wir auf diesem kleinen Flecken Land im großen Meer Gäste aus aller Herren Länder. Sie werden zahlreich kommen, zahlreicher denn je! Und sie werden euch verleiten zu dem Irrtum, nun sei euch alles möglich. Es ist der Geist unserer neuen Zeit, dass wir alles für erreichbar halten und uns über Gottes Grenzen hinausheben. Doch seid achtsam und bleibt furchtsam, Kinder Gottes, dass euch nicht das Strafgericht des Herrn ereilt, wie es einst die Babylonier ereilt hat, die ER in alle Winde zerstreut und deren Werk ER vernichtet hat.

Gottes Gewalt ist über euch, und Gottes Gewalt umgibt euch und euer Werk. Bleibt voller Demut, wenn ihr heute voll trügerischem Stolz auf euer Werk blickt. Es mag euch erscheinen wie der Anfang von etwas Großem. Aber niemand von euch weiß, ob es nicht das Ende von etwas Großem ist, das ihr nicht genügend geschätzt habt.«

Der Pastor hatte die Stimme noch nicht gesenkt, seine Rede war noch nicht beendet, da fiel ihm der Kommandant ins Wort. »Danke, Herr Pastor, für diese Lehrstunde in Gottesfurcht. Wir nehmen sie uns in einer stillen Stunde zu Herzen. Hier und heute aber, verehrte Gemeinde dieses stolzen Felsens, dieser Vorhut der Kaiserlichen Marine im Deutschen Reich, wollen wir nicht säumen, unserem Oberbefehlshaber von Gottes Gnaden zu danken für seine Weitsicht und seine Tatkraft, die es uns ermöglicht haben, dieses Werk zu vollenden und damit ein neues Kapitel in der glorreichen Geschichte der Insel Helgoland aufzuschlagen.« Er ließ sich auf einem samtenen Kissen eine Schere reichen, mit der er das Band durchschnitt, mit dem die neue Landungsbrücke noch abgesperrt gewesen war. Dann hielt er für einige Augenblicke inne, um dem Fotografen die Gelegenheit zu geben, den denkwürdigen Augenblick für die Nachwelt festzuhalten, ehe er, flankiert von vier Offizieren, hocherhobenen Hauptes mit seiner Galauniform, dem geschmückten Helm auf dem gereckten Haupte, das Bauwerk vom ersten bis zum letzten Meter abschritt und fachmännisch inspizierte.

Der Pastor aber wandte sich ab und schüttelte den Kopf.

»Geht es Ihnen nicht gut?«, fragte Tine, die voll Sorge das graue Gesicht und die vielen Falten auf seiner Stirn bemerkte.

»So gut es einem gehen kann in diesen Zeiten, Tine«, erwiderte der Pastor. »Wo Gottesfurcht und Frömmigkeit nichts mehr wert sind und der Kaiser offensichtlich weit über dem Herrn steht.« Er legte ihr eine Hand auf die Schulter. »Ich hoffe, das alles nimmt kein böses Ende. Schon gar nicht für dich, meine Tochter.«

***

Zweites Kapitel

Auch wenn das Murren der Inselgäste über die Menge an Militär und die vielen abgesperrten Bereiche auf dem Felsen lauter und häufiger wurde, erfreute sich Helgoland in dieser Saison eines nie da gewesenen Ansturms. Die neuen Attraktionen waren in den großen Städten Hamburg, Bremen, Cuxhaven, aber auch Amsterdam und Lübeck beworben worden. Längst war die Kur nur noch zum willkommenen Vorwand geworden für Vergnügungen jeglicher Art. Während die Gäste tagsüber das Aquarium besuchten, die mondänen Strandcafés auf der Hauptinsel und auf der Düne, die Seehunde beobachten gingen, im neuen Inselbad oder an einem der ausgedehnten Sandstrände der Düne badeten oder dem Kurorchester im Pavillon an der Promenade lauschten, belustigten sie sich des Abends im Casino beim Baccarat oder Roulette, besuchten eine der vier Tanzhallen, die sich mit erstklassigen Kapellen gegenseitig übertrumpften, führten die jungen Damen, die dafür zur Verfügung standen, elegant ins Theater oder in eines der vorzüglichen Restaurants aus, beobachteten die Sterne vom Oberland aus und zögerten auch sonst nicht, jede Art von Vergnügen zu genießen, die sich bot. Helgoland wurde zu einem gesellschaftlichen Mittelpunkt. Wer auf sich hielt, verbrachte zumindest einige Tage auf der Insel. Berühmte Schauspielerinnen und Schauspieler, herausragende Sängerinnen und Sänger gaben ihre Gastspiele im Kurhaus oder im Theater, manche geschäftliche Besprechung wurde kurzerhand auf Helgoland anberaumt, weil es dort – abseits von der Hektik der Stadt und zugleich umgeben von allen erdenklichen Verlockungen – oft leichter fiel, seine Ziele zu erreichen.

Oft wurde es auf der Insel nachts erst dann still, wenn sich die Sonne wieder am Horizont zeigte. Für die Angestellten der Hotels und Unterhaltungsetablissements waren es kräftezehrende Monate. Wer sich hier allerdings für eine Saison verdingte, konnte den Rest des Jahres oft sorgenfrei leben, sogar auf dem Festland. Deshalb waren es auch zunehmend Arbeitssuchende aus Hamburg, Bremerhaven oder Stade, die als Saisonkräfte nach Helgoland kamen. Deshalb und weil es gar nicht genügend Einheimische gab, die sich um die Gäste hätten kümmern können. An manchem Tag waren zusätzlich zu den dreitausend Insulanern und den zweitausend Soldaten, die auf Helgoland stationiert waren, mehr als fünfundzwanzigtausend Gäste auf dem Felsen. Nicht selten kam es vor, dass die Besucher wie in einer Prozession übers Oberland spazierten, um sich die Felsnadeln anzusehen, die die Westklippe säumten, oder dass sie sich dicht an dicht durch die Gassen des Unterlands schoben, um bei Martens günstigen Brandwein zu kaufen, bei Köhlers Tabakwaren oder sich bei Jessens oder Ehrlichs neu einzukleiden. Vor dem Fotoatelier von Schensky standen tagsüber meist Menschentrauben, um die legendären Ansichten zu bewundern, die der Inselfotograf eingefangen hatte. In der Schifferstraße hatte ein Hutgeschäft geöffnet, in dem es die neuesten Kreationen nach der Mode aus London und Paris für unvorstellbare Preise zu erwerben gab. Oft blieb Tine davor stehen und staunte, wie fein diese Kunstwerke gearbeitet waren, wie spektakulär sie arrangiert waren – und wie viel die Inselgäste für ein solches Stück zu zahlen bereit waren!

An einem Tag im März bewunderte Tine die federgeschmückten Kopfbedeckungen im Hutladen Rieger, mit denen man überall hätte glänzen können, als sie von einem Gardisten der Kommandantur angesprochen wurde. »Frau Heesters?«

»Ja, bitte?«

»Major Feldhoff, zu Diensten.« Er salutierte vor ihr, was Tine in noch größeres Erstaunen versetzte, zumal sie sich nicht erinnerte, den Mann schon jemals gesehen zu haben oder gar bekannt mit ihm zu sein. »Was kann ich für Sie tun, Herr Major?«

»Befehl des Kommandanten: Ich möchte Sie bitten, mit mir in die Kommandantur zu kommen. Unverzüglich.«

»Ein Befehl? Und trotzdem bitten Sie mich?«, erwiderte Tine etwas amüsiert. Der Offizier fühlte sich offenbar nicht ganz wohl damit, nach einer Frau geschickt worden zu sein.

»Ein Befehl an mich, gnädige Frau«, erklärte der Mann. »Und eine Bitte an Sie.«

»Das klingt vernünftig«, sagte Tine. »Unverzüglich. Heißt das, dass ich jetzt gleich mit Ihnen kommen soll?«

»So ist es, Frau Heesters.«

»Aber Sie wissen nicht, worum es geht?«

»Ein Notfall«, erklärte der Major knapp.

»Oh! Also rufen Sie mich in meiner Eigenschaft als … Hebamme?« Sie sprach es ungläubig aus, und ihr Eindruck war, dass es auch dem Offizier nicht recht sinnvoll erschien. »Tut mir leid, mehr kann ich nicht sagen.«

»Nun, es sieht so aus, als sollte ich zumindest meine Tasche holen«, schlug Tine vor. »Wenn es etwas mit … nun, Frauenheilkunde zu tun hat?«

»Wie Sie meinen, gnädige Frau.« Major Feldhoff schlug die Hacken etwas zusammen, vielleicht ja auch, um die Dringlichkeit seiner Mission zu unterstreichen. »Es geht schnell«, erklärte Tine und gab ihm ein Zeichen, ihr zu folgen.

Wenige Minuten später standen sie – Tine hatte ihre Sachen von zu Hause geholt – vor der Amtsstube des Festungskommandanten, der Major nickte den beiden Wachen am Eingang zu, einer salutierte, pochte dann an die Tür und wartete auf das »Herein« seines obersten Dienstherrn.

»Da sind Sie ja!«, rief der Kommandant, als Tine hinter Major Feldhoff eintrat. »Danke, dass Sie gekommen sind.«

»Aber natürlich, Herr Kommandant«, erwiderte Tine. »Was kann ich denn für Sie tun?«

Der gedrungene Mann räusperte sich etwas verlegen und erklärte: »Nun, eigentlich nichts für mich. Es geht vielmehr um meine … also, es geht um Frau von Witten, die Sie vielleicht kennen oder von der Sie … nun, von der Sie schon einmal gehört haben?«

»Sowohl als auch, Herr Kommandant«, entgegnete Tine.

»Bitte?«

»Ich habe schon viel von ihr gehört. Nur Gutes, versteht sich. Und ich hatte auch einmal das Vergnügen, ihre Bekanntschaft zu machen. Wenn auch nur sehr flüchtig.« Tine dachte an den Ball, zu dem sie vor Jahren mit Paul Stöver gegangen war. Schon damals hatte Frau von Witten als die schönste Frau von Helgoland gegolten. Daran hatte sich seither nichts geändert, auch wenn es auf der Insel viele schöne Frauen gab – in der Saison noch mehr als ohnehin.

»Sehr gut, sehr gut«, sagte der Kommandant fahrig. »Das freut mich. Nun, es ist so, dass …« Er blickte zu seinem Adjutanten. »Major Feldhoff, Sie können uns jetzt alleine lassen!« Das war ein Befehl. Der Angesprochene schlug die Hacken zusammen, nickte knapp und marschierte dann aus der Tür. Der Kommandant wartete, bis sie sich hinter ihm geschlossen hatte, dann sprach er weiter: »Wenn ich Sie bitten darf …« Er wies zu einer anderen Tür, die offenbar in seine privaten Räumlichkeiten führte, ging voran und erklärte: »Eine Blutung. Ganz plötzlich.«

»Eine Blutung? Sie meinen, Frau von Witten hatte eine Blutung, die über das Übliche hinausgeht?«

»Bei weitem«, sagte der Kommandant. »Also, ohne dass ich mit der Materie sonderlich vertraut wäre, wenn Sie verstehen, was ich meine.« Er eilte durch den nächsten und einen weiteren Raum, offenbar zwei Salons, die für mehr oder weniger privaten Gebrauch bestimmt waren.

»Vollkommen«, sagte Tine. »Alles andere hätte mich überrascht.«

»Bitte?«

»Und diese Blutung hat wann begonnen?«

»Heute Morgen«, vernahm Tine eine zwar matte, aber immer noch sehr eindrucksvolle Stimme von einem Kanapee im dritten Salon. »Danke, mein Guter. Ich denke, wir kommen zurecht.« Frau von Witten. Schön, aber blass, als gälte es, Zuschauer in einem Theater zu Tränen zu rühren, lag sie wie hingegossen auf den Polstern.

»Bist du sicher, mein Täubchen?« Plötzlich war die sonst so autoritäre Stimme des Kommandanten seidenweich, und sein Blick, der ansonsten stählern war und blitzend wie die Säbel seiner Gardisten, war voller Fürsorge. Erstaunt nahm Tine die Wandlung dieses auf der Insel geradezu allmächtigen Mannes zur Kenntnis.

»Ganz sicher, mein Guter. Danke, dass du nach Frau Heesters geschickt hast.«

»Ich könnte auch noch den Arzt ...«

»Nein, nein. Das sind Frauendinge.«

»Aber Doktor Bell ist ...«

»Doktor Bell ist ein wunderbarer Partner für Foxtrott und Séancen. Für diese Dinge ist mir mit einer erfahrenen Frau wohler.«

Der Kommandant nickte ergeben und zog sich zurück.

»War es Ihre erste Schwangerschaft?«, fragte Tine, als sich die Tür geschlossen hatte.

»Sie sind forsch, Frau Heesters.«

»Ich bin nur erfahren.«

Die Mätresse des Inselkommandanten seufzte. »Gut. Reden wir nicht um den heißen Brei herum. Natürlich war es nicht meine erste Schwangerschaft.« Der Blick, den sie zum Fenster hin richtete, sagte Tine mehr als alle Erklärungen. Es war das Schicksal dieser Frauen, dass sie niemals alles haben durften. Entweder sie hatten Familie, Kinder, eine ehrbare Existenz. Oder sie hatten zumindest für einige Jahre Einfluss, Glanz, Vergnügen und Reichtum, sofern man es ein Vergnügen nennen konnte, einem bedeutenden Mann als Spielzeug zu dienen oder im geborgten Luxus auf Zeit zu leben.

»Aber es ist die erste, die Sie nicht beenden konnten wie geplant«, stellte Tine knapp fest. Doch zu ihrer Überraschung schüttelte die schöne Frau mit den traurigen Augen den Kopf. »Nein, Frau Heesters. Diese Schwangerschaft wollte ich – und ich wollte sie nicht beenden.«

»Das heißt … die Blutung …« Tine stellte ihre Tasche auf den Boden und setzte sich neben Frau von Witten auf das Kanapee. Als sie die Decke zurückschlug, musste sie feststellen, dass alles schwarz war von Blut. Sie seufzte, schob das Kleid hoch und schüttelte dann bedauernd den Kopf.

»Nichts zu machen?«

»Tut mir leid, Frau von Witten. Ich fürchte, Sie haben das Kind schon verloren.«

»Aber es ist nichts gekommen, außer Blut!«

»Wenn Sie aufstehen, wird auch der Fötus kommen.«

»Und wenn ich liegen bleibe? Vielleicht ...«

»Leider nein. Das Kind ist nicht mehr am Leben. Es muss abgehen. Sonst sind Sie selbst in Gefahr.«

»Verstehe«, flüsterte die Frau und lehnte sich zurück. Eine Träne rann aus ihrem Augenwinkel. Am Ende sind wir alle nur einfache Menschen, dachte Tine. Verletzlich und einsam. Sie hatte selbst einst eine Fehlgeburt erlitten. Wie dankbar war sie, dass sie anschließend ein gesundes Kind bekommen hatte. »Sie werden ein anderes Kind bekommen«, sagte sie. Doch sie erkannte, dass die Aussichten darauf nicht gut waren, und in dem bitteren Lächeln der schönen Frau sah sie, dass auch Constanze von Witten es wusste: Das Alter war unerbittlich, und trotz aller Anmut und trotz aller glücklichen Umstände, in denen diese Frau lebte, lief die Uhr für eine weitere Schwangerschaft unweigerlich ab. »Haben Sie es schon länger versucht?«

Frau von Witten nickte. »Er weiß nichts davon«, sagte sie leise spöttisch.

Tine schüttelte lächelnd den Kopf. »Männer«, sagte sie.

»Ja«, lachte Constanze von Witten traurig. »Männer.«

»Vielleicht klappt es ja doch noch einmal«, sagte Tine nach einer Weile, während sie den Bauch der Frau abtastete und mit streichenden Bewegungen versuchte, das noch darin Verbliebene auf den Weg zu bringen.

»Vielleicht.« Die Geliebte des Inselkommandanten musterte sie aufmerksam, schien in sich hineinzuhorchen und fragte dann unvermittelt: »Soll ich es ihm sagen?«

Tine zuckte die Achseln. »Das kann ich Ihnen nicht beantworten, Frau von Witten«, erwiderte sie. »Wünscht er sich denn ein Kind?« Was sie nicht aussprach, aber auch nicht aussprechen musste, war die Frage: Wünscht er es sich *von Ihnen*?

»Vielleicht«, erklärte die Frau und zuckte zusammen, als Tine etwas fester drückte. »Der Vater dieses Kindes jedenfalls hätte es sich sicher nicht gewünscht.«

* * *

Am Abend sah Tine noch einmal nach Constanze von Witten. Die stolze Frau hatte sich bereits wieder zurechtgemacht und empfing sie im Salon, bei einer Tasse Tee auf einem Sessel sitzend. Zur Sicherheit hatte sie ein zusätzliches Kissen unter sich gelegt. Doch wer sie in der Situation und Haltung gesehen hätte, ohne zu wissen, was am Morgen erst geschehen war, hätte nicht den leisesten Verdacht geschöpft, dass sie gerade eine Fehlgeburt erlitten hatte. »Wie fühlen Sie sich?«, fragte Tine und griff wie selbstverständlich nach ihrem Puls.

Sie schien es nicht zu stören. Sie betrachtete nur die routinierten Handgriffe der Hebamme und antwortete mit einem kühlen Lächeln. »Den Umständen entsprechend.«

»Wie man so sagt«, entgegnete Tine. Der Puls war regelmäßig und nicht zu schnell, die Temperatur offenbar normal. Auch wenn es Constanze von Witten schwerfallen mochte, schwanger zu werden, an einer schwachen Konstitution lag es jedenfalls nicht, allenfalls an den Jahren. Obwohl Tine sie für höchstens vierzig schätzte. In dem Alter bekamen viele Frauen noch Kinder, zumindest, wenn sie in einem gewissen Wohlstand lebten. Die anderen, die von früh an Jahr um Jahr Nachwuchs bekamen, erlebten oft genug das vierzigste Jahr ohnehin nicht, oder wenn, dann waren sie alte Frauen geworden. »Ich habe Ihnen eine Mischung aus Kräutern mitgebracht, selbstgemacht, aus der Sie sich Tee machen sollten … machen lassen sollten«, verbesserte Tine sich. »Trinken Sie ihn, wann immer Sie mögen, aber gerne oft und reichlich. Er lindert Schmerzen, falls Sie noch welche haben, fördert die Durchblutung und wirkt gegen Entzündungen.«

»Eine Hexe sind Sie also auch?«

Tine zuckte die Achseln. »Früher hätte man mich vielleicht verbrannt. Heute bin ich froh, wenn ich meine Arbeit machen darf.«

Constanze von Witten lachte. »Sie gefallen mit, Frau Heesters!« Sogleich aber wurde sie wieder ernst: »Das bringt mich aber zu der Frage, was ich Ihnen schuldig bin.«

»Ich verdanke dem Herrn Kommandanten einiges«, erklärte Tine. »Meine Tochter könnte nicht die höhere Schule besuchen, hätte er ihr nicht das Schulgeld vorgestreckt. Wenn Sie erlauben, würde ich Ihnen deshalb für meine Hilfe nichts ...«

Die stolze Frau winkte ab. »Das hat er doch sicher nicht aus Selbstlosigkeit getan«, sagte sie. »Ich kenne ihn gut genug. Irgendetwas wird er sich davon versprochen haben. Nein, ich zahle, das steht fest. Außerdem ...«

»Ja?«

»Außerdem erwarte ich, dass die Sache unter uns bleibt.«

»Die Sache? Aber er hat ja selbst nach mir geschickt!«

»Die Schwangerschaft. Selbst ein Esel wäre in der Lage herauszufinden, dass das Kind nicht von ihm gewesen ist. Ich muss mich auf Ihre Verschwiegenheit verlassen können, Frau Heesters.«

»Das können Sie auch so«, entgegnete Tine. »Ich spreche nie über meine Arbeit.«

»Dann ist es ja gut.« Constanze von Witten griff in einen Beutel und legte anschließend das Geld, ohne es zu zählen, auf den Tisch. »Ich nehme an, das ist ausreichend?«

Erstaunt blickte Tine auf die Scheine. Es war nicht einmal eine Geburt gewesen, um die sie sich hätte kümmern müssen. Sie hatte lediglich ein wenig geholfen, dass sich der Körper der Frau schneller erholen würde, und ihr ein wenig Beistand geleistet. »Das ist zu viel«, sagte sie.

»Dann ist es ja gut«, stellte die Frau knapp fest. Sie griff nach der Klingel auf dem Tisch und lächelte förmlich. »Wir sehen uns gewiss einmal wieder.«

»Gewiss. Vielen Dank, Frau von Witten.« Tine stand auf und wandte sich zur Tür. Überrascht hörte sie, wie die Frau erwiderte: »Ich habe zu danken.«

***

Es war schon spät, als Tine den Falm entlang zur Treppe ging. Sie war noch kurz in der Kirche eingekehrt, hatte ein Gebet gesprochen. Für Jette und alle anderen, die ihr am Herzen lagen – und auch für Constanze von Witten, die ihr seltsamerweise die unglücklichste Frau der Insel zu sein schien, trotz all des Luxus, in dem sie lebte.

Es war ein milder Frühlingsabend, vom Casino her tönte noch die Musik einer Kapelle, einige Herren wankten fröhlich durch die Augustastraße und an Tine vorbei in Richtung des Hotels über der Roten Burg. Tine blieb eine Weile stehen und blickte hinüber zur Düne, auf der einige wenige Lichter brannten, betrachtete den Mond, der sich in der ruhigen See spiegelte und von den sanften Wellen in Streifen aufgefächert wurde. Sie war erschöpft, aber nicht wirklich müde. Wenn sie sich über die Brüstung der Mauer beugte, die den Falm von der Steilklippe trennte, konnte sie das kleine Häuschen von Frau Liebrecht sehen, *ihr* kleines Häuschen. Sie konnte auch sehen, dass hinter der winzigen Dachluke noch ein Lichtschein flackerte: Fritzi und ihr Mann waren auch noch wach, die Kinder schliefen sicher längst.

Den ganzen Tag lang war Tine kreuz und quer über die Insel gelaufen, hatte Schwangere besucht, hatte ihre Arbeit für die Hotels erledigt, Blumen hatte sie gepflückt, mehrmals war sie die Treppe vom Unter- zum Oberland hinaufgelaufen und wieder hinunter. Jetzt schmerzten ihre Füße in den Schuhen so, dass sie sie auszog, um barfuß weiterzugehen. Schließlich war es dunkel, und niemand würde es sehen. Das zumindest dachte sie. Doch kaum war sie ein paar Schritte gelaufen, hörte sie plötzlich eine bekannte Stimme: »Frau Heesters, guten Abend!« Nicht nur kannte sie die Stimme, sie erkannte auch, dass der Mann nicht nüchtern war. »Herr Schlüter, guten Abend«, entgegnete sie, ohne stehen zu bleiben.

Doch Georg Schlüter junior stellte sich ihr in den Weg. Er war aus der Emsmannstraße gekommen, offenbar von einem feuchtfröhlichen Abend. »So spät noch unterwegs?«, fragte er und kam wankend noch näher, sodass Tine zurückwich und gegen das Mäuerchen stieß. »Auf dem Weg nach Hause«, sagte sie knapp und versuchte, sich an ihm vorbeizudrücken. Doch auch wenn Schlüters Bewegungen fahrig und unkoordiniert waren, war er schnell. Überraschend schnell. »Aber nicht so eilig!«, lallte er und packte sie unvermittelt am Arm.

Tine zuckte zusammen. »Bitte, Herr Schlüter. Ich … Sie sind nicht … nicht ganz nüchtern.«

»Nicht ganz nüchtern?«, rief Schlüter und lachte laut. Irgendwo bellte ein Hund. Tine blickte sich hastig nach Hilfe um. Inzwischen presste der Hotelier sie mit der Fülle seines mächtigen Leibes gegen die niedrige Mauer des Falms. Nur Zentimeter hinter ihr tat sich der Abgrund auf, die Klippe, über die es vierzig Meter hinabging. »Nicht nüchtern«, wiederholte er und kicherte. Er hob einen Finger und wedelte damit vor Tines Gesicht. »Ich weiß nicht, ob man so etwas zu einem …« Er schien das Wort zu suchen. »… Gentleman sagt«, schloss er. Dann griff er auch noch um ihren anderen Arm, mit dem sie ihn abzuwehren versuchte, und zog sie an sich, offenbar in der Absicht, sie zu küssen. »Nun komm schon her, du dummes Weib«, knurrte er. »Stell dich nicht so an. Wann küsst dich schon mal ein Mann.«

Sie spürte seine feuchten Lippen an ihrem Hals, als sie sich von ihm wegbeugte, immer den Abgrund im Rücken. »Hab dich nicht so!« Unvermittelt ließ er ihren linken Arm los und griff ihr zwischen die Beine. Tine konnte einen Aufschrei nicht unterdrücken.

»Jetzt komm schon, Mädchen«, keuchte er. »Das macht dir doch auch Spaß.« Schwer ging sein alkoholgeschwängerter Atem.

»Herr Schlüter, bitte!«, versuchte Tine, ihn zur Besinnung zu bringen, während sie gleichzeitig versuchte, sich seinem Griff zu entwinden und sich gegen die Mauer abzustützen. »Denken Sie an Ihre Frau. An Ihre Hotels. Sie … Sie sind … ein geachteter Mann!«

»Ein Mann«, knurrte Schlüter. »Ein Mann. Das bin ich. Und du bist ein Weib.« Seine aufgerissenen Augen schienen sie geradezu zu verschlingen. »Und weißt du, was ein Mann mit so einem Weib macht, hä? Weißt du das?« Er riss an ihrem Höschen und presste sie noch stärker gegen die Mauer. Tine strampelte verzweifelt, versuchte, ihn zu treten, verlor das Gleichgewicht und schrie auf. In dem Moment wurde Georg Schlüter nach hinten gerissen, und sie stolperte mit ihm vorwärts. »Schluss, Georg!«, herrschte ein Mann ihren Peiniger an. Erst auf den zweiten Blick erkannte sie Paul Stöver. »Paul!«

Schlüter hatte sie losgelassen und torkelte einen Moment verwirrt zwischen ihnen. »Geh nach Hause, Georg. Und tu das nie wieder.«

»Sonst was?«, blaffte Schlüter und machte einen Schritt auf Paul zu. »Hä? Sonst was?« Mit aller Kraft rammte er beide Fäuste gegen Paul Stövers Brust. Doch der blieb stehen wie ein Fels, wodurch Schlüter rückwärtstaumelte. Tine konnte gerade noch beiseitespringen. Im nächsten Augenblick stürzte Georg Schlüter über die Mauer des Falm und die Klippe hinab in den Tod. Als er auf der Bremerstraße aufschlug, landete er nur wenige Schritte entfernt von einem seiner beiden Hotels.

»O Gott!«, keuchte Tine und blickte hinunter in die Dunkelheit der innersten Straße des Unterlands, ehe sie sich wieder umwandte und Paul Stöver anstarrte. »Was hast du getan?«

»Ich … Ich war das nicht. *Er* hat zugestoßen. Ich bin … nur stehen geblieben«, stotterte Paul. »Wirklich, Tine, ich habe ihn doch nicht einmal berührt. *Er* war es. Er hat …« Er schüttelte den Kopf, als wollte er einen bösen Traum verscheuchen. »Ehrlich, Tine.« Dann schien er sich zu besinnen und trat auf sie zu. »Ist mit dir alles in Ordnung?«

»In Ordnung? Paul! Nichts ist in Ordnung! Er kann unmöglich überlebt haben.« Sie schlug die Hände vors Gesicht. »Paul, wir haben einen Menschen getötet.«

»Wir? Nein, Tine. Wir haben ihn nicht getötet. Ich nicht – und du schon gar nicht. Es war ein Unfall. Und er war selbst schuld. Wäre er nicht so besoffen gewesen …«

»Paul!«

»Aber es stimmt doch, Tine! Ich weiß es, ich war mit ihm auf dem Junggesellenabschied von Reichardt. Schlüter war voll wie ein Fass.« Paul blickte voll Abscheu zu der Stelle hin, an der Schlüter in den Abgrund gestürzt war. »Aber das hätte er trotzdem nicht tun dürfen. Dich so … so …« Er nahm Tines Hände in seine. »Ich habe ihn nicht hinuntergestoßen, das hat er selbst getan. Aber ich könnte nicht beschwören, dass ich es nicht getan hätte, wäre er mir nicht zuvorgekommen.«

Erschrocken wandte sich Tine ab. »Das darfst du nicht sagen, Paul.«

»Aber es ist wahr. Niemand darf so mit dir umgehen. Und wenn ich irgendetwas tun kann, um dich davor zu bewahren, dann werde ich es tun, Tine. Immer.« Er schwieg für einen Moment, ehe Tine ihn in feierlichem Ton sagen hörte: »Du magst nicht meine Frau geworden sein, Tine Heesters. Aber du wirst immer die Frau sein, die ich liebe. Mehr als alles andere. Mehr als jede andere. Das schwöre ich.«

Den Jungen, der sich in der Nähe der Geschehnisse auf dem Falm herumgetrieben und hinter einem Sanddornbusch versteckt hatte, bemerkte niemand: Hedis Sohn und Tines Patenkind Otto.

***

Drittes Kapitel

Schlüters Begräbnis war ein großes Ereignis auf der Insel. Am frühen Morgen hatten vier Männer, darunter Jobst Bertram von der Tuchhandlung und Doktor Bell, die zu den engen Freunden des Verstorbenen zählten, die Bahre aus der Kirche geholt und zum Hotel Perle gebracht, wo man Schlüter aufgebahrt hatte. Eine Reihe von Kindern waren nach altem Brauch um das Bahrtuch geschickt worden, andere hatten die Kränze eingesammelt. Feierlich schritten nun die Kranzträger vor dem Sarg her, der von sechs kräftigen Männern zum Friedhof gebracht wurde. Dahinter folgte ein langer Zug schwarz gekleideter Trauergäste. Auch mehrere Mitglieder der Kommandantur hatten sich in die Abschiednehmenden eingereiht. Georg Schlüters Witwe wurde im Rollstuhl direkt hinter dem Sarg über den Falm und dann die Kirchenstraße hinabgeschoben. Ihr Gesicht war unter dem großen schwarzen Hut mit dem dicht gewebten Schleier nicht erkennbar, doch Tine, die weit hinter ihr schritt, hatte keinen Zweifel, dass Annegret Schlüter in dieser dunklen Stunde vor allem eines war: in schrecklicher Sorge. Sorge um das Lebenswerk der Schlüters, die zwei erstklassigen Hotels, die sie auf der Insel besaßen. Sorge um die Zukunft – ihre eigene und die ihrer Mitarbeiter. Sorge um sich selbst. Denn eine alleinstehende Frau hatte es wahrlich schon nicht leicht, wenn sie jung und gesund war. Annegret Schlüter aber saß seit Jahren im Rollstuhl und hatte die fünfzig überschritten. Was sollte sie tun, was konnte sie tun?

Es folgten eine bemerkenswerte Trauerrede von Pastor Thevessen, der es schaffte, selbst jene zu Tränen zu rühren, die Georg Schlüter gekannt hatten, eine kurze Ansprache von Henning Olsen, der als Vetter der nächste männliche Angehörige des Verstorbenen gewesen war, und ein eindrucksvoller Leichenschmaus, für den die Witwe im Speisesaal des Hotels Schlüter hatte decken lassen. Unter den Anwesenden am unglücklichsten schien Jens Reichardt, dessen Hochzeit nach der tragischen Todesnachricht Schlüters erst einmal verschoben worden war. Offenbar grämte er sich, dass es sein Junggesellenabschied war, auf dem Schlüter sich so betrunken hatte, dass er nicht mehr Herr seiner Sinne gewesen war. Immerhin hatte er eine Verlobte, die ihn unablässig zu trösten versuchte und sich wieder und wieder zu ihm hinbeugte, um ihm sanfte Worte ins Ohr zu flüstern.

Tine litt an einem unendlich schlechten Gewissen. Auch wenn sie Schlüter zu nichts ermuntert hatte, so hätte es doch nicht so ausgehen müssen! Sie war im entscheidenden Augenblick nicht in der Lage gewesen, dem Unglück Einhalt zu gebieten. Paul Stövers anschließende Liebesschwüre machten es nur noch schlimmer. Auch Paul war unter den Trauergästen, natürlich. Aber sie wechselten keinen Blick, keinen einzigen, weder auf dem Friedhof noch beim Leichenschmaus.

Auch in den folgenden Tagen gingen sie sich aus dem Weg. Tine mied die Einkäufe im Kramerladen der Stövers, und sie ging nicht an die Anlegestellen der Börteboote, weil sie wusste, dass Paul mit Beginn der Saison wieder Reisende von den Schiffen auf die Insel beförderte und zurück.

Die Saison immerhin bot ihr die Möglichkeit, sich ganz auf ihre Arbeit zu konzentrieren. Die Hotels brauchten jetzt wieder möglichst viel prächtigen Blumenschmuck. Und der Pfarrgarten und die Natur gaben inzwischen auch wieder üppige Blütenpracht her. Für die Hallen und Empfänge band Tine jeden Tag Tulpensträuße, für die Salons hatte sie kleine Primelstöckchen gezogen, sogar der Flieder begann bereits zu blühen und hielt Einzug in die schönsten Zimmer und Suiten.

An einem Samstagvormittag hatte Tine gerade die Halle des Hotels Perle geschmückt, als sie plötzlich bemerkte, dass jemand hinter ihr war. Sie wandte sich um und erschrak: Annegret Schlüter war unvermittelt aufgetaucht und starrte sie aus rätselhaften Augen an. »Moin, Frau Heesters«, grüßte sie.

»Moin, Frau Schlüter«, grüßte Tine zurück und spürte, wie ihr das Herz bis zum Hals schlug.

»So schön, der Flieder«, stellte die Witwe fest und nickte in Richtung einer der Vasen, die Tine aufgestellt hatte. »Setzen Sie sich kurz zu mir?«

Tine nickte und nahm befangen auf der Kante eines der prächtigen Sessel Platz, die noch der alte Schlüter in der Halle hatte aufstellen lassen und in denen sonst Geheimräte und Barone saßen und sich die Zeitung bringen ließen oder warteten, bis auch ihre Frauen sich endlich für den Spaziergang auf der Promenade oder den Ausflug auf die Düne einfanden. »Es … es tut mir sehr leid«, sagte sie leise.

»Ja, danke. Das ist sehr freundlich von Ihnen, Frau Heesters.« Wieder dieser unergründliche Blick, beinahe als würde sie in Tines Innerstes sehen können. Ob sie etwas wusste? Aber das war … das war unmöglich. Tine räusperte sich. »Was werden Sie jetzt tun?«, fragte sie. Denn es war klar, dass die beiden glanzvollen Häuser der Schlüters auf die ein oder andere Weise veräußert werden würden. Eine Witwe allein konnte jedenfalls das Familienunternehmen auf keinen Fall …

»Ich werde tun, was zu tun ist«, erklärte Annegret Schlüter ruhig. »Da wir keine Erben haben, gehören die Hotels nun mir. Und ich gedenke sie so zu führen, dass sie erhalten bleiben. Wir haben immerhin mehr als dreißig Mitarbeiter. Soll ich sie alle entlassen?«

»Nein, aber …«, hörte Tine sich sagen und biss sich auf die Zunge.

Annegret Schlüter lächelte traurig. »Ihr Fall lag anders, Frau Heesters. Sie konnten nicht überleben. Ihr Hotel war hoch verschuldet, und die Aasgeier haben nur gewartet, sich Ihr Leid zunutze zu machen.« Alle hatten das Schicksal der jungen Familie Heesters noch gut in Erinnerung. Als Tines Mann damals gestorben war, wie gerne hätte sie sein Lebenswerk gerettet! Aber gegen die Macht der Banken und gegen die Gier der Geldgeber war jede Hoffnung und jede Anstrengung vergebens gewesen. »Aber wenn Sie keine Erben haben, wäre es nicht einfacher für Sie, wenn Sie verkaufen?«, fragte sie. »Sie könnten sorglos leben und …«

Die Witwe schnaubte und machte eine wegwerfende Handbewegung. »Und was? Ein schönes Leben im Rollstuhl führen und ein paar Jahrzehnte nutzlos am Fenster sitzen?«

»Tut mir leid«, entgegnete Tine. »Darüber habe ich nicht nachgedacht.«

»Aber Sie haben natürlich recht, Frau Heesters. Es ist ein Problem. Nicht nur, dass man uns als Frauen im Geschäftsleben nicht ernst nimmt. Mich als Krüppel nimmt man noch weniger ernst. Außerdem wächst mir die Arbeit über den Kopf. Wie Sie wissen, war ich ja die Hausdame des Hotels Perle. Nun muss ich mich auch noch um die Führung der beiden Häuser kümmern.«

Tine nickte verständnisvoll, ohne zu wissen, worauf Annegret Schlüter eigentlich hinauswollte. »Ich kann mir gut vorstellen, dass das alles … ziemlich schwierig ist. Und dazu die Trauer um Ihren geliebten Mann …«

Ein bitterer Zug legte sich auf die Miene der Witwe. »Nun ja, geliebter Mann …«, sagte sie. »Wir sprechen hier von Witwe zu Witwe, da kann ich es mir ja erlauben: Ich weiß nicht, wer von uns das traurigere Schicksal hat. Ich jedenfalls habe keinen *geliebten Mann* verloren, so wie Sie. Bei uns war da keine Liebe. Ich habe das Haus Perle in die Ehe gebracht und hatte meine ehelichen Pflichten damit erfüllt. Jedenfalls wenn es nach Georg ging. Sie dagegen, Sie haben vermutlich *die Liebe Ihres Lebens* verloren, richtig?«

Tine nickte, betroffen von diesen beiden Feststellungen.

»Nun, dann war Ihr Verlust erheblich größer, als Sie Witwe wurden. Und ich …« War da ein Zittern in der Stimme dieser geheimnisvollen Frau? »Ich habe die Liebe nie erlebt. Nie gehabt. Können Sie verstehen, dass ich Sie beneide?«

Einen Moment schwieg Tine, blickte auf den Flieder, dessen violette Blütenpracht im hellen Sonnenlicht dieses Märzvormittags strahlte wie buntes Kirchenfensterglas. Dann seufzte sie. »Ja. Das kann ich verstehen, Frau Schlüter. Das Schicksal ist nicht gerecht.«

»Nein«, stimmte Annegret Schlüter zu. »Ist es nicht.«

»Kann ich denn irgendetwas für Sie tun?«, fragte Tine, eigentlich mehr der Form halber.

»Das können Sie, Frau Heesters. Deshalb wollte ich mit Ihnen sprechen. Es geht um Ihre Arbeit hier.«

***

Es kam nicht oft vor, dass Tine sich eine Tasse Tee auf einer der Hotelterrassen gönnte. Eigentlich nie. Aber an diesem Tag hatte sie das Gefühl, dass sie eine solche Abwechslung brauchte, um sich einmal in aller Ruhe klar werden zu können über die Veränderungen, die anstanden.

Hausdame. Hausdame in einem großen Hotel. *Aber Sie selbst sind doch die Hausdame im Hotel Perle* hatte Tine zu der Frau in Schwarz gesagt. *Ich kann nicht alles sein. Hausdame und Inhaberin.* Nein. Natürlich. Das ging nicht. Schon die Aufgabe als Hausdame war eigentlich eine Tätigkeit, für die es eine eiserne Konstitution brauchte. Tine war voll der Bewunderung gewesen, dass Frau Schlüter sie ausführen konnte, obwohl sie im Rollstuhl saß. *Ein besonderes Arrangement. Frau Wiederhold hilft mir.* Frau Wiederhold, eigentlich von allen – außer von Frau Schlüter – nur Eva gerufen, war eines der Zimmermädchen und hatte überdies die Aufgabe, der behinderten Patronin zur Hand zu gehen, wo immer es nötig war. Es war beinahe, als wäre Frau Schlüter der Kopf und Eva der dazugehörende Körper. Nun?

Was für ein reizvoller Gedanke, als Hausdame in einem feinen Hotel tätig zu sein. Tine hätte am liebsten »Ja, bitte!« gerufen. Doch … *Ich bin die einzige Hebamme auf der Insel, Frau Schlüter. Ich kann keine Arbeit annehmen, von der ich nicht wegkann. Als Hausdame müsste ich jederzeit zur Verfügung stehen. Aber wenn eine Frau ein Kind erwartet, dann ist das wichtiger. Wichtiger als alles andere.*

Annegret Schlüter hatte genickt, gelächelt, geschwiegen und abermals genickt. *Das kann ich verstehen, Frau Heesters. Und es ehrt Sie. Ich bin einverstanden.*

Einverstanden?

Sie werden jederzeit abkömmlich sein, wenn Sie zu einer Schwangeren müssen.

Aber wie sollte ich …

Genau wie ich, Frau Heesters. Genau wie ich. Ich gebe Ihnen Eva an die Seite. Sie wird Sie nicht enttäuschen. Das Gute ist: Sie weiß bereits über alles Bescheid.

Und nun saß sie hier, bei Tee und Gebäck, vor dem Hotel Imperial Helgoland, das einst ihr eigener Mann hatte erbauen lassen, blickte auf die Landungsbrücke und staunte. Staunte über die Schönheit der Insel, den Lauf der Welt, vor allem aber: über die unergründlichen Wege des Schicksals.

Ich würde mich nicht mehr um den Blumenschmuck Ihrer beiden Häuser kümmern können.

Das kann Ihre Schwester übernehmen, oder nicht? Frau Fricke hat doch ihren Laden geschlossen.

Das könnte sie natürlich. Aber …

Es gab kein Aber. Außer der unaussprechlichen Tatsache, wie Georg Schlüter ums Leben gekommen war – und dass Tine in seinem Hotel saß und mit seiner Witwe sprach, als wäre nichts geschehen. Jedes Mal, wenn sie Annegret Schlüter sah, würde sie daran denken müssen. Daran, wie Schlüter sie nicht nur einmal, sondern immer wieder bedrängt hatte, wie er zudringlich hatte werden wollen und wie er am Ende … Wie sollte sie ausgerechnet für seine Witwe arbeiten? Wie sollte sie diesen Tod, den sie selbst vielleicht hätte verhindern können und an dem sie sich mit die Schuld gab, ob nun zu Recht oder zu Unrecht, jemals vergessen können?

»Tine! Was gibt es zu feiern?«

»Alfred! Moin.« Sie hatte den Hausdiener des Imperial gar nicht bemerkt, so tief war sie in Gedanken versunken gewesen.

»Du trinkst deinen Tee im ersten Haus am Platz? Das freut mich aber.« Statt sich zu ihr zu setzen, blieb er, ganz seinen Pflichten entsprechend, vor ihr stehen.

»Setz dich doch«, forderte Tine ihn auf.

Doch er schüttelte den Kopf. »Das würde nicht gut aussehen.«

»Verstehe.«

»Hast du dich denn schon beworben?«, fragte er neugierig.

Die Stelle als Hausdame. Wie gerne hätte sie im Imperial gearbeitet, dem Geist ihres verstorbenen Mannes ganz nah. Einerseits. Andererseits hatte sie genau davor auch ein wenig Angst gehabt. Würde ihr eine Stelle im Imperial nicht unablässig vor Augen führen, was sie alles verloren hatte? Würde sie nicht ständig an die Liebe ihres Lebens erinnert werden und vor allem daran, auf welch grausame Weise sie ihr entrissen worden war? »Nein, Alfred. Ich habe gezögert.«

»Noch ist es nicht zu spät!«, erwiderte er mit einem strahlenden Lächeln. »Die Kollegin hat gerade erst gekündigt.«

»Aber ich bin schon vergeben«, erklärte Tine und schlug die Augen nieder.

»Wie? Du heiratest noch einmal?« Alfred hätte nicht verblüffter sein können.

Tine musste lachen. »Nein, Alfred. Ich habe eine andere Stelle angenommen.«

»Tatsächlich? Das ging ja schnell. Und wo? Und als was?«

»Hausdame im Hotel Perle.«

»Ach.« Tine konnte sehen, wie er hin- und hergerissen war, sie zu beglückwünschen oder seine Enttäuschung kundzutun. »Nun«, sagte er. »Dann kann man gratulieren.«

Tine nickte. »Ja, Alfred. Danke.« Sie schenkte ihm ein Lächeln. »Ich wäre gerne zu dir ins Imperial gekommen …«

»Aber?«

»Aber ich hatte Angst.« Musste sie es ihm wirklich erklären? Nein, musste sie nicht. Alfred nickte und wandte den Blick hinaus aufs Meer. »Natürlich«, sagte er leise. »Das kann ich verstehen, Tine. Es wäre sicher nicht leicht gewesen. Vielleicht ist es so tatsächlich besser.«

Als sie nach Hause ging, hatte sie ihren Entschluss gefasst. Sie würde nach Stade fahren, um mit Jette zu sprechen, würde nach langer Zeit auch einmal wieder nach Hamburg fahren, würde sich mit Fritzi besprechen, würde endlich ihre Zukunft ein wenig sortieren und besser planen – und sie würde Frau Schlüters Angebot annehmen und Hoteldame in einem der besten Häuser Helgolands werden. Das würde sowohl ihre finanziellen Sorgen beenden als auch ein wenig Perspektive in ihr Leben bringen. Sie würde natürlich einen sehr viel strafferen Alltag haben und sehr viel arbeiten müssen. Aber sie hätte auch endlich etwas Ordnung und Verlässlichkeit für ihre eigene Existenz. Auch wenn sie nicht wusste, wie es ihr mit der Witwe des Mannes ergehen würde, dessen Tod so sehr auf ihr lastete.

***

Anders als Tine erwartet hatte, war Fritzi am Boden zerstört. »Aber … unsere Arbeit?«, fragte sie ein ums andere Mal.

»Fritzi, du kannst das ganz bestimmt weitermachen«, erklärte Tine ihrer jüngeren Schwester. Doch die vermochte ihr nicht zu glauben – und nach einigem Überlegen musste Tine sich eingestehen, dass sie womöglich recht hatte. Es war nun einmal Tines Aufgabe gewesen, die Hotels mit Blumen auszustatten. Man hatte mit freundlicher Miene zur Kenntnis genommen, dass Fritzi irgendwann mit dabei gewesen und ihr zur Hand gegangen war. Aber auch wenn ihre Schwester längst als akzeptiertes und respektiertes Mitglied der Inselgemeinde galt, so bezeichnete man sie doch weiterhin als einfältig oder als schlichtes Gemüt. Und ob man ihr aufgrund dessen die Aufgabe zutraute, die man Tine anvertraut hatte, das war längst nicht ausgemacht. »Ich werde auf dich aufpassen, Fritzi«, erklärte Tine. »Ich bin doch immer für dich da. Ich bin ja schließlich ganz in der Nähe. Jeden Tag.« Denn das Hotel Perle stand ja tatsächlich beinahe über dem Haus der alten Frau Liebrecht oben auf dem Falm. Es waren nur ein paar Schritte bis zur Treppe und dann hinauf ins Oberland, um dorthin zu gelangen. Der Gedanke schien Fritzi immerhin etwas zu beruhigen.

Entsprechend froh war Tine, als sie sich an diesem Abend spät in ihre Kammer begab. Wenn sie im nächsten Monat im Hotel Perle anfing, dann würde sie auch nicht mehr hier wohnen – oder zumindest nur noch an ihren freien Tagen hier sein. Denn eine Hausdame hatte natürlich vor Ort zu sein, musste den Gästen im Zweifel rund um die Uhr zur Verfügung stehen. Gewiss hätte Tine außerhalb der Saison in ihre kleine Kate ziehen können – und vielleicht würde sie das ja auch tun –, aber als wichtige Mitarbeiterin des Gästehauses hatte sie auch ein Anrecht darauf, im Hotel zu wohnen, wenn keine Gäste dort waren und die meisten anderen Mitarbeiter die Insel verlassen hatten.

***

In jener Nacht wurde Tine zu einer viel zu verfrühten Geburt gerufen: Gerlind Jacobs war auf der Treppe vom Ober- zum Unterland gestürzt, woraufhin die Fruchtblase platzte. Man hatte schnell nach Tine geschickt, doch es sah nicht gut aus. Die junge Frau war von eher schwächlicher Konstitution, ein zäher Husten, den sie seit dem Winter mit sich herumschleppte, machte ihr zu schaffen und ließ sie auch während der zwei

Stunden, in denen Gerlind Jacobs nach Hause gebracht wurde und Tine das Kind zu retten versuchte, nicht los. Erst als die werdende Mutter ohnmächtig wurde, kam zumindest der Körper ein wenig zur Ruhe, und Tine konnte mit geübten Griffen und allen Mitteln, die ihr zur Verfügung standen, versuchen, das Kind auf die Welt zu holen. Doch es war eben zu früh, es hatte sich nicht gedreht, sondern lag falsch im Bauch. »Ein Kaiserschnitt vielleicht«, keuchte Tine, als sie nach zwei Stunden kopfschüttelnd eingestehen musste, dass sie es alleine nicht schaffen würde. »Wir brauchen den Doktor.«

»Den Doktor?«, fragte die Mutter der jungen Frau erschrocken. »Dafür ist kein Geld da.«

Tine seufzte. »Ich verstehe Sie, Frau Rütten. Aber wenn Ihre Tochter tot ist und das Kind vielleicht auch, dann würden Sie Ihr letztes Hemd geben, um sie wieder lebendig zu machen. Nach meiner Erfahrung gelingt das bloß leider nicht. Deshalb möchte ich empfehlen, lieber jetzt das letzte Hemd zu opfern.« Leise fügte sie hinzu: »Und dafür vielleicht nicht Ihre Tochter und Ihr Enkelkind.« Wobei sie wenig Hoffnung für den Säugling hatte.

Wenig später Stand Doktor Bell in der Tür. »Moin, Frau Heesters«, sagte er, ohne sich Mühe zu geben, seine Geringschätzung zu verbergen.

»Moin, Herr Doktor«, erwiderte Tine. »Sie sind auf meine Empfehlung hier.«

»Soso. Ich nehme an, Sie kommen nicht weiter.«

»Es wird einen Kaiserschnitt brauchen«, erklärte Tine.

»Aha. Das sagen Sie, weil Sie unter die Mediziner gegangen sind?«

»Das sage ich, weil ich es ohne Kaiserschnitt auch hätte selbst machen können.«

Der Arzt sog scharf die Luft ein. Dann untersuchte er die junge Frau, die inzwischen wieder bei Sinnen war, wenn auch sehr geschwächt. »Haben Sie schon mal einen Kaiserschnitt mitgemacht?«

»Bisher hatte ich keine Gelegenheit«, erklärte Tine wahrheitsgemäß. Denn der Arzt hatte sich in der Vergangenheit verbeten, dass die Hebamme bei seinen Eingriffen anwesend war.

»Dann wird das heute interessant für Sie.« Er befahl dem Mann der werdenden Mutter, Klaus Jacobs, eine Flasche Rum zu bringen, legte seine Instrumente zurecht und verwies dann alle anderen des Raumes. Als er die Klinge ansetzte, spürte Tine einen leichten Schwindel. Doch dann war sie so von ihrer Aufgabe gefesselt, dass sie nichts anderes dachte als: *Gebe Gott, dass es gut gehen möge!*

Gott schien sie nicht zu erhören. Immer wieder stöhnte Gerlind Jacobs in ihrer Ohnmacht, offenbar schien sie trotz der Besinnungslosigkeit Schmerzen zu leiden. Zweimal kam sie kurz zu sich, nur um sogleich wieder niederzusinken. Indes verrichtete Doktor Bell sein Werk, jedoch ohne Behutsamkeit oder Rücksicht, ob die Frau jemals noch würde ein Kind bekommen können. Immer wieder musste Tine den Blick abwenden, weil sie nicht zusehen konnte, wie er schnitt und die Wunde auseinanderzerrte, wie er das Kind mit harten Händen packte und herauszog. »Trennen Sie es ab«, knurrte er Tine an, während er sich schon bereitmachte, die Wunde wieder zu vernähen. Dass Gerlind Jacobs die Operation überlebte, schien ihr wie ein Wunder. Dass das Neugeborene, so winzig und schwächlich es war, einen ersten Atemzug tat und dann noch einen und immer weiter, erst recht. Der Junge war tatsächlich noch am Leben, als Bell ihn aus der klaffenden Wunde zerrte.

Wie eine kleine Puppe lag der Junge in Tines Arm. Sie drückte ihn sacht an sich und wärmte ihn mit einer Decke, die der umsichtige Vater bereitgelegt hatte.

»Sie hätten mich früher rufen sollen«, stellte der Arzt trocken fest, als er sich die Hände abwischte. Er hatte die Wunde mit groben Stichen vernäht, und Tine konnte nicht umhin zu denken, wie viel sorgfältiger etwa Frau Thevessen ihre Nähereien erledigte, obwohl es doch nur Stoff war, um den es dabei ging, während es hier immerhin um den Körper einer jungen Frau ging, der durch eine hässliche, riesige Narbe nicht nur entstellt wurde, sondern womöglich auch später noch Schmerzen leiden würde. Sie kannte Frauen, deren Narben nach einem Kaiserschnitt sich entzündet hatten, die lange Jahre unter Schmerzen litten, auch solche, die nie wieder Kinder bekommen würden, weil man es beim Zunähen nicht so genau genommen hatte. »Was ist?«, sagte Doktor Bell müde, als er ihren Blick bemerkte. »Sind Sie mit meiner Arbeit nicht zufrieden?«

»Sind Sie es denn?«

»Was hätten Sie besser gemacht, Frau Doktor Hebamme?«, wollte er wissen.

»Ich weiß, es steht mir nicht zu«, sagte Tine. »Aber ich finde, man hätte die Wunde feiner vernähen müssen.«

»Sie haben recht.«

»Ich habe recht?«, staunte Tine über die Zustimmung des Mediziners.

»Ja. Sie haben recht: Es steht Ihnen nicht zu.«

Damit warf er seine Instrumente in seine Tasche, blickte noch einmal auf die junge Frau, die in eine Art Halbschlaf gefallen war und sich stöhnend auf dem Bett wand. »Binden Sie ihre Hände fest, damit sie nicht hingreift. Sonst geht am Ende die Wunde noch auf, und wir haben eine riesige Sauerei«, befahl Bell, dann setzte er seinen Hut auf und verließ grußlos das Zimmer.

Erschöpft, gekränkt und verstört sank Tine auf den Stuhl neben dem Bett und legte eine Hand auf Gerlind Jacobs' Stirn, streichelte sie und redete ihr gut zu. Den winzigen Säugling legte sie der jungen Frau auf die Brust und breitete die Decke darüber. Zum ersten Mal sah Tine eine frischgebackene Mutter, die es im Angesicht ihres Neugeborenen nicht schaffte, dankbar auf das Kind zu blicken. Ob Tine den Vater holen sollte?

Als hätte er ihre Gedanken erraten, beugte Karl Jacobs sein Haupt unter dem niedrigen Türstock. Leise trat er näher, betrachtete seine Frau, sah zu der Hebamme und beugte sich dann über den Säugling, um sein Köpfchen zu küssen. »Wird es …?«

Tine nickte. »Er wird überleben.«

»Er?«

»Er.«

Mit zitternden Fingern hob der Mann die Decke an und blickte dann lange schweigsam auf das Kindlein. Schließlich kniete er sich davor nieder und sprach ein stummes Gebet, ehe er die Decke wieder darüberbreitete und den Kopf neben den seiner Frau auf das Kissen legte.

Leise stand Tine auf, nahm ihre Sachen und machte sich auf den Weg. Hier musste sie für den Augenblick nichts weiter tun. Die Familie sollte diesen heiligen Moment für sich begehen. Die Ankunft eines Kindes war das größte Geschenk, das Gott den Menschen machen konnte.

Mit tiefem Dank dachte Tine auf dem Heimweg an ihre Tochter, die schon bald wieder bei ihr sein würde. Nur: für wie lange? Wenn sie eine Schwesternausbildung absolvierte, würde sie auch das nicht auf Helgoland tun können. Sie würde nach Cuxhaven gehen müssen oder vielleicht auch nach Hamburg,, und Tine wäre wieder allein.

Drüben an der Landungsbrücke machte ein Fährmann sein Boot klar. Längst war die Dämmerung über der Düne aufgezogen, bald würde es lichter Tag sein. Erst beim Näherkommen erkannte Tine, dass es Paul Stöver war, der die Plane entfernte und die Ruder in die Riemen legte, der eingedrungenes Wasser aus dem Boot schöpfte und eine Decke über eine der Bänke legte, auf der dann die feinen Damen sitzen würden, sobald die ersten Passagiere Platz nahmen. Sie wollte ihren Schritt schon beschleunigen, als Paul sie entdeckte: »Tine!« Er winkte ihr. Sie hob zögerlich die Hand.

»Komm! Ich möchte mit dir sprechen!«

Obwohl sie sich innerlich sträubte, trat sie auf den Steg.

***

»Setz dich«, sagte Paul und deutete auf die Bank mit der Decke.

»Paul, ich bin müde. Ich …« Im nächsten Moment musste sie einen kleinen Aufschrei unterdrücken, weil Paul völlig unerwartet mit einem der Ruder gegen den Steg gedrückt und das Boot in Bewegung gesetzt hatte. »Paul! Ich muss …« Sie setzte sich, bevor sie noch ins Wasser fiel, während das Börteboot sich langsam auf die Binnenreede schob. »Was machst du?«

Paul Stöver antwortete nicht, sondern hängte das Ruder wieder ein, setzte sich und zog dann die Riemen ein paarmal in aller Ruhe mit kräftigen Bewegungen durch, sodass sie sich schnell vom Strand entfernten und Richtung Düne schwenkten. Erst als sie die Landungsbrücke hinter sich gelassen hatten, senkte er die Arme und blickte Tine in die Augen. »Mir tut das alles schrecklich leid, Tine«, sagte er. »Was passiert ist, ist furchtbar. Egal, ob Schlüter ein guter Mann war oder nicht. Na ja, er war es nicht …« Er schien den Faden wiederzufinden, als er erneut nach den Rudern griff. Die Bewegungen schienen seinen Gedanken eine Struktur zu geben: »Ich weiß, dass du dir die Schuld gibst. Und mir natürlich auch. Aber wir sind nicht schuld, Tine! Weder du noch ich! Überleg doch, was gewesen wäre, wenn ich nicht aufgetaucht wäre.« Er hielt kurz inne, als wollte er ihr Gelegenheit geben, sich das Bild vor Augen zu führen. »Überleg, was passiert wäre, wenn ich nicht stehen geblieben wäre.«

»Dann wäre er nicht getaumelt«, erklärte Tine, die die schrecklichen Ereignisse jener Nacht vor sich sah, als geschähen sie gerade eben.

Wieder schwieg Paul eine kleine Weile, während er weiterruderte. Schließlich sagte er leise: »Wäre es dir lieber gewesen, ich wäre über den Falm gestürzt?«

Tine schlug die Augen nieder. »Nein, natürlich nicht. Es ist nur … was du dann gesagt hast, Paul …«

»Ja?«

»Du weißt schon …«

»Ich weiß, Tine. Ich habe gesagt, dass du immer die Frau sein wirst, die ich liebe.«

»Aber du *hast* eine Frau, Paul. Sie musst du lieben, nicht mich!«

»Ich liebe sie ja«, sagte Paul mit einem Blick, der sich irgendwo im Himmel, weit hinter Tine verlor. »Aber nicht auf die Weise, wie ich dich liebe, Tine. So wie dich werde ich niemals jemanden lieben, verstehst du?«

»Nein«, sagte Tine. »Das kann ich nicht verstehen.« Aber es

war eine Lüge. Denn sie wusste genau, wie Paul Stöver fühlte. Er fühlte wie sie, wenn sie an ihren verstorbenen Mann dachte. So wie sie Henry geliebt hatte, würde sie wohl niemals wieder jemanden lieben können. Zumindest konnte sie es sich nicht vorstellen. Als sie Paul ansah, entdeckte sie ein trauriges Lächeln auf seinem Gesicht. »Da siehst du«, sagte er nur. »So geht es mir mit dir.«

Die Sonne stieg langsam über die Düne. Nordwärts waren ein paar Fischerboote zu sehen. Eine Möwe ließ sich am Bug des kleinen Bootes nieder und betrachtete die Menschen, die hier auf See schaukelten. Tine nickte. Sie lauschte auf das Plätschern der Wellen am Rand des Bootes, sah zur Düne hin, wo in diesem Augenblick ein Schwarm von Vögeln in die Luft stieg, und sie lauschte auf ihr eigenes Inneres. Hätte sie Pauls Werben damals nachgegeben, wäre sie heute nicht ein glücklicherer Mensch? Sie hätte einen Mann, vielleicht hätte sie sogar noch ein oder zwei Kinder bekommen, sie würden sich keine Sorgen um ihr Auskommen machen müssen, weil Paul in der Saison als Fährmann und außerhalb der Saison im elterlichen Kramerladen arbeitete, den er eines Tages übernehmen würde … War es wirklich leichter, auf all das zu verzichten, nur weil … ja, weil *was*? Sie mochte Paul. Sie hatte die Zeit mit ihm genossen. Für eine kurze Weile hatte es sogar ausgesehen, als ob …

»Wir wären beide glücklicher heute, wenn du damals ja gesagt hättest, Tine«, sagte Paul, als hätte er ihre Gedanken gelesen. Unvermittelt waren sie um die südlichen Ausläufer der Düne herumgefahren und nun außer Sichtweite der Hauptinsel. »Wohin fahren wir, Paul?«

»Ich wollte dich einmal für ein paar Minuten für mich allein, Tine.« Paul sprang aus dem Boot ins immer noch sehr kalte Wasser. Doch es schien ihm nichts auszumachen, dass es ihm an der Stelle beinahe bis zu den Hüften reichte. Stattdessen zog er das Boot auf den Strand und half Tine beim Aussteigen. »Komm, ich zeige dir etwas!« Er griff nach einem Korb, über dem ein Tuch lag, dann stapfte er voraus durch den Sand und verschwand für einige Augenblicke zwischen den Dünen. Tine hatte ihre Schuhe ausgezogen und ging hinter ihm her. Hinter einer Düne, über die eine Grasnarbe wucherte, fand sie Paul wieder. Er stand an einem der neuen Strandkörbe, die man in den letzten Jahren hier anstelle der alten Zelte aufgestellt hatte, und verbeugte sich tief: »Es wäre mir ein großes Vergnügen, wenn Sie mir die Ehre gäben, Gnädigste«, sagte er und bedeutete Tine, Platz zu nehmen.

»Paul! Das ist ja unglaublich!«, staunte Tine. Der Strandkorb war umrahmt von bunten Windlichtern, in denen kleine Kerzen flackerten, einige hingen auch am Baldachin und erleuchteten das Innere des Strandkorbs auf bezaubernde Weise. Davor stand ein kleines Tischchen im Sand, auf dem zwei Gläser, eine Schale mit Obst und etwas Gebäck arrangiert waren. Vor allem aber: Paul hatte einen Sektkübel aufgestellt, in dem – auf Eis gebettet – eine Flasche Champagner darauf wartete, geöffnet zu werden.

»Rein zufällig habe ich dieses kleine Versteck hier entdeckt«, sagte Paul mit einem Lächeln, während er nach Tines Hand griff. »Komm, lass uns ein wenig hier sitzen und so tun, als dürften wir das.«

Tine lachte und schüttelte seine Hand ab. »Du bist unmöglich, Paul«, sagte sie. Und doch folgte sie ihm und ließ sich neben ihm auf die gepolsterte Bank des Strandkorbs fallen.

»Ist es nicht wunderschön hier?«

»Das ist es, Paul. Deshalb lebe ich hier.«

»Deshalb ist es doch so schön.«

Verständnislos sah Tine ihn an.

»Weil du hier lebst«, erklärte Paul mit plötzlich heiligem Ernst. »Deshalb ist es hier so wunderschön.«

»Ach, Paul, bitte.« Tine seufzte. So prickelnd sich Komplimente anfühlten, es war nicht richtig. Es war nicht richtig, was sie hier taten. »Was willst du denn von mir?«, fragte sie ihn, halb mitleidsvoll, halb ärgerlich. Doch statt zu antworten, beugte Paul Stöver sich zu ihr und küsste sie. »Das«, sagte er. Tine drängte ihn halbherzig zurück. »Tu das nicht, Paul. Denk an deine Frau.«

»Und das«, sagte er und schlang seine Arme um sie. Diese starken und zugleich sanften Arme, die sie schon vor Jahren so genossen hatte. Und alle Einsamkeit und alle Sehnsucht nach Nähe und Zuwendung schlugen sich auf einmal Bahn, und auch Tine vergaß, dass Paul Stöver der Mann einer anderen Frau war, sog seinen Duft ein, spürte das Kratzen seiner Bartstoppeln, den schnellen Schlag seines Herzens – und ihres eigenen Herzens dazu. Und entschied sich, ohne einen Moment darüber nachzudenken, den Augenblick zu genießen, sich dieser heimlichen Stunde hinzugeben, ihn sich einfach zu nehmen. Denn er wollte es ja so unbedingt – und sie selbst brauchte es nicht weniger dringend, wünschte es sich auf einmal so heftig, dass sie nicht mehr denken konnte, nicht mehr denken wollte, sondern nur noch sein, ganz hier, ganz jetzt, ganz im Zauber der Gefühle.

***

Viertes Kapitel

Hamburg war kaum wiederzuerkennen. Seit Tine vom Schiff gestiegen war und einem der Blumenmädchen – es gab jetzt an jeder Landungsbrücke mehrere! – ein Sträußchen Vergissmeinnicht abgekauft hatte, konnte sie ihren Augen kaum trauen. Gewiss, auch zu ihrer Zeit war gebaut worden, mächtig gebaut worden sogar, vor allem der Hafen war unfassbar gewachsen. Immer größere Dampfkräne hatten immer imposantere Erweiterungen ermöglicht. Doch jetzt geschah das, was in Tines frühester Kindheit mit der Alsterinsel geschehen war, mit dem Viertel, in dem sie aufgewachsen war: dem anderen Teil des Gängeviertels. Die meisten der armseligen Behausungen, der dicht an dicht gedrängten Elendshäuser waren bereits abgerissen, gewaltige Löcher klafften in der Erde, riesige Pumpen drängten das Wasser zurück, das von allen Seiten in die Baugruben drang. Andernorts erhoben sich schon beeindruckende Kontor- und Geschäftshäuser, neue Straßen waren angelegt worden, viel breiter als die engen Gassen, die dem Viertel einst seinen Namen gegeben hatten. Alles hatte sich verändert, alles strebte ans Licht. Wo früher dunkle Winkel zwielichtige Gestalten angezogen hatten, luden jetzt große Fenster in moderne Geschäfte ein. Wo jahrzehntelang hungrige Familien dicht an dicht gehaust hatten, erstreckten sich jetzt lange Bürotrakte über ganze Häuserblocks. Wo weiland morsche Holzstege über die Fleete geführt hatten, wölbten sich elegante, steinerne Brücken, manch eine gar mit einem eisernen Wehr. Staunend schritt Tine den Weg entlang, den sie noch vage zu kennen glaubte, auch wenn es eindeutig nicht mehr dasselbe Pflaster war, auf dem sie selbst in ihrer Kindheit barfuß oder mit Holzpantinen entlanggelaufen war. Nichts von allem, was ihre Jugend ausgemacht hatte, war noch zu sehen, nichts mehr war übrig von dem, was sie die ersten fünfzehn Jahre ihres Lebens umgeben hatte. War es zunächst nur ungläubiges Staunen über die Gewalt und über die Kraft, mit der all das hier ins Werk gesetzt wurde, empfand sie es wie einen Schlag in den Magen, als sie plötzlich an einen ihr ganz vertrauten Ort kam: jene kleine Abbiegung, an der drei Gänge aufeinandergetroffen waren und wo Meister Herzfeld seine Baderstube gehabt hatte. Nur die Grundfesten des Gebäudes standen noch. Und es war klar, dass auch sie würden weichen müssen. Die Bagger standen schon bereit, in dem niedrigen Keller, der nun am offenen Tageslicht war, standen mehrere Arbeiter und schlugen Holzkeile in Spalten des Ziegelwerks, um die Mauern auseinanderzubrechen. Natürlich, was von den Steinen noch nutzbar war, würde neu verbaut werden. Denn auch wenn es scheinbar grenzenlose Mengen Geld in dieser Stadt gab, die sich ganze Viertel kaufen und sie dem Erdboden gleichmachen konnten, niemals gab es etwas zu verschwenden. »Moin!«, rief Tine in die Grube hinab.

Es dauerte eine Weile, ehe sie einer von den Männern hörte.

»Wisst ihr, was mit den Bewohnern ist?«

»Bewohnern? Wen meinst du denn, Dern?«

»Meister Herzfeld! Wisst ihr, wo der jetzt ist?«

»Nie gehört«, knurrte der Arbeiter und spuckte aus, ehe er seinerseits seinen Nebenmann fragte: »Weißt du was von einem Meister Herzfeld?«

»Meister Herzfeld?« Auch der zweite Mann zuckte die Achseln.

»Was ist das denn für einer?«, fragte der erste.

»Ein Bader«, erklärte Tine.

»Ja! Einen Bader haben wir! Den findest du drüben in der Baracke!« Er wies vage in Richtung St. Georg. Tine nickte. »Danke!« Dann stieg sie über einen am Boden liegenden Haufen Holzbohlen und marschierte dorthin.

Tatsächlich fand sie eine Baracke, die offenbar zu der Baustelle gehörte. Und in der Baracke fand sich auch ein Bader – nur dass es eben nicht Meister Herzfeld war. »Tut mir leid. Nie gehört von ihm«, sagte der Mann, dessen Aufgabe es offenbar war, all die Kranken und Verletzten zu verpflegen, die eine so riesige Baustelle nun einmal mit sich brachte. »Kann ich Ihnen denn irgendwie weiterhelfen?«

»Nein, nein«, murmelte Tine, die sich fühlte, als hätte man ihr einen Teil ihres Lebens abgeschnitten. »Schon gut.« Sie stolperte nach draußen und wäre beinahe mit ein paar Arbeitern zusammengestoßen, die einen Kollegen in die Baracke schleppten, auf dessen Brust eine riesige Wunde klaffte: eines der vielen Opfer, die solche gewaltigen Bauunternehmungen forderten und für die niemand bezahlen würde, außer denen, deren Leben oder Gesundheit dabei auf der Strecke blieben.

Erschüttert lief Tine weiter und immer weiter durch die Ruinen des Gängeviertels und zwischen den neu errichteten Palästen des Geldes hindurch, bis sie sich schließlich auf der Mönckebergstraße wiederfand, nah beim prächtigen Rathaus der Stadt, wo ihre Mutter als Wäscherin gearbeitet hatte.

In den Straßen herrschte dichter Verkehr. Menschenmassen schoben sich über die engen Bürgersteige, bepackt mit Körben und Taschen, Karren schiebend oder Wagen ziehend, dazwischen eng an eng die Fuhrwerke, hochbeladen oder auf dem Weg, ihre Fracht aufzunehmen. Es war eine hässliche Geschäftigkeit, die hier herrschte, wo alles sich zwischen dem Bahnhof auf der einen Seite und dem Hafenviertel auf der anderen bewegte und man sich den Platz nicht zu gönnen schien, den ein Mensch brauchte, um von einem Ort zum anderen zu gelangen. So voll, so schnell und so laut hatte Tine Hamburg nie erlebt, obwohl sie doch ein Kind der Stadt war. Aber vielleicht war es auch zumindest ein wenig dem Umstand geschuldet, dass sie so lange schon auf einer kleinen Insel weit draußen vor der Elbmündung lebte, wo alles viel langsamer, leiser und behutsamer geschah.

Sie hatte für Jette ein neues Sommerkleid kaufen wollen, vielleicht auch zwei, falls es nicht zu teuer war, nun, da ihre Tochter bald nach Hause kam. Jette war gewachsen. Sie war groß geworden und auch ziemlich fraulich. Die alten Kleider passten ihr nicht mehr, betonten die neu entwickelten Formen mehr, als dass sie sie bedeckten.

In der Mönckebergstraße gab es jetzt auch Kaufhäuser: große Geschäfte, in denen man nahezu alles kaufen konnte! Vom Hosenknopf bis zum Kammgarn, von der Meterware bis zur fertigen Küchenschürze, vom Kochtopf bis zum Speiseservice, vom Damenhut bis zum Herrenschuh wurde hier alles angeboten. Schon nach wenigen Minuten in dem Gebäude fühlte Tine sich unendlich müde, so überwältigt war sie von der Vielzahl der Eindrücke, die auf sie einstürzten. Im obersten Stockwerk gab es sogar ein Café, in dem man sich zu einem Getränk und einem Stück Kuchen hinsetzen konnte – was Tine dann auch tat. Und während sie über die mäßige Qualität des Johannisbeerkuchens staunte, staunte sie zugleich über die sagenhafte Welt, in die sie geraten war. Eine Welt, in der jeder alles haben zu können und jedem alles offenzustehen schien. In die Bewunderung des Reichtums aber mischte sich schon nach kurzer Zeit ein bitterer Gedanke, eine Frage, auf die Tine keine Antwort zu finden vermochte: Wo sind all die Menschen hin, die im Gängeviertel gelebt hatten? Es mussten viele Tausend gewesen sein. Sie alle gab es ja noch. Nur ihr Viertel gab es nicht mehr. Das Viertel, das sie sich alle nicht freiwillig ausgesucht hatten, sondern in dem sie gelebt hatten, weil es das einzige gewesen war, das sie sich hatten leisten können – und selbst das oft nur mit größter Not. Wo lebten all diese Menschen jetzt? Wo lebten ihre Geschwister? Wo lebte Meister Herzfeld?

* * *

Es blieb bei einem Sommerkleid, das nämlich allein fast so viel kostete, wie Tine für zwei Kleider auszugeben sich überlegt hatte. Die Preise schienen in Hamburg so schnell nach oben zu schießen wie die neuen Bauwerke. Zu allem Überfluss brauchte Tine nun auch noch ein Zimmer für die Nacht, weil ihr Plan, die Nacht bis zur Abfahrt des Dampfers nach Helgoland morgen früh in ihrem Elternhaus verbringen zu können, hinfällig war. Ein wenig hatte sie sich davor geängstigt, noch einmal auf den harten, schäbigen Strohsäcken zu schlafen, auf denen sie ihre Kindheit und Jugend zugebracht hatte. Doch nun ängstigte sie sich, all ihr Geld auszugeben für eine Unterkunft, die sie bei den anstehenden Ausgaben nicht eingerechnet hatte. »Ein Zimmer?«, fragte die Besitzerin der »Pension Möwe« in St. Georg, wo Tine es zunächst probierte. »Alleine? Für wie lange?« Wie sie sie dabei musterte, geradezu, als wollte sie die Kundin mit ihren Blicken ausziehen, war so unverschämt, dass Tine gar nicht mehr hinhörte, als die Frau den Preis sagte, sondern lieber gleich wieder nach draußen lief. Dort verstand sie auch plötzlich, was die Pensionsbesitzerin so überrascht hatte. Denn unweit des Hauses standen mehrere junge Frauen, manche fast noch Mädchen, scheinbar ohne jede Beschäftigung, während der ein oder andere Mann, der an ihnen vorüberging, sie ungeniert betrachtete. Huren!, schoss es Tine durch den Kopf. Natürlich! Sie war ja ganz in der Nähe des Bahnhofs. Dort trieben sich die Frauen herum, die keine andere Tätigkeit fanden. Seit ihrer Kindheit wusste sie, womit diese Frauen ihren Lebensunterhalt verdienten, im Gängeviertel hatte es viele von ihnen gegeben. Aber erst viel später hatte sie verstanden, dass es die Elenden waren, diejenigen, die nichts mehr zu verlieren hatten, die sich selbst zu Markte trugen, um das bisschen Leben zu retten, an dem sie doch hingen – oder um ihre Kinder durchzubringen. Denn natürlich hatten viele von ihnen Kinder, gerade sie hatten welche, wenn sie sie nicht vor der Zeit verloren.

»Du«, sprach sie unvermittelt ein älterer Mann an, der ein Händler sein mochte vom nahen Gemüsemarkt oder ein Angestellter vom Bahnhof.

»Ja, bitte?«

»Wie viel?«

»Bitte?«

Er musterte sie von oben bis unten. »Bist nicht mehr so frisches Gemüse wie die meisten hier. Mach lieber nicht auf feine Dame. Immerhin scheinst du sauber zu sein.« Tine war so schockiert, dass sie wie versteinert dastand und ihn anstarrte. »Ich gebe dir eine Mark, wenn du dein eigenes Zimmer hast.«

Tine war immer noch sprachlos. Mit festem Griff hielt sie ihre Tasche gepackt und versuchte, einen Schritt zur Seite zu machen. Gar nicht drauf eingehen, sagte sie zu sich selbst. Nicht antworten. Doch der Mann packte sie am Arm. »Na, was ist jetzt? Eine Mark für einmal Glücksgefühle! Das ist ein gutes Geschäft, Mädchen.«

Ein Mädchen war sie sicher schon lange nicht mehr. Und so eines schon gar nicht. Tine riss ihren Arm los und zischte: »Fassen Sie mich nicht an!«

»Hoppla!«, rief der Mann und lachte. »Die Kleine hat Feuer. Das gefällt mir. Also gut, ich geb dir eins fünfzig. Aber dafür musst du …«

Sie dachte gar nicht groß nach, es passierte beinahe automatisch, dass sie ihr Knie hochriss und es dem groben Kerl in die Weichteile rammte. Der klappte augenblicklich zusammen und jaulte auf wie ein Hund, dem man mit dem Riemen eins übergezogen hatte. »Du …«, keuchte er taumelnd, ehe er sich berappelte. »Du … kleine … dreckige …« Seine Augen waren blutunterlaufen, seine Backenknochen traten hervor, Zorn sprühte aus seinem Blick. »Dich werd ich …« Er machte einen Satz auf sie zu, Tine aber war schon losgerannt, einfach nur die Straße runter, wohin auch immer, nur weg. Der »Kunde« taumelte hinter ihr her, schien sich aber langsam wieder zu fangen und holte schnell auf. Schon war er nur noch ein paar Schritte hinter ihr. Tine sah sich hilfesuchend um. Gab es denn hier nirgendwo einen Gendarmen, den sie hätte ansprechen können? Doch es waren nur Frauen hier. Frauen und *Männer.* Solche Männer. Sie standen auf den Bürgersteigen und in den Hauseingängen, in Einfahrten und an den Ecken Richtung Bahnhof. Tine sah sich um: Der Mann war nur noch ein paar Armlängen entfernt. Und er war schnell. Die Wut hatte seine Kräfte entfesselt. Beinahe meinte Tine, seinen Atem schon in ihrem Nacken zu spüren, als sie plötzlich einen Schrei hinter sich hörte und einen dumpfen Krach. Als sie sich erneut umblickte, sah sie den Kerl auf der Straße liegen und sich mit beiden Händen den Schädel halten: Jemand hatte ihm ein Bein gestellt. Nein, nicht jemand – eine der *Frauen*! Sie zwinkerte Tine zu, ehe sie in einem Hausflur verschwand und die Tür hinter sich zuschlug. Im nächsten Moment war Tine um eine Ecke verschwunden und tat es ihr gleich, indem sie sich durch ein halb geöffnetes Tor in eine Hauseinfahrt quetschte und auf den Hinterhof stolperte, von wo ihr im selben Moment ein Mann entgegenkam, der sich das Hemd in die Hose stopfte und gar keine Notiz von ihr nahm.

Tine sprach ein stummes Stoßgebet, drückte das Tor hinter dem Mann zu und lehnte sich erschöpft dagegen. Ihr Herz schlug ihr bis zum Hals. Als sie an sich herabblickte, entdeckte sie, dass sie ihre Bluse zerrissen hatte. Sie wollte nicht weinen. Aber sie konnte die Tränen nicht zurückhalten. Draußen waren Schritte zu hören. Schritte, die schnell lauter wurden – und ebenso schnell wieder leiser. Ob es der Kerl gewesen war, der sie bedrängt hatte? Ob er schwer verletzt war? Warum hatte sie nicht einfach gesagt, dass sie nicht … Aber hatte sie das nicht? Tine versuchte sich zu erinnern, vergeblich.

»Wen haben wir denn da?«, hörte sie plötzlich eine Stimme ganz nah bei sich. Vor sich. Als sie aufsah, standen sie Auge in Auge, und Tine konnte es für den Bruchteil einer Sekunde nicht fassen, konnte nicht glauben, was hier geschah. In diesem kurzen Moment aber wurde ihr klar, wie groß das Unglück der Welt war und wie groß das Glück gewesen war, das sie bis hierher begleitet hatte, bis zu diesem Ort an diesem Tag, wo alles anders gekommen war, als sie es geplant und sich vorgestellt hatte. »Gerda?«

»Hättest mich fast nicht mehr erkannt, was?«, sagte ihre Schwester scheinbar erheitert. Doch in dem leicht spöttischen Ton lagen all die Trauer und all die Kränkungen, die der ältesten Schwester Tines in den Jahren widerfahren sein mussten. Natürlich hatte Tine es immer gewusst. Hatte gewusst, wofür die beiden großen Schwestern ihre hübsche Unterwäsche brauchten und die schönen Kleider, die sie getragen hatten, als sie selbst noch in geflickten und manchmal auch zerlumpten Kleidern hinausgewandert war zu den Elbwiesen, um Blumen zu sammeln. Hatte gewusst oder doch zumindest geahnt, dass Gerda und Jolante *solche Frauen* gewesen waren. Frauen, die von Männern bezahlt wurden, wofür auch immer. Aber jetzt, nach all den Jahren, hatte es Gerda scheinbar noch immer nicht geschafft, nein, *offensichtlich* noch immer nicht geschafft, diese Arbeit aufzugeben und eine Familie zu gründen. Es sei denn ... »Gerda! Wie freue ich mich, dich zu sehen!«

Schockiert erkannte Tine, dass sie es war, die nun ihrerseits eine Frau musterte, ganz wie die Männer drüben auf der Straße, wenn auch aus anderen Gründen. Die ältere Schwester schien den Blick zu kennen – und zu erkennen. »Wirklich?«, sagte sie.

»Ja, wirklich! Was machst du ... ich meine ... bist du ...« Tine suchte nach Worten. Doch Gerda schien sie auch so zu verstehen. Sie lächelte wissend und erklärte: »Doch, ja. Ich bin.« Sie zuckte die Achseln. »Immer noch.«

»Das ... das tut mir leid.«

»So? Weißt du, man gewöhnt sich daran, irgendwie.« Und dann, plötzlich, zog sie Tine an sich und umarmte sie, beinahe mütterlich, ehe sie sie wieder von sich schob und nun ihrerseits betrachtete. »Soso, meine kleine Schwester Tine«, sagte sie. »Gut siehst du aus! Nein, sag nichts, ich weiß, wie ich aussehe!« Sie lachte. »Was hat dich nur in diese Gegend verschlagen? Ich denke nicht, dass du dich meinen Kolleginnen anschließen wolltest?« Sie hakte Tine unter und zog sie mit sich. »Du musst mir alles erzählen. Mir und Hannes.«

»Hannes?«

»Meinem Mann.« Und auf Tines erstaunten Blick hin: »Oh, denk nicht, dass von denen keine ein normales Familienleben führen würde. Es ist eben eine Arbeit, nichts weiter.« Sie nahm Tine einige Treppen hoch in eine enge, aber saubere kleine Wohnung, in der eine Handvoll Kinder sie neugierig anstarrten, als sie eintraten. Auf der Küchenbank saß ein Mann, schon etwas älter, und pellte Kartoffeln. »Wen bringst du uns denn da mit, Täubchen?«, fragte Hannes Heger, Gerdas Mann.

»Das ist meine jüngere Schwester Tine. Na ja, dass sie jünger ist, hätte ich nicht erwähnen brauchen«, lachte Gerda und schob Tine über die Schwelle.

»Tine! Ja, von der hast du schon erzählt, denke ich.« Der Mann mit den Kartoffeln warf Tine einen entschuldigenden Blick zu. »Die Familie war nicht gerade klein, was?«

»Nein«, sagte Tine. »War sie nicht. Moin.« Sie nickte den Kindern zu, die schüchtern zur Seite oder auf den Boden blickten. Alle außer einem Mädchen, das sie frech musterte und sich geradezu zu überlegen schien, was sie nun anstellen sollte. »Und du musst Mariechen sein«, versuchte es Tine aufs Geratewohl. Das Mädchen schüttelte den Kopf. »Anna?« Wieder wanderte der Kopf von einer Seite zur anderen. »Luise!«, rief Tine, als habe sie es endlich verstanden. Und zu ihrer Überraschung nickte das Mädchen und kicherte.

»Wie bist du denn darauf gekommen?«, fragte Gerda, die sich an Tine vorbeischob und an den Herd stellte, um rasch das Feuer etwas nachzuschüren.

»Hellseherei?«, schlug Tine vor und zwinkerte ihr zu.

»Ach ja!«, rief Gerda und blickte zu ihren Kindern hin. »Das stimmt. Tine ist von Beruf Hellseherin!«

Nun waren die Ohren noch größer als die Augen. »Ehrlich?«, fragte Luise. Aber dann hatte sie sich schon wieder im Griff und fragte frech: »Was siehst du denn?«

»Oh«, antwortete Tine. »Ich sehe, dass ein paar Kinder bald ins Bett gehen müssen. Gleich nach dem Abendbrot.«

»Das weiß doch jeder«, erklärte Luise knapp und wandte sich ab, als hätte sie den ganzen Schwindel durchschaut. Die Erwachsenen aber lachten, und sogleich herrschte eine ganz wunderbar gelöste Stimmung in der kleinen Wohnung in St. Georg.

***

Wie sich herausstellte, hatte es die Familie Tiedkens in alle Winde verstreut. Nach dem Tod der Mutter waren die Kinder – Georg und Emmy mochten heute etwa so alt sein wie Tine, als sie Hamburg verlassen hatte – bei fremden Leuten untergekommen, niemand wusste, wo sie heute lebten, *ob* sie überhaupt noch lebten. Nicht mehr am Leben war Paul, der bei einem Unfall mit einem Pferdefuhrwerk zu Tode gekommen war. »Frieder hat Arbeit in einem Kontor gefunden!«, rief Gerda, als könne sie es selbst immer noch nicht glauben. »Er ist ein richtig feiner Pinkel geworden und trägt Gamaschen und Ärmelschoner. Manchmal kommt er die Straße runter …« Sie stockte, zuckte die Achseln. »Na, jedenfalls, man sieht sich gelegentlich. Ich freue mich für ihn, dass er sein Glück gemacht hat.«

»Und Irmi?«, fragte Tine, die wusste, dass Fritzi immer sehr an der jüngeren Schwester gehangen hatte.

»Hat nach Glücksburg geheiratet«, erklärte Gerda. »Hat ihr aber kein Glück gebracht. Der Mann ist wohl ein ziemliches Scheusal. Aber Kinder hat sie ein ganzes Rudel. Ach, und Johann ist Matrose geworden. Fährt jetzt Linie bei einer Hamburger Reederei. Hübscher Kerl ist das! Wahrscheinlich hat er in jedem Hafen ein Liebchen.«

»Na ja«, murmelte Hannes Heger. »So eines wie dich vielleicht.« Und es war nicht zu hören, ob er es scherzhaft meinte oder ob da nicht doch ein verletzter Unterton mitschwang.

Auch Tine berichtete von ihrem Schicksal und dem Fritzis auf Helgoland. Die Geschichte, wie die gemeinsame Schwester Jolante letztlich ihr Lebensglück zerstört hatte, ließ sie aus, das hieß, sie streifte sie nur ganz am Rande und blieb im Vagen. Was brachte es, Jolante jetzt noch Vorwürfe zu machen? Tine war froh, dass sie irgendwann selbst Frieden hatte schließen können mit ihrem Schicksal und dem unseligen Einfluss, den ihre Schwester darauf gehabt hatte. Sie wollte nicht mehr an der alten Geschichte rühren.

»Und gibt es denn einen neuen Mann in deinem Leben?«, fragte Gerda neugierig.

»Nein«, antwortete Tine, doch ihr Zögern verriet sie. Sie merkte es selbst.

»Aha?«, sagte Gerda nur.

»Ja, es gibt einen Mann …«

»Aber?«

»Aber er ist …« Wie sollte sie es sagen?

»Er ist nicht deiner«, schloss Gerda, als wäre sie die Hellseherin.

»Woher weißt du … ich meine, wie kommst du darauf?«

Gerda zuckte die Achseln. »Glaub mir, Schwesterchen, ich kenne diese Männer. Ich habe täglich mit ihnen zu tun.«

»Aber Paul ist nicht …«

»Paul?«

»Er ist nicht von der Sorte.«

Hannes Heger lächelte milde.

»So?«, sagte Gerda. »Und von welcher Sorte ist er denn, dein Paul? Ich meine, der Paul, der nicht deiner ist?«

Tine seufzte. »Er hat um meine Hand angehalten. Ich hätte annehmen können.«

»Aber?«

»Aber ich … nun ich weiß auch nicht. Ich schätze, ich habe ihn nicht genug geliebt.«

»Du hast ihn nicht genug geliebt, um ihn zu heiraten?« Und auf Tines Nicken hin: »Aber du liebst ihn genug, um … was?«

»Um …« Tine warf einen Blick auf Gerdas Mann, der offenbar ein freundlicher Mensch war. Aber für sie ein Fremder. Und eben ein Mann. »Um das Falsche zu tun«, erklärte sie leise.

»Verstehe«, sagte die große Schwester. Sie legte Tine die Hand auf die Schulter. »Niemand hat gesagt, dass das Leben einfach ist.«

Tine nickte. »Ja«, stimmte sie zu. »Das hat niemand gesagt. Es wäre ja auch eine ziemlich dicke Lüge, was?«

»Allerdings!«, lachte Hannes Heger. »So, nun lass aber mal deine arme Schwester aus der Mangel, du altes Waschweib«, schalt er seine Frau. »Es ist Zeit fürs Abendbrot. Und mit ein wenig Zurückhaltung reicht es für alle.« Er schob den Topf mit den gepellten Kartoffeln in die Mitte des Tisches und klatschte in die Hände. »Kinder, wir essen!«

Zu Tines Überraschung sprach die ganze Familie mit großem Ernst ein Tischgebet. Das hatte sie so sonst nur in der Pastorei erlebt. Meist wurde nur ein kurzer Spruch gemurmelt, und man stürzte sich auf die Speisen. Doch Hannes Heger schien es wichtig zu sein, dass ein jedes Kind den Worten lauschte und alle zuletzt mit gefalteten Händen ihr »Amen« sagten, ehe sie zugreifen durften. Die Arbeit, die ein Mensch tut, dachte Tine bei sich, sagt nicht immer etwas darüber aus, was für ein Mensch er ist. Man durfte nun einmal nicht vom Schicksal auf das Wesen schließen. Denn nicht immer war das Schicksal gerecht – und manchmal führte das scheinbar Offensichtliche in die Irre. »Danke«, flüsterte sie, ehe sie sich selbst etwas nahm. Und wie zufällig streifte die Hand ihrer Schwester die ihre und blieb für einen winzigen Augenblick darauf liegen. »Du schuldest mir noch ein Paar Strümpfe«, sagte Gerda plötzlich. »Schließlich hast du dir meine besten ausgeliehen, als du damals nach Helgoland gefahren bist.« Und auf den verblüfften Gesichtsausdruck ihrer kleinen Schwester hin lachte sie laut auf. »Ach, vermutlich ist das verjährt.«

***

Als Tine am nächsten Morgen erwachte, war Hannes bereits aus dem Haus. Er arbeitete früh, und es war eine harte Arbeit, als Rangierer bei der Bahn, wo er jeden Tag bei jedem Wetter auf den Gleisen stand und die Waggons aneinanderkoppelte oder voneinander löste, wo er Weichen stellte, Gleise kontrollierte oder auch mal beim Laden half. »Er ist ein guter Mann«, erklärte Gerda. »Aber er bringt nicht genug nach Hause für uns alle.«

Tine nickte. Ja, das war in so vielen Familien das Problem, dass einer allein nicht alle Mäuler stopfen konnte. Man schlug sich eben so durch. »Und es macht ihm nichts aus?«

»Was? Dass ich anschaffen gehe?«, fragte Gerda geradeheraus. »Natürlich macht es ihm was aus. Er wüsste auch gerne, welches Kind hier von ihm ist und welches nicht. Außerdem …« An der Stelle erklang doch eine gewisse Unsicherheit in Gerdas Stimme. »Außerdem«, murmelte sie, »ist es nicht dasselbe wie mit einer Frau, die man für sich alleine hat.« Sie seufzte. »Für mich ist es halt Arbeit, wenn du verstehst, was ich meine.«

Tine verstand. Sie ließ es auf sich beruhen, weil sie spürte, dass sie weder das Recht hatte zu urteilen, noch die Möglichkeit, irgendetwas am Leben ihrer Schwester zu verändern. Gerda tat, was sie glaubte, tun zu müssen, die Familie hatte sich arrangiert, damit ließ es sich leben.

Wenig später, die große Schwester hatte ihr noch ein Stück Brot und etwas Käse eingepackt, machte sie sich auf den Weg zum Hafen. Sie musste sich beeilen, denn der Dampfer nach Helgoland würde bald auslaufen. Als sie endlich an der Landungsbrücke ankam, hatte sie sich die Füße wund gelaufen. Solche Strecken, noch dazu in der Geschwindigkeit, war sie von ihrer Insel nicht gewöhnt. Dort war alles nah genug, um in wenigen Minuten erreicht zu werden. Abgehetzt und verschwitzt stolperte sie als eine der Letzten an Bord und blieb direkt an der Rampe stehen, um sich erschöpft gegen die Reling zu lehnen und auf die Abfahrt zu warten.

Es dauerte nicht lange, da stieß das Schiffshorn einen langen Ton aus, und der Steg wurde eingezogen. Ein paar Hafenarbeiter warfen die schweren Taue an Deck, wo sie von Matrosen aufgefangen wurden. Ob Peer irgendwo hier war? Ob er gar zur Mannschaft gehörte? Unvermittelt musste Tine an ihren Jugendfreund denken, den Jungen, der ihr einst den Korb von Altona in die Stadt getragen hatte, der ihr geholfen hatte, wo immer er gekonnt hatte, und der sogar die Überfahrt nach Helgoland für sie eingefädelt hatte. Damals war er einfach ein Freund gewesen, der ihr einen Gefallen hatte tun wollen. Heute wusste Tine, dass er es aus echter Liebe getan hatte. Denn sonst hätte er sich nicht darum bemüht, eine Möglichkeit zu finden, wie sie Hamburg hinter sich lassen konnte. Und ihn. Selbstlos war das gewesen. Er hatte auf sie verzichtet, damit sie nicht auf ihren Traum verzichten musste. Wenn sie jetzt daran zurückdachte, fühlte sie eine große Traurigkeit. Peer war ein guter Junge gewesen. Unter anderen Umständen wäre er vielleicht ihr Mann geworden, einige Jahre später, wenn sie erwachsen gewesen wären. Damals, auf den Rieselwiesen und am Hamburger Hafen, hatte sie an dergleichen nicht gedacht. Aber heute wusste sie, dass das durchaus möglich gewesen wäre. Dass Peer, der ein wenig älter war, es sich womöglich erträumt hatte. Tine verspürte eine gewisse Wehmut, wenn sie an ihn dachte. Was wohl aus ihm geworden war? Ob er seinen Traum, zur See zu fahren, hatte verwirklichen können? Ob es ihm gut ging? Ob er Familie hatte, eine Frau, Kinder …?

Die Überfahrt nach Helgoland war stürmisch. Die See war rau, die ersten Frühjahrsstürme kündigten sich an. Tine zog sich in den Salon zurück, den es im Oberdeck gab. Nachdem sie sich das Geld für die Übernachtung dank des Zusammentreffens mit Gerda am Ende hatte sparen können, war genug übrig, um sich eine Tasse Tee zu leisten und sich zu den betuchteren Gästen zu setzen, die auf dem Weg in ihren Urlaub auf der Insel waren.

Eine Gruppe von Herren hatte sich am Nebentisch zusammengefunden und war in eine lebhafte Diskussion vertieft: »Sie werden ihn nie zulassen!«, erklärte ein älterer Mann mit Kneifer. »Schon aus militärischen Gründen.«

»Ach, denken Sie etwa, die Armee würde nach Art der Maulwürfe einfallen? Das ist doch lächerlich!«

»Keineswegs, mein Herr! Denken Sie an den Elbtunnel. Er ist immerhin sechs Meter breit, und zwar in jeder Richtung! Zwölf Meter! Das macht eine Kolonne von zwölf Mann, Seite an Seite, schwer bewaffnet, die …«

»… die Sie mit einem einzigen Kanonenschuss niedermähen können, ohne das geringste Risiko«, erklärte ein anderer, der mit einem Blick auf seine goldene Taschenuhr nebenher prüfte, ob man bald da sein würde.

»Dennoch!«, rief der Erste voller Überzeugung. »Die Vorzüge eines Tunnels überwiegen die Nachteile bei weitem!«

»Chunnel«, bemerkte ein Vierter in der Runde. »Sie nennen ihn Chunnel. Von channel und tunnel. Ein Hirngespinst. Ob er militärisch von Nutzen wäre oder nicht, und wenn ja, für welche Seite, das können wir getrost dahingestellt sein lassen. Denn dieser Chunnel wird ohnehin unbezahlbar sein. Denken Sie nur an den Kaiser-Wilhelm-Kanal.«

»Was ist mit ihm?«

»Man spricht jetzt von zweihundertzwanzig Millionen Mark! Zweihundertzwanzig Millionen! Stellen Sie sich diese Summe vor! Und dieser Kanal verläuft überirdisch.«

»Sie meinen oberirdisch«, bemerkte der Mann, der den *Chunnel* erwähnt hatte, spöttisch. »Überirdisch sind allerdings die Kosten, das muss ich konzedieren.«

»Und ein Tunnel unter dem Ärmelkanal wäre auch nicht nur vierhundertzwanzig Meter lang wie der Elbtunnel, sondern etliche Kilometer!«

»Zumindest sollen endlich regelmäßige Fähren über den Kanal eingerichtet werden«, erklärte einer der Männer und griff nach seinem Zigarrenetui. »Die Dinge entwickeln sich, meine Herren. Sie mögen sich nicht immer so entwickeln, wie wir es uns wünschen, aber sie entwickeln sich.«

»In der Tat«, warf der etwas schmächtige Herr ein, der über den Chunnel gesprochen hatte. »Haben Sie von Finnland gehört?«

»Wo die Frauen wählen dürfen?«

»Nicht nur das, mein Herr! Sie haben neuerdings weibliche Abgeordnete!«

»Absurd.«

»Verantwortungslos.«

»Lächerlich.«

»Finnland wird in die Steinzeit zurückfallen.«

»Nun übertreiben Sie aber, mein Lieber. Es gibt ja noch Männer in dem Land.«

»Sie haben recht. Man wird dem Weibsvolk die Flausen schon austreiben.«

»Manchmal denke ich, es wäre vielleicht gar nicht so übel, man würde die Damen auch bei uns einmal hineinschmecken lassen ins Regieren und in die Verantwortung überhaupt. Da würde sich manches aufmüpfige Mütchen kühlen!«

»Hört, hört! Spricht da einer von seiner werten Gemahlin?«

»Mein Herr, ich muss doch sehr bitten!«

Halb amüsiert, halb empört lauschte Tine dem Gespräch, entdeckte unter den Diskutanten auch einen Herrn, den sie noch aus ihrer Zeit im Hotel Heesters kannte, wo er seinerzeit als Gast geweilt hatte, gab sich aber natürlich nicht zu erkennen, sondern trank in aller Ruhe und mit großer Anteilnahme an den für sie noch gänzlich neuen Nachrichten ihren Tee, um sich schließlich aufs Vorderdeck zu begeben und ein wenig frische Seeluft zu atmen und darauf zu warten, dass ihre geliebte Insel irgendwann wie ein Hoffnungsstreif an den Horizont trat.

Ein Tunnel unter dem Ärmelkanal, was für eine aberwitzige Vorstellung! Und doch: Auch dass es einen Tunnel unter der Elbe in Hamburg hindurch geben könnte, hätte man sich noch vor wenigen Jahren nicht ausmalen können. Gleichzeitig stachen Tausende kräftiger Männer einmal quer durch Schleswig einen gewaltigen Wasserweg, um Nordsee und Ostsee zu verbinden, was für ein unglaubliches Werk! Überall wurden die unglaublichsten Pläne ausgeheckt und verwirklicht. Sie sahen es ja selbst auf ihrer kleinen Insel, die auch Jahr um Jahr immer weiter ins Meer hineinwuchs und bald einen Hafen besitzen würde wie eine Großstadt. Und im Fels, hieß es, gebe es bereits jetzt eine Art zweites Helgoland, eine unterirdische Stadt mit allem, was man sich nur ausmalen konnte. Der Kommandant hatte es selbst gesagt. Von Truppenunterkünften über Munitionsdepots und Offiziersmessen bis hin zu Versorgungsschächten, Lagerräumen, Wohnungen für die Admiralität und einem Lazarett für mehrere hundert Patienten. Es war allerdings klar, dass damit keine kranken Helgoländer gemeint waren, sondern ausschließlich verletzte Soldaten. Das alles war von langer Hand vorbereitet und mit großem Aufwand und unablässiger Arbeit betrieben worden. Auch Tines Tochter Jette war ein winziger Bestandteil dieses großen Plans, mit dem aus der Reiseinsel Helgoland eine Seefestung gemacht werden sollte, wie es keine zweite auf der Welt gab. Denn das war ja das Wesen aller Pläne des Kaisers: stets das Größte, Prächtigste, Stärkste zu haben, überall die Nummer eins zu werden. Wenn Tine daran dachte, dass ausgerechnet diese winzige Insel weit draußen im Meer herhalten musste, um solche Visionen zu verwirklichen, wurde ihr angst und bang: Helgoland mochte ein mächtiger Fels in der Nordsee sein. Aber es war eben auch nur ein winziger Rest dessen, was einst an dieser Stelle aus dem Meer geragt hatte. Und diesen Rest sollte man besser bewahren, als ihn zum Ziel militärischer Auseinandersetzungen zu machen. Denn so war es nun einmal: Wo viele Soldaten waren, da wurde auch gekämpft. Und wo gekämpft wurde, da wurde zerstört.

So trieb die Sorge um die Insel Tine um, bis das Eiland plötzlich vor dem Schiff auftauchte – viel näher, als sie es erwartet hatte. Das lag am stürmischen Wetter. Die hohen Wellen und das düstere Licht dieses Tages hatten den Felsen so lange vor den Blicken verborgen, bis sie schon ganz nah gewesen waren. Und nun ragte Helgoland vor ihnen aus der See: von majestätischem dunklem Rot. Einer der wenigen Sonnenstrahlen, die durch die dichte Wolkendecke fanden, traf auf den Südstrand und erleuchtete die Landungsbrücke und das Zollamt in dramatischem Licht. Zum ersten Mal fühlte Tine sich nicht einfach nur froh beim Anblick der nahen Insel. Zum ersten Mal war ihr bang zumute. Doch das war nicht nur auf das Gespräch zurückzuführen, das sie belauscht hatte, und die Gedanken, die ihr anschließend durch den Kopf gegangen waren. Es hatte wohl in erster Linie damit zu tun, dass sich die Dinge auf der Insel so seltsam für Tine entwickelt hatten. Da war das Angebot von Annegret Schlüter, der armen Frau im Rollstuhl, die mit Tine ausgerechnet die Frau zu ihrer neuen rechten Hand erkoren hatte, derentwegen sie Witwe geworden war. Da war die Sorge, dass mit Jettes Rückkehr im Sommer alles anders werden würde und sie mit ihrer Tochter eine Schuld würde begleichen müssen, die sie womöglich nicht begleichen konnte, ohne Jette unglücklich zu machen. Da war alles, was sie aufgeben musste, wenn sie Hausdame im Hotel Perle wurde. Da war die Sorge um ihre Schwester Fritzi, der sie bisher stets zur Hand hatten gehen können, was ihr aber als Hausdame eines führenden Hotels nicht mehr möglich sein würde. Und da war Paul. Paul Stöver, der sie so wundervoll umwarb, dem sie so schwer widerstehen konnte, mit dem sie eine heimliche Liebschaft verband, an die sie nicht denken konnte, ohne innerlich zu glühen, und der – vor allem anderen! – eines war: ein verheirateter Mann, dessen ahnungslose Frau in Tine eine gute Freundin und selbstlose Hebamme zu haben glaubte.

Während der ganzen Reise hatte Tine über ihr schändliches Verhalten nachgedacht. Vielleicht war die Überfahrt nach Hamburg sogar in Wahrheit nur eine Flucht gewesen. Eine Flucht vor den Gefühlen, die sie für Paul empfand. Eine Flucht vor der Sehnsucht, die sie hatte: nach Zärtlichkeit, Geborgenheit, Hingabe.

In dieser Minute traf Tine eine Entscheidung: Sie würde Paul Stöver nicht mehr treffen. Sie würde ihm aus dem Wege gehen, wo immer nur möglich. Sie würde kein Wort mehr mit ihm wechseln. Hart würde sie sein, zu sich selbst und zu ihm. Vor allem zu ihm. Denn nur wenn sie hart zu ihm war, würde er irgendwann seine Hoffnungen aufgeben und damit auch sie erlösen von diesem vermaledeiten Wunsch, sich an seine Brust zu flüchten, von ihm begehrt zu werden, sich fallen zu lassen, damit seine starken Arme sie auffingen. Nichts davon durfte jemals wieder sein. Sie würde Paul Stöver aus ihrem Leben streichen. Mit diesem Vorsatz verließ sie das Oberdeck und begab sich nach unten, während das Schiff Anker warf.

Sie waren weiter in die Binnenreede gefahren als üblich, weil das Ausbooten bei starkem Seegang eine heikle Angelegenheit war. Immer wieder kam es vor, dass unerfahrene Passagiere beim Übertritt auf das Börteboot unachtsam oder ungeschickt waren, den Bootsrand verfehlten und ins Wasser fielen. Zum Glück hatten die Fährmänner Erfahrung mit solchen Fällen, weshalb nie jemand ertrank. Aber Ärger gab es doch – und natürlich hatte auch jeder Bootsmann den Ehrgeiz, seine Fahrgäste schadlos von einem Ort zum anderen zu bringen.

Als Tine an der Reihe war, achtete sie deshalb sorgfältig auf ihre Füße, auf den Abstand zwischen der eisernen Treppe, die bis kurz über dem Wasser reichte, und tat dann einen beherzten Schritt auf das Boot, wo der Fährmann sie mit geübten

Armen auffing – und einen Augenblick lang sehr fest hielt. Zu fest. Tine blickte auf. »Paul!«

»Tine! Gleich gefällt mir unsere Insel wieder viel besser!«

***

Paul. Paul Stöver. Sie sieht ihn vor sich. Sein Gesicht, sein freches Lachen, seine blonden Haare im Wind auf dem Boot. Lange ist das her. Wie eine Ewigkeit erscheint es ihr. Doch das Lachen, manchmal kann sie es noch an ihm erkennen. Manchmal. Aber meist ist dort, wo es einst geleuchtet hat, nur noch die kantige Miene eines Mannes, der schon viel erlebt hat, den das Leben schon geschliffen hat, der seine Träume längst begraben hat. Als sie vor ein paar Tagen auf der Düne waren, da hat er noch einmal so gelacht wie damals in jener kurzen Zeit, die sie miteinander verbracht hatten. Sie sieht ihn vor sich im Dunkel der Nacht, dort, wo die Zimmerdecke ist, wo die Schatten sich gegenseitig verschlingen, zwischen den Laken und der Wand, in den Winkeln ihrer Kammer, in den Falten der Vorhänge.

Ruhelos stand Tine aus dem Bett auf, trat ans Fenster und zog die Gardinen zurück. Es war eine dunkle Nacht, nicht nur des Wetters wegen. Bald würde Neumond sein, tiefe Finsternis über der See, nur die Sterne würden funkeln. Das liebte sie am meisten. Der Mond, ja, der war auf Helgoland ein ganz besonderer, vor allem, wenn man ihn vom Falm aus betrachtete und er sich in der Elbmündung spiegelte. Aber die Sterne, die waren ein Versprechen. Manchen hatte Tine in den Jahren, die sie nun schon alleine war, den Namen eines Menschen gegeben, den sie verloren hatte. Der Abendstern, natürlich, war Henry. Er leuchtete am hellsten, stand als erster Stern am Himmel und als letzter dann am Morgen. Aber auch ihre Mutter hatte einen Stern und alle ihre Geschwister, ob sie nun lebten oder fern von ihr waren und sie sie deshalb vermutlich nie wiedersah. Frau Wagner hatte einen Stern bekommen, die ihre erste Arbeitgeberin auf der Insel gewesen und ihr den Weg in ein gutes Leben eröffnet hatte. All die guten Menschen, die ihr begegnet waren, hatten einen Stern bekommen. Peer. Er war Sirius. Der hellste Stern am Nachthimmel, der tatsächlich ein Stern war. Tine hatte ein ganzes Buch darüber gelesen, in der Pastorei hatte es eine *Einführung in die Wissenschaft der Astronomie* gegeben. Tines Vater hatte einst seinen Kindern die Lichter der Stadt geschenkt. Sie selbst schenkte nun den verlorenen Gefährten ihres Lebens die Lichter des Himmels. Vielleicht war es Zeit, auch Paul einen Stern zu schenken, vielleicht würde ihr das helfen, ihn wirklich zu vergessen.

Denn wie schwer es war, allein seinen Blicken zu widerstehen, hatte sie gemerkt, als sie sich von ihm an Land hatte bringen lassen. Gewiss, das Börteboot war mit einem Dutzend Passagieren besetzt, sie hatten kaum ein Wort gewechselt. Aber Blicke hatten sie gewechselt. Und Pauls Blicke waren so innig gewesen, dass Tine am liebsten auf der Stelle in Tränen ausgebrochen wäre. Wie dumm war sie gewesen, seinem Antrag damals nicht nachzugeben! Warum hatte sie es zugelassen, dass er eine Frau heiratete, mit der er unglücklich war. Und warum ließ sie es zu, dass seine Frau nun ihretwegen unglücklich wurde? Denn das würde nun einmal das Ergebnis dieser verfahrenen Lage sein: dass Katja Stöver irgendwann davon erfuhr, dass ihr Mann einer anderen Frau nachstieg, ja sogar …

Über Tines Kopf war ein leises Seufzen zu hören, ein rhythmisches Geräusch, dann ein Stöhnen. Fritzi und Simon liebten sich. Das taten sie so oft, dass Tine sich manches Mal dabei ertappte, wie sie ihre jüngere Schwester beneidete. Dabei gönnte sie ihr dieses Liebesglück, wie sie ihr alles Glück der Welt gönnte. Aber einem leidenschaftlichen Paar lauschen zu müssen, während man selbst einsam war und sich so sehr nach Zuneigung sehnte, das war nun einmal schwer. Und die Erleichterung, die man sich selbst verschaffen konnte, war in dem Moment vorbei, in dem die sanfte Müdigkeit des Körpers in eine sachte Traurigkeit der Seele überging. »Ach, Henry«, seufzte Tine. »Warum nur musstest du mich verlassen? Wir hätten es so schön haben können, du und ich, selbst ohne irgendetwas. Wir hätten doch uns gehabt.«

Sie ließ die Vorhänge offen und legte sich wieder zu Bett. Die beiden Liebenden unter dem Dach hatten ihre Erfüllung gefunden, nun war es wieder ganz still im Haus. Das zarte Sternenlicht erhellte ihr Zimmer: All die Lieben, die sie dort draußen in der Welt hatte lassen müssen, sie leuchteten zu ihr herein, als wollten sie ihr zeigen, dass es Hoffnung gab. Und die gab es ja auch. Denn es gab immer Hoffnung. Man muss nur bereit sein, sie auch zu sehen.

***

Fünftes Kapitel

Der Empfang für Jette hätte schöner nicht sein können: Mit Tine standen Fritzi und all ihre Kinder an der Landungsbrücke, Pastor Thevessen und seine Frau waren da, und sogar Hedi hatte sich mit Otto eingefunden, der inzwischen ein schlaksiger Junge von siebzehn Jahren war und nicht so recht wusste, wohin mit seinen Armen. Deshalb wohl hatte Tine ihm ein Sträußchen in die Hand gedrückt, das sie eigentlich selbst für Jette gepflückt hatte, um es ihr zu überreichen. Es war nicht so, als wäre Jette jahrelang nicht auf die Insel gekommen, sie war ja immer wieder einmal da gewesen, vor allem in den Sommerferien. Aber diese Heimkehr war eben doch eine ganz besondere, weil es nicht nur ein Besuch war, sondern weil das Mädchen jetzt endlich bleiben würde. Tines Herz schlug heftig, als das Schiff endlich Anker warf. Die Börteboote waren schon auf dem Weg, die Ankömmlinge aufzunehmen. Wie gut erinnerte Tine sich daran, wie Jette damals verabschiedet worden war. Und nun kam sie wieder nach Hause, gereift, gelehrt, die Erste in der ganzen Familie, die einen richtigen Schulabschluss hatte. Einen Abschluss an einer höheren Schule sogar, einem Gymnasium! Tine hätte niemandem zu sagen vermocht, wie stolz sie auf ihre Tochter war. Dass sich Jette überdies zwischenzeitlich auch noch zu einer richtigen Schönheit entwickelt hatte, beschämte sie geradezu. Dieses Kind bedeutete so viel unverdientes Glück, dass Tine in manchen Nächten nicht nur Dankgebete gen Himmel schickte, sondern den Herrn auch um Schutz bat vor Neid und Missgunst. Denn nichts forderte die schlechten Seiten der Mitmenschen mehr heraus als das Glück der anderen.

Sie hatte das neue Sommerkleid angezogen, das Tine in Hamburg für sie gekauft hatte, auf der Mönckebergstraße, wo es so unglaublich lebhaft zugegangen war. Und sie sah wundervoll aus, wie sie die Treppe vom Schiff herabkam und in das Börteboot stieg. Anmutig setzte sie sich, beschirmte ihr Gesicht mit der Hand und winkte, als sie ihre Mutter und all die anderen erblickte. Ihr Lächeln war bezaubernd, als sie endlich vor Tine stand. »Ist alles in Ordnung?«, fragte sie, als sie sah, wie ihrer Mutter die Tränen über die Wangen rannen.

»Es war nie besser, Jette«, erwiderte Tine schniefend und lachend. »Ich bin nur so froh, dass du wieder da bist.«

»Ich auch«, flüsterte Jette ihr ins Ohr, dann wandte sie sich den anderen zu und begrüßte sie ebenfalls, zuletzt Otto, der ihr hölzern das Sträußchen mit Blumen reichte. »Oh, danke, das ist aber nett!« Und Jette machte einen kleinen Knicks, von dem sich unmöglich sagen ließ, ob er ernst gemeint war oder eher belustigt. Dass der Junge nicht wusste, wohin er schauen sollte, schien allen Anwesenden aufzufallen, weshalb Tine froh war, als der Pastor Otto erlöste, indem er vorschlug: »Ich würde mich freuen, wenn ihr alle zu Tee und Kuchen in die Pastorei kämt!«

»Das ist aber freundlich, vielen Dank!«, erwiderte Jette, schon ganz junge Dame. »Sehr gerne, Herr Pastor. Und Frau Thevessen. Ich würde nur gerne noch meine Sachen unterstellen und mich kurz frisch machen?«

»Aber sicher. So viel Zeit muss sein«, entgegnete Frau Thevessen, die ein wenig schmal geworden war, aber im entscheidenden Augenblick immer noch von ansteckender Fröhlichkeit sein konnte. »Wir erwarten euch einfach. Ihr kommt, wenn ihr so weit seid, ja?«

»Danke«, sagte Tine. »Vielen Dank.« Dann hakte sie ihre Tochter unter und erklärte: »Du wirst staunen.«

»Staunen? Worüber denn, Mama?«

»Oh, gleich wirst du es wissen.« Tine zwinkerte ihr verschmitzt zu. »Die Überfahrt war gut?«

»Die Überfahrt war herrlich! Ich wurde sogar zu einem Tee eingeladen, stell dir vor!«

»Zu einem Tee? Von wem denn?«

»Von einem Gentleman aus Cuxhaven.«

»Ach.« Solche Gentlemen kannte man, die junge Mädchen zum Tee einluden. Tine würde mit ihrer Tochter ein Gespräch führen müssen. Denn in der Schule lernte man einiges. Aber wie das Leben draußen war, lernte man nun einmal nicht. Da gab es andere Aufgaben zu bewältigen als in der Mathematik.

Tine fing Hedis Blick auf, die offenbar genau dasselbe gedacht hatte. »Und wollte er dich noch zu etwas anderem einladen?«, fragte die Freundin, scheinbar ohne Hintergedanken, während sie sich auf den Weg zum Häuschen am Nordstrand machten. Jette würde erst einmal in Tines alter Kammer schlafen, bis eine neue Lösung gefunden war.

»Nein, ich hatte ja auch gar keine Zeit«, erwiderte sie unbekümmert. »Ich musste doch an Deck, um nach Helgoland Ausschau zu halten!«

»Wahrscheinlich wollte er …«, sagte Otto, doch er sprach nicht aus, was er im Sinn hatte, und niemand fragte nach. Gerade begann sich Jettes fröhliche Miene etwas zu verdüstern, weil sie ahnte, dass sie etwas falsch gemacht hatte, da standen sie plötzlich vor dem kleinen Häuschen, das einst Frau Liebrecht gehört hatte und das sie bisher nur als heruntergekommene, winzige Kate gekannt hatte. »Das ist ja wunderschön!«, rief Jette aus und starrte verblüfft auf das kleine

Anwesen, das in freundlichem Gelb leuchtete und vor dessen Tür eine Anzahl von Töpfen und Eimern mit den schönsten Blumen stand. »Blütenträume?«

»Simons Einfall«, erklärte Fritzi stolz und nahm ihren Mann an den Arm.

»Das war nicht so schwer, wenn einen ständig Blumenfeen umschwirren …«

»Ihr habt einen Blumenladen eingerichtet?« Jettes Wangen glühten, als sie sich zu ihrer Mutter umdrehte.

»Ja«, sagte Tine. »Nachdem wir so lange mit Blumen gehandelt haben, wurde es wohl Zeit. Und da wir jetzt ein kleines Häuschen haben …«

»Ein sehr kleines«, warf Simon ein, der lange mit dem Vorhaben gehadert hatte, weil es bedeutete, dass der wenige Platz, den die Familie zum Leben hatte, noch geringer wurde. Wo einst die Stube gewesen war, war nun der Verkaufsraum. Die Küche hatte Simon durch eine neue Wand abgetrennt, die man nun vom Flur aus betreten konnte. Und aus einem der Fenster, die nach vorne hinausgingen, hatte er die Ladentür gebrochen, die – wie die Läden und die Rahmen – in kräftigem Blau gestrichen war. Zusammen mit den Blumen überall sah das Häuschen aus wie aus einem Märchen. Es war tatsächlich eines der schönsten Häuschen auf ganz Helgoland geworden. Für Jette war es das schönste auf der ganzen Welt. Vor allem, als sie Schnurrchen auf der Fensterbank sitzen sah.

***

Es stellte sich schnell heraus, dass das Häuschen zu klein war. Fritzi und ihr Mann hatten zwischenzeitlich in Tines alter Kammer geschlafen und waren wieder nach oben auf den Dachboden gezogen. Aber mit den drei Kindern und angesichts dessen, dass Fritzi erneut schwanger war, wurde es schon bald schwierig. So kam es, dass Tine eines Morgens an Frau Schlüters Tür klopfte und um ein Gespräch bat.

»Was gibt es, Frau Heesters?«

»Es geht um meine Tochter, Frau Schlüter.«

»Henriette, richtig? Ich habe sie gesehen. Sie sind sicher froh, dass sie wieder bei Ihnen ist.« Die Besitzerin der Hotels mochte zwar im Rollstuhl sitzen, aber es schien ihr auf der Insel nichts zu entgehen. Im Gegenteil: Tine staunte immer wieder, dass Annegret Schlüter ihre Augen und Ohren überall hatte.

»Einerseits ja«, erklärte Tine.

»Aha. Und andererseits?«

»Andererseits ist es nicht so einfach mit ihrer Unterbringung.«

Die Hotelbesitzerin hob die Augenbrauen und wartete.

»Nun, wie Sie wissen, gehört mir zwar das kleine Häuschen von Frau Liebrecht. Aber dorthin ist ja meine Schwester gezogen, nachdem Frau Frickes Blumenladen geschlossen wurde.«

»Und hat ihren eigenen Blumenladen eröffnet, was ich sehr klug finde.«

»Danke.« Tine seufzte. »Nur dass es dadurch noch weniger Platz gab. Ich meine, Platz zum Wohnen.«

»Ihre Tochter ist jetzt dorthin gezogen?«

»Richtig.«

»Warum holen Sie sie nicht zu sich?«

Einen Augenblick lang hielt Tine die Luft an. Dann sagte sie: »Genau darum wollte ich Sie bitten.«

»Es ist natürlich etwas eng in Ihrer Unterkunft hier«, gab Annegret Schlüter zu bedenken.

»Ich glaube nicht, dass Henriette stören wird«, beeilte sich Tine zu versichern.

Die Hotelbesitzerin runzelte die Stirn. »Das würde ich auch erwarten. Die Frage ist…« Ihr Blick schien plötzlich in weite Ferne gerichtet.

»Was immer Sie sagen«, erklärte Tine. »Es ist für mich in Ordnung. Aber es wäre wunderbar, wenn ich …«

»Die Frage ist, ob Sie nicht sowieso eine andere Unterkunft beziehen sollten«, sagte Annegret Schlüter, die gar nicht hingehört zu haben schien.

Tine stockte der Atem. »Ich soll … ich soll ausziehen? Aber als Hausdame …«

»Ausziehen? Wo denken Sie hin? Als Hausdame müssen Sie vor Ort sein. Es ist schon umständlich genug, wenn Sie immer wieder als Hebamme von Ihren Aufgaben hier weggerufen werden.« Die Frau im Rollstuhl trommelte unwillig mit den Fingern auf ihren Schreibtisch. »Aber gut, das hatte ich Ihnen zugesagt, damit muss ich wohl leben.« Sie sah wieder zu Tine hin. »Trotzdem. Mit Ihrer Tochter zusammen in dem Zimmer, das dulde ich nicht. Da muss eine andere Lösung gefunden werden. Sagen Sie Detlev, er möge zu mir kommen. Danke.« Damit war das Gespräch beendet, und Tine ging einigermaßen mutlos wieder an ihre Arbeit.

Detlev war der Hausdiener des Hotels Perle. Er stand schon seit seinen Kindertagen bei Schlüters in Lohn und Brot, zunächst als Laufbursche, dann als Page, als Kellner und seit einigen Jahren als Nachfolger des legendären Johann Jahnsen, der zwar längst verstorben war, dessen Geist aber dennoch unsterblich mit den Räumen des Hotels Perle verbunden schien. Er war es gewesen, der dem Haus den unverwechselbaren Charakter verliehen hatte. Obwohl Detlev sich Tine gegenüber stets untadelig verhielt und jederzeit seine Hilfe anbot, merkte sie doch, dass er gewisse Vorbehalte gegen sie hegte, ohne aber zu wissen, woher diese Vorbehalte rührten. Dass er wenig später, als sie sich im Foyer begegneten, mitteilte, er würde seine Unterkunft bis zum Abend für sie geräumt haben, machte es nicht besser.

»Ihre Unterkunft, Detlev?«

»Ganz so, wie Sie es mit Frau Schlüter besprochen haben.«

»Aber das habe ich gar nicht, Detlev.«

»Hatten nicht Sie mich zu ihr geschickt, Frau Heesters?«

»Sicher, Detlev, das hatte ich«, bestätigte Tine. »Aber doch nicht, damit Sie mir Ihre Unterkunft überlassen müssen!« Tatsächlich bewohnte der Hausdiener eine winzige Wohnung mit zwei Zimmern und einer Kleiderkammer unter dem Dach, die er selbst Tine bei ihrer ersten Führung durch das Haus gezeigt hatte. »Ich erinnere mich gut, dass Sie sehr von meiner Unterkunft eingenommen waren«, stellte Detlev fest.

»Gewiss, Detlev. Aber … nun, als *Ihre* Unterkunft. Nicht als *meine.*«

»Dann hoffe ich, dass sie Ihnen auch als Ihre Unterkunft zusagen wird.« Damit wandte er sich ab und widmete sich wieder seinen Arbeiten als guter Geist des Hauses, während Tine bestürzt in der Halle stehen blieb. Eine solche Regelung würde nichts Gutes bringen, das stand fest. Wenn sie, die kaum ein paar Monate hier arbeitete, den dienstältesten Angestellten des Hotels Perle aus seiner Wohnung vertrieb, dann war es nur eine Frage der Zeit, bis sie alleine gegen den Rest der Mitarbeiter hier stand. Denn jede und jeder hier hatte etwas zu verlieren, von der einfachsten Küchenmagd bis hin zum Concierge. Tine seufzte. Sie würde das großzügige Angebot von Frau Schlüter ausschlagen müssen. Rasch wandte sie sich um und war bereits im Begriff, noch einmal in das Kontor der Hotelbesitzerin zu laufen, als sie von Edward zurückgehalten wurde, dem anderen altgedienten Mitarbeiter des Hotels Perle, dem Portier: »Frau Heesters! Auf ein Wort.«

»Ja, Edward?«

»Eine Nachricht für Sie. Vom Kommandanten.« Edward beherrschte die Kunst des vielsagenden Blickes in einer sehr diskreten Weise. Ein winziges Zögern verlieh seinen Worten oft eine besondere Bedeutung.

»Ach«, erwiderte Tine. »Und was möchte der Kommandant von mir?«

»Sie mögen vorstellig werden«, sagte Edward. »Morgen.«

»Aber ich arbeite morgen den ganzen Tag.«

»Nun, dann weiß ich nicht …« Der Concierge hob die Arme. »Ich bin nur der Bote, Frau Heesters.«

»Natürlich, Edward, vielen Dank. Wissen Sie auch, wann ich …«

»Sieben Uhr dreißig.«

Tine nickte. Zu der Zeit hätte sie im Frühstücksraum nach dem Rechten sehen müssen. Morgen würde das also Eva tun müssen. Einer Anordnung des Festungskommandanten war Folge zu leisten.

»Sie mögen Ihre Tochter mitbringen.«

»Das werde ich, Edward. Vielen Dank.«

Jette. Natürlich. Es ging um ihre weitere Ausbildung und um das Schuldarlehen, das der Kommandant ihr gewährt hatte.

***

Tine fand ihre Tochter am Südstrand, wo sie auf einer Bank saß und in einem Buch las. Das Bild war so schön, dass Tine zögerte, Jette zu stören. Sie wollte gerade zu ihr gehen, da bemerkte sie, dass sich jemand anders näherte. Es war Otto, der vor Jette stehen blieb und sie ansprach. Plötzlich war es Tine, als sähe sie sich selbst dort sitzen. Sich selbst zu jener Zeit, als sie Henry Heesters kennengelernt hatte. Damals war sie etwa so alt gewesen wie Jette jetzt. Und vielleicht war sie seinerzeit auch so hübsch gewesen. Sie wusste es nicht. Aber sie wusste, dass Jette zu einer wunderschönen jungen Frau herangewachsen war. Und auch Otto hatte das offensichtlich erkannt. Denn an seinem Verhalten war deutlich abzulesen, dass er das Mädchen bewunderte und alles daransetzte, auch von ihr bewundert zu werden. Oder doch zumindest gemocht.

Tine kannte Otto gut, schließlich war sie seine Taufpatin, hatte ihn oft besucht und ihn aufwachsen sehen. Manches Mal hatte sie ihn zu einem Spaziergang über die Insel mitgenommen, einige Male war sie gemeinsam mit dem Jungen auf einem von Reimers' Booten gefahren, wenn der Bootsbauer sie eingeladen hatte. Sie hatte ihm jedes Jahr etwas zur Weihnacht geschenkt und ihm auch sonst gelegentlich eine kleine Aufmerksamkeit vorbeigebracht. So gern sie Otto aber auch mochte, plötzlich drängte sich das Bild vor ihr inneres Auge, wie er ihr mit leuchtenden Augen von den Militärs und ihren technischen Errungenschaften erzählte und wie er das Modell eines U-Bootes gebaut hatte. Eine beeindruckende Arbeit – aber mit Material, von dem der Junge nicht hatte erklären können, woher er es hatte. Solche Erfahrungen hatte Tine mehrmals mit ihm gemacht, und sie fragte sich, ob der Junge womöglich einen Hang dazu hatte, Dinge zu nehmen, die ihm nicht gehörten. Jette mochte blitzgescheit sein, sie war aber auch verletzlich.

Aber war es das, was ihr wirklich Sorgen machte, als sie die beiden jungen Menschen lachend am Südstrand sah? Oder war es etwas anderes? Etwas, das Tine am liebsten völlig vergessen und aus ihren Gedanken verdrängt hätte. Etwas, das ihr Otto seltsam fremd gemacht hatte. Etwas, dessentwegen sie ihn schon seit Wochen nicht mehr besucht hatte, ja ihm beinahe aus dem Weg gegangen war. Tine spürte, dass es nicht die Gründe waren, die gegen eine Ehe zwischen ihrer Tochter und ihrem Patenkind sprachen, die sich wie ein Stein in ihre Brust gesetzt hatten, zumal es nicht den geringsten Grund gab, bei diesem Bild an eine Ehe zu denken! Nein, es war etwas anderes, das ihr zu schaffen machte. Ein Bild vor ihrem inneren Auge. Ein Déjà-vu. Etwas, das sie schon einmal gesehen hatte. In diesem Moment wusste sie auch wieder, wo. Und sie wusste auch, wann. In jener schrecklichen Nacht, in der Georg Schlüter zu Tode gestürzt war. Sie sah das Bild eines Jungen vor sich, der sie mit aufgerissenen Augen ansah, während er halb verborgen im Schatten eines Gebäudes stand. Am Dienstboteneingang des Hotels Schlüter. Otto.

Just als ihr dies bewusst wurde, sah Otto hoch und fing Tines Blick auf. Es schien, als wisse er genau, woran sie in diesem Moment gedacht hatte. Und während am Südstrand die eleganten Damen ihre prächtigen Sommerkleider spazieren trugen, mit ihren ausladenden Hüten über die Promenade flanierten, sich von Federboas und feinen Seidentüchern umschmeicheln ließen, spürte Tine, dass ein Eiseshauch über ihre Seele fuhr. Und sie schloss die Augen, um Ottos stechendem Blick nicht länger standhalten zu müssen. Die Welt, auch die Welt auf einer bezaubernden Insel weit draußen im Meer, war doch nichts anderes als ein fragiles Gebilde. Jederzeit konnte sie sich von einem fröhlich zwitschernden Vögelchen in einen feuerspeienden Drachen verwandeln, jederzeit konnte sie ihre eigenen Kinder fressen. Nichts war auf dieser Welt sicher, und auf jeden unbeschwerten Sommertag folgte unweigerlich der nächste Sturm, der alles mit sich reißen mochte, was im Sonnenschein erblüht war.

Als sie die Augen wieder öffnete, war Otto nicht mehr da. Und Jette auch nicht.

***

IV.

Dunkle Wolken

Helgoland, 1907

Erstes Kapitel

Die Schwesternausbildung in Cuxhaven würde zwei Jahre dauern. Jette hatte zugesagt, obwohl sie ihren sehnlichsten Wunsch, Ärztin zu werden, nicht aufgeben wollte. Doch ein Studium war fürs Erste ohnehin nicht denkbar. Tine hätte weder genügend Geld gehabt, um ihrer Tochter den Aufenthalt in einer Stadt zu zahlen, in der ein solches Studium möglich gewesen wäre, noch die Studiengebühren. Außerdem ließen die wenigsten Universitäten überhaupt Frauen zum Studium zu. Jette hätte nach Baden gehen müssen oder sogar in die Schweiz. »Eine Ausbildung als Krankenschwester wird dir helfen, wenn du später doch noch studierst«, hatte Tine gesagt und damit ihre Tochter überzeugt. Seinen Teil dazu beigetragen haben mochte auch der Umstand, dass sie die Ausbildung erst im kommenden Frühjahr würde beginnen können. Das bedeutete, dass sie ein halbes Jahr lang auf Helgoland bleiben würde.

Es war offensichtlich, dass Jette es genoss, nach den Jahren in Stade wieder zu Hause zu sein. Jeden Morgen unternahm sie gemeinsam mit Fritzi Wanderungen über die Insel, um neue Blumen für die Hotels oder für den Laden zu pflücken, oder sie ging ihr im Pfarrgarten zur Hand, um Pflanzen umzutopfen, Sträucher zu schneiden, Sträuße zu binden, ehe sie sich pünktlich um neun Uhr in den Laden stellte, ihre hellgrüne Schürze um den Leib, und auf Kunden wartete, die sie so charmant zu bedienen pflegte, dass sie schon bald die Attraktion der *Blütenträume* war. Allerdings war sie diese Attraktion vor allem bei jungen Herren, die neuerdings häufig vorbeikamen, um kleine Gebinde zu erstehen und sich dabei groß zu präsentieren. Zwei Kadetten aus dem Oberland gaben sich einige Zeit lang geradezu gegenseitig die Klinke in die Hand, ein gewisser Dietrich Schack und ein gewisser Heinrich Grünberg. Manchmal gefiel sich Jette darin, ihnen weitaus größere und teurere Sträuße aufzudrängen, als sie zu erwerben vorgehabt hatten. »Das solltest du wirklich nicht tun«, sagte einmal Fritzi kopfschüttelnd.

»Was denn nicht?«

»Die jungen Herren haben doch nicht so viel Geld.«

»Sie haben immerhin genug, um fast täglich herzukommen. Sie lieben eben Blumen!«

»Na ja, ob sie wirklich *Blumen* lieben ...«

Jette, die rasch erkannt hatte, wie sie auf die Herren der Schöpfung wirkte, zuckte mit den Achseln. »Sie müssen es selber wissen. Ich finde jedenfalls, wir können das Geld gut gebrauchen. Und ehe sie's in der Spelunke ausgeben ...«

Darauf mochte Fritzi nichts erwidern. So gesehen, hatte Jette natürlich recht.

Am Abend blieb das Mädchen oft noch bei der Familie ihrer Tante zum Essen, ehe es hinüber ging ins Hotel Perle. Ein eigenes Zimmer zu haben, auch wenn es ein winzig kleines war, hatte sich anfangs ganz seltsam angefühlt. Aber inzwischen hatte sie sich daran gewöhnt. Oft schlief sie schon, wenn Tine, von ihren vielen Pflichten erschöpft, leise hereinkam und sich im Licht einer kleinen Petroleumlampe, die Jette für sie brennen ließ, entkleidete. Dann saß Tine manches Mal auf dem Sessel in ihrem Zimmer und blickte hinüber zum Bett ihrer Tochter und bewunderte das schöne, ebenmäßige Gesicht, das sich im Halbdunkel an das Kissen schmiegte. An milden Sommerabenden öffnete sie noch für eine Weile das Fenster und blickte hinaus in den Sternenhimmel. Gelegentlich ließ sie es offen und legte sich im Unterkleid aufs Bett, ohne zu schlafen, nur um den Wellen zu lauschen, deren Rauschen der Wind mit sich trug, oder den Stimmen der späten Gäste, die aus den Restaurants, Tanzhallen oder aus dem Casino heimgingen. Einige Zeit hatte sie damit gehadert, dass Detlev seine kleine Wohnung geräumt hatte, ehe sie ihn noch davon hatte abhalten können. Doch ihre Sorge, er könnte es ihr verübeln, schien unbegründet – und inzwischen genoss sie es, diese entzückende kleine Unterkunft für Jette und sich zu haben. Und immer wieder dachte sie, wie viel Glück sie hatte, hierhergekommen zu sein, auf diese so besondere Insel, auf der ihr so viel Gutes widerfahren war!

Ein Klopfen schreckte sie auf. »Ja, bitte?«, fragte sie durch die geschlossene Tür.

»Es ist jemand für Sie unten.« Das war Eric, einer der Pagen.

»Unten? Was heißt unten?«

»Ich habe sie zum Lieferanteneingang geschickt.«

»Sie?«, fragte Tine und schlüpfte in ihr Dienstkleid. »Wen sie?«

»Keine Ahnung«, erwiderte Eric immer noch durch die Tür. »Eine junge Frau eben.«

»Oh! Verstehe. Danke!«

Natürlich war es ein Privileg, neben allem hier auch noch gelegentlich als Hebamme gefragt zu sein. Aber oft wurde es Tine auch zur Last. Die Arbeit einer Hausdame war mehr als ausreichend für den Tag. Nachts auch noch zu Schwangeren gerufen zu werden, das erforderte eine Energie, die Tine nur schwer aufzubringen vermochte.

Die junge Frau unten entpuppte sich als halbes Mädchen.

Wie alt mochte sie sein? Vierzehn? Fünfzehn? Sicher nicht älter. Sie war hübsch, auch wenn bereits jetzt ein verhärmter Zug um ihre Mundwinkel lag. Offensichtlich entstammte sie nicht einer der wohlhabenden Familien der Insel, sondern war vielleicht die Tochter eines Fischers oder Hafenarbeiters. »Komm herein«, sagte Tine und zog sie rasch nach drinnen, wo sie sie unauffällig in die Waschküche lotste. »Was kann ich für dich tun?«

»Es ist …« Das Mädchen sah sich um, fast als habe es Angst, entdeckt zu werden. Aber vielleicht hatte sie das ja auch. »Ich weiß nicht«, sagte sie dann. »Ich brauche …« Sie räusperte sich. »Hilfe«, flüsterte sie dann, und ihre Augen spiegelten Verzweiflung.

»Setz dich erst einmal hin«, entgegnete Tine. Sie deutete auf einen Stuhl am Fenster, wo manchmal die alte Marianne Platz nahm, wenn sie eine Pause von der harten Arbeit brauchte. »Soll ich uns einen Tee machen?« Das Mädchen lächelte freudlos und schüttelte den Kopf.

»Also«, sagte Tine, zog sich einen zweiten Stuhl heran und setzte sich zu ihr. »Im wievielten Monat bist du?«

Erschrocken riss das Mädchen die Augen auf. »Sieht man es schon?«

Tine lächelte und legte ihr eine Hand auf den Unterarm, so wie es Frau Liebrecht immer getan hatte. Das hatte etwas Beruhigendes und Zugewandtes. Es tröstete, machte Mut, schuf eine Art innere Verbindung. »Nein. Man sieht nichts. Aber weshalb sonst wärst du wohl zu mir gekommen?«

Das Mädchen nickte. »Ja. Ich glaube, ich … ich …«

»Du hast deine Regel nicht bekommen.«

Ein Blick aus dem Fenster, irgendwo in die Ferne. Ein Glitzern in den Augen.

»Und du hast Sorge?«

Das Mädchen nickte.

»Weißt du, wer der Vater ist?«

Erneut ein Nicken.

»Ihr seid nicht verheiratet«, stellte Tine fest und sah, wie das Mädchen die Lippen aufeinanderpresste. »Nein, natürlich nicht. Weiß er, dass du ein Kind erwartest?«

In dem Moment fiel eine Träne aus dem Augenwinkel des Mädchens. »Er ist … Es ist nicht … Ich dachte nicht … Wollte nicht …«

Natürlich. Tine kannte die Geschichte. Sie wiederholte sich wieder und wieder und immer wieder. Es war das ewige Kümmernis der Hebamme, die ihr Dasein dem Werden neuen Lebens gewidmet hatte und nichts mehr liebte, als einem gesunden kleinen Menschen auf die Welt zu helfen, dass sie immer öfter gerufen wurde, um genau das zu verhindern: Frauen in Not hofften darauf, dass die Hebamme sie von der Schwangerschaft befreien konnte, ehe es zu spät war. Frau Liebrecht hatte lange nicht mit Tine darüber gesprochen, sie auch nie gebeten, ihr dabei zu helfen. Aber Tine hatte gewusst, wenn Frau Liebrecht ging, um eine Frucht abzutreiben, oder wenn eine Frau kam, um ihre Schwangerschaft zu beenden. Es waren die Tage, an denen die alte Hebamme schweigsam war, an denen sie sich ganz in Schwarz kleidete – und an denen sie die Abendstunde in der Kirche zubrachte, tief ins Gebet versunken. Ob sie für das Kind betete, das nicht auf die Welt hatte kommen dürfen, oder für das Seelenheil der Mutter? Vermutlich beides.

Und nun saß eine solche junge Frau, ein Mädchen, vor Tine und hoffte auf Hilfe in seiner verzweifelten Lage. »Wissen es deine Eltern? Weiß es deine Mutter?«

Das Mädchen schüttelte abermals den Kopf und blickte Tine aus ihren unendlich traurigen Augen an. »Niemand weiß es. Aber ich bin sicher.«

»Und du bist auch sicher, dass du das Kind nicht haben willst?« Unvermittelt musste Tine an Jette denken, die oben in ihrem eigenen Zimmer in ihrem eigenen Bett lag und selig schlief wie jede Nacht. Keine Sekunde hatte sie darüber nachdenken müssen, ob sie das Kind wollte. Weil sie ein glückliches Leben gelebt hatte. Aber was, wenn das Unglück schon früher über sie hereingebrochen wäre? Was, wenn sich das Schicksal schon vorher gegen sie verschworen hätte? Hätte sie das Kind dann trotzdem voller Freude annehmen können? Oder hätte sie vielleicht auch über einen Abbruch der Schwangerschaft nachgedacht? Sie war sich nicht wirklich sicher. Verzweiflung war eine große Macht. Und niemand hatte das Recht, jemanden zu verurteilen, der unter dieser Macht leben musste.

***

Pastor Thevessen war noch einmal in die Kirche gegangen, um seine Bibel zu holen, die er auf dem Altar liegen gelassen hatte. Es war die Bibel, die ihm sein Großvater auf dem Sterbebett geschenkt hatte. Für andere mochte sie nicht besonders wertvoll sein, zumal sie abgegriffen und fleckig war. Aber der alte Johann Thevessen hatte sie sich einst von seiner kargen ersten Heuer gekauft, als er mit dem Walfänger nach Norden gefahren war. Über hundert Jahre war das nun her, und wie hatten sich die Zeiten gewandelt! Pastor Thevessen hatte diese Ausgabe der Heiligen Schrift immer in besonderen Ehren gehalten, zumal sie geschmückt war mit einer Handvoll gepresster Blüten, die dem alten Seemann einst seine Frau auf See mitgegeben hatte. Mit behutsamer Hand nahm der Pastor das gute Stück vom Altar und wandte sich um, um die Kirche durch den Seitenausgang zu verlassen, da bemerkte er im Halbdunkel einer Nische eine Gestalt ins Gebet vertieft. Als er einige Schritte in die Richtung machte, erkannte er auch, wer es war: »Tine! So spät noch hier?«

»Guten Abend, Herr Pastor«, erwiderte Tine und schenkte ihm ein Lächeln.

»Was ist geschehen? Ich sehe, dass es dir nicht gut geht.«

»Doch, Herr Pastor. Mit geht es gut.« Sie richtete den Blick in eine unbestimmte Ferne. »Doch, mir schon.«

»Aber du hast Kummer. Möchtest du mit hinüberkommen in die Pastorei?« Er nickte ihr aufmunternd zu.

Doch Tine schüttelte den Kopf. »Heute nicht, vielen Dank.«

»Kann ich dir sonst irgendwie helfen?«

Ja, dachte Tine, das wäre schön. Wenn der Pastor mir die Last von der Seele nehmen könnte. Die Schuld! Doch das konnte er nicht. Denn Schuld konnte nur derjenige vergeben, der den Schaden tragen musste. Aber dieser Mensch, dieser winzige Mensch war nicht mehr. Tine schluchzte trocken auf. Sie suchte den Blick des Pastors. »Ein Kind …«

»Ja?«

»Im Mutterleib …«

Der Pastor setzte sich neben Tine und legte seine Bibel wieder beiseite. »Was ist mit diesem Kind?«

»Es … es hat eine Seele.« Eine Frage? Nein. Eine Feststellung. Natürlich hatte es eine Seele. Selbst Tiere hatten eine Seele, da war Tine absolut sicher.

»Ja, Tine. Es hat eine Seele, gewiss.«

»Aber … ab wann?«

Obwohl der Pastor keine Miene verzog, nicht einmal mit der Wimper zuckte, hatte Tine das Gefühl, als ginge eine Veränderung in ihm vor sich, als würde er ahnen, nein: als würde er *wissen* …!

»Man sagt, die Seele zieht nach vierzig Tagen in den Körper des Kindes ein.« Er seufzte. »Weshalb Kinder, die noch jünger sind als vierzig Tage, wenn sie tatsächlich zur Welt kommen … *tot* zur Welt kommen, denn sie können ja nicht leben, nicht auf dem christlichen Gottesacker beerdigt werden.«

Tine lauschte auf seine Worte und versuchte auch auf das zu lauschen, was er nicht aussprach, aber meinte. »Aber wir haben schon Kinder auf dem Friedhof begraben, die keine vierzig Tage alt waren.«

»Ungeborene.«

»Das ist richtig, Tine.« Der Pastor machte eine Geste, als wollte er seine Hand auf die ihre legen, doch dann hielt er inne und faltete seine Hände wieder im Schoß. »Weil ich es nicht richtig finde, wenn man ihnen keinen Platz in der Gemeinschaft der Gläubigen zubilligt.«

»Weil …«

»Weil ich nicht an die Vierzig-Tage-Regel glaube.«

Tine nickte. »Und woran glauben Sie?«

»Ich glaube, dass eine Seele in dem Augenblick entsteht, in dem das Leben entsteht.«

»Im ersten Moment?«

»Im ersten Moment, ja.«

Sie schluckte. Überraschte sie, was Pastor Thevessen sagte? Nein, es überraschte sie nicht. Vielmehr überraschte sie, dass sie genau das Gleiche gesagt hätte, wenn jemand sie gefragt hätte. Und doch hatte sie … hatte sie es *getan*!

»Es ist schrecklich«, sagte der Pastor leise.

»Ja«, flüsterte sie. »Es ist schrecklich. Ich … ich …«

»Aber es geht nicht um dich, Tine.«

»Doch, Herr Pastor! Ich habe ja ...«

»Du hast getan, was dein Herz dir befohlen hat. Dein gutes Herz. Es ist ein Herz, das ich sehr gut kenne, Tine. Besser, als du es dir ausmalen kannst. Deshalb weiß ich, dass du es dir nicht leichtgemacht hast.«

»Aber dennoch habe ich es getan, Herr Pastor. Und das wird immer auf meiner Seele lasten. Immer.«

Nun war es der Pastor, der nickte. »Das wird es, Tine, und niemand kann dir diese Last abnehmen. Selbst wenn ich es könnte, würde ich es nicht tun. Aber ich kann es nicht, so wie ich es bei Frau Liebrecht nicht konnte.«

»Bei Frau Liebrecht?«

»Sie hat an genau derselben Stelle gebetet, wenn sie sich schuldig fühlte. Ich habe sie mehr als einmal hier getroffen. Und ich habe sie sicher nicht immer getroffen, wenn sie Schuld auf sich geladen hatte.«

Eine der Kerzen auf dem Altar erlosch, eine andere flackerte. Eine Weile saßen Tine und der Pastor schweigend da und betrachteten die sacht schimmernden Farben der Glasfenster im hellen Mondlicht, das über die Klippe strahlte. Schließlich holte Pastor Thevessen tief Luft und erklärte: »Manche Dinge sind unumkehrbar. Sie werden nicht besser dadurch, dass sie feststehen. Wir müssen sie nicht akzeptieren, aber wir müssen sie hinnehmen. Ob ein Mensch, gleich ob er nun geboren wurde oder nicht, ob er vierzig Tage oder vierzig Jahre existierte, ob er betrauert wird oder nicht, ob solch ein Mensch in der heiligen Erde des Gottesackers begraben liegt oder an einem anderen Ort, das ändert nichts daran, dass seine Seele unsterblich ist. Und es gibt ja auch andere Orte, an denen man Gott zur letzten Ruhe ganz nah ist, nicht wahr, Tine? Kennst du einen solchen Ort?«

»Der Rosenbusch am Nordstrand«, flüsterte Tine, die noch vor sich sah, wie sie das kleine Bündel dort mit ihrer Gartenschaufel beerdigt hatte. Genau an der Stelle, an der sie zum ersten Mal auf der Insel Blumen gepflückt hatte.

»Dann lass uns gemeinsam beten. Für alle Seelen auf dieser Insel. Die der Lebenden und die der Toten, die der Geborenen und die der Ungeborenen. Die derjenigen, die auf dem Gottesacker ihre letzte Ruhe gefunden haben, und diejenigen, die unter Rosenbüschen oder im Sand der Düne begraben liegen.«

»Ja«, sagte Tine leise und schloss die Augen, um für all diese Seelen zu beten, zu denen auch Henry Heesters gehörte, Frau Wagner, Frau Rüger – und ein winziges Wesen, das nicht hatte zur Welt kommen sollen, weil sein Leben das Leben seiner Mutter zerstört hätte.

***

Ein langgezogener Heulton riss Tine aus dem Schlaf, dem ein weiterer solcher Ton folgte. Augenblicke später waren schon Schreie draußen zu hören: Kommandos, Befehle, Anweisungen. Obwohl es stockfinstere Nacht war, schien mit einem Mal die ganze Insel auf den Beinen. Auch Tine sprang aus dem Bett und riss das Fenster auf, um nachzusehen, was los war. »Was ist, Mama?«, fragte Jette, die sich noch den Schlaf aus den Augen rieb.

»Ich weiß es nicht. Vielleicht ein Schiffsunglück. Ich finde, es klingt so. Wie eine Schiffssirene.« Wie zum Beweis dröhnte ein neuerlicher Heulton über die Insel. Offenbar kam er von der Düne. Tatsächlich waren auch bereits die Lichter etlicher Boote auf der Reede auszumachen, die zwischen den beiden Inseln gen Norden fuhren. Irgendwo zerplatzte eine Leuchtrakete am Himmel, vom Hotel aus konnte man nur den roten Schein der Explosion sehen, nicht aber den Leuchtkörper selbst.

»Aufregend«, flüsterte Jette.

»Schrecklich«, murmelte Tine. »Hoffentlich kommt niemand zu Schaden.«

»Wie kann hier ein Schiff auf Grund laufen? Die Insel ist doch groß genug, dass man sie sieht. Und bestimmt steht sie in jeder Seekarte.« Jette schüttelte den Kopf. Sie fröstelte und drückte sich an ihre Mutter.

»Das tut sie zwar ganz sicher, Jette«, sagte Tine. »Aber die Insel ist umgeben von Untiefen. Wer die Gewässer nicht gut kennt, sollte lieber in einigem Abstand fahren. Oder einen Einheimischen als Lotsen an Bord holen.«

»Was du alles weißt.«

Tine legte den Arm um ihre Tochter. »Das hat mir dein Vater erzählt«, sagte sie. »Auf einer Bootsfahrt.«

»Da wäre ich gern dabei gewesen.«

Tine nickte. »Na ja«, sagte sie dann mit einem sehnsüchtigen Lächeln. »Ein paarmal warst du schon dabei.«

»Nicht so, Mama«, erwiderte Jette und schob sie von sich. »Du hast es gut, du hast Papa gekannt.«

Was sollte sie sagen? Jette hatte recht. Und doch war es hart, das so auszusprechen. Denn man kann nur verlieren, was man hat. Und Tine hatte Henry gehabt. Sie schloss die Augen. »Hoffentlich bringt diese Nacht keine Waisen mit sich.«

»Waisen?«

»Da draußen sinkt ein Schiff, Jette. Ein Schiff, auf dem Seemänner gerade ums Überleben kämpfen. Vielleicht kann das Schiff gerettet werden, vielleicht die Fracht. Ich hoffe nun einmal vor allem, dass die Männer gerettet werden können.«

»Das hoffe ich auch, Mama«, flüsterte Jette. »Das hoffe ich auch.«

Für das Schiff war jede Rettung zu spät gekommen. Wenn die See rau war und die Strömung stark, dann konnte auch ein kleiner Frachter innerhalb von Minuten sinken. So war es dem Dampfer aus Oslo ergangen, der auf dem Weg nach Hamburg gewesen war. Kurz vor dem Ziel war er auf ein Riff aufgelaufen und hatte Schlagseite bekommen. Das eindringende Wasser hatte ihn schnell quer zur Strömung gedreht, die das ihre dazugetan hatte, die *Aquitania* in die Wellen zu drücken. Immerhin konnten alle bis auf einen Mann gerettet werden. Die Halunder hatten schnell und beherzt eingegriffen, waren in großer Zahl rausgefahren und hatten alle aus dem Wasser gefischt, die sich von dem sinkenden Schiff gerettet hatten.

Der Dampfer selbst hatte sich zu den zahllosen Wracks begeben, die im Laufe der Jahrhunderte rund um die Insel gesunken waren. Es gab Legenden davon, manch alter Seebär konnte abende- und nächtelang von den verlorenen Seelen erzählen, die in den Gewässern um Helgoland spukten.

Was blieb, war eine große Anzahl an Frachtstücken, die auf den Wellen trieb oder an die Strände gespült wurde. Einst war es eine wichtige Einnahmequelle der Helgoländer gewesen, solches Strandgut aufzusammeln und zu verkaufen oder selbst zu nutzen. Vor wenigen Generationen noch hatte man eine Regel gehabt, wonach Gekenterten Hilfe gegen einen Anteil an der Ladung angeboten wurde: Die Hälfte der Fracht stand den Insulanern zu, dafür retteten sie die Schiffbrüchigen und löschten die Ladung. Darüber, was in Fällen geschehen war, in denen die Havarierten einer solchen Aufteilung nicht hatten zustimmen wollen, war nicht viel zu erfahren. Doch so gut kannte Tine ihre Mitbürger inzwischen, dass sie wusste: Niemals hätten sie tatenlos zugesehen, wie die See sich die Seelen holte. Sie hätten immer geholfen – und sie hatten immer geholfen. Dessen war sie sich sicher.

Gleichwohl gab es manchen Insulaner, der am Morgen jenes Tages verdächtiges Stückgut mit sich herumtrug und sich auffällig im Morgennebel hielt, der den Felsen umgab. Die Boote waren wieder zurückgekommen, in den Wirtshäusern der Insel hatten sich die Retter und die Geretteten versammelt, um sich gemeinsam bei einem Grog zu stärken und die Schrecken des Unglücks zu vergessen, wohl auch, um nach alter Sitte über eine Entschädigung zu verhandeln. Schließlich hatte so mancher Leib und Leben riskiert, von seinem Boot ganz zu schweigen.

Tine beschloss, bei Fritzi vorbeizuschauen. Es war gut möglich, dass auch Simon draußen gewesen war. Er war ein kräftiger, erfahrener und vor allem mutiger Mann, der stets Hilfe anbot, wo sie vonnöten war. Tatsächlich entdeckte sie ihn in einiger Entfernung am Südstrand, wo er sein Boot vertäute. Sie wollte schon auf ihn zugehen, da bog wenige Schritte von ihr entfernt ein Schatten um die Ecke: ein junger Kerl, der ganz offensichtlich einen schweren Sack über die Schulter geworfen hatte. »Otto?«

Erschrocken blieb der Junge stehen. Doch statt seine Patentante zu grüßen, wandte er sich abrupt ab und wollte schon weitermarschieren, schneller noch als eben gerade. »Otto?«, sagte Tine noch einmal. »So warte doch!«

»Was?«, rief der Junge und starrte sie finster an.

»Was hast du da, Otto?«

Sein Blick war Antwort genug. Tine schwante etwas Ungutes. »Warst du … warst du auf der Düne?«

»Lass mich in Ruhe«, knurrte der Junge. Für einen Augenblick glaubte Tine, ihren Ohren nicht zu trauen. Dann hatte sie sich wieder gefasst und sagte so streng wie möglich: »Bleib stehen, Otto, ich möchte mit dir reden.«

Tatsächlich hielt der Junge inne und blickte Tine trotzig an. »Was willst du?«

»Was hast du da drin?« Tine deutete auf den Sack.

»Nichts.«

»Danach sieht es nicht aus.«

»Und wonach sieht es aus?« Ottos Augen sondierten unstet die Umgebung, als hätte er Angst, ertappt zu werden.

»Ich glaube, wir wissen beide, was du mit dir trägst.«

»Ach ja?«

»Ja. Diebesgut.«

Otto schnaubte verächtlich. »Ich habe nichts geklaut.«

»Ich glaube dir, dass du das denkst«, sagte Tine und sah ihm ernst ins Gesicht. »Aber du hast nicht recht. Du warst auf der Düne, stimmt's?«

»Und wenn?«

»Du hast Waren von dem havarierten Dampfer aufgesammelt und mitgenommen, gib es zu.«

Otto zuckte mit den Schultern. »Na und? Das haben wir Helgoländer schon immer so gemacht! So ist das Inselleben.«

Tine wiegte den Kopf. »Wenn ein Schiff kentert und alle Menschen ertrinken, wenn Strandgut angeschwemmt wird, ohne dass man weiß, woher, dann ist das vielleicht so. Aber nicht, wenn das Schiff direkt vor der Insel sinkt. Dann ist es unsere Christenpflicht, dass wir …«

»Christenpflicht?«, zischte Otto verächtlich. »Erzähl du mir doch nichts von Christenpflicht, *Tante* Tine. Du bist schuld, dass Schlüter zu Tode gestürzt ist.« Er kniff die Augen zusammen, als wollte er ganz genau sehen, was seine Worte mit Tine machten. »Du und dein Liebhaber.« Das Lächeln, das auf seine Lippen trat, war kalt und hart. »Ich habe euch gesehen. Erzähl du mir also nichts von Christenpflichten. Was ich getan habe, ist nichts im Vergleich zu dem, was du getan hast.«

Einen Moment lang war Tine sprachlos. Sie spürte, wie ihr Herz davongaloppierte. Otto, ihr kleiner lieber Otto, der Junge, den sie immer und immer wieder besucht und um den sie sich gekümmert hatte, bezichtigte sie gerade des Mordes und des Ehebruchs. Das traf sie wie ein Schlag. Aber noch mehr traf sie die Erkenntnis, dass er recht hatte. Es mochte keine Absicht gewesen sein, aber es war geschehen. Sie mochte es nicht *getan* haben, aber sie hatte es zu verantworten. Zumindest lag ein Teil der Schuld bei ihr. Ja, sie trug eine Mitschuld daran, dass Georg Schlüter zu Tode gekommen war. Und Otto hatte es beobachtet. Sie erinnerte sich! Die ganze Zeit seither hatte sie sich nicht mehr darauf besonnen. Aber jetzt, da er es aussprach, sah sie es wieder vor sich, das Bild des Jungen im Schatten des Dienstboteneingangs des Hotels Perle. Da hatte er gestanden und herübergestarrt. Otto. Es war Otto gewesen. Sie holte tief Luft: »Es tut mir aufrichtig leid, was Georg Schlüter geschehen ist«, erklärte sie mit rauer Stimme. »Ich wünschte, ich könnte es ungeschehen machen. Aber ich habe ihm nichts getan. Und ich hätte es nicht verhindern können.«

»Das sah für mich anders aus«, hielt ihr Otto entgegen. »Ich glaube dir kein Wort. Du bist nicht die liebe Tante Tine oder die nette Frau Heesters. Du denkst doch nur an dich.«

»Wie kannst du so etwas sagen!«, rief Tine. »Ich …«

»Ich, ich, ich«, blaffte Otto. »Schon klar. An jemand anders hast du nie gedacht. Deshalb hast du Jette nach Stade geschickt. Damit sie dir nicht im Weg steht bei deinen Liebschaften. Und den blöden Blumenladen müssen jetzt auch die anderen führen. Wahrscheinlich hast du Schlüter auch nur umgebracht, damit du endlich in seinem Hotel arbeiten kannst!«

Die Ohrfeige kam so schnell, dass Otto nicht mehr ausweichen konnte. »Jetzt bist du zu weit gegangen, Otto«, keuchte Tine. »Es reicht. Ich will dich nicht mehr sehen. Und ich will dich nicht mehr mit Henriette sehen, verstanden? Lass sie in Ruhe.« Sie holte tief Luft, denn sie hätte ihm noch einiges zu sagen gehabt. Doch Otto drehte sich einfach weg und ging davon.

***

Es war keine leichte Entscheidung für Tine, zumal sie jedes Mal, wenn sie Frau Schlüter gegenübertrat, an deren Mann denken musste. Es kam ihr nicht richtig vor, Annegret Schlüters Notlage auszunutzen, indem sie nun als Hausdame in ihren Diensten war. Andererseits: Das war die Gelegenheit, die Tine gebraucht hatte, ihr Leben zu ändern. Der jungen Frau zu helfen, indem sie eine ungewollte Schwangerschaft beendete, hatte ihr die Augen geöffnet. Sie wollte das nicht mehr, konnte nicht mehr so leben. Deshalb verspürte sie keinerlei Unsicherheit, als sie Frau Schlüter am nächsten Tag aufsuchte, um ihr von ihrem Entschluss zu berichten: Sie würde in Zukunft nur noch Hausdame im Hotel Perle sein. Die Zeiten als Hebamme waren endgültig vorbei.

»Ich hoffe, es ist nicht, weil Sie sich von mir dazu gedrängt fühlen«, sagte Frau Schlüter, und einmal mehr spürte Tine, wie dankbar sie dieser Frau war, die die Pflichterfüllung in Person war.

»Nein, Frau Schlüter«, erklärte sie. »Im Gegenteil: Ihr großzügiges Angebot, diese schöne Stelle in Ihrem Haus anzunehmen, hat mir diese Entscheidung erst möglich gemacht.«

»Aber es gibt keine andere Hebamme auf der Insel, soweit ich weiß.«

»Das ist richtig. Aber es gibt Doktor Bell ...«

Frau Schlüter schnaubte.

»Und es gibt noch zwei Ärzte, die für die Kommandantur tätig sind, das heißt für das neue Lazarett und für die Versorgung der Truppe.«

»Die werden nicht sehr erfahren damit sein, Kindern auf die Welt zu helfen, meinen Sie nicht?«

»Na ja«, antwortete Tine und lachte. »Die Militärärzte vermutlich nicht. Aber Doktor Bell hat mir immer zu verstehen gegeben, dass er nichts von Hebammen hält.«

»Und deshalb wollen Sie diese Arbeit nun bleiben lassen?«

Tine hob die Hände. »Nicht deshalb. So kann man das nicht sagen. Aber ich spüre doch ... nun, es ist mir in letzter Zeit sehr schwergefallen.« Sie zögerte kurz. »Und manchmal muss man Dinge tun, die man lieber nicht tun möchte.«

Frau Schlüter nickte. »Aber muss man das nicht in jedem Beruf?«

»Sicher, Frau Schlüter. Aber nicht unbedingt Dinge mit so weitreichenden Folgen.«

»Nun gut, ich habe keinen Grund, Sie zu überreden. Für uns hier ist es natürlich gut, wenn Sie sich auf die Arbeit im Hotel konzentrieren. In dem Zusammenhang ...« Sie rollte mit ihrem Stuhl an den Schreibtisch zurück und nahm ein Papier zur Hand. »Das ist die Liste der Neuankömmlinge heute und morgen.«

Tine nahm das Blatt, das ihr die Hotelbesitzerin hinhielt, und staunte: »Das sind mehr Gäste, als wir an Zimmern frei haben!«

»Sie sagen es, Frau Heesters«, seufzte Annegret Schlüter. »Deshalb möchte ich Sie bitten, sich zusammen mit Edward etwas einfallen zu lassen. Das andere Hotel hätte ja immerhin noch freie Zimmer.«

Das andere Hotel. Das Schlüter, das ehemalige Heesters. Natürlich kannte Tine es in- und auswendig. Es war ihr Zuhause gewesen, sie hatte die glücklichste Zeit ihres Lebens dort verbracht, auch wenn es rückblickend eine sehr kurze Zeit gewesen war. Die Hotels von Frau Schlüter standen auf einer Ebene. Beide gehörten zu den besseren Häusern der Insel, ohne aber an das Imperial oder an das noch später errichtete *Seehotel* heranzureichen. Die Gäste würden im Schlüter auf nichts verzichten müssen, was sie im Hotel Perle gebucht hatten.

Also machte Tine sich an die Arbeit, um gemeinsam mit Edward einen neuen Belegungsplan zu entwerfen, auch wenn der Concierge keinen Zweifel daran ließ, dass ihm diese Aufgabenteilung missfiel. Es gehörte nun einmal nicht zu den Kompetenzen einer Hausdame, Zimmer zuzuweisen.

Und dann stand plötzlich Simon in der Tür. »Tine, bitte, du musst kommen! Schnell!«

Noch nie hatte Tine ihren Schwager so aufgelöst gesehen. »Was ist denn los?«

»Fritzi geht es schlecht. Sie ist … ich weiß nicht … Bitte komm. Schnell!«

Ohne zu zögern, rannte Tine los. Edward würde auch alleine zurechtkommen. Während sie neben Simon herlief, versuchte sie, mehr zu erfahren: »Was ist denn passiert?«

»Ihr wurde auf einmal schlecht«, keuchte Simon und schnappte nach Luft. »Und dann ist sie … ist sie zusammengebrochen und … auf den Boden …«

»Hatte sie etwas gegessen?«

»Nein. Nichts … nichts anderes als wir … anderen auch. Sie war kurz draußen …« Simon rang nach Luft. »Und dann …

als sie wieder reinkam, da ist sie … ist sie auf den Boden gestürzt. Einfach so.«

***

Fritzi war weiß wie die Wand. »Tine«, flüsterte sie. Die Haare klebten ihr in der Stirn, die von kaltem Schweiß bedeckt war. Ihre Augen glänzten.

»Was ist mit dir, Fritzi?«

»Mein Bauch«, stöhnte die jüngere Schwester und hielt sich die Seite.

»Hier?« Tine drückte vorsichtig ein wenig am Unterbauch herum, Fritzi biss die Zähne zusammen, um nicht vor Schmerz aufzuschreien. Simon stand händeringend daneben und schüttelte immer und immer wieder den Kopf.

»Wie lange hast du das schon, Fritzi?«

»Das hat … gestern angefangen«, ächzte die Schwester.

»Gleich so schlimm?«

Fritzi schüttelte den Kopf. »Das … das ist erst heute Morgen richtig schlimm geworden.«

Tine wandte sich an Simon: »Warum habt ihr nicht nach dem Arzt geschickt?«

»Fritzi meinte, das … na ja, das wären nur Blähungen. Das würde schon wieder besser.«

»Sie hat eine Blinddarmentzündung, da bin ich sicher.« Und Tine hatte nicht die geringste Ahnung, was man da tun konnte. Außer endlich den Arzt zu holen. Sie hatte es kaum ausgesprochen, da war Simon schon wieder aus der Tür, um zu Doktor Bell zu laufen. Inzwischen hatten sich die Kinder um Fritzis Bett gesammelt. »Geht ihr bitte mal raus?«, bat Tine sie. »Ich muss jetzt mit eurer Mutter allein sein.«

Stumm nickten sie der Reihe nach, dann folgten sie dem

Vater nach draußen. »Fritzi, ich hoffe, das geht gut. Du hast viel zu lange gewartet.«

»Aber ich habe doch gar nichts gemacht.«

Tine lachte verzweifelt. »Das nützt uns nichts, Fritzi! Ich hoffe, Doktor Bell kann mit so etwas umgehen. Und ich hoffe, er kommt schnell.« In ohnmächtigem Ärger dachte sie daran zurück, wie er einmal sein Abendbrot hatte zu Ende essen müssen, ehe er zur Entbindung einer Frau gekommen war, für die dann jede Rettung zu spät gewesen war.

Doch zu Tines Überraschung war der Arzt schneller da als gedacht. »Ich habe ihn auf der Terrasse des Imperial entdeckt!«, erklärte Simon freudig. »Jetzt wird bestimmt alles gut.«

»Bestimmt«, sagte Tine. Doch sie wagte nicht, daran zu glauben. Die alte Frau Liebrecht hatte eine besondere Gabe gehabt: Manches Mal, wenn sie eine Frau betrachtet hatte, hatte sie leise zu Tine gesagt: *Ich sehe den Tod. Er schaut mich aus ihren Augen an.*

Und in diesem Moment hatte Tine das grauenhafte Gefühl, als würde der Tod sie geradewegs aus Fritzis Augen heraus anstarren. So als wollte er sagen: *Das hier ist nur noch von kurzer Dauer. Dann ist sie für die Ewigkeit.*

»Was kann ich tun?«, fragte Tine den Arzt, der mit wenigen Griffen an Fritzis Bauch ihre Vermutung bestätigt hatte. Doktor Bell blickte auf. »Beten Sie, wenn Sie mögen«, sagte er leise, sanfter als sonst, was Tine noch mehr ängstigte. »Und sprechen Sie mit den Kindern.«

»Mit den Kindern?«

»Wir müssen sie rüberbringen ins Lazarett. Sofort. Ich werde sie operieren. Mit Glück wird sie überleben.« Er nickte tiefernst. »Mit viel Glück, Frau Heesters.«

***

Zweites Kapitel

Dass es immer wieder und länger anhaltend regnete in jenem Jahr, passte zu der allgemeinen Lage. War Helgoland noch in jüngster Zeit ein unbeschwerter bunter Flecken Erde im Ozean gewesen, so hatten zuletzt die Militärs den Felsen immer mehr übernommen. Und diese Übernahme brachte es mit sich, dass die Reisenden zunehmend ausblieben. Gewiss, immer noch war die Insel in der Nordsee ein Anziehungspunkt für die feine Gesellschaft, immer noch war das Casino allabendlich voll, ebenso das Theater und die Tanzsäle. Aber viele, die jedes Jahr gekommen waren, hatten sich neue Ziele gesucht. Viele blieben auch nicht mehr so lange wie früher. Denn die Militarisierung der Insel hatte sich herumgesprochen, und vor allem den Damen behagte es oft nicht, dass unablässig Paraden oder Übungen abgehalten wurden, dass ständig Baulärm den Frieden störte und dass gar weite Teile von Helgoland für Zivilisten nicht mehr zugänglich waren. Zum Areal der Kasernen waren längst die Bereiche rund um die neu errichteten, mächtigen Geschützstellungen auf dem Oberland gekommen – und natürlich der Kriegshafen, der sich immer weiter ins Meer hinein erstreckte, von manchem männlichen Besucher der Insel bestaunt, von mancher weiblichen Besucherin voll Abscheu oder zumindest Unverständnis abgelehnt und mit Befremden betrachtet.

So kam es, dass auch die Hotels Perle und Schlüter nicht mehr in der gewohnten Weise glänzten: weder mit Zahlen noch mit Namen. Unter den Hoteliers der Insel war es eine beliebte

Praxis, sich gegenseitig mit der Gästeliste zu übertrumpfen. Wer zu den Gewinnern einer Saison zählte, das bestimmten nicht in erster Linie die Einnahmen, sondern vielmehr das Prestige: Ein Fürst im Hause war die beste Werbung. Ein Minister, eine Gräfin, aber auch eine berühmte Schauspielerin oder ein Kammersänger galten als Ausweis erster Qualität und Güte.

Entsprechend sorgte der Aufenthalt eines Prinzen aus dem Hause der russischen Zarenfamilie für großes Aufsehen auf der Insel – und für Tine und die anderen Mitarbeiterinnen und Mitarbeiter des Hotels Perle für viel Arbeit. Der Prinz hatte vor vielen Jahren einmal im Hause übernachtet, weshalb er sich auch nun wieder hier angemeldet hatte. Annegret Schlüter hatte für die gesamte Belegschaft neue Uniformen anfertigen lassen und für sämtliche Suiten neue Vorhänge. In der Halle war ein großer Perserteppich über den Steinboden gelegt, für die Treppen waren Läufer geordert worden. Aus dem Königreich Sachsen hatte man neue Kristallgläser bestellt, der Weinkeller war mit beinahe hundert Bouteillen französischem Champagner bestückt worden, weil man wusste, wie sehr die Russen dieses Getränk schätzten.

Am Tag der Ankunft säumten Dutzende einheimische Mädchen mit Blütenkränzen im geflochtenen Haar die Landungsbrücke. Und der Bürgermeister ließ es sich nicht nehmen, auf dem Boot hinüberzufahren, um den Ehrengast der Insel persönlich schon an den Stufen des Dampfers willkommen zu heißen. Aus London war Seine Kaiserliche Hoheit gekommen, und er reiste gänzlich ohne Familie, nur mit einem Stab von persönlichen Adjutanten und einigen Dienstmädchen, die sich jedoch im Hintergrund zu halten hatten.

Tine erwartete den besonderen Gast in zweiter Reihe vor dem Hotel Perle, wohin er von den Hausdienern geleitet wurde. Vor ihr stand Frau Schlüter in ihrem Rollstuhl, ganz in Schwarz, aber mit einem Perlencollier und prächtigem Ohrgehänge. Der Weg des Prinzen wurde gesäumt von Neugierigen, wobei es nicht nur die Insulaner waren, die jeden seiner Schritte neugierig verfolgten, sondern auch andere Gäste. Die Ankunft eines Vetters des russischen Zaren war etwas, worüber es am nächsten Tag auch im *Insel-Boten* zu lesen geben würde. Dabei gewesen zu sein bedeutete deshalb, einem historischen Ereignis beizuwohnen!

Zur großen Enttäuschung aller hatte der prominente Gast jedoch kaum mehr als ein Nicken und einen knappen Gruß für die Hotelbesitzerin übrig und ließ auch den Bürgermeister, der eine Ansprache vor dem Anwesen hatte halten wollen, links liegen, um sich möglichst rasch auf seine Zimmer zurückzuziehen. Sieben Zimmer hatten Seine Majestät mit Entourage belegt, natürlich alle in der oberen Etage mit Blick auf den Südstrand. Jedes dieser Zimmer blitzte so sauber, dass auch das kritischste Auge kein Staubkörnchen hätte entdecken können. Prachtvolle Rosen schmückten die Suite des Prinzen, auf jeder Kommode stand eine Karaffe mit Wein und eine mit Wasser, ein Obstkorb zierte den Tisch, um den die besten Sessel des Hauses unter Tines Aufsicht gruppiert worden waren. Drei Tage lang hatte sie die Zimmermädchen gescheucht, um die Räumlichkeiten, die der Vetter des Zaren bewohnen sollte, so perfekt zu machen wie irgend möglich. Am Vorabend hatte Frau Schlüter, was höchst selten geschah, sich sogar hinauftragen lassen, um das Ergebnis zu besichtigen. Und sie war mehr als zufrieden gewesen. Und nun marschierte der Vertreter des Hochadels durch die Reihen der sich verbeugenden und knicksenden Bediensteten, blickte nur einmal kurz und irritiert zur Seite auf Frau Schlüter, die mit ihrem Rollstuhl offenbar nicht in sein Bild von einem Empfangskomitee passte, und verschwand im Inneren des Hauses, wo ihn Edward bereits mit einer weiteren Gruppe von Angestellten erwartete, um ihn zu seinen Räumen zu geleiten, während Tine hinter dem Tross folgte, um ein Auge auf ihre Schützlinge, die weiblichen Mitarbeiterinnen des Hotels, zu haben.

Natürlich hatte man auch im Speisesaal einen Bereich speziell für den Prinzen abgetrennt. Tine hatte hohe Grünpflanzen aufstellen lassen, um den hinteren Teil völlig vor den Blicken der anderen Gäste zu schützen, ohne dadurch allzu viel Enge zu erzeugen. In dem Fall wäre sie glücklicher gewesen, das Hotel Perle wäre das Imperial gewesen, das Henry einst hatte errichten lassen. Dort gab es Raum in Hülle und Fülle. Hier konnte man ein angemessenes Umfeld nur schaffen, indem man alles andere spürbar verkleinerte. Entsprechend gab es durchaus Gäste, die mit Murren auf die Veränderung reagierten. Vor allem ein Kaufmann aus Düsseldorf ließ seinem Missvergnügen freien Lauf. »Man fühlt sich wie ein Gast zweiter Klasse, seit Seine Majestät hier logiert«, erklärte er laut, als Tine an seinem Tisch vorbeiging. Es war offensichtlich, dass diese Bemerkung ihr gegolten hatte. »Pardon«, sagte sie. »Hatten Sie etwas zu mir gesagt, mein Herr?«

»Es wird viel Tamtam und viel Trara um die Kaiserliche Hoheit gemacht«, stellte der Mann fest und reckte das Kinn.

»Sie beklagen, dass wir die Herrschaften aus Russland etwas abseits platziert haben?«

»Sie haben ihnen einen Großteil des Speisesaals reserviert.«

»Den kleineren Teil, wenn ich mir die Bemerkung erlauben darf, mein Herr«, widersprach Tine mit einem freundlichen Lächeln. »Aber Sie haben recht, wir haben die Herren separiert, damit sich unsere übrigen Gäste nicht gestört fühlen.«

»Pardon?«

»Nun, es wird womöglich doch einmal etwas lauter, wenn so viele Herren an einem Tisch sitzen«, erklärte Tine. »Und soweit wir wissen, erwartet Seine Kaiserliche Hoheit etliche Besucher. Das bringt Unruhe – und Sie möchten Ihren Aufenthalt auf unserer schönen Insel doch genießen und hier ein wenig entspannen.«

Der Kaufmann aus Düsseldorf räusperte sich. »Gut, gut. Das ist natürlich, hm, sehr … rücksichtsvoll. Vielen Dank.«

»Mit dem größten Vergnügen, mein Herr. Und wenn Sie irgendetwas brauchen, bitte zögern Sie nicht, mich anzusprechen.«

»Gewiss, gewiss.« Er wandte sich wieder seinem Frühstücksei zu, um zu signalisieren, dass das Gespräch beendet und Tine entlassen war. Sie nickte noch einmal und eilte dann hinüber in den abgetrennten Teil des Speisesaals. Alles war mit weißem Porzellan eingedeckt, auf die Damastservietten hatte Tine noch das Wappen der kaiserlichen Dynastie sticken lassen – Frau Thevessen hatte hier ihr unvergleichliches Talent beweisen dürfen. Von einem der Dienstmädchen hatte Tine sich für die Küche alle Vorlieben des Prinzen erzählen lassen, wobei es hilfreich war, dass das Zimmermädchen Anka ein wenig Russisch konnte, weil sie als Kind aus dem Zarenreich gekommen war. Nicht alles hatte sich über Nacht auf der Insel besorgen lassen. Aber im Großen und Ganzen war man gewappnet.

Als die russischen Gäste im Frühstücksraum auftauchten, waren die meisten anderen bereits in den Tag entschwunden, manche noch auf den Zimmern, andere auf dem Weg zur Düne, wieder andere auf einem morgendlichen Spaziergang über die Klippen.

Der Festungskommandant hatte sich angekündigt, um dem bedeutenden Besucher der Insel seine Aufwartung zu machen, schließlich war auch der deutsche Kaiser ein Vetter des Zaren. Tatsächlich war der Kommandant weit vor dem bedeutenden Gast anwesend. Und es war nicht zu übersehen, wie verdrießlich er zunehmend wurde, angesichts des Umstands, dass Seine Kaiserliche Hoheit ihn warten ließ – mehr als eine halbe Stunde lang, um schließlich in eindeutig nicht nüchternem Zustand zu erscheinen.

Einer der fürstlichen Adjutanten übersetzte zwischen den Herren. Doch es kam kein richtiges Gespräch in Gang. Man tauschte sich über die Jagd aus, über neue Entwicklungen der militärischen Seefahrt, über die Gesundheit der Herrscher … Konversation, die nur dem Zweck diente, Konversation zu machen, bis der Kommandant sich mit dem Verweis auf dringende Amtsgeschäfte entschuldigte und unter mehrfachen Verneigungen und mit den besten und nachdrücklichen Wünschen das Hotel Perle wieder verließ. Prompt stieg die Stimmung am fürstlichen Tisch und an den beiden daneben platzierten Tafeln, es wurde gelacht und Champagner bestellt. Die Serviermädchen liefen ein ums andere Mal, brachten Hummer, Soufflés, kräftige Suppen, Weißbrot, geräucherten Aal, Kräuterbutter und immer wieder Karaffen mit Wein sowie kannenweise Kaffee. Der Hausdiener August, der auch für den Weinkeller zuständig war, durfte seine Kenntnisse über Zigarren ausspielen, präsentierte mehrmals den Humidor, in dem teure Rauchware aus Übersee lagerte, und fand leichter ins vertraute Gespräch mit dem Fürsten als der Inselkommandant. Und immer wieder legte sich eine Hand der Kaiserlichen Hoheit auf die Schulter des Hausdieners, als wäre er genau dafür geschickt worden.

»Etwas weniger vertraulich wäre mir lieber«, beschwerte sich August auf dem Flur zwischen Speisesaal und Küche. »Man kommt sich ja vor wie das Privateigentum der Herren Hochwohlgeboren. Wundert mich nicht, dass sie in Russland immer noch die Leibeigenschaft haben.«

»Das tut mir leid, August«, sagte Tine, die es mitbekommen hatte. »Ich werde mit Frau Schlüter sprechen.«

»Lieber nicht«, entgegnete der Hausdiener lachend. »Was soll sie denn tun? Sie kann ja wohl kaum die Kaiserliche Hoheit an die Luft setzen.«

Womit er zweifellos recht hatte. Sie würden es wohl oder übel durchstehen müssen. Tine selbst war zumindest einigermaßen sicher, weil sie als Hausdame stets von einem Stab Mädchen umgeben war. Aber auf die Mädchen musste sie achtgeben! Da war schnell etwas passiert, sie hatte es selbst einst erlebt. Das Einzige, was Tine tun konnte, war, die Herren möglichst im Auge zu behalten und in kritischen Situationen einzuschreiten, was ihr in der Folge auch mehrmals gelang. Immer wieder nahm Tine unauffällig eine Position ein, von der aus sie die Lage sorgfältig beobachten konnte. Manchmal gab sie sich dabei keine Mühe, möglichst unauffällig zu sein. Denn es ging ja nicht darum, die Herren auf frischer Tat zu ertappen, sondern darum, etwaige Zudringlichkeiten von vornherein zu vermeiden. Allerdings musste Tine feststellen, dass ihre Sorgen unbegründet zu sein schienen. Die Russen ließen sowohl die Serviermädchen als auch die Zimmermädchen links liegen. Die einzigen Zudringlichkeiten, die Tine tatsächlich beobachten konnte, waren ein Kniff in die Wange eines Hotelboys und eine unangebrachte Umarmung eines der jüngeren Hausdiener. Damit hatte sie weder gerechnet noch wusste sie damit umzugehen.

In jenen Tagen sah Tine ihre Tochter kaum. Wenn sie endlich in die kleine Wohnung unter dem Dach kam, schlief Jette längst. Und am Morgen war sie meist noch nicht wach, wenn Tine ihren Arbeitstag anfing. Einmal entdeckte sie Jette von der Sonnenterrasse aus, wie sie am Falm stand und zur Düne hinüberblickte. Dass Otto neben dem Mädchen stand, versetzte Tine einen Stich. Als sie aber ihre Tochter anderntags mit ihm Richtung Leuchtturm spazieren sah, läuteten für Tine die Alarmglocken.

An diesem Abend passte sie Jette ab und nahm sie zur Seite. »Komm, lass uns eine Tasse Tee zusammen trinken.«

»Ich bin müde, Mama.«

»Nur ein paar Minuten, ja?«

»Na gut«, seufzte Jette und ließ sich auf den Sessel in Tines Zimmer fallen. Im Hotel herrschte noch eifrige Geschäftigkeit, eigentlich hätte Tine noch keine Pause machen können. Doch dieses Gespräch war ihr zu wichtig. »Weißt du«, sagte sie, als sie sich mit zwei Tassen Tee neben ihre Tochter setzte und ihr eine davon reichte, »ich habe ein bisschen nachgedacht.«

Jette blickte ihre Mutter fragend an.

»Es geht um dich. Und … Otto.«

»Otto? Was ist mit ihm?«

»Nun ja. Wie … wie findest du ihn?«

»Ach, Mama, du kennst doch Otto!«

Ein gutes Stichwort, wie Tine fand. »Stimmt«, erklärte sie. »Und wahrscheinlich besser als du.«

Jette kniff die Augen zusammen. »Was willst du denn damit sagen?«

Tine holte tief Luft. Liebesdinge waren sensibel. Sie wollte ihre Tochter nicht verletzen. Andererseits: »Ich fürchte, dass du Otto vielleicht mit anderen Augen siehst, als es gut wäre.«

Ihre Tochter erwiderte nichts, sondern wartete ab, was nun kommen würde. Sie machte es Tine nicht leichter dadurch. »Was ich sagen will, ist, dass ich fürchte ... nun, dass Otto ... dass er nicht der ist, für den du ihn hältst.«

»Ach ja? Für wen halte ich ihn denn?«

»Für einen netten jungen Mann«, sagte Tine, sorgfältig darauf bedacht, die richtigen Worte zu finden. »Vielleicht für einen gutaussehenden Mann, der freundlich ist ... und anständig ...«

»Er *ist* freundlich und anständig«, warf Jette ein, deren Gesicht zu glühen begonnen hatte. Sie ist tatsächlich verliebt, dachte Tine. Sie fühlt sich von meinen Worten angegriffen. »Ja«, entgegnete sie. »Das ist er ganz bestimmt ...«

»Aber?«

»Aber ich fürchte ... er ist es nicht immer.«

»So? Und wie kommst du darauf?«

»Er ... er hat mich ...« Er hat mich bedroht, dachte sie. Aber wenn sie das aussprach, dann musste sie die ganze Geschichte erzählen. Und niemand konnte sagen, ob sie Tine oder Otto glauben würde. Und selbst wenn sie ihrer Mutter Glauben schenkte, konnte es gut sein, dass Jette sie verurteilte. Verurteilte für die Sache mit Paul Stöver, die nun einmal in der Welt war und die Tine auch nicht mehr ungeschehen machen konnte. »Er hat sich nicht nett verhalten«, sagte sie deshalb. »Mir gegenüber.« Sie holte tief Luft. »Ich möchte gar nicht, dass du deswegen etwas unternimmst. Du musst ihn nicht zur Rede stellen. Ich weiß, dass du ihn magst. Und ich vermute, dass er dich ebenfalls mag. Aber ... aber du solltest einfach wissen, dass er nicht *nur* der freundliche, anständige junge Mann ist, für den du ihn hältst. Er kann auch ganz anders sein. Leider.«

Jette schob die unberührte Teetasse von sich. »Das werde ich dann lieber selbst herausfinden«, sagte sie und stand auf.

Tine hob beschwichtigend die Hände. »Ich hatte gehofft …«

»Was hattest du gehofft?«

»Ich hatte gehofft, dass …« Nein, so würde sie nichts erreichen, überhaupt nichts. »Jedenfalls möchte ich«, sagte Tine mit fester Stimme, »dass du dich nicht mehr mit ihm triffst.«

»Ha!«, rief Jette und lief zur Tür. »Was soll das denn, bitte? Gönnst du mir mein Glück nicht? Ich bin fast erwachsen! Als du so alt warst wie ich jetzt, da warst du schon verheiratet! Bist du jetzt eifersüchtig, weil ich …« Sie hielt inne, wurde sich ihrer Worte bewusst, erschrocken darüber, was sie da gesagt hatte. »Es … es tut mir leid«, stammelte sie und öffnete die Tür. »Das wollte ich nicht sagen. Entschuldigung, Mama. Aber was du da verlangst, das kann ich nicht tun. Otto ist … er ist …« Sie wischte sich eine Träne aus dem Augenwinkel, schüttelte den Kopf und verschwand ohne ein weiteres Wort nach draußen.

***

So spät die Herren den Tag begannen, so spät verließen sie das Hotel am Abend, um dann nach vielen Stunden bei Tanz und Spiel wankend wie alte Matrosen zurückzukehren, sturzbetrunken und laut genug, um nicht nur die Gäste des eigenen Hotels aus dem Schlaf zu wecken, sondern das halbe Oberland. Entsprechend erschöpft war Tine, als sie endlich gegen drei Uhr morgens ins Bett sank. In weniger als drei Stunden würde sie schon wieder aufstehen müssen. Denn ihr Arbeitstag begann um sechs Uhr. Jette war irgendwann wieder in die kleine Wohnung zurückgekommen und hatte sich schlafen gelegt. Tine selbst war gerade in einen leichten, nervösen Schlaf gefallen, als sie vom Klopfen an ihrer Tür geweckt wurde. »Frau Heesters?«

»Hanni? Was gibt es?«, fragte Tine schlaftrunken, während sie ihren Morgenmantel umband.

»Die Herren …«

»Die Herren?«

»Die Herren Russen …«

»Nun, Hanni, sprich doch bitte! Was wünschen *die Herren Russen,* die du bitte in Zukunft *der Fürst und seine Begleiter* nennst?«

»Sie … also, sie wünschen …«

Tine seufzte. »Soll ich sie selbst fragen?«

»Sie wünschen nichts«, erklärte Hanni.

»Aha. Und weshalb also klopfst du um drei Uhr morgens an meine Tür?«

»Herr Heinrich hat sich beschwert. Über die Herren … also über den Fürsten und seine Begleiter. Und das Ehepaar Kilian auch.« Sie schlug die Augen nieder. »Und Geheimrat Tegten hat auch schon nach mir geklingelt.«

Und in diesem Moment hörte es auch Tine: Von den Räumen des Fürsten her drang Lärm. Männerlärm. Lärm, wie man ihn sonst nicht hörte in diesem Hause. Wie man ihn eigentlich überhaupt nie hörte. »Das ist …«, sagte Tine schockiert. »Es klingt ja wie …«

Hanni hielt den Blick beschämt gesenkt und presste die Lippen fest zusammen. Sie musste nichts mehr sagen. Sie hätte es auch nicht gewollt. Selbst Tine war für einen Moment sprachlos. Wenn dieses Ereignis die Runde machte, würde es einen Skandal geben, womöglich einen, der über Helgoland hinausreichte, ja unter Umständen sogar – Tine wagte kaum, es sich auszumalen – diplomatische Verwicklungen! Und genau deswegen konnte sie nun auch nicht einfach einen der Hausdiener oder Edward bitten einzuschreiten.

Gewiss, der Lärm würde in absehbarer Zeit aufhören, zumindest *diese* Art von Lärm. Denn jedes Liebesspiel war doch von überschaubarer Dauer, das unter Männern und Frauen wie ganz sicherlich auch das zwischen Männern und – Männern! Doch so lange wollte Tine nicht warten. Wenn einige Gäste sich jetzt bereits beschwerten, würde es nicht ausbleiben, dass sich auch noch andere Gäste melden würden. Nichts zu tun war deshalb schlicht unmöglich. Die Russen aufzusuchen und dem Treiben ein Ende zu bereiten, indem man sie direkt darauf ansprach, ging erst recht nicht. Erstens stellte man einen Fürsten nicht zur Rede, zweitens würde das womöglich gar politische Folgen haben, die sich Tine nicht auszumalen wagte. Es musste einen anderen Weg geben. »Hanni«, sagte sie. »Du weckst jetzt so schnell wie möglich alle Mitarbeiter. Jeder muss auf seinen Platz. Das heißt, halt! Die Leute aus der Küche wecken wir nicht. Da reicht es, wenn du Hilde weckst, die Kaffee, Tee und Kekse bereithalten soll.«

»Wecken? Alle? Aber warum?«

»Weil wir stets bereit sein müssen. Und am wichtigsten ist das bei Alarm.«

»Alarm? Aber es gibt doch gar keinen Alarm.«

»Noch nicht, Hanni«, erklärte Tine und lächelte ihr aufmunternd zu. »Aber gleich. Und du musst alle vorwarnen.«

***

Keine fünf Minuten später tönte die Sturmglocke durchs Haus, die im Hotel Perle Feueralarm bedeutete. Tine hatte noch Frau Schlüter informiert, dann hatte sie selbst bei Edward geklopft, abgewartet, bis er seine Uniform angezogen hatte, und war dann selbst so schnell wie möglich durch alle Flure gelaufen, um den Alarm auszurufen: »Feuer!«, rief sie. »Feuer!

Bitte alle so schnell wie möglich in die Hotelhalle! Feuer! Feuer! Bitte alle so schnell wie möglich in die Hotelhalle!«

Gegen drei Uhr dreißig war die Halle voller Menschen wie sonst nur bei feierlichen Anlässen. Edward empfing die Gäste mit der beruhigenden Miene eines altgedienten Concierge und dirigierte die Herrschaften an die verschiedenen Tische, um die herum er noch eilig einige zusätzliche Stühle und Sessel hatte gruppieren lassen, sodass beinahe jeder eine Sitzgelegenheit fand.

Zuletzt fand sich der Fürst mit seiner Entourage in der Halle ein. Nicht nur der Geheimrat Tegten und das Ehepaar Kilian musterten ihn voll Abscheu, wie Tine feststellte. Auch andere starrten den Prinzen mit Befremden an. »Feuer?«, herrschte einer der Adjutanten die Hausdame an. »Wo ist Feuer?«

»Es gab einen Alarm«, erwiderte Tine vage.

»Das haben wir gehört«, bellte der Mann. »Hat uns aus dem Schlaf gerissen.«

Aus dem Schlaf, dachte Tine. Wenn die Herren mal geschlafen hätten. Dann hätten wir alle hier etwas Nachtruhe abbekommen. »Es tut mir sehr leid«, entgegnete sie jedoch. »Aber Ihre Sicherheit – und die Sicherheit des Fürsten! – geht über alles. Wenn es Alarm gibt, müssen wir der Sache nachgehen.«

»Dann gehen Sie der Sache nach!«

»Das geschieht bereits, mein Herr«, sagte Tine, lächelte verbindlich und nickte ihm zu, ehe sie sich abwandte und sich um andere Gäste kümmerte.

Frau Schlüter rollte wenig später in die Halle. Sie grüßte in alle Richtungen, lächelte den verdrießlich dreinblickenden Gästen betont freundlich zu und ließ sich dann in die Mitte des Saals schieben. »Meine Herrschaften. Bitte verzeihen Sie die Umstände!«, sagte sie in würdevollem Ton. »In einem der

Kamine hatte sich starker Rauch entwickelt, weil jemand … nun, es tut nichts zur Sache. So unerfreulich es ist, mitten in der Nacht aus dem Bett geholt zu werden, bitte ich um Verständnis, dass wir Ihr Wohlergehen über alles andere stellen und keinesfalls riskieren wollen, dass Sie Schaden an Leib und Leben erleiden.

Zum Glück ist alles gut, es ist kein Feuer ausgebrochen, der Kamin ist zur Sicherheit gelöscht, und ich darf Ihnen versichern, dass keinerlei Gefahr mehr droht. Sie können sich also alle wieder in Ihre Zimmer begeben und Ihre Nachtruhe fortsetzen.

Wer befürchtet, dass er keinen Schlaf mehr findet, für den haben wir warme Getränke und etwas Gebäck vorbereitet, als kleine Stärkung bis zum Morgen. Falls ich sonst noch irgendetwas für Sie tun kann, lassen Sie es mich wissen. Und natürlich stehen Ihnen auch jederzeit alle Mitarbeiter des Hauses zur Verfügung, insbesondere Frau Heesters und unser Concierge Edward.«

Tine knickste, Edward verbeugte sich, ein Murmeln war in der Halle zu hören, doch ärgerliche Erwiderungen blieben aus. Mit Feuer war nicht zu spaßen, das wussten alle. Und doch: Auf einigen Gesichtern war Skepsis zu lesen. Mancher Blick flog zu den russischen Gästen hin, die in einer Gruppe am Rand stehen geblieben waren und sich nun als Erste zurückzogen.

Vom Angebot, Tee oder Kaffee zu trinken, machte niemand Gebrauch, weshalb Frau Schlüter Hilde ein Zeichen gab, die Kannen in ihr Kontor zu befördern. »Und zwei Tassen dazu, bitte. Frau Heesters?«

»Ja?«

»Sie kommen mit mir.«

***

Einen Fehlalarm auszulösen war zweifellos eine vorzügliche Art, den eigenen Rauswurf zu betreiben. Tine machte sich keine Illusionen: Sie war weit über ihre Kompetenzen hinausgegangen, als sie diese Operation in Gang gesetzt hatte, ehe sie noch Frau Schlüter persönlich informiert hatte. Und dennoch hatte sie keine Idee, was sie sonst hätte tun können.

»Setzen Sie sich«, sagte die Hotelbesitzerin, als Tine hinter ihr das Kontor betrat. Ähnlich wie einst Frau Wagner in ihrer Pension hatte auch Annegret Schlüter sich einen Raum hinter der Rezeption einrichten lassen. Ähnlich wie dort herrschte auch hier eine gewisse Strenge vor. Einmal mehr war Tine überrascht, dass nirgends im Hotel ein Bild des verstorbenen Georg Schlüter hing, auch hier nicht, wo sich seine Witwe jeden Tag aufhielt. Nur das Bild des Vorgängers gleichen Namens hatte einen Ehrenplatz über dem Schreibpult bekommen.

Tine setzte sich an das kleine Tischlein beim Fenster und wartete. Frau Schlüter suchte einige Papiere zusammen und rollte dann zu ihr hin: »Schenken Sie uns Kaffee ein?«

»Gerne, Frau Schlüter. Danke.«

»Ich habe zu danken, Frau Heesters.«

Tine zögerte und entschied sich, zu schweigen. Sollte es die Hotelbesitzerin tatsächlich ernst meinen? »Doch, doch«, erklärte Frau Schlüter. »Das war eine kluge Überlegung.« Sie senkte die Stimme. »Ich habe es ja selbst gehört. Aber darauf war ich nicht gekommen.«

Tine nickte. »Es hätte auch sein können, dass sich am Ende noch mehr Gäste beschweren.«

Annegret Schlüter zuckte die Achseln. »Das ist immer möglich. Aber es war einfach wichtig, dass wir den Herren Einhalt gebieten. Mit den Mitteln, die einem für so etwas eben zur Verfügung stehen.«

»Und das sind nicht viele«, murmelte Tine.

»Da haben Sie allerdings recht«, stimmte die Hotelbesitzerin zu. »Da kommt Fluch zum Fluch.« Und auf Tines fragenden Blick: »Nun, zum einen hat der Gast bekanntlich immer recht. Zum anderen gelten die Regeln für Normalsterbliche nicht für die Von-und-Zus.«

Die Regeln für Normalsterbliche. Tine wusste, woran Frau Schlüter dachte: daran, dass Liebe unter Männern eine Straftat war. Aber würde man einen russischen Fürsten tatsächlich nicht verurteilen, wenn er deren überführt wurde? »Es ist eine Straftat«, gab Tine zu bedenken.

»Wo kein Kläger, da kein Richter«, entgegnete Frau Schlüter und nahm einen Schluck Kaffee.

»Und bei einem russischen Fürsten …«

»Eben. Da wird niemand Anklage erheben.«

»Dann hätten wir die Herren …«

»Ach was!«, fiel ihr die Hotelbesitzerin ins Wort. »Wir mussten etwas unternehmen. Ob der Prinz verurteilt wird oder nicht, ist mir herzlich egal. Aber der Skandal, meine Liebe, der bleibt an uns haften. Sie haben es doch selbst erlebt, was ein Skandal mit einem Haus macht!«

In der Tat, das hatte Tine. Damals, als ihre Schwester den guten Ruf des Hotels Imperial innerhalb von Tagen so ruiniert hatte, dass die Banken ihre Kredite zurückgefordert hatten und Tines Mann über Nacht vor dem Ruin gestanden hatte. »Ja«, sagte sie nachdenklich. »Das habe ich erlebt.«

»Sonst wäre mir das wirklich gleichgültig, was die Herren da so treiben. Es gehört schließlich zu unseren vornehmsten Pflichten, nichts zu sehen und nichts zu hören, was nicht für unsere Augen oder Ohren bestimmt ist.«

Tine ließ sich die Worte durch den Kopf gehen. Ja, das wäre

ihr auch am liebsten gewesen, wenn man von der stürmischen Feier der fürstlichen Besucher erst gar nichts mitbekommen hätte. Denn wenn es nach ihr ging, so durfte jeder nach seiner eigenen Art glücklich werden. Ob er dabei Frauen oder Männer liebte, war ihr einerlei. »Und nun?«

»Nun ist es leider so spät, dass an Schlaf nicht mehr zu denken ist«, erklärte Annegret Schlüter. »Deshalb sollten Sie auch eine Tasse Kaffee trinken oder besser zwei. Dann sprechen wir den Tagesplan durch, und dann gehen Sie sich noch frischmachen, ehe wir den neuen Tag beginnen, als hätten wir uns bestens ausgeschlafen.« Sie lachte, und dabei sah sie mit einem Mal ganz fröhlich aus, geradezu als hätte sie Vergnügen am Leben, als stünde alles zum Besten, als wäre nichts passiert. Nicht in dieser Nacht und nicht in jener Nacht.

Einmal mehr befiel Tine ein Gefühl tiefer Scham. Statt zur Rechenschaft gezogen worden zu sein, genoss sie hier sowohl das Vertrauen der Witwe Georg Schlüters als auch eine gut bezahlte und angesehene Stellung im Haus. Plötzlich verspürte Tine einen unendlichen Drang, ihr Gewissen zu erleichtern, auch wenn sie dabei vielleicht alles verlor, was ihr hier lieb und teuer geworden war. »Frau Schlüter …«, setzte sie an, doch die Hotelbesitzerin, die ihr im Rollstuhl gegenübersaß, hatte die Augen geschlossen und reagierte nicht. »Frau Schlüter?«

Nichts.

Seufzend trank Tine ihren Kaffee aus und erhob sich so leise wie möglich. Sie griff nach der Decke, die über einem der Stühle lag, und breitete sie der Hotelbesitzerin über die Beine, ehe sie mit lautlosen Schritten zur Tür ging. Sie würde einen anderen Augenblick wählen müssen, um ihr schreckliches Geheimnis preiszugeben und vermutlich ihr schönes Leben in diesem feinen Haus zu zerstören. Sie hatte die

Tür schon geöffnet, als sie plötzlich hinter sich hörte: »Frau Heesters?«

»Ja?«

»Ich weiß es.«

***

Die Abreise des russischen Fürsten wenige Tage später verlief deutlich weniger festlich als die Ankunft. Der Bürgermeister ließ sich entschuldigen, der Inselkommandant verabschiedete den hochrangigen Gast nur mit kleinem Gefolge an der Landungsbrücke, auf Salutschüsse, die anfangs in Erwägung gezogen worden waren, verzichtete man ganz. Dennoch befahl Frau Schlüter einem der Dienstmädchen, den *Insel-Boten* mit dem Eintrag »Seine Kaiserliche Hoheit Fürst Romanow – Hotel Perle, Am Falm« zu bügeln, auf dass das Blatt gerahmt seinen Ehrenplatz zwischen den anderen Anzeigen bedeutender Besucher des Hauses auf einem der Flure fände.

Es war, als würde das ganze Hotel aufatmen, nun, da der Vetter des Zaren wieder abgereist war. Die Saison neigte sich dem Ende zu, bald würde Jette ebenfalls den Felsen im Meer verlassen, um in Hamburg die Schwesternschule zu besuchen. Zwei Jahre würde sie dort zu verbringen haben. Über Otto hatten sie kein Wort mehr gewechselt. Tine hatte die beiden auch nicht mehr zusammen gesehen. Vielleicht hatten ihre Worte doch etwas bewirkt, vielleicht hatte Jette sich an Dinge erinnert, die ihr nach Tines Ansprache in anderem Licht erschienen waren, vielleicht war sie in sich gegangen, vielleicht hatte sie Ottos wahren Charakter erkannt. Jedenfalls nahm Tine mit Erleichterung zur Kenntnis, dass die beiden nicht mehr so vertraut miteinander waren.

Die letzten Wochen versuchte sie, mit ihrer Tochter möglichst zu genießen, auch wenn es ihr selbst immer noch unendlich schwerfiel, so etwas wie Freude zu empfinden. Manchmal erschien es Tine, als wäre die Arbeit das Einzige, was sie wirklich ablenkte, zumal das Mädchen sie manchmal so sehr an Fritzi erinnerte, dass es wehtat. Aber jede Erinnerung an Fritzi tat ja weh. Dass ihre jüngere Schwester so grausam aus dem Leben gerissen worden war, hatte Tine härter getroffen als der Tod ihrer Eltern. Fritzi war ein Sonnenschein gewesen, ein steter Quell der Freude und Zuversicht. Nie war sie für längere Zeit niedergeschlagen gewesen, Fritzi hatte einfach immer das Gute gesehen, hatte ganz selbstverständlich erwartet, dass alles sich fügen würde. Und es hatte sich gefügt! Sie war der Armut entkommen, hatte einen sie liebenden Ehemann gefunden, war zu einem respektierten Mitglied der Gemeinde geworden, hatte einem Kind das Leben geschenkt und sogar noch zwei weitere Kinder mit aufgezogen. Fritzi hatte alles erreicht, was sie wollte, und noch viel mehr! Manche Frau, die einen leichteren Start ins Leben gehabt hatte, hatte bei weitem nicht das geleistet, was Fritzi geleistet hatte. Manchmal dachte Tine, dass die Einfältigkeit ihrer jüngeren Schwester gar kein Fluch gewesen war, sondern ein Segen! Denn wenn man es recht betrachtete, hatte Fritzi immer alles etwas klarer gesehen als andere – weil sie einen Blick für die wirklich wichtigen Dinge gehabt hatte.

Sie hatten sie auf dem kleinen Friedhof um St. Nicolai beigesetzt, natürlich. Und Tine besuchte das Grab jeden Tag, legte frische Blumen darauf und betete für ihre verstorbene Schwester, vor allem aber für Simon und die Kinder. Gewiss würde er bald versuchen, eine neue Frau zu finden. Denn ein Mann, der auch noch zu arbeiten hatte, konnte nicht allein drei Bälger großziehen, auch dann nicht, wenn ihm von allen Seiten geholfen wurde.

»Sie fehlt«, sagte Frau Thevessen leise, die unbemerkt neben Tine getreten war.

»Sehr«, bestätigte Tine. »Ich würde alles geben, wenn sie hätte bleiben dürfen.«

»Das würden wir alle, Tine.« Auch die Frau des Pastors legte ein Sträußchen Vergissmeinnicht auf die Erde. »Magst du mich auf einen kurzen Spaziergang begleiten?«

»Gerne.«

Sie spazierten den Sonnenuntergangsweg entlang Richtung Blockshorn, wo sich längst auch eine mächtige Geschützlafette über dem Felsen erhob. »Wenn man bedenkt, wie friedlich diese Insel immer war«, sagte Frau Thevessen, »dann ist das schon seltsam, was? Hier hat doch niemand ein Interesse, auch nur irgendjemandem ein Haar zu krümmen. Und die Engländer werden uns doch ganz bestimmt nicht angreifen. Wozu denn? Sie haben uns doch erst vor ein paar Jahren abgegeben.« Kopfschüttelnd betrachtete die schmächtige Frau die Militärbauten. Inzwischen trieb man auch eine »Preußenmauer« voran, die den Fels vor den heftigen Stürmen der Nordsee gen Westen hin schützen sollte. Aber auch dieses Bauwerk sah im Grunde nur aus wie eine weitere militärische Einrichtung.

»Vielleicht wird ein Tunnel unter dem Kanal die beiden Reiche einander näherbringen«, schlug Tine vor, die sich an das Gespräch erinnerte, das sie auf der Fähre von Cuxhaven belauscht hatte.

»Vielleicht«, sagte die Pastorengattin lächelnd. »Aber sicher nicht mehr zu unseren Lebzeiten. Wer so viel Spielzeug hat, will irgendwann auch damit spielen. Und was die Herren Kaiser und König spielen wollen, das liegt auf der Hand, was?«

Tine nickte. »Krieg«, sagte sie düster.

»Krieg«, bestätigte Frau Thevessen. »Komm, ich möchte zur

Langen Anna. Ich muss mir die schönsten Bilder unserer schönen Insel einprägen.«

»Einprägen? Wollen Sie am Ende verreisen?«

Die Frau des Pastors wiegte den Kopf. »Je nu. Verreisen, gewiss. Am Ende ganz sicher.« Aber mehr sagte sie nicht. Das brauchte sie auch nicht. Tine kannte sie gut genug, um zu wissen, was sie damit zum Ausdruck bringen wollte. Sie griff nach ihrem Arm und hielt sie fest. »Aber Sie haben doch noch Jahre vor sich, Frau Thevessen!«, protestierte sie. »Und außerdem …« Aber während sie es sagte, musste sie sich eingestehen, dass sie seit längerem beobachtete, wie die einst so kräftige und auch durchaus ein wenig füllige Frau verfiel. Wie sie schmaler wurde, ja geradezu ausgezehrt, wie sie Ringe unter den Augen bekommen hatte und wie sie beim Gehen krumm und zögerlich wirkte, gerade als bereite ihr jeder Schritt Schmerzen, als müsse sie mit ihren Kräften haushalten.

»Außerdem?«

»Außerdem … brauche ich Sie, Frau Thevessen. Ich habe Sie immer gebraucht. Und jetzt, da Fritzi nicht mehr da ist …« Sie schluckte, versuchte die Tränen zurückzuhalten. »Jetzt brauche ich sie doch mehr denn je.«

»Ach, Tine«, erwiderte sie, »es wird immer jemanden geben. Niemand ist unentbehrlich. Ich schon gar nicht.« Sie drückte Tines Arm und ging weiter. Tine folgte ihr, hakte sich unter und versuchte es mit Optimismus: »Ich bin sicher, der Herr hat Sie noch nicht auf seiner Liste, Frau Thevessen. Sie sind nur erschöpft. Vielleicht brauchen Sie eine Kur? Ich werde mit Ihrem Mann sprechen. Wenn ich mir ein paar Tage Urlaub nehme, dann kann ich Ihren Haushalt versorgen, während Sie …«

»Während ich was? Nach Helgoland reise und die gute Luft

genieße?« Sie lachte. »Wir leben doch schon da, wohin alle Welt reist, um sich zu erholen.«

»Das schon. Aber alle Welt wird hier ja verwöhnt. Nur wir ...«

»Tja. Man kann nicht alles haben, was? Sieh nur, ist das nicht zauberhaft?«

Und tatsächlich: Der Blick übers Meer war umwerfend. Stolz und rot erhob sich die Lange Anna über dem Nordwestkliff. Die Glut der Sonne funkelte in den Wellen, einige Segel leuchteten auf dem Meer, und über ihren Köpfen flatterten Möwen im Wind. Die Insel war wie ein Kunstwerk, dachte Tine. Nein, sie *war* ein Kunstwerk. Und sie war der schönste Ort auf der Welt. »Wissen Sie, Frau Thevessen«, sagte Tine leise. »Wenn Sie nicht gewesen wären, dann hätte ich auf dieser Insel kein Zuhause gefunden. Ich wäre verloren gewesen. Nur Ihretwegen konnte ich hierbleiben, nur Ihretwegen habe ich alles gefunden, was ich mir nur erträumen konnte.«

»Du hast auch vieles verloren, Tine«, gab die Pastorengattin zu bedenken.

»Ja«, bestätigte Tine. »Aber auch das konnte ich nur verlieren, weil ich es dank Ihrer Hilfe zuerst finden durfte. Alles, was ich an Gutem erlebt habe, das habe ich erlebt, weil es Sie gibt, Frau Thevessen. Ich habe Angst davor, Sie zu verlieren.«

Die ältere Frau seufzte. »Ich würde lügen, wenn ich behauptete, ich hätte nicht selber Angst. Aber das gehört wohl dazu, was?« Sie ging weiter und zog Tine mit sich Richtung Nordkliff, um am Sapskuhlenweg wieder zurückzuspazieren und dabei hinüber zur Düne zu blicken. »Ich wollte dich nicht beunruhigen, Tine. Ich wollte es dir nur erzählen, weil ich dir dankbar wäre, wenn du dich ein wenig um Detlev kümmern könntest. Er ist ein guter Mann, aber nicht besonders geschickt in Dingen des Haushalts. Und wie alle Männer ist er leider gewöhnt, dass die Arbeit sich einfach irgendwie erledigt, ohne groß darüber nachzudenken, wie das geschieht.« Sie lachte leise und schüttelte den Kopf. »Seltsam, was?« Unvermittelt blieb sie stehen und blickte Tine fest in die Augen. »Wir sind stark, Tine. Viel stärker, als mancher von uns glaubt.«

»Wir?«

»Wir Frauen. Wenn es drauf ankommt, dann sind wir es, die die Welt am Laufen halten. Sieh dich doch um: überall Krieg und Säbelrasseln … Nein, Tine, Frauen würden auf so etwas nicht verfallen. Sie sind geschaffen, um der Welt das Leben zu schenken.«

***

Helga Thevessen folgte Fritzi nach einem harten Winter und schweren Wochen des frühen Frühjahrs an Ostern 1908. Sosehr sie in den letzten Monaten unter ihrer Krankheit gelitten hatte, so sanft war sie am Vorabend des Karfreitags entschlafen. Der Gottesdienst zum höchsten Kirchentag wurde so zu einem Trauergottesdienst auch für die Frau des Pastors, die wie wenige auf der Insel angesehen gewesen war. Für Tine war es wie der Verlust einer Mutter – und eine Mutter war Frau Thevessen für sie auch gewesen. Durch Fritzis und Frau Thevessens Tod fühlte sich Tine unvermittelt allein auf der Welt. Jette war in Cuxhaven und konnte sie nicht mehr durch ihre fröhliche Anwesenheit trösten. Und in ihrer täglichen Arbeit als Hausdame des Hotels Schlüter war sie zwar von frühmorgens bis spätabends von vielen Menschen umgeben, doch wenn sie nachts ins Bett sank, dann war sie einsam. Eine Last, die nicht leichter wurde mit den Wochen und Monaten, die ins Land gingen.

Es kam der Sommer mit langen Arbeitstagen und einem Besuch von Jette, der Tine für kurze Zeit etwas ablenkte und ihr Stunden des Frohsinns bescherte. Es kam der Herbst mit schweren Stürmen und Dunkelheit, die sich wie ein Schatten auf Tines Gemüt legten. Es kam ein Winter, in dem sie, weil es im Hotel nichts zu tun gab, bei einigen Geburten half. Und es kam ein neues Jahr, in dem der Schmerz und die Traurigkeit langsam ein wenig nachließ.

Nach langer Zeit, in der ihre vielfältigen Pflichten sie ganz in Beschlag genommen hatten, entdeckte Tine auch ihre Liebe zum Lesen wieder. Bei Frisch & Cie., wo man lange Zeit nur Schreibwaren und Geschäftsbedarf geführt hatte, gab es seit einiger Zeit auch Bücher zu kaufen. Lore Frisch, die etwa in Tines Alter war, kannte sich mit Literatur gut aus und war stets mit einer Empfehlung zur Hand. Sie verstand es, jeden mit ihrer Begeisterung für Romane und Erzählungen anzustecken, sodass man es kaum erwarten konnte, das betreffende Buch mit nach Hause zu nehmen.

»Buddenbrooks« hatte sie ihr empfohlen, einen Roman, so dick, dass Tine gedacht hatte, sie bräuchte Monate dafür. Dann war er trotz der wenigen Stunden, die einer Hausdame für Müßiggang zur Verfügung standen, nach zwei Wochen ausgelesen, weil er sie so gefesselt hatte. Es war verblüffend: In beinah jeder Figur, die darin beschrieben war, entdeckte Tine einen Menschen, den sie kannte. Als hätte dieser Thomas Mann sich all die Personen bei einem Helgoland-Besuch ausgedacht! Die Kaufmannsbrüder, wie oft hatte sie solche Charaktere schon beobachtet, die vornehmen Herrschaften, die alte Lehrerin, die missratenen Kinder … Es gab sie hier. Aber gewiss gab es sie überall. Und vielleicht machte das ja eine so besondere Geschichte aus: dass sie allgemeingültig war. Man konnte seine eigene Welt darin wiederfinden. Wie – auf ganz andere Weise – in Gedichten, die ihr Lore Frisch ans Herz legte: »Es gibt einen neuen Band von Rilke«, flüsterte sie aufgeregt und griff sogleich unter die Ladentheke, als wäre es verbotene Ware, die sie dort versteckte. »Ich habe dir einen Band zur Seite gelegt.«

Neugierig nahm Tine das Büchlein mit ins Hotel, um es abends gierig zu lesen. Es war ein Wechselbad der Gefühle, in das Rilke sie stürzte. Manches seiner Gedichte war aufregend und schillernd, manch anderes verstörend und geheimnisvoll. Und manches erschien ihr wie für sie geschrieben. Die »Mädchen-Klage« etwa, die sie leise vor sich hin las, um die Worte ganz und gar auf sich wirken zu lassen:

Diese Neigung, in den Jahren,
da wir alle Kinder waren,
viel allein zu sein, war mild;
andern ging die Zeit im Streite,
und man hatte seine Seite,
seine Nähe, seine Weite,
einen Weg, ein Tier, ein Bild.

Und ich dachte noch, das Leben
hörte niemals auf zu geben,
dass man sich in sich besinnt.
Bin ich in mir nicht im Größten?
Will mich Meines nicht mehr trösten
und verstehen wie als Kind?

Plötzlich bin ich wie verstoßen,
und zu einem Übergroßen

wird mir diese Einsamkeit,
wenn, auf meiner Brüste Hügeln
stehend, mein Gefühl nach Flügeln
oder einem Ende schreit.

Was immer sich Rilke dabei gedacht hatte, das Gedicht rührte Tine ganz tief. Sie fühlte sich verstanden, fühlte ihr eigenes Weh von einem Dichter erkannt und beschrieben, der sie doch gar nicht kannte!

So wurde der kleine Band mit poetischen Kostbarkeiten zu einem Begleiter für Tines einsame, traurige Abende. Und manchmal vergoss sie eine Träne, ohne zu wissen, ob sie um die Verstorbenen weinte oder um die Unbeschwertheit der Zeiten, die sie auf dieser wundervollen Insel auch hatte erleben dürfen.

Einmal nahm sie das Büchlein mit auf den Friedhof, um vor Fritzis Grab zu rezitieren, was sie eigentlich auch längst hätte auswendig aufsagen können, ein Gedicht mit dem Titel »Der Tod der Geliebten«. Es war an einem milden Frühlingstag, der Flieder blühte, auf der See glitzerten die Wellenkronen, Segel blähten sich im Wind, und von irgendwo wehte das Lachen einiger Kinder über den Felsen. »Hör nur, Fritzi«, sagte sie. »Ist es nicht wunderbar?«

Er wusste nur vom Tod was alle wissen:
dass er uns nimmt und in das Stumme stößt.
Als aber sie, nicht von ihm fortgerissen,
nein, leis aus seinen Augen ausgelöst,

hinüberglitt zu unbekannten Schatten,
und als er fühlte, dass sie drüben nun

wie einen Mond ihr Mädchenlächeln hatten
und ihre Weise wohlzutun:

da wurden ihm die Toten so bekannt,
als wäre er durch sie mit einem jeden
ganz nah verwandt; er ließ die andern reden

und glaubte nicht und nannte jenes Land
das gutgelegene, das immersüße –
Und tastete es ab für ihre Füße.

***

In einer kalten Herbstnacht des Jahres 1908 klopfte es zaghaft an die Tür zu Tines kleiner Wohnung. Sie war schon im Nachthemd und warf sich rasch einen Morgenmantel über. »Ja, bitte?«

»Frau Heesters?«

»Grit!« Es war Grit Gelder, das erste Kind einer Helgoländerin, bei dessen Geburt Tine Frau Liebrecht einst zur Hand gegangen war. Grit war inzwischen zu einer jungen Frau von achtzehn Jahren herangewachsen und hatte nach Fritzis Tod die »Blütenträume« weitergeführt und Simon tagsüber den Haushalt besorgt. »Komm nur herein und setz dich hin!« Für einen Augenblick schwante Tine Schlimmes, denn junge Frauen, *unverheiratete* Frauen, die nachts an ihre Tür klopften, hatte sie vor allem in ihrer Eigenschaft als Hebamme erlebt – und es waren stets schwierige Situationen gewesen. Sie setzte sich zu dem Mädchen, das mit einer Mischung aus Verlegenheit und Bewunderung das Zimmer betrachtete. »Möchtest du etwas Tee? Er ist allerdings fast kalt.«

»Nein, danke, Frau Heesters. Das ist sehr nett.« Sie zögerte.

»Was führt dich zu mir, Grit?« Tine musterte die junge Frau unauffällig. Doch Anzeichen einer Schwangerschaft konnte sie nicht erkennen. »Geht es dir gut?«

»Ja, Frau Heesters. Danke. Es geht mir gut.« Grit schien leicht zu erröten. »Es geht mir sogar sehr gut, wenn ich ehrlich bin.«

»Aha? Kann es sein, dass …«

»Ja!«, rief die junge Frau mit leuchtenden Augen. »Im Mai ist es so weit!«

»Im Mai!« Das ergab durchaus einen Sinn. Einerseits. Andererseits: »Und … wer ist der Vater?«

»Der Vater? Aber Sie kennen doch meinen Vater«, sagte das Mädchen verdattert.

»Ja, deinen Vater kenne ich natürlich«, erwiderte Tine. »Ich meine den Vater von deinem Kind.«

Die junge Frau lachte. »Also, so weit sind wir natürlich noch nicht.« Sie schlug unvermittelt die Augen nieder. »Das wäre ja auch … Also …« Sie räusperte sich. »Aber ich hoffe natürlich, dass wir … also, dass wir Kinder bekommen werden.« Sie blickte auf. »Und vielleicht werden Sie mir dann helfen?«

Tine wusste einen Moment lang nicht so recht, was sie antworten sollte. »Und im Mai?«, sagte sie schließlich.

»Da heiraten wir«, erklärte Grit freudestrahlend. Aber dann fiel sogleich ein Schatten über ihr Lächeln. »Deshalb bin ich ja hier.«

Tine schenkte sich selbst einen kalten Tee ein und nahm einen Schluck. »Ja, was also kann ich für dich tun?«

»Das weiß ich selbst nicht, Frau Heesters«, sagte Grit. »Es ist nur: Mein Mann … also, mein zukünftiger Mann ist Sven Keller.«

»Ach, wie schön! Sven ist wirklich ein ganz reizender junger

Mann«, sagte Tine, und sie meinte es auch genau so. Der älteste Sohn der Weinhandlung Keller war ein gutaussehender Bursche mit tadellosem Auftreten. Er arbeitete längst im Geschäft seiner Eltern und würde zweifellos eine glänzende Karriere machen. »Da gratuliere ich dir von Herzen, Grit.«

»Danke«, entgegnete die junge Frau. »Nur … ich werde dann in der Weinhandlung mithelfen müssen … und vielleicht ja auch eigene Kinder haben und …«

»Und?«

»Und dann kann ich mich nicht mehr um Herrn Gerke kümmern. Und ich kann nicht mehr den Blumenladen führen.«

Tine nickte. Da also lag der Hase im Pfeffer! Und in der Tat war das ein Problem. Denn Grit hatte ihre Sache gut gemacht. Es war nicht leicht, einen Blumenladen zu unterhalten und nebenbei auch noch für einen Haushalt zu sorgen. Gewiss, die »Blütenträume« waren ein wenig verblasst, seit Fritzi nicht mehr die Geschäfte führte. Aber dennoch sorgte der kleine Laden für wichtige zusätzliche Einnahmen zum Lohn, den Simon als Zimmermann nach Hause brachte. »Verstehe«, sagte sie. »Aber so ist das Leben, nicht wahr? Niemand kann ja von dir erwarten, dass du keine eigene Familie gründest, nur um dich um eine andere Familie kümmern zu können.«

»Meinen Sie?«

»Aber Grit«, lachte Tine. »Das ist doch gar keine Frage!« Sie beugte sich vor und legte ihre Hände auf die der jungen Frau. »Du hast deine Sache gut gemacht, Grit«, sagte sie. »Und es steht fest, dass alle dich sehr vermissen werden. Vor allem die Kinder! Für die bist du ja eine große Schwester und eine Ersatzmutter in einem geworden.«

»Ich werde sie auch alle vermissen«, warf die junge Frau leise ein. »Aber man ist ja nicht aus der Welt, oder?«

»Nein, Grit. Man ist nicht aus der Welt. Wenn die Kinder dich mal besuchen dürfen, dann werden sie sich darüber freuen. Und Simon …«

»Ja?«

Tine überlegte einen Moment. »Hast du denn schon einen Trauzeugen gewählt?«

Grit zögerte.

»Du könntest ihn fragen. Ich bin sicher, es wäre ihm eine große Ehre!«

Bestürzt blickte die junge Frau zu Boden. »Ich … ich dachte eigentlich … Also, ich wollte …«

»Du wolltest jemand anders fragen.«

Grit nickte. Tine drückte ihre Hände. »Das kannst du natürlich tun. Es ist doch ganz allein deine Entscheidung, Grit.«

»Dann möchte ich Sie fragen.«

***

Und so kam es, dass Tine im Mai des folgenden Jahres – zum zweiten Mal nach der Hochzeit ihrer Schwester – die Ehre hatte, Trauzeugin zu sein. Dem jungen Paar wurde von den Eltern Keller eine glanzvolle Feier ausgerichtet, nachdem die Zeremonie selbst den alten Sitten zufolge nur mit einem kurzen Traugottesdienst begangen worden war. Pastor Thevessen war seit dem Tod seiner Frau ein gebrochener Mann. Es fiel ihm schwer, seinen Worten das Feuer zu verleihen, das er früher selbst in der kürzesten Predigt an den Tag gelegt hatte. Und so herrschte in der Kirche noch eine etwas gedrückte Stimmung. Erst als die Hochzeitsgesellschaft sich auf den Weg ins Hotel Perle machte, wo die Feier stattfinden sollte, wurden die Gäste richtig fröhlich, und die ernste Feierlichkeit wurde von ausgelassener Laune abgelöst. Tine blieb noch ein wenig bei Pastor

Thevessen, von dem sie wusste, dass er sich immer erst nach einiger Zeit zu den Hochzeitsgesellschaften begab. Sie half ihm in der Sakristei und anschließend im Pfarrhaus, blickte noch nach den Blumen im Pfarrgarten und kochte ihm einen Grog, den er nun häufiger trank und der die Kälte aus seinen Knochen trieb, wie er immer sagte. Dabei war dieser Sonntag ein strahlender und warmer. Aber in eine von Trauer verdüsterte Seele vermochte nun einmal kein Sonnenstrahl vorzudringen.

Kellers hatten sich für die Hochzeit ihres ältesten Sohnes die Kapelle des Casinos geleistet, was für einiges Aufsehen sorgte – und für gute Musik, sodass schon bald eifrig getanzt wurde. Der Brautvater sprach ein paar Worte, der Vater des Bräutigams einige mehr. Tine hielt sich im Hintergrund und genoss es, das Glück aus Grit Gelders Augen leuchten zu sehen, die von jetzt an Grit Keller heißen würde. Und zum ersten Mal stellte Tine sich die Frage, ob sie mit der Arbeit im Blumenladen auch ihre Tätigkeit als Hebamme wieder aufnehmen würde. Einerseits war es angenehm gewesen, nicht mehr diese Verantwortung zu tragen und zu jeder Tages- und Nachtzeit gerufen zu werden, nicht mehr die Schmerzen der Schwangeren und das Leid derer miterleben zu müssen, denen eine glückliche Niederkunft verwehrt blieb. Andererseits hatte es in ihrem Leben nie etwas Sinnvolleres gegeben, als Menschen auf die Welt zu helfen. Und nichts war schöner, als den ersten Schrei eines Neugeborenen zu hören, diesen hoffnungsvollen Gruß an die Zukunft.

»Was denkst du, Tine?«

Es war Paul Stöver, der sich neben sie gestellt hatte und nun seinen Blick ebenfalls über die Tanzfläche schweifen ließ.

»Bitte, Paul, lass mich in Ruhe«, sagte Tine leise. »Ich möchte nicht …«

»Unser Lied. Weißt du noch?«

»Bitte?«

»Dazu haben wir getanzt. Damals. Im Casino. Und dann hast du mich geküsst.«

»Geh jetzt, Paul, bitte. Ich möchte nicht, dass uns jemand sieht.«

Aber Paul Stöver bewegte sich nicht. Eher kam er noch ein wenig näher, fast meinte Tine, die Wärme seines Körpers zu spüren. »Meine Frau hat mich verlassen.«

Schockiert blickte Tine ihm ins Gesicht. »Das ist nicht wahr.« Keine Frau verließ ihren Mann. Nicht auf Helgoland. Das hatte sie noch nie gehört, noch nie erlebt.

»Doch, Tine«, seufzte Paul. »Das ist es. Sie hat …« Er grinste schief, ein Schatten jenes Lächelns, das ihn einst so unwiderstehlich für Tine gemacht hatte. »Sie hat sich in einen anderen verliebt.«

»Einen anderen Mann? Wieso sollte sie?« Pauls vielsagender Blick erklärte alles. »Sag, dass es nicht wahr ist.«

Er zuckte die Achseln. »Ich kann es nicht ändern, Tine. Ich hab es versucht.«

Ja, das hatte er. Immerhin waren sie nun fünf Jahre verheiratet, hatten zwei Kinder … »Es wird sicher wieder, Paul.«

»Nein, Tine«, erwiderte Paul. »Das wird es nicht. Ich habe das lang genug gedacht. Und Katja hat es sich vermutlich auch immer wieder eingeredet. Aber irgendwann hat sie eingesehen, dass manche Dinge unabänderlich sind. Und ich sehe es jetzt auch ein.«

»Ist sie … ausgezogen?« Aber wo sollte eine alleinstehende Frau mit zwei Kindern hinziehen?

Paul nickte. »Sie hat ihn auf einer Fahrt aufs Festland kennengelernt.«

»Und die Kinder …«

»Hat sie mitgenommen.« Es schien Paul die Kehle zuzuschnüren.

»Oh, Paul, das tut mir so leid!«

Die Musik verklang, und Applaus brandete auf. Das Brautpaar, das in der Mitte des Bodens getanzt hatte, verbeugte sich, die Kapelle spielte einen Tusch, und dann hob Sven Keller die Hände. »Liebe Freunde!«, rief er. »Lasst mich auch noch ein paar Sätze sagen!« Er griff nach der Hand seiner Frau. »Heute ist der glücklichste Tag in meinem Leben. Dafür möchte ich folgenden Menschen danken …« Mit der anderen Hand zupfte er einen Zettel aus seiner Westentasche und entfaltete ihn umständlich: »Meinen Schwiegereltern aus Gründen, die ich nicht näher ausführen möchte.« Gelächter und vereinzelter Beifall. »Frau Tine Heesters, die wohl die Erste war, die meiner Grit einen Klaps auf den Hintern gegeben hat.« Wieder lachten einige der Gäste. Sven Keller beugte sich zu seiner Frau und erklärte: »Ich will versuchen, es ihr nicht gleichzutun.« In gespielter Empörung entriss ihm die Braut ihre Hand, was erneut zu Heiterkeit führte. »Dann ist natürlich Jan Freese besonders zu danken. Als Milchmann ist er schließlich einer der Hauptverantwortlichen für diese umwerfend schöne Frau!« Mit übertriebener Geste deutete er auf Grits Figur. Während die Braut die Augen niederschlug und errötete, setzte der Bräutigam seine Dankesrede fort, in der am Ende nahezu jeder Anwesende ein Lob abbekam.

»Sie wird nach Bremen gehen«, flüsterte Paul Stöver Tine ins Ohr.

»Bremen! Was um alles in der Welt will sie denn dort?«

»Nun, der neue ...« Er räusperte sich. »Er ist Kaufmann. Einer unserer Lieferanten …«

Nun wandte sich Tine ihm doch zu und blickte ihm in die Augen. »Das tut mir so leid, Paul«, sagte sie. Er aber lächelte, wenn auch verhalten, und entgegnete: »Mir eigentlich nicht, Tine. Die Kinder werden mir unendlich fehlen. Ich hoffe, ich werde kein Fremder für sie. Aber was Katja und unsere Ehe betrifft ...« Noch einmal zuckte er mit den Schultern. »Also ich bin froh. Sie wusste es ja die ganze Zeit.«

»Was wusste sie?« Aber Tine wollte es eigentlich gar nicht hören.

»Das mit uns«, sagte Paul voll Sanftmut. »Dass ich in Wahrheit dich liebe, nicht sie.«

»Aber du hast deine Frau doch geliebt, Paul!«

»Habe ich das? Vielleicht. Ich weiß es nicht. Was ich weiß, ist, dass ich sie nie so geliebt habe wie dich, Tine. Und ganz ehrlich, ich bin erleichtert. Bin erleichtert, dass es jetzt endlich geklärt ist. Das wollte ich dir nur sagen.«

***

Als Tine an jenem Abend nach Hause kam in ihre kleine Kate mit dem Blumenladen, da erschien ihr alles an ihrem Leben absonderlich. So viele Wechselspiele hatte sie über die Jahre erlebt. War früh Ehefrau geworden, früh Mutter und viel zu früh Witwe. Hatte keine Hebammenschule besucht und war doch Hebamme geworden. Hatte ihr Kind ohne Vater großgezogen, hatte es in die Ferne auf die Schule geschickt, zurückbekommen und an eine andere Schule wieder verloren. Hatte ihre jüngere Schwester in ihr Haus aufgenommen, ihr das Haus überlassen, sie zu Grabe getragen. Hatte einen Blumenladen gegründet, ihn hinter sich gelassen, war einmal Hotelbesitzerin geworden und hatte dann für eine andere Hotelbesitzerin gearbeitet. Und nun, nach all diesen Wendungen ihres bisherigen Lebens, kehrte sie wieder zurück in das kleine Häuschen und den Blumenladen, wo ihr Schwager mit seinen Kindern wohnte, zweifellos in der Hoffnung, nicht alleine zu bleiben, sondern irgendwann eine neue Frau für sich und Mutter für seine Kinder zu finden. Tine würde diese Frau nicht sein. Sie mochte Simon gerne leiden, aber sie würde ihn nie lieben. Und sie würde immerzu an ihre Schwester denken müssen, wenn … nein, das war ausgeschlossen. Auch glaubte sie nicht, dass Simon an ihr Interesse gehabt hätte.

Der Laden lag im Dunkeln, hinter keinem der Fenster im Haus brannte noch Licht. Müde von diesem langen, ereignisreichen Tag, ließ Tine sich – noch ganz bekleidet – auf das Bett in ihrer Kammer sinken. Der Mond warf sein mildes Licht herein, in der Ferne waren noch die Stimmen anderer später Heimkehrer zu hören und sicher auch etlicher Inselgäste, die sich einen vergnüglichen Abend gegönnt hatten und nun, beschwingt von Musik, Spiel und Sekt, in ihre Hotels und Gästehäuser zurückwankten. Von irgendwoher ertönte ein Klopfen, und es dauerte eine kleine Weile, bis Tine erkannte, dass es ein Klopfen an ihrer Tür war. Verwundert stand sie auf und tappte noch einmal zum Eingang. »Ja?«, fragte sie, während sie öffnete.

»Das habe ich mir immer gewünscht«, sagte Paul Stöver.

»Paul? Was hast du dir immer gewünscht?«

»Dass du ja zu mir sagst.«

Sie wollte etwas erwidern, doch er schloss ihre Lippen mit seinen und drückte sie so fest an sich, dass ihr beinahe die Luft wegblieb. Und so wechselten sie kein Wort mehr, sondern drückten nur die Tür leise hinter sich zu und stolperten eng umschlungen rückwärts in das kleine Haus, wo Tine ihn mit sich in ihre Kammer zog und – halb gewollt, halb aus Ungeschicklichkeit – aufs Bett fiel.

Noch während er sich über sie beugte, riss sich Paul den Frack vom Leib. Dann bedeckte er ihr Gesicht und ihren Hals mit heißen Küssen. »Paul!«, flüsterte Tine. Vielleicht hatte sie sagen wollen: »Nicht!« Doch sie sagte es nicht, weil sie wusste, dass es eine Lüge gewesen wäre. Jetzt, da er ein freier Mann war, jetzt, da seine Frau ihn verlassen hatte, gab es keinen Grund mehr, sich zu verstellen, ihn zurückzuweisen. Sie waren beide erwachsen. Sie waren beide frei. Sie waren beide durstig nach Zuwendung, nach Zärtlichkeit, nach Leidenschaft. Vielleicht würde sie Paul nie lieben können wie Henry. Vielleicht würde es bei einer neuerlichen, schönen, betörenden Episode bleiben. Aber an diesem Abend wollte Tine darüber nicht mehr nachdenken. Sie wollte einfach nur Frau sein, geliebt werden, sich begehrt fühlen und selbst begehren.

***

V.

Götterdämmerung

Helgoland, 1912

Erstes Kapitel

Wie jeden Tag standen die Männer am Falm und blickten mit ihren Fernrohren hinaus auf die See. Allerdings war dieses Vergnügen sonst meist den älteren Halundern und den Nachmittagen vorbehalten. Dann trafen sich die ehemaligen Fischer und die Pensionisten auf ihren Schnack zwischen der Augusta- und der Trafalgarstraße und beobachteten die Boote und Schiffe, die vor Anker lagen oder vorüberfuhren, verfolgten das bunte Treiben auf der Düne oder die Fortschritte bei den Arbeiten am Kriegshafen, durch den die Insel inzwischen nahezu doppelt so groß geworden war, als es ihrer natürlichen Größe entsprach. An diesem Tag allerdings wunderte sich Tine, dass so früh schon so viele Männer am Falm standen. »Gab es ein Unglück?«, fragte sie Heinrich Hansen, den Senior der Schneiderei im Unterland.

»Unglück? 'ne. Wat für'n Unglück?«

»Eine *Titanic* reicht«, warf der danebenstehende August Haentje ein, den Tine mit seinem Boot eher draußen auf See gewähnt hätte.

»Wird nicht der letzte Dampfer sein, der sinkt.«

»Auch nicht der letzte unsinkbare, was?« Haentje spuckte aus und nahm sein Fernglas wieder hoch. Er hatte einen von diesen Feldstechern mit zwei Linsen, die jetzt auf der Insel auch immer populärer wurden, obwohl die Alten darüber spotteten.

»Weiß man denn was Neues von der *Titanic*?«, fragte Tine neugierig, die so schockiert über die Ereignisse gewesen war wie jeder andere auf der Insel und vermutlich auf der ganzen Welt.

»Is nicht wieder aufgetaucht!«, erklärte Hansen lachend.

»Darüber sollte man keine Scherze machen, Hansen«, fuhr ihn Haentje an. »Fast tausend Seelen hat das Unglück gekostet.«

»Mehr«, warf Bert Rickens ein, der Wirt des »Seeadlers«, der stets zu den am besten Informierten gehörte. »Müssen fast fuffzehnhundert gewesen sein.«

»Wie soll dat gehen, Rickens«, knurrte Hansen. »Die hatten doch Rettungsboote.«

»Zu wenige, Hansen. Zu wenige.«

Eine Weile herrschte Schweigen, und alle hingen ihren Gedanken nach. Wer die Gewalten der See tagtäglich um sich hatte und wer um ihre Zerstörungskraft wusste, wie es die Helgoländer taten, der fühlte sich all jenen besonders verbunden, die das Meer aus dem Leben gerissen hatte. »Schrecklich«, flüsterte Tine. »Fünfzehnhundert Menschen. Mitten im Eismeer.«

»Da geht es wenigstens schnell«, sagte Hansen.

»Das liegt alles daran, dass sie immer größer und schneller sein wollen«, sagte Haentje. »Machen sie bei uns ja auch so mit ihrem riesigen Hafen und den Geschützen und allem.«

»Na, das wird wenigstens nicht untergehen«, lachte Hansen.

»Dein Wort in Gottes Ohr, Hansen. Dein Wort in Gottes Ohr.«

»Jedenfalls wird es nicht mehr kleiner«, erklärte Rickens, während er sein Fernglas wieder vors Auge hielt. »In Hamburg bauen sie schon ein größeres.«

»Größer als die *Titanic*?«, fragte Tine ungläubig.

»Sechsundfünfzigtausend Bruttoregistertonnen. Die *Titanic* hatte fünfzigtausend.«

»Hab ich auch gehört«, warf Hansen ein. »Und ratet mal, wie sie es nennen!«

»Vaterland«, sagte Rickens ungerührt.

»Vaterland!«, rief Hansen, als hätte Rickens gar nichts gesagt. »Glaubt man das?«

»Vaterland«, bestätigte ein etwas jüngerer Mann, der sich dazugesellt hatte und unbemerkt neben Tine getreten war. »Das nenn ich doch ein Wort.« Es war Thorsten Brand, einer der Beamten der Kurverwaltung. »Und mit deutscher Wertarbeit wird auch sichergestellt, dass das Schiff nicht sinken kann.«

»Ist das so?«, fragte Rickens nachdenklich und musterte Brand mit einem knappen Blick aus den Augenwinkeln.

»Jawohl, mein Herr. So ist das.«

»Nu, dann sollen Sie gerne recht behalten. Mir war das noch gar nicht aufgefallen, dass deutsche Schiffe nicht sinken.«

Plötzlich breitete sich Unruhe unter den Männern aus. »Ich glaub, ich hab es!«, rief einer. »Südsüdwest!« Im nächsten Moment schwenkten alle Fernrohre und Feldstecher in die genannte Richtung. Auch Tine blickte dorthin. »Also, worauf warten Sie denn hier alle?«, wollte sie wissen.

»Das ist Ihnen nicht bekannt, gnädige Frau?«, fragte Brand.

»Tut mir leid, offenbar bin ich die einzige Ahnungslose hier.«

»Wir warten auf Viktoria Luise.«

»Viktoria Luise? Ihre Kaiserliche Hoheit kommt zu Besuch?«

»Hoheit trifft es jedenfalls«, kicherte Heinrich Hansen und starrte weiterhin in sein Fernrohr.

»Es handelt sich um das Luftschiff gleichen Namens«, erklärte Thorsten Brand und reichte Tine seinen Feldstecher. »Wenn Sie möchten, lasse ich Ihnen gerne den Vortritt.«

»Ein Luftschiff!« Tine hatte davon gehört, dass Flüge über die Nordsee geplant waren. Aber wann genau, das hatte sie nicht gewusst. Natürlich, das Wetter war gut, die Sicht war klar … Nun war es also so weit. Ergriffen von dem Gedanken, eines dieser sagenhaften Himmelsgefährte sehen zu können, nahm sie das Fernglas und blickte hindurch. Zu ihrer Überraschung war es gar nicht so einfach, überhaupt irgendetwas zu erkennen. Die meiste Zeit sah sie nur Schwarz. »Es tut mir leid«, sagte sie nach einigen missglückten Versuchen. »Ich fürchte, ich müsste erst üben. Aber danke, dass Sie es mir geliehen haben.« Sie reichte das Gerät dem Beamten zurück, der es mit einem knappen Nicken nahm und andeutungsweise seine Absätze zusammenschlug. Ein Soldat durch und durch, dachte Tine. Aber dann vergaß sie ihn binnen Augenblicken. Denn nun war das Luftschiff auch mit bloßem Auge zu erkennen. Majestätisch schwebte es der Insel entgegen. Noch war es winzig und schien aus dem Meer aufzusteigen, so wie man es von großen Schiffen kannte, von denen oft erst ein Segel auszumachen war, ehe der Rumpf folgte. Innerhalb weniger Minuten standen nicht mehr nur die Männer mit ihren Ferngläsern auf dem Falm, sondern das ganze Oberland: Frauen, Kinder, Jung und Alt, Gäste, Soldaten … In dieser besonderen Stunde hatten sich so gut wie alle Menschen auf der Insel ins Freie begeben, hatten ihre Arbeit niedergelegt und innegehalten, um das Wunder der Technik zu bestaunen, das sich innerhalb von Minuten vom Horizont bis zu den Ausläufern des Kriegshafens geschoben hatte. Gewaltig war es, aber auch erhebend, wie es geradezu unwirklich über die Insel hinwegschwebte. »Kaum zu glauben«, murmelte Tine.

»Deutsche Ingenieurskunst!«, erklärte Thorsten Brand, als hätte er es selbst entwickelt. »Kein anderes Volk kann so etwas bieten.«

»Wusste ich gar nicht, dass den das Volk gebaut hat«, witzelte Hansen.

»Aber ist schon eine gewaltige Leistung«, gab Rickens zu bedenken.

»Und das ist erst der Anfang!« Brand hatte den Kopf in den Nacken gelegt und beschirmte die Augen mit der Hand. »Wir werden die Welt zu Land, zu Wasser und in der Luft beherrschen.«

»Wär mir schon lieb, wenn er sich mal selbst beherrschen könnte«, murmelte Hansen zu Rickens.

Man konnte jetzt sogar die Passagiere des Luftschiffs sehen. Sie winkten herab – und die Helgoländer winkten zurück. Tücher flatterten im Wind, »Ahoi«-Rufe schallten über die Insel. So zog die »Viktoria Luise« ihre Schleife über den roten Felsen und schwenkte dann wie ein riesiger Dampfer auf dem Ozean wieder südwärts gen Elbe und Festland. Die Insulaner aber standen noch lange, gefangen von diesem überwältigenden Ereignis, auf den Wegen und Plätzen Helgolands und versicherten sich gegenseitig, dass sie diesen Augenblick niemals in ihrem Leben vergessen würden.

* * *

Es war ein traumhafter Frühling, in dem die Sonne gar nicht aufhören wollte zu scheinen. Die Gästezahlen waren ordentlich, wenn auch nicht so großartig wie noch vor einigen Jahren. Aber es herrschte eine optimistische Stimmung, was nicht zuletzt daran lag, dass man sich auf der Insel einiges überlegt hatte, um Reisende aus aller Welt anzuziehen. Viele Häuser waren inzwischen an die neue Kanalisation angeschlossen, deren Bau vor zwei Jahren begonnen hatte. In allen führenden Hotels hatte die Elektrizität Einzug gehalten. Die Insel war nun jederzeit telegrafisch erreichbar, was für die Geschäftsmänner unter den Gästen von besonderer Bedeutung war. Vor allem aber würde in wenigen Tagen das neue Theater eröffnen, nah beim Südstrand gelegen, sodass man nach dem Besuch einer Aufführung herrlich an der Promenade spazieren oder auf den Terrassen der besten Häuser dinieren konnte. Es wurde nicht weniger als ein Triumph erwartet, wenn einige der bekanntesten Schauspieler des Reichs auf Helgoland ein Gastspiel geben würden. Man hatte keine Kosten und Mühen gescheut, frühzeitig für entsprechende Engagements zu sorgen und für entsprechende Reklame auf dem Festland noch dazu. So lag die Insel in jenen Wochen in einer Art von fiebriger Erwartung.

Auch Tines Geschäfte gingen gut. Sie hatte sich zwei Jahre zuvor schweren Herzens von ihrer Stelle als Hausdame getrennt, nachdem Simon mit den Kindern und seiner neuen Frau aus der kleinen Kate ausgezogen war. Das war der Zeitpunkt gewesen, den Blumenladen wieder aufblühen zu lassen. Blumen waren gefragt, mehr denn je. Sowohl die Hotels Perle, Schlüter und Imperial als auch die Kommandantur ließen sich täglich frische Ware von Tine liefern. Selbst das Störtebeker, das sich in den letzten Jahren von einer Kneipe für die Einheimischen zu einem angesehenen Restaurant gemausert hatte, orderte zweimal die Woche Blumenschmuck. Dazu kam der Laden, der durch die Veränderungen auf der Insel zwar etwas ins Abseits gerückt war, aber immer noch respektabel verkaufte. Tine hatte eine Tochter von Familie Reimers eingestellt, die einiges Talent im Umgang mit Pflanzen hatte und die die patente, freundliche und zupackende Art ihrer Mutter geerbt hatte. Außerdem half Hink stundenweise, vor allem mit dem Transport der vielen Sträuße und Töpfe am frühen Morgen. Eigentlich hieß er wohl Hinrich, auch wenn das niemand genau zu sagen vermochte. Der Junge war eines Tages unvermittelt aufgetaucht, hatte sich nur mit vernuscheltem Vornamen vorgestellt, schien nicht besonders helle, aber gutmütig zu sein. Und er hinkte. Daher der Spitzname. Tine hatte ihn sogleich ins Herz geschlossen, als Pastor Thevessen den Jungen im Sonntagsgottesdienst der Gemeinde vorgestellt hatte. Er mochte vielleicht zwölf oder dreizehn sein, vielleicht auch etwas älter. Genau wusste er es nicht, so wenig wie er irgendetwas anderes über sich zu erzählen vermocht hätte, außer dass er »vom Schiff« kam. Aber von welchem … Und aufgrund welcher Umstände … All das schien tief in seiner Seele begraben zu liegen und nicht mehr herauszuwollen. Und Tine mochte ihn auch gar nicht fragen. Denn sie wusste aus eigener Erfahrung, dass es Dinge gab, die man besser für immer vergaß. Also hatte sie vorgeschlagen, dass Hink an jedem Wochentag für ein paar Stunden bei ihr arbeiten konnte. Der Lohn, den sie ihm zahlen konnte, reichte, damit er sich drüben am Hafen eine einfache Unterkunft mieten und jederzeit ausreichend zu essen haben würde. Abgesehen davon setzte sich Hink sowieso an jedem Tag, an dem sie erst zur Mittagszeit mit der Auslieferung fertig wurden, mit an den Tisch in Tines kleiner Kate. Manchmal hatte sie schon am Vortag oder am frühen Morgen noch etwas zubereitet, manchmal kümmerte sich Reimers' Tochter darum.

»Moin, Inge!«, rief Tine, als sie nach Auslieferung zum Laden zurückkamen. »Alles in Ordnung bei dir?«

»Alles fein, Frau Heesters. Eben habe ich die englischen Rosen verkauft.«

»Ach. Dann haben wir gute Geschäfte gemacht, wie schön! Wie viele denn?«

»Alle, Frau Heesters.«

»Alle? Ich hoffe, du hast nicht gekocht.«

Verwirrt streifte sich Inge Reimers eine Haarsträhne aus der Stirn. »Doch, gewiss, Frau Heesters. Ich habe gekocht, wie Sie es mir aufgetragen hatten.«

»Nun, dann werden wir wohl hier essen müssen. Ich dachte, da die Geschäfte so gut laufen, lade ich euch ein in die Fischerhütte.« Als sie Inges enttäuschtes Gesicht sah, musste Tine lachen. »Keine Sorge, ich lade euch ein andermal ein.« Sie winkte Hink. »Komm! Den Karren kannst du nachher hinters Haus stellen. Ich habe schon den ganzen Weg deinen Magen knurren hören. Setzen wir uns zum Mittagstisch.«

Der Junge ließ sich nicht lange bitten, sondern schob den Handkarren neben die Ladentür und wischte sich die Hände an seiner Schürze ab. Als er Tines tadelnden Blick sah, schlug der die Augen nieder und schlurfte zur Regentonne, um so kurz die Finger einzutunken, als hätte er Angst, er könne sie sich verbrennen. Lachend schüttelte Tine den Kopf und ging nach hinten in die Küche, um die vom Pflanzensaft geschwärzten Hände ordentlich mit dem Waschzeug zu schrubben. Inge hatte Kohl und Kartoffeln gekocht. Immerhin hatten sie etwas Butter da, da konnte man das genießen. Wenn Tine daran zurückdachte, wie oft sie in ihrer Kindheit hungrig zu Bett gegangen war – und damals hatten sie nur zweimal am Tag gegessen: morgens und abends! Wie gut hatte sie es da mit ihrem Leben getroffen, hier auf der Insel.

»Morgen werden wir den Laden erst am Mittag aufmachen, Inge«, sagte Tine, als das Mädchen in die Küche kam.

»Wirklich? Aber zurzeit haben wir vormittags viele Kunden!«

»Da hast du recht, Inge«, erwiderte Tine. »Aber morgen brauche ich deine Hilfe. Da reicht mir Hink mit dem Wagen nicht.« Sie machte eine kleine Pause, um ihre Worte wirken zu lassen: »Wir werden nämlich das Theater schmücken!«

»Wir machen den Blumenschmuck?«

»Für die Eröffnung, ja. Morgen früh bereiten wir alles vor, morgen Abend wird es spät, weil wir dann das ganze Theater schmücken, vom Portal über die Halle bis zu den Balkonen drinnen.«

Fasziniert von der Aussicht auf eine so bedeutsame Arbeit ließ Inge sich auf die Bank sinken und strahlte Tine mit roten Wangen an. »Das … das ist aber eine … Ehre?«

»Ist es, Inge. Eine große Ehre ist das.« Denn auch wenn »Blütenträume« der einzige Blumenladen auf der Insel war, so hatten sich manche großen Häuser, wie etwa das Casino oder das Kurhaus, nie dazu herabgelassen, den Blumenschmuck Tine besorgen zu lassen. Vielmehr ließ man sich vom Festland beliefern und schmückte selbst. Aber gut: Wenn Tine ehrlich war, wäre mehr als die Arbeit, die sie ohnehin tat, gar nicht möglich gewesen. Die Aufträge waren so schon kaum zu bewältigen.

Sie aßen schweigsam, hingen ihren Gedanken nach und überlegten, was am nächsten Tag wohl auf sie zukommen würde. Inge hatte noch nie ein Theater von innen gesehen, Hink sowieso nicht. Vermutlich hatte er nicht einmal eine Vorstellung davon, was dort genau vor sich ging. Wie so oft schlang er das Essen in sich hinein, dass Tine sich fragte, wie entbehrungsreich seine Kindheit gewesen sein musste.

Nach dem Mittagstisch übernahm sie den Laden, stellte frische Blumen vor die Tür, um neue Kunden anzulocken, und machte ihre Pläne für den überraschenden Großauftrag. Sie würde nahezu alle ihre Vorräte im Pfarrgarten und in dem kleinen Gärtchen hinter dem Haus plündern müssen. Sie würde außerdem bei Olsens in der Kirchenstraße nachfragen müssen, deren Flieder so prächtig blühte, dass er vermutlich für die Balkone hinreichte. Mit Glück bekam sie auch noch ein paar

Blumen aus Frau Wetckes Garten und vielleicht auch bei Witwe Graupner. Die würde sie brauchen, wenn die beiden Schlüter'schen Hotels und das Imperial morgen nicht leer ausgehen sollten. Sie musste sich unbedingt eine ganz genaue Liste anlegen, sonst würde alles im Chaos enden!

»Darf man stören?«, hörte sie plötzlich eine vertraute Stimme von der Tür her.

»Alfred! Aber natürlich! Ich meine: Du störst doch nicht. Komm nur herein!« Tine wischte sich die Hände an der Schürze ab und eilte zu dem Hausdiener des Imperial, um ihn zu umarmen. »Was führt dich zu mir? Darf ich dir einen Tee anbieten? Oder …«

Alfred lachte. »Meine Güte!«, rief er. »Ich komme mir ja vor, als wäre ich auf Weltreise gewesen und endlich nach Hause zurückgekommen.« Er schüttelte den Kopf. »Lass mal gut sein, Tine, ich freu mich ja immer, wenn ich dich seh. Da musst du mir gar nichts anbieten.«

Tine nötigte ihn, sich auf einen Stuhl in der Nähe der Tür zu setzen, auf dem sonst immer die Ehemänner Platz nahmen, während ihre Frauen die Blumen bewunderten, einen Plausch mit der Floristin suchten, sich in Blütenträumen ergingen und die Langeweile verscheuchten, die mancher Kurgast ohne seinen Alltag irgendwann verspürte. »Was führt dich denn zu mir, so mitten am Tag?«

»Ich komme im Auftrag des Hotels.«

»Sag nicht, dass ihr nun auch noch Blumenschmuck wollt!«, rief Tine erschrocken.

Alfred lachte. »Das klingt ja, als hättest du kein Interesse daran, dass dein Geschäft floriert.«

»Ein Blumenladen floriert immer«, erklärte Tine augenzwinkernd. »Das liegt in seiner Natur.«

»Da hast du irgendwie recht, Tine«, gab Alfred schmunzelnd zu. »Aber es geht gar nicht um Blumen.«

»Sondern?«

»Wir sind überbucht«, sagte der Hausdiener plötzlich mit ernster Miene.

»So? Und was kann ich da tun? Ich werde in dieser armseligen kleinen Hütte nicht gut ein paar Gäste des Imperial aufnehmen können.«

»Nein, das natürlich nicht«, sagte Alfred. »Aber mit ein wenig Geschick können wir es bewältigen. Herr Pfeifer lässt schon alles umräumen, damit wir noch ein paar Zimmer mehr bewohnbar machen. Er hat sogar seine eigene Wohnung geräumt! Das sind immerhin zwei große Suiten …«

Henning Pfeifer. Der Mann, der damals Henry Heesters auf die Insel gebracht hatte. Henry hatte Pfeifer immer mit einer Mischung aus Sympathie und Vorsicht betrachtet. Denn Henning Pfeifer war ein Schlitzohr. *Für ein gutes Geschäft würde er jederzeit seine Großmutter verkaufen,* hatte Henry immer gesagt. *Und den Großvater gäb's für einen kleinen Rabatt noch dazu.* Und dann, vor ein paar Jahren, hatte Pfeifer Henrys Lebenstraum übernommen, das Hotel Imperial Helgoland.

»Und ich …«

»Du sollst für zwei Tage als Hausdame aushelfen.«

»Ich? Als Hausdame im Imperial?« An Alfreds flehendem Blick konnte sie erkennen, dass es nicht nur Henning Pfeifers Wunsch war. Vermutlich nicht einmal dessen Idee.

»Ich bitte dich, Tine«, seufzte Alfred, der mit einem Mal grau und kraftlos wirkte. »Wir sind am Ende. Ehrlich gesagt, ich kann nicht mehr. Pfeifer hat das alles völlig unterschätzt. Er dachte … er dachte, er entlässt erst einmal ein paar Leute, weil die Arbeit auch von weniger Personal getan werden kann. Dann hat er einige unkluge Entscheidungen getroffen, was die Lieferanten betrifft. Ja, und jetzt stehen wir da und wissen nicht, wie wir das alles hinbekommen sollen. Es fehlen vor allem ein paar erfahrene Leute, auf die man sich verlassen kann und die die Dinge regeln können.« Er blickte zu ihr auf. »So wie du, Tine.«

***

Paul kam spät an diesem Tag. Er hatte mit seinem neuen Boot Kurgäste um die Insel gefahren. Gerade die späten Touren waren sehr beliebt, weil das Glühen des Felsens bei der westlichen Passage ein großes Spektakel war. Dazu erzählte Paul den Ausflüglern die alten Legenden der Insel. Die Geschichten von den Wikingern, von Störtebeker und seinen Vitalienbrüdern, von den kriegerischen Dänen, von den großen Sturmfluten, die einen Großteil der Insel mit sich gerissen hatten ... Tine war einige Male mitgefahren und hatte sein Talent bewundert, wie er Geschichten aus ferner Vergangenheit vortrug, als wäre er höchstpersönlich dabei gewesen. Vor allem aber bewunderte sie, wie er, ohne mit der Wimper zu zucken, maßlos übertrieb. Aus prächtigen Hummern, die Neelsen kürzlich gefangen hatte, wurden Seeungeheuer, aus schwerer See wurden turmhohe Wellen, die sogar das Oberland überspült hatten. Aus gesunkenen Fischerbooten wurde eine ganze Armada, die vor den Klippen Helgolands im Meer lag und immer neue Schiffe gefährdete. Das war dann meist die Stelle, an der er ein gewagtes Manöver exerzierte und die Damen an Bord zu Schreckensschreien brachte, während die wackeren Herren sich Mühe gaben, so gelassen wie möglich zu bleiben. »Und?«, fragte Tine, als er endlich nach einem langen, arbeitsreichen Tag neben sie auf die Bank in der Küche rutschte. »Hast du sie wieder alle zu Tode erschreckt?«

»Kein bisschen, Tinchen«, erwiderte Paul. »Kennst mich doch. Sind alle quicklebendig wieder am Steg angekommen.«

»Schelm!«, schalt ihn Tine und gab ihm einen liebevollen Klaps auf den Hinterkopf. »Die armen Kurgäste so auf den Arm zu nehmen.«

»Aber du weißt doch, Tinchen, dass sie genau deswegen bei mir mitfahren«, erklärte Paul und rückte noch ein bisschen näher zu ihr. »Sonst können sie gleich mit Fleißig oder Hoffmann fahren. Die sind so spröde wie Driikfesk.« Trockenfisch.

Seit Paul viele Lebensmittel aus dem elterlichen Kramerladen mitbrachte, gab es häufig Speisen, die sonst nicht auf viele Tische der Insel kamen. Neulich hatte er gar französischen Käse dabeigehabt und Salami. Tine hatte zuvor nie davon gehört, auch nicht aus der Zeit mit Henry. Heute hatte er sie mit einer Flasche Wein überrascht, den sie zunächst sehr zurückhaltend trank, dann aber mit zunehmendem Vergnügen. Denn es war ein köstlicher, süßer Wein aus Baden, dessen Farbe an Bernstein erinnerte und der so intensiv nach Beeren und Blüten duftete, dass Tine ganz begeistert war.

Paul zögerte nicht, eifrig nachzuschenken und immer wieder mit ihr anzustoßen, sodass am Ende die Flasche leer war und sich beide ein wenig angeheitert fühlten. »Wir müssen noch aufräumen«, sagte Tine, als Paul sie mit sich ziehen wollte.

»Dann räume ich dich auf«, entgegnete er und nahm sie auf die Arme, als wäre sie leicht wie ein Korb voll Blumen. Augenblicke später lagen sie auf dem Bett und küssten sich voll Leidenschaft, während sie sich gegenseitig aus den Kleidern halfen. Glücklich ließ Tine sich in einen Taumel von Geben und Nehmen fallen und genoss Pauls heftiges Begehren. Das Leben konnte so köstlich sein. Sie hätte niemals erwartet, dass es solches Liebesglück noch einmal für sie geben würde, auch wenn der Gedanke an Henry damit nicht ausgelöscht war.

Sosehr Tine Pauls Zärtlichkeiten genoss – sie schaffte es nicht, sich den drängenden Gedanken zu entziehen. Auch Paul merkte, dass etwas sie beschäftigte, als sie schließlich mit ihrem Kopf auf seiner Brust lag. »Was ist los, Tine?«, fragte er nach einiger Zeit.

»Hm? Was soll los sein?«

»Dir geht etwas durch den Kopf.«

»Ist das so auffällig?«

»Es könnte nicht auffälliger sein«, lachte Paul und schob sie ein wenig von sich, um ihr besser in die Augen sehen zu können.

»Ach, es ist nur … Alfred war hier.«

»Alfred aus dem Imperial?«

»Genau der.«

»Und was wollte er?«

»Er hat mich gefragt, ob ich dort arbeite.«

Paul lachte. »Du hast natürlich abgelehnt.«

»Ich habe eigentlich gar nichts gesagt. Nicht ja und nicht nein. Ich wollte zuerst dich fragen, was du denkst.«

Paul strich ihr zärtlich übers Haar. »Ich denke, du hast dein eigenes Geschäft, du machst deine Sache großartig. Und du hast dich lange genug von irgendjemandem herumkommandieren lassen. Außerdem gehört das Hotel doch jetzt Henning Pfeifer, und das ist der größte Ganove von ganz Helgoland.«

Nun war es Tine, die lachte. »Warum sagt ihr das nur alle? Was hat er denn bloß angestellt, der arme Mann?«

»Die Frage ist wohl eher: Was hat er nicht angestellt. Und arm ist er ganz gewiss nicht.« Paul seufzte. »Die Familie, die nicht schon von ihm hereingelegt worden ist, die gibt es auf der Insel nicht. Jeder hier kennt eine Geschichte über ihn. Die meisten kennen mehrere.«

»Aber warum machen denn dann alle Geschäfte mit ihm, wenn er so unzuverlässig ist?«

»Er ist nun einmal mächtig«, erklärte Paul. »Er kann Dinge in Bewegung setzen. Er hat Beziehungen. Wenn er ein Grundstück nicht bekommt, dann wird dafür gesorgt, dass es auch kein anderer bekommt.«

»Wer könnte denn für so etwas sorgen?«

»Ich sage nur: Ohne Genehmigung der Kommandantur wechselt hier kein Stückchen Grund den Eigentümer.«

»Na ja,, der Kommandant wird auch nicht immer in seinem Sinne entscheiden.«

Paul schwieg für einen Augenblick, küsste Tine auf den Scheitel und erklärte: »Du hast schon so viel erlebt, Tine Heesters. Und doch glaubst du immer noch an das Gute im Menschen. Das ist nicht der einzige Grund, weshalb man dich einfach lieben muss. Aber es ist ein ziemlich guter Grund.«

Eine Weile lagen sie schweigend im Mondlicht und lauschten auf die Geräusche der Nacht. Schließlich kuschelte sich Tine wieder an Pauls Brust und seufzte müde: »Du hast mich neugierig gemacht.«

»Neugierig? Worauf?«

»Auf Henning Pfeifer. Bisher kannte ich ihn nur sehr flüchtig.«

»Aha? Und das heißt?«

»Ich werde die Stelle annehmen. Es ist nur für ganz kurze Zeit. Die zwei oder drei Tage kann mein Laden auch ohne mich bleiben.«

* * *

Alfred hatte nicht nur nicht übertrieben, es war noch weit schlimmer, als Tine befürchtet hatte. Im Imperial herrschte das blanke Chaos. Henning Pfeifer mochte einiges von Liegenschaften verstehen, mochte wissen, wie man ein Anwesen bewertet und wie man einen schlauen Kaufvertrag verhandelte. Aber vom Hotelwesen verstand er nichts. Vor allem verstand er nichts davon, wie man Gäste zu behandeln hatte, was Tine überraschte. Denn Pfeifer musste viele Male selbst Gast in vornehmen Häusern gewesen sein. Er hatte dort all die Annehmlichkeiten und all die Zuvorkommenheit genossen, die seine Gäste nun auch von einem Aufenthalt im Imperial erwarteten. Doch stattdessen bedienten Kellner, die nichts von Wein verstanden, den Kellermeister hatte Pfeifer aus Kostengründen entlassen. Sein Argument »Der Wein wird nicht besser, weil ich noch einen zusätzlichen Grüßaugust beschäftige« war zum geflügelten Wort unter den Mitarbeitern des Hauses geworden. Und diese Mitarbeiter taten nur noch das, was man ihnen ausdrücklich auftrug. Zu groß war inzwischen auch das Murren der Angestellten des Imperial.

Tine war Alfred zuliebe am Morgen des nächsten Tages dort zum Dienst erschienen. Doch bereits am Mittag warf sie das Handtuch, indem sie Henning Pfeifer in seinem Kontor aufsuchte und ihm klarmachte: »Es tut mir sehr leid, Herr Pfeifer. Aber ich werde nicht die gewünschten Ergebnisse für Sie erzielen können. Es wird besser sein, Sie suchen jemand anderen, der Sie für die bevorstehenden zwei oder drei Tage als Hausdame unterstützt.«

»Sie sind gut, Frau Heesters!«, rief der Hotelier. »Woher soll ich denn auf die Schnelle jemanden nehmen?«

»Ich weiß es nicht, Herr Pfeifer. Das Problem ist: Sie hätten längst jemanden suchen sollen. Und es fehlt ja nicht nur die

Hausdame. Wenn ich es richtig gezählt habe, dann sind im Vergleich zu Henrys Zeit mindestens ein Dutzend Mitarbeiter weniger hier beschäftigt. Und wichtige Posten sind gar nicht besetzt.«

»Pah, erzählen Sie mir nicht, wie man ein Hotel wirtschaftlich führt. Ihr Mann ist schließlich mit diesem Hotel pleitegegangen!«

»Das stimmt«, gab Tine zu. »Aber nicht, weil er es schlecht geführt hat, sondern …« Sie mochte es nicht aussprechen, und Pfeifer nötigte sie auch nicht dazu, sondern nickte nur. »Verstehe schon«, sagte er. »Aber die Zeiten haben sich geändert, Frau Heesters. Heute müssen alle sparen. Sie wissen selbst, wie groß die Konkurrenz geworden ist. Und das billigste Angebot ist immer das attraktivste.«

Tine legte den Kopf ein wenig zur Seite und musterte den Immobilienhändler. »Denken Sie das wirklich, Herr Pfeifer?«

»Sie etwa nicht?«

»Nein. Ich glaube, nicht das billigste Angebot ist am reizvollsten, sondern das beste.«

»Aber das läuft doch aufs Gleiche hinaus«, beschied Pfeifer unwirsch und griff nach seinen Zigarren.

»Denken Sie?«, sagte Tine. »Was rauchen Sie da?«

»Das? Das sind kubanische Zigarren«, erklärte Pfeifer. »Havannas, falls Ihnen das etwas sagt.«

»Natürlich sagt mir das etwas. Und wissen Sie, warum mir das etwas sagt?«

»Weil Henry solche Zigarren geraucht hat?«

»Nein«, widersprach Tine. »Weil es ganz besondere Zigarren sind. Kaufen Sie die, weil es die billigsten sind?«

Pfeifer lachte. »Machen Sie Witze? Wissen Sie, was die kosten?«

»Ich mache ganz und gar keine Witze. Ich will Ihnen nur zeigen, wo der Fehler in Ihren Überlegungen liegt.« Tine griff nach einer der Zigarren in dem Humidor, nahm sie heraus und hielt sie vor sich. »Sehen Sie nur, wie schön sie gerollt ist.« Sie führte sie an die Nase. »Und riechen Sie nur, wie sie duftet!« Sie betrachtete den Ring aus Papier, der die Zigarre umgab und auf dem ein goldgeprägtes Siegel abgebildet war. »Sehen Sie, wie edel diese Manschette gemacht ist. Man hat sich mit diesen Zigarren wirklich große Mühe gegeben, vom Anbau über die Auswahl und die Herstellung bis zur Verpackung, richtig?«

»Hm.«

»So wie diese Zigarre muss das Imperial sein: unwiderstehlich. Nicht weil es so billig ist, sondern weil es so besonders ist. Es muss das schönste Hotel der Insel sein, die besten Speisen, die schönsten Zimmer und das zuvorkommendste Personal bieten. Dafür sind Menschen bereit, viel zu zahlen. Menschen wie Sie, Herr Pfeifer, die sich nicht mit gewöhnlichen Dingen begnügen, sondern die das Beste wollen. Für diese Menschen ist das Imperial erbaut worden. Es sind Menschen, die bereit sich, viel Geld dafür auszugeben – das Geld, mit dem Sie die scheinbar überflüssigen Mitarbeiter bezahlen können und die exquisiten Weine und Speisen und die schöne Dekoration. Überhaupt alles, was das Herz begehrt, Herr Pfeifer!« Mit diesen Worten legte sie die Zigarre wieder in die Kiste zurück und nickte Henning Pfeifer zu. »Danke, dass Sie mich gefragt haben.« Sie wandte sich ab, um das Kontor wieder zu verlassen. Doch der Hotelier sprang auf und rief: »Warten Sie, Frau Heesters!«

»Herr Pfeifer?«

»Sie können nicht erwarten, dass Sie nach diesen unglaublich dreisten Worten hier einfach so rausgehen können.«

»Es tut mir leid, wenn ich Ihnen zu nahegetreten bin«, sagte Tine. »Ich wollte Ihnen einfach die Wahrheit sagen.«

»Das, was Sie für die Wahrheit halten.«

»Richtig«, gab Tine zu. »Es sind nur die Wahrheiten, an die ich glaube.«

Pfeifer nickte. »Und Sie haben recht, Frau Heesters. Deshalb habe ich beschlossen, dass Sie ab sofort als meine rechte Hand arbeiten werden.«

Tine lachte. »Als Ihre … rechte Hand? Wie stellen Sie sich das denn vor?«

»Sie werden meine, nun ja … wenn Sie ein Mann wären, würde ich Ihnen Prokura geben.« Er lächelte in sich hinein. »Aber es genügt auch, wenn Sie entscheiden, und ich führe aus.« Sein Lächeln wurde breiter. »In gewissem Rahmen, versteht sich.«

Einen Augenblick hielt Tine inne. Doch es war nur ein kurzes Zögern, ehe sie ihm antwortete. »Das habe ich schon«, erklärte sie, »entschieden, meine ich. In gewissem Rahmen.«

»Wirklich?«

»Ja. Ich finde Ihr Angebot sehr ehrenvoll. Aber ich muss es leider ablehnen.« Ohne eine weitere Entgegnung seinerseits abzuwarten, verließ sie das Kontor und das Hotel und marschierte geradewegs zurück zu ihrem kleinen Blumenladen, den sie an diesem Tag ganz allein Inge überlassen hatte. Denn das Angebot von Henning Pfeifer hatte ihr vollends klargemacht, dass es das war, was sie wollte: ihre eigene Arbeit machen, nicht die eines anderen. Sie mochte auf Kunden und auf Aufträge angewiesen sein, aber sie war doch frei mit ihrem kleinen Laden! Es war ihr Geschäft, es waren ihre Entscheidungen, es waren ihre Fehler, die sie machte. Und der Laden ging doch gut, besser denn je! Das jetzt aufs Spiel zu setzen für eine

Tätigkeit, für die ihr Herz nicht brannte, wäre eine allzu große Dummheit gewesen, nein: Es wäre geradezu eine Sünde gewesen! Die Blütenträume waren das Erbe von Frau Liebrecht und das Andenken von Fritzi. Simon hatte das alte Häuschen hergerichtet, Fritzi hatte es eingerichtet. Alles war so geschehen, dass sie selbst im Rahmen eines zauberhaften kleinen Geschäfts das tun konnte, was sie auf der Welt am besten konnte: Blumenschmuck herstellen und verkaufen. Das war es, was sie schon als junges Mädchen getan hatte, und das war es, was sie tun wollte, solange sie arbeiten musste und arbeiten konnte.

***

Die Eröffnung des Theaters war ein Triumph! Alle waren gekommen, um Richard Löwe in seiner Glanzrolle des »Don Carlos« zu sehen. Es wurden Reden gehalten, die berühmte Edda Zweretzki gab einige Arien und auch ein paar Couplets, über die man sich bis in die späte Nacht hinein amüsierte. Natürlich waren bekannte Stücke dabei gewesen wie »De Reis no Helgoland«. Aber es hatte auch erhabene Augenblicke gegeben. Und die Anwesenheit sowohl des Inselkommandanten als auch bedeutender Persönlichkeiten aus Politik, Geschäftswelt und Kunst hatten der Einweihung des Hauses einen ganz besonderen Glanz verliehen. Tines bezaubernder Blumenschmuck unterstrich die würdevolle Atmosphäre zusätzlich.

Pastor Thevessen hatte sie gebeten, ihn zu begleiten, da er zwei Karten für den Abend bekommen hatte. Und Tine hatte nicht widerstehen können, diesem besonderen Ereignis beizuwohnen. Sie war ein paarmal mit Henry im alten Theater gewesen, aber seit seinem Tod nicht mehr. Ganz erschrocken musste sie feststellen, wie sehr ihre Garderobe aus der Zeit gefallen war. Die Damen trugen inzwischen sogar am Abend und drinnen Hut, wenn auch nicht mehr so ausladende Modelle wie noch vor wenigen Jahren. Die Kleider waren weiter geschnitten, beinahe schien es, als wäre das Korsett eine aussterbende Art. Nun, das erinnerte immerhin ein wenig an die Helgoländer Tracht, für die sich Tine letztlich entschieden hatte, um nicht mit einem allzu altmodischen Kleid zum Gespött der Gesellschaft zu werden.

Der Pastor, der sich bei Tine eingehängt hatte, wirkte gebrechlich. Auch er war schmal geworden. Und dass er seinen gemütlichen Backenbart abrasiert hatte, der ihm eine so würdige und gütige Erscheinung gegeben hatte, trug zu dem Eindruck bei, dass er langsam zum Greis wurde. Mit der rechten Hand stützte er sich auf einen Stock, der Anzug war so weit wie der Kragen. Unwillkürlich befiel Tine ein schlechtes Gewissen. Sie hätte mehr Zeit mit ihm verbringen müssen, hätte mehr und üppiger für ihn kochen sollen. Allerdings aß er ja stets wie ein Spatz, da nützten selbst die feinsten Leckerbissen nichts. »Stoßen Sie mit mir an, Pastor Thevessen?«, fragte sie ihn, als ein Kellner mit einem Tablett voller Gläser neben ihnen auftauchte.

»Für mich nur etwas Leichtes«, sagte der Pastor mit dünnem Lächeln, während er mal hierhin, mal dorthin nickte. Er schien immer noch jeden Einzelnen persönlich und mit Namen zu kennen. Nun ja, er hatte auch jeden Einzelnen getauft, hatte ihm die Konfirmation erteilt, die Verheirateten hatte er in den Bund der Ehe gegeben, und manchem hatte er zur Seite gestanden, als es vom Ehepartner, von der Mutter, dem Vater oder gar einem Kind für immer Abschied zu nehmen galt. So viele Leben hatte er begleitet und war darüber selbst alt geworden. »Nun bedaure mich nicht so, liebe Tine«, erklärte der Pastor mit blitzendem Blick. »Noch bin ich ja nicht tot.«

»Um Gottes willen, Herr Pastor!«, rief Tine aus, während sie ihm ein Glas Sekt hinhielt. »Sagen Sie so etwas nicht. Wir brauchen Sie hier!« Sie schlug die Augen nieder. »Außerdem bedaure ich Sie nicht.«

»Dann ist es ja gut«, schmunzelte Pastor Thevessen und stieß sein Glas gegen ihres. Er mochte alt und gebrechlich geworden sein, sein Geist aber war hellwach! Das immerhin beruhigte Tine ein wenig. »Auf viele gemeinsame Jahre auf der Insel.«

»Auf dich, Tine Heesters«, entgegnete der Pastor. »Auf eine glückliche Zukunft. Vor allem eine friedvolle.« Er sagte dies mit Blick auf eine Gruppe von Offizieren, die sich ganz in der Nähe gegenseitig mit Zahlen und Fakten über die Schlagkräftigkeit der deutschen Kriegsmarine übertrumpften. »Und mit den neuen Geschützlafetten«, führte einer der Uniformierten aus, »braucht der Engländer nicht mehr in Sichtweite der Insel kommen. Andernfalls kann er gleich sein letztes Gebet sprechen.«

»Ein Gebet sprechen«, warf Pastor Thevessen ein, und die Herren wandten sich zu ihm um. »Das würde Ihnen allen auch gut anstehen.«

»Was erlauben Sie sich, Herr …« Der Offizier, der dem Geistlichen am nächsten stand, erhob die Stimme. Offensichtlich kannte er den Inselpastor nicht.

»Thevessen«, half ihm der Geistliche und nickte ihm lächelnd zu.

»Soso, Herr Thevessen. Ziehen Sie etwa unsere Kriegsbereitschaft in Zweifel?«

»Keineswegs. Im Gegenteil«, erklärte der Pastor. »Ich fürchte, Sie könnten nur zu bereit sein für einen Krieg.«

An der Stelle mischte sich ein anderer Uniformierter aus der Gruppe ein. »Sie sind Zivilist. Niemand erwartet, dass Sie etwas vom Kriegswesen verstehen, mein Herr. Aber wenn ich

Ihnen einen Rat geben darf, halten Sie sich mit Bemerkungen zurück, wie Sie sie eben gemacht haben. Das könnte rasch missverstanden werden.«

»Missverstanden?«, entgegnete Pastor Thevessen.

»Man könnte denken, Sie zweifelten an unserer Heeresführung. Oder Sie stellten sich gar den militärischen Plänen unseres Kaisers entgegen. Und das wollen wir doch beide nicht.«

Der Pastor nickte, erwiderte aber: »Sie haben völlig recht, mein Herr, da liegt wirklich ein Missverständnis vor. Sie denken, Sie hätten mich falsch verstanden und …«

»Darf ich vorschlagen, dass wir das Thema wechseln?«, warf in diesem Moment eine Frau ein, die zu der Gesellschaft getreten war. Es war Constanze von Witten, die Frau, die jahrelang die Geliebte des Kommandanten gewesen und dann plötzlich verschwunden war. Sie war immer noch eine wunderschöne Dame von bestechender Eleganz. »Es sind schließlich Frauen anwesend. Da können Sie doch einmal für einen Augenblick das Säbelrasseln vergessen.« Sie zwinkerte Tine verstohlen zu und senkte die Stimme. »Abgesehen davon sind wir natürlich sehr beeindruckt, dass wir einige zukünftige Kriegshelden hier antreffen, nicht wahr, Frau Heesters?«

»Nun ja«, erwiderte Tine überrumpelt. »Gewiss. Das sind wir natürlich, habe ich recht, Herr Pastor?« Sie betonte seinen Titel und bemerkte, wie sich die Haltung der Offiziere unvermittelt änderte. Damit hatten sie offenbar nicht gerechnet, hier einen Geistlichen zur Rede gestellt zu haben. Pastor Thevessen indes tat Tine nicht den Gefallen, das Spiel der beiden Frauen mitzuspielen, sondern nickte nur in die Runde und ließ die Gesellschaft stehen. »Und nun müssen Sie mir erzählen, wie es Ihnen ergangen ist!«, flötete Constanze von Witten und nahm Tine an den Arm, um sie schon im nächsten Augenblick von den

Offizieren wegzuziehen. Zwei Schritte weiter lachte sie glockenhell auf. »Was für eine alberne Kompanie von Dummköpfen!«

Es stellte sich heraus, dass Frau von Witten die Insel verlassen hatte, nachdem ihr der Kommandant ein Ultimatum gestellt hatte. Auch wenn er mit ihr offen seine Frau betrogen hatte, hatte er keinerlei Verständnis dafür gehabt, dass seine Geliebte nicht ausschließlich ihm gehören wollte. Je mehr er sie vernachlässigt hatte, umso mehr hatte sie Bestätigung in anderen Liebschaften gesucht. Das war der Kommandantur nicht verborgen geblieben und hatte zu zwei Strafversetzungen höherer Militärs geführt. Schließlich war Constanze von Witten nicht mehr zum Kommandanten vorgelassen worden, wenig später hatte man sie gehindert, ihre Räumlichkeiten ohne Begleitung durch einen der Adjutanten zu verlassen. Am Ende war sie tage-, ja wochenlang nicht mehr aus dem Haus gekommen. Besuch wurde nicht mehr zu ihr vorgelassen, Briefe waren gelesen worden, ehe sie ihr ausgehändigt wurden. Derart gedemütigt und eingeschränkt, hatte die Frau beschlossen, der Forderung, die Insel zu verlassen, nachzugeben. Und so war sie in einer Nacht-und-Nebel-Aktion mit einer Fregatte gen Hamburg gefahren und dort in einem Hotel einquartiert worden. Die Miete für ihr Zimmer hatte man für eine Woche im Voraus bezahlt, mehr war nach sieben Jahren an der Seite des Inselkommandanten nicht für sie vorgesehen gewesen.

»Und was haben Sie gemacht?«, fragte Tine schockiert. »Hatten Sie denn genügend Geld, um … nun, um …«

»Geld? Ein paar Mark.« Sie winkte ab. »Das hat mich nicht sonderlich belastet. Am Ende kommt es darauf an, dass man die richtigen Leute kennt.«

Da sprach sie ein wahres Wort. Auch Tine war es ja so ergangen, als sie auf Helgoland angekommen war: Sie hatte kein

Geld gehabt. Aber dadurch, dass sie den Pastor und seine Frau kennengelernt hatte, war alles gut geworden. »Und die kannten sie«, sagte Tine.

»O ja, die kannte ich.«

Und doch bemerkte Tine, dass das Kleid dieser eleganten Frau längst nicht mehr nach der Mode war und dass sie auffällig wenig Schmuck trug. »Ich freue mich, dass Sie hergekommen sind.«

»Ja«, entgegnete Constanze von Witten. »Ich freue mich auch.« Leise fügte sie hinzu: »Aber ein wenig bang ist mir doch. Und ich fürchte, Sie werden mir einmal mehr helfen müssen.«

Wie sich herausstellte, war Constanze von Witten auf die Insel zurückgekehrt, um die frei gewordene Stelle als Hausdame im Hotel Schlüter anzutreten. Die Witwe des Hoteliers hatte sich ihrer entsonnen, nachdem Tine gekündigt hatte. Annegret Schlüter und Constanze von Witten hatten sich vor Jahren kennengelernt, weil der verstorbene Georg Schlüter und der Festungskommandant in bestem Einvernehmen gestanden hatten. Schlüter hatte dem Kommandanten mit seinen vorzüglichen geschäftlichen Kontakten von den feinsten Zigarren bis hin zu anderen sinnlichen Genüssen alles zu verschaffen gewusst, woran man sonst auf einer kleinen Insel fernab von allem kaum kam. Und so hatten sich die beiden Frauen – die eine benachteiligt durch die Fesselung an den Rollstuhl, die andere benachteiligt durch den unehrenhaften Status der Nichtehefrau – irgendwann als Leidensgefährtinnen erkannt und Vertrauen zueinander gefasst. Ein Vertrauen, das nun dazu geführt hatte, dass Constanze von Witten plötzlich einen Platz nicht nur auf der Insel, sondern auch im Inselleben gefunden hatte.

***

Zweites Kapitel

Es war nur wenige Tage nach der Eröffnung des neuen Theaters, als Simon Tine bat, sich zu ihm zu setzen. Der Schwager machte ein bedrücktes Gesicht. »Ich muss mit dir sprechen, Tine«, sagte er und blickte drein wie Regenwetter.

»Was ist denn, Simon?« Tine setzte sich auf den Stuhl gegenüber der Bank am Küchentisch. Es war noch etwas Tee in der Kanne auf dem Herd gewesen, den hatte sie in zwei Becher geschenkt, von denen sie einen ihrem Schwager hinstellte. Offenbar wusste Simon nicht so recht, wie er anfangen sollte. »Ich war vorhin am Grab«, sagte deshalb Tine. »Hab ein paar Margeriten hingelegt, die mochte Fritzi immer besonders gerne.« Simon nickte und lächelte wehmütig. »Ich weiß«, sagte er. »Margeriten und Vergissmeinnicht.«

»Ja. Die auch.«

»Wir werden sie auch nie vergessen«, erklärte der stolze Mann, der so viel getan hatte, um Fritzis Leben glücklich zu machen, und der auch so viel für Tine getan hatte! Den Laden hätte es ohne ihn nicht gegeben, die »Blütenträume« wären Blütenträume geblieben, wenn er nicht die Ärmel hochgekrempelt und nahezu alles irgendwie möglich gemacht hätte. »Auch dann nicht, wenn …«, fuhr er fort, doch dann fehlten ihm die Worte.

»Wenn was, Simon?« Tine musterte ihn, versuchte in seiner Miene zu lesen. Da war nicht nur Trauer und Unglück. Da war auch etwas anderes, etwas Schönes, verborgen zwar hinter Falten des Grams und offensichtlichem schlechtem Gewissen.

Und doch war es da. »Gibt es eine neue Frau in deinem Leben?«, hörte Tine sich fragen, ohne es selbst glauben zu können. Es war doch erst so kurz her, dass Fritzi … Es fühlte sich beinahe an, als wäre es gestern gewesen, ja, als könnte die Schwester jeden Augenblick durch die Tür kommen und …

»Ja, Tine«, bestätigte Simon und rang die kräftigen, großen Hände. »Es gibt wirklich jemanden.« Er blickte auf. »Ich hätte es selbst nicht für möglich gehalten. Ehrlich gesagt, dachte ich, dass ich nach Fritzi … also, dass es danach …«

Tine nickte. »Ich weiß, was du meinst, Simon«, sagte sie. »Man denkt, eine solche Liebe kann es nie wieder geben. Man denkt, der schöne Teil des Lebens wäre vorbei.«

»Ja, wirklich«, stimmte ihr Schwager zu. »Genau das habe ich gedacht.«

»Aber dann macht man doch weiter. Weil man ja weitermachen muss. Schließlich gibt es Kinder, um die man sich jetzt noch mehr kümmern muss als vorher. Und die Arbeit, die lässt einen oft gar nicht nachdenken. Aber das ist gut, Simon. Sonst würde man manchmal verzweifeln.«

»Du bist eine kluge Frau, Tine«, sagte Simon und lächelte sie an.

»Und nun hast du also eine neue Frau gefunden?«

Er hob die Hände. »Ich habe nicht gesucht. Es hat sich einfach so ergeben.«

Tine nickte und schwieg. Oben konnten sie noch die Kinder hören, die auf dem Dachboden spielten, bis ihr Vater kam, um endlich für Ruhe zu sorgen. »Ich weiß, dass es eigentlich viel zu früh ist nach Fritzis Tod«, flüsterte Simon. »Es ist … es ist nicht recht.«

»Ach, Simon«, sagte Tine und legte ihre Hand auf seine. »Wenn es immer so einfach wäre, dann könnte man jederzeit das Richtige tun und das Falsche lassen. Aber so einfach ist es nicht. Ganz ehrlich, ich hätte es richtig gefunden, wenn du etwas länger in Trauer gewesen wärst. Für Fritzi. Aber ich fände es falsch, der Liebe die Tür zu weisen. Denn die Liebe kann nichts für die Vergangenheit, nicht wahr?«

Simon blickte auf. »Ja, Tine, so ist es. Die Liebe kann nichts für die Vergangenheit.« Er seufzte. »Und die Kinder brauchen eine Mutter!«

»Wer immer es ist«, sagte Tine, und sie spürte, dass sie es auch genauso meinte, »sie wird die Richtige sein. Du bist ein guter Mann. Du warst der Beste für Fritzi und hast ihr Leben glücklich gemacht, Simon. Und du wirst der Beste für deine neue Frau sein. Ich bin sicher, du könntest dein Herz keiner geben, die deinen Kindern nicht eine wunderbare Mutter würde.« Zumal es mehr als ein großer Liebesbeweis war, einen Mann zu nehmen, der drei Kinder mit in die Ehe brachte, dachte Tine, sagte es aber nicht. Denn es war nun einmal so: Die Liebe war ein scheues Tier, das sich nur selten zeigte und das so verletzlich war wie das Blütenblatt einer Englischen Rose. Und wie eine Rose musste man sie pflegen. Jahr um Jahr. »Was kann ich denn für dich tun, Simon?«, wollte Tine wissen.

»Du kannst mir deinen Segen geben, Tine.«

»Meinen Segen? Den brauchst du doch nicht.«

»Doch, Tine. Denn du bist für mich das, was von Fritzi auf dieser Welt geblieben ist. Du und die Kinder.«

»Dann sollst du meinen Segen haben, Simon.«

»Danke. Hab vielen Dank, liebe Schwägerin. Du bist eine wundervolle Frau.«

»Und du bist ein feiner Mann, Simon«, sagte Tine, stand auf und wandte sich dem Herd zu, damit er ihre Tränen nicht sah. »Und wann … Ich meine … die Hochzeit und …« Nun wischte sie sich doch die Augen und griff nach einem Taschentuch. »Wer ist es überhaupt?«

Simon blickte etwas beschämt zu Boden. »Es ist Agnes.«

»Agnes? Kenne ich sie?«

»Die Schwester von Inge.«

»Aber die ist doch …« Inges Schwester! Die Schwester von Tines Mitarbeiterin war doch selbst noch fast ein Kind!

»Sie ist fast zwanzig, Tine.«

»Und da soll sie die Mutter von drei Kindern sein, von denen das jüngste auch schon …«

Simon hob die Hände. »Ich weiß doch, Tine. Aber was soll ich sagen, es hat einfach … es hat einfach einen Tusch getan. Kannst du dir das vorstellen?«

Ja, das konnte sie. Einen Tusch hatte es auch bei Henry getan. Damals. Und sie war bei weitem noch keine zwanzig Jahre alt gewesen. Andererseits hatte es keine so enorme Verpflichtung gegeben wie eine Horde Kinder, die alle bald in ein schwieriges Alter kommen würden. Wiederum andererseits: Tine kannte Agnes. Sie war ein freundliches, ruhiges Mädchen und hatte schon bei Reimers' der Mutter geholfen, auf die jüngeren Geschwister aufzupassen. Sie war Otto eine gute Schwester geworden, als der in der Familie der Bootsbauer ein Zuhause auf Zeit gefunden hatte. Außerdem war sie hübsch! Das war Tine erst neulich in der Messe aufgefallen, als Agnes mit einem neuen Kleid nach Helgoländer Art gekommen war. Nein, man konnte Simon keine Vorwürfe machen. Er hatte es schwer genug mit den Kindern und der Arbeit und der Einsamkeit. »Sie wird dir bestimmt eine wundervolle Frau sein«, erklärte Tine.

»Ja«, sagte Simon. »Das wird sie.«

***

Das Glück schien den Reimers-Schwestern hold zu sein. Denn nicht nur hatte Agnes in Simon ihre große Liebe gefunden, auch Inge hatte unvermittelt einen Verehrer, der sich bald nahezu täglich im Laden einfand und ein paar Blumen kaufte. Und als im Sommer Jette für ein paar Tage auf die Insel kam und im Laden mithalf, bevölkerten sich die »Blütenträume« zusehends mit jungen Männern, die sich gegenseitig mit botanischen Interessen übertrumpften – und ganz offensichtlich nicht nur mit botanischen.

»Du solltest den Kunden nicht den Kopf verdrehen, Jette«, mahnte Tine eines schönen Sommerabends halb scherzhaft, halb im Ernst, als sie mit ihrer Tochter noch ein wenig an der Promenade spazieren ging.

»Ist es nicht gut fürs Geschäft, oder ist es nicht anständig?«, wollte Jette wissen.

»Vor allem ist es nicht ganz fair«, erklärte Tine. »Ich meine: Du bist hier nur für kurze Zeit, und in ein paar Tagen wirst du wieder in Hamburg sein. Da brichst du den jungen Herren doch das Herz.«

Jette kicherte. »Ach, Mama, du weißt doch, dass sie es meistens gar nicht so ernst meinen.«

»Vielleicht der eine oder andere doch?«

Aber Jette winkte ab. »Es ist ein Spiel, nichts weiter!«

Zweifellos hatte sie recht. Allerdings blieb manches Spiel kein Spiel. Schon gar nicht in Liebesdingen. Und mitunter konnte etwas, das sehr harmlos begonnen hatte, eine gefährliche Entwicklung nehmen. »Die Offiziere sind sehr auf ihre Ehre bedacht«, gab Tine zu bedenken.

»Sind alles noch Unteroffiziere«, lachte Jette. »Wenn überhaupt! Eher Offiziersanwärter.«

»Umso mehr. Sie wollen sich keine Blöße geben. Wenn du

ihnen schöne Augen machst, versprechen sie sich womöglich mehr. Und wenn es dann Konkurrenz gibt …«

Jette blieb stehen und blickte ihre Mutter ungläubig an. »Denkst du etwa, sie werden sich meinetwegen duellieren?«

»Deiner Tante wegen wollten sich einmal ein paar Herren duellieren«, erzählte Tine. »Zumindest einer von beiden wollte es. Zum Glück fand ihn der andere nicht satisfaktionsfähig.« Mit Schaudern dachte Tine an die Ereignisse um ihre Schwester Jolante zurück, die erst zum Bankrott des Hotels Imperial und schließlich zu Henrys Tod geführt hatten – und damit zu Tines Unglück.

Als hätte sie es mit ihren Mahnungen heraufbeschworen, stand plötzlich ein uniformierter Mann vor ihnen und salutierte zackig. Allerdings war es keiner von Jettes Verehrern, sondern Thorsten Brand von der Kurverwaltung. »'n Abend, die Damen«, grüßte er und reckte das Kinn wie ein Generalfeldwebel. »Frau Heesters …« Er nickte Tine zu und wandte sich dann an Jette. »Und das Frollein Tochter, nehme ich an?«

»Sehr wohl, gnädiger Herr«, sagte Jette und deutete einen Knicks an. Tine glaubte beinahe, ein Lispeln zu hören, und musste sich auf die Lippe beißen, um nicht zu lachen.

»Allerliebst, gnädige Frau«, sagte Brand zu Tine. »Wirklich, mein Kompliment!« Und zu Jette: »Brand. Inselverwaltung.« Er blickte hinaus auf das Meer und sog die Luft ein, als wollte er gleich verkünden, dass er die Insel samt ihren Seegebieten hiermit zur Kolonie erklärte. »Ein formidabler Abend, was? Darf ich denn die Damen ein Stück begleiten?«

»Wir wollten eigentlich gerade nach Hause gehen«, erklärte Tine, ganz entgegen ihrer eigentlichen Absicht.

»Oh, dann spazieren wir doch zu Ihrem entzückenden kleinen Lädchen!«, schlug Brand vor.

»Aber dann haben wir es uns doch anders überlegt«, warf Jette ein und erntete einen überraschten Blick ihrer Mutter. »Weil wir noch so viel zu besprechen haben.«

»Verstehe«, erwiderte der Beamte und räusperte sich. »Nun, so will ich Sie nicht weiter stören.« Er zögerte. »Sonst hätte ich Ihnen natürlich die neuen Bauten am U-Boot-Hafen erklären können.« Es war klar, dass er auf begeisterte Zustimmung der Damen hoffte, die aber ausblieb. »Es sind die größten im ganzen Reich. Und bald werden es die größten der Welt sein.«

»Und das auf einer so kleinen Insel«, hörte Tine sich selbst sagen und versuchte, jeden spöttischen Unterton zu unterdrücken. Es wäre keine gute Idee gewesen, einen hochrangigen Beamten der Kurverwaltung gegen sich aufzubringen.

»Größere als in Hannover?«, fragte Jette.

»Hannover?«, fragte Brand verwirrt zurück.

»Oder gibt es dort am Ende gar keinen U-Boot-Hafen?«

»Gewiss nicht, junge Frau! Hannover!« Er lachte leicht konsterniert, nickte den Damen zu, schlug die Hacken aneinander und tippte sich an die Kappe. Dann ging er seiner Wege.

»Jette!«, zischte Tine. »Wie konntest du?«

»War er nicht schrecklich albern?« Jette gluckste vor Vergnügen. »Die größten der Welt!«, imitierte sie Brand. Und auch Tine konnte ein schallendes Lachen nicht mehr unterdrücken, als der Verwaltungsbeamte außer Hörweite war. Leider würde sich bald herausstellen, dass es ein Fehler war, Thorsten Brand zu unterschätzen.

***

An den Abenden besuchte Tine nun täglich Constanze von Witten in ihrer kleinen Wohnung im Hotel Perle, jenen zwei Zimmern, die bis vor kurzem ihr eigenes und Jettes Zuhause gewesen waren. Die ehemalige Geliebte des Inselkommandanten war zwar eine Dame der Gesellschaft und verstand es deshalb vorzüglich, die Gäste des Hotels in vollendeter Form zu begrüßen und zu unterhalten. Doch in organisatorischen Dingen zeigte sich schnell, dass ein Dasein als Mätresse eines einflussreichen und reichen Mannes keine gute Lehre für den Alltag war. Constanze von Witten war es lange Jahre gewöhnt gewesen, dass Dinge einfach geschahen. Gewiss, sie hatte sich darauf verstanden, Dienstboten anzuweisen und Befehle zu erteilen. Doch das Wie und Warum, die Methoden und die Abläufe in einem großen Haus – und die Kommandantur war ein großes Haus! – waren ihr herzlich einerlei gewesen und deshalb auch bis zuletzt unbekannt. Das rächte sich nun. Immer wieder fand sich Constanze von Witten überfordert von der Fülle der Aufgaben und der Unübersichtlichkeit der täglichen Abläufe, zumal jeder Tag in einem Hotel anders war als alle anderen Tage. Kein Gast war wie der andere, kein Zimmermädchen wie das andere, nichts war vorhersehbar. Planung bedeutete in einem Hotel nichts anderes als die ständige Veränderung aller Pläne – und das Vorhandensein etlicher Ausweichpläne.

Fiel die Temperatur deutlich, mussten die Kamine geheizt werden. Stieg sie, hieß es, mehr Plätze auf der Sonnenterrasse bereiten! War das Wetter schön, musste die Fähre für mehr Dünengäste bestellt werden, regnete es, brauchte man mehr Serviermädchen im Hotel, weil die Gäste keine Ausflüge unternahmen. Das wiederum brachte es mit sich, dass die Zimmermädchen kaum Zeit fanden, die Betten zu machen. Die Küche musste unterrichtet werden, es galt jedem Gast seine persönlichen Vorlieben zu gestatten. Und dabei sollte alles leichtfüßig und wie selbstverständlich aussehen.

Über all diesen Anforderungen war Constanze von Witten

schon nach wenigen Tagen verzweifelt und hatte Tine inständig um Hilfe gebeten. So gingen die beiden Frauen jeden Abend in der kleinen Wohnung unter dem Dach des Hotels Perle die Pläne für den nächsten Tag durch, besprachen, was alles schiefgehen konnte, was alles schiefgehen würde und wie sich dennoch alles zum Besten fügen ließ. An einem Septembersonntag zu später Stunde griff Constanze von Witten nach Tines Händen und sagte: »Niemals werde ich es so beherrschen wie Sie, Frau Heesters. Aber ich bin Ihnen unendlich dankbar für das, was Sie mir beigebracht haben.« Sie lächelte, müde, aber freudig. »Manchmal liege ich noch längere Zeit wach, auch weil es schwierig ist, nach so einem langen, harten Arbeitstag einzuschlafen. Aber wissen Sie, was ich mir dann denke? Ich denke, was für ein törichtes, unnützes Weib ich doch gewesen bin.«

»Sagen Sie das nicht, Frau von Witten«, entgegnete Tine und schüttelte den Kopf. »Jeder Mensch ist wichtig. Jeder Mensch hat seinen Platz und seinen Wert!«

Die neue Hausdame des Hotels Perle lachte. »Wenn Sie mal irgendwann Ihren Blumenladen aufgeben, könnten Sie gut auch Pastorin werden! Sie klingen wie der ehrenwerte Herr Thevessen.«

»Keiner klingt wie er«, widersprach Tine.

»Nun gut, Sie haben recht. Aber im Ernst, liebe Frau Heesters, Sie haben einen neuen Menschen aus mir gemacht.«

»Das hat die Arbeit gemacht, Frau von Witten.«

»Sicher. Und die konnte es nur, weil Sie es ihr ermöglicht haben. Denn hätte ich Sie nicht gehabt, so hätte ich sehr schnell auch diese Arbeit nicht mehr gehabt. Sie kennen Frau Schlüter. Sie ist eine anspruchsvolle Frau!«

»O ja, das ist sie«, bestätigte Tine und dachte an die Frau im

Rollstuhl, der sie selbst so viel verdankte. »Wissen Sie«, sagte sie. »Ein wenig habe ich es vielleicht auch aus schlechtem Gewissen getan. Schließlich war es doch ein wenig selbstsüchtig von mir, die Stelle aufzugeben und wieder meinen kleinen Laden zu übernehmen.«

»Selbstsüchtig? Ich glaube nicht, dass ich einen Menschen kenne, der weniger selbstsüchtig ist als Sie, Frau Heesters«, widersprach Constanze von Witten heftig und stand auf. Sie trat an die kleine Kommode am Fenster. »Deshalb möchte ich Ihnen dies hier gerne geben.« Sie zog eine Schublade auf und entnahm ihr ein Döschen, das sie Tine reichte. Die öffnete es neugierig und klappte den Deckel sogleich wieder zu. »Das kann ich unmöglich annehmen, Frau von Witten. Und ich werde es auch nicht.«

»Constanze«, sagte die Hausdame.

»Constanze«, wiederholte Tine und bekräftigte: »Das kann und möchte ich nicht.«

»Bitte. Es ist mir ein Herzenswunsch. Und es ist die einzige Möglichkeit, Ihnen meine Dankbarkeit zum Ausdruck zu bringen, Frau Heesters.«

»Tine«, sagte Tine. »Und glauben Sie mir: Sie schulden mir zwar nichts. Aber es gibt immer eine Möglichkeit, sich erkenntlich zu zeigen. Irgendwann brauche ich auch Hilfe. Vielleicht komme ich dann zu Ihnen.«

»Das wäre mir eine Ehre«, entgegnete die schöne Frau mit dem traurigen Blick. »Auch wenn ich mir nicht vorstellen kann, dass jemand wie ich jemandem wie Ihnen jemals helfen kann.« Sie schloss Tines Hand um die kleine Dose und flüsterte: »Danke, dass Sie es nehmen.«

***

Der Spätsommer verging, und die Abende wurden kühler. Simon und Agnes Reimers heirateten rasch und zogen mit den Kindern nach Cuxhaven, wo Simon eine Stelle in einer Werft gefunden hatte, für die er auch in den letzten Jahren schon manchen Wintermonat als Schiffszimmermann gearbeitet hatte. So fand Tine sich unversehens allein in ihrem Häuschen wieder.

Nach dem rauschenden Erfolg des neuen Theaters, das deutlich mehr Besucher auf die Insel gelockt hatte, als in den letzten Jahren gekommen waren, begann es auf Helgoland etwas ruhiger zu werden. Auch Tines Arbeit wurde etwas weniger. Es fanden sich spürbar weniger Kunden in den »Blütenträumen« ein, aber das machte ihr nichts. Denn durch die Aufträge der Hotels hatte sie genügend Geld verdient, um sich einige stillere Monate leisten zu können und dennoch keine Sorgen zu haben. Es war das erste Mal, dass Tine das Gefühl hatte, mehr Geld zu besitzen, als sie dringend brauchte. Natürlich hing das auch damit zusammen, dass sie nicht mehr die Eltern und Geschwister in Hamburg unterstützen musste, sondern nur noch Jette mit einem kleinen Betrag, den sie ihr zusteckte, wenn die Tochter zu Besuch kam. Im Winter würde sie endlich ganz auf die Insel zurückkehren. Darauf fieberte Tine schon hin. Sie freute sich, endlich wieder mehr Zeit mit ihrem erwachsenen Kind verbringen zu können, auch wenn Jette dann ihre Arbeit im Lazarett würde antreten müssen.

Das Lazarett. Tine dachte mit gemischten Gefühlen daran, denn dieses Krankenhaus für die Angehörigen der Marine bestand aus zwei Teilen: einem erst vor wenigen Monaten eingeweihten neuen Krankenhaus beim Hafen unterhalb der Kommandantur und einer unterirdischen Anlage, die bisher niemand gesehen hatte, den Tine kannte. Stattdessen wurde viel über die Stollen und Einrichtungen im Fels geraunt. Mancher wollte wissen, dass es dort Lebensmittelvorräte gab, die größer waren als alles, was man oberirdisch auf der Insel fand. Andere erzählten von verborgenen Ausgängen zum Meer hin – Paul wollte gar zwei davon kennen und hatte Tine einmal bei einer Fahrt mit seinem neuen Boot auf einen hingewiesen, der aber für Tine nicht auszumachen war. Munitionslager sollten in unterirdischen Bunkern verborgen sein, so groß, dass man die ganze Insel damit hätte in die Luft sprengen können. Tine schauderte. Was, wenn einmal aus Versehen ein Sprengsatz in die Luft flog? Dann konnten sich doch die anderen Granaten und Torpedos und was es alles gab, entzünden und ebenfalls explodieren. Das wäre das Ende der schönen Insel.

Natürlich wurde auch von Soldatenspelunken und gar einem Bordell gemunkelt, das in den unterirdischen Bauten verborgen sein sollte. Doch niemand hatte bisher eine Frau getroffen, die jemals dort gewesen wäre, und das hätte es doch dann geben müssen. Was es allerdings gab, auch ohne dass diese Stollen und Bunker dabei eine Rolle spielten, das waren junge Frauen, die auf die Insel kamen und sich in billigen Unterkünften einmieteten. Dagegen war an sich nichts zu sagen. Nur dass diese Frauen ganz offensichtlich entweder in der Hoffnung kamen, hier einen einsamen, reichen Kaufmann zu erobern, der auf Helgoland seinen Urlaub verbrachte, oder dass sie sich damit begnügten, solchen Männern für eine Nacht zur Verfügung zu stehen – gegen entsprechende Bezahlung. Viele aber kamen auch einfach, um eine Arbeit auf der Insel zu finden, als Zimmermädchen vielleicht, so wie damals Tine, als Bedienung in einem Lokal, wo sie sich stattliche Trinkgelder betuchter Gäste erhofften, oder als Saisonkraft in einem der vielen Läden, die während der Sommermonate viel zu tun hatten. Allein, es waren stets mehr Menschen, die für die Saison Arbeit suchten, als gebraucht wurden. So blieben manche ohne die erhoffte Stellung, während andere ihr Glück suchten, indem sie sich selbst anboten. Manches Mal fragte Tine sich, was wohl aus ihr geworden wäre, hätten damals Thevessens sie nicht so großherzig aufgenommen. Wäre sie auf der Straße gelandet? Wie weit hätte sie sich erniedrigen müssen, um überleben zu können? Sie wusste es nicht, und sie war froh, es nicht zu wissen. Was sie wusste, war, dass sie keine der jungen Frauen verurteilte. Das Schicksal war nichts, was man allein bestimmen konnte. Woher man kam, wohin man ging und wer einem auf diesem Weg begegnete, das war vor allem Gottes Fügung und Zufall. Manchmal war es ganz einfach Glück, und oft war es Unglück.

Tine war gerade im Begriff, ihren kleinen Laden zuzusperren, als Hedi um die Ecke bog. »Moin, Tine!«

»Moin, Hedi. Wie geht es dir?«

»Ach, Tine, ich weiß nicht, was ich sagen soll.« Die Freundin sah blass aus, ihre Augen waren gerötet, offensichtlich hatte sie geweint.

»So komm doch herein. Ich mache uns einen Tee, ja?«

Hedi nickte und trat ein. Tine, die eigentlich vorgehabt hatte, noch einmal zu Stövers zu gehen, um einige Einkäufe zu erledigen, sperrte also statt von außen nun von innen ab und schob ihre Freundin mit sanfter Hand durch den Laden nach hinten in die Küche. Wenig später saßen sie beisammen, und Tine nickte ihr aufmunternd zu. »Nun erzähl schon, was ist passiert?«

Hedi holte tief Luft. »Otto ist weg«, sagte sie.

»So?« Otto. So lieb sie dieses Kind gehabt hatte, so düster waren die Gefühle jetzt, wenn sie seinen Namen hörte oder an ihn dachte. An ihn und seine Drohungen. Natürlich versuchte Tine, sich nichts anmerken zu lassen. Hedi konnte ja nichts dafür, und sie wollte sie auch nicht kränken, schließlich war Otto ihr Sohn, ihr einziges Kind. »Und wo ist er hin?«

Hedi schüttelte den Kopf. »Das ist es ja. Ich habe keine Ahnung. Er ist einfach verschwunden. Über Nacht.«

»Wie meinst du das: über Nacht?«

»Ganz wie ich es sage, Tine. Heute Morgen war sein Bett unbenutzt. Ich dachte … also ich dachte … Du weißt schon, Tine, er ist … nun, er ist ein junger Mann. Und da dachte ich …«

»Aber er ist nicht wieder aufgetaucht«, führte Tine den Gedanken zu Ende.

Hedi nickte. »Niemand weiß, wo er ist. Keiner hat ihn gesehen.«

»Und jetzt fürchtest du, es könnte ihm etwas zugestoßen sein.« Denn es war nun einmal so, dass auf den Klippen, am Strand oder am Hafen immer etwas passieren konnte. Ein unbedachter Schritt, eine Böe, eine größere Welle, die Strömung …

»Das hatte ich zuerst wirklich«, bestätigte Hedi. »Aber dann habe ich seine Sachen durchgesehen und …« Sie rang mit sich.

»Und?«

»Und er hat … also, er hat einiges mitgenommen.«

»Du meinst Kleider?«

»Ja. Und Schuhe. Seinen Kompass.« Hedi lachte traurig. »Du weißt ja, wie versessen er schon immer auf die technischen Dinge war. Das bisschen Geld, das er gespart hatte. Sein Messer, Kamm, Rasierzeug …«

»Rasierzeug! Also hatte er vor, für längere Zeit wegzubleiben.«

Hedi seufzte. »So sieht es aus.«

»Und er hat dir nichts gesagt? Auch nichts angedeutet?«

Die Freundin sank in sich zusammen. »Kein Wort. Er ist einfach … gegangen.«

»Ach, Hedi«, sagte Tine und legte den Arm um sie. »Das verstehe ich, dass dich das trifft. Aber er hat doch bestimmt einen guten Grund.« Wobei Tine sich da nicht so sicher war. So, wie sie Otto kennengelernt hatte, traute sie ihm zu, sich in Schwierigkeiten gebracht zu haben. Womöglich hatte er etwas ausgefressen und sich aus dem Staub gemacht, ehe es herauskam und er von der Gendarmerie gesucht wurde. »Hast du denn mal bei der Gendarmerie nachgefragt?«

»Was sollte ich da fragen, Tine?« Hedi löste sich verwirrt aus Tines Umarmung und wandte den Blick zum Fenster hinaus, wo am Ende der Gasse ein Stückchen Meer zu sehen war, auf dem kleine weiße Schaumkronen glitzerten. »Er ist doch kein Kind, das man fragen kann: Ist bei euch ein kleiner Junge abgegeben worden?«

»Du hast recht«, entgegnete Tine, die sich schämte, ihrer Freundin nichts über die Vorkommnisse in jener Nacht verraten zu wollen, in der Georg Schlüter gestorben war, oder von den Vorfällen, als sie Otto mit Diebesgut erwischt hatte, noch davon, wie er sie zum Stillschweigen erpresst hatte. Aber es war ja auch alles andere als ausgemacht, dass Hedi es verstanden hätte. Am Ende hätte die Geschichte entweder einen Schatten auf die Liebe zu ihrem Sohn geworfen oder, falls sie es nicht glauben konnte, auf ihre Freundschaft zu Tine. Denn Hedi liebte ihr Kind nun einmal über alles.

»Wir könnten am Hafen fragen. Wenn er die Insel verlassen hat, muss er eine Karte für die Überfahrt gekauft haben. Dann wüssten wir zumindest, wohin er gegangen ist.«

»Ich habe schon gefragt, Tine. Aber er hat keine Karte gekauft. Er kann also nicht nach Hamburg oder Bremen oder Cuxhaven gefahren sein.«

»Verstehe.« Tine schenkte Tee nach. »Allerdings hatte ich auch keine Fahrkarte, als ich hierhergekommen bin.«

»Hattest du nicht? Warst du etwa eine blinde Passagierin?«, fragte Hedi erstaunt und betrachtete Tine auf einmal mit ganz anderen Augen.

»Nein«, lachte Tine. »Ich war Heizerin.«

»Nicht dein Ernst.«

»Doch! Ich kam hier an und sah aus wie ein Kohlenmännchen.« Unvermittelt mussten die beiden Frauen lachen, ehe sie wieder im Gedanken an Otto ernst wurden. »Möglich, dass dein Junge auch für seine Passage arbeitet, statt sein bisschen Geld dafür auszugeben.«

»Ja«, sagte Hedi. »Das ist wirklich möglich. Er ist ja so sparsam und so fleißig.« Sie holte ihr Taschentuch heraus und schnäuzte sich kräftig. »Er ist so ein guter Junge.«

Sie konnte ja nicht wissen …

* * *

Seit vor zwei Wochen das Kaisermanöver vor der Insel stattgefunden hatte, schien es, als hätte das Militär die Insel gänzlich in Beschlag genommen. Nachdem der Kaiser auf seinem Flaggschiff *Deutschland* vor Wilhelmshaven die Parade der Kriegsmarine abgenommen hatte, waren unzählige Schlachtschiffe, Fregatten, Torpedoboote und auch U-Boote in den Gewässern um die Insel gekreuzt und hatten die Kriegsbereitschaft der deutschen Marine unter Beweis gestellt. Tine hatte eine Weile mit Pastor Thevessen vom Oberland aus diese gewaltige Flotte betrachtet, und sie konnte seine Sorgen zunehmend teilen. Auch wenn es eindrucksvoll war, zu welcher

Macht sich die kaiserliche Marine entwickelt hatte, war es doch vor allem ein bedrückendes Bild, das sich dort draußen bot: Immer wieder donnerte Geschützfeuer übers Meer, wehte schwarzer Qualm über die Insel, als wäre sie nur eine Nebensächlichkeit in diesem Schauspiel. Indes paradierten Teile der Truppen, die auf Helgoland stationiert waren, durch die Straßen oder wälzten sich in den Böschungen des Oberlands, als gälte es, den Feind im Nahkampf zu überwältigen oder sich vor Feuersalven zu schützen.

»Der Engländer wird genau hinsehen«, wusste Thorsten Brand von der Kurverwaltung, als er wie zufällig unvermittelt neben Tine und dem Pastor zu stehen kam. Und galant bot er Tine seinen Feldstecher an, damit sie sich »ein exakteres Bild von der Szenerie machen« könne.

»Sprechen Sie von einem bestimmten Engländer?«, fragte Tine, die natürlich genau verstanden hatte, worauf der Mann hinauswollte.

»Ich spreche vom Engländer an sich!«, erklärte Brand. »Und denken Sie nicht, ich meinte damit die jüdischen Barone und den Geldadel aus Manchester, der auf unserer schönen Insel Urlaub macht.«

»Nun«, warf der Pastor verdrossen ein. »Es ist ja noch nicht so lange her, dass die Insel zum Empire gehört hat. Da ist es doch ganz schön, wenn auch heute noch der ein oder andere Engländer hierherkommt, um die Schönheit unserer Insel zu genießen und sich hier zu erholen.«

»Zu erholen!«, äffte Brand den Pastor nach. Er beugte sich zu Tine. »Hier sind mehr englische Spione als englische Urlauber, wenn Sie verstehen, was ich meine.«

Tine lehnte das Fernglas mit einer kleinen Bewegung der Hand ab. »Vielen Dank. Ich sehe von hier aus genug.«

»Wie Sie meinen.« Der Beamte warf selbst einen Blick durch den Feldstecher und nickte dann anerkennend. »Sehen Sie sich nur diese Haubitzen an!«, sagte er mit Stolz in der Stimme. »Damit werden wir die englische Armada in Stücke schießen! Kruppstahl ist das. Der härteste Stahl der Welt. Und deutsche Ingenieurskunst. Die Reichweite dieser Geschütze ist …«

»Und die Matrosen?«, fiel Tine ihm ins Wort.

»Bitte?«

»Was geschieht denn mit den Matrosen, wenn die Schiffe in Stücke geschossen werden?«

»Tja, das ist dann ein Fall für den Herrn Pastor hier«, erklärte Brand abschätzig. »Einige werden gewiss überleben. Die werden wir aus dem Wasser fischen und angemessen behandeln. Der deutsche Soldat ist schließlich kein Scheusal und Unmensch.«

»Da sind wir ja froh«, knurrte der Pastor und nickte den beiden zu. »Ich muss mich verabschieden. Die Pflicht ruft.« Er wandte sich schon zum Gehen, da griff Tine eilig nach seinem Arm. »Sie haben recht!«, rief sie. »Danke, dass Sie mich daran erinnern. Pflichten!« Sie nickte dem Beamten zu: »Herr Brand …« Dann waren sie wieder auf dem Weg zurück zur Kirchenstraße, während der Kurverwalter sein Fernglas hob und sich in fachmännischer Betrachtung des Schauspiels erging.

»Du hättest gerne bleiben können, Tine«, sagte der Pastor leise.

»Gerne? Wie sollte das denn gehen?«, lachte Tine, und der Pastor konnte ein Schmunzeln nicht unterdrücken.

Es war das erste Mal, dass sie beim gemeinsamen Kakao in der Pastorei, zu dem Tine den alten Herrn Thevessen nun wieder regelmäßig besuchte, Kanonendonner hörten. Der Westwind trug das Geschützfeuer über die Insel hinweg, manchmal grollend wie schweres Wetter aus der Ferne, manchmal krachend wie ein heftiges Gewitter direkt über dem Felsen. Bis in die Dunkelheit hinein hielt das Getöse an, und Tine entdeckte mehrmals Mündungsfeuer draußen auf See, als sie spät noch aus dem Fenster ihrer kleinen Kate blickte.

Am nächsten Tag war der Spuk vorüber. Einige der Kriegsschiffe hatten im Hafen angelegt, einige lagen vor der Insel vor Anker, die meisten aber waren wieder weg. Was blieb, war eine düstere Stimmung, die sich über Helgoland gelegt hatte. Es schien, als wäre der Krieg näher gekommen. Der Krieg, von dem immer mehr Menschen, Insulaner und Gäste, immer häufiger sprachen und der manchem geradezu unausweichlich schien, obwohl Tine nicht die geringste Idee hatte, weshalb um alles in der Welt ausgerechnet ein Krieg unvermeidlich sein sollte.

***

Doch zunächst ging der Sommer, und es ging auch der Herbst, und es kam der Winter. Früher als in den letzten Jahren brach die Kälte über die Insel herein. Es schien fast, als wollten Eis und Schnee Helgoland mit ihrem kalten Griff vollkommen von der Welt trennen. Kaum noch ein Schiff legte an, wenn man von den Kriegsschiffen absah. Post gelangte nur noch spärlich auf die Insel. An manchen Tagen machte Tine sich gar nicht mehr die Mühe, zum Postamt zu gehen, weil sie ja wusste, dass kein Dampfer aus Hamburg oder Cuxhaven gekommen war. Dabei wartete sie so sehnlich auf eine Nachricht von Jette. Die Schwesternschule musste vorüber sein, sie musste ihr Zeugnis bekommen haben – und spätestens zu Weihnachten sollte sie doch wieder zu Hause sein! Schließlich hatte sie im

Januar ihre Stelle als Krankenschwester im neu gebauten Krankenhaus anzutreten.

Sie selbst hatte Jette im November zweimal und Anfang Dezember einmal geschrieben. Jedes Schiff, das Post mitführte, hatte einen Brief von Tine nach Hamburg gebracht. Doch eine Antwort hatte sie nicht erhalten. Auch wenn sie wusste, wie selbständig Jette war, machte sie sich doch zunehmend Sorgen.

»Immer noch nichts gehört?«, fragte Hedi, als sie sich im Pfarrgarten trafen, wo Tine sich um die Stöcke kümmerte, die sie ins Gewächshaus gebracht hatte, das Simon einst für Fritzi gebaut hatte.

»Nein. Keine Nachricht von Jette«, erklärte Tine und spürte, wie ihr die Brust eng wurde bei dem Gedanken, wie lange sie jetzt schon nichts mehr von ihrer Tochter gehört hatte.

»Ich von Otto auch nicht.«

So standen sie einige Zeit stumm beisammen, betrachteten die Töpfe und Tröge, in denen die Pflanzen überwinterten, Tine zwickte einige vertrocknete Zweige ab und seufzte. Zwei Mütter, die nicht wussten, was mit ihren Kindern war. Und jede litt größte Ängste, ohne diese Ängste wirklich benennen zu können.

Dann, an einem Montag im Dezember, die See war etwas ruhiger, einige wärmere Tage hatten das Eis an der Landungsbrücke bersten lassen, legte das Versorgungsschiff aus Cuxhaven an, die *Elvira*. Hoffnungsvoll lief Tine hinab zum Südstrand und auf den Steg, obwohl sie wusste, dass sie ihre Post nicht direkt am Schiff bekommen würde – falls es welche gab. Aber sie hatte so sehr das Gefühl, dass diesmal eine Nachricht für sie dabei war, dass sie es kaum aushalten konnte. Dennoch dauerte es beinahe eine Stunde, ehe ihr im Postamt der alte

Herr Ehrlich endlich einen Brief überreichte: »So, Frau Heesters. Hier bekommen Sie endlich Post. Ich hoffe, es ist, worauf Sie gewartet haben.« Er zwinkerte ihr zu. »Sonst denke ich langsam, Sie kommen meinetwegen ständig hierher.«

Tine rang sich ein Lächeln zu seinem Scherz ab. Jettes Schrift! Das war schon einmal das Wichtigste. Ihre Tochter hatte geschrieben. Sie nickte dem Postbeamten freundlich zu und verabschiedete sich, dann lief sie so schnell hinüber in ihr Häuschen, wie sie nur konnte. Ihr Herz klopfte heftig. Sosehr sie einerseits beruhigt war, so seltsam war ihr, dass die Unruhe, die sie die letzten Wochen umgetrieben, und die namenlose Angst, die ihr Herz bedrückt hatte, immer noch da waren. Jetzt, da sie endlich den so heiß ersehnten Brief von ihrer Tochter in Händen hielt, wagte sie plötzlich kaum noch, ihn aufzureißen. Jette hatte geschrieben. Jetzt. Aber in den Monaten davor? Warum hatte sie da nicht geschrieben? Was war es, das sie jetzt schreiben konnte oder wollte, was sie vorher nicht hatte schreiben können oder wollen?

Vor der Tür zu den geschlossenen »Blütenträumen« stand Thorsten Band, zu Tines Überraschung in Uniform. Er schien auf sie zu warten. »Guten Tag, Herr Brand«, grüßte sie ihn und steckte den Brief in ihre Tasche. »Der Laden ist leider geschlossen.«

»Ich weiß, Frau Heesters«, erwiderte der Kurbeamte und verbeugte sich leicht. »Guten Tag. Ich komme auch nicht wegen Blumen.«

»So? Aber Sie wollen …?«

»… zu Ihnen, Frau Heesters. Ich komme zu Ihnen.«

»Verstehe«, sagte Tine, obwohl sie es nicht wirklich verstand. »Zu mir. Ja, dann … möchten Sie hereinkommen?« Sie sperrte die Tür auf und trat einen Schritt zur Seite.

»Das wäre sehr liebenswürdig«, erklärte Brand, nickte und trat ein.

Tine kam nicht auf den Gedanken, ihn zum Ablegen aufzufordern. Ja, sie legte nicht einmal selbst ihren Mantel ab, sondern dirigierte den Beamten in die Küche, wo er unschlüssig stehen blieb und sich umsah. »Und das ist also Ihr kleines Reich«, sagte er, offensichtlich verlegen.

Tine lachte. »Klein ja, Reich scheint mir etwas übertrieben.«

»Nett, wirklich sehr nett.« Er straffte sich, offenbar darum bemüht, eine gute Figur zu machen.

»Ich sehe, Sie sind in Uniform, Herr Brand.«

»Feldwebel der Reserve«, erklärte der Kurverwalter und schien die Hacken zusammenschlagen zu wollen, ließ es dann aber doch bleiben.

»Was kann ich denn für Sie tun, Herr Feldwebel?«

Täuschte es, oder verfärbte sich sein Gesicht rötlich? Der Beamte schien nach Worten zu suchen. Aber er fand sie dann auch. Offensichtlich hatte er sie sorgfältig einstudiert: »Frau Heesters, es wird Ihnen nicht verborgen geblieben sein, dass ich in letzter Zeit häufiger Ihre Nähe gesucht habe.« Das war Tine allerdings nicht verborgen geblieben. »Nun, das ist kein Zufall, Frau Heesters. Vielmehr ist es ein Ausdruck sehr deutlicher Zuneigung, wenn Sie verstehen, was ich meine.«

»Zuneigung?«

»Nun, Sie sind eine, wenn Sie mir die Bemerkung erlauben, überaus reizvolle Dame.« Er räusperte sich. »Und Sie sind, nun ja … ungebunden. Zumindest, soweit ich weiß.«

Tine wollte etwas entgegnen, doch Brand hob die Hand. »Ich weiß«, fiel er ihr ins Wort. »Es gibt da Herrn Stöver. Und ich erlaube mir die Bemerkung, dass ich eine gewisse … Schwärmerei für ihn gut verstehen könnte. Schließlich ist der

Kamerad eine stattliche Persönlichkeit.« Er schüttelte den Kopf, als müsse er sich selbst widersprechen. »Doch Herr Stöver ist meines Wissens verheiratet und kann Ihnen daher keine Familie bieten.«

In dem Moment fiel es Tine wie Schuppen von den Augen, doch ehe sie etwas sagen konnte, hatte Brand schon nachgesetzt: »Ganz im Gegensatz zu mir, Frau Heesters! Ich bin ungebunden und gut situiert! Ich bin kaiserlicher Beamter, Unteroffizier der Reserve, ich habe, wenn Sie mir die Bemerkung erlauben, ein kleines Erbe und ein wenig Erspartes. Kurzum, ich kann Ihnen ein respektables Leben und die nötige Sicherheit bieten. Deshalb habe ich mich entschlossen, meiner Neigung nachzugeben und Sie hier …« Er holte tief Luft, beinahe meinte Tine, seinen Herzschlag hören zu können. So mutig war er zweifellos noch nie in seinem Leben gewesen. »Und Sie hiermit zu bitten, meine Frau zu werden.«

»Ihre … Frau.«

»Meine Ehefrau natürlich«, fügte Brand hinzu, als könnte es daran einen ernsthaften Zweifel geben. »Ich möchte um Ihre Hand anhalten.«

Es war das erste Mal, dass Tine auffiel, wie laut die Uhr auf der Anrichte tickte. Für einige Augenblicke standen sie sich gegenüber, die Blumenhändlerin und der Kurverwalter in seiner Uniform, und die Uhr schlug den Takt zu einer Szene, die Tine zunehmend unwirklich vorkam. Es dauerte etwas, bis sie ihre Sprache wiedergefunden hatte. »Herr Brand«, sagte sie. »Herr Feldwebel Brand. Ihre Worte haben mich …« Überrascht? Verwirrt? Amüsiert? Erschreckt? »Berührt«, fuhr sie fort. Es gab keinen Grund, einen Mann zu kränken, der sich seine Rede sicherlich lange und sorgfältig überlegt hatte und der bereit war, sein ganzes Leben mit dem Schicksal einer Frau zu verknüpfen, ganz gleich, wie absurd der Gedanke, die Ehe mit ihm einzugehen, für Tine auch klingen mochte. »Und ich danke Ihnen sehr für die Wertschätzung, die Sie damit zum Ausdruck bringen. Ich bin geehrt, dass Sie sich vorstellen können, Ihr Leben mit einer Frau wie mir zu teilen.« Für einen Augenblick war der Wunsch, sich mit einer ausweichenden Antwort aus der Affäre zu ziehen, beinahe übermächtig. Aber Tine wusste, wenn sie jetzt nicht gleich für klare Verhältnisse sorgte, würde sie Brand nie loswerden – und am Ende wäre seine Enttäuschung nur umso größer. »Aber ich fürchte, ich muss Sie enttäuschen«, sagte sie deshalb.

»Aber warum, Frau Heesters?«, entgegnete der Beamte. »Ich kann Ihnen ein vorzügliches Leben bieten!«

»Daran habe ich nicht den geringsten Zweifel«, erklärte Tine, und das hatte sie auch nicht. Sie hätte ohne weiteres ein halbes Dutzend Halunderinnen aufzählen können, die den Antrag, ohne mit der Wimper zu zucken, angenommen hätten. »Aber ich bin mit meinem Leben, so wie es ist, ganz zufrieden.« Sie legte eine Hand auf ihre Brust. »Und ich möchte, dass auch Sie mit Ihrem Leben zufrieden bleiben, Herr Brand. Sehen Sie, eine Ehe, eine Familie, das ist doch weit mehr als nur ein gutes Auskommen. Sie werden Kinder haben wollen. Sie *sollten* Kinder haben, denen Sie eine gute Erziehung auf den Weg geben und aus denen einmal gute Bürger des Reichs werden! Ich werde aber keine Kinder mehr bekommen.«

»Nicht?«, warf Brand ein, die Zweifel waren ihm ins Gesicht geschrieben, die Enttäuschung ebenfalls, dass sein Antrag nicht auf Anhieb mit Hurra angenommen worden war. »Nun, vielleicht …«

»Nein. Auch bin ich eine Frau mit Vergangenheit. Ich war schon einmal verheiratet, und Sie sind nicht lange genug auf der Insel, um die näheren Umstände zu kennen. Aber so viel will ich Ihnen sagen: Ich war damals in einen Skandal verwickelt …« Sie sah ihm bedeutsam in die Augen. Sie musste ihm ja nicht auf die Nase binden, dass es gar nicht ihr Skandal gewesen war, sondern der ihrer Schwester. »Überhaupt stamme ich aus …« Sie suchte nach dem passenden Wort. »… aus zweifelhaften Verhältnissen.«

»Aus … zweifelhaften Verhältnissen? Wie darf ich das verstehen?« Plötzlich schien Brand auf der Hut, und Tine wusste, dass sie den richtigen Weg eingeschlagen hatte. Denn hier ging es um die Ehre, und die war einem Soldaten Seiner Kaiserlichen Hoheit heilig! »Glauben Sie mir«, sagte sie. »Das wollen Sie gar nicht wissen. Aber es wäre Ihrem untadeligen Ruf als Unteroffizier der Reserve sicher nicht zuträglich, wenn das ruchbar würde.«

»Ruchbar«, wiederholte der Kurverwalter, dessen Gesichtsfarbe nun von gerötet zu blass gewechselt hatte.

»Ruchbar«, nickte Tine.

Brand holte tief Luft. Schluckte. Räusperte sich. Schluckte erneut und erklärte schließlich: »Nun, Frau Heesters, so muss ich denn wohl unverrichteter Dinge den … Rückzug antreten. Ich kann nur loben, wie offen und korrekt Sie sich verhalten haben, meinen Antrag auszuschlagen.« Er nickte, als müsse er sich selbst bestätigen, was er da sagte. »Aber ich wusste ja, dass Sie Anstand haben. Sonst hätte ich nie … wäre ich nie … Also …« Abermals atmete er durch, schlug nun doch die Hacken zusammen, nickte noch einmal, salutierte und verließ ohne ein weiteres Wort das kleine Häuschen.

Als sie die Tür hinter sich zuklappen hörte, ließ sich Tine auf die Bank am Fenster sinken und seufzte. Dann fiel ihr der Brief wieder ein. Jette hatte geschrieben! Endlich! Hastig riss sie ihn auf und las. Aber sie verstand nicht, was dort stand. Das heißt, sie verstand, was Jette geschrieben hatte, aber sie konnte nicht verstehen, warum:

Liebe Mama!
Hiermit möchte ich Dir mitteilen, dass Otto Brückner und ich heiraten werden. Ich weiß, dass Du mit dieser Ehe nicht einverstanden sein wirst. Otto und ich, wir lieben uns und sind füreinander geschaffen.
Da wir beide Kinder Helgolands sind, beabsichtigen wir, auf der Insel zu heiraten. Ich werde Dir Bescheid geben, sobald ich mit Pastor Thevessen gesprochen habe. In der Hoffnung, dass uns meine Entscheidung nicht voneinander trennt, verbleibe ich
Deine Tochter Henriette
PS: Otto hat mir alles erzählt.

***

Drittes Kapitel

Graupelschauer jagten über die Insel. Es war ein hässlicher Januar, der kälteste seit Jahren. Tine fröstelte in ihrem zu dünnen Mantel und mit den längst durchnässten Wollhandschuhen. Sie hatte nicht damit gerechnet, dass es so spät werden würde. Längst kehrten auch die Besucher der Inselkneipen in ihre Häuser zurück, mancher von ihnen mit schwankendem Gang wie ein Matrose nach langen Monaten auf See. Tine bedauerte die Männer, die in den kalten Monaten oft nichts mit sich anzufangen wussten und denen die Decke auf den Kopf fiel, die sich irgendwann in gesellige Abende beim Rum flüchteten und ziellos durch den Winter taumelten. Mehr noch litt sie mit deren Frauen, die allein oder mit den Kindern zu Hause saßen, zusehen mussten, wie der Mann das Geld versoff und zum Nichtsnutz wurde. Oft kam es zum Streit, allzu oft schlug der Mann zu. Dass die meisten dieser gewalttätigen Ehemänner nicht nüchtern waren, wenn ihnen die Hand ausrutschte, machte es nicht besser. Dass keiner etwas dagegen sagte, machte es am allerschlimmsten. Pastor Thevessen redete in seinen Predigten immer wieder von der Liebe und von den Pflichten, die man in einer Familie zu übernehmen hatte. Doch die Schlimmsten unter den Tyrannen verstanden auch das falsch und forderten Pflichten ein, die keine Frau einem Säufer und Schläger gerne erfüllte. Es war eine elende Zeit. Und ausgerechnet in dieser Zeit hatte Jette beschlossen, den Bund fürs Leben zu schließen. Hätte Tine dem Auserwählten getraut, sie hätte sich von Herzen für ihre Tochter gefreut. Aber so trieb sie die Sorge um, dass die Seite, die Otto ihr offenbart hatte, nur eine von seinen düsteren war. Ein Mensch, der keinen Anstand hatte, keine Ehre, konnte der ein guter Ehemann werden? Oder musste man nicht fürchten, dass er am Ende auch seine Frau gemein behandeln würde?

Endlich, als Tine schon dachte, ihre Tochter müsste auch noch die Nachtschicht anhängen, kam Jette den Weg heruntergelaufen. Sie hatte sich eine Kapuze gegen das Wetter ins Gesicht gezogen und entdeckte ihre Mutter erst gar nicht. Als Tine sie vor der Haustür der Reimers' ansprach, schrak Jette zusammen. »Ach, du bist es!«

»Kann ich mit dir sprechen?«

»Sicher«, sagte Jette und musterte ihre Mutter von der Seite. »Komm rein.«

»Danke.«

Sie stiegen die steile Treppe, die im Haus unters Dach führte, hinauf. Jette und Otto waren in Ottos winzigem altem Zimmer untergekommen, das er bewohnt hatte, ehe er mit Hedi in die Pastorei gezogen war. Die Scheibe des kleinen Fensters war eisüberkrustet, auf dem Wasser der Waschschüssel hatte sich ebenfalls eine hauchdünne Eisschicht gebildet. »Machst du Feuer?«, fragte Jette und nickte zu dem kleinen Bollerofen hin, der in einer Ecke stand und dessen Rohr quer durchs Zimmer reichte, um neben dem Fenster nach draußen zu führen. Seitlich davon lagen ein paar Holzscheite und Reste aus der Werkstatt, die als Zunder dienten. Tine griff danach und füllte den Ofen, während Jette ihre Schwesterntracht auszog, das Eis in der Waschschüssel zerbrach und sich mit Seife unter den Achseln wusch. »Nach so einer langen Schicht rieche ich wie ...«, begann Jette, unterbrach sich aber und blickte zu ihrer Mutter hin. »Und? Wirst du kommen?«

Tine entzündete ein Streichholz, wartete, bis der Reisig, den sie ebenfalls ins Ofenloch gestopft hatte, Feuer fing, pustete noch einige Male sanft darauf und schloss dann die Eisentür. Sie richtete sich auf. »Natürlich«, sagte sie. »Du bist mein einziges Kind!«

»Und wenn ich eines von fünf Kindern wäre, dann wärst du nicht gekommen?«

»Doch, Jette. Und das weißt du auch. Es ist nicht so, wie es bei mir war.« Ihre Blicke trafen sich. Sie wussten beide, dass Tines Eltern bei ihrer Hochzeit nicht dabei gewesen waren. Niemand hatte sich um Tine gekümmert, niemand sich für sie interessiert, obwohl sie noch so jung gewesen war und keine Erfahrung gehabt hatte. Wie anders war es für Jette gewesen! Ihre Mutter hatte sich immer um sie gekümmert. »Ich weiß, Mama«, erwiderte die Tochter. »Entschuldige.«

»Es ist alles gut, Jette.« Es entging der jungen Frau aber nicht, dass die Augen ihrer Mutter das Gegenteil sprachen.

»Du siehst nicht so aus.« Jette wies auf den einzigen Stuhl im Raum. Tine schüttelte den Kopf. »Ich bleibe gerne noch einen Moment hier neben dem Ofen stehen«, sagte sie. »Ich musste eine Weile auf dich warten.«

»War es denn so wichtig? Du hättest morgen früh kommen können.«

»Ich wollte jetzt mit dir sprechen. Gleich. Nachdem ich schon so lange mit mir gerungen habe.«

Nun war es Jette, die sich setzte, allerdings aufs Bett. Sie wühlte ein Leibchen unter der Decke hervor und zog es sich über. »Hm«, machte sie, unschlüssig, was sie davon halten sollte. »Dann bin ich ja gespannt, was es so Wichtiges gibt.« Vom Haken an der Wand nahm sie eine Bluse und schlüpfte hinein.

Tine zögerte. Von einem Augenblick auf den anderen war

alles anders geworden, buchstäblich! »Wie weit bist du?«, fragte sie.

Überrascht sah Jette auf. »Du meinst, ich bin schwanger, weil wir heiraten wollen?«

Tine schüttelte lächelnd den Kopf. »Ich meine, du bist schwanger, weil du schwanger aussiehst.«

Jette griff sich an die Brust. »Hm. Sie sind größer, das stimmt.«

»Und die Brustwarzen sind dunkler. Du bist mein Kind, Jette, ich weiß doch, wie du aussiehst, wenn du nicht schwanger bist.« Sie zuckte die Achseln. »Außerdem bin ich Hebamme und weiß, wie Frauen aussehen, wenn sie schwanger sind.«

»Zweimal sind sie ausgeblieben«, erklärte Jette leichthin.

»Zweimal«, wiederholte Tine. »Aber jetzt, da ich es weiß, muss ich dich dennoch fragen: Bist du dir ganz sicher mit Otto?«

»Natürlich bin ich mir sicher, Mama!«, stieß Jette hervor und stand auf. »Ich will ihn schließlich heiraten!«

Tine seufzte. »Du hast es selbst gesagt: Manche Frauen heiraten, weil sie meinen, sie müssten heiraten.« Sie trat auf ihre Tochter zu und griff sie an den Armen. »Ich möchte nicht, dass du denkst, du *müsstest*, Jette, verstehst du?«

Die junge Frau machte sich los und stellte sich ans blinde Fenster, starrte darauf, als könnte sie dahinter irgendetwas erkennen. »Ich bin Krankenschwester, Mama, hast du das vergessen? Außerdem bin ich die Tochter einer Hebamme, wie du vielleicht weißt. Wenn es eine Frau gibt, die nicht *muss*, dann bin ich das.«

Erleichtert atmete Tine auf. »Da bin ich aber froh, Jette. Denn die Liebe ist das Wichtigste in einer Ehe.« Sie hielt kurz inne, ehe sie hinzufügte: »Liebe und … Vertrauen.«

Die Art, wie sie es sagte, ließ Jette aufhorchen. »Gibt es einen Grund, weshalb du das so betonst, Mama?«

Die Stunde der Wahrheit war gekommen. Und Tine wusste, dass sie ihre Tochter verletzen musste, wenn sie sie schützen wollte. »Jette«, sagte sie. »Ich muss dir etwas über Otto sagen, was er dir nicht erzählt haben wird. Etwas, was dir nicht gefallen wird. Etwas, was du nie gedacht hättest. Denn du kennst nur eine Seite von Otto. Du kennst nur den netten jungen Mann, den du schon als Kind gekannt und gemocht hast und den du jetzt lieben gelernt hast.« Sie fing Jettes Blick auf, die sich wieder zu ihr umgewandt hatte. »Aber es gibt nicht nur diesen Otto. Es gibt auch noch einen anderen.«

»Und über den willst du mich aufklären?«

»Ich finde, du musst Bescheid wissen, ehe du dein Leben in seine Hand gibst.«

Einen Moment herrschte Stille. Widerstreitende Gefühle schienen Jette aufzuwühlen. Doch dann trat sie einen Schritt nach vorne, und Tine glaubte schon, sie würde sie packen, umarmen vielleicht oder auch wegstoßen. Jette aber ging an ihr vorbei, riss die Tür auf und sagte: »Besser, du gehst jetzt.«

***

Es ging längst auf Mitternacht zu. Tine lag immer noch wach und starrte die Decke ihrer Kammer an. Hätte sie schweigen sollen? Hätte sie darauf bestehen sollen, Jette die Wahrheit zu sagen? Den Teil der Wahrheit, den ihre Tochter jedenfalls nicht kannte? Denn es mochte ja sein, dass Otto Jette wirklich liebte. Aber konnte man der Liebe eines Mannes trauen, dem man insgesamt nicht trauen konnte? Wieder und wieder wälzte sich Tine in ihrem Bett und fand keine Ruhe. Wieder und wieder drehten sich die Gedanken in ihrem Kopf. Otto. Ausgerechnet

Otto. Ausgerechnet er hatte die Geschehnisse jener Nacht sehen müssen. Ausgerechnet in ihn hatte sich Jette verlieben müssen!

Ein Klopfen an der Haustür ließ sie hochschrecken. Für einen Moment lauschte sie, ob es vielleicht nur ein loser Fensterladen gewesen war, der gegen das Fenster geschlagen hatte. Doch dann klopfte es erneut, etwas dringlicher. Eine Geburt!, schoss es Tine durch den Kopf. Eine Frau lag in den Wehen und schickte nach ihr. Natürlich. Hastig warf sie sich ihren Morgenmantel über und lief zur Tür, riss sie auf – und erstarrte.

Da stand er. Groß und stark, Eiskristalle im Bart und mit blitzenden Augen – der Mann, von dem Tine ihrer Tochter zu berichten im Sinn gehabt hatte. »Otto!«, keuchte sie und wich unwillkürlich einen Schritt zurück.

»Guten Abend, Tine«, grüßte er. Seine Stimme schien noch tiefer geworden zu sein, seine Schultern breiter. Er war ein ansehnlicher Mann geworden, kein Wunder, dass Jette sich in ihn verliebt hatte. Ansehnlich, aber auch gefährlich. Ein Mann, der entsprechende Kräfte hatte. Kräfte, die er womöglich nicht immer zum Guten einsetzen würde. »Darf ich hereinkommen?«

»Was willst du?«, fragte Tine, der der Schreck ins Gesicht geschrieben stand.

»Mit dir sprechen, Tine«, erwiderte Otto. Er hob die Hände. »Keine Sorge, ich nehme dir nichts übel.«

»Übel? Was solltest du mir schon übelnehmen?«, fragte Tine, aber natürlich wusste sie, dass sie Unfrieden gesät hatte mit ihren Worten Jette gegenüber. Mindestens Unfrieden. Vielleicht gar Streit, Misstrauen oder noch Schlimmeres … »Komm herein, Otto«, sagte sie mit belegter Stimme. Er hatte ein Recht darauf, sie zur Rede zu stellen. Zumindest musste er es so sehen. Und er war immer noch ihr Patenkind.

Otto klopfte den Schnee von seinem Mantel, stampfte ein paarmal mit den Stiefeln auf, um sie vom Matsch zu befreien, und duckte sich unter die Tür. »Darf ich?« Er legte ab, hängte den Mantel an den Haken und wandte sich dann zu Tine um, die die Luft anhielt und in ihrem Morgenmantel fröstelte. Hastig schloss sie die Tür hinter ihm und bedeutete ihm, in die Küche zu gehen, wo sie rasch die Lampe an der Glut des Herds entzündete. Während er sich auf die Fensterbank setzte, blieb sie stehen und sah auf ihn herab. »Nun?«

»Jette wollte wissen, was ich ihr verheimlicht habe«, erklärte er mit undurchdringlichem Blick.

***

Auch Jette lag in jener Nacht wach. Bis zum Morgen. Es war die Nacht vor ihrem freien Tag. Als das trübe Dämmerlicht eines weiteren verschneiten Morgens durch ihr eisiges Fenster schimmerte, hatte sie keine Tränen mehr. Sie wusste auch nicht, was mit Otto werden würde. Nachdem sie ihn zur Rede gestellt hatte, war er wortlos verschwunden und seither nicht mehr aufgetaucht. War es ihr Fehler gewesen? Hatte sie es an Vertrauen mangeln lassen? Oder hatte er sich ertappt, hatte er sich überführt gefühlt? Aber wobei? Sie wusste ja nicht einmal, worum es da ging. Vielleicht wäre es klüger gewesen, Tine ausreden zu lassen. So aber war Jette in ein tiefes Loch gestürzt. Und Otto hatte sie, statt sie herauszuziehen, noch tiefer hineingestoßen, als er sie so unvermittelt zurückgelassen hatte, ohne noch ein Wort zu verlieren.

Der Ofen war längst kalt geworden, der Atem bildete in der eisigen Luft kleine Wolken. Von unten konnte Jette das Rumpeln hören, mit dem die Reimers' ihr Tagewerk begannen. Bald würde Knut wieder hämmern und sägen, neuerdings benutzte er elektrische Maschinen, die seine Arbeit schneller machten – und noch viel mehr Lärm. Anna Reimers bereitete gerade das Frühstück für die Familie vor. Jette war bei Tisch willkommen, aber sie konnte sich nicht aufraffen, hinunterzugehen, um mit ihnen zu frühstücken. Sie war so niedergeschmettert, dass sie minutenlang nur dasaß, die Strümpfe in der Hand, und zum Fenster hinstarrte, durch das rein gar nichts zu erkennen war, weil es mit Eiskristallen überzogen war.

Und dann hörte sie plötzlich jemanden die Treppe hochkommen. Otto! Sie sprang auf und flog geradezu zur Tür, obwohl sie nicht wusste, was sie sagen sollte, was er sagen würde, ob seine Rückkehr etwas Gutes verhieß oder … »Otto!«, rief sie, als sie die Tür aufriss. Doch dann blickte sie in Tines Gesicht. »Du?«

»Wir müssen reden, Jette«, erklärte Tine, schob ihre Tochter zur Seite und trat ein. Ohne zu fragen, schürte sie den Ofen und heizte, denn es war bitterkalt in der kleinen Kammer. »Otto war bei mir.«

»Bei dir? Aber warum? Was wollte er denn von dir?«

Tine zog den Stuhl zum Ofen und nahm dann den Arm ihrer Tochter, um sie mit sanfter Gewalt zu zwingen, sich hinzusetzen, wo es rasch wärmer werden würde. »Du bist schwanger, Kind«, sagte sie. »Du solltest besser auf dich aufpassen.«

Jette blickte auf. »Hast du es ihm gesagt?«

Tine schüttelte den Kopf. »Nein. Diese frohe Botschaft sollst du schon selbst überbringen.«

»Frohe Botschaft«, wiederholte Jette mit bitterem Unterton. »Wenn es denn noch eine ist.« Sie zog die Nase hoch. »Otto war die ganze Nacht nicht hier.«

»Ich weiß«, erwiderte Tine. »Er war ja bei mir.«

»Die ganze Nacht?«

»Ja. Und das war gut. Und wichtig.« Sie setzte sich Jette gegenüber aufs Bett und sah sie lange an, bevor sie ihr erklärte, worüber sie mit dem Verlobten ihrer Tochter gesprochen hatte. Doch dazu musste sie erst einmal vor jener schrecklichen Nacht berichten, in der Georg Schlüter zu Tode gekommen war.

Fassungslos starrte Jette ihre Mutter an. »Und dann hast du ausgerechnet im Hotel Perle als Hausdame angefangen?«

»Ich weiß, es ist verrückt«, sagte Tine. »Vor allem, aber das wusste ich anfangs noch nicht, weil Frau Schlüter Bescheid wusste. Vielleicht nicht am Anfang. Aber bald.«

»Sie wusste es? Wie konnte sie es denn w…« Jette stockte der Atem. »Otto? Hatte Otto es ihr verraten?«

Tine seufzte. »Er dachte, er müsste es ihr sagen.«

»Du verteidigst ihn?«

»Das ist es, worüber wir die ganze Nacht gesprochen haben, Jette. Was Otto gesehen hat, was er gedacht hat und was er getan hat, das alles hat er so nie gewollt. Er konnte nichts dafür, dass er Zeuge wurde. Er hat missverstanden, was vor sich ging. Vor allem war er … na ja, er war wohl empört darüber, was Paul zu mir gesagt hat. Dass ich die Liebe seines Lebens bin. Und dabei war er doch verheiratet. *Ist* verheiratet, genau genommen, denn er ist es ja immer noch.« Tine legte die Hände aufs Gesicht und schüttelte den Kopf. »Was für ein Schlamassel.«

Jette stand auf und begann, im Zimmer auf und ab zu laufen. »Aber du selbst … du warst es doch, die … du wolltest doch nicht, dass ich und Otto …«

»Ja, Jette«, seufzte Tine verzweifelt. »Weil ich dachte … Er hat ein paar Dummheiten gemacht, als er jünger war. Nicht aus bösem Willen, sondern weil er dachte, so könnte er … seine Träume verwirklichen?«

»Dummheiten? Was soll das heißen?«

»Er hat gestohlen. Und ich habe ihn dabei ertappt.«

»O Gott.«

»Ach, Jette. Er war nun mal ein armer Junge mit großen Träumen. Da dachte er ... Aber das war es eigentlich gar nicht. Ja, ich gebe zu, ich habe ihm verboten, dich zu sehen. Doch das war falsch. Nur weil er etwas hat mitgehen lassen ...«

»Ich verstehe dich nicht«, erwiderte Jette. »Erst sagst du, dass es nicht so schlimm war, dann willst du mir die Hochzeit ausreden?«

»Es war eben nicht das Einzige, Jette.«

»Was ist denn noch vorgefallen?«

»Nun, er hat mich erpresst. Hat es zumindest versucht. Hat mich verraten an Frau Schlüter. Nur dass die ihre eigenen Gedanken darüber hatte, wie es wirklich gewesen sein könnte. Weil sie ihren Mann kannte. Und mich. Und Paul vielleicht auch, ich weiß es nicht. Jedenfalls hätte es böse für mich enden können, wenn Ottos Plan aufgegangen wäre. Aber da Frau Schlüter ihre Meinung über mich nicht geändert hat, ging das ins Leere.« Ihre Stimme wurde ganz leise. »Nur dass das Verhältnis von Otto und mir natürlich vergiftet war.«

Jette blieb stehen und starrte ins Nichts. »Er hätte dich geopfert, um mich zu bekommen«, flüsterte sie. »Das ist es, was er vorhatte. Weil er dachte, dass du uns im Weg stehen würdest.«

»Das hätte ich nie getan, Jette. Ich mochte Otto doch. Er ist mein Patensohn!«

»Das macht es ja so schrecklich. All die Jahre hast du dich um ihn gekümmert und warst für ihn da. Und dann will er dich ans Messer liefern. Ich könnte ihn ...!« Sie wirbelte herum. »Wenn er mir noch *einmal* unter die Augen kommt!«

Tine stand auf und nahm ihre Tochter in die Arme. »Er ist der Vater deines Kindes, Jette. Und vor allem, glaub mir, er ist ein Guter!«

»Ein Guter? Ein Verräter ist er!«

»Nein«, sagte Tine sanft. »Er hat einen Fehler gemacht. Aus Liebe. Es mag ein großer Fehler gewesen sein. Aber das ist doch auch schon wieder einige Zeit her. Er hatte lang genug Zeit, darüber nachzudenken. Und er bereut es doch aufrichtig.«

Jette machte sich los und trat ans Fenster, das langsam aufzutauen begann. »Wer sagt mir, dass er nicht wieder einen Fehler machen wird.«

»*Einen* Fehler? Er wird dutzende Fehler machen, Jette. Hunderte! Wie wir alle! Wir machen Fehler, weil wir Menschen sind. Auch er. Auch du und ich. Solange wir leben. Und deshalb …« Sie strich ihrer Tochter von hinten sanft über die Schultern. »Deshalb müssen wir auch verzeihen, solange wir leben. Sonst können wir niemals glücklich werden.«

»Ich soll ihm verzeihen?« Jette wandte sich zu ihrer Mutter um und blickte ihr mit feuchten Augen ins Gesicht. »Nachdem er uns beide beinahe auseinandergebracht hätte?«

Tine lächelte sie liebevoll an. »Natürlich sollst du das. Ich jedenfalls habe ihm verziehen, obwohl ich nur ein Enkelkind von ihm bekomme. Da solltest du es erst recht, denn du bekommst ein Kind von ihm!«

Unvermittelt mussten sie beide lachen. »Ich weiß nicht«, sagte Jette nach einigen Augenblicken. »Das ist alles so … so verrückt.«

»Es ist das Leben, Jette.«

Ihre Tochter atmete tief durch, dann nickte sie und erklärte: »Gut. Aber ich schätze, wir müssen uns trotzdem erst noch aussprechen.«

»Das schätze ich auch«, erwiderte Tine, trat zur Tür, öffnete sie und sagte: »Jetzt bist du dran, Otto. Ich habe meinen Teil dazu getan.«

Der junge Mann, so groß und kräftig er war, duckte sich unter der Tür hindurch wie ein kleiner Büßer, verbeugte sich vor seiner Zukünftigen und sank dann ganz langsam auf die Knie, während Tine die Tür von außen hinter sich schloss und die steile Treppe wieder hinabstieg, wo sie geradewegs dem Bootsbauer Reimers in die Arme lief.

***

»Moin, Tine!«

»Moin, Knut«, erwiderte sie den Gruß. »Eisiges Wetter heute.«

»Scheint mir dafür bei deiner Tochter oben aber hitzig zuzugehen, was?« Der Bootsbauer zwinkerte ihr zu.

»Junge Leute eben«, bemerkte Tine mit einem Lächeln. Die durchwachte Nacht steckte ihr in den Knochen.

»Siehst ein büschen groggy aus. Anna hat Kaffee gemacht.«

»Dann sag ich vielleicht mal Hallo zu ihr?«

»Klingt nach einem guten Plan«, grinste Reimers. Sein Haar war über die Jahre schlohweiß geworden, aber dicht wie eh und je. Und sein breites Lächeln bewirkte immer noch, dass man gleich mitlächeln musste, auch wenn ihm inzwischen zwei Zähne abhandengekommen waren. »Gibt es schon einen Termin?«

»Ist noch zu früh«, erklärte Tine. »Aber wir werden das mal die nächsten Wochen ausrechnen.«

»Oh-oh!«, rief Reimers und grinste noch breiter. »Ich dachte eigentlich für die Hochzeit.« Er kicherte.

»Huch! Da scheine ich ja was verraten zu haben, was noch

nicht für fremde Ohren bestimmt war«, sagte Tine und spürte, wie sie tatsächlich etwas errötete.

»Nu, so fremd sind die Ohren ja nun auch nicht, was? Und dieses Lästermaul ...« Er deutete auf sein Gesicht. »Das kann auch ganz gut ein Geheimnis für sich bewahren.«

»Na, da bin ich ja mal froh, Knut. Sonst hätte mir meine Tochter wahrscheinlich den Kopf gewaschen.«

Plötzlich veränderte sich Reimers' Blick, und er schüttelte langsam den Kopf. »Was?«, fragte Tine. »Stimmt etwas nicht?«

»Ich denk mir nur, Tine Heesters, dass du 'ne verdammt junge Großmutter sein wirst.«

»Je nu, Knut, ich war ja auch eine verdammt junge Mutter.«

»Bist du immer noch. Und hinreißend obendrein!« Er beugte sich vor und flüsterte: »Aber das bleibt unter uns. Sonst bin ich der, der den Kopf gewaschen bekommt.« Er zwinkerte und nickte Richtung Küchenfenster, hinter dem jetzt Anna Reimers' Gesicht zu sehen war. Die Frauen winkten sich zu.

»Bist ein alter Charmeur, Knut«, flüsterte Tine zurück. Doch dann wurde sie wieder ernst und sagte: »Jedenfalls bin ich froh, dass die beiden vorerst bei euch untergekommen sind.«

»Vorerst?«, fragte der Bootsbauer. »Wieso vorerst? Ich hoffe schon, dass sie erst mal hierbleiben.«

»Aber fallen sie euch denn nicht zur Last?«

»Ach was! Deine Tochter ist ja fast nie da, weil sie drüben im Lazarett arbeitet. Und Otto hat hier große Aufgaben.«

»Tatsächlich?«, fragte Tine erstaunt. »Was denn für große Aufgaben?«

»Nu, du weißt ja, was wir hier machen. Das machen wir jetzt schon seit zweihundert Jahren so. Mein Vater hat das vor mir gemacht wie ich und sein Vater vor ihm und so weiter. Aber so wird das nicht weitergehen. Die Zeiten ändern sich, Tine. Wer heut Paddelboote baut, wird bald das Nachsehen haben. Das ist wie mit Pferdekutschen oder Talglampen. Wenn ich möchte, dass Reimers' Bootsbau einen Platz auf dieser Welt behält, dann muss Reimers' Bootsbau sich an die neue Welt anpassen.«

»Und das heißt?«

»Dass wir Motorboote bauen werden. Dass wir moderne Fähren bauen. Solche Sachen, Tine. Das ist die Zukunft.«

»Und Otto soll dir dabei helfen?«

Reimers lachte. »Ist wohl eher so, dass ich ihm helfen werde. Denn Boote bauen, das kann der Junge schon, seit er zur Schule gekommen ist. Das hat der sich abgeguckt, da war er noch nicht stubenrein, schlau, wie der ist. Aber ich kann keine Motoren bauen. Maschinen sind nicht so meins, junge Frau. Da braucht es einen, der sich drauf versteht. Und so einer ist dein Patensohn. War er schon immer. Wirst sehen, wenn der eines Tages Reimers' Bootsbau übernimmt, dann wird das noch eine Werft wie die großen in Hamburg!« Er lachte.

Inzwischen stand Anna Reimers in der Tür und winkte. »Nun komm doch rein, Tine!«, rief sie. »Es ist doch viel zu kalt für einen Klönschnack im Freien!«

»Ich komm ja schon«, rief Tine zurück und spürte, wie ihr Herz einen Sprung tat, weil Reimers so voll Vertrauen in Ottos Fähigkeiten war und ihn als den zukünftigen Chef des Bootsbaus hier sah. Manchmal schien sich das Schicksal doch wie aus heiterem Himmel zum Guten zu wenden, auch wenn es zunächst düster ausgesehen hatte.

***

Noch am selben Abend setzten sich Tine und Jette mit Hedi und Otto in der Pastorei zusammen und schmiedeten Pläne für die bevorstehende Hochzeit. Jette hatte Otto von ihrem süßen Geheimnis erzählt, und Tine war ganz entzückt, wie sehr der junge Mann seine Zukünftige anhimmelte. Er konnte kaum die Augen von ihr lassen, gerade als käme sie schon morgen mit einem Kindchen nieder. Und mehr als einmal musste Hedi ihm einen mahnenden Blick zuwerfen, weil er auch seine Hände kaum im Zaum zu halten imstande war. Das war Hedi insbesondere dem Pastor gegenüber peinlich, der zwar ein sehr welterfahrener Mann sein mochte, trotz allem aber ein Geistlicher blieb.

»Dass wir beide einmal eine Familie sein werden, Tine!«, rief Hedi ein ums andere Mal aus. »Wer hätte das gedacht!«

»Nun«, sagte der Pastor. »Wenn man davon absieht, dass alle Menschen eine Familie sind und auch sein sollten, finde ich, dass nichts besser passt als das.«

»Das haben Sie schön gesagt, Herr Pastor«, warf Tine ein, denn genau so empfand sie es. »Hedi, du bist meine älteste Freundin. Dass unsere Kinder zusammengefunden haben, das ist für mich wie ein … ach, ich weiß auch nicht. Ich wollte sagen: Es fühlt sich an, als wäre dein Sohn damit auch mein Sohn. Aber das ist er doch schon immer gewesen.«

Das Glück aller schien vollkommen. Die Hochzeit sollte noch vor dem Beginn der Saison sein, damit sich das junge Paar einen angemessenen Rahmen leisten konnte. Wenn erst einmal die Gäste auf der Insel waren, war jeder kleine Tanzsaal mehrmals so teuer, jedes Getränk kostete doppelt so viel, und an eine Hochzeit in einem der schönen Hotels war gar nicht zu denken. Dazu fehlte allen Beteiligten das Geld.

»Und wenn wir die Hochzeit hier feiern?«, schlug der Pastor vor.

»In der Pastorei?«

»Nun, Hedwig wohnt immerhin hier. Und Otto hat bis vor kurzem auch hier gewohnt. Da läge es doch nahe.«

Hedi schüttelte den Kopf. »Sie sind ein guter Mensch, Pastor Thevessen. Aber das geht nun wirklich nicht. Dass ich hier ein Auskommen gefunden habe und wohnen darf, ist ein großes Glück für mich. Ich möchte das nicht ausnutzen.«

»Aber ich meine es völlig ernsthaft ...«

»Das weiß ich, Herr Pastor. Ich aber auch. Deshalb: Tausend Dank, aber nein, das schaffen wir auch anders.«

»Nun, wie ihr mögt.«

Der zweite Sonntag im März sollte es also sein. Doch noch ehe alles geregelt war, ja ehe die Einladungen an die Gäste ausgesprochen waren, erlitt Jette eine Blutung und musste das Bett hüten, wenn sie ihr Kind nicht verlieren wollte.

Und so ging der Februar dahin, und der März kam. Otto kümmerte sich in jeder freien Minute um seine Verlobte, las ihr jeden Wunsch von den Augen ab, brachte ihr das Essen ans Bett und half ihr bei jeder Kleinigkeit. Nichts schien ihm etwas anzuhaben, bis Anfang März bei einem Flottenmanöver südlich der Insel ein großes Unglück geschah und ein Torpedoboot einen schweren Kreuzer rammte.

Innerhalb kürzester Zeit war auf dem Wasser, was nur zu Hilfe eilen konnte. Die Helgoländer waren nun einmal die Fähigsten in der Seenotrettung! Auch Otto war entschlossen, sich zu beweisen. Als die ersten Nachrichten von dem Unglück eintrafen, war er gerade mit Knut Reimers am Südhafen, um ein neues Boot zu Wasser zu lassen, das erste mit einem Motor, den Reimers sich eigens aus Bremerhaven hatte liefern lassen und den Otto in tagelanger Arbeit eingebaut und wieder und wieder getestet, verbessert und justiert hatte, damit das Boot bis zum Beginn der Saison fertig würde. Und nun bot sich plötzlich die Gelegenheit, die Jungfernfahrt mit etwas wirklich Großem zu verbinden: der Rettung havarierter Matrosen der kaiserlichen Kriegsmarine. »Bist du dir sicher?«, rief Paul Stöver von seinem Ausflugsboot herab, das er gerade loszumachen im Begriff war.

»Ganz sicher! Das Boot ist fertig, Hilfe wird gebraucht. Und die See ist ruhig genug, auch für ein Boot dieser Größe.«

»Du musst es wissen, Otto«, erklärte Paul mit skeptischem Blick und warf seinen Motor an. »Aber pass auf, ja? Die See mag jetzt ruhig sein. Aber dieser Einsatz kann ein paar Stunden dauern. Und niemand weiß, wie es dann da draußen aussieht.«

»Schon klar, Paul. Ich passe auf.«

Reimers fiel die Aufgabe zu, Jette Bescheid zu geben, dass ihr Verlobter mit dem neuen Boot auf See hinausgefahren war, um nach Männern über Bord zu suchen. »Warum er?«, rief Jette, die sofort von düstersten Ängsten heimgesucht wurde. »Warum mit dem neuen Boot?«

»Es ist unser einziges mit Motor«, erklärte Reimers.

»Aber ihr wisst doch noch gar nicht, ob es seetauglich ist.«

Reimers hob die Arme. »Ein gutes Boot aus meiner Fertigung ist immer seetauglich, Jette«, erklärte er, um dann aber doch zuzugeben: »Wir wissen nur nicht, ob der Motor hält, was wir uns erhoffen.«

Er hielt es nicht. Otto kehrte erst spätnachts zurück, an Bord einen toten Kadetten der kaiserlichen Kriegsmarine, der auf dem havarierten Torpedoboot gedient hatte. Er hatte viele Seemeilen rudern müssen und war völlig am Ende seiner Kräfte, als er die Riemen endlich einholte und den Kahn an den Strand zog. Reimers erwartete ihn, er hatte Stunden auf der Landungsbrücke zugebracht und nach seinem jungen

Gesellen Ausschau gehalten. Als er die Leiche sah, schüttelte er den Kopf. »Was für eine Schande!«

»Es müssen über fünfzig Mann sein«, keuchte Otto und fiel rücklings auf den Strand, so erschöpft war er. »Und das in Friedenszeiten.«

»Nu, wenn das mal kein Vorgeschmack ist«, knurrte Reimers. »So viele Manöver, wie sie inzwischen bei uns abhalten, möchte man meinen, sie können es gar nicht mehr erwarten, bis sie endlich ihren Krieg haben.« Er nickte zu dem toten Kadetten hin. »Ich kümmer mich um ihn hier, und du gehst besser zu deiner Frau, Junge.«

»Ja«, seufzte Otto. »Danke.« Er wollte schon hinüber zum Haus des Bootsbauers laufen, da hielt er plötzlich inne. »Ist Paul sicher wieder zurück?«

»Paul? Der ist noch draußen.«

»Aber die Suche ist doch abgeschlossen. Ich meine: Ich war doch der Letzte da draußen.«

Reimers nickte. »Allerdings, meen Jung. Das warst du. Deshalb ist Paul auch nochmal rausgefahren, um nach dir zu suchen.«

»Du meinst, er war schon hier – und nun ist er meinetwegen wieder auf See?«

»Je nu, Paul ist ein erfahrener Seemann, der findet schon wieder nach Hause, mach dir mal keine Sorgen.«

Otto schlug die Hände vors Gesicht. »Weiß Tine Bescheid?«

»Die war ungefähr ein Dutzend Mal hier und hat nach euch beiden Ausschau gehalten. Man hätte meinen können, du würdest sie heiraten.« Der alte Bootsbauer lächelte müde. »Nun geh schon. Wenn Paul wieder reinkommt, geb ich dir Nachricht, Junge. Musst dich nicht sorgen.«

Also machte Otto sich auf den Weg zu Jette, die vor Erleichterung in Tränen ausbrach, als sie ihn sah – nur um ihm im nächsten Augenblick eine Ohrfeige zu geben, an die er noch lange würde denken müssen. Und ihn dann zu küssen, wie sie ihn noch nie geküsst hatte.

Tine indes musste bis zum Morgengrauen warten, ehe Paul wieder im Hafen einlief. Er hatte die ganze Nacht nach Otto gesucht. Aber außer den Leichen von zwei Matrosen des Torpedobootes hatte er nichts gefunden. Als er Reimers' Motorboot am Anleger sah, atmete er erleichtert auf, und als er Tine erblickte, die – zum wievielten Male! – aus ihrer kleinen Kate herüberkam, da riss er seine Mütze vom Kopf und winkte ihr zu und rief: »Ahoi! Tine! Ich bin wieder da!« Und: »Geht es Otto gut?«

Mit tränenfeuchtem Gesicht nickte Tine heftig und winkte zurück. Endlich war auch Paul heimgekehrt. Tine flog geradezu über den Steg und sprang an Bord des Ausflugbootes, geradewegs in seine Arme. Erst nach einer Weile bemerkte sie, dass unter einer Plane zwei Leichname lagen. »O Gott«, keuchte sie. »Du hast … jemanden gefunden?«

»Ja«, erwiderte Paul. »Leider zu spät.«

»Sind sie … ertrunken?«

»Ich weiß es nicht. Möglich. Vielleicht waren es auch die Verletzungen. Einer hat ziemlich schwere Verbrennungen. Schau sie dir lieber nicht an.«

Das hatte Tine auch nicht vor. Sie wollte keine toten Männer sehen, die völlig sinnlos »für Kaiser und Vaterland gefallen« waren – und das sogar ohne die geringste Kampfhandlung, ja ohne Krieg! »Versprich mir, dass du nie auf einem Kriegsschiff anheuern wirst«, forderte sie Paul mit belegter Stimme auf. Der lachte. »Auf einem Kriegsschiff heuert man nicht an, Tine«, erklärte er. »Höchstens vielleicht als Koch oder als

Lotse. Aber sonst ist man dort, weil man zum Dienst eingezogen wurde.«

»Dann versprich mir, dass du dich nie zum Dienst einziehen lassen wirst.«

»Ich werde mich jedenfalls nicht freiwillig melden«, sagte Paul leise und besiegelte sein Versprechen mit einem Kuss.

***

Nach den Vorkommnissen in jener Nacht war an eine schnelle Hochzeit nicht mehr zu denken. Hinzu kam, dass auch auf dem Oberland sich die Unglücke häuften. Die Admiralität hatte mehr und härtere Übungen angeordnet, sodass sich immer wieder Soldaten verletzten.

Nachdem sich die Schwangerschaft endlich doch stabilisiert hatte, fing Jette wieder an, im Lazarett zu arbeiten. Sie hatte jetzt begonnen, den Stabsärzten bei Operationen zu assistieren. Es war die Art von Tätigkeit, die sie am meisten als Krankenschwester interessierte, weil es dem Arztsein am nächsten kam und sie sehr viel dabei lernte. Insbesondere Doktor von Hutten war ein Operateur, bei dem sie so häufig wie möglich Assistenzen zu übernehmen versuchte, was nicht schwierig war, weil es allzu wenige ausgebildete Schwestern gab. Dafür gab es immer mehr Operationen! Bei Schießübungen verlor ein Kadett das Augenlicht, einem Soldaten wurde mit dem Bajonett der Brustkorb aufgeschlitzt, einer brach sich beide Beine, als er ein künstliches Hindernis überwinden sollte. Ein junger Mann, der erst wenige Tage auf der Insel gewesen war, stürzte über die Klippen und verstarb noch auf dem Operationstisch. Jette kam an manchen Tagen kaum noch aus dem Operationssaal. Die Arbeit mit Doktor von Hutten ließ sie manchmal an eine Metzgerei denken, die Ergebnisse seiner chirurgischen Maßnahmen erinnerten zunehmend an Krieg und Verderben. Auch in der Ausbildung in Cuxhaven hatte Jette manche klaffende Wunde gesehen, hatte Todkranke gepflegt und manchem Menschen die Augen schließen müssen. Doch das war in der Großstadt gewesen, wo es riesige Hafenanlagen gab, Industrie, Fabriken und Unmengen Verkehr, der sich immer dichter und hektischer durch die Straßen schob und manchen unter sich begrub. Leid und Tod auf dieser kleinen Insel zu erleben war etwas völlig anderes. Helgoland war doch wie ein Edelstein, ein Juwel in der Nordsee! Geschaffen für den Frieden – und zerbrechlich wie eine Frühlingsknospe. Hier das Morden zu üben erschien Jette zunehmend barbarisch. An manchen Tagen war es so schlimm, dass sie sich übergeben musste, sobald sie für eine Minute ins Freie laufen konnte.

Als auf der Krankenstation auch noch die Ruhr ausbrach, verließen Jette endgültig die Kräfte. Denn neben ihr war mit Schwester Franziska nur noch eine gelernte Kraft für die Versorgung der Kranken vorhanden. Schwester Agathe, die vormals Haushälterin in der Kommandantur gewesen war, war so alt, dass man ihr schwerere Aufgaben nicht mehr übertragen konnte – und auch sie hatte die Krankheit aufgeschnappt und lag darnieder. Die übrigen drei Pflegerinnen waren noch in Ausbildung und standen Jette und Franziska mehr im Weg, als ihnen eine Hilfe zu sein.

So blieb es nicht aus, dass Jette ein zweites Mal eine schwere Blutung erlitt.

Otto hatte indessen begonnen, mit Knut Reimers ein neues Modell eines motorisierten Bootes zu entwerfen. Nun, da die Saison wieder begonnen hatte und täglich Tausende Gäste auf die Insel kamen, blieben dafür nur die Abende und manchmal die halbe Nacht, sodass Jette oft allein in ihrer kleinen Kammer unter dem Dach lag und bangte. Tine kam täglich bei ihr vorbei, wenn sie den Laden geschlossen hatte. Zwischendurch schickte sie manchmal Hink mit einem Stück Kuchen, einem kleinen Blumensträußchen oder einer anderen Aufheiterung vorbei. Jette war indes dabei, dem Jungen ein paar Sätze Englisch beizubringen, damit er sich besser mit den Gästen aus anderen Ländern unterhalten konnte. Sie selbst hatte Englisch in Stade gelernt, wo ihr Frau Radtke Privatunterricht gegeben hatte.

Manchmal dachte sie an das Internat zurück und wunderte sich, wie schnell die Zeit vergangen war. Es schien wie ein anderes Leben gewesen zu sein. Und ja, es *war* auch ein anderes Leben gewesen, ein Leben, in dem es nur um sie ging: um ihre Noten, ihr Wissen, ihre Ausbildung, ihre Erziehung… Wie anders war es, ein Leben zu leben, in dem es vor allem um andere ging: um das Kind, das man im Bauch trug, um den Mann, den man heiraten wollte, um die Patienten, für die man sorgen und die man pflegen musste… War es das? Hieß das Erwachsensein?

Eines Abends, Otto hatte sich mit einer kleinen Gruppe junger Männer getroffen, die alle seine Begeisterung für die Technik teilten und sich die Köpfe heißredeten mit Ideen für die Errungenschaften der Zukunft, kam er mit niedergeschlagener Miene die steile Treppe zu der kleinen Kammer herauf und begrüßte Jette betrübt. »Was ist denn, mein Lieber?«, wollte sie wissen.

»Ach«, seufzte er. »Ein Schiffsunglück.«

»O Gott, schon wieder? Was ist passiert? Ist jemand von der Insel gekentert?«

Otto schüttelte den Kopf. »Nein. Nur auf Grund gelaufen.

Niemand von der Insel. Aber die *Imperator*. Im Hamburger Hafen.«

»Die *Imperator*? Wie konnte das denn passieren?« Otto hatte öfter von dem Schiff gesprochen, dessen Bau er bis vor einiger Zeit penibel verfolgt hatte. Der Dampfer war das größte Passagierschiff der Welt geworden, von Blohm & Voss als Triumph der Technik entwickelt, der Traum jedes Ingenieurs.

»Dummheit«, murmelte Otto. »Sicher nichts weiter als Dummheit. Aber es ist so eine Schande. Das hätte einfach nicht passieren dürfen.«

»Also ist niemandem etwas geschehen?«

»Nein. Keine Toten. Vermutlich auch keine Verletzten. Nur die Schande.«

Jette richtete sich in ihrem Bett auf und legte ihm ihre Hände auf die Wangen. »Otto«, sagte sie sanft, aber eindringlich. »So sollst du nicht denken. Du klingst wie einer von den Offizieren oben.« Sie nickte Richtung Oberland, wo die Kasernen waren und die Kommandantur. »Sie sprechen dauernd von Ehre und Würde und Schande und … ach! Könnt ihr nicht stolz sein auf das, was ihr tut, ohne immer an die Ehre zu denken?«

»Aber Tine! So ist die Welt nun einmal!«, erklärte Otto voll tiefer Überzeugung. »Es ist ein Wettstreit der Nationen! Und unser Reich ist eine Nation des Fortschritts. Der Technik, des Erfindergeistes, der Zukunft!«

Jette lächelte schwach. »Ich weiß nicht«, sagte sie. »Mir ist bang dabei. All dieses Militär und diese Rüstung …«

»Die *Imperator* ist ein Passagierdampfer«, gab Otto zu bedenken.

»Ja, das ist sie. Aber hier: Der Kriegshafen ist inzwischen so groß wie die ganze restliche Insel. Es liegen mehr Kriegsschiffe vor Anker als zivile Schiffe. Auf dem Oberland kann man die Hälfte der Insel gar nicht mehr betreten, weil die Marine ein Sperrgebiet daraus gemacht hat. Die Geschütze überall, die Schutzmauern, die Unterstände … Jeden Tag werden Übungen abgehalten. U-Boote sind stationiert worden …«

»Das ist unsere entscheidende Waffe«, sagte Otto. »Die U-Boote und die Luftschiffe.«

»Entscheidend, Otto? Entscheidend wofür?«

»Für den …«

»Krieg, Otto. Für den Krieg.« Sie kam ihm ganz nah, sodass sich ihre Gesichter beinahe berührten. »Und ich hoffe so, dass es diesen Krieg nie geben wird. Weißt du, wie grausam es ist, einen Verletzten auf dem Operationstisch zu haben? Wenn ein Mann vor dir liegt, der gesund war und jetzt ein Bein verliert oder ein Auge! Nichts wird es ihm wiedergeben. Und es ist egal, ob es ein Deutscher ist oder ein Engländer! Er wird ein Krüppel bleiben oder blind. Vielleicht wird er keine Familie mehr gründen können, weil … weil er eine Unterleibsverletzung hat. Vielleicht wird er seine Kinder niemals mehr sehen können, weil er sein Augenlicht verloren hat.«

»Aber Jette, was hat das denn mit …«

Sie legte ihm einen Finger auf die Lippen. »Alles, Otto. Es sind immer die technischen Erfindungen, die diese Krüppel gemacht haben. Die Erfindungen und die Art, wie sie eingesetzt wurden. Und der Gedanke, dass das alles für die Ehre ist. Und fürs Vaterland. Aber niemand sollte für die Ehre oder fürs Vaterland sterben oder auch nur verletzt werden. Und deshalb sollten eure Erfindungen auch nicht für Ehre und Vaterland sein, sondern für den Frieden und dafür, dass Menschen überall auf der Welt ein besseres Leben haben können! Du bist ein Erfinder, Otto. Du bist immer einer gewesen, und ich würde mir wünschen, dass …« Mehr war Jette nicht zu sagen imstande, weil Otto sie unvermittelt voller Leidenschaft küsste. Als er sie endlich wieder freigab, flüsterte er: »Ich habe die klügste, beste und liebenswerteste Frau, die es auf der Welt gibt. Und ich gebe ihr in allem recht.«

* * *

Drittes Kapitel

Es war der Sommer, in dem das fünfundzwanzigjährige Krönungsjubiläum des Kaisers gefeiert wurde. Wie beinahe jedes Jahr hatte Wilhelm II. auch dieses Jahr die Truppen auf Helgoland inspiziert, an einer Seeübung teilgenommen, hatte mit seiner Jacht vor dem Felsen gekreuzt, hatte eine Parade abgenommen und sich mit dem Festungskommandanten beraten. Die Insel war zum unbezwingbaren Bollwerk in der Nordsee ausgebaut worden. Dutzende U-Boote lagen in einem eigens dafür angelegten Bereich des Kriegshafens, Kanonen mit bisher unvorstellbaren Reichweiten waren auf dem Westkliff errichtet worden, eine Marineflugzeugstation war eingerichtet worden, die Truppenstärke wurde nahezu allmonatlich erhöht. Und allüberall vermutete die Kommandantur inzwischen englische Spione. »Das kann der Kaufmann sein, der sich beim Kramer nach dem Preis der Kartoffeln erkundigt, oder der Vogelkundler, der angeblich die Lummen am Blockshorn beobachtet«, erklärte Gärtner, der unter den Adjutanten der Kommandantur für den Kontakt zur zivilen Bevölkerung zuständig war, als er der Pastorei im Juni 1913 einen Besuch abstattete.

»Vermutlich auch im Gottesdienst«, erwiderte der Pfarrer mit leicht ironischer Miene.

»Spotten Sie nicht, Herr Pastor!«, mahnte Gärtner. »Auch dort treibt sich der Feind herum!«

Der Pastor faltete seine Zeitung zusammen. »Das wäre doch sehr wünschenswert, finden Sie nicht, Herr Gärtner? Wenn er dem Wort Gottes lauscht, kann er kein Unheil anrichten, der Feind.«

Tine lauschte dem Gespräch mit großen Ohren, während sie Kuchen und Tee reichte. Hedi war an diesem Tag nicht da, weil sie im Hotel Schlüter aushalf, wo mehrere Serviermädchen krank geworden waren.

»Vielleicht haben Sie sogar recht, Herr Pastor«, entgegnete der Adjutant des Kommandanten. »Jedenfalls müssen wir wachsam sein.«

»Mir macht unsere Majestät mehr Sorgen«, erklärte Pastor Thevessen und nahm einen Schluck Tee.

»Unsere Majestät? Der Kaiser?« Gärtner verschluckte sich, ohne überhaupt getrunken zu haben. »Wie darf ich das verstehen?«

»Nun, sehen Sie sich doch die Meldungen an«, sagte der Pastor und nickte zu der Zeitung hin. Obenauf prangte die Meldung: *25.000 Straftäter auf freiem Fuß! Gnade, wem Gnade gebührt.*

Der Adjutant nickte mit verdrießlicher Miene. »Ich sage es nicht gerne«, erklärte er. »Aber ich fürchte, in dem Punkt muss ich Ihnen zustimmen, Herr Pastor. Eine Schande ist das.«

»Es mag darauf ankommen, welcher Art von Straftätern da entlassen worden ist«, gab der Pfarrer zu bedenken. In der Tat waren Tausende Häftlinge anlässlich des Thronjubiläums in einer nie da gewesenen Amnestie freigelassen worden.

»Aber glauben Sie mir, Herr Pastor, ein einziger Spion auf unserer schönen Insel hier richtet mehr Schaden an als tausend kleine Strauchdiebe, die in Berlin oder Hamburg auf den Straßen ihr Unwesen treiben.«

»Wenn Sie meinen …«

»Ja, das meine ich!«, beharrte der Adjutant. »Wir leben in

gefährlichen Zeiten. Der Engländer wartet nur auf einen Moment der Schwäche.«

»Tut er das? Weshalb sollte er?«

Gärtner schüttelte verblüfft den Kopf. »Sie leben hier auf Helgoland und erkennen es nicht? Wir sind der Vorposten des Reichs nach Nordwest. Wenn Helgoland fällt, fällt das Reich!«

Tine musste daran denken, was ihr Jette von der Arbeit im Lazarett berichtet hatte, und schauderte. Wenn es wirklich zu einem Krieg kam, dann würde es nicht bei einigen bösen Unfällen bleiben, die auf dem Operationstisch landeten, dann würden die Chirurgen im Akkord arbeiten und Verletzte wieder zusammenflicken müssen. Zum Glück waren inzwischen mehrere zusätzliche Schwestern gekommen. Auch Jette arbeitete wieder, obwohl sie inzwischen einen ordentlichen Bauch vor sich her trug.

»Helgoland ist längst ein einziges Munitionslager, Herr Gärtner«, erklärte der Pastor. »Es gibt hier mehr Flugzeuge als Börteboote, mehr Soldaten als Kurgäste, mehr Geschütze als Fahnenmasten und mehr Kriegsschiffe als Seehunde. Kein Mensch wäre so verrückt, diese Insel zu überfallen.« Er betrachtete den Adjutanten und gönnte ihm die Bemerkung: »Nicht einmal ein Engländer. Nehmen Sie von dem Kuchen, Herr Gärtner, Tine hier hat ihn heute Morgen extra für Ihren Besuch gebacken, die Brombeeren stammen aus unserem Pfarrgarten. Und glauben Sie mir: Wenn es einen Krieg gibt, was der Herr verhüten möge, dann wird er überall stattfinden, aber nicht hier.«

Gärtner wiegte den Kopf. »Das wäre fatal, Herr Pastor, wenn Sie mir die Bemerkung erlauben.«

»Fatal? Kein Krieg wäre fatal?« Pastor Thevessen setzte seine Tasse klirrend ab. »Was wollen Sie denn damit bitte schön sagen?«

»Damit will ich sagen, dass wir hier so viel an Feuerkraft und Mannschaft haben, dass wir es uns gar nicht leisten können, hier keinen Krieg zu haben. Wenn es Krieg gibt, dann hat er gefälligst auch hier stattzufinden.«

***

»Wird er das?«, fragte Tine den Pastor später, als der Adjutant gegangen war. »Der Krieg? Hier stattfinden?«

»Ich hoffe nicht«, sagte der Pastor. »Aber mit Vernunft lässt sich das nicht vorhersagen. Denn wenn der Krieg eine vernünftige Angelegenheit wäre, würde man ihn absagen.«

Mit bangen Gefühlen nahm Tine an jenem Tag den Weg hinab zum Unterland. Tatsächlich ertappte sie sich dabei, wie sie einen Engländer, der die Auslage des Fotoateliers Schensky bewunderte, mit anderen Augen betrachtete als sonst. Zwei Gentlemen, die mit Ferngläsern auf der Landungsbrücke standen: Waren sie nur Kurgäste, die sich die Zeit vertrieben, indem sie aufs Meer hinausblickten? Oder beobachteten sie die Schlachtschiffe, die in einiger Entfernung vor Anker lagen?

Paul winkte ihr von seinem Boot aus zu. An Deck saßen bereits einige Gäste, die mit ihm die Insel umrunden wollten, bald würde er ablegen. Tine winkte zurück und spürte, wie ihr Herz schneller klopfte. Paul. In seiner Nähe fühlte sie sich sicher. Doch seit er ihr erzählt hatte, dass er in die Kommandantur bestellt worden war, trieb sie auch eine gewisse Sorge um. Was wollte die Marine von ihm? Was hatte er mit der Kommandantur zu schaffen? »Komm mit!«, rief er zu ihr herüber.

»Keine Zeit!«, rief sie zurück. In der Tat hatte sie mehr als genug in den »Blütenträumen« zu erledigen. Aus Hamburg war eine Lieferung Rosen gekommen, die sie aufteilen musste:

Einige der Stöcke würde sie im Pfarrgarten einpflanzen, einige würde sie im Topf verkaufen, und aus einigen würde sie Sträuße binden, die das Casino bestellt hatte. Wenn es am frühen Abend seine Pforten öffnete, musste es Pracht und Reichtum verströmen, denn das war es, was die Besucher erwarteten.

»Heute Abend? Ein kleiner Privattörn?«

Tine nickte und schickte ihm eine Kusshand, ehe sie weiterging. Ein kleiner Privattörn, dachte sie. Auch mit Henry hatte sie das erlebt, damals, vor so vielen Jahren. Paul war der beste Trost, den das Leben ihr hatte schenken können. Wenn sie mit ihm zusammen war, trug sie leichter an den Verlusten, die sie hatte erleiden müssen.

***

An manchen Tagen war Paul bis in die Abendstunden mit Ausflugsgästen unterwegs. Wenn die See ruhig war und der Mond am Himmel stand und den Felsen in sein zauberhaftes Licht tauchte, waren Inselumrundungen nach dem Dinner ein beliebter Zeitvertreib bei den Besuchern. Gelegentlich kam sogar mit Jens Schwanke ein begabter Sänger alter Seemannslieder mit an Bord und trug seine Shantys vor, während Paul die Gitarre dazu schlug. Dass Schwanke mit dabei war, obwohl Paul den Törn nur für Tine machte, damit hatte sie nicht gerechnet, als sie an einem milden Juliabend den Fuß auf die Planken setzte. Genau genommen entdeckte sie Schwanke erst, als er jenseits der Landungsbrücke unvermittelt begann, ein Lied zu singen, das man jetzt öfter vom Kurpavillon her hörte. Ein berühmter italienischer Tenor sang es angeblich, und ein nicht ganz so berühmter deutscher Tenor hatte es anlässlich seines ersten Auftritts auf der neuen Theaterbühne mit nach Helgoland gebracht: *O sole mio.*

Ma un altro sole più bello non c'è.
Il sole mio, sta in fronte a te!
Il sole, il sole mio, sta in fronte a te,
sta in fronte a te!

Jens Schwanke mochte nicht besonders italienisch klingen, wenn er es sang, aber so unter dem Julimond, während Pauls Boot zwischen der Hauptinsel und der Düne dahinglitt, war es so romantisch, dass Tine die Tränen kamen. Sie lehnte sich an ihren Gefährten und schmiegte sich fest an ihn.

»Weißt du, was es heißt?«, flüsterte Paul. Tine schüttelte den Kopf. »*Es gibt keine Sonne, die schöner ist als du. Oh, meine Sonne, wie sehr du strahlst.*«

»Es ist wunderschön«, flüsterte Tine zurück. »Von mir aus dürfte es immer so sein, Paul«, flüsterte sie.

Paul legte die Arme um sie. »Dann heirate mich, Tine!«, sagte Paul. »Ich möchte, dass du meine Frau wirst!«

Tine lächelte und seufzte. »Diesmal würde ich vielleicht sogar ja sagen, mein Lieber. Aber leider muss ich dich daran erinnern, dass du immer noch verheiratet bist.«

Paul ließ den Kopf hängen. »Spielverderberin«, klagte er.

Tine lachte und wandte sich zu ihm um. »Heiraten wird völlig überschätzt«, sagte sie. »Ich glaube, bei uns haben sich alle schon daran gewöhnt, dass wir so leben, wie wir leben. Und richtig gut wird dieses Verhältnis doch auch nicht mehr, oder?«

»Vermutlich nicht«, grinste Paul und küsste sie, während Jens Schwanke sich in etwas fragwürdige Höhen des Liedes verstieg, um dann rasch zu einem klassischen Seemannslied überzugehen. Da war er sicherer und geübter. Und auch das klang in Tines Ohren wie Hochzeitsmusik.

Gemeinsam standen sie am Steuerrad und betrachteten die verwunschene kleine Insel in der Nordsee, sahen zu, wie Felsnadeln auftauchten und vorüberzogen, wie das Mondlicht auf den Wellen glitzerte, wie Fischerboote ihren Weg kreuzten, und sahen auf die unzähligen Lichter in den Häusern des Ober- und des Unterlands, von denen immer wieder welche erloschen, wenn die Menschen sich zur Nacht begaben.

Langsam wurde es frisch. Paul bemerkte, dass Tine fröstelte, und hängte ihr seine Jacke über die Schultern. Jens Schwanke hatte sein Repertoire erschöpft und schwieg. Ein paar Wolken schoben sich vor den Mond, als sie am Kriegshafen vorbeimanövrierten, weit draußen vor dem Felsen, wo sich die Schatten schwerer Kriegsschiffe vor dem Nachthimmel abzeichneten. »Zeit, nach Hause zu gehen«, stellte Tine fest. Paul nickte. »Aber einmal genießen wir noch den Blick auf die Promenade. Es ist die schönste Ansicht, die es von Helgoland gibt an einem solchen Abend.«

Und in der Tat breitete sich wenige Augenblicke später der Südstrand wie eine große, funkelnde Umarmung vor ihnen aus. Das immer noch prächtig erhellte Kurhaus, die Laternen an der Promenade, die stolzen Fassaden des Theaters und der Hotels mit ihren zahllosen Fenstern, hinter denen noch Licht brannte. »Ahoi, Deat Lunn!«, rief Paul und lachte. Und Tine tat es ihm gleich, winkte und rief: »Ahoi, Helgoland!«

»Tine!«, rief jemand von der Landungsbrücke her. »Tine!«

»Otto?«

»Tine! Gott sei Dank, bist du endlich da! Es ist so weit!«

»Jette!«

»Ja! Das Kind! Es kommt!«

***

So schwer die Schwangerschaft gewesen war, so leicht war die Geburt. Ausgerechnet zur Niederkunft ihrer eigenen Enkeltochter kam Tine Heesters zu spät. Mit der Hilfe von Anna Reimers hatte Jette das Kindchen zur Welt gebracht. Als Tine durch die Tür trat, lag das Köpfchen bereits auf ihrer Brust, und Jette blickte so glücklich und stolz, wie nur eine frischgebackene Mutter blicken kann. »Schau nur, wer da kommt«, flüsterte sie ihrem Neugeborenen zu. »Sag Hallo zu deiner Großmutter, Christine.«

»Christine?«, sagte Tine mit rauer Stimme. »Du willst sie Tine nennen?«

»Julia Christine. Christine nach dir«, erklärte Jette. »Und Julia, weil sie im Juli geboren ist.«

»Julia«, flüsterte Tine. »Das ist ein schöner Name. Und selten.«

Wie schön sie war! Das schönste Neugeborene, das Tine je gesehen hatte. »Sie ist so schön!«, rief sie entzückt, und alle lachten. »Das musst gerade du sagen!«, erklärte Paul, der hinter ihr in der Tür stehen geblieben war. »Schließlich ist sie deine Enkeltochter.«

»Enkeltochter«, sagte Tine. »Wie das klingt ... Als wäre ich hundert!«

»Na ja, ob ich dir nochmal ein Enkelkind schenken kann, wenn du wirklich hundert bist ...«, gab Jette zu bedenken. »Mit zweiundachtzig ...«

Tine schüttelte staunend den Kopf. »So lustig das klingt, Jette. Aber bis dahin ist wahrscheinlich unser Neugeborenes hier eine Großmutter.« Und sie nahm das Kindlein behutsam von Jettes Brust und drückte es an die eigene. »Willkommen im Leben, kleine Julia. Wir haben dich ja so erwartet. Und jetzt bist du endlich da, und du bist gesund, und deine Mama ist es auch. Was für ein Glück, was für ein Glück!« Dann wandte sie sich Anna Reimers zu. »Und du hast sie auf die Welt geholt, Anna! Ich weiß gar nicht, wie ich dir danken soll.«

Die Frau des Bootsbauers lachte und winkte ab. »Das hat deine Tochter eigentlich ganz alleine erledigt. Ich musste die Kleine im Grunde nur noch auffangen.«

»Und ich hatte mir solche Sorgen gemacht«, seufzte Tine und bewunderte das Kind.

»Hast du? Davon hast du aber nichts gesagt, Mama.«

»Ach, Jette. Du hattest es doch schwer genug. Was sollte ich es dir mit meinen Ängsten noch schwerer machen? Aber jetzt ist alles gut.«

Nun trat Otto an Jettes Bett und kniete vor ihr nieder. »Jetzt, da alles gut gegangen ist, Jette, möchte ich, dass wir nicht länger warten. In acht Wochen soll Hochzeit sein.«

»In acht Wochen!«, rief Knut Reimers, der inzwischen auch die Treppe hochgekommen war. »In acht Wochen!«, wiederholten alle und stimmten in Reimers' »Vivat!« ein. Jette küsste ihren Zukünftigen und streckte dann die Arme wieder nach dem Kindchen aus.

»Also dann«, erklärte Tine. »Da nun alles geklärt ist, darf ich die Anwesenden bitten, die Kammer zu verlassen. Eine Geburt ist zu Ende, wenn sie zu Ende ist. Wir beide brauchen noch eine kleine Weile.«

Und so zogen sich alle zurück außer Tine, und die drei Heesters-Frauen warteten, bis auch die Nachgeburt noch gut vonstattengegangen war.

***

Auf den Tag genau acht Wochen nach Julias Geburt stand Tine in der prachtvoll geschmückten Kirche St. Nicolai auf dem

Oberland und betrachtete mit stolzem Herzen die Blütenpracht, die sie mit Grits Hilfe in den frühen Morgenstunden angebracht hatte. Natürlich würde es keine große Hochzeit werden, denn das Brautpaar war nun einmal nicht besonders wohlhabend, von den Müttern der beiden ganz zu schweigen. Aber Tine und auch Hedi hatten sich in Unkosten gestürzt, wie sie es nur zu tun vermochten, um den jungen Leuten ein schönes und würdiges Fest zu ermöglichen. Mit Tines eigener Hochzeit würde Jettes freilich nicht mithalten können. Aber sie hatten den kleinen Tanzsaal des Imperial reserviert, hatten im Speisesaal für fünfundzwanzig Gäste eindecken lassen. Pauls Eltern hatten einige Flaschen vorzüglichen Wein gestiftet, August Haentje, der Fischer, hatte Otto als Hochzeitsgeschenk einen Tagesfang versprochen – und der Fang war großartig gewesen! Es würde Kabeljau geben, Sprotten und dazu sogar ein paar prächtige Hummer.

Allein das Wetter machte Tine keine Freude. Schon in der Nacht war heftiger Wind aufgekommen, der sich in den Morgenstunden zu einem ordentlichen Sturm ausgewachsen hatte. Als sie nach draußen trat, glaubte sie deshalb ihren Augen nicht zu trauen: Jenseits der Düne näherte sich ein Luftschiff!

Einige Kinder, die auf dem Weg zur Schule waren, blieben stehen und bestaunten das riesige Gefährt. Auch wenn es jetzt oft Zeppeline und Flugzeuge zu bewundern gab, war die Faszination nicht nur bei den jungen Menschen ungebrochen. Man stand und starrte in den Himmel, voll Erstaunen darüber, wie es möglich war, dass sich solche Maschinen in der Luft halten konnten. Auch Tine ging es so, sie hielt den Atem an und beobachtete, wie das Luftschiff näher kam, dann etwas nordwärts zu drehen schien, dann doch wieder einen Schwenk gen Süden machte, um schließlich quer zur Insel in der Luft zu stehen. Normalerweise war ein tiefes Brummen zu hören, wenn einer dieser Zeppeline sich dem Fels näherte. Doch der Wind blies so heftig Richtung Südwest, dass er den Lärm mit sich riss und das Luftschiff wie eine lautlose Erscheinung am Himmel hing. »Wenn ich groß bin, werde ich Kapitän!«, rief einer der Jungen, die neben Tine zu stehen gekommen waren und über einen Gartenzaun Richtung Düne blickten.

»Und ich will ein Flugzeug fliegen!«, rief der andere. »Die sind schneller. Nicht so dicke, langsame Dinger wie dein Zeppelin.«

»Dafür sind die Zeppeline riesig! Und die werden jetzt immer noch größer. Bald können sie bis Amerika fliegen! Das werden deine Flugzeuge nie können. Dafür sind die viel zu klein.«

»Und wenn doch?«

»Dann treffen wir uns dort und tauschen. Dann flieg ich dein Flugzeug nach Hause und du meinen Zeppelin!«

Tine lauschte den beiden vergnügt, während sie ihr Kopftuch festhielt, das der Wind ihr beinahe von den Haaren wehte. So klein diese Jungs waren, so groß waren ihre Träume.

»Abgemacht!«, rief der Schmächtigere von beiden. Doch dann blieb sein Mund weit offen stehen, und seine Augen waren vom Schrecken weit aufgerissen. Tine blickte wieder hinüber zu dem Luftschiff und konnte einen Schrei nicht unterdrücken: Der Bug hatte sich gehoben, das Heck hing schief nach unten, der ganze riesige Körper des Himmelsgefährts schien sich zur Seite zu wälzen. Augenblicke später berührten die Leitflügel am hinteren Ende des Luftschiffs die Wellen. Und dann ging alles so schnell, dass Tine kaum glauben konnte, was sie sah. Der Zeppelin war abgestürzt und trieb in der stürmischen See. Von der Kanzel, in der die Passagiere saßen, war nichts mehr zu sehen. Wieder und wieder wälzten sich die Brecher von Norden her über die graue Masse des havarierten Zeppelins, Gischt spritzte auf, die Nase des Luftschiffs zeigte senkrecht nach oben. Schon waren erste Boote zu sehen, die trotz des Orkans ausliefen, um die Verunglückten zu bergen. Von Süden her steuerte eine Marinefregatte die Stelle an. Der Zeppelin schien sich immer weiter von der Insel weg zu schieben. Vielleicht war es aber auch nur, weil er immer tiefer in den Fluten versank.

»Was um alles in der Welt hat ein Luftschiff bei dem Wetter hier draußen zu suchen?«, rief Hedi, die plötzlich neben Tine stand und das Geschehen kreidebleich verfolgte.

»Vielleicht ein Militärmanöver?«, rief Tine zurück, der Wind raubte ihr beinahe den Atem. Unwillkürlich musste sie an die Bemerkung des Adjutanten neulich denken. Spionage? Konnte es sein, dass … »Ob es ein englisches Luftschiff ist?«

»Haben die überhaupt Luftschiffe? Außerdem ist es doch vom Festland hergekommen, oder?«

So zumindest hatte es ausgesehen. Kurs Nordnordwest. Und dann jenseits der Düne beigedreht. Obwohl: Vielleicht war das Manöver schon gar nicht mehr freiwillig gewesen, sondern vom Sturm erzwungen. »Ich bete zu Gott, dass keine Menschen zu Schaden kommen!«, rief Tine und wischte sich ein paar Tränen aus den Augen.

»Ich auch, Tine, ich auch. Wenn das hier schlimm ausgeht, dann werden wir die Hochzeit wieder absagen müssen.«

***

Ihre Gebete wurden nicht erhört. Ein Dutzend Todesopfer waren zu beklagen. Niemals zuvor waren bei einem Unfall in der Luftfahrt so viele Menschen auf einmal ums Leben gekommen. Helgoland trug Trauer in den folgenden Tagen – und die

Hochzeit von Jette und Otto musste ein weiteres Mal abgesagt werden. Denn statt einen Bund fürs Leben zu besiegeln, las der Pastor an den nächsten Tagen mehrere Totenmessen, und statt eines Freudenfestes wurden Trauerfeiern auf der Insel veranstaltet. Die Kommandantur ordnete Beflaggung auf Halbmast an. Und Otto, dessen Begeisterung für die Luftfahrt ebenso grenzenlos war wie für die technischen Neuerungen des Schiffsbaus, ging mit hängenden Schultern und untröstlicher Stimmung seinem Tagwerk nach. Nur wenn er seine kleine Tochter auf den Arm nahm, wenn er mit ihr sprach, sie herzte und über den zarten Flaum auf ihrem Köpfchen streichelte, konnte er seine Zerknirschung vergessen.

Der Kreis seiner Freunde traf sich gelegentlich, um sich über Politik und neue Entwicklungen der Technik auszutauschen. Jette genoss es, mit Tine oder Hedi übers Oberland zu spazieren. Die kleine Julia trug sie dabei am liebsten mit einem Tuch an den Leib gewickelt, wie man es auf Helgoland seit jeher bevorzugte.

Gelegentlich begegnete den Frauen Thorsten Brand, der mit seinem Feldstecher häufig bei den Felsnadeln am Westkliff stand und auf die See hinausblickte. Man grüßte sich, nickte einander zu und ging seiner Wege, worüber vor allem Tine froh war.

So nahm der Herbst seinen Lauf, und der Winter kam. Von Hochzeit war keine Rede mehr, zumal Jettes Anwesenheit im Lazarett immer häufiger und länger erwartet wurde: Die Arbeitszeit betrug nun täglich bis zu zwölf Stunden für die Schwestern, und so kam es, dass Anna Reimers, die ja Ottos Ziehmutter gewesen war, nun auch zur Ziehmutter seiner kleinen Tochter wurde, wobei die beiden jungen Großmütter sie allerdings tatkräftig unterstützten.

Oft holte Tine die kleine Julia zu sich in den Laden, wo sie einen großen Blumenkorb mit Wolle und Stoff ausgeschlagen und in eines der Fenster gestellt hatte. Unter getrockneten Kornblumen und zwischen duftenden Kräutertöpfen lag das Kindlein so unter einem Mobile aus kleinen Schiffchen, das Otto für seine Tochter gebastelt hatte. Wenn er sie bei sich in der Werkstatt hatte, was häufig vorkam, legte er sie in ein winziges Boot, das er gezimmert und an einen der mächtigen Balken gehängt hatte, sodass sie stundenlang schaukelte. Denn jedes Mal, wenn er an dem »Luftschiff« vorüberging, stupste er es an, sodass es immer in Bewegung blieb. »Das Kind hat zwar nicht viel von seiner Mutter«, pflegte Knut Reimers zu sagen. »Aber dafür kümmert sich halb Helgoland darum. Fehlt noch, dass der Kommandant vorbeikommt und Gutenachtlieder singt.«

Der Kommandant kam zwar nicht vorbei, aber seine ehemalige Geliebte besuchte das Kindchen gelegentlich im Blumenladen, der sich nun langsam auf den Winter vorbereitete. Tine war gerade dabei, einige Pflanzen für die kalten Monate zurechzuschneiden und Töpfe einzuwickeln, als Constanze von Witten an die Tür klopfte. »Herein!«, rief sie. »Es ist geöffnet!«

»Störe ich?«

»Überhaupt nicht! Ich wollte sowieso eine Pause machen. Möchten Sie einen Tee mit mir trinken?«

»Liebend gerne.«

Wenig später saßen sie zusammen in der Küche, und die elegante Hausdame des Hotels Schlüter wiegte Julia auf ihrem Schoss. »Verrückte Zeiten sind das«, sagte sie.

»Waren sie schon einmal nicht verrückt?«, fragte Tine.

»Nun ja. Ich weiß nicht, wie das alles weitergehen wird hier«, gab Constanze von Witten zu bedenken.

»Was meinen Sie?«

Sorgenfalten zeichneten sich auf der Stirn der schönen Frau ab. »So wenige Gäste haben noch nie für die nächste Saison reserviert, sagt Frau Schlüter.«

»Oh. Das tut mir leid. Denken Sie, dass es den anderen Häusern auch so geht?«

»Allen geht es so. Das Trenk, das Imperial, unser Hotel Perle, die Pensionen im Ober- und im Unterland ... Überall so gut wie keine Vorreservierungen.«

Tine nickte. »Die Zeiten«, sagte sie. »Sie sind schwierig.«

»Es sind die Soldaten. Sie vertreiben uns die Gäste. Die Insel ist ja eine einzige Festung geworden. Wer will denn den Sommer auf einem Kriegsschiff verbringen?«

Ein Kriegsschiff. Ja, so fühlte es sich an. Als wäre Helgoland ein einziges riesiges Schlachtschiff in der Nordsee. Nur dass es nicht schwankte. Aber selbst das schien nicht mehr sicher zu sein. Denn wenn die neuen Geschütze auf dem Westkliff feuerten, was sie immer wieder zu Übungszwecken taten, dann spürte man die Erde an manchen Stellen auf der Insel beben.

»Wie geht Frau Schlüter damit um?«

»Sie sorgt sich um ihre Mitarbeiter. Über den Winter sind es ja nur eine Handvoll. Aber auch die haben Familie. Und wenn die nächste Saison beginnt und die Gäste ausbleiben, dann kann sie sie nicht einfach weiterbezahlen. Denn irgendwoher müssen ja auch die Einnahmen kommen.«

»Verstehe.« Tine nippte gedankenversunken an ihrem Tee. Frau Schlüter war eine anständige Frau. Aber sie war auch eine Geschäftsfrau, eine gute sogar. Deshalb war klar, dass sie Maßnahmen ergreifen musste, um die Kosten im Griff zu behalten. »Und nun hat Frau Schlüter Sie geschickt, um mir zu sagen, dass ich im nächsten Jahr keinen Blumenschmuck mehr für die beiden Hotels liefern werde?«

Constanze von Witten lächelte und nickte. »Noch nicht, Tine. Aber ich denke, sie wird es tun. Es bleibt ihr ja nichts anderes übrig. Ob sie dann mich schickt oder jemand anderen oder ob sie es Ihnen sagt, wenn Sie dort sind …« Sie hob die Hände.

»Sie haben sich Ihre eigenen Gedanken gemacht und wollten mich vorwarnen. Das finde ich aber sehr liebenswürdig«, stellte Tine fest.

»Ich wünschte, ich könnte mehr tun.« Die Hausdame seufzte. »Sie waren so großzügig und gütig zu mir. Und ich hatte keine Gelegenheit, mich zu revanchieren …«

Tine legte eine Hand auf ihre. »Das ist auch nicht nötig, liebe Constanze. Ihre Freundschaft ist mir Lohn genug.«

Frau von Witten blickte auf das Kindchen auf ihrem Schoß. »Und was für ein Glück Ihnen doch hier beschert worden ist!«, sagte sie lächelnd, als sie in die großen Augen des Mädchens sah. »Dabei sind Sie so jung! Sie könnten die Mutter dieses entzückenden Mädchens sein!«

Tine lachte. »Es fällt mir auch noch nicht besonders leicht, mich als Großmutter zu fühlen. Manchmal möchte ich die Kleine am liebsten hierbehalten.«

»Das kann ich gut verstehen. Mir würde es genauso gehen.« Der Blick der schönen Frau verschleierte sich. Ob sie es bedauerte, nie selbst Mutter geworden zu sein? »Ich hatte genauso eine kleine Tochter«, sagte sie da plötzlich, und Tine war wie vom Donner gerührt. »Sie hatten? Was ist denn mit ihr geschehen?«

»Die Pocken«, flüsterte Constanze von Witten nur. »Es dauerte drei Tage. Sie ist ganz ruhig eingeschlafen, hat es gar nicht gemerkt.«

»O Gott, wie traurig!« Tine spürte, wie ihr der Hals eng wurde.

»Sie ist kein Jahr alt geworden.« Ganz leise flüsterte sie: »Friederike.«

»Friederike? Wie meine Schwester?«

Constanze von Witten nickte. »Sie war das schönste Kind der Welt. Außer diesem hier natürlich«, ergänzte sie mit traurigem Lächeln und reichte Tine ihre Enkeltochter. »Geben Sie nur gut acht auf sie. Sie ist das Wertvollste, was es gibt.«

»Ja«, flüsterte auch Tine. »Das ist sie.«

Wenig später verließ die ehemalige Geliebte des Kommandanten die »Blütenträume«, und Tine sah ihr lange nach. Ein Kind, wenige Monate alt, aus dem Leben gerissen, aus der Familie … Dass eine Ehe über solchem Unglück zerbrach, das ließ sich leicht vorstellen. Tine hatte es selbst schon miterlebt. Das Leben war ungerecht. Und Gottes Wege waren unergründlich. Manches Mal waren diese Wege aber eben doch eine Erklärung dafür, warum ein Mensch ungeahnte Pfade einschlug. Vielleicht war dieses Unglück, der Verlust ihres Kindes, der Grund gewesen, dass Constanze von Witten von der geachteten Dame der Gesellschaft zur Gesellschaftsdame von zweifelhaftem, wenn auch schillerndem Ruhm geworden war. Vielleicht war es dieser Hauch von Tragik, der sie umwehte und ihr eine so geheimnisvolle Aura gab. Immer schon gegeben hatte, seit Tine sie vor Jahren als Kurtisane des mächtigsten Mannes der Insel kennengelernt hatte. Konnte ein Mensch sie dafür verurteilen?

Und nun hatte Constanze von Witten Tine vor dem Verlust ihres Einkommens gewarnt. Tine hatte keine Angst davor, denn sie kam gut zurecht. Gewiss, es würde nicht einfach sein, Inge und Hink weiter zu bezahlen, wenn ein beträchtlicher Anteil ihrer Einnahmen wegbrach, zumal weniger Gäste auf der Insel auch weniger Kunden im Laden bedeuteten. Und wenn es stimmte, dass nicht nur im Hotel Schlüter kaum Vorreservierungen vorlagen, dann hieß das, dass womöglich auch der Blumenschmuck im Imperial wegfallen oder zumindest kleiner ausfallen würde. Nun, niemand wusste, was das nächste Jahr bringen würde. Vielleicht kam es nicht so schlimm, wie Frau Schlüter befürchtete. Vielleicht fanden sich andere Einnahmequellen. Vielleicht würden sich alle für einige Zeit irgendwie durchschlagen müssen. Tine hatte das so oft schon tun müssen, dass ihr davor nicht bang war. Sie konnte ja nicht wissen, wie dramatisch und umwälzend die Veränderungen sein würden, die auf sie und alle Menschen auf der Insel warteten. Und nicht nur dort.

***

VI.

Der Sturm

Helgoland, 1914

Erstes Kapitel

Es kam schlimmer als befürchtet. Im März blieben viele Zimmer auf der Insel leer, nicht nur in den Schlüter'schen Hotels. Alle Gästehäuser litten unter einem Mangel an Übernachtungen. Dafür waren zum ersten Mal nicht die Tagesgäste verantwortlich, die sonst den Felsen in der Nordsee in Beschlag genommen hatten. Denn auch ihre Zahl war dramatisch zurückgegangen. Stattdessen waren die Truppen auf Helgoland erneut verstärkt worden. »Kein Wunder, dass die Gäste ausbleiben«, knurrte Alfred, dem Tine an der Landungsbrücke begegnete, als er vergeblich darauf wartete, Gepäck zum Hotel Imperial transportieren zu können. Dass der Erste Hausdiener dieses ersten Hauses am Platz sich für derartige Arbeit hergab, sagte schon alles. »Da können sie gleich in eine Kaserne gehen, um ihre Kur zu machen.«

Auch das Imperial hatte nur noch eine kleine Mannschaft. An manchen Tagen schien es, es wären mehr Arbeitssuchende angelandet als Gäste. Mit Sorge beobachtete Tine, dass auf den Bänken beim Südstrand und auch beim Bollwerk am Nordstrand immer öfter Menschen übernachteten, die offenbar keinen Platz gefunden hatten, Verzweifelte, die auf Arbeit gehofft hatten und nun verloren waren auf einer Insel, die sie nicht brauchte und wo sie sich das Leben nicht leisten konnten. Zumal die Preise trotz der Krise, in die man offensichtlich schlitterte, weiter gestiegen waren. Alles wurde immer teurer! Doch mit den Gästen blieben die Einnahmen aus. Also sanken die Löhne, wenn man denn überhaupt Arbeit fand. Und also wurde es für einfache Arbeiter nahezu unerschwinglich, sich ein einfaches Leben auf der Insel überhaupt noch zu leisten. »Wenn das mal gut geht«, murmelte Tine und blickte besorgt auf das halbleere Börteboot, das vor ihnen anlegte.

»Es ist alles wegen dieser verdammten Kriegstreiber!«, schimpfte Alfred und wischte sich die Stirn, als wollte er seine düsteren Gedanken vertreiben.

»Aber sie sollen doch den Frieden verteidigen«, erwiderte Tine. »Die Soldaten, meine ich.«

»Aha? Und wer greift dann an, wenn nicht Soldaten?«

»Ja, gewiss, das sind natürlich auch Soldaten. Aber andere.«

»Der Russe will jetzt ein Heer von einer Million siebenhunderttausend Mann aufbauen«, sagte Alfred mit finsterer Miene. »Stell dir das mal vor! Weißt du, wie viel sie bisher haben?« Er wartete nicht auf die Antwort. »Vierhundertsechzigtausend Mann. Das heißt, der Zar wird dann dreimal so viele Soldaten haben wie bisher!«

»Aber Russland ist weit weg«, gab Tine zu bedenken.

Alfred lachte bitter. »Ja. Dass der Russe uns hier überfällt, das glaube ich auch nicht. Aber wenn es erst einmal Krieg gibt, Tine, dann wird es ihn auch hier geben, glaub mir.«

»Werden uns dann die Engländer überfallen?«

Eine kleine Weile blickte Alfred aufs Meer hinaus, schien zu lauschen, sich zu besinnen, seufzte dann und wandte sich zu Tine hin. »Erinnerst du dich noch an Fieldings?«

Natürlich erinnerte sich Tine an die Familie, die einst im Haus Wagner zu Gast gewesen war, als Alfred und sie und auch Hedi dort beschäftigt waren. »Sicher«, sagte sie leise. »Gute Leute waren das.«

Alfred nickte. »Ja, gute Leute. Und Engländer. Werden die uns überfallen? Weshalb sollten sie?«

»Du hast recht, Alfred. Dafür gibt es keinen Grund.«

Alfred schnaubte verächtlich. »Ist das so? Ich glaube, du täuschst dich, Tine. Ja, Fieldings waren gute Leute. Wenn ich an die zurückdenke, dann erinnere ich mich immer daran, wie liebevoll sie mit ihrer Tochter waren. Du weißt, dieses Mädchen, das ein bisschen …«

»… seltsam war, ich weiß. Sie hat mich an Fritzi erinnert.«

»Solche Leute überfallen niemanden, Tine. Außer man zwingt sie dazu.«

»Zwingen? Aber wer sollte sie denn zwingen?«

»Na wir, Tine! Sieh dich doch um! Immer mehr Soldaten überall! Helgoland liegt doch praktisch vor der Haustür der Engländer. Und unsere Kriegsmarine wird immer noch größer und mächtiger. Die Kanonen schießen immer weiter, wir haben jetzt U-Boote und Zeppeline und Flugzeuge und wer weiß, was noch alles.«

»Na ja, wenn die Russen jetzt so viele Soldaten haben …«, gab Tine zu bedenken.

»Eben«, erwiderte Alfred. »Wir haben Angst vor den Russen, und die Engländer haben Angst vor uns. Alle rüsten immer mehr auf. Am Ende haben alle Angst vor allen. Und dann sagt irgendwann einer: Wir müssen als Erste zuschlagen, sonst wird der Feind zu stark. Und dann schlagen wir los.«

»Wir?«

»Oder ein anderer. Egal, wer es ist, es wird ein schreckliches Gemetzel geben. Und wir sind mittendrin.«

»Erzählst du wieder deine Schauermärchen, Alfred?«, mischte sich von der Seite jemand ein und legte dem Hausdiener eine Hand auf die Schulter.

»Ja, spotte du nur, Emil«, entgegnete Alfred. »Aber glaub mir, ich bin nicht scharf darauf, am Ende recht gehabt zu haben.«

»Moin, Emil«, grüßte Tine den Mann, den sie nun schon so lange kannte, Alfreds Freund, seit sie sich erinnerte.

»Moin, moin, junge Frau!« Emil lupfte den Hut. Er war wie stets etwas eleganter als die meisten Männer der Insel.

»Junge Frau …«, erwiderte Tine. »Bitte keine schamlosen Komplimente.«

»Schamlos? Wie käme ich dazu!«, lachte Emil und verbeugte sich galant vor ihr. Doch als er wieder aufblickte, war auch sein Blick verdüstert. »Leider muss man unserem Freund hier wohl in der Sache recht geben. Das ist alles keine Freude hier.« Er nickte hinüber zu einem Trupp Soldaten, die in diesem Augenblick um die Ecke Richtung Rote Burg marschierten.

»Trotzdem«, erklärte Tine. »Niemand hat ein Interesse an Krieg. Also ich würde jedenfalls eine Insel wie Helgoland, die so gut gesichert ist, nicht angreifen.«

»Ach, Tine«, sagte Alfred wehmütig. »Dann wollen wir mal hoffen, dass die Herren Kaiser und Könige und Zaren so klug sind wie du.«

***

In jenen Tagen florierte das Geschäft so wenig, dass Tine Hink oft schon mittags freigab, am frühen Nachmittag den Laden schloss und hinüberging ins Hotel Schlüter, um ein wenig mit Constanze von Witten zur plaudern oder, wenn die keine Zeit hatte, einen Blick in die Zeitung vom Vortag zu werfen. Denn da es an Gästen so sehr mangelte, blieb häufig sogar die Zeitung, die mit dem Postschiff aus Hamburg kam, ungelesen liegen.

Auch die Briten rüsteten auf. Die Rüstungsausgaben wurden kräftig erhöht, und insbesondere die Flotte sollte noch weiter ausgebaut werden. Die Engländer hatten einen jungen, ehrgeizigen neuen Lord der Admiralität, der in der Zeitung zitiert wurde mit den Worten: »Noch nie hat dem Parlament ein so hoher Flottenetat vorgelegen wie dieses Mal. Unsere Absicht war, acht Geschwader in der Zeit in Dienst zu stellen, in der die nächststarke Seemacht fünf baut.« Die nächststarke Seemacht, das war das Deutsche Reich. Alle wussten das. Und dann hatte dieser Churchill noch gesagt: »Die Welt rüstet wie nie zuvor.« Erschreckende Worte. Aber nicht so erschreckend wie die Worte des russischen Grafen Babrinskij, der in der Zeitung mit einem Satz angeführt wurde, der Tine geradezu erschaudern ließ: »Russland bereitet sich zur letzten Abrechnung mit dem Germanentum vor.«

»Es ist eine schreckliche Welt geworden«, seufzte Constanze von Witten, als sie sich an einem besonders stillen Nachmittag im Hotel zu Tine ans Fenster im kleinen Salon setzte. Damals, als das Hotel noch Henry Heesters gehört hatte, war dieser Platz einer von Tines liebsten gewesen. Von hier aus konnte man hinüberblicken zum Kurpavillon, der im Abendrot wundervoll leuchtete.

»Ach, ich wünschte, sie bliebe wenigstens so«, erwiderte Tine. »Nach allem, was man hört und liest, könnte es ja sogar Krieg geben.«

Die Hausdame nickte. »Ja, das wird es wohl. Gärtner ist jedenfalls überzeugt davon.«

»Der Adjutant des Kommandanten?«

»Hm. Er nimmt ja jeden Morgen an der Lagebesprechung teil. Sie haben schon genaue Pläne für die Mobilmachung. Wenn morgen früh der Befehl kommt, ist die Insel bis zum Mittag gefechtsbereit.«

»O Gott! Hoffentlich geschieht das nicht.«

»Sehen Sie sich nur die Preise bei Lindemann an.«

»Aber was hat denn die Tabakhandlung damit zu tun?«

»Oder auch die Preise für Kaffee bei Frau Wetcke«, fügte Constanze von Witten hinzu. »Tabak und Kaffee sind Kriegswährungen. Die kann man nicht mit Gold aufwiegen, wenn die Kanonen donnern.«

»Tatsächlich? Ich fürchte, ich habe keine Ahnung von der Welt«, erklärte Tine beschämt.

»Ach, sagen Sie das nicht, Tine. Sie sind eine so kluge und erfahrene Frau! Sie haben nur keinen Sinn für die Verrücktheiten der Menschen. Dafür sind Sie einfach zu natürlich und gut.«

Tine schüttelte den Kopf und vertiefte sich wieder in die Lektüre ihrer Zeitung, die noch allerlei Erstaunliches zu berichten wusste. Über Frauen, die für ein eigenes Wahlrecht protestierten. Über Arbeiterstreiks in St. Petersburg, in Moskau und Riga. Über den Sieg eines Mercedes-Wagens bei einem Autorennen in Kalifornien ... Die Welt war verrückt, das jedenfalls stand fest. Obwohl manche Veränderung auch in Tines Augen richtig gewesen wäre. Ein Frauenwahlrecht zum Beispiel ... »Ich muss dann mal wieder an die Arbeit«, sagte Constanze von Witten und verabschiedete sich mit einem Nicken.

»Hoffen wir das Beste«, sagte Tine.

»Ja, hoffen wir das Beste.«

***

Völlig unbeeindruckt von der allgemeinen düsteren Stimmung schien indes Otto, wenn Tine am Nachmittag die kleine Julia bei ihm abholte. Die Geschäfte des Bootsbauers Reimers liefen glänzend, wenn auch gänzlich anders als erwartet. »Schon wieder eine neue Schaluppe?«, fragte Tine staunend, als sie ihren

Patensohn dabei entdeckte, wie er einen Motor in den Rumpf eines überraschend schlanken Bootskörpers einbaute.

»Schaluppe?«, lachte Otto. »Das ist ein Beiboot für eine der Fregatten. Sie lassen sie zu Wasser und flitzen damit über die Wellen, dass dir schwindlig wird, wenn du drinsitzt.«

»Mir wird schon schwindlig beim Anschauen«, erklärte Tine und sah sich nach ihrer Enkeltochter um.

»Sie ist draußen bei Anna«, erklärte Otto, der ihrem Blick gefolgt war. »Ich glaube, sie freut sich schon auf dich.«

»So? Das will ich hoffen.« Bewundernd fuhr Tine über den Rand des Bootes. »Es sieht wirklich schnell aus.« Erschrocken zog sie die Hand zurück. »Für eine Fregatte, sagst du? So arbeitet ihr jetzt auch für die Kriegsmarine?«

»Alle arbeiten für die Kriegsmarine«, erklärte Otto. »Zum Glück. Sonst hätten wir hier nichts zu tun. Es gibt mehr Börteboote, als benötigt werden. Und bei unserer Qualität geht sowieso nie eines außer Dienst. Höchstens dass wir mal ein kleines Leck ausbessern oder neu streichen müssen. Aber davon kann keiner leben.«

»Ich weiß, Otto. Das Problem haben zurzeit alle, dass sie nicht wissen, wie sie über die Runden kommen. Das heißt: außer euch. Das freut mich einerseits.«

»Einerseits?« Otto richtete sich auf und legte sein Werkzeug beiseite. »Und andererseits?«

»Andererseits habe ich Angst mit dieser ganzen Rüstung. Wenn ihr jetzt auch noch mitmacht …«

»Hast du nicht gehört, dass unsere Flotte weiter vergrößert wird? Die Flotte, Tine, das sind nicht nur die vierzehn großen Kriegsschiffe, die dieses Jahr in Dienst gestellt werden. Das sind auch kleinere Boote. Rettungsboote, Beiboote, Fähren, Schlepper, alles, was gebraucht wird, damit die stolzen Flaggschiffe ihren Dienst tun können! Und an der Stelle können wir etwas beitragen, verstehst du?«

»Beitragen wozu?«, fragte Tine, die spürte, wie sich ihr bei Ottos Rede die Härchen an den Armen aufstellten.

»Dazu, dass wir gegen die Engländer und die Russen bestehen«, erklärte Otto voll Überzeugung. »Also ich jedenfalls bin froh, dass wir einen Beitrag leisten können.«

»Ja«, entgegnete Tine. »Verstehe.« Sie wollte das nicht weiter mit Otto diskutieren. »Jedenfalls hoffe ich, dass all diese Schiffe und all eure Boote nie im Krieg eingesetzt werden müssen.«

»Das hoffen wir alle.« Der junge Mann tippte sich an die Kappe. »Aber jetzt muss ich weitermachen.«

»Natürlich, Otto. Mach weiter. Ich sehe nach Julia und nehme sie mit, ja?«

»Alles klar. Bis später!«

»Bis später!« Meist war Anna Reimers an den Nachmittagen in ihrem kleinen Garten neben dem Haus, wo sie Gemüse zog und ein paar Hühner hielt. Dort besorgte sie einige Stickarbeiten oder ein bisschen Weißnäherei für die Hotels und Gästehäuser, vor allem aber für das piekfeine Strandcafé auf der Düne. Auch heute saß sie dort und besserte einige Tischdecken aus. »Ach, Tine! Wie schön, dass du da bist. Es ist so ruhig auf der Insel. Das ist man zu der Jahreszeit gar nicht gewöhnt.« In dem Moment krachten einige Schüsse auf dem Oberland. »Wenn man von der ewigen Schießerei absieht.« Die beiden Frauen lachten. »Warum holst du nicht unsere Kleine und setzt dich zu mir.«

»Die Kleine? Julia? Ich dachte, sie ist bei dir.«

»Nein, sie müsste bei Otto in der Werkstatt sein.« Anna Reimers beugte sich vor und sagte etwas leiser: »Aber ich glaube, sie wird langsam sehr unleidlich in ihrer Schaukel. Oft hält sie sich schon fest und zieht sich hoch. Du musst deinem Schwiegersohn einmal sagen, dass er etwas weniger Gefährliches für sie bauen sollte.«

»Bei Otto war sie nicht«, sagte Tine erschrocken. »Ich komme doch gerade von ihm.«

»Aber wo ist sie dann? Jette ist doch gar nicht hier!« Anna Reimers legte ihr Nähzeug beiseite und blickte über den Gartenzaun.

»Vielleicht hat Knut sie ...«

»Knut ist am Marinehafen! Er liefert ein Boot aus. Da wird er sie sicher nicht mitgenommen haben!«

Binnen Augenblicken waren Tine und Anna Reimers draußen und suchten rund um die Werkstatt, ums Haus, im Holzlager und im Schuppen, um dann weiterzulaufen, die Frau des Bootsbauers Richtung Brunnenplatz, Tine Richtung Südstrand. Jan Freese, dem Milchmann, und Grit Gelder, denen sie unterwegs begegnete, rief sie zu, ihnen bei der Suche zu helfen. Inzwischen war auch Otto aus der Werkstatt gekommen, weil er die Rufe der Frauen gehört hatte.

Auf dem Brunnenplatz standen einige Kinder um etwas herum. Anna Reimers scheuchte sie zur Seite – und stand doch bloß vor einem Häufchen Murmeln. Immerhin, auch die Kinder halfen spontan mit beim Suchen. Tine beschirmte die Augen mit den Händen und suchte den Südstrand ab, wandte sich zuerst Richtung Landungsbrücke und lief dann doch entgegengesetzt. Wie weit konnte ein Kind auf allen vieren kommen? Die Kleine konnte nicht laufen, sich gerade mal an etwas hochziehen. Aber krabbeln, das konnte sie. Und schnell war sie dabei auch. Das war Tine mehr als einmal aufgefallen, wenn sie sie auf eine Decke im Pfarrgarten gelegt hatte, um sie dann etliche Meter weiter wieder einzufangen, das Kleidchen mit

Grasflecken übersät, in den kleinen Fäusten Gänseblümchen oder Schnecken. So süß das sonst war, so erschreckend war es jetzt. Denn wenn weder Anna Reimers noch Otto das Kind längere Zeit gesehen hatten, dann konnte sie weit gekommen sein. Und dieser Felsen war nun einmal eine Insel, von Wasser umgeben. Ein so kleines Wesen war schneller von den Wellen verschluckt, als man sich vorstellen konnte. »Julchen!«, rief Tine wieder und wieder. »Julchen!« Als hätte die Kleine zurückrufen können. »Julchen!«, hörte sie von fern auch die Rufe der anderen, die ihre Enkeltochter suchten. »Julchen!«

Und dann schrie jemand anderes. Ein Kreischen war es eher. Tine fuhr herum und sah eine Frau hektisch ins Wasser laufen, vollständig bekleidet, schreiend, mit den Armen wedelnd. Sekunden später hob sie etwas hoch und rannte damit zurück zum Strand. »Julchen!«, schrie Tine und rannte auf die Frau zu. »Mein Julchen!« Auf dem Sand stürzte sie auf die Knie, noch ehe sie die Frau erreicht hatte, rappelte sich auf und keuchte: »Sie … Sie haben mein Julchen gerettet! O danke! Danke!« Mit Tränen in den Augen streckte sie die Hände aus und nahm ihre Enkeltochter in die Arme, presste sie fest an sich, erleichtert, weil sie sah, dass es der Kleinen gut ging.

»Ich habe … die Welle …«, stotterte die Frau, deren Kleid bis zur Brust hinauf durchnässt war. »Die Welle hat sie einfach mitgezogen.«

»O Gott, o Gott, o Gott, was für ein Glück, dass Sie es gesehen haben!«

»Ich dachte erst noch, wie süß die Kleine auf dem Strand krabbelt. Und dann … und dann wurde mir auf einmal ganz bang. Da bin ich schon hin … aber die Welle war ganz plötzlich da. Aus dem Nichts!«

»Danke, ich danke Ihnen!« Tine nahm die Hände der Frau

in ihre und drückte sie ganz fest. »Sie können sich gar nicht vorstellen, wie dankbar ich Ihnen bin. Kommen Sie! Kommen Sie, wir gehen zu mir. Sie sind ja ganz nass. Ich gebe Ihnen etwas zum Anziehen. Oder … wo wohnen Sie denn?«

Beschämt blickte die Frau zu Boden. Da erkannte Tine in ihr eine der Frauen, die die Nacht auf den Bänken verbrachten, weil sie sich keine Unterkunft leisten konnten. »Sie … Sie haben hier Ihr … Lager?« Dort auf der Bank lag ein Bündel. Kein großes. Es erinnerte Tine unvermittelt an ihr eigenes Bündel, mit dem sie vor etlichen Jahren auf die Insel gekommen war. »Kommen Sie, wir holen Ihre Sachen!« Sie zog die Frau mit sich und nötigte sie, ihr Bündel mit den Habseligkeiten zu nehmen und mit zu ihr zu kommen. Vorher aber rief sie den suchenden Kindern zu, dass das Kind gefunden sei und dass sie Otto und Frau Reimers Bescheid geben müssten.

Dann ging sie mit der Frau hinüber zu ihrer kleinen Kate mit dem Blumenladen und dankte Gott innerlich, dass sie eine unendlich gute Tat mit einer guten Tat vergelten konnte, wenn auch nicht mit einer vergleichbaren.

***

Rose Hartford war, wie sich herausstellte, geborene Helgoländerin. Allerdings gehörte sie zu den letzten Britinnen, die auf der Insel zur Welt gekommen waren. Später, als die Insel an das Deutsche Reich gefallen war, hatte es sie und ihre Eltern nach England zurückgezogen. Nach dem Tod der Eltern – der Vater zuerst Hafen-, dann Bahnarbeiter, die Mutter Fabrikarbeiterin – hatte sie zuerst versucht, sich in London durchzuschlagen, bis sie sich an ihre eigentliche Herkunft erinnerte und beschloss, für die Saison nach Helgoland zu gehen. Es war eine Geschichte wie so viele: »Ich habe alle meine

Ersparnisse für eine Fahrkarte gebraucht. Und jetzt komme ich nicht mehr zurück. Aber Arbeit gibt es auf der Insel keine für mich.«

Tatsächlich war auch Tine ratlos, wie sie Rose helfen konnte, in Lohn und Brot zu kommen. Sie selbst hatte nicht einmal genügend Arbeit für sich, für Inge und Hink. Der Pastor hatte Hedi. In den Hotels bangte jeder Einzelne um seine Stelle. Die Geschäfte machten kaum noch Umsatz und entließen ihre Mitarbeiter selbst jetzt in den Sommermonaten. »Zumindest musst du jetzt nicht mehr draußen schlafen«, erklärte Tine der jungen Frau, deren traurige Augen so gar nicht zu der Heldentat passten, die sie begangen hatte. »Nun nimm erst einmal ein frisches Kleid von mir, das müsste dir passen. Und wenn du neu eingekleidet bist, erzählst du mir mehr, und wir überlegen gemeinsam, was wir tun können.«

In dem Moment flog die Tür auf, und Otto stand da. Mit einem Blick erfasste er die Situation: sein Kind, Tine und die Frau im völlig durchnässten Kleid. Ohne ein Wort zu sagen, trat er auf sie zu und nahm ihre Hände fest in seine. Die junge Frau war so überrumpelt, dass sie erst gar nicht wusste, wie sie reagieren sollte. Dann entzog sie ihm ihre Hände und murmelte: »Das war doch nichts Besonderes.«

»Sie haben meiner Tochter das Leben gerettet. Dafür werde ich Ihnen ewig dankbar sein.«

»Das hätte jeder getan, wirklich.«

»Was jeder getan *hätte*, ist egal. Was Sie getan *haben*, darauf kommt es an.« Otto erhob sich wieder und nahm sein Kind, das, von Tine in eine warme Decke gewickelt, in einem Korb auf der Bank lag und eingeschlafen war. »Du wundervolles, allerliebstes Kindchen!«, flüsterte er und küsste es wieder und wieder auf den kleinen Kopf. »Was sagen wir bloß deiner

Mama? Wenn die erfährt, was passiert ist, dann gnade mir Gott!«

An der Stelle brachen die beiden Frauen in Gelächter aus. »Und recht hat sie«, erklärte Tine schließlich. »Was für ein Glück, dass nichts passiert ist!«

»Ja, was für ein Glück.«

Während Rose sich umzog, wickelte Tine ihre Enkeltochter und kleidete sie frisch und trocken. Dann setzten sich alle um den Küchentisch, und die Erwachsenen aßen Sandkuchen, Julia bekam Haferbrei. Es gab Kaffee, sogar mit einem Glas Schlehenschnaps stießen Tine und ihre beiden Gäste an, während Julia begeistert mit zwei Löffeln spielte, die sie scheppernd aneinanderschlug. Endlich schienen alle bösen Geister gebannt zu sein, und die Welt war wieder in Ordnung. Durchs Fenster nach Westen hin strahlte die Abendsonne herein, vor dem Haus spielten ein paar Kinder lachend Fangen. Und vom Kurpavillon her trug der Wind leise Musik. Es herrschte vollendeter Frieden, als plötzlich die Tür aufflog und Jette im Raum stand, die Augen weit aufgerissen und völlig außer Atem.

»Es ist alles in Ordnung, mein Schatz«, beeilte sich Tine, ihr zu versichern. »Es ist wirklich nichts passiert. Zum Glück!«

»Nichts passiert?«, keuchte Jette. »Alles in Ordnung? Wovon redest du? Weißt du nicht, was geschehen ist?«

»Aber ja!«, erklärte Tine. »Doch Gott sei Dank ist alles gut.«

Kopfschüttelnd ließ sich Jette auf die Bank neben Otto fallen. Sie atmete so schwer, als wäre sie den ganzen Weg vom Lazarett hierher gerannt. Schüttelte den Kopf und blickte von einem zum andern, schüttelte abermals den Kopf und warf die Hände vors Gesicht. »Ihr wisst es nicht«, presste sie heiser hervor.

Langsam dämmerte Tine, dass ihre Tochter und sie nicht von demselben Ereignis sprachen. Sie legte ihr zärtlich eine Hand auf die Wange. »Was wissen wir nicht, Jette?« Aber in dem Augenblick wurde ihr klar, was geschehen war. Und als Jette es aussprach, hörte sie es nur noch wie von fern: »Es ist Krieg, Mama. Krieg.«

***

Zweites Kapitel

Im Vorfeld war darüber geraunt worden, dass es einiges an Veränderungen auf der Insel geben würde. Bert Rickens, der Wirt des »Seeadlers«, war überzeugt gewesen, dass es Internierungen geben würde. »Alle, die nicht kaisertreu sind, werden unter Bewachung gestellt«, hatte er gesagt.

»Alle? Wer soll denn das sein?«

»Die Sozialisten vor allem. Und die Engländer.«

»Wir können doch unsere Gäste nicht einsperren, Herr Rickens!«, hatte Tine empört erwidert.

»Nicht die Gäste. Aber es gibt noch mehr als genug Halunder, die den britischen Pass haben, vergessen Sie das nicht.«

Das war zwar richtig, aber zu Internierungen kam es dennoch nicht. Stattdessen kam es zu etwas anderem, was sich in der Form niemand hatte vorstellen können.

Als Tine gerade von einer Schwangeren im Melkersweg kam, traf sie Inge und Rose völlig aufgelöst im Laden an. Die beiden fanden kaum Worte, als sie ihr von der Patrouille berichteten, die eben durchs Unterland marschierte und an allen Häusern Station machte: »Und dann … und dann haben sie gesagt, wir müssen raus!«

»Aber warum solltet ihr denn rausmüssen«, fragte Tine. »Das ist mein Haus. Da kann immer noch ich bestimmen, wer hier wohnt oder arbeitet und wer nicht.«

»Aber das ist es nicht mehr«, erklärte Inge, immer noch kaum imstande, ihrer Aufregung Herr zu werden. »Das heißt: Es ist natürlich noch Ihres. Also wahrscheinlich …«

»Wahrscheinlich?«, lachte Tine. »Ja, um Himmels willen, was ist denn bloß mit euch geschehen?«

»Und wir haben nur vier Stunden.«

»Also, jetzt macht aber mal halblang. Wer hat euch denn diesen Floh ins Ohr gesetzt?« Sie versuchte, die beiden zu beruhigen, als plötzlich Jette hinter ihr auftauchte. »Ich habe es gerade gehört, Mama!«, rief sie.

»Was hast du gehört? Diese beiden hier sind ja völlig aufgelöst.« Tine zeigte lachend auf die jungen Frauen, die in der Tür standen und von denen jede ein hochrotes Gesicht hatte.

»Von der Evakuierung«, erklärte Jette, ganz außer Atem.

»Evakuierung? Und wer soll evakuiert werden? Die Engländer? Dann würde es doch Inge gar nicht betreffen.« Sie wandte sich zu ihrer Mitarbeiterin um. »Hörst du, Inge.«

»Es betrifft sie sehr wohl, Mama, und dich auch. Die ganze Zivilbevölkerung soll evakuiert werden«, sagte Jette mit Grabesstimme.

»Das meinst du nicht im Ernst. Das habt ihr bestimmt falsch verstanden.« Tine spürte, wie sich plötzlich ein ungutes Gefühl in ihrer Brust ausbreitete. Das konnte nicht sein. Bestimmt war es ein Gerücht, womöglich vom Feind gestreut, um die Leute aufzubringen und …

»Doch, Mama. Ich komme ja direkt vom Lazarett. Da haben sie alle angesprochen, die bleiben dürfen.« Sie blickte zu Boden. »Oder die bleiben müssen. Mich zum Beispiel.«

»Ja, aber wer soll denn die Insel versorgen?!«, empörte sich Tine. »Die Soldaten kümmern sich hier doch um nichts. Die machen ihre Übungen und lassen sich ansonsten bedienen. Keiner von denen arbeitet irgendetwas Nützliches!«

Jette legte den Finger auf die Lippen. »Mama, so solltest du jetzt nicht sprechen. Nicht mehr. Wir haben Krieg.«

»Soll ich deshalb nicht mehr die Wahrheit sagen?«

»Vielleicht nicht so öffentlich. Und nicht so laut«, sagte Jette behutsam und drängte Tine und die zwei jungen Frauen ins Haus. »Beeilt euch lieber. Ihr habt nicht viel Zeit.«

»Und du?«

»Ich bleibe natürlich hier«, sagte Jette. »Ich bin Krankenschwester und arbeite im Marinelazarett.«

»Ich bin Hebamme!«, erklärte Tine. »Die werden genauso gebraucht.«

»Mama, die Frauen werden evakuiert! Und die Soldaten werden keine Hebamme brauchen.«

Und dann stand plötzlich Thorsten Brand in der Tür. »Sie haben es schon gehört? Gut«, sagte er, als wäre damit alles erledigt.

»Vier Stunden, Herr Brand?«, schleuderte Tine ihm entgegen. »In vier Stunden sollen wir alle raus sein? Wie soll das gehen? Ich bin allein, und dieses Haus ist alles, was ich habe.«

»Tja, Frau Heesters«, erwiderte der ehemalige Kurverwalter, der nun vom Inselkommandanten eingesetzt worden war, die nötigen Unterkünfte für die ankommenden mehreren Tausend Mann Kriegsbesatzung zu organisieren. »Das tut mir wirklich leid für Sie. Aber wir sind im Krieg. Es gibt jetzt Wichtigeres …«

»Wichtiger als mein Leben? Meinen Sie das?« Tine war plötzlich so voller Zorn, dass sie Brand am liebsten ins Gesicht gesprungen wäre. Wie konnte er es wagen!

»So meine ich es nicht, Frau Heesters. Die Truppen, die ganze Armee ist doch da, um Ihr Leben zu beschützen. Unser aller Leben!«

»Und was für ein Leben soll das sein, wenn Sie mir den Mann nehmen und mein Haus und mein ganzes Hab und Gut?«

»Sie dürfen mitnehmen, was immer Sie wollen«, erklärte der Beamte.

»Darf ich das, ja? Sehr großzügig! Dann werde ich mal ganz allein in vier Stunden mein Haus vollständig ausräumen und meine Sachen in Sicherheit bringen. Und zwar zum ... ja, wohin eigentlich, Herr Brand? Wie soll denn das gehen, bitte schön? Können Sie mir das sagen?«

Der ehemalige Kurverwalter trat von einem Bein aufs andere. »Nein«, murmelte er. »Das kann ich leider nicht.«

»Was ist mit Ihrem Haus, Herr Brand? Beschlagnahmen Sie das auch?«

»Mein Haus steht selbstverständlich auch der Kriegswirtschaft zur Verfügung«, erklärte Brand.

»Der Kriegswirtschaft? Und was heißt das? Wer wird darin wohnen? Und Sie? Werden Sie auch ausziehen? Wenn ich mich recht entsinne, sind Sie immer noch Junggeselle und haben doch ein ganzes Haus für sich allein!«

»Das wird man sehen, ob außer mir auch noch andere Funktionsträger dort unterkommen werden.«

»Außer Ihnen! Das heißt, Sie bleiben in Ihrem schönen kleinen Häuschen auf dem Oberland wohnen, aber mich werfen Sie aus meinem Haus raus, ja?«

Offensichtlich fiel dem Beamten darauf keine Entgegnung mehr ein. Er nickte nur knapp und wiederholte: »Sie haben vier Stunden. Falls Sie eine oder zwei Stunden länger brauchen, werde ich gerne ein Auge zudrücken. Aber mehr kann ich nicht für Sie tun, Frau Heesters. Einen guten Tag.«

»O ja!«, rief ihm Tine hinterher. »Das kann ja nur ein guter Tag werden! Ich wünsche Ihnen, dass Sie Ihren dummen Krieg verlieren!«

Der Beamte blieb wie vom Pfeil getroffen stehen und wandte

sich dann langsam um. Er kam leise die paar Schritte zurück, die er sich bereits entfernt hatte. »Ich habe das nicht gehört, Frau Heesters. Und ich hoffe für Sie, dass es auch sonst niemand gehört hat. Denn was Sie soeben getan haben, kann sehr gefährlich für Sie werden. Wenn Sie solche Reden halten, müssen Sie damit rechnen, in den Kerker zu gehen. Und glauben Sie mir, das wäre noch eine milde Strafe. Dies hier ist jetzt nicht mehr die hübsche Urlaubsinsel Helgoland, auf die man fährt, weil man nichts Wichtigeres zu tun hat, wo man sein Geld für nutzlosen Tand ausgibt und sich ein bisschen frische Seeluft um die Nase wehen lässt. Dies ist jetzt der wichtigste Vorposten des Deutschen Reichs, unsere stärkste Festung in der Nordsee, das Bollwerk deutschen Wesens!« Die letzten Worte zischte er fast. Er war so nah an Tine herangetreten, dass sie seinen Atem in ihrem Gesicht spüren konnte. »Zügeln Sie sich, Frau Heesters. Sie wissen, dass ich Sympathien für Sie hege. Das hat sich nicht geändert. Aber glauben Sie mir, wenn ich wählen muss zwischen meiner vaterländischen Pflicht und einer fruchtlosen Sentimentalität, dann werde ich mich für die Ehre entscheiden. Für dieses eine Mal will ich Ihre Bemerkung überhört haben. Noch einmal kann und werde ich meine Ohren nicht verschließen.«

Tine spürte ihr Herz bis zum Hals klopfen. Sie hielt seinem Blick stand, aber sie wagte es nicht, ihre Worte zu wiederholen. »Gehen Sie«, sagte sie stattdessen. »Gehen Sie und sprechen Sie nie wieder ein Wort zu mir. Ich kenne Sie nicht mehr.«

Brand nickte mit einer Miene, als hätte er es ja immer schon gewusst. Tine aber ging zurück in ihre kleine Kate und hatte das Gefühl, alles, was ihr gerade noch lieb und vertraut gewesen war, war von einem Augenblick auf den anderen fremd und abweisend geworden.

Kopfschüttelnd fügte sich Tine in ihr Schicksal. Doch schon nach Minuten saß sie verzweifelt auf der Bank in der Küche und starrte hilflos vor sich hin. Obwohl sie nicht viel hatte, musste sie feststellen, wie schwer es war, eine Auswahl zu treffen. Sollte sie ihre geliebten Bücher zurücklassen? Das musste sie wohl, denn viele würde sie gar nicht transportieren können: Sie waren einfach zu schwer. Außerdem waren sie nichts wert, auch wenn sie für Tine selbst unendlich wertvoll waren. Umgekehrt war es Wahnsinn, die schwere Wanduhr mitzunehmen, die ihr aus der gemeinsamen Wohnung mit Henry geblieben war. Die mochte zwar vielleicht Geld wert sein, aber sie war ein Ungetüm, wenn man auf Reisen war. »Und wohin werden sie uns bringen?«, fragte sie unvermittelt.

Jette, die sich entschlossen hatte, noch ein paar Augenblicke zu bleiben und nach Möglichkeit zu helfen, erklärte: »Hamburg, habe ich gehört. Altona. Mehr weiß ich auch nicht.«

»Hamburg.« Immerhin würde sie in ihre Heimatstadt zurückkehren – auch wenn sie seit dem letzten Besuch dort wusste, dass nicht mehr vieles so war wie zu den Zeiten ihrer Kindheit und Jugend.

Das Hochzeitsfoto musste sie mitnehmen. Die wenigen Bilder, die sie von Henry hatte. Die Aufnahme, die Paul ihr geschenkt hatte und die ihn in jungen Jahren als Offiziersanwärter in Uniform zeigte. Konnte sie die paar Teller mitnehmen, die sie aus dem prachtvollen Service des Hotels Imperial noch hatte, die Anfertigung mit den Initialen »HCH« für »Henry und Christine Heesters«? Die Brosche, die ihr Constanze von Witten geschenkt hatte. Nicht weil sie ihr so außergewöhnlich viel bedeutet hätte, sondern weil sie vielleicht einer der wenigen Gegenstände war, die tatsächlich Geld wert waren. Kleider musste sie einpacken. Schuhe! Bestürzt musste Tine feststellen, wie wenig von ihren Habseligkeiten nach allgemeiner Auffassung irgendeinen Wert hatte. Die wirklich wertvollen Dinge, die ihr Leben ausmachten, konnte sie aber sowieso nicht mitnehmen: die Blumen, das »Blütenträume«-Schild über dem Eingang, den Blick auf den Südstrand und die Landungsbrücke …

Wenn nur Paul endlich käme! Er hatte am Morgen nach seinem Boot sehen wollen und war immer noch nicht wieder aufgetaucht. »Hast du Paul irgendwo gesehen?«

»Er wird schon noch kommen«, versuchte Jette sie zu trösten.

Aber er kam nicht. Ob er bei seiner Mutter drüben im Kramerladen war? »Kannst du nach ihm suchen, Jette?«

Doch ihre Tochter schüttelte den Kopf. »Eigentlich müsste ich oben im Lazarett sein. Die Kranken sind ja nicht weniger krank, nur weil alle anderen jetzt die Insel verlassen müssen.«

»Dann geh, Kind.« Tine legte ihr die Hände auf die Wangen und blickte ihr fest in die Augen. »Und geh mit Gott. Achte auf dich und auf …« Plötzlich erschrak sie. »Was ist mit Otto?«

»Otto kann bleiben«, erklärte Jette. »Er wird gebraucht. Jetzt natürlich mehr denn je.«

»Und Julchen?«

»Wir werden eine Lösung finden.«

»Aber das Kind kann doch nicht hierbleiben!«

»Wo soll es denn sonst sein, Mama?«

Es war so klar, dass Tine laut auflachen musste. »Sie muss mit mir kommen!«, rief sie. »Es ist ja sonst niemand da, der auf sie aufpassen kann. Du bist im Lazarett, und Otto ist am Hafen. Reimers' werden wohl auch evakuiert werden, nicht wahr?«

»Vermutlich«, sagte Jette erschrocken. »Aber ich kann doch nicht mein Kind … Julchen gehört doch zu mir!«

Tine legte die Arme um ihre Tochter. »Natürlich gehört sie

zu dir. Aber sie braucht jemanden, der für sie da ist. Und das kann doch nur ich sein.«

Als hätte sie es gehört, klopfte in dem Moment Anna Reimers an die Tür, das Mädchen an der einen, eine kleine Tasche in der anderen Hand. »Moin, Tine. Wer hätte das gedacht ...! Jette, gut, dass du da bist.« Sie blickte auf das Kind herab. »Was machen wir denn nun mit der Kleinen?«

»Sie kommt mit mir«, erklärte Tine und blickte zu ihrer Tochter hin. Jette stand wie versteinert. Es schien eine Ewigkeit zu dauern, eine Ewigkeit, in der der jungen Frau unablässig Tränen die Wangen hinabliefen, bis sie endlich ihre Sprache wiedergefunden hatte. »Julchen, du machst einen Ausflug mit deiner Oma. Sie nimmt dich mit auf ein Schiff! Das wird fein! ... Und dann, dann ... seid ihr ein paar Tage ... oder so ... weg und ...« Mehr vermochte sie nicht zu sagen. Stattdessen rang sie die Hände und stolperte rückwärts an die Wand, wo sie bebend stehen blieb, während Julchen die Hände nach Tine ausstreckte und sich von ihr hochnehmen ließ. »Genauso machen wird es«, sagte Tine und gab ihr einen Kuss.

»Ich muss dann mal wieder«, sagte Anna Reimers und winkte. »Wir sehen uns auf dem Schiff – vielleicht.«

»Und was, wenn wir nie wiederkommen?«, flüsterte Tine, ohne zu wissen, ob sie mit sich sprach oder mit ihrer Tochter.

»Ihr werdet alle wiederkommen«, erklärte Jette. »Wahrscheinlich schneller, als ihr denkt.« Aber wirklich überzeugend klang sie in Tines Ohren damit nicht. »Hast du alles Geld, das du besitzt, eingesteckt?«, fragte Jette. Tine nickte. Das war nicht allzu schwierig, denn es waren nur ein paar Mark. »Hast du die Briefe, die dir wichtig sind?«

Die Briefe! Was für eine gute Idee! »Danke, dass du an die gedacht hast, Jette.«

»So, du musst jetzt schön brav sein, Julchen«, sagte Jette zu ihrer Tochter und streichelte ihr zärtlich übers Haar. »Ich muss los. Passt auf euch auf, ja?«

»Und du auf dich und Otto«, erwiderte Tine und drückte ihre Tochter ganz fest. »Kommst du nochmal zum Hafen?«

»Ich will es versuchen. Wenn sie mich weglassen, ja.«

Tine beeilte sich, alle Briefe und Dokumente zusammenzupacken, die ihr etwas bedeuteten oder die ihr helfen konnten. Dazu zählte auch das Testament von Frau Liebrecht, in dem sie Tine ihre Kate vermacht hatte. Denn auch wenn Tine nicht viel besaß, der Grund, auf dem das kleine Häuschen stand, war Gold wert! Auf Helgoland waren Grundstücke Mangelware, die Preise hatten sich in den letzten Jahren vervielfacht. Bis jetzt, dachte Tine. Denn wenn eine Insel für Zivilisten verboten war, war sie für Zivilisten auch nichts mehr wert. Und wenn man sie einfach so beschlagnahmen konnte, dann mochten sie zwar für das Militär viel wert sein, aber zahlen musste der Staat dafür nichts. Mit einem Mal wurde Tine klar, dass sie im Begriff war, zurück in die Armut zu sinken. Nein: zu stürzen! Denn ein Blick zur Uhr offenbarte ihr, dass bereits zwei der vier Stunden vergangen waren.

Zu Tines Überraschung saßen Inge und Rose auf der Stufe vor dem Haus. »Habt ihr denn schon alles gepackt?«

Inge zeigte auf eine Tasche zu ihren Füßen. »Ich habe alles eingepackt. Mehr habe ich nicht.« Rose deutete auf das Bündel, mit dem sie noch vor kurzem am Südstrand gesessen hatte, und zuckte die Achseln. *Ja*, dachte Tine, *so bin ich auch einst auf der Insel angekommen. Und dann hatte ich so großes Glück und habe so sorglos leben dürfen. Und nun muss ich die Insel verlassen, wie ich sie betreten habe: mit nichts als dem, was ich tragen kann.* Auch wenn die beiden Koffer, die sie schließlich mit sich führte, sehr viel schwerer waren als die Tasche, mit der sie vor vielen Jahren angekommen war.

Paul war nicht aufgetaucht.

***

Mit schwerem Herzen schritt Tine zwischen den beiden jungen Frauen mit Julchen Richtung Landungsbrücke. Von überallher kamen Frauen und Männer, Taschen und Koffer und Säcke in den Händen und auf dem Rücken, die Kinder an der Hand, die Blicke voll Verzweiflung, Sorge und Wut.

Marie Küppers stand da von der Reinigung, Familie Olsen mit allen sieben Kindern, Frau Wetcke vom Teeladen, Hansens, Freeses, Frischs, Hedi! … Als Tine mit ihrem kleinen Tross auf der Landungsbrücke angelangt war, fiel ihr Hink ein. »Hink fehlt!«, rief sie. »Er war unterwegs für mich, um Pastor Thevessen ein Sträußchen Blumen zu bringen und auf dem Rückweg Milch zu besorgen!« Sie sah sich um, konnte den Jungen aber nirgendwo entdecken. Unterdessen legten ein ums andere Mal die Börteboote ab und brachten Einwohner zu den Schiffen, die vor dem Hafen lagen. Es waren Kurdampfer. Alle, die Tine kannte, waren da, Kurdampfer und Tender, mit denen sonst Gäste auf die Insel kamen. Während die Schiffe sonst Passagiere voller Vorfreude brachten oder erholte, gestärkte Gäste wieder aufs Festland übersetzten, nahmen sie jetzt bedrückte, niedergeschlagene Menschen auf, die um ihr Hab und Gut ebenso bangten wie um ihre Zukunft. »Nun mach mal nicht so eine sauertöpfische Miene, Hansen!«, rief einer der Fährmänner dem Schneider zu. »In ein paar Wochen kommt ihr wieder, und der ganze Spuk ist vergessen.«

»In ein paar Wochen? Denkst du das wirklich?«

»Wir werden die Engländer niederkardätschen, dass sie nur

so staunen. Hast doch gesehen, was wir inzwischen für Geschütze auf dem Oberland haben.«

»Und wenn sie gar nicht nah genug rankommen?«

»Dann werden sie unsere schöne Insel auch nicht erobern«, rief der Fährmann. »Außerdem schlagen wir dann von unten zu. Keiner hat so viele U-Boote wie wir!«

Tine schauderte, wenn sie solche Sprüche hörte. Krieg machte ihr Angst. Als vor Tagen die Neuigkeit bekannt geworden war, dass sich das Reich im Kriegszustand befand, da war spontan vielerorts Jubel aufgebrandet. Am Hafen und auf dem Falm hatten sich kriegsbegeisterte Männer versammelt und die Kaiserhymne gesungen. Flaggen waren aufgezogen worden, als gäbe es etwas zu feiern. Aber jetzt war von dieser triumphalen Stimmung nichts mehr übrig. Angesichts der Evakuierung hatten offenbar auch die Kriegsbefürworter erkannt, dass dies kein Spiel war, sondern bitterer Ernst. Und dass dieser Ernst Opfer bedeutete. Das erste Opfer, das sie für des Kaisers Waffengang zu erbringen hatten, war ihre Heimat.

»Wenn ich jetzt gehe, weiß ich nicht, ob ich noch einmal wiederkommen kann«, sagte Rose leise. Natürlich, sie hatte sich die Überfahrt hierher geradezu vom Munde abgespart. Und nun wurde sie zwangsweise wieder weggeschafft. Ob sie das Geld jemals würde aufbringen können, erneut einen Anfang auf Helgoland zu versuchen, war mehr als fraglich. Aber sie hatte es ja schon beim ersten Mal nicht geschafft, hier ihr Glück zu finden. »Niemand von uns weiß, ob er die Insel jemals wiedersehen wird, Rose«, sagte Tine und legte ihr den Arm um die schmalen Schultern. »Niemand weiß, was das Leben für ihn bereithält. Und niemand hier geht freiwillig.«

Plötzlich legte ihr jemand die Hand auf den Arm. »Alfred!«

»Tine! Wer hätte das gedacht?«

»Du wirst auch evakuiert?«

Alfred zuckte die Achseln. »Offenbar war ich ihnen nicht wichtig genug mit meinen Talenten. Hätte ich mal was Militärisches gelernt, dann wäre ich jetzt nicht mein Heimatland los.«

Tine seufzte. »Ach, was sind das nur für schreckliche Zeiten! Ich kann mir Helgoland ohne dich gar nicht vorstellen.«

»Ich auch nicht!«, lachte Alfred. Doch es war ein freudloses Lachen, eines, durch das die Angst vor dem schimmerte, was wohl kommen mochte. Alfreds Blick wanderte über die Landungsbrücke. Auf einmal blitzten seine Augen auf, und er hob die Hand zum Gruß. Ein gutes Stück entfernt, von den dicht gedrängten Menschen daran gehindert, näher zu kommen, stand Emil, Alfreds alter Freund, und lächelte wehmütig zu ihnen herüber, riss dann seine Kappe vom Kopf und winkte damit heftig. Tine winkte ebenfalls und wandte sich ein wenig von Alfred ab, um ihn nicht in seiner Traurigkeit zu beschämen.

Viele weinten, manche starrten mit leerem Blick vor sich hin. Allein die Kinder schienen nicht zu begreifen, was mit ihnen geschah. Sie erlebten es als Abenteuer, nun aufs Schiff gehen und eine Reise unternehmen zu dürfen. Aber sie waren wohl auch die, die am wenigsten zurückließen, während die anderen so viele Erinnerungen und Erfahrungen mit diesem Felsen verbanden, so tief mit ihm verwurzelt waren. Julchen war noch zu klein, um mit den anderen Kindern auf der Landungsbrücke zu spielen, sie saß auf Tines Arm und beobachtete aufgeregt, was um sie herum geschah.

Endlich waren auch Tine und ihre Begleiterinnen an der Reihe, aufs Boot zu steigen. Noch einmal sah sie sich um, suchte die Reihen der Menschen hier nach den vertrauten und lieben Gesichtern ab, hoffte, irgendwo Paul zu sehen, entdeckte schließlich Jette und winkte ihr zu. Doch die Tochter schien sie nicht zu sehen oder jedenfalls nicht zu erkennen, sondern schlug sich nur wieder und wieder die Hände vors Gesicht und ließ den Kopf sinken. Es schnürte Tine das Herz zu, als sie ihre Tochter so verzweifelt sah. Und zugleich war sie stolz und dankbar. Denn die Trauer ihrer Tochter war das schönste Zeichen der Liebe, das sie sich vorstellen konnte. Mit einem leise gemurmelten »Danke, Helgoland« reichte sie dem Bootsmann Julchen und setzte dann einen Fuß auf das Boot, da hörte sie jemanden ihren Namen rufen: »Frau Heesters? Frau Heesters!«

Sie wandte sich um und erkannte ihren treuen jugendlichen Helfer: »Hink! Kommst du auch mit?«

Doch Hink schüttelte den Kopf. »Muss jetzt für Herrn Brand arbeiten«, erklärte er.

»Thorsten Brand? Von der Inselverwaltung? Seit wann denn das?!«

»Er hat es mir vorhin erst gesagt.« Hinks Miene war nicht zu entnehmen, ob er froh war, nicht evakuiert zu werden, oder ob er sich sorgte, was bei Brand aus ihm werden würde. »Das soll ich Ihnen geben, Frau Heesters«, sagte er und reichte Tine einen Zettel.

»Was ist es?«

Hink zuckte mit den Achseln. »Und ich soll gleich wieder zu ihm kommen, hat er gesagt.«

»Dann lauf nur, Hink. Aber Moment!« Tine griff in ihre Tasche und nahm zwei Mark aus ihrem Beutel. »Ich habe nicht sehr viel Geld, Hink«, erklärte sie. »Aber ein bisschen kann ich entbehren. Das möchte ich dir geben für deine treuen Dienste.« Staunend blickte der Junge in seine Hand, in der die Geldstücke in der Sonne glitzerten. »Du bist ein guter Mensch, Hink. Denk immer daran, dass du mir lieb und teuer bist. Ich wünsche mir, dass wir uns wiedersehen. Aber wenn nicht, dann wünsche ich dir ein glückliches Leben. Pass auf dich auf und bleib, wie du bist.« Sie beugte sich zu ihm und flüsterte ihm ins Ohr: »Und lerne weiter Rechnen. Das klappt bestimmt noch besser und wird dir sehr helfen, ja?«

Hink nickte und zog die Nase hoch. »Danke, Frau Heesters«, murmelte er. Dann war er weg. Tine faltete den Zettel auseinander und las zu ihrem Erstaunen: *Doktor von Hutten erwartet Sie im Lazarett.*

***

Zum Lazarett zu kommen war nahezu ein Ding der Unmöglichkeit. Überall waren Soldaten in den Straßen und scheuchten die Insulaner Richtung Hafen, damit sich nur ja niemand der Evakuierung zu entziehen versuchte. Im Oberland rückten bereits Einheiten in die frei gewordenen Häuser ein. Lärmend rissen die Männer die Fenster auf, hängten ihre Kleider nach draußen, standen an den Türen und beobachteten die vorbeimarschierenden Helgoländer, die dreinsahen, als wären sie auf dem Weg zum Schafott. Immer wieder wurden Tine und Julchen aufgehalten und gefragt, weshalb sie nicht zum Hafen gingen. Immer wieder zeigte Tine ihren Zettel vor, der mit Stirnrunzeln quittiert, aber am Ende doch jedes Mal akzeptiert wurde.

Dann endlich standen sie vor dem Neubau bei den Kasernen. Julchen war inzwischen auf Tines Arm eingeschlafen und so schwer wie ein Sack nasser Wäsche, zumal Tine nun beide Taschen in der anderen Hand tragen musste. Ein Offizier, der ihren Weg kreuzte, blieb stehen und erklärte: »Zivilisten haben hier nichts zu suchen, gute Frau.«

»Tja, eigentlich wäre ich jetzt unten auf der Landungsbrücke«, erwiderte Tine. »Aber Doktor von Hutten hat nach mir geschickt.«

»Nach Ihnen geschickt? Was will er denn von Ihnen?«, fragte der Offizier skeptisch, aber nicht unfreundlich.

»Ich habe keine Ahnung«, sagte Tine wahrheitsgemäß. Denn in der Tat war das die Frage, die sie sich den ganzen Weg vom Unterland hier herauf auch gestellt hatte. Was mochte der Militärarzt von ihr wollen? Und welche Konsequenzen mochte es haben, dass sie nicht auf dem Schiff war? Sie zeigte dem Offizier den Zettel. »Hm«, sagte der. »Interessant. Dann kommen Sie mal mit.«

Wenig später stand Tine in einem Behandlungszimmer und wartete. Immerhin gab es hier eine Liege, auf die sie Julchen hatte legen können. Ihre Arme schmerzten ebenso wie ihr Rücken. Sie hatte Durst. Vor allem aber war sie völlig ratlos.

Es erschien ihr wie eine Ewigkeit, bis endlich die Tür aufging und der Arzt hereinkam. »Guten Tag, Frau Heesters«, grüßte er.

»Herr Stabsarzt …«, grüßte Tine zurück. Sie bemerkte seinen unwilligen Blick zu der Liege hin, auf der Julchen schlief, eine von Tines kleinen Stoffpuppen im Arm, sie bemerkte aber auch, dass er sich eines Kommentars enthielt. »Ihre Tochter sagt, Sie verstehen sich nicht nur darauf, Kinder zur Welt zu bringen?«, sagte er stattdessen.

»Pardon? Wenn Sie meine Arbeit mit Blumen meinen, dann …«

»Blumen?« Von Hutten lachte ein lautes, herrisches Lachen. »Blumen!«, rief er. »Köstlich! Wollen Sie unseren Helden Blütenkränze ins Haar flechten, damit sie im Feld eine gute Figur machen?«

»Es tut mir leid«, sagte Tine. »Ich verstehe nicht …«

»Als Hebamme«, sagte Hutten und beugte sich etwas vor, um Tine gerade in die Augen zu sehen. »Da werden Sie gelegentlich auch andere Hilfe geleistet haben als Geburtshilfe. Wenn Sie verstehen, was ich meine.«

»Andere Hilfe.« Natürlich verstand Tine. »Aber ...«

»Nun, wenn Sie sich auch darauf verstehen, können Sie bleiben.«

»Sie meinen, ich soll Frauen die Frucht abtreiben? Aber ... aber es sind doch kaum mehr Frauen hier. Und überhaupt ...«

»Sie haben mich schon verstanden, Frau Heesters. Und Sie werden auch verstehen, dass ein Stabsarzt im Krieg seine Zeit nicht damit verplempern kann, Hurenbälger zu entfernen.«

»Hurenbälger«, flüsterte Tine, getroffen von dem Gedanken, der sich hier offenbarte: Man gedachte also, ein Bordell einzurichten. Womöglich hatte man sogar schon eines eingerichtet! Und nun brauchte es noch jemanden, der sich darauf verstand, dass die Frauen gesund blieben – und möglichst nicht schwanger waren. Es war die schrecklichste und schwerste Arbeit, die sie als Hebamme hatte tun müssen, die sie *überhaupt* jemals hatte tun müssen. Und nun sollte ausgerechnet dies ihre Aufgabe auf der Insel sein? Und wenn sie ablehnte? Wäre es schrecklicher, Helgoland und vor allem Paul zu verlassen und Jette und Julchen, oder wäre es schrecklicher, Schwangerschaften zu beenden und Engelchen zu machen? Betroffen blickte sie auf das kleine Mädchen, das neben ihr lag und selig schlief.

Wäre es nur um die Kinder gegangen, dann hätte sie sich gewiss dagegen entschieden. Aber es ging ja auch um die Frauen! Welche Pfade des Schicksals sie auch an den Ort gebracht hatten, an dem sie ihre Arbeit taten, es waren sicherlich keine fröhlichen Wege gewesen. Eine Schwangerschaft bei diesen Frauen mochte für die Soldaten vor allem unangenehm sein,

vielleicht sogar abstoßend. Für die Frauen aber war sie bei dieser Arbeit letztlich lebensgefährlich. Denn dass sie in ihren Betten nur zärtliche Liebhaber empfingen, war nicht sehr wahrscheinlich. Und wenn dann eine Schwangerschaft in einem kritischen Zeitpunkt plötzlich in Gefahr kam, dann …
»Ich werde bleiben«, sagte Tine mit Grabesstimme. »Aber ich heiße nicht gut, was Sie tun.«

»Ich? Ich tue gar nichts, Frau Heesters. Ich bin ein Stabsarzt Seiner Kaiserlichen Hoheit und außerdem glücklich verheiratet. Was die Soldaten tun, die einfachen Matrosen, die Kadetten, die dort draußen jeden Tag dem Tod ins Auge sehen und wochen- oder monatelang keine Frau mehr in den Arm genommen haben, das vermag ich Ihnen nicht zu beantworten. Wir sprechen hier nicht über gute Kinderstube und nicht über freudige Erwartungen. Aber wir sprechen ja auch nicht über die Bäckersfrau oder die Gemahlin des Kurverwalters, sondern über Huren.« Er nickte. »Und jetzt entschuldigen Sie mich. Es gibt Bedeutenderes zu erledigen, als mich um die Gesundheit von Seemannsflittchen zu kümmern.«

Seemannsflittchen, dachte Tine. So leicht machte es sich der Herr Stabsarzt Von-und-Zu. Aber hinter jeder dieser Frauen steckte ein Schicksal. Und jedes dieser Schicksale hatte Gott so zugelassen.

Jette, die hinter von Hutten ins Behandlungszimmer getreten war, schickte ihrer Mutter einen flehentlichen Blick, ehe sie dem Arzt zurück auf die Station folgte. Tine aber trat nach draußen und blickte auf ihre Insel. Es waren nur ein paar Schritte zum Falm. Und von dort aus hatte man den besten Blick übers ganze Unterland, über die Düne und den gewaltigen Kriegshafen. Wie riesig Helgoland geworden war! Und wie schrecklich!

An der Landungsbrücke unten drängten sich weiterhin Hunderte von Menschen mit ihren Habseligkeiten. Wie sehr mochten sie die Evakuierung fürchten. Und wie sehr mochten die Frauen, die hierbleiben oder hierhergebracht werden sollten, dahingegen fürchten, was ihnen auf der Insel widerfahren würde. Tine seufzte. Das einzig Gute war, dass sie bei ihrer Tochter und ihrem Enkelkindchen bleiben konnte. Und bei Paul.

Mit diesen Gedanken lief sie wieder hinunter zum Unterland und zu ihrem kleinen Häuschen, wo immer noch bunte Blumen in den Fenstern standen, als gäbe es noch Bedarf an Blumen. Erst auf den zweiten Blick wurde ihr klar, dass auch Soldaten dort standen, dass die Tür offen war und ebenso ein Fenster. Männerlachen drang schon von weitem herüber. Sprachlos stand Tine schließlich vor ihrem Haus und musste erkennen, dass mindestens ein Dutzend Soldaten dort eingezogen war. Schlagartig wurde ihr klar, dass bleiben zu müssen nicht hieß, das eigene Haus behalten zu dürfen. Sie hatten es beschlagnahmt und sogleich an Soldaten vergeben, die ebenso unmittelbar eingezogen waren und zweifellos auch nicht wieder ausziehen würden. Sie selbst musste sich eine andere Bleibe suchen. Nur wo?

In hilfloser Ohnmacht ging sie davon, am Kurhaus vorbei, die Strandpromenade entlang, hinüber Richtung Theater. Reimers' Haus war dort in der Nähe. Vielleicht konnte sie dort auf Jette warten oder auf Otto. Vielleicht hatten sie eine Idee, wo Tine würde unterkommen können.

Sie hatte gerade die Hand gehoben, um an Reimers' Tür zu klopfen, als sie einen Mann vorbeihasten sah. Auch wenn sie ihn nur aus dem Augenwinkel wahrnahm, erkannte sie ihn sofort. »Paul!«

»Tine! Ach, Tine, ich dachte schon, ich treffe dich nicht mehr an.« Er packte sie und nahm sie fest in den Arm. »Eigentlich dürfte ich gar nicht hier sein. Aber ich habe es nicht mehr ausgehalten. Als ich gehört habe, dass ihr alle evakuiert werdet, da …« Er vergrub sein Gesicht in ihrem Haar, und sie spürte, wie er ein Schluchzen unterdrückte.

»Nein, Paul! Stell dir vor, ich werde sogar bleiben! Doktor von Hutten hat mich um Unterstützung gebeten.« Sie musste ihm ja nicht sagen, wobei, zumindest nicht jetzt.

Er nahm ihr Gesicht in die Hände und sah ihr in die Augen. »Das ist gut«, sagte er. »Das ist wirklich schön für dich.«

»Schön für mich?«, erwiderte Tine irritiert. »Freust du dich denn selber gar nicht?«

»Ach, Tine«, schluchzte Paul. »Ich würde mich ja freuen. Über alles würde ich mich freuen, glaub mir.«

»Würde? Was heißt, du würdest dich freuen? Was ist denn geschehen?«

Die Worte trafen sie wie ein Schlag, als er mit rauer Stimme sagte: »Ich gehe aufs Schiff, Tine. Heute noch. Ich bin eingezogen worden.«

***

»Du bleibst jetzt erst einmal hier«, hatte Reimers erklärt, als Tine ihm von ihrer Situation berichtet hatte. »Ich habe zwar nur die winzige Kammer neben der deiner Tochter. Aber zum Schlafen und Beten reicht es allemal. Und in der Stube bist du ja immer willkommen.«

»Aber Knut, das kann ich unmöglich annehmen.«

»Wenn du nich unter der Brücke schlafen willst, wirst du das müssen, Deern. Und nachdem wir hier keine Brücken haben …« Er hob die Hände, als wäre damit alles gesagt. Und das war es auch. Auf weitere Diskussionen ließ der Bootsbauer sich nicht ein. Und so kam es, dass Tine mit ihren zwei Taschen in die winzige fensterlose Kammer neben Jettes und Ottos Unterkunft zog. Es gab hier nicht einmal genügend Platz für eine Waschschüssel. Mit Glück würde der Bollerofen in Jettes Kammer genügend Wärme geben, damit auch etwas davon durch die Holzwand kam. Nichts war hier als ein altes Bett mit einer harten Schilfmatratze. Und doch war es wie eine Wolke, auf der Tine noch einmal mit Paul schweben durfte, ehe er sie verlassen musste. Lange Zeit sagten sie beide nichts, sondern küssten sich nur wieder und wieder voll inniger Zärtlichkeit. Es war, als wollten sie einander noch einmal erkunden, noch einmal jedem Haar, jedem Muttermal, jeder Wimper einen letzten Gruß entbieten. Tine genoss Pauls Sanftheit und seine Wildheit. Wie eine Verdurstende stürzte sie sich in die Wellen der Lust, ohne darüber nachzudenken, ob der alte Knut Reimers es unten hören mochte oder nicht. Und so vergingen die letzten Stunden, die sie mit Paul teilte, im Flug.

Der Klang eines Schiffshorns riss sie aus ihrem Liebestraum. »Ich muss los, Tine«, seufzte Paul. »Es ist Zeit.«

»Gib auf dich acht, Paul«, sagte Tine. »Du weißt, wie sehr ich dich mag.«

»Mag? Oder liebe?«, fragte er. Doch er schien keine Antwort zu erwarten. Stattdessen sank er vor Tine auf die Knie, nackt, wie er war, und sprach voll Hingebung und Sanftmut: »Tine Heesters, du weißt es seit langem. Ich liebe dich wie nichts auf der Welt. Ich habe dich schon einmal gefragt, ob du meine Frau werden willst. Auch wenn du mich nicht nehmen wolltest, für mich hat sich doch nichts geändert. Und ich weiß, dass es sich auch niemals ändern wird. Deshalb möchte ich es noch einmal versuchen. Denn die Zeiten sind nicht dieselben wie damals. Ich bin nicht derselbe wie damals. Nur meine Liebe ist dieselbe. Sie ist so groß, dass es wehtut. Und ich kann diesen Schmerz nur stillen, wenn ich bei dir bin.«

Für einen Moment glaubte Tine, ihr Herz stünde still, so heilig war ihr dieser Augenblick. Und umso schwerer fielen ihr die Worte, die nun einmal wahr waren. »Paul«, sagte sie sanft. »Du bist verheiratet. Deine Frau mag dich verlassen und dir die Kinder genommen haben, aber du bist trotzdem … verheiratet.«

Paul aber schien es nichts auszumachen. Er schenkte Tine ein Lächeln und erklärte: »Die Ehe ist nur ein Wort, mein Schatz. Sie ist nichts, wenn sie nicht Liebe ist. Katja ist Vergangenheit, du bist meine Gegenwart, meine Zukunft. Du bist mein Leben, Tine. Das ist es, was Ehe bedeutet. Es ist mir egal, ob wir vor Gott oder einem kaiserlichen Beamten als Eheleute leben dürfen. Wenn du es willst, ist es eine Ehe. Wenn du es willst, ist es für mich heilig.« Er holte tief Luft, um noch einmal die Worte zu sprechen, die seines und Tines Leben verändern sollten. Doch Tine legte ihm einen Finger auf die Lippen, kniete sich vor ihn hin und flüsterte: »Ja, ich will.«

***

Drittes Kapitel

Tag für Tag landeten neue Truppentransporter an. Hunderte, Tausende setzten auf die Insel über und traten zu ihren Appellen an, wurden registriert und auf die Häuser im Ober- und Unterland verteilt, die noch nicht oder zumindest noch nicht vollständig belegt waren. Viele Matrosen machten sich auch bereit für ihren Einsatz auf den Schlachtschiffen und U-Booten. Die kleinen Gassen Helgolands waren voll mit Soldaten, vor allem natürlich von der Marine, zunehmend aber auch von der Kavallerie, weil der Flugverkehr ebenfalls stark zugenommen hatte. Unablässig starteten und landeten inzwischen die Doppeldecker der Luftwaffe. Ein Ring von Kriegsschiffen umfasste die Insel, im neuen Hafen sammelte sich eine Flotte, die Helgoland so noch nie gesehen hatte – und vermutlich auch kein anderer Flecken Erde. Die Anzahl und Größe der Schlachtschiffe, der U-Boote, der Geschütze und der Mannschaften war wirklich beeindruckend. Staunend stand Tine am Fenster von Jettes Kammer und blickte hinüber zum Kriegshafen, den man von hier aus gut sehen konnte, und beobachtete die Geschehnisse. Stündlich liefen jetzt auch Schiffe aus. Auf einem davon war Paul. Er hatte nicht gewusst, welcher Fregatte er zugeteilt werden würde. Deshalb hatte Tine keine Ahnung, ob er die Insel schon verlassen hatte oder ob er noch in der Nähe war. Doch so oder so war es nicht weniger als ein Krieg, der sie voneinander trennte, mit all seinen Regeln und Pflichten und Verboten. Und wann Paul wiederkommen würde, das stand auch in den Sternen. Es war Tine egal – Hauptsache, er kam wieder!

Sie hatte Julchen das Bett in dem Verschlag neben der Kammer bereitet, in dem sie in Zukunft ihre Nächte verbringen würde. So konnte sie sich ans Fenster setzen und ein Buch lesen, während die Kleine schlief.

Doch es gelang ihr nicht, sich zu konzentrieren. Immer wieder wanderten ihre Gedanken zu den Menschen hin, die jetzt auf den Schiffen waren, mit denen sie evakuiert wurden, zu den Soldaten, die jetzt in den Häusern der Einheimischen saßen, auch sie ja nicht freiwillig, und zu Paul, der vielleicht in diesem Augenblick spürte, wie im Bauch seiner Fregatte die Turbinen vibrierten, wie das Schiff Fahrt aufnahm, wie sie sich vom Anleger entfernten.

Es dämmerte bereits, als Julchen sich meldete. Sie hatte Hunger. Also ging Tine mit ihr hinunter und bereitete ihr in Reimers' Küche etwas Haferbrei. Brav löffelte die Kleine ihr Essen, während Tine ihr Köpfchen streichelte und ihr erzählte, dass sie jetzt doch so bald nicht auf einem Schiff fahren würden. »Vielleicht nimmt uns ja Onkel Knut einmal mit, wenn er ein neues Boot ausprobiert. Oder wir fahren mit deinen Eltern auf Pauls Boot!« Ob das möglich war? Knut Reimers würde es wissen. Bestürzt stellte sie fest, dass sie ihn gar nicht gefragt hatte, was mit seiner Frau und seinen Töchtern war. »Ich bin gleich wieder da«, sagte sie und lief nach draußen.

Sie fand den Bootsbauer vor dem Haus. »Knut!«

»Tine. Das ist aber mal ein denkwürdiger Tag, was?« Er drehte den Hobel, den er in Händen hielt, und zog die Nase hoch. Wenn sogar Knut Reimers Tränen vergoss … Tine legte ihm einen Arm um die Schultern. »Du bist ein guter Mann, Knut, weißt du das?«

»Je nu. Ich tu mein Bestes. Das reicht nicht immer. Aber es muss ja.«

»Was ist mit Anna und mit deinen Töchtern?«

»Evakuiert«, sagte Reimers mit rauer Stimme. »Nach Altona.«

»Wie schrecklich! Dann bist du ja jetzt ganz allein.«

»Ich hab ja euch«, erwiderte der Bootsbauer und kratzte sich am Bart. »Dich und deine Tochter. Und natürlich Otto.« Er blickte düster vor sich hin. »Den könnte ich jetzt so gut brauchen.«

»Besteht denn keine Möglichkeit, dass er dir wieder hilft hier?«

»Nee, Tine, wo denkst du hin? Die brauchen den jetzt noch mehr denn je drüben am Hafen. Wo die ganzen U-Boote überholt und repariert werden müssen …«

»Aber Otto ist doch kein U-Boot-Ingenieur«, gab Tine zu bedenken.

»Das ist denen egal. Er versteht sich auf die Technik, das reicht aus.«

»Aber du brauchst hier doch auch jemanden, der was von Technik versteht. Immerhin baut ihr hier jetzt Motorboote!«

Reimers winkte ab. »Das ist vorbei, Tine. Hier wird bis auf Weiteres nichts mehr gebaut. Die haben mich bloß nicht evakuiert, weil sie einen brauchen, der ihnen die Lecks flickt oder mal einen neuen Anstrich macht. Kriegswichtig bin ich jetzt.« Er schüttelte den Kopf, als könnte er es selbst nicht glauben. »Kriegswichtig.« In dem Moment sah er erstaunt zu Tine auf. »Aber was ist denn eigentlich mit dir? Wie kommt es, dass sie dich nicht evakuiert haben? So 'ne Blumenhändlerin ist ja eher nicht kriegswichtig, oder?«

»Ich bin auch Hebamme«, korrigierte Tine. »Deshalb haben sie bestimmt, dass ich hierbleibe.« Sie war ihm dankbar, dass er nicht nachfragte. Vielleicht dachte er auch nur, sie würde nun als Krankenschwester eingesetzt, oder sie sollte den wenigen

Offiziersfrauen zur Verfügung stehen, die es durchaus auch gab. Denn der Herr Major und der Herr Oberst mussten natürlich auf nichts verzichten, auch nicht auf ein schönes Familienleben – und sei es im hübschen Häuschen einer evakuierten Helgoländer Familie.

»So kannst du wenigstens auf deine Enkeltochter aufpassen, was?«, sagte Reimers.

»Ja, das ist das einzig Gute daran«, erwiderte Tine. Das einzig Gute, dachte sie, denn nachdem Paul die Insel hatte verlassen müssen, gab es nichts mehr, was sie sonst gehalten hätte auf diesem Pulverfass namens Helgoland.

***

Oft wurde es spät, mitunter sogar früher Morgen, bis Jette nach Hause kam. Wenn Tine schon schlafen ging, ehe ihre Tochter vom Dienst im Lazarett zurückkehrte, nahm sie Julchen mit zu sich ins Bett und hielt sie fest im Arm. Manchmal legte sich Jette einfach dazu. So trösteten und wärmten sich die drei Frauen gegenseitig über die Zumutungen dieser Zeit hinweg.

Die Massen an Soldaten, die nun den kleinen Fels in der Nordsee bevölkerten, brachten es mit sich, dass immer öfter Verletzungen zu behandeln waren. Jettes Arbeit im Operationssaal war für Doktor von Hutten so unverzichtbar geworden, dass sie kaum mehr dazu kam, auf Station zu arbeiten. In jeder freien Minute, die sie hatte, musste sie deshalb jetzt Frauen anlernen, die als Krankenpflegerinnen auf die Insel gebracht worden waren. Mit einer von ihnen, Antonia aus Wedel, verband sie bald eine Freundschaft. »Ich werde das nie so gut beherrschen wie du, Jette«, sagte sie, als sie einmal mehr daran verzweifelte, dass ein Verband, den sie einem Verletzten über seine Augen binden sollte, nicht hielt, und Jette ihr zum soundsovielten Male zeigte, wie sie es besser machen konnte. »Das wirst du«, erwiderte Jette und nickte ihr aufmunternd zu. »Besser sogar als ich. Mir wird irgendwann die Übung fehlen.«

Die Soldaten verletzten sich bei Schießübungen, bei Manövern, bei Auseinandersetzungen untereinander, sie kamen bei Unfällen auf den Schiffen, im Hafen, mit den Ausrüstungen zu Schaden. Sie erlitten Brüche, Verbrennungen, Verätzungen, rissen sich die Sehnen, verloren das Augenlicht oder mussten amputiert werden. Und dabei hatte es noch keinerlei Kampfhandlungen gegeben! Jeden Tag betete Jette, dass Otto nichts passierte. Er arbeitete so viele Stunden täglich im Hafen und oft die halbe Nacht hindurch, dass sie fürchtete, er könnte unachtsam werden, einmal danebengreifen, eine drohende Gefahr übersehen. Jeden Tag betete sie, Gott möge verhüten, dass er irgendwann auf dem OP-Tisch lag.

Otto indes wurde zu einem der wichtigsten Techniker im U-Boot-Hafen. Er wurde gerufen, wenn es Ärger mit den Motoren gab oder mit den Ventilen, wenn die Belüftung streikte oder ein Tank leckte. Die U-Boote waren der ganze Stolz der Marine, aber sie waren auch störanfällig. Als Waffengattung waren sie so neu, dass sie immer noch und immer wieder unter »Kinderkrankheiten« litten, wie Otto es nannte. Dass sie ihn im Kriegshafen deshalb irgendwann »Kinderarzt« zu nennen begonnen hatten, war nur halb spöttisch, vor allem war es anerkennend gemeint. Mit zwei anderen jungen Technikern bildete er eine Gruppe von klugen Tüftlern, die für beinahe jedes Problem die passende Lösung fanden.

Die Kehrseite war, dass Otto noch weniger zu Hause war als Jette. Und wenn er einmal da war, war sie oft im Lazarett. An manchen Tagen war es allein Tine, die die Familie zusammenhielt, indem sie für die beiden Ansprechpartnerin war.

Die meiste Zeit war sie mit Julchen alleine. Dann spazierten sie die Promenade entlang, bis sie von einer Kompanie zur Seite gescheucht wurden. Das Oberland war kaum noch zu betreten. Man konnte noch über den Falm und die Kirchenstraße nach St. Nicolai und die Casinostraße entlang zur Pastorei, das schon. Aber Spaziergänge über die Wiesen waren untersagt, von einem Besuch des Westkliffs ganz zu schweigen. Aber es wäre ohnehin keine Freude gewesen dort. Denn wo noch vor kurzem wilde Gräser wuchsen und zauberhafte Sommerblumen die Pfade säumten, waren jetzt Baracken aufgebaut worden, überall wurden Unterstände errichtet oder Zelte aufgespannt. Helgoland war tatsächlich nicht wiederzuerkennen.

Auch Pastor Thevessen war nicht wiederzuerkennen. Als Tine ihn mit Julchen besuchte, fand sie einen eingefallenen, verhärmten Mann vor, dem man nur seine kleine Kammer gelassen und erlaubt hatte, die Küche mitzubenutzen. »Sie haben Soldaten in der Pastorei einquartiert?«, fragte Tine empört.

Der Pastor zuckte mit den Schultern. »Es ist hier nicht schlimmer als anderswo. Im Gegenteil: Ich selbst brauche ja nicht viel Platz. Und Familie habe ich ohnehin keine mehr.«

»Und der Pfarrgarten?«, fragte Tine mit banger Ahnung.

»Wird jetzt eifrig genutzt«, erklärte der alte Mann. »Die Herren Kadetten haben Tische und Stühle aufgestellt. Sie sitzen dann nach dem Zapfenstreich draußen und spielen Karten und rauchen Pfeife. Ist eine ziemliche Idylle.«

Es war ein milder Sarkasmus, den sie aus den Worten des Pastors heraushörte. Natürlich, die Soldaten hatten sich das alles auch nicht ausgesucht. Es mochte zwar für ein paar Tage oder Wochen aufregend klingen, nach dem vornehmen Helgoland versetzt worden zu sein. Doch wenn erst einmal die Tristesse Einzug hielt, ohne all die Ablenkungen und Vergnügungen, die es sonst auf der Insel gab, und wenn erst einmal der Krieg angefangen hatte mit Beschuss und Kampfhandlungen und Angriffen zur See und aus der Luft, dann würde es bald vorbei sein mit dem Kartenspielen und Pfeiferauchen. Und die Herren Kadetten, wie der Pastor sie nannte, wären nicht zu beneiden.

»Kann ich denn irgendetwas für Sie tun, Pastor Thevessen? Vielleicht eine Suppe kochen? Oder haben Sie Wäsche, die gemacht werden muss?«

»Was hätten wir all die Jahre nur ohne dich gemacht, Tine?«, sagte der Pastor statt einer Antwort. »Ich habe es meiner Helga manches Mal gesagt: Die Tine hat uns der liebe Gott gesandt. Wir haben zwar kein Kind bekommen. Aber dafür hat er uns diese Tochter geschenkt.« Er strich ihr mit seiner schmalen, faltigen Hand sanft übers Haar. »Und das bist du, Tine, ein Himmelsgeschenk! Was für ein Glück, dass du hierhergekommen bist!«

***

Einige wenige Häuser der Helgoländer waren im Besitz ihrer Eigentümer geblieben. Immer wieder, wenn Tine durch die Gassen ging und sich umsah, staunte sie, dass es den unterschiedlichsten Insulanern gelungen war, »kriegswichtig« zu sein. Denn das war die offizielle und einzige Begründung, weshalb Halunder auf der Insel hatten bleiben dürfen. Dass Stövers noch hier waren, überraschte Tine nicht. Der einzige Kramerladen, der wirklich alles führte, war auch für die Soldaten ein wichtiger Anlaufpunkt – zumindest solange er noch alles führte. Für Tine war es ein Trost, wenigstens Pauls Mutter in der Nähe zu wissen. Sie war gut mit ihr befreundet, und manchmal, wenn sie mit Julchen dorthin kam, um ein paar Kartoffeln zu kaufen oder ein Scheffel Mehl, bekam die Kleine sogar ein Bonbon für zwei Pfennige geschenkt oder einen Wurstzipfel.

Warum der Reeder Hennerkes auf der Insel hatte bleiben können, ließ sich dagegen nicht erkennen. Vielleicht war es ja sein Geld, das man für kriegswichtig erachtet hatte. Ähnlich wie bei Henning Pfeifer, dem Immobilienhändler, der in diesen Tagen garantiert nichts verkaufen konnte und dessen Hotel Imperial ebenfalls beschlagnahmt und bis unters Dach mit Soldaten belegt war.

Lindemanns, die die Tabakhandlung am Falm besaßen, waren geblieben, Freriksens dagegen nicht. Aber vielleicht brauchte die moderne Kriegswirtschaft ja kein Obst und Gemüse. Die Apotheke am oberen Absatz der Treppe zwischen Unter- und Oberland war zwar geschlossen, doch Teubners, denen sie gehörte, waren noch da. Tine hatte Frau Teubner auf dem Weg zur Pastorei gesehen.

Sie hatte auch ein paar Frauen gesehen, die ihr nicht bekannt waren. Junge Frauen in ungewöhnlich bunten Kleidern. Es bedurfte keiner großen Phantasie zu erraten, wozu sie hier waren. Mit bangen Gefühlen hatte Tine ihnen hinterhergeblickt, wie sie Richtung Kasernen verschwunden waren. Und Richtung Lazarett. Gerne hätte sie sich eingeredet, dass es die Frauen von stationierten hochrangigen Offizieren waren. Doch sie sahen nicht aus wie Offiziersgattinnen. Und sie würden auch nie welche werden, egal welche Träume sie vielleicht hegten.

Alle Wirte der Insel waren geblieben. Die Gasthäuser hatten vermutlich noch nie so gute Geschäfte gemacht wie in diesen Tagen. Noch fand der Krieg rein theoretisch statt. Wer nicht mit dem Schiff hinausfuhr, verbrachte seine Zeit auf einem friedlichen Flecken Erde, auf dem Schüsse und Explosionen nur zu Übungszwecken krachten. An den Abenden flossen Bier und Wein in Strömen. Vor allem Bert Rickens' »Seeadler« war bei den Matrosen beliebt. Und bei den jungen Frauen, die Tine dort wieder begegneten, als sie auf der Suche nach Otto war.

Bei den Offizieren war das Gasthaus »Victoria« beliebter, sie blieben lieber unter sich. Und wenn sie vielleicht nicht ganz so viel tranken wie die einfachen Soldaten, so bestellten sie doch umso teurere Weine, weshalb auch Bert Rickens' Vetter Kurt, dem das »Victoria« gehörte, glänzende Geschäfte machte.

Auch die Poststation war besetzt. Der alte Detlev Ehrlich, der dort seinen Dienst tat, solange Tine sich zurückerinnern konnte, litt unter der Situation: Ständig tauchte jemand von den auf der Insel Verbliebenen auf und fragte, ob es Post gäbe. Die Nachrichten der Evakuierten wurden sehnlichst erwartet. Ging es ihnen gut? Waren sie wohlbehalten angekommen? Hatten sie eine anständige Unterkunft erhalten? Wie und wovon würden sie leben? Auch Tine fand sich täglich in dem kleinen Postbüro ein und fragte nach: »Irgendetwas für mich, Herr Ehrlich?«

Der alte Mann schüttelte den Kopf. »Kein Brief, keine Karte. Leider.«

»Ich warte nämlich auf Nachricht aus Hamburg«, erklärte Tine, als wäre das etwas Unerwartetes. »Und auf Feldpost.«

»Feldpost?« Detlev Ehrlich blickte erstaunt auf. »Oh«, sagte er dann. »Es geht um Herrn Stöver, richtig?«

»Ja. Er ist gleich am ersten Tag aufs Schiff gegangen.«

»Hm. Marinepost. Das ist noch unwahrscheinlicher, dass Sie da was bekommen, Gnädigste. Ist schon bei der gewöhnlichen Feldpost eine langwierige Sache.«

»Verstehe«, sagte Tine und ließ die Schultern hängen. »Trotzdem hoffe ich.«

»Natürlich, Frau Heesters. Tun wir doch alle.«

»Haben Sie auch Angehörige, die evakuiert wurden?«

»Meine Frau und meine Schwester, die bei uns wohnt. Also: gewohnt hat. Der Sohn ist ja zur See, der ist gar nicht hier gewesen, als evakuiert wurde.«

»Hoffentlich kommt ihm der Krieg nicht in die Quere.«

»Ja, das hoffe ich auch. So ein Krieg ist eine gefährliche Sache.« Er senkte die Stimme. »Und so unnötig. War doch alles bestens bis jetzt. Weniger Soldaten wären gut gewesen.«

»Jetzt haben wir mehr«, sagte Tine.

»Jawohl. Macht es nicht besser.«

»Ich hoffe, Sie hören bald was von Ihren Lieben, Herr Ehrlich.«

»Und Sie von Ihren. Moin!«

»Moin, Herr Ehrlich.« Dann war sie wieder raus. Bis zum nächsten Tag, an dem sie natürlich wiederkommen würde, um wieder zu fragen – vermutlich wieder erfolglos.

Draußen sah sie August Haentje sein Boot festmachen. »Moin, Haentje!«, rief sie ihm zu.

»Moin, Frau Heesters! Sie noch hier?«

»Medizinische Kenntnisse.«

»Verstehe.«

»Und Sie?«

»Kenntnisse der Fischerei.« Haentje lachte. »Brauchen Sie einen Dorsch?«

Tine kam näher. »Brauchen schon, Herr Haentje. Aber leisten kann ich ihn mir nicht.«

»Ist auch ein teurer Spaß geworden. Wie alles im Krieg. Die Kanonen donnern, und die Preise schießen in die Höhe.« Er bückte sich und zog ein kleineres Exemplar aus einem seiner Tröge. »Hier, ist für Sie.«

»Wirklich? Das kann ich nicht annehmen.«

»Sie müssen es ja nicht weitersagen«, erklärte Haentje und zwinkerte ihr zu. »Sonst will am Ende jeder seinen Fisch geschenkt.«

»Ich werde schweigen wie ein Grab«, erklärte Tine. »Und genießen wie ein Seehund.«

»Machen Sie ihn mal lieber mit ein bisschen Salz und Kräutern, da schmeckt der gleich doppelt so gut. Roh ist doch eher langweilig.«

Tine lachte. »Sie sind mir 'ne Marke, Haentje, ehrlich. Krieg – und Sie machen solche Scherze.«

»Sie haben mit dem Seehund angefangen.« Er blickte Richtung Düne. »Die werden auch bald alle weg sein. So viele Menschen und dann die ganzen Schiffe und Flugzeuge und Zeppeline und der Lärm und alles. Das machen die nicht mit.«

»Meinen Sie?«

»Ja. Und das ist auch gut so. Sonst gehen die alle hops. So ein Seehund ist doch ein prima Ziel, um mal die Flinte auszuprobieren. Hört man jede Nacht.«

Jetzt erinnerte sich Tine auch, dass sie nachts mehrmals Schüsse gehört hatte. »Sie meinen, die Soldaten schießen auf die Robben, nur um ihre Gewehre auszuprobieren?«

»Vielleicht machen sie sich auch anschließend einen fetten Braten, was weiß ich.« August Haentje tippte sich an die Kappe. »So, nu muss ich aber mal voranmachen und meinen Fang unters Volk bringen.«

»Machen Sie nur, Haentje«, sagte Tine und wickelte den Dorsch in ihre Schürze, um ihn ungesehen nach Hause zu bringen. »Und tausend Dank!«

»Immer gerne, Frau Heesters. Wir Halunder müssen doch jetzt zusammenhalten.«

***

Auch wenn Knut Reimers immer mal wieder selber rausfuhr, um ein wenig zu fischen, war der geschenkte Dorsch ein Festmahl, denn er stand für Solidarität in schweren Zeiten. Außerdem gelang es Reimers kaum noch, die Angel auszuwerfen, von einem Netz ganz zu schweigen. Fischen war nur noch mit einer Sondergenehmigung erlaubt. Deshalb hatte der Bootsbauer nur die Gelegenheit, nebenbei einen Fang zu machen, wenn er eines der Boote, die er in Reparatur hatte, prüfte. »Wenn das so weitergeht, gewinnen wir zwar vielleicht den Krieg, aber wir verhungern auf dieser Insel«, knurrte er nach dem Abendessen, zu dem ausnahmsweise auch einmal Jette und Otto anwesend waren. Ein Fisch für vier Erwachsene, das war alles andere als üppig. Aber mit einem ganzen Kohlkopf aus dem kleinen Garten neben dem Haus wurden doch alle satt. »Gehst du noch ein wenig mit spazieren?«, fragte Tine ihre Tochter. Doch dann fing sie Ottos Blick auf und verstand. »Ach, weißt du, eigentlich bin ich zu müde«, erklärte sie. »Das wird kein richtiger Spaziergang mehr. Vielleicht geht ihr beide ein wenig. Ich schnappe nur noch hinterm Haus eine Nase voll Luft, dann lege ich mich schlafen.«

»Wenn du nicht zu müde bist«, sagte Otto zu Jette.

»Im Gegenteil! Das wünsche ich mir schon seit Tagen.« Sie küsste ihren Mann und holte sich rasch ein Jäckchen, dann verließen die beiden jungen Leute das Haus, und Tine schlüpfte kurz nach ihnen durch die Tür. Reimers hatte sich bereiterklärt, ein Ohr bei Julchen zu haben.

Es war ein milder Abend. Normalerweise wären jetzt Hunderte von Menschen in ihrer Abendgarderobe auf der Promenade unterwegs gewesen, hätten vom Falm aus den Mondschein betrachtet, sich ins Casino begeben oder in eine der Tanzhallen – all die schönen Dinge getan, die man auf Helgoland noch bis vor wenigen Tagen tun konnte, auch wenn immer weniger Menschen sie angesichts des vielen Militärs zuletzt tatsächlich noch unternommen hatten.

Ein Lachen riss Tine aus ihren Gedanken. Es war die Stimme einer Frau. Vielleicht Jettes? Sie blickte um die Ecke des Reimers'schen Anwesens, doch da war niemand. Etwas weiter entfernt waren jedoch Geräusche zu hören, als gäbe es dort eine Auseinandersetzung. Vorsichtig trat Tine ein paar Schritte auf den riesigen Schatten zu, den das Theater auf die Gasse warf. Dort irgendwo, ganz nah, musste es sein. Plötzlich wieder die Stimme einer Frau, diesmal jedoch war es kein Lachen, sondern ein Ächzen. Tine spürte, wie ihr ein Schauder über den Rücken lief. »Hallo?«, rief sie zaghaft. Niemand schien sie zu hören. Langsam gewöhnten sich ihre Augen an die Dunkelheit. Jetzt sah sie, dass sich der Schatten eines großen Mannes über einen kleineren Schatten beugte. Die Frau wimmerte. Keuchte. Hastig lief Tine auf die beiden zu, machte sich bemerkbar, rief: »Hallo? Was machen Sie da? Lassen Sie die Frau in Ruhe!«

Der Mann drehte sich zu ihr um. Seine Augen blitzten, dass Tine erschrak und unwillkürlich wieder einen Schritt zurückstolperte. »Was willst du denn hier, du Schlampe?« Er ließ von der Frau ab, die hastig ihre Röcke richtete, während er sich das Hemd in die offene Hose stopfte. Da erkannte Tine, in welche Situation sie geplatzt war. »Es … es tut mir leid«, stotterte sie. »Ich … ich wollte nicht …«

»Hau ab!«, herrschte sie der Soldat an. »Sonst nehm ich dich als Nächste dran. Aber ohne Bezahlung!«

Die junge Frau, die bei dem Soldaten war, drückte sich an die Wand, Tine hob abwehrend die Hände und stolperte rückwärts davon. Die junge Frau! Antonia! Jettes junge Kollegin …

»O Gott«, flüsterte Tine voll Scham und Abscheu. »Was macht dieser Krieg nur mit den Menschen?«

***

Die Nacht verbrachte Tine schlaflos. Zum ersten Mal, seit sie hierhergekommen war, fühlte sie sich auf der Insel fremd. Dieses Helgoland war nicht das Helgoland, das sie kennen und lieben gelernt hatte. Bisher war, auch wenn sie manch schwere Zeit hier hatte durchleben müssen, dieser Fels in der Nordsee für Tine ein glücklicher Ort gewesen. Doch jetzt schien sich alles in sein Gegenteil verkehrt zu haben.

Wie um ihre Stimmung zu spiegeln, zog gegen Morgen dichter Nebel über der See auf und hüllte die Insel in einen undurchdringlichen Schleier. Die Kreuzer, die draußen Patrouille fuhren, waren nur noch schemenhaft zu erkennen, die Schlachtschiffe im Hafen ragten als graue Massen in den Himmel.

Doch die Geräusche dieser seltsamen Zeit waren umso deutlicher zu hören, wie immer, wenn Nebel herrschte. Die arbeitenden Maschinen, der Klang von Metall, die Kommandos und Befehle, die erteilt wurden. All das hörte Tine, als sie am frühen Morgen das Fenster der kleinen Kammer öffnete. Otto war schon wieder zum Hafen gegangen, Jette schlief unruhig und würde auch bald aufstehen und hinüber zum Lazarett eilen müssen.

Dann war von irgendwoher ein Donnern zu hören. Geschützfeuer, wie Tine längst wusste. Nebelhörner, Alarmsignale, vielfache Rufe. Nacheinander liefen mehrere Schiffe aus dem

Hafen und verschwanden im Nebel. U-Boote liefen aus und gingen auf Tauchfahrt, sobald sie die äußere Hafenmole passiert hatten. Und weiterer Kanonendonner ließ die Luft erzittern. »Was ist los?«, fragte Jette, die von dem Lärm aufgewacht war.

»Ich glaube, das ist keine Übung«, sagte Tine. »Da draußen muss irgendetwas los sein.«

Jette trat neben sie ans Fenster. »Man sieht ja gar nichts. Denkst du, es kann ein Gefecht geben, wenn dichter Nebel herrscht?«

»Ich habe keine Ahnung. Aber geschossen wird. So viel steht fest.«

Eine Weile standen sie schweigend nebeneinander und beobachteten das gespenstische Schattenspiel am Hafen. Immer mehr Schiffe verließen jetzt ihre Position und schienen auf Kurs Südwest zu gehen. Auch in den letzten Tagen hatte es dort schon Sichtungen feindlicher Geschwader gegeben. »Otto ist schon zum Hafen?«

Tine nickte. »Ich bin so froh, dass er nicht auf einem der Schiffe im Einsatz ist.«

»Und ich erst«, sagte Jette. Hastig putzte sie sich die Zähne und wusch sich über der Schüssel, ehe sie in ihr Kleid schlüpfte, Julchen einen Kuss aufs Haar drückte und ihre Mutter umarmte. »Ich muss los.«

»Pass auf dich auf.«

»Und du auf dich.«

Augenblicke später stand Tine allein am Fenster, lauschte dem Lärm der fernen Geschütze, in den sich jetzt auch ein anderes Geräusch gemengt hatte, das wie das Stöhnen eines Riesen klang. Irgendetwas musste passiert sein. Ein Treffer vielleicht, ein Feuer auf einem der Schiffe? Wer wusste schon, wie so etwas aus der Entfernung klang. »Vater unser im Himmel«, betete Tine, »geheiligt werde dein Name. Dein Reich komme, dein Wille geschehe, wie im Himmel, so auf Erden.« Und auf See, dachte Tine. Bitte, Herr, lass Frieden sein dort draußen. Sie wissen doch, dass sie sich gegenseitig zu Tode bringen. Wozu all das, wenn doch alle leben können? Können wir nicht morgen leben, wie wir gestern gelebt haben?

Unwillkürlich war Tine auf die Knie gesunken und hatte die gefalteten Hände auf die Fensterbank gelegt. Paul war vielleicht dort draußen. Was hatte er getan, dass sein Leben für nichts aufs Spiel gesetzt wurde? Was hatten alle diese Männer getan, die in diesen Minuten auf den Schiffen in Todesangst lebten?

Aus Minuten aber wurden Stunden. Einmal lief ein Schiff wieder im Hafen ein. Der Nebel war weniger geworden, sodass Tine sehen konnte, wie Männer auf Tragen von Bord geschafft und Richtung Lazarett transportiert wurden. In wenigen Augenblicken würden die Ersten von ihnen auf den Operationstischen liegen. Dann würde Jette helfen, sie zu retten oder wieder zusammenzuflicken, wie man es bei den Militärs nannte.

Längst war Julchen wach geworden und forderte Aufmerksamkeit und vor allem etwas zu essen. Tine musste lachen. »Ach, du Goldstück!«, rief sie. »Da draußen geht die Welt unter, und du möchtest deine Milch und deinen Brei. Und recht hast du, mein Schatz. Das Leben ist wichtiger als das Sterben.«

Sie nahm die Kleine und stieg mit ihr die Treppe hinunter, wo sie Knut Reimers in der Küche vorfand. »Moin, Knut.«

»Moin, Moin.«

»Klingt nicht gut, was?«

»Klingt verteufelt schlecht«, stimmte der Bootsbauer zu.

»Vielleicht siegen ja unsere Männer.«

»Unsere? Welche sollen das sein?« Zornig stopfte Reimers seine Pfeife. »Ich war mal Brite. Jetzt bin ich Deutscher. Und? Bin ich deshalb ein anderer? Nene, wenn da draußen einer stirbt, dann ist der einfach nur ein Mensch. Ein Mensch, der auch hätte weiterleben können. Da kann ich mich nicht freuen, wenn *unsere Männer* siegen.«

»Das geht mir genauso«, stimmte Tine zu. Sie war zwar nie Engländerin gewesen, weil sie einst als Deutsche auf die Insel gekommen war, als Helgoland noch zum britischen Empire gehört hatte. Aber damals hatten die Briten sie freundlich aufgenommen. Eigentlich hatte überhaupt keiner sie damals gefragt, woher sie gekommen war. Und nun sollte es plötzlich lebensgefährlich sein, wenn man Engländer war? »Ich hoffe, es ist nur ein kleines Scharmützel«, sagte sie.

»Dafür dauert das schon zu lange«, erklärte Reimers. »Und man hört ja, dass das ganz unterschiedliche Geschütze sind. Das heißt, da sind eine ganze Menge Schiffe draußen. Kreuzer, Torpedoboote, Zerstörer, U-Boote sowieso … Je mehr Schiffe da sind, umso wahrscheinlicher, dass eines von mehreren anderen unter Feuer genommen wird. Da ist schwer rauskommen.«

Düsterer Stimmung saßen die beiden beisammen, während Julchen an einem Stück Brot kaute und etwas Milch von Reimers' Ziege trank, die jetzt im Schuppen lebte, obwohl es Sommer war. Aber der kleine Garten neben dem Haus war dem Bootsbauer nicht sicher genug.

So ging es Stunde um Stunde. Manchmal glaubten sie, die Schlacht sei endlich vorüber, dann wurde erneut geschossen. Und von Zeit zu Zeit kam wieder ein Schiff in den Hafen zurück und brachte Verwundete. Tine lief irgendwann hinüber und bot ihre Hilfe an, weil sie es nicht mehr aushielt, tatenlos zu Hause zu sitzen. Reimers passte auf die Kleine auf, da konnte sie sich auch nützlich machen. Denn auch wenn sie diesen Krieg für sinnlos und unnötig hielt, konnten doch diese Männer nichts dafür, dass sie zur Zielscheibe geworden waren.

Dreimal begleitete sie einen Verletztentransport hinauf aufs Oberland, half, die Opfer notdürftig zu verbinden, bis sie irgendwann operiert werden konnten. Granatsplitter hatten vielen von ihnen Arme, Beine, Gesicht zerstört, mancher hatte klaffende Wunden, andere hatten ihr Augenlicht verloren. Ein Matrose musste auf dem Bauch liegend befördert werden, weil sein Rücken eine einzige offene Wunde war, aufgerissen bis zum Rückgrat, das zwischen blutigen Fetzen bleich glänzte. Als Tine nach diesem Transport wieder ins Freie trat, musste sie sich zuerst einmal übergeben. Dann setzte sie sich auf die blanke Erde und versuchte, wieder einen klaren Kopf zu bekommen.

Immer noch donnerte Geschützfeuer in der Ferne. Doch die Lafetten auf dem Oberland schwiegen. Warum nur half die Artillerie, die sie hier auf der Insel mit den stärksten und am weitesten reichenden Kanonen ausgestattet hatten, den Kameraden draußen auf See nicht? Auch wenn sie keinem Engländer wünschte, versenkt zu werden, so konnte Tine doch nicht verstehen, welchen Sinn es hatte, diese gewaltige Feuerkraft nicht zu nutzen.

»Die reichen nicht weit genug«, erklärte Reimers, als sie ihn später danach fragte. »Die Briten wissen genau, wie weit die Kanonen hier auf dem Westkliff feuern können. Wenn sie nur eine halbe Meile weiter entfernt von der Insel bleiben, dann kann ihnen auch das größte Kaliber nichts anhaben.«

Und so kam es, dass die Seeschlacht, die vor der Insel tobte, sich über den ganzen Tag hinzog, ohne dass die Batterien auf dem Oberland eingriffen. Am Ende hatte die kaiserliche

Kriegsmarine eine bittere Niederlage einstecken müssen: Drei Kreuzer und ein Torpedoboot waren versenkt worden. Vor allem aber hatte es verheerende Verluste gegeben. Hunderte von Männern waren im Beschuss zerfetzt oder verbrannt worden oder mit ihren Schiffen gesunken und in den Fluten der Nordsee ertrunken. Und zahllose Verletzte waren mit ihren beschädigten Booten auf die Insel zurückgekommen oder aus dem Meer gefischt und gebracht worden.

Jette tauchte die ganze Nacht hindurch nicht auf. Auch Otto blieb im Hafen. Allein Julchen war Tine ein Trost in diesen dunklen Stunden, in denen der Krieg endgültig auf der Insel angekommen war. Und mit ihren ersten Worten, die sie zu sprechen begonnen hatte, vermochte sie es, das Herz ihrer Großmutter höher schlagen zu lassen, egal, welcher mörderische Wahnsinn dort draußen auf See tobte – zumal eines dieser Worte »Oma« war.

***

Als Jette am nächsten Spätnachmittag endlich nach Hause kam, sah sie um Jahre gealtert aus. Sie war so erschöpft, dass sie in dem Augenblick einschlief, in dem sie sich – noch vollständig bekleidet, die Schuhe noch an den Füßen – aufs Bett setzte und an die Wand lehnte. Schockiert streifte Tine ihr die Schuhe und Strümpfe ab, legte sie sanft hin und deckte sie zu. Otto war gegen Morgen gekommen und bereits wieder zur Arbeit im Hafen verschwunden, etliche Schiffe waren mit Schäden eingelaufen und mussten repariert werden. Also setzte sich Tine zu ihrer Tochter ans Bett und streichelte sie im Schlaf, wachte an ihrer Seite und wartete, bis Jette spätabends endlich aus ihrem unruhigen Schlaf hochschreckte. »Mama?«

»Alles ist gut, mein Schatz«, flüsterte Tine, die hoffte, dass

Julchen nebenan nicht aufwachte. Jette brauchte jetzt so viel Erholung wie möglich. »Möchtest du etwas essen?«

»Durst«, sagte Jette. »Ich habe vor allem Durst.« Verwirrt sah sie sich um. »Wie spät ist es?«

»Beinahe Mitternacht«, sagte Tine und schenkte ihr ein Glas Wasser ein, in das sie ein paar Minzblätter gegeben hatte, sodass es frisch schmeckte, auch wenn es schon seit Stunden auf dem Tischchen stand. Wasser war auf der Insel immer ein kostbares Gut, aber in diesen Zeiten noch mehr. Denn die Soldaten verstanden es nicht, sorgsam damit umzugehen. Aber da es keine Frischwasserader gab, sondern nur Zisternen, in denen sich das Regenwasser sammelte, musste man auf Helgoland Süßwasser sparen.

»Wann bin ich denn gekommen?«

»Gegen halb sechs. Und du hast geschlafen, ehe du auch nur ein Wort sagen konntest.«

Jette rieb sich das Gesicht und murmelte: »Besser so. Das hättest du nicht hören wollen.«

»Ich weiß«, erwiderte Tine. »Ich habe geholfen, ein paar von den Verwundeten nach drüben ins Lazarett zu bringen.«

Jette nickte und starrte ins Leere. »Ja. So was habe ich noch nicht erlebt.«

»Wir alle nicht, Kind. Und ich hoffe, wir werden es nicht noch einmal erleben müssen.«

»Bitte?« Erstaunt blickte Jette auf und sah ihre Mutter ungläubig an. »Das war eine Seeschlacht. Wir haben sie verloren. Die reden da oben von nichts anderem, als dass sie es den Engländern heimzahlen werden. Das steht jetzt schon fest, dass es nicht die letzte solche Schlacht war. Im Gegenteil: Unsere Helden haben erklärt, dass das nur ein Scharmützel gewesen wäre. Eine Lappalie.«

Nun war es Tine, die ungläubig dreinsah. »Eine Lappalie? Haben sie denn die Verletzten nicht gesehen? Die Krüppel? Die Wunden?«

Jette atmete tief durch. »Ist nicht meine Haltung«, sagte sie. »Aber wenn du Hutten hörst, flicken wir die alle bloß wieder zusammen, damit sie möglichst schnell wieder rausfahren können.«

»Sie sollen noch einmal aufs Schiff?«

»Aufs Schiff und in die Schlacht. Die Admiralität denkt sogar, dass die Rachegelüste der Verwundeten der perfekte Antrieb sind, es den Engländern so richtig zu zeigen.«

»Wie menschenverachtend!«, entrüstete sich Tine. »Was sollen denn diese armen Männer noch alles durchmachen!«

»Wie gesagt: nicht meine Haltung, Mama. Aber wir können sie ja auch nicht verbluten lassen, nur damit sie nicht wieder in einen Einsatz müssen.«

»Nein«, flüsterte Tine. »Das natürlich nicht.« Sie versuchte, die schrecklichen Gedanken an die Verwundeten zu vertreiben. »Und? Wie lange hast du frei?«

»Ich muss zur Frühschicht wieder rüber«, erklärte Jette und zuckte die Achseln. Dann stürzte sie ein zweites und ein drittes Glas Wasser hinunter.

»Aber das ist ja schon in vier Stunden!«

»Dann sollte ich vielleicht doch eine Kleinigkeit essen und noch etwas schlafen.«

Tine holte zwei Eier, die sie von Pastor Thevessen bei einem Besuch im Pfarrhaus bekommen hatte, und briet sie rasch mit ein paar Kräutern aus Reimers' Garten in der Pfanne. Dazu gab es einen Rest von dem Brot, das noch im Haus war. Jette aß mit Heißhunger und berichtete, was sie sonst über die Gefechte gehört hatte.

Offenbar hatten die Engländer die kaiserliche Flotte ausgespäht und in eine Falle gelockt.

»Sie mussten unsere Schiffe nur weit genug von der Insel weglocken, damit die Geschütze auf dem Oberland ihnen keinen Feuerschutz geben konnten«, berichtete Jette, bevor sie fortfuhr: »Der Nebel hat natürlich auch geholfen. Offenbar dachte die Admiralität, sie hätten es nur mit zwei oder drei feindlichen Kreuzern zu tun. Aber die hatten da draußen auch Torpedoboote und Zerstörer. Und dann kam keine ausreichende Entlastung, weil ein paar Schlachtschiffe nicht früh genug ausgelaufen waren und nicht mehr aus der Jade kamen ...«

Tine war erstaunt, wie genau Jette über die Vorgänge Bescheid wusste. Offenbar wurde während der Operationen jeder kleine Vorgang berichtet und kommentiert. Und Jette konnte als Operationsschwester jedes Wort mithören, das die Stabsärzte austauschten.

»Konntet ihr denn alle Männer retten?«

»Ich weiß es nicht, Mama. Gut möglich, dass der eine oder andere noch stirbt. Einer hat kein Gesicht mehr und bekommt kaum noch Luft wegen der Verbrennungen. Ich fürchte, dass seine Lunge zerstört ist. Vielleicht erstickt er heute Nacht noch. Einem mussten wir beide Beine abnehmen und seine ... alles, was dazwischen war.« Jette schlug sich die Hände vors Gesicht. »Wir konnten ihn gar nicht richtig betäuben, weil es so schnell gehen musste. Er hat geschrien wie ... das kannst du dir nicht vorstellen. Ich ... höre es jetzt noch.« Das Grauen in den Augen, blickte sie ihre Mutter an, dann begann sie hemmungslos zu weinen und klammerte sich bebend an Tine fest, bis sie irgendwann keine Kraft mehr hatte und aufs Bett niedersank. »Es gibt keinen Gott, Mama«, schluchzte sie. »Es gibt keinen Gott.«

Die Worte trafen Tine wie ein Schlag. »Sag das nicht, mein Liebes, bitte«, flüsterte sie. »Sag das nicht.«

»Es ist aber so, Mama«, erklärte Jette und schloss die Augen. Und als müsste sie die Trauer ihrer Tochter fortsetzen, liefen nun Tine die Tränen über die Wangen, während sie sich neben Jette setzte und den Arm um sie legte, um wenigstens ihren Schlaf zu behüten und vielleicht ihre Träume. »Und, Mama?«

»Ja, mein Schatz?«

»Ich bin schwanger.«

***

Viertes Kapitel

Es folgten Tage der Stille auf der Insel, beinahe, als hätte der Krieg den Atem angehalten oder sich entschlossen, sich im milden Licht des Spätsommers aufzulösen. Selbst die Übungen auf dem Oberland und auf der Düne wirkten verhalten. Zwei der Verwundeten des Seegefechts von Ende August waren verstorben, einige andere hatten das Lazarett bereits wieder verlassen und ihre Heldenauszeichnungen entgegennehmen dürfen. Es war gefeiert worden im »Seeadler«, als hätte die kaiserliche Marine einen Sieg errungen. Und Tine ging jeden Tag mit ihrer kleinen Enkeltochter spazieren und genoss es, dass sie stets für die Mutter gehalten wurde. Inzwischen gab es einige Soldaten, denen die Frau mit dem kleinen Mädchen bekannt war, weshalb sie immer öfter gegrüßt wurde. Mancher stolze Kämpfer machte Komplimente. Und gegenüber dem Haus von Knut Reimers waren einige Matrosen eingerückt, die einen erstaunlichen Chor bildeten. An den Abenden wurde musiziert. Einer der Männer spielte auf dem Akkordeon, die anderen stimmten ihre Seemannslieder an, als wäre tiefer Frieden. Und oft summte Tine mit und wiegte dabei ihre kleine Enkeltochter auf den Knien. Es mochte nicht mehr das Helgoland sein, das sie kannte, aber plötzlich war es doch wieder zu einer halbwegs schönen Insel geworden, auf der sich nicht mehr nur Düsteres zutrug. Es waren auch nicht mehr Uniformierte, denen man bei jedem Schritt begegnete, sondern Menschen, die das Schicksal an diesen Ort verschlagen hatte – oder kaiserlicher Befehl, was für jeden von ihnen letztlich dasselbe war.

An manchen Tagen kam es nun sogar vor, dass Jette zum Abendessen nach Hause kam und die ganze Nacht über blieb. Dann setzte sich Tine mit ihr vors Haus, wo Knut Reimers' Bänkchen stand, und sie blickten aufs Meer hinaus und versuchten sich einfach vorzustellen, die Fregatten und Zerstörer und Torpedoboote wären nicht dort, sondern es wären nur Fischerboote, die darauf warteten, am nächsten Morgen wieder hinauszufahren, oder Bäderschiffe, die neue Gäste brächten. »Weißt du, was?«, sagte Tine irgendwann. »Warum gehen wir nicht und besuchen Pauls Boot? Vielleicht gehen wir sogar rauf? Julchen würde das bestimmt Spaß machen!«

Und so gingen sie zum Steg am Bollwerk auf der Ostseite der Insel, wo Paul Stöver sein Ausflugsboot liegen hatte, in dem noch vor Wochen Kurgäste mit ihm um die Insel geschippert waren. Er hatte das Boot nicht umbenannt, als er es gekauft hatte, »Annemarie« war auch der Name seiner Großmutter gewesen. Und so lag denn die *Annemarie* an ihrem Platz und schaukelte sacht in den Wellen. Sie lag tief, denn es war Ebbe. Deshalb war es nicht so einfach hinüberzuklettern. Aber Jette war beweglich und mutig und sprang einfach an Deck. »Komm, ich helfe dir!«, rief sie.

»Und Julchen?«

»Die reichst du mir zuerst herunter.«

Tine packte die Kleine unter den Armen und hielt sie ihrer Tochter hin. In dem Moment wurde sie von hinten angeherrscht. »Halt! Was machen Sie da?«

Ein Hauptmann oder Feldwebel stand da und hatte die Fäuste ihn die Seiten gestemmt. »Das Betreten der Hafenanlagen ist strengstens verboten!«, erklärte er.

»Es tut mir leid, Herr Offizier«, sagte Tine. »Das wussten wir nicht. Das Boot hier gehört meinem Verlobten.«

Er kniff die Augen zusammen und schien Jette zu erkennen. »Sie sind eine der Schwestern von oben, richtig?«

Jette nickte. »Das ist richtig, Herr Hauptmann.«

»Und wer ist diese Frau mit dem Kind? Was hat sie überhaupt auf der Insel zu suchen? Warum ist sie nicht evakuiert?«

»Das ist meine Mutter. Und meine Tochter«, erklärte Jette. »Meine Mutter ist Hebamme.«

»Hebamme?« Für einen Augenblick schien der Soldat nicht zu wissen, ob er lachen oder sich empören sollte.

»Sie hat bei den Krankentransporten geholfen.«

Das schien den Mann augenblicklich gnädig zu stimmen. Er nickte heftig, blickte Tine plötzlich respektvoll an und sagte: »Das ist recht, gute Frau. Solche Frauen braucht unser Vaterland.«

Tine schenkte ihm ein gezwungenes Lächeln. Er konnte nicht wissen, mit wie viel Abscheu sie diesen Waffengang betrachtete. Und weil der Krieg sein Beruf war, würde er auch kein Verständnis dafür haben, wenn sie es ihm auf die Nase band. »Herr Hauptmann«, sagte sie. »Wir wollten nur nach dem Rechten sehen. Wie gesagt, das Boot gehört meinem Verlobten. Es ist deshalb wichtig, dass …«

»Dieses Boot ist beschlagnahmt, gute Frau«, erklärte der Soldat knapp und klar. »Es untersteht wie alle Boote hier dem Kommando der Admiralität und wird von uns ausreichend beobachtet, wie Sie feststellen konnten. Wenn hier jemand *nach dem Rechten sieht*, dann ist das die kaiserliche Kriegsmarine.«

»Beschlagnahmt?«, flüsterte Tine bestürzt. »Das heißt, wir dürfen es nicht nutzen?«

»Selbstverständlich nicht! Es ist kriegswichtiges Gerät!« Versöhnlich fügte er hinzu: »Sie könnten ja doch nicht rausfahren.

Zivilisten dürfen ohne Sondergenehmigung in diesen Gewässern nicht mehr fahren.«

»Verstehe«, sagte Tine resigniert, während Jette sich an einem der Taue wieder hochzog. »Dann … dann gehen wir besser wieder.«

Der Hauptmann blieb noch eine Weile stehen, bis die Frauen mit dem Kind wieder hinter dem Bollwerk waren, und blickte ihnen nach. Dann war er so unvermittelt verschwunden, wie er aufgetaucht war.

»Beschlagnahmt«, murmelte Tine. »Stell dir vor! Wenn Paul kommt, kann er sein Boot gar nicht benutzen.«

»Wofür soll er es denn benutzen, Mama?«

»Spielt es eine Rolle?« Hauptsache, er kam wieder. Sosehr Tine die Erkenntnis schockiert hatte, dass es nichts mehr zu geben schien, das man noch sein Eigen nennen konnte, so deutlich machte ihr dieser Vorfall, worauf es wirklich ankam. Das kleine Häuschen am Nordstrand, das Boot beim Bollwerk, all das war nur etwas wert, wenn es jemanden gab, in dessen Leben es eine Rolle spielte. Und ohne dieses Leben waren diese Dinge nutzlos.

***

Wenige Tage später wurde Tine zu ihrer grenzenlosen Überraschung zu einer Geburt gerufen. Die Frau des Funkers der Kommandantur lag in den Wehen. Vielleicht war es doch dieser Schwangerschaft wegen gewesen, dass sie nicht evakuiert worden war. Bis kurz vor der Niederkunft jedenfalls hatte Tine weder etwas von der Anwesenheit der Frau noch von ihrem Zustand gewusst. Entsprechend überrascht war sie gewesen, als sie eine Nachricht bekommen hatte, sie möge sich unverzüglich in der Kommandantur einfinden.

Hildegard Engelbrecht war wohl die dickste Schwangere, die Tine in ihrem Leben gesehen hatte. Es war kaum vorstellbar, wie sie sich in den letzten Wochen vor der Niederkunft noch hatte bewegen können. Doch irgendwie hatte sie es geschafft. Und nun war also die Fruchtblase geplatzt, und die Geburt stand unmittelbar bevor. Tine war lange nicht mehr in der Kommandantur gewesen, in den privaten Räumlichkeiten überhaupt nur einmal: als sie Constanze von Witten hatte helfen müssen. Vielleicht lag es daran, dass es diesmal nur der Funker war, um dessen Frau es ging, jedenfalls erinnerte wenig an die Pracht, die diese Räume einst ausgestrahlt hatten. Stattdessen sah es im Schlafzimmer der Engelbrechts so nüchtern aus, dass Tine der Begriff »Kriegswirtschaft« in den Sinn kam.

Gleichwohl war es der reine Luxus, Hildegard Engelbrecht zu versorgen. Die Geburt verlief so leicht und unkompliziert, dass es Tine beinahe peinlich war, als der frischgebackene Vater ihr überschwänglich dankte und ihr tatsächlich zu Tines völliger Verblüffung eine Goldmark in die Hand drückte.

Vor der Kammer hatte man bereits Sekt gereicht, und sogar der Kommandant hatte sich zu dem kleinen Umtrunk eingefunden und ließ es sich nicht nehmen, einen Toast auf den Neugeborenen auszubringen, der nicht nur ein strammes Kerlchen war, sondern zu Ehren des obersten Befehlshabers auch auf den Namen Wilhelm getauft werden sollte. »Ein zukünftiger Soldat Seiner Hoheit des Kaisers!«, rief der Kommandant aus und erhob sein Glas.

»Vivat!«, riefen die Anwesenden und erhoben ebenfalls ihre Gläser. Nur Tine brachte es nicht über sich, diesem Toast beizupflichten. Es schien ihr wie ein Frevel, bei der Geburt dieses kleinen Jungen schon an seinen möglichen Heldentod zu denken. Musste es denn nur noch um den Krieg gehen? Zählte denn überhaupt nichts anderes mehr? Die Goldmark in ihrer Hand fühlte sich auf einmal wie ein Blutzoll an. Andererseits würde dieses Geld nicht nur ihr, sondern auch Jette und Otto, dem kleinen Julchen und auch Knut Reimers, der sehr unter seiner Situation litt, helfen. Zumindest Not würden sie für einige Zeit nicht leiden.

Solchermaßen getröstet trat Tine vor die Kommandantur und atmete tief durch, ließ den Blick über den Falm schweifen, sah hinaus aufs Meer, auf die Schiffe dort, auf die Häuser des Unterlands, und wollte schon den Weg hinüber zur großen Treppe einschlagen, als sie einige Schritte entfernt die matte Stimme Jettes hörte: »Mama. Mama.«

Als sie sich umwandte, erschrak sie. Jette sah bleich und krank aus. »Was ist mit dir, mein Liebes?«

»Das Kind«, sagte Jette und holte tief Luft. »Ich habe es verloren.«

***

Es war im Spätherbst, als Tine zum ersten Mal zu einem besonderen Einsatz gerufen wurde, wie Doktor von Hutten es nannte. Eine der angelernten Krankenschwestern bestellte sie zum Hafen, wo man ihr einen Passierschein aushändigte und sie weiterschickte. Hinter den Baracken, in denen einst Hedi gearbeitet hatte, gab es einen Zugang zu den Stollen. Nachdem sie den Passierschein vorgezeigt und erklärt hatte, dass sie auf Weisung des Stabsarztes hier war, ließ man sie durch. Ein Kadett sollte sie zum Offizierscasino bringen. Dort war es nur noch eine kurze Wegstrecke zu einer Reihe von Kammern, die offenbar zu einer unterirdischen Wirtschaft gehörten, in der jetzt aber kein Betrieb war. Staunend stolperte Tine durch die langen Gänge, die hier in den Fels getrieben worden waren. Es war tatsächlich, wie es die Gerüchte seit langem besagten, eine Stadt unter der Erde, die hier existierte. Als gäbe es auf Helgoland zwei völlig voneinander getrennte Welten!

»Bitte«, sagte der Kadett und riss einen der Vorhänge zurück, mit denen die Türen hier verhängt waren. Muffiger Geruch stieg Tine entgegen, vermischt mit dem süßlichen Duft von Parfüm, das sie vage an ihre Schwester Gerda erinnerte. Und dann sah sie vor sich die junge Frau, die auf einem billigen Feldbett saß, bekleidet mit einem Morgenmantel, die Füße in Stöckelschuhen, die ihr sichtlich zu eng waren. Erschrocken starrte die Frau auf den Soldaten und seine Begleiterin. »Rosemarie, das ist die Engelmacherin. Ich komme in einer halben Stunde wieder.« Mit diesen Worten war er weg, ohne noch einmal das Wort an Tine gerichtet zu haben.

Es gab hier unten überall elektrisches Licht. Die Leitungen zogen sich in langen Kabeln an den Wänden entlang. Auch in dieser engen Kammer flackerte eine Glühbirne. »Guten Tag«, sagte Tine. »Darf ich reinkommen?«

Die Frau nickte.

»Arbeiten Sie hier?«

Wieder nickte die Frau. Und so, wie sie das tat, beantwortete sie auch gleich die nächste Frage: »Sie leben auch hier, ja?« Das erklärte, weshalb man von den Frauen, die sich für die Soldaten prostituieren mussten, so gut wie nie eine auf der Insel sah. Sie wurden hier wie in einem Stall gehalten. Tine sah sich um. Es gab einen Tisch, auf dem eine Flasche stand, daneben ein Glas. Was darin war? Schwer zu sagen. Eine Kleidertruhe. Ein Stuhl, auf dem die Besucher vermutlich ihre Uniform ablegten, wenn sie sich zu der Frau legten. Ein Spiegel, darunter ein Brett mit Schminksachen.

Geschminkt war die Frau auch jetzt. Ob sie sich jemals die

Schminke aus dem Gesicht wusch? »Im wievielten Monat sind Sie?«

»Ich weiß es nicht.«

»Wie oft haben Sie denn Ihre Tage nicht bekommen?«

Rosemarie zuckte die Achseln. »Welchen Tag haben wir denn?«

»Montag.«

Die junge Frau lachte bitter. »Und welchen Montag?«

»Den siebzehnten.«

»Dezember?«

»November.«

»Verstehe.«

Tine verstand auch. Die Frauen kamen hier nie raus, sie wussten gar nicht mehr, ob Tag war oder Nacht, welche Woche, welcher Monat, alles war einerlei. Und sie selbst waren auch einerlei, sie mussten nur funktionieren. Und eine Schwangere funktionierte nicht richtig. »Darf ich?«, fragte Tine und legte der Frau die Hand auf den Bauch. Die Schwangerschaft war noch nicht weit fortgeschritten. Immerhin. Dennoch: »Was würde passieren, wenn Sie das Kind bekämen?«

»Das Kind bekommen?«, sagte die junge Frau erschrocken. »Das geht nicht!«

»Meinen Sie nicht, man würde Sie auf eines der Schiffe setzen und aufs Festland bringen?«

»Auf eines der Schiffe, das wäre das Letzte«, sagte Rosemarie voller Abscheu. »Katja war auf einem der Schiffe.«

»Katja?«

»Eine Kollegin. Sie konnte nicht mehr gehen, als sie zurückkam. Und sie kann nicht mehr auf die Toilette. Sie leidet jedes Mal schrecklich.«

»Verstehe.« Ja, Tine verstand. Es war selbst für die Frauen, die unter Umständen lebten wie Rosemarie kaum auszuhalten, auf einem Schiff voller Matrosen mitzufahren, die jeden Tag damit rechnen mussten, dass es ihr letzter sein könnte. Kein Hurenlohn konnte die Marter aufwiegen, der man auf einer solchen Fahrt ausgesetzt sein würde.

»Aber selbst wenn …«, sagte die junge Frau. »Ich könnte das Kind niemals bekommen.«

»Warum nicht? Es gibt immer einen Weg im Leben!«

»Das ist vielleicht so«, erwiderte Rosemarie. »Aber ein Offizier kann kein Hurenbalg bekommen.«

Das Offizierscasino! Dieses Bordell war den höherrangigen Soldaten vorbehalten. Man gönnte sich hier das Vergnügen. Aber die Konsequenzen sollten gefälligst die Frauen tragen. Alleine. Wie verzweifelt musste jemand wie Rosemarie sein!

»Dann lass uns mal sehen, was wir tun können«, sagte sie. »Ich bin übrigens Tine.« Sie untersuchte die junge Frau und erklärte dann: »Wir werden die Frucht ausschaben. Ich habe dafür ein spezielles Instrument. Man nennt es Kürette. Es kann wehtun.«

»Was tut schon nicht weh«, sagte die junge Frau resigniert.

»Hast du vielleicht ein Glas Schnaps? Oder zwei? Das hilft, den Schmerz ein wenig zu lindern.«

»Kenne ich«, erklärte Rosemarie müde. Sie griff nach der Flasche und schenkte das Glas daneben voll. Ein beißender Geruch stieg von dem Getränk auf. Whisky oder Rum war es jedenfalls nicht, sondern irgendein billiger Fusel, der vermutlich heftige Kopfschmerzen machen würde. Aber das würden wohl dennoch die geringsten Sorgen sein, die Rosemarie hatte.

Tine weitete den Muttermund ein wenig mit Öl und wartete, dass die junge Frau sich etwas entspannte. Der Schnaps half dabei, auch wenn er zu einem Schluckauf führte. Erst als

Rosemarie ruhig auf ihrem Bett lag, wies Tine sie an, die Beine anzuwinkeln und geöffnet zu halten, damit sie ihr Instrument vorsichtig einführen konnte. Es war ein langer Stab, der vorne zu einer Art Löffel verbreitert war. In die Gebärmutter geschoben konnte man damit den Fötus ausschaben. Es war eine Arbeit, die Fingerspitzengefühl erforderte, denn die Gefahr einer Verletzung der Schwangeren war groß. Hinzu kam, dass Tine, die diese Arbeit erst wenige Male getan hatte, jedes Mal einen Stich im Herzen spürte, wenn die Kürette auf Widerstand stieß. Das hieß, sie war bei dem werdenden Kind angelangt, einem winzigen Wesen, das sie nun aus dem Leben reißen sollte, ehe es noch eines gehabt hatte.

Mit zitternden Händen arbeitete Tine an ihrem düsteren Werk, immer wieder musste sie an Julchen denken, diesen kleinen Sonnenschein, der auf die Welt hatte kommen dürfen wie alle Menschen, die geboren worden waren, wie sie selbst, wie Rosemarie, die hier vor ihr lag und, vom Schnaps halb benommen, ab und zu ein wenig aufstöhnte, vielleicht aus Schmerz, vielleicht aus Scham oder Trauer, vermutlich aus all diesen Gründen zusammen.

Als sie fertig war, nahm sie die Hand der jungen Frau und sprach mit ihr ein Gebet. Eine kleine Weile saßen sie noch beisammen. Tine erklärte ihr, dass sie für einige Tage vorsichtig sein musste, kein Bad nehmen durfte, mit keinem Mann zusammen sein durfte, sich schonen sollte. Und zugleich wussten sie beide, dass allenfalls das Bad etwas war, was Rosemarie nicht nehmen würde. Die Schonzeit war vermutlich spätestens am nächsten Tag vorbei, womöglich auch schon in der nächsten Nacht. Als Tine gehen wollte, griff die junge Frau nach ihrer Hand und hielt sie fest. »Glaubst du, Gott kann mir das verzeihen?«

Tine versuchte, ihr ein Lächeln zu schenken, obwohl es ihr unendlich schwerfiel. »Dir schon, Rosemarie. Aber dem Offizier, dem wird er es hoffentlich nicht verzeihen.«

***

Es war das traurigste Weihnachtsfest, das die Insel je erlebt hatte, auch wenn die stationierten Soldaten nach Kräften feierten. Doch das Fest des Friedens war zur Geisel des Kriegs geworden. Selbst die Weihnachtslieder, die auch die Matrosen anstimmten, klangen aus ihren Kehlen wie Schlachtgesänge. Pastor Thevessen beging eine Mette vor vollem Haus, doch die Insulaner fehlten. Die wenigen, die hatten bleiben dürfen, sammelten sich in einem Winkel des Gotteshauses und bildeten eine verwunschene kleine Gruppe neben den dicht gedrängten Reihen der Uniformierten. Die grauen Feldmäntel, Schulter an Schulter vor ihr, wirkten auf Tine wie ein steinernes Meer, aus dem es kein Entrinnen gab. Verloren stand der Pastor vorne und hielt seine Predigt, sprach von Vergebung und Nächstenliebe, von Gottes Reich und dem Wunder der Christnacht. Selten hatte Tine ihn so flehentlich sprechen hören. Es war fast, als wollte er die Soldaten überreden, vom Krieg abzulassen und nach Hause zu gehen. Unruhe machte sich in den Reihen der Uniformierten breit, Murren war zu hören. Doch als schließlich alle die »Stille Nacht« anstimmten, da brach manchem von ihnen die Stimme, und es war aus vielen Richtungen Schluchzen zu hören. Denn letztlich waren diese Krieger auch nur Menschen: Männer, die ihre Liebsten vermissten, die fern von der Heimat waren, die nicht wussten, ob sie noch einmal ein Weihnachtsfest würden erleben dürfen.

Tine vermisste an diesem Heiligabend vor allem ihre Schwester Fritzi, deren Stimme jedes Weihnachtslied licht und leicht gemacht hatte. Über allem hatte Fritzis Sopran geschwebt. Jetzt gab es keinen Kirchenchor mehr, es waren ja alle evakuiert – und Fritzi war lange tot. Voll Dankbarkeit legte Tine einen Arm um ihre kleine Enkeltochter, die in der Bank neben ihr eingeschlafen war. Sie war noch zu jung, um so lange wach bleiben zu können, aber Jette war es wichtig gewesen, sie mitzunehmen, zumal sie alle in die Kirche hatten gehen wollen, auch der alte Knut Reimers, der auf Tines anderer Seite saß und leise vor sich hin bebte.

Alle waren sie einsam in dieser Nacht. Alle vermissten sie jemanden. Jette, Otto und Julchen waren vielleicht die einzige halbwegs vollständige Familie, die es – von den hohen Herren der Kommandantur abgesehen – in diesem Winter auf der ganzen Insel noch gab. Alle anderen waren auseinandergerissen worden, hofften und bangten um ihre Töchter und Frauen, um ihre Väter und Söhne, um ihre Liebsten, die irgendwo auf dem Festland untergebracht waren und nicht wussten, ob und wann sie einst wiederkommen durften.

Wie jedes Jahr, so war Tine auch in dieser Heiligen Nacht bei Pfarrer Thevessen in der Pastorei. Er hatte seine letzte Flasche Wein geöffnet und den Tisch mit seinem letzten Stückchen Wurst und etwas Käse und gepökeltem Fisch bereitet. Kerzen hatte er zum Anzünden bereitgestellt und die Tafel so festlich gedeckt, wie es ihm in diesen Zeiten möglich war.

Als er aber mit Tines kleiner Familie, mit Knut Reimers und Hink als Letzter von der Mette zurückkam, war von den Speisen und vom Wein nichts mehr übrig. Stattdessen wurde die kleine Gruppe fröhlich von den Soldaten begrüßt, die in Thevessens Küche saßen und die Köstlichkeiten genossen hatten. »Frohe Weihnachten, Pastor!«, rief einer. »Und vielen Dank für Speis und Trank!«

»Jawoll, Herr Pastor«, rief ein anderer. »Das war eine schöne Überraschung!«

Einen Augenblick war der Pfarrer sprachlos. Doch dann lächelte er den Soldaten freundlich zu und sagte: »Frohe Weihnachten, die Herren! Und wohl bekomm's! Schön, dass Sie sich bedient haben.« Er wandte sich zu seinen Gästen um und erklärte: »Was gibt es Besseres in der Christnacht, als jemandem etwas Gutes zu tun. Der Herr hat uns die Gelegenheit dazu gegeben, und wir dürfen uns glücklich schätzen, dass wir dank der Herren, die mein Haus mit mir teilen, diese Gelegenheit nicht verpasst haben.«

»Herr Pastor«, sagte Knut Reimers. »Wenn es Ihnen nichts ausmacht, dann würde ich mich freuen, wenn wir alle zu mir gingen. Mein Haus könnte auch mal den Besuch eines Geistlichen vertragen. Ich habe zwar keinen Wein zu bieten. Aber Lotte und Lene haben brav ihr Ei gelegt heute. Und mit denen von gestern und dem Rum, den ich noch hab, können wir uns doch einen schönen Eiergrog machen?«

Der Pastor legte dem Bootsbauer eine Hand auf die Schulter und sagte: »Was für eine schöne Idee, lieber Reimers. Die Einladung nehme ich gerne an.« Und zu den anderen: »Wollen wir?«

Wie gerne hätte Tine ihren neuen Reichtum, den ihr die Goldmark beschert hatte, mit den anderen geteilt. Doch es hatte sich schnell herausgestellt, dass eine Goldmark als Zahlungsmittel auf der Insel keinen Wert hatte. Es gab schlicht nichts, was so teuer gewesen wäre – und niemand hatte genügend Geld, um ihr auf diese Währung herauszugeben. So blieb dieser Schatz unangetastet, während gleichzeitig alle zunehmend Hunger litten. In frostiger Christnacht spazierten sie alle die Casinostraße entlang zum Falm und nahmen dann die

Treppe zum Unterland, um in der Reimers'schen Stube zum Helgoländer Eiergrog einzukehren und die Heilige Nacht gemeinsam ausklingen zu lassen, ehe Otto den Pfarrer wieder zurück zur Pastorei brachte.

***

Fünftes Kapitel

Gegen Ende Januar kam es zu einem zweiten großen Seegefecht. Abermals war die Zahl der Verwundeten und der Todesopfer groß, und das Lazarett war rasch an der Grenze seiner Belastbarkeit.

»Sag deiner Mutter Bescheid, Mädchen«, raunte Bert Rickens Jette zu, als sie einmal zu ihm in den »Seeadler« kam, um Otto mit einem Bier zu überraschen. »Wird bald wieder Evakuierungen geben.«

»Aber es sind doch schon fast alle weg.«

Der Wirt zuckte die Achseln. »Die wollen jetzt gar keine Zivilisten mehr hier haben, wo der Krieg richtig losgeht.«

»*Jetzt* geht der Krieg richtig los? Und was war das bisher?«, fragte Jette empört.

»Bisher war ein Vorgeplänkel.« Rickens beugte sich über den Tresen. »Nicht meine Meinung, Mädchen. Aber ich hör ja, was die Herren Offiziere sich erzählen.«

Jette nickte. So also sah die Admiralität die Lage. Alles bisher war offenbar einer Kleinigkeit gewesen im Vergleich zu dem, was kommen sollte. Ob die Mütter der gefallenen Soldaten das genauso sahen? Oder die Matrosen, die ohne Arme und Beine oder blind und taub weiterleben mussten?

»Ich glaube nicht, dass sie mich wegschicken«, sagte Tine, als sie von Rickens' Warnung hörte. »Aber ich muss Stövers Bescheid geben.«

In der Tat hatte auch die Stunde der Kramer auf der Insel geschlagen. Sie wurden ebenso evakuiert wie die Fischer und alle anderen, die nicht unmittelbar Aufgaben für die Kommandantur zu erfüllen hatten. Die Versorgung der Stationierten würde zukünftig ausschließlich von der Marine organisiert. Sogar Knut Reimers hatte Helgoland zu verlassen. Als er ging, drückte er Tine den Schlüssel zu seinem Haus in die Hand und beschwor sie: »Lass es dein Zuhause sein, bis ich wieder hier bin oder meine Frau. Geb Gott, dass wir uns alle wiedersehn, gesund und munter.«

»Ja«, sagte Tine. »Geb es Gott.«

Es war klar, dass auch bei Reimers neue Soldaten einquartiert werden würden. Denn immer noch landeten Männer an, die einen Platz auf der Insel brauchten. Als die zweite Evakuierung durchgeführt war, gab es kaum noch jemanden hier, den Tine kannte. Helgoland hatte seine Helgoländer verloren. Und niemand wusste, ob und wann die Insulaner auf ihren Fels würden zurückkehren können. Von einem Krieg »für ein paar Wochen« sprach inzwischen niemand mehr. Auch wenn die kaiserliche Armee inzwischen bis weit nach Frankreich vorgedrungen war und sich wacker gegen die Russen schlug, so hatten doch alle erkannt, dass ein Krieg an mehreren Fronten schnelle Siege unmöglich machte. Dazu kam, dass die Engländer ihre Flotte geschickt einsetzten. Trotz der gewaltigen Überzahl der deutschen U-Boote war die kaiserliche Kriegsmarine dem taktischen Geschick der Briten nicht gewachsen.

So wurde die Stimmung auf der Insel zunehmend düsterer. Die Soldaten sahen ihrem Schicksal mit zorniger Entschlossenheit entgegen und ertränkten ihre Angst und ihre Einsamkeit in den zwei Kneipen, die es noch gab, unter anderem im »Seeadler«. Auch Bert Rickens' Frau und sein Sohn hatten die Insel nun verlassen müssen, weshalb Tine ihm nun öfter bei der Arbeit half. Dass sie mit ihren gut vierzig Jahren immer noch eine hübsche Frau war, machte es ihr dabei nicht leichter. Denn die Soldaten gefielen sich darin, sich in Anzüglichkeiten und Unschicklichkeiten gegenseitig zu übertreffen.

Rickens sah diese Situation mit Sorge. Als Wirt hatte er auch den Soldaten gegenüber eine gewisse Autorität. Aber letztlich war er darauf angewiesen, dass sie ihn nicht bei der Kommandantur anschwärzten. Deshalb konnte er stets nur versuchen, mäßigend auf die Männer einzuwirken und vor allem dafür zu sorgen, dass sie sich nicht zu sehr betranken. Wenn einer allzu sehr über die Stränge schlug, schickte er einen der Kadetten nach einer der Patrouillen, die überall auf der Insel jederzeit unterwegs waren, und bat sie, im »Seeadler« nach dem Rechten zu sehen.

So gingen die Wochen und Monate dahin, und der Krieg schlich um die kleine Insel in der Nordsee herum, die zwar bis an die Zähne bewaffnet war, aber genau deshalb kein einziges britisches Kriegsschiff zu sehen bekam. Die Flotte des Empire verstand es stattdessen, die Deutschen hinauszulocken aufs offene Meer, sie dort zu stellen, einzukreisen und zahllose Schiffe der kaiserlichen Kriegsmarine zu versenken. Die Flugzeuge, die unablässig auf der Insel starteten und landeten, und die Zeppeline, die über Helgoland kreisten, schienen der Marine kaum nützlich sein zu können. Und auch wenn die Verlautbarungen der Kommandantur und die Meldungen in den Zeitungen stets den Eindruck zu erwecken versuchten, als stünde der Sieg im Felde, zu Wasser und in der Luft praktisch unmittelbar bevor, spürten doch alle auf der Insel, dass es ein langer und vor allem ein Krieg mit ungewissem Ausgang werden würde.

Die Soldaten, die im Erdgeschoss von Reimers' Haus einquartiert worden waren, schienen eine verschworene Truppe.

Sie nahmen von Tine und ihrer Familie keine Notiz. Allerdings bestanden sie darauf, die Küche für sich zu haben, sodass das wenige, das die kleine Familie im Dachgeschoss sich noch leisten konnte, nun auf dem Bollerofen zubereitet werden musste. Die Hühner und auch die Ziege waren »beschlagnahmt« worden. Das hieß, sie waren eines Tages verschwunden, vermutlich von den Soldaten im Erdgeschoss verkauft. So gab es auch keine Eier mehr. Immer öfter mussten Tine und die Ihren hungrig schlafen gehen. Das wenige, das sie noch hatten, stammte von Bert Rickens, wenn er Tine nach Feierabend etwas zusteckte, was auf den Tellern und Platten der Offiziere übriggeblieben war. Und das bekam dann meist Julchen, die so schmal war, dass Jette sich schon Sorgen machte, sie könnte ernsthaft krank werden.

Es war jetzt immer schwieriger, jemanden zu haben, der auf Julchen aufpasste. Denn oft war Jette im Lazarett, während Otto im Hafen und Tine im »Seeadler« arbeitete. An manchen Tagen brachte Tine die Kleine hinauf in die Pastorei, damit der Pfarrer auf sie achtgeben konnte. Doch mit Schrecken stellte sie fest, dass der alte Mann vergesslich wurde. Einmal kam sie spät, um ihre Enkeltochter abzuholen, und fand Pastor Thevessen auf seinem Bett sitzend vor. »Guten Abend, Herr Pastor«, sagte sie. »Hier bin ich endlich.«

»Ich wusste gar nicht, dass du mich besuchen wolltest.«

»Ich hole nur Julchen ab.«

»Julchen?«

»Meine Enkeltochter.«

»Oh! Ist sie hier?«

Erschrocken sah Tine sich in der Kammer des Pastors um, konnte Julchen aber nirgends entdecken. »Aber Sie hatten sie doch heute bei sich, um auf sie aufzupassen.«

Der Pastor lächelte versonnen und nickte. »Sie ist bestimmt bei Helga. Geh doch in die Küche und sieh nach.«

»Aber … aber Ihre Frau ist doch … schon vor Jahren gestorben, Herr Pastor«, flüsterte Tine und spürte, wie Panik in ihr aufstieg.

»Wirklich? O Gott! Dann muss ich … muss ich für sie beten.«

Tine hatte die Kleine tatsächlich in der Küche gefunden, wo sich die Soldaten einen Jux daraus gemacht hatten, ihr ein paar Schluck Bier einzuflößen und ihr dabei zuzusehen, wie sie anschließend über ihre eigenen kleinen Beinchen stolperte. Blass vor Wut, aber unfähig, überhaupt etwas zu sagen, riss Tine ihre Enkeltochter an sich und rannte mit ihr aus dem Haus, hinunter zum Unterland, weg von diesen … diesen Unmenschen, und ertappte sich dabei, wie sie hoffte, dass sie alle mit ihren Schiffen beim nächsten Gefecht untergehen mochten. Als sie Julchen in ihr Bett gelegt und zugedeckt hatte, kniete sie sich daneben und bat Gott um Vergebung, obwohl es ihr immer noch schwerfiel, ihren Zorn zu beherrschen.

***

Als Tine am nächsten Morgen zum wievielten Male zur Poststation ging, erschien auf dem Gesicht des alten Detlev Ehrlich ein feines Lächeln. Er nahm seine Kappe ab und kratzte sich den fast kahlen Kopf. »Frau Heesters!«, grüßte er sie. »Moin!«

»Moin, Herr Ehrlich. Haben Sie vielleicht etwas für mich?«

»Das habe ich sehr wohl!«, erklärte er mit verschmitzter Miene und beugte sich nach hinten, um aus einem seiner zahlreichen Fächer einen Brief zu nehmen. »Bitte sehr.«

Post von Paul! Tines Hände zitterten, als sie den Umschlag entgegennahm, und sie zitterten immer noch, als sie sich draußen auf eine Bank setzte und ihn aufriss. Gott sei Dank, dachte sie nur immer wieder. Er hat geschrieben, also ist er am Leben. Was immer er schrieb, es war egal. Hauptsache, er lebte.

Liebste Tine!
Diese Zeilen schreibe ich Dir aus Bremerhaven, wo wir für eine Nacht vor Anker liegen. Ich hoffe, es geht Euch allen gut. Vor allem bete ich, dass Ihr alle gesund seid.
Wir hatten Einsätze in der Nordsee und im Skagerrak. Wenn wir morgen wieder auslaufen, wissen wir nicht, wohin es gehen wird. Nach dem nächsten Einsatz wird die Mannschaft ein paar Tage auf Heimaturlaub geschickt, dann werde ich hoffentlich auf unsere liebe Insel kommen können.
Tag und Nacht sehne ich mich nach Dir, mein Lieb, und bete für Dich. Dass Du mir Deine Hand versprochen hast, ist mir der schönste und wichtigste Grund, klaglos alles durchzustehen, was uns hier abverlangt wird. Nun sende ich Dir viele Küsse und umarme Dich von ganzem Herzen. Bleib mein und bleib gesund!
In Liebe
für immer Dein
Paul

Eine Träne tropfte auf das Papier, ehe Tine es wieder zusammenfaltete. Sie schloss die Augen und versuchte sich vorzustellen, wie ihr Verlobter in dieser Stunde auf seinem Schiff übers Meer fuhr. Dieser eine Einsatz noch, dann wird er wieder bei dir sein, dachte sie und spürte, wie wenig beruhigend das für sie klang. Sie hatte die Männer gesehen, die von den Schiffen an Land gebracht worden waren, einige von ihnen lebten nicht mehr. Andere waren ganz draußen geblieben.

»Frau Heesters?« Ein Uniformierter kam winkend auf sie zu. Sie erkannte einen der ehemaligen Hausdiener des Imperial in ihm.

»Ja?«, sagte sie, steckte den Brief weg und wischte sich über die Nase.

»Sie werden gebeten, ins Imperial zu kommen«, erklärte der junge Mann. »Schnell.«

»Arbeiten Sie noch dort?«

»Ich bin jetzt dort untergebracht.«

»Verstehe. Ich komme gleich«, sagte Tine. »Ich gehe nur noch rasch …«

»Es ist wirklich eilig«, beharrte der Soldat. »Und ein Befehl.«

»Tut mir leid«, erwiderte Tine. »Ich nehme keine Befehle der Marine entgegen. Ich bin Zivilistin.«

Der junge Mann hob die Arme. »Kein Befehl von mir. *Ich* habe den Befehl bekommen, Sie zu holen. Es geht um Leben und Tod.«

»Was ist denn passiert?«, fragte Tine und hastete neben dem ehemaligen Hausdiener her zum Hotel Imperial, das in unmittelbarer Nähe lag.

»Jemand ist schwer verletzt.«

»Im Hotel? Und warum schickt man nicht nach einem Arzt? Ich bin keine Medizinerin.«

»Es handelt sich um eine Frau«, sagte der Soldat, als wäre das schon eine Erklärung, um dann doch hinterherzuschieben: »Eine *solche* Frau.«

Wenn auf einer Insel voller Männer von einer *solchen* Frau die Rede war, dann bedurfte es keiner Erklärung. Offenbar gab es eine verletzte Prostituierte, und nun sollte Tine sich um die Versorgung kümmern. Zornig stapfte sie die Treppe zu Zimmer 22 hoch, das ihr der junge Mann genannt hatte. Als sie die

Tür öffnete, stockte ihr der Atem. Auf dem Bett lag eine nackte Frau, über und über voller Blut. Dort, wo kein Blut war, zeichneten sich blaue Flecken ab, als hätte man sie aufs grausamste geschlagen. Sie hatte die Augen verdreht und atmete flach und schnell. Neben ihr stand eine andere Frau, offenbar ebenfalls eine der Inselhuren. Der Schock stand ihr ins Gesicht geschrieben. »Was ist geschehen?«

»Es war ... eine ... eine Geburtstagsfeier«, stotterte die Frau. »Die ... die Männer haben sich eine Frau geteilt ... und ... und ...« Der Rest ging in einem Schluchzen unter, in das Tine am liebsten hätte einfallen mögen. »Sie muss sofort ins Lazarett!«, erklärte sie.

»Das geht nicht«, murmelte der junge Soldat. »Ich war schon dort. Kein Platz. Die haben mich zu Ihnen geschickt.«

»Aber sie ist viel zu schwer verletzt! Sie sieht aus, als hätte sie innere Blutungen! Wie konnte das geschehen?«

»Einer von den Männern hatte einen ... einen Säbel ...«, presste die andere Frau hervor.

»Sie meinen, er hat ihr den Säbel in ...« Für einen Moment glaubte Tine, keine Luft mehr zu bekommen. Dann herrschte sie den jungen Mann an: »Sie laufen jetzt sofort hoch und holen einen Arzt! Ich versuche, irgendetwas zu tun. Aber alleine werde ich diese Frau nicht retten können, verstehen Sie? Wenn diese Frau stirbt, sind Sie schuld!«

Mit schreckgeweiteten Augen nickte der Soldat und rannte los. »Es wird keiner kommen«, sagte die Hure, die neben ihrer Kollegin am Bett stand. »Keiner kommt für unsereins.«

»Sie werden die Frau nicht verbluten lassen«, versuchte Tine sie zu beruhigen. »Sie werden kommen.«

Sie kamen nicht. Tine konnte die Frau nicht retten. Nach kurzer Zeit war sie gänzlich ohnmächtig geworden, dann hatte sie zu zittern begonnen, schließlich war noch ein Ruck durch ihren Körper gegangen, und sie hatte einen letzten großen Atemzug getan, ehe sie reglos liegen geblieben war.

Irgendwann hatte ein Soldat an die Tür gehämmert. »Heda! Wie lange dauert das denn noch?«

Müde, erschöpft und untröstlich hatte Tine ihm geöffnet und erklärt: »Sie ist gestorben.«

»Tot?«

»Tot, ja.«

Der Soldat warf einen Blick in das Zimmer. »Was macht sie dann noch hier?«

»Wie bitte?«

»Wir brauchen das Zimmer! Schafft sie raus.«

»Hören Sie, Mann«, zischte Tine dem Soldaten entgegen. »Diese Frau ist hier gestorben. Ermordet von einem Ihrer … Kameraden. Das hier ist ihr Totenbett! Wie können Sie so pietätlos …«

»Rausschaffen«, bellte der Mann. »Und zwar schnell. Ich will die Dreckshure nicht mehr hier sehen.« Mit diesen Worten ließ er Tine stehen und verschwand den Gang hinunter. Tief getroffen wandte sich Tine um und starrte auf das Bild, das sich ihr bot: eine arme tote Frau, die zur falschen Zeit am falschen Ort gewesen und aufs grausamste zu Tode gekommen war, und eine arme lebende Frau, die im Angesicht dieses fürchterlichen Schicksals über ihr eigenes Leben nachdachte – und über ihr Sterben. »Es tut mir leid«, sagte Tine resigniert. »Das ist es, was der Krieg aus Menschen macht.«

***

Im Mai 1916 schien sich das Blatt für die kaiserliche Kriegsmarine endlich zu wenden: In einer großen Seeschlacht im

Skagerrak errangen die Deutschen den lang ersehnten großen Sieg. Als die Nachrichten darüber auf der Insel eintrafen, brach unter den Soldaten Freudentaumel aus. Nun würde es nur noch eine Frage von Wochen sein, bis sie die verdammten Engländer endlich in die Knie zwangen.

Dem entgegen standen allerdings Meldungen aus den anderen Kriegsgebieten. Vor allem in Frankreich hatte sich der Krieg festgefressen. Einheit um Einheit wurde dort ins Feuer geschickt, Tausende und Abertausende von Soldaten verloren ihr Leben in endlosen, grausamen Grabenkämpfen, und zwar auf beiden Seiten.

Viele auf der Insel waren in Schwermut versunken, auch Tine schaffte es an manchen Tagen kaum noch, Lebensmut zu fassen, zumal seit dem Brief von Paul bereits Monate vergangen waren, ohne dass er gekommen wäre oder sie auch nur ein weiteres Lebenszeichen von ihm bekommen hätte. Auch wenn die kaiserliche Kriegsmarine Siege errang, waren diese Siege doch bezahlt mit dem Blut der Gefallenen – auch der in den eigenen Reihen. Seit Stövers nicht mehr auf der Insel waren, gab es auch keine Gewissheit mehr, dass Tine überhaupt erfuhr, wenn ihm etwas zugestoßen wäre.

Solchermaßen besorgt, verbrachte Tine die Tage damit, sich um Julchen und das bisschen Haushalt zu kümmern, das noch übriggeblieben war. Ihr größter Trost war, dass Jette trotz der schweren und belastenden Arbeit im Lazarett ihre Familie bei sich hatte. Das war mehr, als fast alle anderen auf der Insel von sich behaupten konnten.

Doch dann, an einem Donnerstag im Juni, passierte es, dass ein Torpedo bei Arbeiten im Hafen explodierte und Otto schwere Verbrennungen erlitt. Der linke Arm war vom Handgelenk bis über die Schulter grausam entstellt, zwei Finger hatten eine klaffende Wunde. Er wurde innerhalb von Minuten zum Lazarett gebracht, und Jette wurde benachrichtigt. In Ottos Fall machte sich sogar Stabsarzt von Hutten die Mühe, für den Verbrennungen sonst unter seiner Würde waren. Nachdem er ihn sich sorgfältig angesehen hatte, befand er: »Das wird schon wieder, junger Mann. Einen deutschen Krieger bringt ein solches Wehwehchen nicht um.«

Jette verkniff es sich, etwas auf seine Bemerkung zu erwidern. Sie stand nur maßlos wütend hinter ihm und warf Otto einen flehentlichen Blick zu, die Zähne zusammenzubeißen und zu schweigen. Als er später, von Jette selbst so behutsam wie möglich verbunden, auf dem Feldbett in einem der Krankensäle lag, flüsterte sie ihm zu: »Sie sprechen immer so. Sie tun, als wären das alles Kleinigkeiten. Ich weiß nicht, ob sie jemals darüber nachdenken, was das mit den Patienten macht. Aber vielleicht wollen sie damit bloß erreichen, dass die Verwundeten der Mut nicht verlässt.«

»Es ist alles gut, Jette«, erwiderte Otto. »Ich bin bei dir, das ist die Hauptsache.« Er grinste. »So viel bei dir war ich schon lange nicht mehr, wie ich jetzt sein werde.«

»Mach dir keine allzu großen Hoffnungen«, sagte Jette und gab ihm einen Kuss auf die Nasenspitze. »Wir brauchen die Betten.«

»Brückner!«, hörte sie eine Männerstimme hinter sich und drehte sich um.

»Lieutenant Meier!«, erwiderte Otto. »Moin!«

»Ihre Eingabe ist bewilligt worden, Brückner! Sobald Sie hier wieder raus sind, melden Sie sich zum Dienstbeginn beim Luftwaffenkommando.« Beinahe hätte Unteroffizier Meier ihm anerkennend auf die lädierte Schulter geklopft, hielt sich aber im letzten Augenblick doch noch zurück.

»Eingabe?«, fragte Jette überrascht. »Worum hast du denn ersucht?«

»Ach, Jette, ich wollte es dir schon seit Tagen sagen. Aber erst … nun ja, es hat sich nicht ergeben.«

»Ich höre«, sagte Jette nur und verschränkte die Arme vor der Brust. Luftwaffenkommando! Die Alarmglocken schrillten in ihrem Inneren, dass sie glaubte, zerbersten zu müssen.

»Ich werde es nicht tun.«

»Was wirst du nicht tun, mein Lieber?«

»Das weißt du doch, Jette«, antwortete Otto mit kläglicher Stimme, um ganz leise hinzuzufügen: »Niemand kennt mich so gut wie du.«

»Du hast dich zur Luftwaffe gemeldet, ja?«

Otto nickte, ohne sie anzusehen.

»Um was? Flugzeuge zu reparieren, weil das noch interessanter ist als U-Boote? Nein, lass mich raten – es gibt etwas noch Spannenderes: Flugzeuge fliegen! Kann es sein, dass du dich gemeldet hast, um dich zum Piloten ausbilden zu lassen?«

»Zum Hilfspiloten, Jette«, erklärte Otto. »Ohne eine ordentliche militärische Ausbildung kann man kein Pilot werden. Bisher sind es ja Kavalleristen, die die Maschinen fliegen. Aber natürlich drängt die Heeresleitung auf technisch versierte …« Otto verstummte.

Jette verdrehte die Augen und versuchte, nicht laut zu schreien. Als sie sich wieder einigermaßen im Griff hatte, folgerte sie: »Hilfspilot. Das heißt, jemand anderer trifft die Entscheidungen, und du musst die Konsequenzen mittragen. Ich war so froh, dass du wenigstens kein Soldat bist, Otto. Jeden Tag heben sie die Leichen der Männer von unserem OP-Tisch!« Sie rang um Fassung. »Jeden Tag danke ich Gott, dass dieser Kelch an uns vorübergegangen ist und dir als Zivilist der

Heldentod erspart bleibt. Und du meldest dich freiwillig zur Luftwaffe? Hast du mal darüber nachgedacht, was das für unsere Familie bedeutet?« Plötzlich liefen ihre Augen über. »Für mich? Für Julchen? Dass wir vielleicht unseren Ehemann und Vater verlieren?«

»Von freiwillig kann nicht die Rede sein, Jette«, flüsterte Otto. »Du kannst dir nicht vorstellen, was die da unten für einen Druck machen.« Er nickte Richtung Kriegshafen. »Ein gesunder, junger Mann, der gehört an die Waffe, verstehst du? Sie wollten mich zwingen, als Mechaniker mit auf Tauchfahrt zu gehen.«

»Du meinst, sie wollten dich in einen U-Boot-Einsatz schicken?«

Otto nickte, während Tine die Hände vor den Mund presste.

»Und du denkst, die Luftwaffe ist sicherer?«

»Ach, Jette«, sagte Otto und streichelte ihr mit seiner unversehrten Hand übers Haar. »Nichts ist sicher. Aber wenn ich als Pilot auf Helgoland stationiert bin, dann bin ich immer nur ein paar Stunden weg. Höchstens. Wenn ich aufs U-Boot gehe, dann können es Wochen oder Monate sein.« Und flüsternd fügte er hinzu: »Falls ich überhaupt zurückkomme.«

***

Dem großen Erfolg im Skagerrak folgten keine weiteren Glanztaten der kaiserlichen Kriegsmarine. Alles schien sich gegen die Deutschen verschworen zu haben. Immer häufiger waren es nicht die Schlachtschiffe, die Kreuzer und Torpedoboote, die noch etwas ausrichteten, sondern die U-Boot-Flotte, die ihren Hauptstützpunkt auf Helgoland hatte. Täglich liefen Hunderte Matrosen mit ihren schwer bewaffneten Maschinen aus dem Hafen und terrorisierten nicht nur die britischen Seestreitkräfte, sondern zunehmend auch die zivile Schifffahrt.

Die Gegenseite verstand sich allerdings auch auf den Unterwasserkrieg und kam der Insel immer wieder gefährlich nahe, für die Späher auf dem Oberland unsichtbar, manchmal aber beinahe in Reichweite der Torpedos. Die Flotte im Kriegshafen musste durch unzählige Seeminen vor feindlichem Beschuss geschützt werden. Und dann, im Juni 1916, stieß ein britisches U-Boot auf eine solche Mine und schlug leck. Für kurze Zeit tauchte das Unterwasserfahrzeug auf, ehe es in der Nordsee zu versinken begann. Ein Bergungskommando, das von den zuständigen Offizieren im Hafen angeordnet wurde, wurde von der Admiralität zurückgehalten. Während draußen auf See die Männer ums Überleben kämpften und zahllose Matrosen vom Oberland mit ihren Feldstechern und Fernrohren zusahen, trommelte Heinz Westgard, einer der Fischer, die noch nicht evakuiert waren, alle Helgoländer zusammen, die er finden konnte, und rüstete eine eigene Bergungstruppe aus. »Wenn wir diese Kämpfer dort draußen nicht retten, obwohl wir es können, dann haben wir den Sieg nicht verdient!«, rief er.

»Zivile Seefahrt ist ohne Sondergenehmigung nicht erlaubt, Ihre Boote sind sowieso beschlagnahmt«, klärte Thorsten Brand die Männer auf.

»Aha? Werden Sie uns erschießen lassen, weil wir uns ans Kriegsrecht halten?«, rief Westgard.

»Kriegsrecht ist, was die Admiralität sagt!«, hielt Brand dagegen.

»Auch die Admiralität untersteht dem Kriegsrecht«, erklärte Westgard mit funkelndem Blick. »Wir fahren jetzt raus und retten die Havarierten. Und wenn Sie uns daran hindern wollen, Herr Brand, dann müssen Sie uns eben auch versenken.«

Mit angehaltenem Atem verfolgte Tine den Streit. Auch sie hatte sich auf die Landungsbrücke begeben, um zu sehen, was geschehen war, konnte aber ohne Fernglas nichts erkennen, vermutlich lag der Punkt, von dem aus sie spähte, auch zu tief, sie hätte auf den Falm gemusst.

Minuten später waren die Fischer auf dem Wasser. Und kurz darauf schon nahmen sie die Überlebenden des Unglücks an Bord, von denen einige bereits im Wasser schwammen. Sie schafften es gerade noch rechtzeitig, den Ort des Geschehens zu verlassen, ehe das U-Boot endgültig in der Nordsee versank. Der Sog, den das untergehende Schiff erzeugte, hätte sonst womöglich auch die Fischerboote in Gefahr gebracht.

Im »Seeadler« wurde die Rettungsaktion von einigen Anhängern Westgards gebührend gefeiert, während die geretteten Briten auf eine Fregatte gebracht und dort festgesetzt wurden, um als Kriegsgefangene aufs Festland verbracht zu werden.

Tine, die an diesem Abend für Bert Rickens bediente, hörte viele Versionen der Heldentaten, die die Männer dort draußen vollbracht hatten. Vor allem aber hörte sie manche Stimme, die Unwillen über die Admiralität ausdrückte. »Wenn wir sie nicht retten, können wir auch nicht auf Gnade hoffen, sobald wir in einer solchen Situation sind«, knurrte einer der Soldaten.

»Na und? Das motiviert unsere Männer doch bloß! Wer weiß, dass es keine Rettung gibt, der kämpft immer bis zum letzten Atemzug.«

»Schöne Aussichten sind das.«

Tatsächlich war auch der Seekrieg immer grausamer geworden. Während sich am Anfang der Auseinandersetzung Sieger und Besiegte einer Schlacht noch in allen Ehren auf dem Schiff des Überlegenen begrüßten, wurden die Unterlegenen inzwischen überall nur noch schnell in Ketten gelegt und in enge

Gefängnisse gepfercht. Natürlich hatte das auch damit zu tun, dass es kaum genügend Verpflegung für die eigenen Truppen gab. Besiegte mitverköstigen zu müssen hieß unter Umständen zu hungern. Und doch war es nun einmal internationales Kriegsrecht, dass Männer, die ihre Waffen niedergelegt hatten, nach genau bestimmten Regeln zu behandeln waren. Auch wenn die Admiralität andere Vorstellungen hatte, war es offensichtlich, dass die einfachen Soldaten auf die Einhaltung dieser Rechte pochten.

***

Als Tine am nächsten Tag Otto im Lazarett besuchte, goss es in Strömen. Die Stimmung war gedrückt. Mehrere Schlachtschiffe der kaiserlichen Kriegsmarine waren in den letzten Stunden versenkt worden, einige davon in unmittelbarer Nähe der Insel. »Ich bin so froh, dass du hier bist und nicht draußen wie Paul«, sagte Tine und drückte Ottos Hand.

»Es steht nicht gut in diesem Krieg«, flüsterte Otto. »Und ich … ich kann nichts tun. Mein Arm …« Er blickte auf den von den Fingern bis zur Schulter verbundenen linken Arm. »Er wird einfach nicht besser.«

»Es dauert eben, Otto. Du darfst nicht ungeduldig sein.«

Otto seufzte. »Das sagt Jette auch immer. Aber ich habe eher das Gefühl, es wird schlechter als besser.«

»Das darfst du nicht sagen, Otto. Du hast hier doch die beste Behandlung, die man nur haben kann.«

»Ich weiß, Tine. Wahrscheinlich ist es nur die Ungeduld.«

Als Tine etwas später an der Kommandantur vorbeikam, wurde sie von Adjutant Gärtner abgepasst. »Frau Heesters? Auf ein Wort. Der Kommandant möchte Sie gerne sprechen.«

»Der Kommandant? Mich?«

Der Festungskommandant war alt geworden in den Jahren, die der Krieg inzwischen dauerte. Alt und fett. Er saß hinter seinem Schreibtisch, wie immer über Papieren. Als Tine eintrat, blickte er auf und erhob sich dann. »Frau Heesters.« Er deutete auf einen Stuhl. »Bitte.«

Doch Tine zog es vor zu stehen. Er musste gar nichts weiter sagen. Sein Blick verriet ihr alles. Eine kleine Weile gelang es Tine kaum zu atmen. Sie sah die Welt vor ihren Augen zerbrechen, doch es war wie durch eine Lupe, unter der alles fremd und unwirklich erschien. »Wie?«

»Zwei Torpedotreffer.«

»Wo?«

»Nordwestlich von Büsum. Die Fregatte war auf dem Weg hierher.«

»Gab es Überlebende?«

Der Kommandant schüttelte den Kopf. »Wir wissen von keinem. Es muss sehr schnell gegangen sein.«

»Verstehe.«

»Mein Beileid, Frau Heesters«, sagte der Kommandant, und es klang weniger routiniert, als zu erwarten gewesen wäre.

»Danke.« Tine wandte sich ab. Niemand musste ihre Tränen sehen, auch wenn sie sich derer nicht schämte. Niemand musste ihr Leid sehen, am wenigsten ein Mann des Krieges.

»Er ist nicht umsonst gestorben«, hörte sie den Kommandanten noch seine übliche Floskel in ihrem Rücken sagen.

»Er ist nicht umsonst gestorben? Meinen Sie das etwa im Ernst?« Tine drehte sich um und starrte den Mann mit zornigen Augen an. »Sinnloser kann ein Tod gar nicht sein!«

»Er ist für Gott und Vaterland gestorben, Frau Heesters. Einen Heldentod.«

»Ja, das redet ihr euch alle ein«, sagte Tine mit leiser Stimme.

»Und erzählt es allen, damit sie es möglichst glauben. Aber in Wahrheit ist es der dümmste und sinnloseste und unnötigste Tod, den es gibt. Für nichts ist er gestorben, Herr Kommandant. Für nichts! Schon gar nicht für Gott. Ich bin sicher, Gott schämt sich, dass Sie seinen Namen mit diesem billigen Märchen schänden. Gott ist gnädig, Gott ist heilig! Und Gott ist gut, Herr Kommandant. Dem sind die Engländer so lieb wie die Deutschen oder irgendein anderes Volk. Alle sind seine Kinder. Und wenn Sie einen Engländer töten, dann töten Sie eines von Gottes Kindern! Darüber sollten Sie einmal nachdenken. Einen guten Tag.« Ohne ihn noch eines Blickes zu würdigen, stürmte sie davon, den Falm entlang und hinüber zum Ostkliff, wo sie schwer atmend stehen blieb. Sie war so voll Zorn und Enttäuschung und Wut und Hass auf die Kriegstreiber, die alles zu verantworten hatten. Und zugleich fühlte sie sich so leer, dass es war, als könne sie jeden Moment zerbrechen und in tausend Stücke zerspringen. Paul war tot. Der Mann, dem sie ein Eheversprechen gegeben hatte. Der Mann, der ihr jahrelang Trost und Freude gewesen war, der zärtlich und liebevoll zu ihr gewesen war. Der Mann, mit dem sie sich entschlossen hatte, den Rest ihres Lebens zu teilen. Nun war es nur noch der kurze Rest seines Lebens geworden: ein paar Stunden der Gemeinsamkeit und mehr als zwei Jahre Hoffen und Bangen.

Heimaturlaub, dachte sie. Er wollte doch auf Heimaturlaub kommen! Und nun lag er auf dem Grund des Meeres im feuchten, kalten Grab der Nordsee.

***

Die Insel versank in Regen. Ein grauer Schleier hatte sich über den Felsen gelegt, nur schemenhaft waren die Schiffe in der vagen, verschwimmenden Masse des Meeres zu erkennen. Schon nach wenigen Schritten völlig durchnässt, stolperte Tine Richtung Kirchenstraße. Sie sah nichts, hörte nichts, fühlte nichts. Konnte es wirklich Gottes Wille sein, dass ihr das Glück ein weiteres Mal auf so grausame Weise geraubt wurde? Sollte sie wirklich niemals eine dauerhafte und glückliche Ehe führen dürfen? Henry war nach so kurzer Zeit auf so schreckliche Art zu Tode gekommen – und nun Paul … Schluchzend, schreiend, heulend lief sie die Gasse entlang, voll Zorn auf den Kaiser, den Krieg, die Militärs. Auf ihr Schicksal. Und auf Gott, der sich nicht um sie scherte. Dem ihr Leben egal war. Der ihr alles nahm, was ihr lieb war. Zuerst Henry, dann Fritzi und jetzt Paul … »Warum?«, schluchzte sie ein ums andere Mal. »Warum?«

Nicht beten wollte sie, nein. Die Zeit des Betens war vorbei. Anklagen wollte sie ihn, diesen Gott, der es zuließ, dass seine Kinder abgeschlachtet wurden, eines nach dem anderen. Tausende. Millionen! Unvorstellbar viele und unvorstellbar grausam. Gott ist heilig, hatte sie dem Kommandanten entgegengeschleudert. Und Gott ist gut! Doch das war er nicht. In Wahrheit war er grausam und niederträchtig.

Die Kirche war leer. Natürlich war sie leer! Tine lachte bitter auf, als sie zwischen den leeren Bänken stand. Keiner war da. Wieso auch? Gott hatte sie ja alle verlassen. Falls er jemals da gewesen war. Falls es ihn überhaupt gab! »Nun? Wo bist du, Herr?«, rief Tine voller Wut. »Hast du uns vergessen? Hast du überhaupt mal an uns gedacht hier?« Sie drehte sich um die eigene Achse und breitete die Arme aus. »Sind sie dir alle egal, die Männer da draußen? Und die anderen, die leiden?« Vor dem Altar hielt sie inne, starrte das Bild Jesu am Kreuz an. »Wofür bist du denn gestorben? Was für einen Sinn soll es denn gehabt haben?« Am liebsten hätte sie das Kruzifix heruntergerissen, hätte es weggeschleudert, hätte sich … Doch stattdessen fiel sie auf die Knie und vergrub das Gesicht in den Händen. »Ich kann nicht mehr«, schluchzte sie. »Ich kann nicht mehr.«

Sie wusste nicht, wie lange sie auf dem nackten Kirchenboden zugebracht hatte. Irgendwann raffte sie sich auf und verließ das Gotteshaus. Sie wusste jetzt, mit wem sie sprechen musste: Pastor Thevessen. Er war der eine, der Einzige, dem sie all ihr Leid klagen konnte, der die richtigen Worte für sie finden und sie trösten würde.

Unter weinendem Himmel ging sie hinüber zur Pastorei, immer wieder stehen bleibend und tief durchatmend. Sie war sich nicht einmal sicher, ob sie es aussprechen konnte, das Schreckliche. Aber sie war sicher, dass der Pastor sie verstehen würde, auch ihren Zorn und ihre Wut und ihre Verachtung für Gott, der all das zugelassen hatte. Er würde sie verstehen.

Mit klammen Fingern klopfte sie an die Tür des Pfarrhauses. Es dauerte nur kurz, bis ihr geöffnet wurde. »Herr Pastor!«

»Ist nicht da«, erwiderte der Mann, der vor ihr stand. Ein Soldat, einer von denen, die hier einquartiert worden waren. Tine kannte ihn von Heiligabend. »Wo ist er hin?«

»Keine Ahnung.« Er wollte die Tür schon wieder zumachen, aber Tine drückte dagegen. »Ich brauche ihn!«

Der Mann zuckte die Achseln und knurrte: »Ich weiß nicht, wo er ist. Komm später vorbei. Oder morgen. Was weiß ich?«

Verzweifelt stolperte Tine zurück, musste sich am Gartenzaun festhalten, um nicht auf die Gasse zu fallen. »Morgen«, murmelte sie für sich. »Morgen.« Konnte es überhaupt noch ein Morgen geben? Sie wischte sich die regennassen Haare aus dem Gesicht, versuchte sich zu orientieren. Der Pastor, wo würde er hingegangen sein? In der Kirche war er nicht gewesen. Und es regnete in Strömen. Auf dem Friedhof vielleicht?

Hastig lief Tine zurück nach St. Nicolai, sah sich auf dem Gottesacker um, doch natürlich war der Pastor nicht hier. Sie hätte im Pfarrgarten nach ihm sehen sollen, ging es ihr durch den Kopf. Noch einmal schlug sie den Weg zur Pastorei ein. Doch auch im Pfarrgarten fand sie den Pastor nicht vor. Noch einmal klopfte sie, in der Hoffnung, er würde inzwischen nach Hause gekommen sein, doch das war er nicht. Verzweifelt lief sie durch die Gassen des Oberlands und schließlich wieder die Treppe nach unten. Erst jetzt fiel ihr ein, dass Paul nicht einmal ein Grab auf der Insel haben würde, auf der er zur Welt gekommen war und auf der er gelebt hatte, bis der Krieg ihn von ihr fortgerissen hatte. Stattdessen lag sein Leichnam auf dem Grund des kalten Meeres. Und es war kein Trost, dass Paul die See geliebt hatte.

Wann immer ihr auf dem Weg jemand begegnete, fragte Tine nach dem Pastor. Keiner konnte sich erinnern, ihn gesehen zu haben. Am Ende saß sie einsam im Regen auf einer Mauer am Südstrand und starrte in eine graue Welt von Wasser, die sich vor ihr ausbreitete, ohne dass man das Meer und den Himmel hätte unterscheiden können. Beide trugen sie Trauer, so wie Tines Seele tiefste Trauer trug.

* * *

Der Pastor wurde am nächsten Morgen gefunden. Er saß auf einer Bank in St. Nicolai. Wann er in die Kirche gegangen war, wusste niemand zu sagen. Friedlich saß er da, den Kopf leicht nach vorne geneigt, die Hände noch im Gebet gefaltet. Auf seinen dünnen Lippen zeichnete sich etwas wie ein sanftes Lächeln ab, die Augen hatte er geschlossen, als wollte er den

Überlebenden die Mühe ersparen, sie ihm schließen zu müssen. Seine Kleider waren noch feucht vom Regen. Der ihn fand, war ein junger Kadett, der an diesem Tag mit seinem U-Boot auslaufen würde und noch einmal Gottes Beistand hatte erflehen wollen.

Jemand erinnerte sich, dass die Hebamme nach dem Pastor gesucht hatte. In der Kommandantur wusste man, wo diese Hebamme wohnte. Jemand schickte nach ihr, damit sie sich um den Leichnam kümmerte.

Und so kam es, dass Tine Heesters, Hebamme zu Helgoland, eine der wenigen Zivilistinnen, die noch nicht evakuiert worden waren, am Tag nach einer in tiefer Trauer durchwachten Nacht in die Pastorei befohlen wurde, um die sterblichen Überreste von Pastor Detlev Thevessen für ein schlichtes und schnelles Begräbnis vorzubereiten.

Auf Tines inständige Bitte hin, bekam Jette für ein paar Stunden frei, um ihr zur Hand zu gehen. Leise weinend wuschen und kleideten die beiden Frauen den Mann, der so wichtig für ihrer beider Leben gewesen war und dem sie so viel verdankten. Und als sie von den Umständen erfuhr, unter denen der Pastor in der Kirche aufgefunden worden war, leistete Tine im Stillen Abbitte für ihren Zorn auf Gott für ihre Worte vom Vortag. »Gott kann nichts dafür«, flüsterte sie.

»Hm?« Jette schrak aus ihren eigenen Gedanken.

»Es ist nicht die Schuld Gottes. Es ist die Schuld allein der Menschen.«

»Was meinst du, Mama?«

»Diesen verdammten Krieg, das Schlachten und alles, was es mit sich gebracht hat. Gott hat den Menschen alles gegeben, was sie brauchen, um in Frieden zu leben. Es wäre die Aufgabe der Menschen, diese Möglichkeiten zu nutzen. Wir können in

Frieden leben, wenn wir wollen. Es ist ein Verbrechen an Gott, wenn wir es nicht tun.«

Jette seufzte. »Das denke ich auch, Mama. Deshalb kränkt es mich so, dass Otto sich zum Militär gemeldet hat.«

»Vielleicht ist der Krieg vorbei, ehe er zum Einsatz kommt.«

»Vielleicht, ja. Aber am Anfang haben sie alle gesagt, das würde nur ein paar Wochen dauern. Jetzt dauert es schon Jahre. Was, wenn es nie aufhört?«

Tine schwieg. Was sollte sie auch sagen? Ein Krieg, der nie aufhörte? Das war schwer vorstellbar. Aber ein Krieg, der völlig unnötig war, war ja auch schwer vorstellbar gewesen – bis er ausgebrochen war. »Gebe Gott, dass er bald vorbei ist.«

»Ja. Gebe es Gott.«

So arbeiteten die beiden schweigend weiter, ehe vier Soldaten aus dem Haus den Leichnam in einen rohen Holzsarg hoben. Wenn sie daran dachte, wie prächtig manches Begräbnis gewesen war, das sie auf der Insel erlebt hatte, schnürte es Tine das Herz zu. Hier auf Helgoland war die letzte Reise eine, für die sich alle besonders kleideten, bei der sie Lieder sangen, einen würdevollen Trauerzug bildeten und dem Verstorbenen die letzte Ehre erwiesen.

Pastor Thevessens Trauerzug bestand aus den Sargträgern, die den Verstorbenen kaum gekannt hatten, Tine, Jette, Otto, der inzwischen zur weiteren Genesung zu Hause war, aber starke Schmerzen litt, und Julchen, die die ganze Zeit über weinte, weil sie nicht verstand, was vorging und ihre Familie in der Trauer nicht wiedererkannte.

Minuten später schon schaufelten Helmholz und Pock, der Hafenarbeiter und der Totengräber das Grab schon wieder zu. Niemand hatte eine Rede gehalten, nur ein paar wenige Menschen waren stehen geblieben und hatten den Hut abgenommen oder ein leises Gebet gemurmelt. Das Grab war beinahe schon wieder mit Erde bedeckt, als Bert Rickens hinter die winzige Trauergemeinde trat und den Hut abnahm. Er hatte sich in seinen besten Anzug gekleidet, trug einen schwarzen Mantel, und es stand ihm der Kummer ins Gesicht geschrieben: Auch wenn er nie viel mit dem Pfarrer zu tun gehabt hatte, so hatte er ihn doch stets zu würdigen gewusst, und er war vielleicht einer der wenigen, die erahnen konnten, welche Bedeutung für das Leben der Insulaner der Pastor gehabt hatte. Mit dem Inselgeistlichen wurde auch für ihn eine Epoche zu Grabe getragen. Dass ausgerechnet Pastor Thevessen einmal so unter die Erde gebracht würde, hätten sie sich wohl alle nicht vorstellen können. Aber es war offenbar eine Zeit des Unvorstellbaren, in der sie lebten. Und wer vermochte schon zu sagen, wie lange noch.

»Ein armseliges Begräbnis«, seufzte Rickens, als sie am Grab standen und ihre kümmerlichen Blumen auf die Erde legten.

»Eine Schande«, stimmte Tine zu. »Ein so besonderer Mensch und eine so unwürdige Beerdigung.«

»Unwürdig«, sagte der Wirt. »Ja, das trifft es.« Er blickte auf die kleine Trauergemeinde. »So soll wenigstens der Leichenschmaus nicht ganz unwürdig sein, hm? Darf ich euch alle einladen, mit mir in den Seeadler zu kommen und im Gedenken an den Pastor zu essen und zu trinken?«

Dankbar ergriff Tine seine Hände. »Du bist ein guter Mann, Bert. Hab Dank für dein großzügiges Angebot, das wir gerne annehmen. Es soll der Leichenschmaus für den Pastor und für Paul sein.«

»Für Paul?«, erwiderte der Wirt getroffen. »Er ist …?«

Tine nickte. »Auf dem Weg in den Heimaturlaub. Zwei Torpedos. Es gab keine Überlebenden.«

Bert Rickens schloss die Augen und atmete tief durch. »Was für eine elende Zeit«, flüsterte er. Dann nahm er Tine in den Arm und drückte sie wie ein guter alter Freund. Aber in gewisser Weise war er das ja. Denn außer der Familie war von den alten Bekannten niemand mehr auf der Insel. Nach dem Tod des Pastors gab es so etwas wie gute alte Freunde nicht mehr für sie. So erwiderte sie dankbar seine Umarmung, und eine kleine Weile standen sie schweigend und sich gegenseitig Trost spendend auf der Kirchenstraße, während Jette und ihre kleine Familie den Weg zum Unterland eingeschlagen hatten, um dort im »Seeadler« auf die beiden zu warten, unendlich traurig auch sie über Pauls sinnlosen Tod.

Nach langem konnten sich Tine, Jette und Otto einmal wieder richtig satt essen. Rickens hatte einen Tisch festlich eingedeckt und servierte Hummer und Weißwein, getrocknete Feigen und Sandkuchen. Die anderen staunten, was er noch alles vorrätig hatte, weil es doch nichts mehr zu geben schien. Aber natürlich war er als einer der beiden Wirte, die noch auf der Insel existierten, die Quelle aller Köstlichkeiten. Mehr als einmal musste Tine sich die Tränen aus den Augen wischen. Alles, alles war verloren. Die Liebe, das Haus, die Arbeit, nun auch noch der beste und älteste Freund … Das einzig Gute ist, dass man mir nichts mehr nehmen kann, dachte sie. Doch auch das war falsch, wie sich herausstellen sollte, als sie zurück zu Knut Reimers' Haus kamen.

»Guten Tag, Frau Heesters«, grüßte Thorsten Brand und ließ den Blick über die kleine Trauergemeinde schweifen: Tine und ihre Familie. »Sie sehen aus, als kämen Sie von einer Beerdigung.«

»Das tun wir, Herr Brand«, erklärte Tine mit schwerem Herzen. »Der Pastor ist letzte Nacht gestorben.«

»Ach! Verstehe. Nun, er war schon ziemlich alt, wenn ich es recht bedenke«, sagte Brand und reichte Tine einen Zettel.

»Was ist das?«

»Ein Passierschein.«

»Ein Passierschein? Wofür?«

»Für die Evakuierung. Sie werden die Insel am Donnerstag mit den letzten Zivilisten verlassen.« Er blickte auf Julchen. »Du übrigens auch, kleines Fräulein. Ist das nicht gut?«, erklärte er mit Blick auf Tine. »Sie können zusammen reisen.«

»Wir sollen evakuiert werden?«, fragte Jette entsetzt.

»Sie natürlich nicht«, erwiderte Brand mit einer Miene, als hätte sie Helgoland zu einer Afrikanischen Kolonie erklärt. »Nur Ihre Mutter. Und natürlich Ihre Tochter.« Er wandte sich an Otto: »Sie haben sich ja noch rechtzeitig zum Kriegsdienst gemeldet.«

In dem Moment kippte Otto, der den ganzen Tag schon fahl und unkonzentriert gewirkt und immer wieder leise gestöhnt hatte, nach hinten und schlug ohnmächtig aufs Pflaster.

* * *

Offenbar war es ein Fehler gewesen, Otto schon so früh aus dem Lazarett zu entlassen. Tine hatte geholfen, ihn wieder hinüberzubringen, und der besorgte Blick des Arztes, der darauf bestanden hatte, die Wunde zu begutachten, hatte ihr einen Schauder über den Rücken gejagt. Die Verletzung der Hand hatte sich entzündet und war schwer vereitert. Immerhin hatte man Otto zugebilligt dazubleiben. Er war also zumindest unter ständiger Aufsicht und nicht wie sonst die meiste Zeit allein in der winzigen Dachkammer der Reimers.

Als Tine mit dem schlafenden Julchen wieder nach Hause kam, wartete eine junge Frau auf sie. Sie hatte sich in einen schattigen Winkel neben der Werkstatt gekauert und machte einen ziemlich verzweifelten Eindruck. Außerdem war sie völlig unterernährt. »Kommen Sie erst einmal mit nach drinnen«, sagte Tine und seufzte. Eine weitere Schwangerschaft, die sie unterbrechen sollte ... Schweren Herzens stieg sie, Julchen auf dem Arm, die steile Treppe zu der Kammer hinauf und hieß die junge Frau sich auf das Bett zu legen, das eigentlich Jettes und Ottos war. »Gut«, sagte sie, nachdem sich die Besucherin als Martha vorgestellt hatte. »Du bist schwanger geworden. Und jetzt willst du oder musst du das Kind wieder loswerden. Wie oft sind denn deine Tage schon ausgeblieben?«

»Loswerden?«, entgegnete die junge Frau erschrocken und blickte Tine aus dunklen, traurigen Augen an. »Ich will es nicht ... loswerden.«

»Ach«, erwiderte Tine überrascht. »So möchtest du es behalten? So bist du gar keine ...« Sie wusste nicht, wie sie es sagen sollte, aber die junge Frau verstand sie auch so. »Doch«, sagte sie nüchtern. »Ich bin eine. Aber dafür kann das Kind nichts.«

»Nein, das sicher nicht. Aber kannst du denn aufhören?«

»Aufhören? Womit?«

»Nun, mit dieser Arbeit.«

Die junge Frau lachte bitter. »Aufhören. Wie soll das gehen?«

Sie war also eine Hure. Und doch wollte sie das Kind, das sie trug, behalten. Tine musste an die Frau in der fensterlosen Kammer in den Stollen denken. Wie es ihr wohl ergangen war nach der Abtreibung? Sie hatte sie nicht mehr gesehen seither. Und nun saß diese junge Frau vor ihr und wollte dem Schicksal, das die Kommandantur für sie vorgesehen hatte, entgehen. Wollte die Schwangerschaft durchstehen – trotz der Arbeit, die sie in den geheimen Einrichtungen im Felsen nachging. Trotz der Gefahren, die damit verbunden waren. Für sie und für das

Kind. Während Tine die zierliche Frau untersuchte, rang sie mit sich, was sie ihr raten sollte. Die Schwangere war so schmal, dass die Schwangerschaft schon ohne diese besonderen Umstände gefährdet gewesen wäre, sie war eindeutig unterernährt. Eine Fehlgeburt war vielleicht sogar wahrscheinlich. Tine war ratlos. »Die Schwangerschaft ist noch nicht sehr weit fortgeschritten«, erklärt sie schließlich. »Du weißt, dass es gefährlich ist?«

Die junge Frau zuckte die Achseln.

»Wenn du es wegmachen willst, ist es früher besser als später.«

Das Mädchen blickte zur Seite, sah aus dem kleinen Fenster in eine unendliche Ferne, presste die Lippen zusammen.

»Aber wenn du es natürlich behalten willst, dann sollten wir zumindest regelmäßig miteinander sprechen und dich untersuchen, hm?«

»Ich kann nicht oft weg … von dort«, murmelt die junge Frau. »Eigentlich gar nicht.«

»Verstehe.« Tine seufzte. »Es ist schwer. Was immer du tust, es wird schwer sein. Aber wozu immer du dich entschließt, lass uns versuchen, es gut zu machen, ja? Versuch zu mir zu kommen. Und überleg es dir noch einmal.«

Abermals zuckte die Schwangere die Achseln. *Hoffnungslos,* ging es Tine durch den Kopf. *Sie ist guter Hoffnung, und doch sieht sie so hoffnungslos aus, dass einem die Tränen kommen könnten.* »Sprechen wir in ein paar Tagen nochmal, Martha.«

Die junge Frau nickte, aber es schien, als hörte sie gar nicht mehr zu. Ihre Stimmung war so düster, dass Tine das Gefühl hatte, es würde kälter im Raum. Unwillkürlich blickte sie zum Ofen hin, über dem sich der Ruß kräuselte. Die Decke war schon ganz schwarz. Im letzten Winter hätte sich Paul noch darum gekümmert. Aber jetzt gab es niemanden mehr, der sich auf diese Dinge verstand. Tine seufzte. »Wollen wir zusammen ein Gebet sprechen?« Sie wusste, dass das vielen Frauen half. Ein Gebet, das bedeutete Hoffnung, Sich-sammeln, vertrauen. Doch die junge Frau schüttelte kaum merklich den Kopf. Sie hatte alles gesagt. Tine konnte sie verstehen. Wenn ein Gebet ein Wunsch war, dann war ein Kind Erfüllung. Ein Kind bedeutete, dass man nicht mehr allein war, dass es jemanden gab, der einen bedingungslos und ehrlich liebte, dass man wichtig war. Wichtig sein, wer mochte der jungen Frau diesen Wunsch verdenken! Bei der Arbeit, die sie tat, musste sie sich tagtäglich wie Abfall behandeln lassen, musste sich erniedrigen lassen, war ein Nichts, ein Niemand. Ein Kind würde sie wieder zu einem Menschen machen, zu einer Mutter! »Ich kann dich gut verstehen, Martha, wirklich«, sagte Tine leise. »Ich mache mir nur Sorgen um dich.«

Ohne ein weiteres Wort stand die junge Frau auf, zog den dünnen Mantel enger um den Leib, so eng, dass ihre Schultern spitz hervorstanden. »Warte!«, sagte Tine. »Ich habe noch etwas für dich!« Sie stand auf und holte aus der Anrichte das letzte bisschen Schmalz, das sie übrig hatte. Für besondere Anlässe vom Mund abgespart. Aber war das nicht der beste Anlass: eine werdende Mutter zu unterstützen? »Du musst es aber selber essen, versprochen?«

Die junge Frau lächelte ein trostloses, kaltes Lächeln und steckte das Päckchen ein. Dann ging sie – ohne Gruß, ohne Tine die Hand zu geben. Ohne Hoffnung. Und Tine blickte ihr durchs Fenster nach, wie sie sich wieder auf den Weg zum Hafen machte, wo sie vermutlich in einer der Baracken ihr Dasein fristete.

***

Es dauerte Stunden, bis Jette endlich nach Hause kam. Tine hatte sie schon so dringend erwartet. »Wie geht es Otto?«, fragte sie, noch ehe die beiden einen Gruß gewechselt hatten. Der Gedanke an die schwärende Wunde hatte sie nicht mehr losgelassen.

Jette musste schlucken. »Er schläft jetzt«, sagte sie leise.

»Ihr habt ihm was gegeben?«

Ein Seufzen. »War gar nicht nötig. Wir hätten auch nichts gehabt. Es ist alles weg. Wir können kaum die schwersten Fälle versorgen. Medikamente sind schon seit Wochen nicht mehr gekommen.«

»O Gott«, klagte Tine. »Dieser verdammte Krieg.«

»Ja«, flüsterte Jette. »Was für ein Glück, dass Otto …«

»Ein Glück?« Plötzlich traf Tine die Erkenntnis wie ein Schlag. »Du hast ihn doch versorgt!« Konnte es wirklich sein? »Du verstehst dich doch auf Wundversorgung! Kann es sein, dass du …« Sie starrte ihre Tochter an. Doch Jette blickte zu Boden und schwieg, während sie sich auskleidete und dann abwandte.

»Jette. Das kann böse enden!«

Immer noch antwortete ihre Tochter nicht. Und so stand der Verdacht zwischen ihnen wie ein grausames Gespenst. Der Verdacht, dass Jette absichtlich dafür gesorgt hatte, dass Ottos Verletzung nicht heilte, sondern sich sogar verschlimmert hatte. Schweigend gingen die beiden Frauen zu Bett, und Tine konnte ihre Tochter wenig später leise weinen hören. Es war nicht schwer, sich vorzustellen, dass Jette Schuldgefühle plagten, dass sie Angst hatte um Ottos Gesundheit. Denn natürlich konnte das alles aus dem Ruder laufen, konnte lebensgefährlich werden! Zugleich ertappte sich Tine dabei, wie sie Verständnis empfand für ihre Tochter. Hätte sie die Wahl gehabt, sie hätte Pauls Arm geopfert, um sein Leben zu retten – und ihren Arm dazu. Alles war besser als der Heldentod.

So lag Tine eine weitere Nacht wach, wie so oft schon in diesem Krieg, starrte in die absolute Dunkelheit, die sie in dem kleinen Verschlag, in dem ihr Bett war, umgab, lauschte auf die Geräusche der Insel, die so anders klangen als in Friedenszeiten. Die zahlreichen Soldaten, die das Haus bewohnten, lärmten, wenn sie in tiefer Nacht ihren Dienst antraten oder endlich nach Hause kamen, vom Hafen her dröhnten dumpf die Maschinen, die den Krieg am Laufen hielten, die Motoren und Turbinen. Allein die See klang wie immer, und das war ein kleiner Trost in trostloser Zeit.

Als endlich ein schwacher Lichtstreif durch die Bretterwand drang, stand Tine auf und zog sich lautlos an, um Jette und Julchen nicht zu wecken. Sie wollte hinauf ins Oberland, dem Pfarrgarten einen Besuch abstatten, egal, ob es dort vor Soldaten wimmelte oder nicht. Einmal die Herbstblumen sehen, die Sträucher pflegen für den Fall, dass eines Tages wieder normale Zeiten herrschten. Die Gräber besuchen.

Tatsächlich musste sie die Wachen überzeugen, sie durchzulassen: Die Treppe zum Oberland war inzwischen scharf bewacht. Die frühmorgendlichen Wege waren noch nahezu menschenleer und wirkten im matten Dunst, der die Insel umhüllt hatte, gespenstisch. Für einen Augenblick schien es, als wäre es eine fremde Welt, aber eben doch eine friedliche, als Tine das Türchen zum Pfarrgarten aufdrückte und eintrat, ohne jemandem zu begegnen. Wie wunderbar wäre es, jetzt den Pastor dort vorzufinden oder Frau Thevessen. Oder Fritzi, die die verblühten Zweige abschnitt oder Rosen von den Sträuchern nahm und zu hübschen Sträußchen band. Nichts davon würde jemals wieder geschehen.

Doch der Garten selbst war und blieb ein Trost. Auch wenn die Soldaten manches verfeuert hatten, auch wenn niemand die prächtigen Pflanzen gepflegt hatte – und die kleinen, zarten noch viel weniger: Der Pfarrgarten war ein Paradies, vielleicht der einzige Ort auf Helgoland, in den der Krieg nicht eingedrungen war, wenn man von den Soldaten absah, die dort ihre freie Zeit gerne verbrachten. Jetzt aber war Tine ganz alleine dort. Stumm stand sie an der Stelle, an der sie die zwei verlorenen Kindchen begraben hatte, voll Dankbarkeit pflückte sie eine Handvoll Rosen, warf einen Blick in das kleine Gewächshaus, in dem jetzt aber keine Blumentöpfe mehr standen, sondern nur allerlei Gerümpel herumlag, dann spazierte sie hinüber zum Kirchhof von St. Nicolai, wo die Gräber ihrer Lieben waren: Henrys, Fritzis, die der Thevessens ... Auf jedes davon legte sie eine Rose, vor jedem sprach sie leise ein kurzes Gebet. Eine Rose wollte sie auf den Altar legen. Doch die Kirche war verschlossen, und Tine fragte sich, ob es nun, da der Pastor tot war, überhaupt noch jemanden gab, der sie gelegentlich aufsperrte.

Schweren Herzens machte sie sich wieder auf den Weg zum Unterland. Jette würde bald wieder ins Lazarett müssen, da war es wichtig, dass Tine rechtzeitig vor Ort war, um Julchen zu übernehmen. Vom Kriegshafen her tönte eine Alarmsirene. Doch bisher war die Insel von direkten Angriffen verschont geblieben, und so würde es gewiss auch diesmal sein. Während überall Soldaten auf die Gassen strömten und sich zu ihren Dienstplätzen begaben, beschloss Tine, noch rasch an ihrem eigenen kleinen Häuschen vorbeizuschauen. Sie war schon beinahe dort, als sie bemerkte, wie am Bollwerk einige Männer laut rufend gestikulierten. Neugierig näherte sie sich und beobachtete, wie ein paar Matrosen einen Mann aus dem Wasser zogen, nein, keinen Mann: eine Frau! Erschrocken trat sie zu der Stelle und beugte sich vor. »Was ist geschehen?«, fragte sie. Doch die Matrosen nahmen sie gar nicht zur Kenntnis. »Hier!«, rief einer. »Pack sie am Arm!«

Gemeinsam hievten die Matrosen die Frau auf die Mole und legten sie hin. Tine stockte das Herz. Dieses Gesicht! Sie kannte die Frau! Es war derselbe trostlose Ausdruck in der Miene der Toten, den die Frau vor Stunden gehabt hatte, als sie auf Jettes Bett gelegen hatte. »Martha«, flüsterte Tine und kniete sich hin, um ihren Puls zu fühlen. Aber sie wusste es auch so, sah es in den Augen der Frau: Martha war tot. Und so legte Tine die letzte Rose, die ihr geblieben war, auf die Brust der jungen Frau, unter der ein Kindlein verborgen war, von dem nun niemals jemand erfahren würde und das diese schreckliche, düstere Welt nicht mehr erblicken würde.

***

Sechstes Kapitel

An manchen Tagen war der Hunger so groß, dass die wenigen Zivilisten, die es noch auf der Insel gab, ohne Essen zu Bett gingen und ihr Tagwerk mit leerem Magen begannen. Immer seltener konnte Bert Rickens Tine etwas von den Resten mitgeben, weil es immer weniger Reste gab: Die Soldaten konnten sich von ihrem bisschen Sold das Gasthaus kaum noch leisten. Wer sich etwas zu essen bestellte, ließ nichts übrig.

Der alte Knut Reimers war nur noch Haut und Knochen. Sich selbst wollte Tine gar nicht mehr im Spiegel ansehen, weil sie sich nicht wiedererkannte. Zumindest war für Jette und Otto gesorgt, die beiden bekamen ihre Rationen im Lazarett. Es mochte nicht viel sein, aber es war ausreichend. Und Julchen wurde von Tine verwöhnt, wie es nur irgend möglich war. An manchen Tagen aß Tine selbst so gut wie nichts, um ihrer Enkeltochter ein ordentliches Essen servieren zu können. Ab und zu gab der Kleinen auch einer der Soldaten im Haus etwas ab, denn sie alle waren keine Unmenschen und genossen es sichtlich, dass das Mädchen als Sonnenschein ihre wenigen freien Stunden erhellte.

Eines Morgens jedoch fand Tine ihren Gastherrn besinnungslos an einem Boot lehnend. Offenbar war Knut Reimers ohnmächtig geworden, und es gehörte keine Hellseherei dazu, zu erkennen, dass es der Hunger gewesen war, der ihn hatte ohnmächtig werden lassen. »Knut!« Tine legte ihre Hand auf seine raue, bärtige Wange. »Knut! Wach auf!« Doch er stöhnte nur und kippte zur Seite. Nachdem sie Reimers mit größter

Mühe ins Haus gezerrt und auf die Küchenbank gelegt hatte, durchsuchte sie alles, um irgendetwas Essbares zu finden. Vergeblich.

Einer der einquartierten Soldaten kam die Treppe herunter, um hinters Haus zu gehen. »Herr Major!«

»Ich bin nur ein einfacher Matrose, Gnädigste«, lachte der Mann.

»Aber Sie können helfen.«

»Ich möchte jetzt eigentlich gerne ...«, sagte der Matrose und machte einen Schritt zur Seite, wobei er gegen die Füße von Knut Reimers stieß, den er erst jetzt auf der Bank liegen sah.

»Eine Goldmark!«, rief Tine.

»Hä?«

»Ich gebe Ihnen eine Goldmark«, sagte sie schnell. »Sie ist oben in meiner Kammer.«

»Und was soll ich dafür tun?«, fragte der Mann mit skeptischer Miene, während er den Blick nicht von Reimers ließ.

»Zwieback. Sie haben doch sicher noch Zwieback.«

Und so kam es, dass Tine buchstäblich ihren letzten Groschen, auch wenn es sich um eine Goldmark handelte, für ein paar Stücke Zwieback hingab, um Knut Reimers das Leben zu retten.

Während der Alte mühsam das trockene Brot mit ein paar Schlucken Wasser zerkaute und schluckte, zermarterte Tine sich das Hirn, woher sie etwas Richtiges zu essen für ihn bekommen könnte. Denn der Zwieback würde ihn nur über den Augenblick retten. Spätestens morgen wäre er abermals in Gefahr, dass seine Lebensgeister aufgaben. Stövers!, schoss es ihr durch den Kopf. Die Kramer würden etwas haben. Doch Stövers' Kramerladen war verschlossen, an der Tür hing ein Schild: »Ausverkauft« – und auf Tines Klopfen öffnete niemand. Auch der »Seeadler« war geschlossen, Bert Rickens war vermutlich selbst damit beschäftigt, irgendwelche Waren zu besorgen, um das Gasthaus weiter am Laufen zu halten.

Schließlich rannte Tine ins Lazarett. Jette konnte ihr sicher helfen. Und Otto! Der kannte so viele Männer, die helfen konnten …

Doch als sie ins Krankenhaus kam, fand sie Ottos Bett leer vor. Und auch Jette war nirgendwo zu sehen. Tine fragte sich durch, bis sie vor dem Operationssaal endlich ihre Tochter entdeckte, die gerade dabei war hineinzugehen. »Jette!«

»Mama! Ich kann jetzt nicht. Otto …«

»Was ist mit Otto?«, keuchte Tine verstört.

»Sein Arm …«

Otto. Der Arm. Der OP. Wie ein riesiges, finsteres Monstrum tat sich der Gedanke vor Tines geistigem Auge auf. »Was ist mit seinem Arm?«

»Wir müssen ihn …« Jette mied den Blick ihrer Mutter.

Für Tine war das Bestätigung genug. »Was hast du getan?«, zischte sie empört.

»Was soll ich getan haben Mama? Lass mich, ich muss jetzt in den Operationssaal.«

»Um was zu tun? Hast du nicht schon genug Unheil angerichtet?«

Plötzlich liefen Tränen über die Maske, die Jette über ihre Nase und den Mund gezogen hatte. »Doch, Mama. Es ist genug Unheil«, sagte sie mit brüchiger Stimme. »Aber manchmal muss man das kleinere Leid wählen.«

»Einen Arm zu verlieren? Das soll ein kleineres Leid sein?«

Jette straffte sich, holte Luft und erklärte: »Wenn du wählen könntest, ob du einen Mann hast, dem ein Arm fehlt, oder ob du Witwe bist, würdest du dich für Letzteres entscheiden?«

Tine stockte der Atem. »Du hast ihn zum Krüppel gemacht, damit du nicht …«

»Nein, Mama. Damit *er* nicht. *Er* soll nicht sterben. Weil ich ihn liebe und weil wir ihn brauchen. Ich und vor allem Julchen. Ich möchte nicht, dass sie als Waise aufwachsen muss.«

»O Gott, Jette! Und wenn das alles böse ausgeht? Eine Amputation ist gefährlich. Wundbrand ist gefährlich. Lebensgefährlich ist das, Jette! Hast du darüber einmal nachgedacht?«

Jette flüsterte, als sie erwiderte: »Tag und Nacht, Mama. Tag und Nacht. An manchen Tagen habe ich fast nichts anderes getan, als darüber nachzudenken. Ich bin fast verrückt geworden. Ich bin es jetzt noch! Wenn das hier schiefgeht, habe ich alles zerstört, was mir im Leben wichtig war.«

Da erkannte Tine, wie sehr ihre Tochter unter der Entscheidung litt, die sie getroffen hatte, und wie wichtig es war, ihr jetzt Mut zuzusprechen. Sie griff Jette an den Schultern und sagte leise, aber mit fester Stimme: »Alles wird gut, Kind. Otto ist bei dir in den besten Händen. Ihr müsst jetzt tun, was ihr tun müsst. Und dann darfst du nie wieder darüber nachdenken, sondern musst nur noch dafür sorgen, dass er schnell wieder gesund wird. Wenn ihm ein Arm fehlt, wird er vielleicht ein Leben lang darunter leiden. Aber zumindest wird es ein Leben für ihn geben und nicht den Heldentod.« Sie nickte zur Bekräftigung. Dann scheuchte sie ihre Tochter: »Jetzt geh und schau dem Arzt auf die Finger, damit er seine Arbeit gut macht.«

Sie selbst konnte nur beten und hoffen. Und genau das würde sie tun. Beten und hoffen.

Vor dem Lazarett stolperte sie buchstäblich dem Inselkommandanten über die Füße. »Frau Heesters!«, rief er statt einer Begrüßung. »Wie kann es sein, dass Sie immer noch da sind?«

»Herr Kommandant! Guten Tag. Wie gut, dass ich Sie treffe.«

»Wollten Sie zu mir?«

»Nein«, sagte Tine. »Aber ich fürchte, Sie sind der Einzige, der mir helfen kann …« Leise murmelte sie: »Und es vielleicht auch tun wird.«

»Tatsächlich? Sagen Sie schnell. Ich habe dringende Dienstgeschäfte, die mich erwarten.«

»Es geht um Reimers, den Bootsbauer.«

»Reimers? Was ist mit ihm?«

»Er hat Hunger.«

Der Kommandant sah sie mit einer Mischung aus Belustigung und Unverständnis an. »Aha. Soll er doch was essen!«

»Es gibt nichts mehr. Wir haben nicht die kleinste Brotkrume im Haus.«

»Wir? Wohnt er denn bei Ihnen?«

»Ich bin bei ihm untergekommen. Mein Haus wurde ja beschlagnahmt.«

»Soso.« Der Kommandant räusperte sich. »Das tut mir … nun, das war schlichtweg unumgänglich. Viele Einheimische mussten schließlich ihre Häuser räumen. Vaterländische Pflicht ist das!«

»Und Verhungern? Ist das auch vaterländische Pflicht, Herr Kommandant?«

Auf der Stirn des Kommandanten wuchs eine steile Zornesfalte. »Soll ich das als Meuterei verstehen? Wollen Sie sich mir gegenüber mit Defätismus hervortun, Frau Heesters? Ich warne Sie!«

»Nein, Herr Kommandant. Ich möchte nur nicht erleben müssen, dass der Mensch, der mir Obdach gewährt hat, eines Morgens tot in seinem Bett liegt.«

Einen Augenblick lang schien der Kommandant abzuwägen,

ob er Tine einem Erschießungskommando übergeben oder ob er Gnade vor Recht ergehen lassen sollte. Dann hatte er seine Entscheidung gefällt: »Gehen Sie zu Gärtner, den kennen Sie ja. Sagen Sie ihm, dass ich Sie schicke und dass er Ihnen einen Bezugsschein über eine Ration …« Er unterbrach sich: »Zwei Rationen Brot, Fleisch und Tabak erteilen soll. Wochenrationen.«

Tine war so überrascht, dass sie im ersten Moment kein Wort hervorbrachte. Nur einen Knicks, den schaffte sie. Und dann war der Kommandant auch schon seiner Wege gegangen. Mit tiefster Erleichterung machte sie sich auf die Suche nach dem Adjutanten. Wie würde sich Knut Reimers freuen! Und wenn sie ehrlich war, auch sie selbst konnte sich schon kaum mehr daran erinnern, wie Fleisch schmeckte. Wenn jetzt noch Ottos Operation gut verlief, dann würde sie Gott auf Knien danken.

***

Als Tine zurückkam zum Haus des Bootsbauers, saß der alte Mann immer noch auf der Küchenbank. Immerhin waren die Lebensgeister in ihn zurückgekehrt! Mit der größten Erleichterung setzte sich Tine zu ihm und legte ihre Hand auf seine. »Knut, stell dir vor, ich konnte uns etwas Anständiges zu essen organisieren.«

»Das sind ja mal Neuigkeiten!«, erklärte Reimers und sah sie neugierig an.

»Hier!« Sie legte die Lebensmittelmarken auf den Tisch. »Zwei Wochenrationen. Brot, Fleisch und sogar Tabak!«

»Ach, den Tabak können Sie behalten«, erklärte der alte Bootsbauer. »Dafür wäre mir ein Stück Käste lieber oder ein schöner Hering.«

»Das lässt sich bestimmt tauschen, Knut. Tabak ist doch die beste Währung.«

Der Alte nickte bedächtig. »Ja, da hast du wohl recht. Wenn wir das noch rechtzeitig hinbekommen.«

»Rechtzeitig? Was heißt rechtzeitig?«

Er zog die Augenbrauen hoch und blickte Tine bedeutsam an. »Ich habe nämlich auch Neuigkeiten, meine Gute. Und ganz ehrlich, ich weiß nicht, ob es gute sind oder schlechte.« Sein Blick wanderte unvermittelt über die Wände und Böden, zu den Fenstern hin und zur Tür, blieb an der Fotografie hängen, die seine Frau und seine Töchter zeigte, die alle schon so lange Zeit in Altona waren und von denen er schon sehr lange nichts mehr gehört hatte. Er seufzte. »Ich weiß es nicht, Tine. Aber am Ende ist es wohl egal, was?«

»Wovon sprichst du, Knut?«, fragte Tine und spürte, wie ihr Herz heftig pochte. »Was ist denn geschehen?«

»In einer Stunde geht unser Schiff, Tine.«

»Unser Schiff?«

»Ja. Wir werden evakuiert.«

***

Auch wenn das Meer an jenem Tag so ruhig war wie ein Badesee, litt Tine fürchterlichste Ängste von dem Moment an, in dem sie den Fuß an Bord gesetzt hatten. Es war ein kleines Torpedoboot, das die Fahrt nach Hamburg übernahm. Eine Handvoll weiterer Helgoländer waren mit ihnen an Deck und blickten zurück auf ihre wundervolle Insel. Tine hatte Julchen fest an der Hand genommen und erzählte ihr, wie sie selbst vor vielen Jahren zum ersten Mal die Insel gesehen hatte. Sie erzählte ihr nicht, wie anders Helgoland damals ausgesehen hatte. Als Julchen ihre Mutter an der Landungsbrücke entdeckte, musste sie lachen und sprang von einem Bein aufs andere, während Tine endgültig in Tränen ausbrach.

Es war die schnellste Überfahrt, die Tine je erlebt hatte. Ein Torpedoboot war nun einmal ein unglaublich flinkes Schiff. Zugleich aber war es die längste Überfahrt: Jede Sekunde befürchtete Tine, sie könnten von einem feindlichen U-Boot aufgebracht werden oder auf eine Mine treffen.

Nichts dergleichen geschah. Das Schiff lief in den Hamburger Hafen ein, und die Matrosen scheuchten ihre unwillkommenen Passagiere von Bord, als müssten sie Straßenhunde verjagen. Müde und von all der Sorge erschöpft, stolperte Tine mit Julchen an der Hand an Land. Zumindest das Kind hatte während der Reise einige Zeit geschlafen und konnte jetzt selbst laufen.

Tine hatte Hamburg seit Jahren nicht gesehen und erschrak, wie sehr sich auch die Stadt durch den Krieg verändert hatte. Überall waren Soldaten in den Straßen, überall auch waren Armut und Elend zu sehen. Nichts erinnerte an die glänzende Stadt, die Tine bei ihrem letzten Besuch gesehen hatte. Gewiss waren es noch immer die stolzen und eindrucksvollen Bauwerke, die man errichtet hatte, wo einst in Tines Jugend armselige Unterkünfte sich dicht an dicht gedrängt hatten. Immer noch stand der stolze Reichskanzler Bismarck oberhalb des Hafens und blickte in eine glorreiche Zukunft. Doch diese Zukunft schien sich in weite Ferne bewegt zu haben. Nichts war mehr prächtig, nichts wirklich eindrucksvoll. Als Tine mit ihrer Enkeltochter die feine Mönckebergstraße entlangging, war vom geschäftigen Treiben der Kaufleute und von den verlockenden Auslagen der Geschäfte nichts mehr zu sehen. Stattdessen marschierten Uniformierte vorüber, während sich die Zivilisten in notdürftig geflickten Kleidern an den düsteren Mauern entlangduckten und sich beeilten wegzukommen.

Tine hatte lange überlegt, was sie tun sollte. Es war ihnen, wie allen Evakuierten, eine kleine Rente für die Zeit der Verbannung zuerkannt worden: zu wenig zum Leben, zu viel zum Sterben. Tine selbst hatte kein Geld mehr, das wenige, das Jette und Otto gespart hatten und das kaum noch etwas wert war, hatten die beiden ihr und Julchen mitgegeben. Immerhin, damit würden sie eine kleine Weile über die Runden kommen. Und doch: Allein in einer großen Stadt, ohne Arbeit, ohne Hilfe, ohne Unterkunft, wie sollte das gehen?

Es würde gehen, dessen war Tine sich sicher. Wenn denn das Unglück nicht auch reiche Ernte an dem einzigen Ort der Stadt gehalten hatte, an dem sie sich Hilfe erhoffen konnte. Und so kam es, dass die Blumenhändlerin von Helgoland mit ihrer kleinen Enkeltochter am Ende eines langen Fußmarschs und am Ende ihrer Kräfte vor einer Tür in einem Wohnblock in St. Georg stand und stumm dafür betete, dass diese Tür sich für sie öffnen möge.

Sie öffnete sich. »Moin, Gerda. Hier bin ich wieder.«

»Tinchen! Mit dir ham wa aber nicht gerechnet. Immer herein in die gute Stube. Und wat haste denn da mitgebracht? Haste nochmal ein Kind bekommen?«

»Das ist meine Enkeltochter. Sag guten Tag, Julchen.«

»Guten Tag«, sagte Julchen.

»Eine Enkeltochter? Du bist schon Oma? Ich glaub's ja nicht! Wie alt biste denn überhaupt? Vierzig?«

»Bisschen mehr inzwischen, Gerda. Ganz genau weiß es sowieso keiner. Ich auch nicht.«

»Weißte was? Das ist völlig egal.« Gerda winkte ihre jüngere Schwester in die Wohnung, die noch enger war als bei Tines letztem Besuch. »Aber du hast nochmal Nachwuchs bekommen«, stellte Tine mit Blick auf eine Wiege fest, die in einer Ecke stand.

Gerda zuckte die Achseln. »Manche lernen es eben nie. So eine bin ich.« Sie lachte. »Aber Kinder sind ja auch was Wundervolles. Stimmt's, kleine Frau?« Sie nahm Julchen an der Hand und zog sie zur Küchenbank. »Nu sag mal, wie heißt du denn?«

»Julchen«, sagte Julchen.

»Julchen!«, rief Gerda. »Das Kind ist ja hinreißend! So was Süßes! Und was führt euch zu uns?«

»Ach, Gerda«, seufzte Tine. »Was wohl? Der Krieg.«

***

VIII.

Winterblüten

Helgoland, Dezember 1918

Es landeten amerikanische Soldaten auf dem europäischen Kontinent. Der Reichskanzler Bethmann Hollweg trat auf Betreiben der Generäle Hindenburg und Ludendorf zurück. In Russland wurden Revolten der Radikalen niedergeschlagen. Eine zweite Flandernschlacht blieb im Schlamm stecken und kostete fast eine halbe Million Soldaten das Leben. In China wurde ein Elfjähriger Kaiser. In Wilhelmshaven meuterten Hunderte von Soldaten, am Ende wurden mehrere Todesurteile gegen die Aufständischen verhängt. Im Wald von Vincennes erschießt ein Exekutionskommando die Tänzerin Mata Hari, nachdem sie wegen Spionage zum Tode verurteilt wurde. Wladimir Iljitsch Lenin reist heimlich nach Russland ein und zettelt eine Revolution an. In Berlin ruft der Spartakusbund die Rüstungsarbeiter zum Streik auf. In Brest-Litowsk verhandeln Vertreter des Kaiserreichs und der neuen Sowjetregierung einen Sonderfrieden. Finnland, Polen und die Ukraine werden selbständige Staaten. Die Deutschen versuchen noch einmal eine Großoffensive im Westen, doch gleichzeitig erreichen täglich Tausende amerikanischer Soldaten die Front, sodass die Offensive zusammenbricht. Der erfolgreichste deutsche Kampfflieger, Manfred von Richthofen, genannt »Der rote Baron«, fällt bei einem Einsatz an der Somme. Das deutsche Oberkommando unterstützt einen Militärputsch in Kiew. In Russland tobt ein mörderischer Bürgerkrieg. Im Deutschen Reich übernimmt die Oberste Heeresleitung fast vollständig die Regierung, der Reichskanzler wird zum Statisten degradiert. Die Kriegsgerichte verschärfen ihre Gangart, wer desertiert, wird mit dem Tode bestraft. In Jekaterinburg wird die russische Zarenfamilie ermordet. In der Champagne bricht die deutsche Front auf einer Länge von fünfundvierzig Kilometern ein. Kaiser Karl I. erlässt ein »Völkermanifest«, das den Untergang des Habsburgerreichs bedeutet. In Wilhelmshaven und Kiel meutern die Matrosen der deutschen Hochseeflotte und legen einen Forderungskatalog vor, den die Reichsregierung ohnmächtig akzeptiert. Auch in vielen anderen deutschen Städten demonstrieren die Soldaten. Am 11. November 1918 endlich unterzeichnet in einem Eisenbahnwagen im Wald nahe Paris eine deutsche Delegation den Waffenstillstand, der ihr vom französischen Marschall Foch diktiert wird. Der Krieg ist vorbei.

Mehr als zehn Millionen Menschen waren binnen vier Jahren gefallen, Millionen weitere Menschen hatte das Schlachten das Leben gekostet, auch weit entfernt der Fronten. Helgoland hatte die meiste Zeit abseits der Kampfhandlungen gelegen und keinerlei direkte Angriffe zu verzeichnen gehabt. Dennoch war die Insel ein Opfer des Krieges geworden.

In der Ferne stieg rot leuchtend der Fels aus den Fluten. Es war ein sonniger Tag mit hohem Wellengang, weshalb die Insel erst spät zu erkennen war. Und sie sah so schön aus wie seit jeher. Bis das Schiff näher kam. Da änderte sich der Eindruck. Es wurde deutlich, dass die Jahre der Besetzung durch das kaiserliche Militär ihr die Seele geraubt hatten.

Die Strände waren mit dichtem Stacheldraht gesäumt, die Häuser wirkten düster, manche geradezu verfallen. Viele Fenster waren mit Brettern vernagelt, in anderen Behausungen fehlten die Türen. Viele Wohnungen waren geplündert worden, manche verwüstet. Es waren keine feindlichen Kämpfer gewesen, die auf der Insel ihr Unwesen getrieben hatten, es waren deutsche Soldaten gewesen. Fassungslos ging Tine durch die Straßen, Julchen an der einen Hand, die Tasche mit den letzten Habseligkeiten in der anderen. Auf den Straßen und Gassen lag Unrat, viele Unterkünfte waren unbewohnbar. Der Geruch von Asche lag in der Luft. Überall marschierten Soldaten, als wäre immer noch Krieg. Die große Treppe war mit Eisengittern versehen worden, die nachts geschlossen und bewacht wurden. Auch das Oberland wirkte verwüstet, wie von marodierenden Truppen geschändet. Ungläubig wankte Tine über ihre geliebte Insel und besah sich die Schäden, während ihre Enkeltochter eine kleine Puppe im Arm hielt und mit großen Augen neben ihr herlief. Ihr erster Weg sollte sie nach St. Nicolai führen. Dort hatte Tines Glück auf der Insel einst begonnen, dort sollte auch ihr Neuanfang beginnen.

Diesmal war das Gotteshaus geöffnet. Tine atmete auf und trat in das Halbdunkel der Kirche. Auch St. Nicolai hatte gelitten. Manche kostbare Schnitzerei und auch der wertvolle Lüster über dem Hauptschiff fehlten. Das Schiffsmodell, das über dem Mittelgang hing, war allerdings noch da. Lange kniete Tine vor dem Altar und betete in Erinnerung an die Verblichenen und in Hoffnung für die Lebenden, während ihre Enkeltochter stumm in der Bank saß und mit den Beinchen wackelte. Dann richtete sie sich auf und beschloss, die Gräber ihrer Lieben zu besuchen: Henrys Grab, das der Thevessens, Fritzis Grab und die Gräber der Ungeborenen, die sie selbst einst unterm Flieder im Pfarrgarten angelegt hatte.

Der Garten der Pastorei war kein Garten mehr. Er war zum verwahrlosten Feld geworden. Die Beete waren zertrampelt, die Sträucher verwildert. Wo einst Gras gewesen war, hatten Soldatenstiefel Morast hinterlassen. Am Rosenstrauch beim alten Gewächshaus aber standen trotz der winterlichen Jahreszeit noch zwei letzte wundervolle Blüten. Tine hatte diesen Strauch vor Jahren mit Fritzi gepflanzt. Voll Dankbarkeit für diese Lichtblicke in der düsteren Zeit brach sie die Blüten und reichte eine ihrer kleinen Begleiterin. Sie nahmen sie mit hinunter ins Unterland, ehe der Frost die Blumen bald vernichtet hätte.

Es fiel Tine nicht leicht, den Schritt hinüber zu der kleinen Kate zu lenken, die Frau Liebrecht ihr vermacht und die die Admiralität ihr genommen hatte, um Soldaten dort einzuquartieren. Zögerlich gingen sie deshalb an den so bekannten und doch so fremd wirkenden Häusern vorbei, in denen früher die Nachbarn gewohnt hatten. Am Hotel Perle, in dem es keine Fußböden mehr gab. An der Apotheke über der großen Treppe, die keine Fensterscheiben mehr hatte. An der ehemaligen Weinhandlung der Kellers, die vernagelt war, als hausten dort drinnen böse Geister. Sie stiegen die Treppe hinunter ins Unterland, hielten zwischendurch inne und blickten über das Theater, das große Schwimmbad, das Hotel Schlüter, das einst Henry und Tine gehört hatte. Ihr Weg führte sie an Knut Reimers' Haus vorbei, an Schenskys Fotoatelier, in dem noch ein letztes Porträt in der Auslage ausgestellt war: der deutsche Kaiser. Kopfschüttelnd zog Tine ihre kleine Enkeltochter fort von dem Bild, über den Brunnenplatz Richtung Kurhaus.

Und dann standen sie plötzlich vor der kleinen Kate, Tines eigenem Haus. Als Tine sah, wer sie erwartete, konnte sie die Tränen nicht länger zurückhalten. Julchen blickte mit großen Augen zu den Stufen hin. »Mama?« Jette starrte die beiden nicht weniger ungläubig an. »Julchen! Mama!« Unfähig, noch ein weiteres Wort zu sagen, warf sich Jette den beiden an den Hals, gefolgt von Otto, der ebenso sprachlos war. Es dauerte eine ganze Weile, bis einer von ihnen etwas hervorbrachte. Nämlich Julchen. »Und das ist Ole«, sagte sie und hielt ihrer Mutter die Puppe hin, die Tine ihr gemacht hatte.

»Oh! Hallo, Ole!«, sagte Jette zu der Puppe und schüttelte ihr die Hand. »Ich freue mich, deine Bekanntschaft zu machen.«

»Ole versteht dich nicht«, erklärte Julchen. »Der spricht kein Halunder.«

Da lachten sie alle. Otto, dessen linke Hand in einer ledernen Manschette steckte, kniete sich neben seine kleine Tochter und versprach: »Keine Sorge, Julchen, das werden wir ihm beibringen. Denn von jetzt an muss er hier leben.«

»O ja!«, rief Julchen. »Das möchte er auch!«

Tine aber blickte auf ihr kleines, geschundenes Häuschen, das sie so lange vermisst hatte. Über der Tür hing noch das Schild, und der Schriftzug darauf, wenn auch verwittert in goldenen Lettern auf grünem Grund, klang wie ein Versprechen, wie ein gutes Omen. Und auch wenn Tine ihn ihrer Tränen wegen nicht lesen konnte, so war er doch für sie der Inbegriff von Heimat geworden: *Blütenträume.*

***

– ENDE –